一九二〇年代中国文芸批評論

――郭沫若・成仿吾・茅盾――

中井政喜著

汲古書院

まえがき

中国近代の知識人・文学者が、当時の情況の中でどのような課題をもって自らの文学活動を行ったのか。この点を追究するために、一九二〇年代における文学者三人の文芸批評論を取りあげ、その内容を検討し、その変容・深化の軌跡を跡づけることにする。その三人の文学者は、郭沫若（一八九二—一九七八）、成仿吾（一八九七—一九八四）、茅盾（一八九六—一九八一）である。

彼らが見た世界像と中国社会像はそれぞれに異なり、それに基づく自らの態度と対処法も違っていた。しかしながら彼らは二〇年代中国の困窮する旧社会、軍閥の支配と帝国主義の侵略を目の前にして、濃淡はあれ、何らかの形で、同じように中国の変革を願望した。しかしそのために依拠すべきところを見出すのが困難であった。

また三人は同じく中国の滅亡という危機意識をもちながら、文学に対するそれぞれの基本的態度が異なっていた。創造社の中心成員であった郭沫若と成仿吾は、〈自我の表現の重視〉の立場をとった。それに対して、文学研究会の理論的指導者の一人茅盾は〈人生のための文学〉を主張した。〈自我の表現の重視〉に立脚したとき、そこでは中国の社会的窮状があるために、創作と作用の間の問題を解明することが必要になった。それは同時に、内心の要求・自我の表現（創作）と、功利・宣伝（作用）がいかに関連するかという問題である。茅盾の〈人生のための文学〉という点から言えば、中国の社会的な或いは文学的現実において、いま必要な文学は何か、という模索がなされた。またそこには、社会的或いは文学的現実の要求に応えようとする〈人生のための文学〉は、作家の内心の要求といかに関連するのかという課題があった。二〇年代の前半、彼ら三人の文学者はそれぞれの課題に対する認識と考察を深めていった。

一九二〇年代が進行するにつれて、一九一七年のロシア革命の影響が中国に浸透しはじめ、中国知識人は中国変革の道をロシア革命の方向に探求しはじめる。一九二四年頃から、郭沫若は河上肇の著作『社会組織と社会革命に関する若干の考察』（弘文堂書房、一九二二年十二月五日）の翻訳をとおして、マルクス主義を学び、受容した。その場合、郭沫若はそれ以前の自らの小ブルジョア知識人（小資産階級知識人）としての〈個性（自我）〉を全否定し、切り捨て、一九二六年、国民革命の行動に参加する。茅盾は一九二五年、ソ連邦のボグダーノフに基づいてマルクス主義文芸理論を紹介し、理念として考察した。被抑圧階級のための文学、理念として提起された被抑圧階級のための文学を、目指そうとする。

一九二四年、第一次国共合作（国民党と中国共産党の合作）が成立するとともに、国民革命の気運が高まる。一九二五年の五・三〇事件をへて、一九二六年、彼ら三人の文学者はそれぞれの形で国民革命に参加した。しかし一九二七年四月十二日、蒋介石が反共クーデターを起こし、七月、武漢国民政府が崩壊して、国民革命は挫折する。彼らは再び、中国変革の道筋、自らの生き方、自らの文学の在り方を問い直さなければならなかった。そうしたときに、マルクス主義文芸理論をいかに受容し、中国の現実にいかに適用するかという問題が、改めて彼らの面前に出現する。一九二〇年代半ば頃から、彼らはそれぞれの形でマルクス主義、或いはマルクス主義文芸理論と接触してきた。一九二七年歴史の転換期以後において、すなわち三人が中国変革の挫折を深刻に体験した以後において、彼らはそれぞれの中国の現実・文学界の現状認識に基づき、マルクス主義文芸理論をいかに適用するのか、という問題に直面した。その問題に対して、彼らは二〇年代前半から深化させてきたそれぞれの、文芸観と思想の質をもって直面したと言える。

そのため一九二八年以降、熾烈な革命文学論争が行われた。第三期創造社（成仿吾、郭沫若、および若手の理論家李初梨、馮乃超等）、太陽社（蒋光慈、銭杏邨等）はマルクス主義文芸理論に基づく〈革命文学〉を唱導した。五四期以来の新文学を全否定し、当時の時代の状況に適合する革命文学を唱える。一九二八年始め頃から、魯迅、周作人等が、後には茅盾が、革命文学派の厳しい批判の対象となった。魯迅、茅盾はそれぞれマルクス主義文芸理論に基づく内在的反批判を行う。茅盾は、国民革命挫折後の中国の現実を改めて量り直し、その量り直した現実に基づき、中国変革を、中国の無産階級革命文学の在り方を、改めて追究する。

一九二〇年代中頃からの、マルクス主義文芸理論をいかに受容するか、という苦闘の中で、その過程は三人三様であった。また革命文学論争をへての、その受容の在り方、その後の適用の模索もそれぞれ異なった。

巨大な困難に立ち向かった中国知識人の苦闘を、郭沫若、成仿吾、茅盾の三人における文芸批評論の側面から見てみることにする。

第一章では、一九二〇年代初めからの、創造と作用に関する郭沫若の探索の軌跡をたどる。郭沫若は文学における創造と作用を二元的な関係としてとらえた。そこから、両者の社会的連関・内的連関を明らかにすることをつうじて、中国変革を志向する変革者としての立場から、両者の矛盾を解いていく。そして一九二五年、文学自身の問題として、すなわち文学の本質という面から接近して、自我の表現の重視（唯美・ロマンティシズム）と社会的作用（功利・リアリズム）の対立する問題を、文学が発生する時間的後先の問題、文学の方法上の差異の問題として、解明した。また一九二六年、革命と文学の関係について郭沫若は、その特徴が以下の点にあるとする。革命文学は前代の文学との継承を断ち切り、その時代の状況に規定される。この考え方が、一九二八年頃から、革命文学を主張する第三期創造社成員に影響を与えた。

　第二章では、郭沫若がマルクス主義を信奉する転機となる『社会組織と社会革命に関する若干の考察』（河上肇、弘文堂書房、一九二二年十二月五日）の翻訳をとりあげる。一九二四年、この翻訳をつうじて郭沫若はマルクス主義の基本的理論を学んだ。それと同時に、世界情勢の中におかれた中国の現況に立って、河上肇の、時機尚早の社会革命は必ず失敗に終わるという考え方（郭沫若の理解する考え方）に反対した。郭沫若は、中国の現政府を打倒する早期の政治革命の必要性を説き、そのもとでの社会革命の実現を主張した。また同時に、郭沫若が、マルクス主義文芸理論の基礎として、その前提として、『社会組織と社会革命に関する若干の考察』から無形のうちに受容した内容が存在した。それは、資本主義社会と次代の社会主義社会との間の、文化的思想的断絶の関係であった。それが郭沫若の革命文学論における基礎の一つとなった可能性を推測する。

　第三章では、成仿吾の文芸批評論についてその変容の軌跡をたどる。「新文学之使命」（一九二三年五月九日）において、成仿吾は新文学の三つの使命、すなわち時代に対する使命、国語に対する使命、文学自身に対する使命、をあげる。成仿吾は、文学が成立する時点において使命をもつことを認め、そしてこの三つの使命が不即不離の形で併存することを承認した。その結果、第三の文学自身の使命は、「芸術のための芸術」を擁護する役目を果たすこととなった。また、第一の時代に対する使命は、「良心の戦士」としての倫理的な態度を主たる内容とするもので、是非（善悪）を転倒する文学研究会等に対する非難に矮小化していった。

　成仿吾の文芸批評論の変容は、国民革命の進展を推進力とし、概念の内容を漸次変容させ、社会化していくことによる、接ぎ木的発展の姿を示す。こうした量的変化は、「従文学革命到革命文学」（一九二七年十一月二十三日）で質的変化を遂げる。この論文は、一九二八年頃から始まる〈革命文学〉の唱導に大きな影響を与えた。その革命文学の内容は、郭沫若の論理（前代の文学との継承関係を断ち切り、その時代の状況に規定されるという考え方）の枠内にあるものであった。

第四章では、茅盾の文芸批評論を取りあげる。一九一九年頃から一九二四年頃にかけて、茅盾は、旧社会旧文化改革のための人生の文学を主軸として、ある時には自然主義を主張し、ある時には新ロマン主義（ロマン・ロランを代表とする）を主張した。この間、自然主義と新ロマン主義という両者の文学思潮（創作方法）が、この主軸のうえに交互に現れる。この交互に現れる波動を推進する動力は、中国の現実と文学界の現状に対する茅盾の認識の深化と、それに基づく具体的方策の考察である。こうした現実認識と考察自体が深化しつつ、二つの波動の現実化を規定した。

一九二三年末頃から、国民革命の気運が高まりはじめ、雑誌『中国青年』の影響を受けて、茅盾は積極的な作用をもつ文学を主張する。それは当初、新ロマン主義の文学を念頭においたところより、ロマン・ロランに対する厳しい批判に転ずる。一九二五年において茅盾は、マルクス主義文芸理論（ボグダーノフの論文）に基づき、ソ連邦の無産階級文学論を紹介し考察する。この場合、中国の現実と中国文学界の現状を分析・認識したうえでの無産階級文学の主張ではなく、むしろ理念としての理論・理想に従って、それを高唱した側面を免れない。それは「止揚」（カッコ付きの）の過程と言える。茅盾の文学における主軸は、旧社会旧文化の改革を目指す人生のための文学から進んで、国民革命の気運が高まる一九二三年末頃から、国民革命を支持する人生のための文学に進展し、さらには一九二五年、被抑圧階級の人生のための文学に「止揚」された。

しかし一九二七年の国民革命の挫折をへて、茅盾は中国変革の前途に対して深い悲観と失意に陥り、改めて中国革命の道筋を模索しなければならなかった。茅盾にとって、中国の現実を改めて量り直すことが必要であった。量り直した現実に基づき、中国変革を、中国の無産階級革命文学の在り方を、改めて追究しようとした（「従牯嶺到東京」、一九二八年七月十六日）。そのとき従来からの茅盾の文学における主軸は、被抑圧階級の人生のための文学へと、初めて本来の意味での止揚の道に進み入ったと言える。その場合、一方では二〇年代の文学論争をマルクス主義文芸理論の立場から解明するとともに、世界文学の歴史の中から〈新しい写実主義〉が大きな潮流となりつつあることを確認した（『西洋文学通論』、一九三〇年八月）。他方において、革命文学（一九二八年頃から一九三〇年頃にかけて出現した）に対する批判に基づいて、中国の現実に根づいた、中国の文学界の現状認識を根拠とする無産階級革命文学（新しい写実主義による）の追究がなされた。そこには、二〇年代新文学における様々な問題に対する、マルクス主義文芸理論に基づく理論的総括と批判的継承・発展という意味があった。

一九三〇年代初め頃以降、茅盾は当時の文学界の状況における旧写実主義文学の価値を評価した。それとともに新しい写実主義による、被抑圧階級の人生のための文学を建設するために、具体的な作品批評、無名の雑誌や新人の作品紹介・評価等の手間と時間のかかる具体的な作業を選択して行おうとした。

以上のように私は、郭沫若、成仿吾、茅盾の三人の文学者が、一九二八年頃革命文学論争という場で熾烈な論争をせざるをえなかったそれぞれの経緯・内面的思想的必然性を確認しようとする。一九二八年にいたるそれぞれの文芸批評論の個人的歴史的必然性を跡づける。そして一九三〇年以後、茅盾がマルクス主義文芸理論を創造的に適用しようとする営為を若干紹介したい。

以上のような内容を検証することを、本書の目的とする。

二〇〇四年三月

中井政喜

一九二〇年代中国文芸批評論——郭沫若・成仿吾・茅盾

目次

一九二〇年代中国文芸批評論

——郭沫若・成仿吾・茅盾

第一章　郭沫若「革命与文学」における〈革命文学〉提唱

第一節　はじめに

郭沫若（一八九二―一九七八）の「革命与文学」（一九二六年四月十三日、『創造月刊』第一巻第三期、一九二六年五月十六日）を第一章で取りあげる意図は、以下のようなものである。[1]

第三期創造社成員李初梨は、「革命与文学」を革命文学提唱の嚆矢である、と位置づける。[2] 私が論じようとするのは、李初梨の判断の当否ではなく、[3] むしろなぜ李初梨がそのような判断を下したのか、という理由の一端を明らかにしたいということである。すなわち「革命与文学」で展開された革命文学に関する理論にはどのような特徴があるのか、それは第三期創造社に、またその後の革命文学論争に、どのような影を投げかけたのか、[4] という問題である。

ここでは上述のような諸点を明らかにするための糸口を見つけたいと思う。そのために「革命与文学」（一九二六年四月）以降の郭沫若の文芸批評論も、上の点に関わる範囲であわせて検討していくことにする。

第二節　自我の表現について

先ず一九二二年郭沫若が、創作の衝動にとりつかれたとき奔馬のごとくになり、衝動の窒息したとき死んだフグのごとくになる、と自ら述べた、創作に対する理論を見ることにする。

「私は結局、芸術上の見解については反射的（Reflective）であるべきではなく、創造的（Creative）でなければならない、と思っている。前者は純粋に感官によって受けとり、頭脳の作用をへて、反射的に直接表現するもので、例えば写真のようなものである。後者は無数の感官の材料が頭脳の中に蓄積され、さらに濾過作用・醸成作用をへて、総合的に表現される。例えば蜜蜂が無数の花の汁を採って、はちみつを醸成するようなものである。」（「論国内的評壇及我対于創作上的態度」、『学灯』、一九二二年八月）(5)

郭沫若は、後者を真の芸術だ、とする。郭沫若の見解は、今日の反映論の到達点からすれば、反映論の範疇に属するものとして理解できる。(6)郭沫若の見解を特徴づける点は、写真的反映をしりぞけ、反映論の一過程として理解できる主観による表現（「客観性を鍛えた結果」〈同上〉としての「純粋な主観から生み出される」〈同上〉表現）を、重視しようとするところにある。すなわち客観性が濾過作用・醸成作用をへて熟成した意識（主観）となり、その意識の働きによる総合的表現を、とりわけそれ自体の創造的意義の面を重視しようとするところにある(7)、と思われる。

郭沫若は、上のことをやや運動に引きつけた形で、次のように述べる。

「黄河と揚子江は、自然が私たちに暗示してくれた二篇の偉大な傑作である。天来の雨露を受け、地上に流れる泉水を摂取し、一切の外来のものを自我の中に溶かしこんで、自我の血液として変える。滔々と流れて、すべての自我を流出させる。岩石の抵抗があれば破壊する。不合理な堤防があれば破壊する。すべての血と力をあげて、すべての精神を奮い起こして、永遠の平和の海めがけて滔々と流れて行く。」（「我們的文学新運動」(8)、一九二三年五月十八日）

ここの、雨露や泉水を外界から自我の中にとりこみ、自我の血液としつつ、自我を滚々と流出させ、あらゆる不合理を打破する、という考え方には、先と同じように、反映論の範疇に属しながら、その一過程としての自我の表現を最重要視し(9)、同時にその作用も視野の中に入れる、という郭沫若の態度がうかがわれる。

第三節　創作とその作用、および文芸と宣伝

さて、一九二一年―二三年の段階で文芸の創作に関する理論を、右のように自我の表現を核として考えていた郭沫若は、創作とその作用（或いはさらに、文芸と宣伝）の問題を、どのような関連にあるものとして考えたのだろうか。次にこの点をとりあげることにする。

郭沫若は、「児童文学之管見」（一九二一年一月十一日、『民鐸』第二巻第四期、一九二一年一月、底本は『〈文芸論集〉匯校本』〈前掲〉）で次のように述べる。

「文学上では近頃功利主義と唯美主義――つまり『社会的芸術』と『芸術的芸術』――の論争が行われているが、しかしこれは立脚点の違いというにすぎないであろう。文学自体がもともと功利的性質をもっている。かの非社会的な（Antisocial）或いは厭人的な（Misanthropic）作品であっても、社会改革・人間性向上においては、非常に深く広い効果をもつのであって、この効果という点から言えば、『社会的芸術』ではないとは言えない。他

方、創作家が創作する時において、小心に功利の見地にとらわれるならば、そのできあがった作品は必ずや浅薄卑陋で、深く人の心を動かすことができない。まして芸術として成り立たず、それが『社会的』とか、『非社会的』とか、を論ずることすらできない。要するに、創作の面から主張するときには、唯美主義を持するべきであり、鑑賞の面から言及するときは、功利主義を持するべきである。」（「児童文学之管見」、一九二一年一月）

郭沫若は文学を、創作の面から考察する場合には、自我の表現として、作家の内面に関わる問題として、唯美主義の姿勢を持するべきである、と考える。(10) 他方その作用の面から考察する場合には、社会的作用として、社会に対する効用を見る功利主義の姿勢をもつべきだ、と考えている。(11) 郭沫若は、創作と鑑賞（作用）を二元的に分析整理している。すなわち創作における功利性を排した自我の表現と、その作用における功利性とを、郭沫若は切り離して二元的に対立させる。(12)

さらに「論国内的評壇及我対于創作上的態度」（『学灯』、一九二二年八月、前掲）においては、「文芸は苦悶の象徴である」（同上）とし、作家の苦悶をつうじて社会の苦悶を反映することができる、また作家の魂の深いところから流れでてくる悲哀によって、読者の魂をゆすぶることができる、とした。(13) ここで郭沫若は、あらかじめ意図されない結果としての、無用の中の大用（人間性を呼び覚ます等）を文芸の作用に認める。しかし創作を功利的動機から出発させて、文芸を宣伝の利器と考えたり、文芸を口すぎの手段と考えることを、文芸の堕落と断定する。この点からすると、文芸の創作とその作用は作家の苦悶をとおして内的連関をもちながらも、しかし文芸の成り立つ作家の原点から見て、文芸の創作とその作用という両者は依然として二元的であり、峻別されている、と思われる。さらに文芸と宣伝（功利的動機に基づく）については、矛盾対立するものと考えられている。(14)

このように郭沫若においては、創作における「自我の表現」を標榜する中にあって、その作用を決して無視していたわけではない。むしろ両者を切り離して、基本的には二元的に理解することによって、逆にその「大用」を認知していたと思われる。さらに両者の内的連関をもこの場合明らかにしようとしている。

この点に関して、「文芸之社会的使命——在上海大学講」(一九二三年五月二日、郭沫若講、李伯昌・孟超合記、上海『民国日報』副刊『文学』第三期、一九二五年五月十八日、底本は『〈文芸論集〉匯校本』)で、郭沫若は次のように述べる。

「文芸も春の草花のように、芸術家の内心の智恵の表現です。詩人が一篇の詩を書き、音楽家が一曲作り、画家が一幅の絵を描くというのは、すべて彼らの天才の自然な流露なのです。」(「文芸之社会的使命」、一九二三年五月)

「芸術それ自体にはいわゆる目的がないのです。」(同上)

郭沫若は、先ず、文芸が作者の内心の智恵の表現であり、彼らの天才の自然な流露であるとし、文芸それ自体には「目的」がない、とする。これは、先ほどの論と同様、創造社の、文芸は「内心の要求に基づく」(郭沫若、「編輯余談」、一九二二年七月十一日、『創造』季刊第一巻第二期、一九二三年八月二十五日)こと、自我の表現であることの、確認であったと言える。

しかしながら次のように、郭沫若は「社会現象」の一つとしての文芸に言及する。

「およそ社会現象が発生すると、周囲に対して必ず影響が生じます。例えば池の静かな水は、石を投げこめば、——その石がいかに小さくとも、水面には必ず波紋が生じ、しかも水面全体に波及します。文芸はすなわち社会現象の一つであり、それゆえ必ず　社会に影響を及ぼします。」(「文芸之社会的使命」、一九二三年五月)

郭沫若は、ここで文芸を社会現象の一つと位置づけ、文芸がそれ自体としては作家の天才の自然な流露であり、本来目的を持たないものではあるが、しかし社会現象の一つとして発生する以上、必ず社会に影響(作用)を与えるとする。この社会現象としての文芸がどのような影響力をもつのか、という点について、郭沫若は次の二点をあげる。

郭沫若は、第一に、「芸術は人々の感情を統一し、さらに同一の目標に向かって行動するように導くことができ」（同上）、第二に、「個人的方面から言えば、芸術は私たちの精神を向上させ、私たちの内在的生活を美化することができる」（同上）、と言う（以上二点は、先ほどの無用の中の大用に比較すると、一層具体的となっている）。それ故に郭沫若は、中国の窮状を救おうとすれば芸術運動が盛んでなければならないとし、また一方、「すべての芸術家が宣伝の芸術家になることを希望するものではない」（同上）としつつも、芸術家が自己の生活を拡大し社会の真実の要求を体得して救国救民の自覚を涵養するように、と期待している（そうした自覚から生まれる芸術は、それ自身において芸術としての独立の精神を失っておらず、中国の前途に対する効用は大きい、とする）。

この講演の中で郭沫若は、創作においてどのような作用を意図するか、という創作の目的（作用の方向性）については、内心の自然な流露を行う作者において、本来もってはならないこととしている。この点からすれば、文芸の創作とその作用の二元性は依然として維持されている。(15) しかしながら、そのうえで、この両者の関係について、創作を「社会現象」の一つとして位置づけることによって、創作（「石」）とその作用（池の「波紋」）との社会的連関性を明らかにしている。さらに一歩進めて郭沫若は、作家主体の在り方が中国の社会状況について自覚的であること、ひいては革命的であることによって、作家の内心の自然な流露としての創作が、社会現象の一つとして、中国の社会変革の前途について効用をもち、革命的作用を果たす、という関連づけを行っている。すなわち、文芸の創作とその作用の二元性の問題が、革命的であることを欲する作家を想定することによって、ほぼ実質的に解消解明され、この場合の創作とその作用の内的連関性が明確にされていると思われる。

このようにして郭沫若は、創作とその作用（唯美説と功利説）の二元性を前提として維持しながらも、両者の社会的連関性を認め、かつ内的連関性を革命的作家において確認することによって、この二元性の問題を（ひいては文芸と宣

伝を矛盾対立するものとして斥ける厨川白村の理論的枠組みを)、初歩的に乗り越えていた。(16)

この頃郭沫若は、中国の状況を、「中国の政治的境涯はほとんど破産の状況に瀕している。野獣のような軍人の専横、破廉恥な政客の策動、貪婪な外国資本家の圧迫が、私たち中華民族の血涙をしぼりだして、黄河揚子江の如き赤い流れをつくりだすのである」(「我們的文学新運動」、一九二三年五月、前掲)ととらえ、「一切の腐敗する存在を掃蕩しつくし、焼き滅ぼし、全部の魂をほとばしらせ、全部の生命を差し出さなければならない」(同上)としていた。当時の郭沫若は、中国における資本主義(外国)の害毒を認識しつつ、近代市民社会の精神(個性の解放)を、近代文学の精神(自我の表現)を、激しく燃焼する形式のもとに提唱し、中国変革に資することを考えていたと思われる。恐らく、厳しい中国の状況に対するこの思いが、郭沫若をもう一歩進ませる。前述のように初歩的に解決されていた、創作とその作用の問題(ひいては文芸と宣伝の問題)を一層闡明にすることへ、一層単純明快にすることへ、この思いが郭沫若をもう一歩推し進ませたと思われる。

「芸術の創作は芸術家の事業である。芸術家がその芸術によって革命を宣伝しようとするならば、私たちは彼が革命を宣伝することの可否を議論することはできない。私たちは、彼のそれによって宣伝したものが芸術であるかどうか、を議論できるだけである。もしも彼の宣伝の道具が確かに芸術的作品であるならば、彼は当然芸術家である。このような芸術家がその作品によって革命を宣伝するとすれば、(中略)革命の事業に対しては実際的な貢献をする。」(「芸術家与革命家」、一九二三年九月四日、『創造週報』第十八号、一九二三年九月)

郭沫若は、芸術と革命の宣伝(創作と意図されたその作用)が、次のような場合、最初から二元性が問題とされることなく、緊密に結合するとしている。すなわち宣伝を行う文学が芸術性の豊かな作品である場合である。それは何によって保証されるのだろうか。郭沫若は、「すべての熱烈誠実な芸術家も純真な革命家である」(同上)ような立場、

「私たちは革命家であり、同時にまた芸術家でもある」（同上）ような立場を想定して、すなわち熱烈誠実な魂の深いところから流露する内心（苦悶）が、同時に純真な革命の宣伝であるような芸術の在り方を主張して、この問題を解決している。言い換えれば、この考え方は、郭沫若が基本的には芸術家という立場に立ちながら、芸術家が革命の宣伝を行う場合、宣伝の有効性を保証するものを作品の芸術性（魂の深いところから流露する内心の表現〈苦悶の象徴〉、すなわち自我の表現）と、芸術家の「熱烈誠実」さ（芸術家の主体的革命的力量）に求め、そのうえで郭沫若なりの芸術性と革命性（創作とその作用、唯美説と功利説）の統一・結合（一元性）の明確化をはかっているもの、両者の内的連関性・緊密性の確認をはかっているもの、と思われる。上の条件のもとに、文芸は功利的にあらかじめ目的をもった作用を果たすこと、つまり宣伝の利器となることの可能性も承認されたと思われる。すなわち郭沫若は、文芸と宣伝に関する厨川白村の、矛盾対立するものとする理論的枠組みをここで基本的に乗り越えたと言える[17]。しかしながら、他面から評すれば、この乗り越え方は、文芸と宣伝の問題を、作家個人の主体の革命的在り方に一層収斂することによる前進であったと言える。

一九二四年八月九日付け成仿吾宛て書簡、「孤鴻——致成仿吾的一封信」（『創造月刊』第一巻第二期、一九二六年四月）において、郭沫若は河上肇博士の『社会組織と社会革命に関する若干の考察』（弘文堂、一九二二年十二月五日）[18]に大きな影響を受けたことを述べつつ、次のように言う。

「私たちはもっとも有意義な時代に生きている。人類の大革命の時代である。人間の文化史上における大革命の時代である。私はいま徹底したマルクス主義の信徒となった。マルクス主義は私たちが存在するこの時代において、唯一の、悟りに達する宝筏である。物質は精神の母であり、物質文明の高度な発展と平均された分配がついには新しい精神文明の胎盤となる。芳塢よ、私たちこの過渡時代に生きる者は産婆の仕事をなしうるだけである。」

（「孤鴻」、一九二四年八月九日）

郭沫若は一九二四年八月、自ら、マルクス主義の「信徒」となったと明言する。[19] それではこの段階において、郭沫若はマルクス主義の「信徒」として、文芸と宣伝、或いは文芸と革命の問題について、どのように考え方を推し進めたのであろうか。郭沫若は、文芸を、「昨日の文芸、今日の文芸、明日の文芸」（同上）と区分けしたうえで、今日における純文芸の存在の不可能性を指摘し、次のように言う。

「芳塢よ、私たちは革命途上の人間であり、私たちの文芸は革命的な文芸でありうるだけである。私は、今日の文芸に対して、それが社会革命の実現を促進しうるという点においてのみ、その存在の可能性を承認する。今日の文芸はまた社会革命の促進という点においてのみ、文芸という称号を受けるに値しうる。さもなくばすべて酒肉の残香であり、麻酔剤の香りであって、つまらぬものだ。つまらぬものではないか。真実の生活には一筋の道、文芸は生活の反映である、という一筋の道があるだけで、ただこれのみが真実なものとしなければならない。芳塢よ、これが私の堅く信ずる見解であり、この見解を得た後、私は文芸をすっきりと見とおすことができたし、それに対する信仰も回復した。現在は宣伝の時期である。文芸は宣伝の利器である。私の彷徨して定まらぬ方角は今や固定した。」（同上）

郭沫若は、社会主義を展望する社会革命を確信する者として、社会を反映しない「純文芸」（社会を反映しない「自我の表現」）を否定し、社会革命の現実を促進しうるという点に、すなわち宣伝の利器としての役割を果たすという点に、今日の文学の存在の可能性を見ていると言える。[20] しかしながら、恐らく郭沫若にとっての課題は次の点にあった。第一に、これはむしろ、主として、社会主義を展望する社会革命を確信する革命者の側から、今日の文学の可能性を考え、右のように考えることによって、一時失われた文学に対する信頼をも郭沫若が回復したことを言っている。言い換えると、これは社会革命を確信する者としての態度表明であって、「今日」における文学を創作する作家としての見地からの解明ではなかった。すなわち社会革命を促進しうる生活の反映としての「今日」の文学(21)に関わって、文芸と宣伝（唯美説と功利説）の問題等を文芸固有の見地から分析し解明するものではなかった。すなわち次のような課題が残されていたと思われる。第一に、社会革命を促進しうる生活の反映としての文学とは（単に作家個人の革命的な主体的在り方に依拠する方向にのみ問題を収斂させるのではなく、また単に社会革命を確信する者としての立場からではなく）、作家のどのような内面的創作過程をへて文学として表現されるのだろうか（マルクス主義の「信徒」としての自我は、この過程の中でどのように位置づけられ、表現されるのか）。第二に、文芸が宣伝の利器であるとしても、具体的にはその対象の主たる者としてある民衆とどのような連帯が可能であるのか。またその在り方をどのように追求していくのか。

右の第一の問題に関わって、郭沫若は、「文学的本質」（一九二五年七月八日、『学芸』第七巻第一号、一九二五年八月十五日、底本は『〈文芸論集〉匯校本』〈前掲〉）で次のような理解を示した。

「小説戯曲の分野に立脚する人は、大体彼らの見解は客観を偏重し、文芸は自然の模倣による、と主張する。詩歌の分野に立脚する人は、彼らの見解は主観を偏重し、文芸は自我の表現による、と主張する。一方は絶対的無我を主張し、一方は絶対的主我を主張する。」（「文学的本質」、一九二五年七月八日）

郭沫若は右のように、「絶対的客観説」と「絶対的主観説」とをとりあげ、この極端に矛盾する両者がどのように折れ合う可能性があるのか、と問題を立てる。郭沫若は、原始的な形での詩や、また感動から口をついて出る子供の言葉の在り方から、「文学の本質はリズムをもった情緒の世界である」（同上）とする。文学はまず情緒を直写する詩（時間的芸術）であり、小説・戯曲等（空間的芸術）は情緒を構成する素材の再現である。この再現の仕事は、「すでに単純な情緒の問題ではなく、これは情緒の圏外に出て、情緒を構成する素材に先ず認識的分析を加え、その後で意志的総合を加える。総合の結果は、もともとの情緒を構成し再現できるところまでとする」（同上）、としている。

右のように考察を重ねたうえで、郭沫若は次のように言う。

「このような推論から、時間的芸術と空間的芸術は二元をなしうるかのようであるが、しかしこれは私たちの一元的観察を妨げるものではない。というのも両者の発生には後先の違いがあるが、私たちはここで統一的概念をうることができるからである。すなわち空間的芸術は時間的芸術の分化である。それらには直接的と間接的との差はあるけれども、それらが表現するのは同じく情緒の世界である。すなわち両者の間は、異なっているのは方法上の問題だけで、本質上の問題ではない。方法上の徹底的客観説は私たちは承認できる。これまでの論争は、方法と本質をはっきりさせなかったために、問題を永遠に解決しにくくさせただけである。」（同上）

郭沫若は、小説・戯曲等（空間的芸術）は詩（時間的芸術）の分化したもの、と言う。詩と小説・戯曲の間には、情緒の世界の表現という本質上に違いがあるのではなく、発生上の後先に、それをいかに表現するのかという方法上に、違いがあるとする。

「これまで文学上の論争について、この点でそれぞれ個々のものを分析して関係をはっきりさせることがなかった。今私は大胆に自分の経験にもとづいて、文学とそのほかの芸術を比較し、三つの相似形を得た。

詩歌　8　音楽

小説　8　絵画

戯曲　8　建築

このように分析してみると、以上の空間的芸術と時間的芸術の理論は次の点に応用できる。すべての両極端の、主観説と客観説、唯美説と功利説は、みな通じ合うことができ、並立することができることになる。」（同上）

郭沫若はすなわち、詩等（情緒の直写、主観説、唯美説）と小説等（情緒を構成する素材の再現、客観説、功利説）の本質的共通性（一元性）と、方法的違いの現れとしての並立を説いていると思われる。

これは何を意味しているのであろうか。これまでの郭沫若の理解は、創作とその作用の二元性について（文芸と宣伝の二元性、唯美説と功利説の二元性について）、上述してきたように、その解明のために、一方では両者の社会的連関を明らかにしつつ、他方では革命的な内心をもった文芸家（革命家でもあり文芸家でもあるような文芸家）を想定することによって内的連関を明確化し、一元的解決をはかってきた。郭沫若は、「文学的本質」（一九二五年七月）においては、これまでの作家主体の在り方いかんという視角ではなくて、文芸固有の課題としてこの問題に接近したと思われる。その結果、主観的表現と客観的描写とは、また唯美説と功利説とは、矛盾対立するものではない。リズムをもった情緒の世界の表現という文学の本質上から言って同じものである、ただ発生上の後先の違い、方法上の違いにすぎない。それらは、通じ合い、並立しうる、と考察された。すなわちこれは、唯美説と功利説（創作とその作用の問題）について、文芸固有の問題としての発生史的視角からする一元性の確認であった。遡った発生源（本質）の視角からする、両者の架橋と、その後の両者の存在の並行的認知であった。言い換えると、これは、反映論の範疇の下にありつつ、ロマンチシズム（自我の表現の重視）とリアリズム（客観的精確の重視）の並行的認知を意味していると思われる。すなわちそれは、郭沫若がリアリズム理解の道へ接近模索しはじめていることをも示唆する。[22]

また、ここでは詩（情緒の直写）も、とりわけては小説（情緒を構成する素材の再現）も、社会革命を促進するための宣伝の利器（情緒の世界の表現の中で）となる可能性は、一段と強められたと思われる。[23] 総じて、創作とその作用（文芸と宣伝、唯美説と功利説）についての郭沫若の様々の面からの一元性の追求は、「文学的本質」（一九二五年七月）において、さらに広い視野を可能とする一つの頂点に登りつめた感がある。

以上のことからして副次的に次のことが推測される。

（1）文芸運動上から言えば、これは唯美主義と功利主義の論議を乗り越え克服して、中国変革のための文芸分野における統一戦線へと進む、文芸理論からの郭沫若なりの解明という意味をもっている。[24]

（2）また文芸理論上から言えば、「情緒の直写」にしろ、「情緒を構成する素材の再現」にしろ、これらはいずれも本質に遡れば、「自我の表現」の分析の深化と言えるものであった。このような郭沫若の文芸の本質についての解明の仕方によって、文芸の問題は、技術・形式の面よりもますます本質としての、情緒を発する主体の在り方（自我の在り方）、つまりリズムをもった情緒の世界を表現する当の作家の、歴史的社会的条件の中における主体的在り方の方向へ、焦点を絞らせる傾向を生むことになったと思われる。

（3）さらに郭沫若の理解からすれば、詩はますます「情緒の直写」（主観的表現、唯美的）となりうる可能性があったし、小説・戯曲等はますます「情緒を構成する素材の再現」（客観的描写、功利的）となりうる可能性があった。[25]

なお、前述の第二の問題である民衆との連帯の課題が、どのように追究されたかについては、次節で関連して述べることとしたい。

第四節　自らの「個性」の位置づけ

前述のように郭沫若は、一九二〇年代前半より、創作とその作用（文芸と宣伝、或いは唯美説と功利説）の二元的在り方について、様々の側面から、一元化の方向へ架橋してきた。とりわけ「文学的本質」（一九二五年七月八日、底本は『〈文芸論集〉匯校本』〈前掲〉）において、郭沫若は、反映論の範疇の下にありつつ、ロマンチシズム（自我の表現の重視）

とリアリズム（客観的精確の重視）の架橋、本質における一元的位置づけとその並行的認知という、さらに広い視野を可能とする一つの頂点に登りつめた、と思われる。そして一九二五年頃リアリズム文学への模索に着手している（前節注（22）を参照されたい）。

こうした過程の一部と重なって、一九二四年中頃から一九二六年にかけて表明された、人生の岐路における郭沫若自身の知識人としての独自な態度・生き方とも言うべき点を、また郭沫若のこれまでの作家としての在り方から見れば飛躍とも言うべき点を、ここで一点とりあげておかなければならない。それは、前述してきた、作家の内心の自然な流露、或いは自我の表現に関係することでもある。また同時に、それは、中国変革を展望する進歩的或いは革命的作家として、もう一つの極めて重要な問題である、中国変革の拠りどころをどこに求めるのか、民衆といかに連帯するのか、という課題に関わることでもあった。郭沫若は、「文芸家的覚悟」（一九二六年三月二日、『洪水』半月刊第二巻第十六期）で、「私たちのいる時代は第四階級革命〔労働者階級革命――中井注〕の時代」であるとしつつ、以下のように述べた。

「現代の社会では重んずべき個性やら、自由はない。個性とか自由とかを重んずる人は、第三階級のために発言しているのだ、と言える。もしも君が、『個性を持つことを許されず、自由を持つことを許されないときには、反抗しなければならない』、と言うのであれば、それは好都合だ。私たちは一本の路を同行する人間だ、と言うことができる。君が個性を主張し自由を主張しようとするならば、まず個性を阻害し自由を阻止する者を打倒しなければならない。しかし君は同時にまた、他人の個性を阻害したり他人の自由を阻止したりしないようにすべきだ。さもなければ君は人に打倒されるであろう。このように徹底的に自己の個性を主張できるようにし、徹底的に自己の自由を主張できるようにすることは、これは有産の社会では不可能事である。それでは、友よ、君が反抗の精神をもっている人であるからには、当然私と同一の路を歩いていくはずだ。私たちはしばらくは、自己の個性と自由を犠牲として、大衆の個性と自由のために困難をとり除くように追求することができるだけなのだ。」

（「文芸家的覚悟」、一九二六年三月）

知識人としての個性や自由を、当時の中国旧社会の情況の中で社会主義を展望しながらどのように位置づけるかは、見とおしの非常に困難な問題であった、と思われる。しかしながら革命的な文学を志向する文学者・作家として自らの個性（或いは自我、内部要求、内心）を、例えば創作理論において中国変革を展望しながらどのように考え位置づけるかは（文芸と宣伝の問題ともかかわって）、抜き差しならない問題であったであろう。

この点について魯迅の場合、一九二八年頃からの革命文学論争の過程で、日本プロレタリア文学の理論の翻訳等をとおして（片上伸、青野季吉等）、プロレタリア文学といえども作家の個性（或いは自己、内部要求）に基づくことを確認しつつ、文学革命以来の文学と革命文学との間の、継承性・共通の基礎を見出していった(26)。そしてこの基づく個性それ自体の、社会主義的方向への批判的継承と発展、成長を図っていった。

そのような魯迅と比較すると、一九二六年頃の郭沫若は、現代の社会で重んずべき個性や自由はない、個性も自由もそれを重んずる者は第三階級のために発言しているのだ、として、これを否定し、敢えて切り捨てている。この場合、切り捨てる「個性」（自我）は、郭沫若にとって、小ブルジョア知識人としての「個性」（自我）を念頭においたものと思われる（第四階級の個性と自由の発展は、その切り捨てる行為をつうじて達成されるべき目標とされた）。

すなわち一九二〇年代前半における郭沫若の場合、理論的には先述したように、自覚的革命的作家の内心の自然な流露が、社会変革の前途に効用をもつものであった。或いはさらにすべての熱烈誠実な芸術家は純真な革命家であるような立場を、郭沫若は、想定した。しかしながらここで、社会主義に目覚めた郭沫若の革命的内心は、上のすべてを含めて自己の肥大化した小ブルジョア知識人としての「個性」（自我）を整理・総括・継承するのではなく、むしろそこに目を閉ざしてしまおうとした。[27] 従来の郭沫若の「個性」（自我）における進歩性革命性をも、一九二六年頃の段階の到達点に立って切り捨て無視し、むしろ今後文字どおりに自己犠牲的に行動することによって中国変革に貢献する態度を選択した。これは、民衆との連帯の在り方についての郭沫若の提起をも意味し、また当時の中国における時代精神を表現する一つの典型的態度でもあった。[28] 自己の個性を否定するにせよ、犠牲とするにせよ、その主張は勇壮な決断であり、解決を図る一つの倫理的方法であったと言える。この故にこそ郭沫若には、一方では、一九二六年七月以降国民革命期における総政治部秘書長[29]としての獅子奮迅の活動・行動がありえたのであろう。

しかし例えば先ほど触れたように、魯迅は一九二八年頃以降の革命文学論争の中で、小ブルジョア知識人としての自己の傷口を打ちつつ自己の肉を煮ることをつうじて、無産階級革命文学と作家の個性（自己・内部要求）の問題、新旧文学の継承の問題等を、一歩一歩理論的解決へと推し進めた。このことと比較して、右の郭沫若の考え方は結局のところ、こうした問題を実質的に一次棚上げしてしまうこと、留保すること、に等しかったのではないか。またこのことは、郭沫若の文芸理論において内的自律的発展の芽の成育を阻害し、その後、割り切りすぎた結果としての硬直さを生みだす重石となった可能性があると思われる。

すなわちこの郭沫若の選択は、一九二六年頃の段階では、自己の文芸理論を、実質的には従来の水準のままに、或いは理想的抽象的言葉のままで（「第四階級の立場に立ってものを言う文芸」〈文芸家的覚悟〉、「形式においてはリアリズムであり、内容においては社会主義のもの」〈同上〉と言うように）、一時凍結しがちな方向に作用した可能性がある。リアリズムに対する郭沫若の並行的認知には、空転する部分も現れたと思われる。[30] また、一九二八年以降の革命文学論争における郭沫若の文芸理論においては、作家の意識形態の「転換」に比重をおいた[31]、やや肉声に乏しい面が指摘できると思われる（理論としての正確さのあることは別としても）。また、或いは郭沫若の意図とは逆に、否定されたはずのほかならぬ小ブルジョア知識人としての側面の「個性」（自我）を自らの文学の中に、無原則的に、或いは自らの理論を裏切る実り豊かな形で、浸透させる結果をも生ずる場合があったと思われる。

以上のことを約言すると、郭沫若の場合、自我の表現という文芸理論における自我（個性）が十分な理論的総括・批判的継承を受けず、かえって大衆のためにそれを倫理的に犠牲とする（そのことによって民衆と連帯する）、という全否定の宣言が一九二五年末から一九二六年にかけての段階でなされた（ここには、一九二五年五・三〇事件を目の当たりにした体験が(32)、関わってくる）。この精神は、郭沫若の革命的行動における無尽のエネルギーの源泉・不動の信念となった反面、郭沫若の当時まさに歩みはじめたマルクス主義文芸理論の成熟にとって桎梏となり、その後他者に対する硬直した評価を生みだす一つの根源となった。また同時に、全否定され切断されたはずの小ブルジョア知識人としての側面の「個性」は、しばらくの年月、彼の無意識の底流に、良かれ悪しかれ、潜在貫流した可能性がある、と私には思われる。

第五節　文芸の継承の観点について

次に文芸の継承性そのものについて郭沫若がどのように考えていたのか、或いはこの観点がいかに稀薄であったか、について述べたい。「孤鴻——致成仿吾的一封信」（一九二四年八月九日、『創造月刊』第一巻第二期、一九二六年四月）において、郭沫若は次のように述べる。

「現在、文芸に対する私の見解もすっかり変わった。一切の技術上の主義は問題となりえない。問題としうる点は、ただ、昨日の文芸・今日の文芸・明日の文芸ということのみである、と考える。昨日の文芸とは、生活の優先権を無自覚に占有している貴族のひまつぶしの聖なる品である。例えばタゴールの詩・トルストイの小説のように、たとえ彼らが仁を語り愛を説くとしても、私は、彼らが餓鬼に布施をほどこしているように思うだけだ。今日の文芸とは、私たちが現在革命の途上を歩いている文芸であり、私たち被抑圧者の呼びかけであり、生命にせきたてられた叫びであり、闘志の呪文であり、革命の予期する歓喜である。この今日の文芸が革命の文芸であるということは、私は、過渡的現象であるが、しかし不可避の現象であると考える。明日の文芸とはどんなものなのか。（中略）これは社会主義が実現した後で、始めて実現できる。」（「孤鴻」、一九二四年八月）

郭沫若は、一切の技術上の主義（ロマン主義、写実主義、自然主義、新ロマン主義等を指すと思われる）は問題となりえないとし、問題は、昨日の文芸・今日の文芸・明日の文芸という区分けの中にあるとする。昨日の文芸とは、支配階級としての貴族の暇つぶしのためのものである（例として、タゴールの詩、トルストイの小説があげられる）。今日の文芸とは、被抑圧階級の呼びかけであり、革命途上を歩く文芸である。明日の文芸とは、社会主義が実現した後の文芸である。

この区分けに見られる特徴を三点確認しておきたい。

第一に、郭沫若は、一切の技術上の主義を問題としない、と言うように、文芸固有の発展史、文芸に内在する課題の歴史的経過・発展を、すべて無視している。したがって文芸は、昨日・今日・明日と切断され、それぞれが円環を閉じて、新旧文学の継承の観点が稀薄である、と言わざるをえない(33)。

第二に、第一の点に関わって、郭沫若は、それぞれの時期における階級支配の大まかな在り方に基づいて、その時期の文芸の性質・役割を判別し評価しようとする。しかし例えばトルストイにおけるように、帝政下の貴族でありながらも、ロシア農民の要求を反映し、或いは帝政の専横に抗議するという、次代に繋がるトルストイの進歩的側面が切り捨てられる。郭沫若のこの評価は、一九二四年のマルクス主義文芸理論の水準から言って、中国においては先駆的であるが、しかし粗雑で機械的な階級的分析・見地を免れていないと言える(34)。

第三に、以上の郭沫若の論点から結果することは、過去の時代の文芸は、「今日」という時代の観点から見て、すべて否定すべきものとならざるをえないことになる(35)。

右の諸点について、さらに敷衍したものが、李初梨によって革命文学主張の嚆矢とされる郭沫若の「革命与文学」(一九二六年四月十三日、『創造月刊』第一巻第三期、一九二六年五月十六日)であった、と思われる。

「対立する二つの階級があって、一つは元来の勢力を維持しようとし、一つはそれを覆そうとする。このような時においては、或る階級には当然その階級の代言人がおり、どちらかの階級の立場に立って発言するものであることが分かる。もしも抑圧階級の立場に立つのであれば、当然革命に反対するはずだし、もしも被抑圧階級の立場に立つのであれば、当然革命に賛成するはずである。」(「革命与文学」)

郭沫若の論は、作家の語る内容がどの階級の立場に立つものかによって、文学の性格が規定される、というもので、例えば抑圧階級の立場に立つものであることにより、「反革命の文学」となり、或いは被抑圧階級の立場に立つものであることにより、「革命の文学」となる、とする。「孤鴻」(一九二四年八月)におけるほどの粗雑な断定ではないとしても、形式的で性急な階級的分析・見地をなお免れていない、と言える(36)。続けて郭沫若は、「革命の文学は賛美さるべき文学であり、およそ反革命の文学は反対すべき文学である」(「革命与文学」)とし、「反革命の文学」は根本的にその存在を否認してよいし、全く無価値である、と評価する。

さらに革命と文学の関係は、郭沫若によって歴史的には次のように定義される。

「社会進化の過程において、どの時代も不断に革命しつつ前進するのである。どの時代にもそれぞれの時代精神があって、時代精神が一変すれば、革命文学の内容もこれによって一変する。ここにおいて私は数式で表すことができる。

　すなわち、

　　革命文学＝F（時代精神）

　もっと簡単に表せば、つまり

　　文学＝F（革命）

　これは言葉で表現すると、文学は革命の関数なのである。文学の内容は革命の意義に従って変化する。革命の意義が変われば、文学はそれによって変化する。革命はここにおいて自変数であり、文学は被変数である。（中略）第一の時代において革命的であっても、第二の時代には非革命的なものとなる。第一の時代において革命文学であっても、第二の時代には反革命の文学となる。」（「革命与文学」）

ここに主張された考え方の特徴を挙げると、第一に、革命文学とは、むろんプロレタリア文学に限られるものではなく、それぞれの時代の革命の意義によって内容が変化するものである。つまり革命文学の内容は時代の革命の意義によって規定される[37]。

第二に、革命の意義が変われば、文学がそれによって変化するように、革命が自変数であり、文学が被変数であるとされる。従って、「孤鴻」（一九二四年八月）で展開された論旨と同様に、文芸固有の継承性、文芸固有に内在する課題の歴史的経過・展開は、革命という自変数の変化によって、そのたびごとに断ち切られる[38]。

第三に、それればかりか、たとえ或る第一の時代において革命文学であっても、次の第二の時代に移行した時点においてそれが反革命の文学（或いは非革命の文学）となることさえ指摘される。

以上のように、例えば、或る第二の時代における革命文学が、意義上反革命に転化している前代の「革命文学」（或いは非革命に転化している前代の「革命文学」）から継承するという課題は、成立しにくいこととなる。或る第二の時代における革命文学は、反革命に転化した前代の文学に対して反発否定しつつ、文芸固有の継承性に対して切断された位置において、その第二の時代の特殊な状況（時代精神、革命）に主として規定されていくことにならざるをえない。[39]すなわち郭沫若は、一九二六年の段階において、革命文学が、前代の（或いは過去の）文学をほぼ全面的に切り捨て否定しつつ（新旧文学の継承性の切断）、その時代の特殊な状況（時代精神・革命）に規定される、という革命と文学に関する考え方を、提示している。このことは、先の第四節における、郭沫若自らの小ブルジョア知識人としての「個性」と「自由」を、理論的に総括し批判的に継承するのではなく、全否定して切断し、そのうえで大衆の「個性」と「自由」のために奮闘する、としたことと、対応する。それは、盾の表裏である。

さらに郭沫若は次のように指摘する。

「私たちが徹底的に軍閥を打倒しようとすれば、根本的にも帝国主義を徹底的に打倒しなければならない。ゆえに私たちの国民革命は同時にまた世界革命なのである。私たちの国民革命の意義は、経済的方面から言えば、同時にまた国際間の階級闘争である。」（「革命与文学」）

「民衆に同情せず、国民革命に同情を寄せない人、例えば軍閥・官僚・買弁・劣紳等々は、結局帝国主義と一線に結合して私たちを圧迫するであろう（実際すでにこのような情況にまでなっている）。そこで私たちの革命は、根本的にはやはり無産階級を主体的力量とする、彼ら有産階級に対する闘争ではないのか。」（同上）

郭沫若は国民革命を世界革命の一環とし、その主体的力量を中国の無産階級に求めている。その状況認識のもとに郭沫若は、「私たちの求めている文学は無産階級に同情を表す、社会主義的、リアリズムの文学である」（同上）、と主張する。

すなわち郭沫若は、中国国民革命を世界革命の展望のもとに位置づけ、それが無産階級を主体的力量とする有産階級に対しての闘争であるとする状況認識に基づき、「社会主義的、リアリズムの文学」を提唱していると言える。

注目すべき点は、郭沫若の天才的先駆的そして抽象的な提唱それ自体にのみあるのではなく、[40]この提唱を支える論理としての先ほどの革命と文学に関する考え方（新旧の継承性の切断された中で、その時の情況に深く規定される文学の在り方）の存在したことが、一層重要な意味をもっている、と私には思われる。なぜならば、郭沫若の革命文学（社会主義的、リアリズムの文学）の必然性の論証と、論証の過程に存在する革命と文学に関するこの考え方は、一九二七年四・一二反共クーデター以後の、一九二八年頃からの成仿吾等第三期創造社成員の一部の、「革命文学（無産階級革命文学）」論に濃い影を投げかけている可能性が強いからである。四・一二反共クーデター以後の歴史的転換期についての成仿吾等の状況認識下において、「革命文学（無産階級革命文学）」の理論的探究は、郭沫若の上記の先駆的提唱、そしてそれを支える論理（転換期にまさしく適合するように見えた）とに誘導されて、[41]この方向に基本的に沿いつつ、華々しく一層突進し、跳躍した性格をもつものであったと思われる。

というのも、一九二八年始め頃の段階における第三期創造社の成仿吾・李初梨等による「革命文学（無産階級革命文学）」の提唱の内容を考えてみると（これは後の課題となるけれども）、彼らは、「過去」の文学をほぼ全面的に否定し（新旧文学の継承の切断）、また一九二八年頃の状況認識から直接的に文学の在り方を規定しようとする（自変数＝革命の関数としての、被変数＝文学）性格をもっていたからである。[42]とりわけ、一九二七年四・一二反共クーデター以後武漢国民政府の崩壊、南京の蒋介石政権の樹立という歴史的転換期における彼らの主張は、例えば李初梨が「自我の表現」

（過去の文学）を全面的に否定し（「怎様地建設革命文学」、李初梨、一九二八年一月十七日）、プロレタリアートの階級意識の獲得をアルファでありオメガである、と主張したように、「階級還元論」(43)の相貌をもって一層先鋭であった。

文芸理論の面から言えば、郭沫若は、創作とその作用（文芸と宣伝等）の問題における内的関連性・社会的連関性について、或いは文芸固有の問題等について、第三節において前記してきたように、中国変革を展望する作家としての追究と蓄積をそれなりにもっていた。それと比較して、第三期創造社の若い成員の多くは、創作とその作用の内的連関性・社会的連関性についての、或いは文芸固有の課題についての、問題意識が希薄であった（或いは当初からハードルを越えた、或いは無視した地点よりスタートした）、と言える。むしろ彼らは国民革命の挫折という歴史的転換期における状況認識の重さと明快さ、階級的な強い使命感を、自らの活動の主たる支柱としていた。そのために、彼らは、いきなり郭沫若の到達点から、郭沫若の理論の示す方向に沿いつつ、一層時代にふさわしいと思われた「革命文学（無産階級革命文学）」の理論の充実と実現を目指して、或る意味で突出した形で、何らの痛痒を感ずることなく、「すべての文芸は宣伝である」（「怎様地建設革命文学」、李初梨、一九二八年一月十七日、前掲）とし、過去の文学を全否定し切り捨てつつ、「武器としての芸術」（同上）を提唱する事態もありえたと思われる。

しかしながら、郭沫若自らも文学の本質が「リズムをもった情緒の世界である」（「文学的本質」、一九二五年七月）としたように、文学作品において、その本質から見て、作家の「リズムをもった情緒の世界」の表現或いは再構成でないような、広い意味で、作家の自我（個性）の表現でないような、作品は存在しない。

その意味で、理論として「自我の表現」を否定し（李初梨）、旧来の「個性」と「自由」とを切り捨てようとした（郭沫若）、第三期創造社は、当面の間、プロレタリアートの階級意識（これは創造社の新しいあるべき「自我」にほかならなかった）(44)に基づいた、「生活意志の要求」としての、「階級を反映する実践」としての、肉声に乏しい「標語スローガン文学」の隘路に陥る場合もあったし（あたかも「留声機器〔蓄音機――中井注〕」のように(45)）、或いは全否定したはずの旧来の「個性」を無意識の中にもちこむ場合も（またそれが実り豊かな結果をもたらす場合も）ありえた、と思われる。

第六節　さいごに

さて、一九二六年頃の「文芸家的覚悟」「革命与文学」を中心とする郭沫若の革命文学論は、小谷論文（「郭沫若『革命と文学』その他――創造社の左旋回の先声」、前掲）が指摘するように、第一期創造社との連続面発展面をもちつつ、以上論じてきたように、第三期創造社の革命文学論の萌芽としても、位置づけられる。

郭沫若の場合萌芽としてのそれが、国民革命期において、「国民革命の歴史とそれを支え参加していた人々の中にある、不徹底さや小ブルジョア性をひたすら暴き、切り捨てる方向に向」（丸山昇、『魯迅と革命文学』、紀伊国屋書店、一九七二年一月）かわなかった理由の一つには、先ず切り捨てるべきものが郭沫若自身の「個性」（小ブルジョア知識人としての）であり「自由」であり、その行為によって民衆と連帯するという彼の姿勢と、彼の革命文学論とが、切り離しがたく結びついていた事情もある。

しかしながら国民革命の挫折後の転換期においては、すでに自らがプロレタリアートの階級意識を獲得した、或いは獲得しつつある、そして他の文学者も獲得すべきである、と信じた第三期創造社成員にとって、その萌芽から未成熟な過程にあった理論を、生硬な基準として、あたかもギリシャ伝説のプロクルステスの寝台のように、論争相手にあてはめることもありえた、と思われる(46)。

注

（1）初出においては、副題として「『革命文学』論争覚え書（1）」と付けた。その理由は、「革命文学」論争における魯迅の位置・役割を、また論争の内容を、魯迅以外の作家の視点から見ることによって明確にしたいという願望があったことによる。

（2）李初梨は、「怎様地建設革命文学」（一九二八年一月十七日、『文化批判』第二号、一九二八年二月）で、「一九二六年四月、郭沫若氏は創造月刊にかつて『革命与文学』という論文を発表した。私の知るところによれば、これが中国文壇で初めて革命文学を提唱した第一声である。」と言う。

なお、創造社の分期については、以下のように三期に分けて考える。

第一期創造社（一九二一年六月―一九二四年五月）

第二期創造社（一九二五年九月―一九二七年十二月）

第三期創造社（一九二七年十二月―一九二九年二月）

（3）小野忍氏は、「革命文学」（一九六六年十月、『中国文学雑考』、大安、一九六七年三月）において、「革命文学の流れは最初は一つではなく、いくつかの細流であった」とし、その細流の一つとして創造社における郭沫若をとりあげている。小野忍氏のこの位置づけが的確である、と思われる。

（4）小谷一郎氏は、「郭沫若『革命と文学』その他――創造社の左旋回の先声」（『中国の文学論』、伊藤虎丸等編、汲古書院、一九八七年九月）において、郭沫若の「革命と文学」を詳細精緻に分析し、「郭沫若の〈革命文学〉論は二〇年代中国の思想分化、ことに彼と〈国家主義〉『孤軍』派の関係を尺度としてみなければならない」ことを指摘し、また「第一期創造社の文学観から演繹的、力学的に導き出されてきたという側面を持っているという点において」、「郭沫若の〈革命文学論〉とは創造社が急速にマルクス主義に接近したその〈中間項〉に相当する」とする。

第一章の意図は、小谷論文の業績を参照しつつ、主として「革命与文学」等が一九二八年頃からの革命文学論争に与えた影響はどのような点であったか、すなわち創造社の「中間項」として後年に与えた影響の側面を、とりあげてみることにある。例えば、「第一声」という李初梨の評価が必ずしも彼らのセクト主義にのみよるのではない、ことも示唆したい。しかしまた、創造社全体の推移という観点ではなく、郭沫若個人の文芸観の推移・生き方の変遷という観点から見れば、「革命与文学」「文芸家的覚悟」等の革命文学論は、第一に、むしろ郭沫若自身にとっては、第一期第二期創造社時代に登りつめていった一つの頂点からの、或る文学的飛躍がなされた跳躍点・出発点、を思わせる。第二に、そこには、人生の岐路における郭沫若なりの選択によって、また社会主義思想に対する郭沫若なりの受容の仕方によって、生じた或る倫理的飛躍の存在したことを思わせる。この点についても言及したい。

（5）『時事新報』副刊『学灯』（一九二二年八月四日）所載。底本は『〈文芸論集〉匯校本』（黄淳浩校、湖南人民出版社、一九八四年十一月）による。また郭沫若は、「批評与夢」（一九二三年三月三日、『創造』季刊第二巻第一期、一九二三年）で、より手短に、「真の文芸とは、きわめて豊かな生活が純粋な精神作用によって昇華された象徴の世界である。」とも言う。

（6）『芸術論ノート』（永井潔、新日本出版社、一九七〇年五月）、『反映と創造』（永井潔、新日本出版社、一九八一年七月）、そして『新編社会科学辞典』（社会科学辞典編集委員会編、新日本出版社、一九八九年二月五日）の「反映論」の項（「反映論　認識とは客観的世界の意識への反映であると主張する学説であり、弁証法的唯物論の認識論である。だが人間の主観が客観的事物〈対象〉を反映する場合は、このように直接的でも、単純でもない。目のまえの物体の姿は、その反射する光が目にはいって網膜にうつり、神経刺激に転化されて脳髄につたえられる。こうして感覚器官をとおして直接的な反映である感覚がえられる。さらに、多くの感覚をもとにして、抽象・概括などのはたらきがくわわることによって概念や理論がつくられる。客観的諸事物の普遍的関連＝本質はこうして反映されるようになる。すなわち認識は、一面的なあさい反映から、全面的なふかい反映へと発展する。」）等、によれば、本文で述べたように解釈してさしつかえない、と思われる。

本文と同趣旨のことを郭沫若は、「文芸上的節産」（一九二三年九月十二日、『創造週報』第一九号、一九二三年九月）で次のように言う。

「芸術は内部からの自然の発生である。その受精は内部と外部との結合であり、魂と自然の結合である。その栄養は外界に仰ぐものではある。しかしそれは外界のもとのままの素材ではない。かいこは桑・野桑を食べて糸をつくる。糸は植物の繊維で作られてはいるが、それは桑・野桑のもとの葉ではない。」

これは、客観的世界から刺激を受けて、それを精神の抽象・概括作用をとおすことによって、新たな表現を行うことを言うのであろう。この意味で、反映論の理解に近いものと思われる。すなわち郭沫若の創作理論の基礎には、反映論が存在したと言える。

また、客観的世界を郭沫若が決して無視していなかったことは、次のような例によっても分かる。「批評——欣賞——検察」（一九二三年十月二十四日、『創造週報』第二十五号、一九二三年十月）では、「我々人類の精神が客観的世界を離れて純粋に動きうる可能性は、全くない。」とする。また、「文学的本質」（一九二五年七月八日、『学芸』第七巻第一号、一九二五年八月十五日、底本は『〈文芸論集〉匯校本』〈前掲〉）では、「私たちは、内在的な或いは外界の、一つの或いは多くの刺激によって、私たちの心境に単純な或いは複雑な感情を同時に反応させる。」とする。

プレハーノフは、『芸術と社会生活』（蔵原惟人等訳、岩波書店、一九六五年六月）で、「現代の社会条件の下では、芸術のための芸術は、あまり美味な果実をもたらさないと見える。ブルジョア頽廃期の極端な個人主義は、芸術家から真の霊感のすべての源泉をかくしてしまう。このことが彼らを、社会生活の中に起こりつつあるものにたいしてまったく盲目にし、まったく無内容な個人的経験や病的なまでに幻想的な虚構を無益にさわぎたてることしかできなくしてしまう。」と論ずる。郭沫若が、「社会生活の新しい教義に盲目であるもの、自分の『自我』のほかには現実的なものが存在しないようなもの」（同上）ではなかったことは、すなわちそのような観念論的な芸術のための芸術論者でなかったことは、明白であると思われる。この点、鄭伯奇の「『中国新文学大系小説三集』導言」（上海良友図書、一九三五年八月十五日）における次の指摘は、少なくとも郭沫若を論ずる限り、正しいと思われる。「真の芸術至上主義者はすべての時代的社会的関心を忘れ、『象牙の塔』にこもって、芸術生活に従事する人々である。創造社の作家は誰もこのような傾向をもっていなかった。」

（7）　郭沫若は、「印象与表現」（『郭沫若佚文集』上冊、王錦厚等編、四川大学出版社、一九八八年十一月、原載『時事新報』副刊『芸術』第三十三期、一九二三年十二月三十日）で次のように言う。

「印象は欧文では Impression であり、表現は Expression である。Impression とは外から内へと接触するもので、Expression とは内から外へ拡張するものである。宇宙における事物は私たちの感官に接触し、私たちの意識に或る影響を生ずる。これが印象である。芸術家は様々の印象を、精神による醸成と自律的な総合をへて、新たな全体的世界として再び呈示する。これが表現である。私が今晩お話ししようとする表現は、まさしくこの意味である。もともとこの言葉は大変幅広く用いられている。例えば印象を極端に尊重する芸術家は、自己の見方を排除して、外からの印象をそのまま呈示しようとする。こうした仕事は彼らも時には『表現』と言うが、これは厳格に言えば、『再現』にすぎず、『表現』ではない。」

また、「未来派的詩約及其批評」（一九二三年八月二十七日、『創造週報』第十七号、一九二三年九月）では次のように言う。

「〔未来派は——中井注〕新しい印象は新しい表現を用いなければならない、と言うのである。印象から表現への過程は、未来派の作家においては瞬時的にすぎず、未来派のいわゆる『表現』とは『再現』のことで、いわゆる『創造』とは『描写』にすぎない。或る友人が複雑微妙な生活を体験し、もとのままの混沌ぶりで他人の脳を直ちに刺激しようとする。これは絶対的な客観的描写にすぎない。無意識の反射運動は、これは決して無から有への創造ではなく、決して内から外への表現ではない。未来派はたんに精神のない写真機、蓄音機、極端な物質主義の奇形児である。」

これらはいずれも写真的な反映をしりぞける。「芸術家は様々の印象を、精神による醸成と自律的な総合をへて、新たな全体的世界として再び呈示する」（「印象与表現」）と言うように、反映論の範疇の下にありつつ、熟成した意識の表現の過程（Expression）に重点を置いた論じ方をしている。

後年郭沫若は魯迅の言葉を手がかりに創作の理論について次のように言う。

「魯迅ははっきりと次のようにも語ったことがある。『牛は、食べるものは草ですが、しぼり出すのは乳です。』この言葉には深い教育的意味がある。ここには文学芸術の創造過程が含みこまれている。文学芸術は現実の反映、生活の反映である。しかし写真機式の反映ではなく、生命力の醸成をつうじて、現実の材料を栄養に富み消化しやすい牛乳に変化させるのである。」（「継続発揚魯迅精神和本領」、一九六一年九月二十五日、『郭沫若論創作』〈上海文芸出版社、一九八三年六月〉所収、原載『文芸報』一九六一年第九期）

ここの部分は、龔済民氏の指摘のように（「試論郭沫若的現実主義文芸観」、『郭沫若研究論集』第二集〈四川人民出版社、一九八四年四月〉所収）、一九六一年当時の郭沫若のリアリズム観の一端を示すもの、と思われる。

以上のように、一九二〇年代始めの創作についての郭沫若の理論と、後年（一九六一年）魯迅の言葉をめぐって語られた内容とには、むしろ共通する面の多いことが分かる（また一九二五年五月、『約翰沁孤的戯曲集』訳後」〈『郭沫若集外序跋集』、四川大学郭沫若研究室等編、四川人民出版社、一九八三年二月〉において、ジョン・シングの「人物は作りごとであるものはない〈当然作家の『総合的再現』をへたものである――この言葉は、私自身が考えだしたもので、私の考えは、様々な経験の有機的組み合わせによることを言うのである〉。〈中略〉彼はリアリズム〈realism〉の精神を、徹底的に戯曲に応用して成功したものだ」としている）。一九二〇年代初めの郭沫若の理論と後年の発言という両者の違いを言うならば、両者ともに反映論の範疇の下にありつつも、創作方法の理論の重点として、ロマンチシズム（自我の表現の重視）と、後年（一九六一年）のリアリズム（客観的精確の重視）への傾向の違いではなかろうか。すなわち反映論の範疇の下にありながらも、そうした創作過程における重点の置かれ方の違いである、と私には思われる。角度を変えて言えば、この両者には反映論は一貫している。鄭伯奇は、「憶創造社」（『創造社資料』〈下〉、福建人民出版社、一九八五年一月、原載『文芸月報』第五、六、八、九号、一九五九年五、六、八、九月）で、「いかにロマンチシズムの手法を採用しているとはいえ、創造社の作家の作品が依然当時の現実を反映している、ことを認めなければならない。」と言う。このことは、少なくとも、郭沫若のロマンチシズムの在り方の核心を説明している、と思われる。

（8）『創造週報』第三号（一九二三年五月二十七日）の附記によれば、この文章はもと英文で、大阪毎日新聞一九二三年五月二十五日英字紙「支那介紹専号」（中国語原文のまま）に載せるためのもので、成仿吾の協力のもとに書かれたと言う。

（9）この自我の表現という点について郭沫若は、「論詩　二（致宗白華）」（『学灯』、一九二〇年二月一日、底本は『〈文芸論集〉匯校本』〈前掲〉による）で、「私は、私たちの詩が心中の詩意詩境の純真な表現でありさえすれば、つまり命の泉から流れるStrain、心の琴線でかなでられるMelody、生のふるえ、魂の叫びでさえあれば、それは真の詩、良い詩であり、私たち人類の喜びの源泉、陶酔の美酒、慰安の天国である、と思っています。」とする。
また、「印象与表現」（前掲、原載『芸術』第三十三期、一九二三年十二月三十日）で郭沫若は次のように言う。

「『真実を求める』ことは芸術家にとってもともと必要なことです。しかし芸術家の求真は、自然に忠実な点において追求することはできません。自我に忠実な点においてのみ追求することができます。芸術の精神は決して自然を模倣することではなく、芸術の要求も決してたかだか自然との外形の相似を求めることにはありません。芸術は自我の表現です。芸術家の内在的衝動のこれ以外にはありえない表現です。自然と芸術家の関係は材木店と大工の関係のようなものにすぎません。自然は芸術家に様々な素材を提供するだけですが、この様々の素材を新しい生命に融合し、完全な新世界に融合させるのは、それはやはり芸術家の高貴な自我なのです。」

またこの点について後年郭沫若は、『創造十年』（一九三二年、底本は『沫若自伝　第二巻　学生時代』〈生活・読書・新知三聯書店、一九七八年十一月〉）で以下のように言う。

「創造社の人は自我を表現しようとし、内在する衝動にもとづいて創作に従事しようとした。」

黄侯興氏は、『郭沫若的文学道路（修訂本）』（天津人民出版社、一九八三年九月）で郭沫若の自我の表現について、次のように正当に評価する。

「私たちは決して、作品における作家の『自我の表現』に大雑把な反対をしない。問題は、作家の表現しようとするものがどのような『自我』であるか、その『自我』が客観的世界を排斥するものかどうか、社会の健全な審美的要求から離れて存在するものかどうか、にある。上述のように、郭沫若の『自我の表現』という理論的主張、彼の主観的世界は、客観的世界を離れ排斥して存在したものではなく、同時にそれは現実生活を反映し、生活を土壌としたものである。」

（10）　創作における功利性を排する点について郭沫若は、「論詩　二」（李石岑宛て書簡、『学灯』、一九二一年一月十五日、底本は『〈文芸論集〉匯校本』〈前掲〉）で、「詩——詩に限らず——の表現は、浅薄な功利主義でもってもっぱら縛ることはできないからであります。」とする。

また、「芸術的評価」（一九二三年十一月二十三日、『創造週報』第二十九号、一九二三年十一月）では、「芸術家の目的は、いかに真摯に自己の感情を表現するかにのみあるので、共感を得ることができるかどうかにはない。」とする。

また、「論国内的評壇及我対于創作上的態度」（一九二二年八月、前掲）で、「私は、芸術上の功利主義的動機説に対して、成立する可能性がある、とは認めない。」とする。

(11) 郭沫若は、作用における功利性という点について、「児童文学之管見」(一九二一年一月、前掲)において、「文学は人間性の薫陶に対して、本来非常に広く深い効果を持っている。(中略)児童文学の提唱は我が国の徹底して腐敗した社会に対して、創造能力のない国民に対して、起死回生の第一の特効薬である。」とする。

また、「論詩　二」(李石岑宛て書簡、『学灯』、一九二一年一月十五日、前掲)で、「真の詩は、真の詩人の詩は、たとえ彼自らの哀情や鬱屈を吐露するものであったにしても、私たちが読むと、私たちの人格を高めてくれるに足るものが必ずあります。なぜなら詩は人格の創造的表現です、或いは人格の創造衝動の表現だからです。」とする。

(12) 郭沫若は、陳建雷宛て書簡(一九二〇年七月二十六日、『郭沫若佚文集』上冊〈前掲〉、原載『新小説』第二巻第一期、一九二〇年九月一日)で次のように言う。

「私は詩学において功利主義を排します。創作家が創りはじめるとき、功利思想がいささかでも心中に夾雑混入することは許されません。創作家が重視しなければならないのは、自己の精神・人格を修養することにのみあります。ところで芸術は最高の精神的表現物ではありますけれども、純真な芸術品には世を益し人を助けることができないものはないのです。必ずや一見目につかない事を行うでしょう。それでこそ芸術の価値があるのです。ですから私は文学上何らかの ism、何らかの主義を、まったくもちません。私は主義によって詩を作るのではなく、私の詩ができれば、自ずから主義をもつはずです。一首の詩は一つの主義をもちうるのです。」

このように一九二〇・二一年の段階では、郭沫若は創作と鑑賞(創作とその作用)とを内的にも社会的にも連関させる必要を感ずることなく、はっきりとした二元的な考え方をしていると言える(郭沫若は、「写在『三個叛逆的女性』后面」〈一九二六年三月八日、『郭沫若全集　文学編』第六巻、人民文学出版社、一九八六年十月〉で、「以上の二篇〈『卓文君』一九二三年二月と『王昭君』一九二三年七月を指す——中井注〉は私が完全に作意を持って書いた文章です」、としている。この作意は、反封建的道徳という点から言って、郭沫若の自我の表現とまったく齟齬がなかった、或いは郭沫若の自我の表現そのものであった、ことによって、一九二〇年代前半においては問題として鮮明に意識されなかったと思われる)。

この二元的考え方は、その後においても重点の置かれ方・時期の違いによって、相矛盾する外貌を見せることが時にある。例えば、「論文学的研究与紹介」（郭沫若、一九二二年七月二十一日、『学灯』、一九二二年七月二十七日、底本は『〈文芸論集〉匯校本』〈前掲〉）では、翻訳者（創作者の立場に等しいとされる）としての立場から、「文学は赤裸々な人間性の表現である」としつつ、自我の表現としての真理の探究を翻訳においても認める。この理由にもとづいて、茅盾の、中国の実情を踏まえた、翻訳書の緩急の要がある、とする議論に対して、郭沫若は反駁する。また他方、「太戈児来華的我見」（郭沫若、一九二三年十月十一日、『創造週報』第二十三号、一九二三年十月）では、中国の現況にもとづいて、タゴールの文学の有効性に疑問を投げかけている（この場合の相矛盾する外貌は、時期的違いが大きい、と思われる）。

この第三節では、こうした郭沫若の創作と鑑賞の二元性（創作とその作用の二元性）の克服の過程、つまり内的連関性・社会的連関性の明確化への過程を、また文学の本質における一元性の確認への過程を、若干なりとも述べていきたい。

この二元的在り方について、黄侯興氏は、『郭沫若的文学道路（修訂本）』（天津人民出版社、一九八三年九月）で次のように指摘する。

「文芸の功利主義について語るとき、彼（郭沫若を指す――中井注）は文芸の創作の動機と文芸の社会的効果を厳格に区別する。彼は、詩人が筆をとって創作を行うとき、功利主義的動機をもってはならない、と考える。なぜなら真のよい詩は詩人の内発的情感の自然の流露でなければならないからである。（中略）しかし彼はまた、『文芸はすなわち社会現象の一つである、それ故必ず社会に影響を及ぼ』すことを認める。しかしこの影響は、作家が創作を行うとき追求するもの、とすべきではなく、『文芸が発生した後の必然的事実』とする。」

（13）　ここには厨川白村の『苦悶の象徴』の影響が明確に見てとれる（『苦悶の象徴』の第一章「創作論」第二章「鑑賞論」は、一九二一年一月『改造』〈第三巻第一号〉に掲載され、また一九二一年『学灯』に明権によって訳載されている〈一九八一年版『魯迅全集』第七巻の「関于『苦悶的象徴』」の部分を参照されたい〉）。郭沫若は、「暗無天日的世界」（一九二三年六月十六日、『創造週報』第七号、一九二三年六月）で、「私郭沫若が信奉している文学の定義は、『文学は苦悶の象徴である』というものである。」としている。

また、『『西廂』芸術上之批判与其作者之性格」(一九二一年五月二日、『西廂』、上海泰東図書局、一九二一年、底本は『〈文芸論集〉匯校本』〈前掲〉)では、郭沫若は次のように言う。

「文学は反抗精神の象徴であり、生命が追いつめられて叫ぶ一種の革命である。」

「精神上の様々の苦悶があってのみ、始めて向上の衝動が生まれるのであり、この衝動によって文芸に表現され、文芸の尊厳性が始めて確立する。」

ここでも、「精神分析学派」(フロイト学派)、ひいては厨川白村の影響が明確に見てとれる。

郭沫若に対する厨川白村の影響の指摘については、『郭沫若的文学道路(修訂本)』(黄侯興、前掲)に若干見える。

また小谷一郎氏は、「郭沫若『革命と文学』その他」(『中国の文学論』、前掲、一九八七年九月)で第一期創造社に対する厨川白村の影響を指摘し、また、「創造社と日本」(『近代文学における中国と日本』、丸山昇等編、汲古書院、一九八六年十月)において、田漢における厨川白村の影響を指摘している。

(14) 厨川白村は、「宣伝と創作」(『近代の恋愛観』、改造社、一九二二年十月、底本は『厨川白村全集』第五巻〈改造社、一九二九年四月〉による。引用において、繁体字は新字体に、旧仮名遣いは新仮名遣いに、それぞれ改め、送り仮名はそのままとする。以下同じ)において次のように言う。

「いうまでもなく一切の文芸は創造創作であるが故に、自己表現である。詳しく言えば作者が内から迫る要求のために自己を表現したものであって、自己以外の世人とか、政治運動とか社会運動とかの道具として利用すべく筆を執るべきものではない。広告用でもなく宣伝用でもない。(中略)決して功利的なものでなくて自己目的のものだ。」

「宣伝は必ずしも創作の如くに個性の表現を第一要件とはしない。単に実利実用のために動かされ、或いは流行を追う受売である場合さえ尠くない。人間としては確かに第二義的生活に属する事だ。苟も文筆の事に従うもの若し読者の顔色をうかがい、おのれの筆に成る物が如何なる影響を世人に与うべきかを顧慮しつつあるならば、その創造に終始すべき文芸の大業を以て、悪しき意味のジャアナリズムに堕せしむるものである。」

厨川白村は、創作と宣伝を矛盾対立する関係にあるものとして考える。

（15）　郭沫若は、「創造十年続編」（上海北新書局、一九三八年一月、底本は『沫若自伝　第二巻　学生時代』、三聯書店、一九七八年十一月）によると、一九二四年三月杭州における中華学芸社の年次大会で「文芸之社会的使命」という同名の講演をしている。その内容は、「一方では文芸の実利性を証明しようと思いながら、他方では芸術家の自我の表現も捨てきれず」というものであった、と回顧する。

（16）　この点を、時期は数年遅れるが、一九二四年から二七年頃にかけての魯迅と比較してみる。一九二四年頃、魯迅は、人生のための文学でありながら、同時に自立的な文学の在り方を考えていた。二四年以降、厨川白村の『苦悶の象徴』『象牙の塔を出て』を翻訳し、その思想や文学理論に深い共感を寄せている（拙稿、「厨川白村と一九二四年における魯迅」、『野草』第二十七号、一九八一年四月二十日）。また、作者の真情の流露によってこそ人の心を打つことができるので、革命という目的をあらかじめ立てた宣伝の文学は人を感動させることはできない、としていた（「革命時代的文学」、一九二七年四月八日）。この隘路を切り開くために魯迅が一九二六年頃から想定したことは、郭沫若と同様に、革命的意識に裏打ちされた革命人がものを書くことによって、革命文学を作り出すことであった（「中山先生逝世后一周年」、一九二六年三月）。この場合、郭沫若の場合と違って、魯迅自らはとうてい革命者たりえないことを痛切に自覚したうえでの発言であった、と思われる。

　上述のような創作とその作用、ひいては文芸と宣伝（或いは文芸と革命）の関係をとらえる場合、魯迅・郭沫若両者ともに、作者の主体の在り方に解決を、或いは解決の糸口を見出そうとしている。この点について、「珍貴的閃光的思想内核」（閻煥東、『郭沫若学刊』一九八九年第二期、総第八期）にも指摘がある。

　従ってまた、一九一〇年代から一九二六年頃に至る功利説と唯美説の郭沫若における関係は、郭沫若の初期文学論を詳細に論じた中島みどり氏が指摘するような、「文学の社会的効用説否定から肯定への変化」（「郭沫若の初期文学論」、『吉川博士退休記念中国文学論集』〈筑摩書房、一九六八年三月〉所収）の関係ではなかった、と私には思われる。むしろ本章でとりあげるように、唯美説と功利説という両者の文学における一元性の確認或いは架橋の方向へと、郭沫若は登りつめていくと思われる。

（17）　この点を魯迅と比較してみると、魯迅の場合は一九二八年以降革命文学論争の中で始めて、文芸は社会現象の一つであることを認めている（「文芸与革命」、一九二八年四月四日）。文芸が作者の意図のいかんにかかわらず、読者に影響を及ぼし、広義の宣伝の役割を果たす、と認識を深化させている。魯迅は、それ故に、あらかじめ目的をもった文芸（宣伝の文芸）も可能なのだ、とする。

このように、激動する中国変革の過程の中における郭沫若と魯迅両者の、中国変革を展望する文学者としての在り方にとって、創作とその作用の問題（文芸と宣伝等）は避けて通ることの難しい問題の一つであったことが分かる。

（18）『河上肇全集』第十二巻（岩波書店、一九八二年八月二十四日）による。

（19）郭沫若は、「太戈児来華的我見」（一九二三年十月十一日、『創造週報』第二十三号、一九二三年十月）でタゴールに関して次のように言う。

「人の信仰がいかに偏り激したものであれ、社会と関係しない間においては、私たちはその自由にまかせておかなければならない。しかしいったん社会と価値関係を生じた時には、私たちこの社会における人間は評価取捨の権利をもつのである。西洋の混乱は制度の欠陥に病根があり、私たち東洋の死滅も私有財産制度の束縛に病根がある。病状は違うが病因は同じである。唯物史観の見解が、世界の状況を解決する唯一の針路である、と思う。世界が経済制度改革を行った後でなければ、すべての梵の現実とか、我の尊厳とか、愛の福音とかは、有産有閑階級のモルヒネ、ヤシ酒にすぎない。無産階級の人々は結局永く満身の汗と血を流すよりほかない。（中略）平和の宣伝は有産階級の護符、無産階級の鉄鎖にすぎない。」

一九二三年十月の段階で、郭沫若はすでに、「唯物史観の見解が、世界の情況を解決する唯一の針路である」と考えている。また、「再上一次十字架」（『郭沫若佚文集』上冊、王錦厚等編、四川大学出版社、一九八八年十一日、原載上海『獅吼』半月刊第三期、一九二四年七月十五日）で郭沫若は次のように言う。一九二四年四月映画「クォ　ヴァディス」を見たことが契機となって、生理学研究者としての学究の道を、今はその時ではない、として捨てることになった。

「一言で言えば、私は現在、学究となる時ではない、と自覚したのです。――私はこの志望を投げ捨ててから、社会経済方面の学問に研究検討を加えようと決心しました。近頃、社会主義に対する私の信仰は、マルクス、レーニンに対する信仰は、いよいよ堅固となりました。」

これが一九二四年七月頃の段階であり、「孤鴻」（一九二四年八月九日）の言葉を裏書きするものとなっている。なお河上肇博士の『社会組織と社会革命に関する若干の考察』を校了したのは、一九二四年七月一日（『社会組織与社会革命』附白」、一九二四年七月一日、『郭沫若集外序跋集』〈四川大学郭沫若研究室等編、四川人民出版社、一九八三年二月〉所収）である。本書第二章を参照されたい。

(20)「再上一次十字架」（前掲、原載上海『獅吼』半月刊第三期、一九二四年七月十五日）で、注（19）の引用文の続きとなるが、郭沫若は次のように言う。

「私たちのすべての行動の背後においては、社会主義実現を目的とすること以外、すべて過去のものです。文学もそのとおりです。今日の文学や明日の文学は社会主義的傾向の文学、無産者の呼号する文学、階級闘争の気勢を助ける文学であって、それ以外のすべては過去のもの、昨日のものです。」

こうした発言は、河上肇博士の『社会組織と社会革命に関する若干の考察』（前掲）を訳したことの影響が大きい。「社会革命的時期」（一九二六年一月十九日、『洪水』半月刊第一巻第十・十一期合巻、一九二六年二月五日）で、郭沫若は、一九二五年七月二十二日付け何公敢宛て自書簡を引用して、「『社会革命の急先鋒レーニンは社会革命を三つの時期に分けている。(1)宣伝時期、(2)戦闘時期、(3)経営時期』」（何公敢宛て書簡）と言う。この『宣伝時期』を、文章の後半で「精神的準備（主義の宣伝」時期」（これは博士の言葉の引用でもある）と解説している。また、『中国近代文学論争史』（高田昭二、風間書房、一九九〇年一月十五日）を参照されたい。

(21) 生活の反映としての文学という点では、郭沫若は、ツルゲーネフの『処女地』（原文――《新時代》）のような作品を念頭においていた、と思われる（『新時代』、郭沫若訳〈一九二四年八月訳了〉、上海商務印書館、一九二五年六月）。

「芳塢よ、農奴解放後の一八七〇年代のロシアは、満清打倒後の一九二〇年代の私たち中国に似ていないであろうか。私たちはともに社会革命に向かって進んでいる。これが共通の色あいである。この本に述べる官僚生活で、『トランプ』を『マージャン』に変え、シガーを阿片に変えたならば、私たち中国の新旧官僚の生き写しではないか。タバコの紫煙、ウォッカの烈しい火は、真明君主の出現を失意の中で希望している中華民国の平民を、同じように焼いている。ネジダーノフの懐疑、マルケーロフの焦燥、ソローミンの聡明、マリアンナの強毅、良い点も悪い点もすべて私たち青年男女の性格の中に複雑に表れている。私たち中国式のネジダーノフ、中国式のマルケーロフ、中国式のソローミン、中国式のマリアンナは、たんに私たちの知り合いの友人の中に求めても、少なからぬすぐれた者をあげることができる。私がこの本を好み、この本の翻訳を決心した他の原因は、おそらくここにある。私たちはここに私たち自身の面影を映しだすことができるのだ。」（「孤鴻」、一九二四年八月九日、前掲）

一九二〇年代前半「自我の表現」を強く主張した郭沫若が、一九二四年頃、社会を反映する文学を主張できるようになる、文学に関わる理由を、私は以下のように考えておきたい。①郭沫若は、基本的には反映論の範疇に下にありつつ、その一過程としての、自我の表現をこれまで重視していた（ロマンチシズム）。マルクス主義に接近する中で、郭沫若が基本的に反映論の範疇の下にあったそのことによって、ロマンチシズムとリアリズム（客観的精確の重視）との間の架橋が、並行的認知が、大きな障害をともなわなかったのではないか（リアリズムに対する接近については注（22）を参照されたい。並行的認知については、本文で後述）。②郭沫若は、「私は、昨日の私の思想にも完全に葬儀をしてしまいました」（「再上一次十字架」、前掲、『獅吼』半月刊第三期、一九二四年七月十五日）と言い、また自己の個性・自由を犠牲とするとした態度に見られるように（「文芸論集序」、一九二五年十一月二十九日、『洪水』第一巻第七号、一九二五年十二月十六日）、自己の昨日の思想を、自己の個性を第三階級のものとして位置づけ、それを否定する。自我の表現における、第三階級としての郭沫若の「自我」そのものが否定される（「自我の表現」の否定ではなく）。

（22）郭沫若は、「『約翰沁孤的戯曲集』訳後」（一九二五年五月二十六日、『郭沫若集外序跋集』、前掲）で次のように言う。

「彼〔ジョン・シングを指す――中井注〕の態度は謙虚なもので、彼の同情した人物はすべて下層階級の浮浪者と乞食であった。彼のどの戯曲にも幻滅の哀情が漂っている、人類に対する幻滅の哀情、現実に対する幻滅の哀情が。しかし彼は現実に対して、人類に対しても、ことごとくは絶望していない。彼には、この人類社会を改造するように励ます積極的進取の精神はないけれども、彼は少なくとも、虚偽の、無情の、利己的な、反復常なきこの社会が改進する値打ちのあることを、私たちに指し示す。（中略）彼の人物はひとりとして作りごとであるものはない（当然作家の〈総合的再現〉をへたものである――この言葉は、私自身が考えだしたもので、私の考えは、様々な経験の有機的組み合わせによることを言うのである）。どの人物が使う言葉もほとんどみな実地から採ったもので、そのため私たちが彼の著作を読むと、少しもぎこちなさを感じず、少しも何か不自然なところがない。彼の描きだすすべての人物は生きていて、一人一人の心理・表情・性格には、少しも虚偽がない。彼はリアリズム（realism）の精神を、徹底的に戯曲に応用して成功したものだ。」

また郭沫若は、「『闘争』序」（一九二六年一月二十八日、『郭沫若集外序跋集』、前掲）で次のように言う。

「彼〔ゴールズワージィを指す――中井注〕の戯曲はすべて社会劇だと言える。彼は現在の社会組織に不満で、弱者のために深く厚い同情を表す。現在の社会組織のもとで圧迫を受ける弱者の苦況を、彼は如実に舞台に表現し、一般の人類に社会改造の道筋を暗示する。彼の傾向は言うまでもなくバーナード・ショウ（Bernard Shaw は英国でゴールズワージィと肩を並べる戯曲家）と全く一致する。しかし彼らの作風ははるか異なったものである。ショウの社会劇はすべて彼自ら舞台の上に立って語りかける。彼は積極的な宣伝者である。ゴールズワージィはそうではなく、彼は純粋な客観的態度をとり、少しもぎこちなさがなく、少しも仮託するところもなく、社会の矛盾が生き生きと現れている。言葉の雄弁さ、思想の煥発さから言えば、ゴールズワージィはまことにショウに及ばない。しかし構成の精密さ、表現の自然さから言えば、ゴールズワージィはショウを越えるだけでなく、西洋の近代社会劇作家の中で、まことに並ぶべきものも稀である。

我が国の社会劇の創作はまさしく萌芽期にあり、私は、ゴールズワージィのような作風は手本とするに足る、と思うのである。」

これらはいずれも、郭沫若が、リアリズム（「写実主義〈realism〉」――原文）の理解へと、すなわち戯曲における批判的リアリズムの理解へと、道を歩みはじめていることを示している。さらにその後郭沫若は、ゴールズワージィの二つの戯曲、『銀匣』（上海創造社出版部、一九二七年七月）、『法網』（上海創造社出版部、一九二七年八月）を翻訳している（『民国

時期総書目〈一九一一－一九四九〉外国文学』、北京図書館編、書目文献出版社、一九八七年四月）。

秋吉久紀夫氏は、「郭沫若のロマンチシズムの性格」（『近代中国の思想と文学』、東京大学文学部中国文学研究室編、大安、一九六七年七月一日）で、一九二六年頃までの郭沫若の文芸論を詳細に分析しながら、次のような示唆に富む指摘をする。

「このように郭沫若の態度を見てくると、かれのもつ独自なものが、浮彫にされて来る。それはよい意味での二面性を所有していたことである。すなわちロマンチストであり、かつリアリストであるということである。」

（23）このことをもっと砕き直接的な形で、また感情という面に引きつけて、郭沫若は、「革命与文学」（一九二六年四月十三日、前掲）で次のように述べている。

「私たちは、文学の本質が感情に始まり感情に終わるものであることを知っている。文学者は自己の感情を表現する。彼の目的――意識的なものであれ無意識的なものであれ――は、必ずや読者の心の中に同じような感情の作用を引き起こすことに在る。そうであるとすると、作家の感情が強烈であればあるほど、普遍的であればあるほど、作品の効果も強烈で普遍的である。」

上記の引用部分についての興味深い分析が、「郭沫若前期思想発展研究中的幾個問題」（陳永志、『郭沫若研究論集』、四川人民出版社、一九八〇年六月）に見える。

（24）こうした郭沫若の統一戦線的思考は、次のようなところにもうかがわれる。郭沫若は、「整理国故的評価」（一九二四年一月九日、『創造週報』第三十六号、一九二四年一月）で次のように言う。

「すべての事は各々がその是とするところを行いうるだけで、人に同じきを強いる必要はない。まず自我の覚醒をへて、同時に良心の命ずるもとに行動する、ということだけを求めさえすれば、百川は途を殊にしても同じく海に帰するのである。同じでない中にまさしく大同を見出すことができる。必ずしも競々として同じきを強いる必要はなく、また必ずしも競々として異なる故に排斥する必要もない。」

また、「偉大的精神生活者王陽明」（一九二四年六月十七日、底本は『〈文芸論集〉匯校本』〈前掲〉）の中の「附論二　新旧与文白之争」で、郭沫若は次のように言う。

「前述したところによって、東西の文化は一筋の通路を切り開くことができる。そして我が国の現在の新旧思想の争いも、折衝談判する可能性がでる。私の論点は次のとおりである。個人の修養においては、儒家の精神を体得し自我の拡充に努力して、完成の聖域に向かわなければならない。そして社会の新興変革においては、社会主義の指導によって、つとめて科学文明の恩恵を吸収し、物質の生産力を増加させ、物質の分配を平等にし、各個人の精神の全面的発展を遂げさせなければならない。すべてがこの目標に向かって進むとき、すべての新旧の争いは止むことが可能となる。」

郭沫若は、国学研究の推進と反対にしろ、そして文言と白話の争いにしろ、これらの主張を個人の修養（良心の命ずるところに従って営む個人の自我の拡充）として位置づける。その根本的解決を、郭沫若は、社会変革をつうじての、各個人の精神の全面発展を保証する物質的発展にみている。この大きな根本的筋道での一致があれば、すなわち統一戦線的に考えることができれば、個人の修養上の争いの問題は、止むことができる、としている。

(25) 郭沫若は、「写在『三個叛逆的女性』后面」（一九二六年三月八日、『郭沫若全集　文学編』第六巻、一九八六年十月）で次のように言う。

「私の信念によれば、詩は必ず霊感によってほとばしり出るものでなければならないが、戯曲・小説は努力によって作り出しうるものである、と思う。努力によって作りだした詩は、いかに技術的に巧みであろうと、人の深部の魂を感動させることができない。戯曲・小説の力に根本的に詩の直接的切実さがないのも、おそらくこの原因による。」

(26) この点について私は、拙稿「魯迅と『壁下訳叢』の一側面」（『大分大学経済論集』第三十三巻第四号、一九八一年十二月二十一日）で、また拙稿「魯迅と『蘇俄的文芸論戦』に関するノート」（『大分大学経済論集』第三十四巻第四・五・六合併号、一九八三年一月二十日）で述べたことがある。

(27) 郭沫若は、「再上一次十字架」（前掲、原載上海『獅吼』半月刊第三期、一九二四年七月十五日）で次のように言う。

「私はこの志望を投げ捨ててから、社会経済方面の学問に研究検討を加えようと決心しました。近頃、社会主義に対する私の信仰は、マルクス、レーニンに対する信仰は、いよいよ堅固となりました。私たちのすべての行動の背景においては、社会主義実現を目的とすること以外、すべて過去のものです。文学もそのとおりです。今日の文学や明日の文学は、社会主義的傾向の文学、無産者の呼号する文学、階級闘争の気勢を助ける文学であって、それ以外のすべては過去のもの、昨日のものです。私は、昨日の私の思想にも完全に葬儀をしてしまいました。」

また郭沫若は、一九二五年十一月二十九日の「文芸論集序」（『洪水』半月刊第一巻第七号、一九二五年十二月二十六日）で、次のように言う。

「一二年前の私の文章では、このような見解〔自己の個性・自由を犠牲とし、大衆の個性・自由のために奮闘することを指す――中井注〕は萌芽としてなかったわけではないが、しかし大体から見て、混沌とした状態にあった、と言えよう。

今『混沌』は私自身によって穴をうがたれ死んだ。ここに収められたものはその死骸にすぎない。」

郭沫若にとって、幾分謙遜はあるかもしれないが、『文芸論集』は、批判的にも継承すべきものではなくて、穴をうがつことによって死んだ「死骸」とされた。従って、次のような一面の現象をも郭沫若に見ることができることになる。黄侯興氏（『郭沫若的文学道路〈修訂本〉』、天津人民出版社、一九八一年九月）は、郭沫若の詩について次のような指摘をする。

「郭沫若の世界観の転換を示している詩集『恢復』（一九二八年三月出版）は、彼が無産階級文学を提唱するときの、リアリズム創作方法に対しての初歩的運用である。美学的視角から分析すると、作家がその芸術個性を形成した後で、そのすでに形成した芸術個性から別の斬新な性格をもった芸術個性へと転換することは可能である。しかし、郭沫若が創作の実践の中でリアリズムを試用した創作方法は成功しているとは言えない。これはなぜか。（中略）

第一に、作家の芸術個性の転換は、その芸術個性の前後の一貫性連続性をはなはだしく失うほどに影響すべきではないことを、前提としている。（中略）今彼は、自己の情緒や気質を表現するのに適した芸術個性を放棄し、自己の性格気質となじまない芸術個性を強いて追求しようとする。これは、彼の芸術個性の前後の一貫性や連続性を壊すばかりか、ついには個性を喪失するという失敗をもたらした。」

一九二五年二六年当時、ロマンチシズム（「自我の表現の重視」）に対する郭沫若の否定（「革命与文学」等）の仕方を考えてみると、中国の現状規定からする過去の文学としての否定という意味と、小ブルジョア知識人としての自らの「個性」「自由」の否定をとおしての否定という意味があったと思われる。それは必ずしも、「自我の表現の重視」（ロマンチシズム）という創作方法に対する批判を主要な内容とするものではなかった。

私は、その意味で、黄侯興氏の指摘する「芸術個性の転換」を、反映論の範疇の下にありつつ、ロマンチシズムからリアリズムへの重点の移行をともなった、郭沫若自らの可能性の拡大的転換・飛躍の試みと解釈したい。そしてその拡大的転換・飛躍の試みの過程においては、郭沫若は自らの「個性」を切り捨て、そこから批判的にも継承することがなかったがために、黄侯興氏の指摘する一面の現象（試行錯誤と失敗）があった、と考える。

（28）こうした郭沫若の考え方は、当然のことながら、一九二六年三月に突然生じたものではない。郭沫若は、一九二四年四月中頃「再上一次十字架」（前掲、注（27）の引用の前の部分にあたる）で、次のように言う。

一九二四年四月、関東大震災後の東京へ出た折り、郭沫若は、映画「クォ　ヴァデイス」を見た、と言う。ローマが炎上し、キリスト教徒に対する皇帝ネロの迫害が始まる。これを逃れる途中の使徒ペテロの前に、キリストの姿が現れる。

「――主よ、いづこに行き給う。

イエスは言った、『なんぢローマを棄つるとき、我れ往きて再び十字架にかけられん。』

ああ、ここを見たとき、私の全精神は感動しました。国を出て放浪し、誓って二度と帰るまい、という今度の私の決心は、根本から動揺しました。『我れ往きて再び十字架にかけられん。』――厳かな声が、私の内心のもっとも深いところから響いてきました。（中略）

私は、当初来たとき、もともとここの生理学研究室で一生涯学究になりたい、と思っていました。私は生理学に対して深い関心をもっていたのです。生理学で四五年研究できさえすれば、必ずやいささかの発見ができる、と信じていました。しかしいったん現実から逃避し、現実からますます遠ざかったとき、私に対する現実の引力は反比例的に強くなりました。そこから悟ったことを一言で言えば、私は現在、学究となる時ではない、ということです。――私はこの志望を投げ捨ててから、社会経済方面の学問に研究検討を加えようと決心しました。近頃、社会主義に対する私の信仰は、マルクス、レーニンに対する信仰は、いよいよ堅固となりました。」

いる。

ここで郭沫若は、現在という時が学究となる時ではない、という現状認識に基づいた、自己の生き方に対する選択を語って

これは、中国知識人が中国の極めて困難な状況の中で、いかに生きるか、いかに中国変革に貢献するか、という問題に迫られた場合、選択した典型的な生き方の一つであったと思われる。この点に関連して、一九二三年林霊光は、「致青年的第二信」(『創造週報』第六号、一九二三年六月十六日)で、クロポトキンの『ある革命家の手記』の一節を意訳しつつ引用し、その人生観を青年に問いかけている。

「『……協会〔地理学協会——中井注〕から電報がとどき、協会幹事の地位を承諾するように、言ってきた。同時に前任の幹事も極力私にすすめてくれた。私の宿望は実現したのである。しかし同時にまた別の考え方が私を支配するようになっていた。私は真剣に熟慮し、その結果、返電した。〈私は心から感謝します。しかしお受けできない。〉人は、自分がしなければならない仕事について、しばしば懐疑をもつことがありうる。しかし往々日常の仕事に迫られて、考えてみる暇がない。私もそうであった。幸いにも今度フィンランドを旅行し、私に思索の機会が与えられたのである。私は文句なくおもしろい地質学の仕事をしているときも、地質学よりもはるかに強い思想があって、私の心中から離れなかった。私はフィンランドの農民が多大な労力を費やし土地を開拓しているのを見て、こう考えた。〈私はロシアのこの地方の地理の本を書いて、土地を耕す最良の方法を農民たちに教えてやろう。あそこではアメリカ製の切り株引き抜き機が応用できるし、ここでは科学的な施肥法を使ってみるべきだ……〉、しかしこうした方法を教えることが、何の役に立つだろうか。彼らは今、今年の収穫から次の収穫まで食いつなぐパンさえも十分でないというのに。この土地に対して彼らが納める地代は、土地の改良ができたときには、ますます高くなっているのではないか。彼らは、石よりも固いパンを一年に二度しか焼かず、それを備えてかじりつつ日を過ごしているのだ。彼らのおかずも、おそろしく塩からい干し魚と数滴の牛乳にすぎない。このように収穫のすべてを売り払って、地代を納めなければならないのに、どうしてアメリカ製の機械などの話をできようか。(中略)今は何ものも役立つところがないのではないか。〉(中略)科学はすばらしいものである。私も科学の喜びを味わっている。私たちはフィンランドの湖や丘を眺めながら、その景色ばかりでなく、

科学上のたくさんの推論をうることができる。……しかし私たちの周囲に、貧しい家しかなく、パンのための戦いだけがあるときに、私たちにどうして高い喜びを行う権利があるだろうか。私がこの高い感激の世界に住もうとするためには、私は先ずこれらの人のパンを取りあげないわけにはいかない。彼らは力をつくし、麦をうえていながら、自分の子供たちを養うパンを十分にはつくれないのだ。要するに私は人から奪わざるをえない。（中略）知識は広大無限の力である。（中略）私たちはすでにたくさんのことを知っている。もしもこの知識を人々みな知ることができるようになったならば、どうであろうか。科学自身が、飛躍的に進歩できるのではあるまいか。（中略）民衆は知識を求め学びたいと切に思っている。しかも彼らは少し学べばできる。（中略）機会を彼らに与えさえすればよいのである。彼らにこうした時間を持たせればいいのである。私はこの方向に向かって行かなければならず、これらの民衆のために力をつくさなければならない。……だから私は地理学協会に、不承知の電報を打ったのである……』」（『創造週報』第六号、一九二三年六月十六日、ここの訳文は、『ある革命家の手記』〈下〉〈高杉一郎訳、岩波書店、一九七九年二月〉を参照させていただいた。）

クロポトキンは、地理学上の重要な発見の喜びを科学者として一度味わいながら、こうした「高い喜び」が一部の限られ恵まれた人間のものでしかないことを、すなわちこの真理の発見が餓えた人々を踏み台にした上でのものであることを、自覚する。ロシアの当時の状況の中では、むしろ必要とされているのは、これらの大衆の直接の利益のために、援助し働くことだ、と考え、クロポトキンは科学者としての道を自ら捨てる。

郭沫若は、人生の岐路において、まさしくクロポトキンのような境遇において、同種の選択の仕方をした、と思われる。科学者（生理学研究者）として真理を探求する道を捨て、餓え苦しむ大衆に対する、より直接的な貢献の道をめざす、という選択をしたと思われる。郭沫若は、「文芸論集序」（一九二五年十一月二十九日、前掲）で、同じ精神に基づき、自らの「個性」と「自由」について次のように言う。

「私はこれまで個性を尊重し、自由を崇敬していた。しかし最近一二年、水平線下の悲惨な社会といささか触れるところがあって、大多数の人がやむなくすべての自由を失い個性を失った時代において、少数の者が個性を主張し自由を主張することは、どうしても僭越しごくなところがないわけにはいかない、と思うようになった。」（「文芸論集序」）

「個性を発展させようとするなら、みんなが同じように個性を発展させなければならない、自由の中に生活しようとすれば、みんなが同じように自由に生活しなければならない。

しかし大衆がなお個性を発展させることができず、自由の中に生活できないときにおいて、少数の先覚者はむしろ自己の個性を犠牲とし、自己の自由を犠牲として、大衆のために困難をとり除くよう追求し、大衆の個性と自由とを奪いかえすのである。（中略）

ここに新思想の出発点があり、ここに新文芸の生命がある。」（同上）

ここで郭沫若は、自己の個性と自由とを犠牲として、大衆の個性と自由とを奪いかえそう、と言う。これまでの自己の思想・個性・生き方に対して倫理的反省を加え、大衆の個性と自由を奪いかえす次の段階のための犠牲とする、と言う。批判的継承・理論的総括を行うのではなく、郭沫若の場合その生き方として、むしろ倫理的決断をともなった、大衆のための自己犠牲的飛躍を行おうとする。これが郭沫若なりの民衆との連帯の在り方の提起でもあった。これはクロポトキン的選択の、文学者郭沫若における表現と言わなければならない。こうした一種の精神的雰囲気は、林霊光の主張とともに、当時の時代精神の一面を明確に表している、と思われる（他面から言えば、郭沫若のこうした選択は、中国民衆と知識人との隔絶の程度の深さを示唆するものと言える）。

言い換えると、郭沫若は、次のような生き方を思い描いていたのではなかろうか。

「インドにSnjiibrn Auun〔不詳――中井注〕という詩人がいます。その英文詩はタゴールよりも一層著名です。しかし彼女はガンジー主義のために、インドの独立運動のために、詩も作らなくなりました。以前こしらえた美しい服やあらゆる装飾品をすべて売り払い、インド綿を着て、主義を宣伝する運動を行っています。この偉大な精神は、実に私たちが学ぶ価値のあるものです。」（郭沫若講、蕭韻記、「国際階級闘争之序幕」、『郭沫若佚文集』〈上冊〉〈前掲〉所収、原載上海『〈民国日報〉覚悟』、一九二五年八月二十三、二十四日）

李沢厚氏の「啓蒙与救亡的双重変奏」（『中国現代思想史論』、李沢厚、東方出版社、一九八七年六月）の論理に従って言えば、郭沫若のこの選択はまさしく「救亡」の論理であった。

（29）王廷芳は、「光輝的一生　深切的懐念」（『郭沫若研究論集』、四川人民出版社、一九八〇年六月）で次のように言う。
「彼は七月に北伐軍に随行して広州を出発し、九月に武昌城下に到着した。わずか数ヶ月という短時間に、彼は宣伝科長、宣伝処長、秘書長から政治部副主任に昇進した。軍級においても中佐から中将へ昇級した。」

なお、広州出発時の官位については、『郭沫若年譜』〈上〉（龔済民等編、天津人民出版社、一九八二年五月）によれば、「一九二六年七月二十一日　広州から出発し北伐のため軍に随行する。政治部宣伝科科長兼行営秘書長を任ずる。」とする。

上記のように郭沫若の職位は急速に昇進しているが、本文では総政治部秘書長をもってとりあえず代表させておく。

（30）言うまでもなく、自らの生き方として選択した北伐戦争への参加（一九二六年七月）が、その後しばらく郭沫若の文芸理論を深化させなかった、物理的時間的な最大の原因であったと思われる（『鳳凰、女神及其他――郭沫若論』、閻煥東、中国人民大学出版社、一九九〇年十一月）。しかし他面、ここで指摘したリアリズム文学理解の芽を、十分に成育させるための条件が、自らの個性に対する郭沫若の否定によって、ある程度阻害されざるをえなかった、と私には思われる。

（31）郭沫若は、「留声機器的回音」（一九二八年二月二十日、『文化批判』第三号、一九二八年三月十五日）で次のように言う。
「中国の現在の文芸青年はどうであろうか。正直に言えば、無産階級出身の者は一人としていない。文芸青年の意識は資産階級の意識である。この意識はどのようなものなのか。観念的な、主観に偏重する個人主義である。

この意識形態を克服しなければ、中国の文芸青年は革命文芸の路へたどりつくことはできない。

だから私は言う、『壊れたラッパ（有産者の意識）をみだりに吹かず、しばらく蓄音機となれ』と。

しかしここには必ずへなければならない戦闘の過程がある。
1、労農大衆に近づき、無産階級の精神を獲得しなければならない。
2、自己の旧来の資産階級意識形態を克服しなければならない。
3、新たに得た意識形態を実際において表し、さらにこの新たに得た意識形態を再生産的に増やし堅固にしなければならぬ。」
この場合、旧来の意識形態の克服と新しい意識形態の獲得とは、理論的総括・批判的継承のない、まさしく方向転換と言うにふさわしいものであった。これは文芸青年について言っていることではあるが、郭沫若自らの転換過程の説明でもあったと思われる。

（32）この体験は、「写在『三個叛逆的女性』后面」（一九二六年三月八日、『郭沫若全集　文学編』第六巻、人民文学出版社、一九八六年十月）に詳しく語られ、また『創造十年続編』（上海北新書局、一九三八年一月、底本は『沫若自伝　第二巻　学生時代』〈生活・読書・新知三聯書店、一九七八年十一月〉）にも詳しい。

（33）この点に関して、後の郭沫若は『創造十年続編』（上海北新書局、一九三八年一月、前掲）の一九二四年から一九二五年始め頃について、次のように言う。

「条件は進化しており、内在的であれ外在的であれ、人類社会の進化にともない進化する。この条件から反射して出てくる情緒も、そのため進化する。或る時代には或る時代の条件があり、或る時代には或る時代の感情がある。そのため或る時代には或る時代の文芸がある。過ぎ去った時代の条件は再現のしようがない。ゆえに過ぎ去った時代の文芸には模倣不可能性がある。その文芸は独立して存在しており、それは後から継ぐものがない。これが私の理解している文芸の進化の過程である。」

郭沫若は、それぞれの時代の文芸が円環を閉じているものとし、それぞれ独立する円環の連続の過程に進化を見ている。すなわちそれぞれの時代の文芸の円環は独立し、その間の継承性は無視されている。（これは、基本的に胡適の「文学は、時代によって変遷するものである。或る時代には或る時代の文学がある。周秦には周秦の文学があり、漢魏には漢魏の文学があり、唐宋元明には唐宋元明の文学がある。これは私独りの個人的な意見ではなく、文明進化の公理である。」〈「文学改良芻議」、『新青年』第二巻第五号、一九一七年一月一日〉という考え方を受け継いだもの、と言える。）

郭沫若は、一九二三年に「瓦特裴徳的批評論」（一九二三年十一月一日、『創造週報』第二十六号、一九二三年十一月）で次のように言う。

「批評家の重要視するものは、正確な抽象的な『美』の定義によって知性を満足させることにあるのではなく、一種の気質に、美しい物事が目の前にあるとき深く感動しうる力量に、あるのである。美が様々の形式の中に存在することは、彼〔ウォルター・ペーターを指す――中井注〕は忘れるべくもない。あらゆる時期、風格、流派は彼にとっては本質上すべて平等である。どのような時代であれ必ずや卓越した作家、卓越した作品がある。彼の常に提起する問題は、――時代の激動、精神、情感はどの人に体現されているのだろうか、時代の美しいところ、崇高さ、特色はどこに保たれてあるのか、ということである。ウィリアム・ブレイクは言う、『時代はどれも同じであり、天才はいつも時代の上に突出している』と。」

郭沫若は、ウォルター・ペーターが時代の変遷・展開それ自体よりも、そうした時代の流れを視野に入れつつ、むしろ或る一つの時代における「美しい物事」を批評しようとすることを、紹介する。それぞれの時代の「美しい物事」を発見する批評家の目からすれば、時代の内容それ自体の変遷・展開は、或いは「美しい物事」自体の変遷・展開は、大きな意味をもたない。こうしたウォルター・ペーターの批評の姿勢が、円環を閉じたそれぞれの時代の文芸を想定した郭沫若に影響を与えていることはないだろうか。

また、他面から言い換えると、文芸の継承に関する郭沫若の考え方は、次のような形で思い描かれていた可能性はないだろうか。すなわち時代の変遷を貫流する精神が、それぞれの時代の環境・条件等のもとで、それぞれの卓越した個性の作家（天才）によって体現される、と。むしろそこに郭沫若は、歴史的継承性を認めていた可能性がある。文芸の継承性には、歴史を貫流する或る精神が深いところで保証しているのである。例えば、文芸の分野とは異なるが、郭沫若は「偉大的精神生活者王陽明　附論一　精神文明与物質文明」（一九二四年六月十七日、底本は『〈文芸論集〉匯校本』〈前掲〉）で、次のように言う。

「私たちの中国思想には、すでに前述したが、道家と儒家の二大宗派がある。両派の思想は同じく現実を肯定するものであるが、道家の実践倫理は私利私欲であって、仮にも世に実行されるならば、行き着くところ、西洋資本主義制が到達しうるのと同一の結果を招くであろう。残るものは儒家のみである。儒家の思想は本来融通無碍、内外一如のもので、精神的方面においては全面的発展をつとめて追求し、物質方面においては豊かさをつとめて追求するのである。精神は物質から離れず、精神的教養は物質の豊かさの後におかれる。この為政の順序は、孔子自らが述べたことのあるものだ。

それならば、私たち東洋人から考えて、物質的生産力がなお豊かでない時代にあっては、私たちは西洋の科学文明にまさしく救いを仰がざるをえないのである。しかし私たちの注意し予防すべきことは、科学文明を利用しても、資本主義の害毒を受け付けないことに長けなければならないことである。ここにおいて私は、陽明学説と近世ヨーロッパ社会主義について一致点を見つけだす。（中略）ゆえに私自身においては孔教を信仰し、王陽明を信仰し、同時にまた社会主義を信仰するものである。私は、マルクスやレーニンの人格の高潔さも、孔子や王陽明に劣るものではなく、ロシア革命後の施政は孔子の言う『王道』である、と思う。」

歴史を貫流する或る精神が、それぞれの時代においてそれぞれの卓越した個性によって体現された。それ故に、マルクスが孔子廟を訪れて歓談することもありえた（「馬克思進文廟」、一九二五年十一月十七日、『洪水』半月刊第一巻第七号、一九二五年十二月十六日）。

郭沫若は、このように別の形で継承性を考え意識していた可能性がある。

（34）『蘇俄的文芸論戦』（任国楨訳、北京北新書局、一九二五年八月）において、ウォロンスキー（「認識生活的芸術与今代」〈「生活認識としての芸術と現代」〉）は、チュジャーク（「レフ」）の旧文芸に対する全面否定を批判して次のように言う。

「もしも旧芸術が受動的観賞的無意志的であるものなら、その旧芸術は人に行為や奮闘を呼びおこすことはありえない。しかし、帝政の専制と奮闘し、暗黒の腐敗したロシアと奮闘することにおいて、旧芸術には人を敬服させる堂々たる偉大な功績がある。」

また、ウォロンスキーは、プレハーノフの見解を引用しつつ、次のように言う。

「プレハーノフは、新文学が旧文学に反対するのは自然なことであり、不可避なことである、と理解していた。これは事実からもそうなのである。しかし反対には限度が必要であり、決して極端ではないのである。慎重に境界線を引き、何を採用すべきで、何を排斥すべきか、を知らなければならない。前代の文学から新生した文学は、その必要条件（自己の将来の発達のための）を採り、新文学はその無用なしかも有害な旧い遺産を排斥しなければならない。」

ウォロンスキーは、新旧文学の継承の問題に対して的確な指摘をしている、と私には思われる（以上の点については、「魯迅と『蘇俄的文芸論戦』に関するノート」〈拙稿、前掲〉を参照されたい。）

なお本文の、郭沫若の機械的な階級的分析についての私の指摘は、レーニンの「ロシア革命の鏡としてのレフ・トルストイ」（『プロレタリー』第三十六号、一九〇八年九月十一日、底本は『レーニン全集』第十五巻〈大月書店、一九五六年三月三十日〉）と比較しても明瞭である。レーニンは次のように論ずる。

「トルストイの作品、見解、教えにおける、またその流派における矛盾は実際はなはだしい。（中略）一方では、資本主義的搾取の仮借ない批判、政府の暴力、裁判と国家行政の茶番劇の暴露、富の増大や文明の成果と労働者大衆の貧困、野性化及び苦悩の増大との極めて深刻な矛盾の暴露。他方では、暴力による『悪に対する無抵抗』の神がかり的説教。」（「ロシア革命の鏡としてのレフ・トルストイ」）

トルストイの見解におけるこの矛盾は、十九世紀末のロシアの生活がおかれていた矛盾にみちた諸条件の表現であり、農民的ブルジョア革命の特殊性を表現したものであった。

「トルストイが反映したのは、わきたつ憎悪、より良いものをめざす成熟した志向、過去から脱しようとする願望であり、――また未成熟な夢想性、政治的未訓練、革命的意気地なさである。歴史的・経済的諸条件は、大衆の革命的闘争の発生する必然性をも、闘争に対する彼らの無準備をも、最初の革命的戦役の敗北のもっとも重大な原因であった、トルストイ的な悪への無抵抗をも説明している。」（同上）

レーニンのトルストイ観の方が、トルストイの偉大で複雑な苦悩をよく理解している。

（35）この点について郭沫若は、「文芸家的覚悟」（一九二六年三月二日、前掲）で、さらに次のように言う。

「帝王思想宗教思想を含んだ古典主義も、個人主義自由主義を主張するロマン主義も、すでに過ぎ去った。過ぎ去ったものには当然歴史上の価値がある。しかし私たち現代とは関係がない。私たち現代は骨董を賞玩する時代ではない。言うまでもなく私たち現代にもこれらの主義の残存する陣地に退き守る人もいる。これらの人は第三階級の闘士であり、彼らは社会思想〔『科学的社会主義』という意味で使用している――中井注〕に染まることを願わず、しかも社会思想を撲滅しようと努力する者たちである。これは私たちの敵である。」

過去の文芸上の思想、「古典主義」も「ロマン主義」も、すでに過ぎ去ったものとし、歴史上の価値を認めるが、しかし現代とは関係がないとする。或いは現代においては「敵」とする。

(36) 今日では有名な、バルザックに関するエンゲルスの評価(エンゲルスの手紙、一八八八年、マーガレット・ハークネス宛て、『マルクス＝エンゲルス　芸術・文学論①』〈大月書店、一九七四年十一月十一日〉所収)によれば、バルザックのリアリズムは彼自身の王党派的立場をも乗り越え、むしろ彼の政治的信条に反して、貴族の没落と新興ブルジョアジーの力とを描きだし、傑出した文学を創造した、とする。そしてそれを「リアリズムの最大の勝利の一つ」、とする。『芸術と社会生活』(プレハーノフ著、蔵原惟人・江川卓訳、岩波書店、一九六五年六月)所収の「解説」(江川卓)は、次のように指摘する。

「マルクスも、エンゲルスも、レーニンも、文学・芸術の問題については、まとまった著作を残すことをしなかった。いまでこそ文学・芸術に関する彼らの見解は、『マルクス・エンゲルス芸術論』、『レーニン文学論』といった形にまとめられ、それぞれに数種の邦訳も出ているが、これらはいずれも一九三〇年代以降に、ソ連のコム・アカデミー文学・芸術研究所などの努力で、彼らの著作、発言の抜粋、未発表の書簡などから編集されたものであり、それ以前は、例えばラッサール、カウツキー、ハークネスらにあてられたマルクス、エンゲルスの手紙のように、現在ではマルクス主義文芸理論の基本的命題を含む文献として重視されているものさえ、ほとんど一般には知られていなかった。そんな関係もあって、少なくとも一九二〇年代までは、マルクス主義文芸理論の創始者といえば、先ず第一にプレハーノフの名を挙げるのがふつうであった。」

このような状況のもとで、私が、一九二六年当時の郭沫若の理論的欠陥をあげつらうことを目的としているのではないことは当然である。私の意図は、郭沫若の革命文学に関する考え方が、どのような特徴をもっていたのか、一九二八年頃以降の革命文学論争にどのような影響を与えたのか、を見ようとすることにある。

(37) 小谷一郎氏は、「郭沫若『革命と文学』その他――創造社の左旋回の先声」(『中国の文学論』、一九八七年九月、前掲)で次のように指摘する。

「彼〔郭沫若を指す――中井注〕の『革命文学の内容』とは彼のいう『弁証法的』、単線的な進化論的発展法則にもとづいて、『革命』つまりは『時代』の側から演繹的にみちびき出され、常に『時代』の求める、最も新しい文学として提起される。これが郭沫若『革命文学』論のもつ第一の特徴である。」

(38)　郭沫若は、「文芸家的覚悟」（一九二六年三月二日、前掲）で、次のように言う。
「人が世間に生きるとき、（中略）その人の様々の精神活動は、どのようであれ社会の影響を受けざるをえない。その時代がどのようであるのか、その環境がどのようであるのか、これは、その様々の活動において、極めて重要な決定的要素となる。その人はまたこうした影響から逃れることができない。それは、自分の呼吸運動や血液循環から逃れることができないのと同じことである。単に文芸について論じても、そのために、一つの時代には一つの時代の文芸があり、一つの環境には一つの環境の文芸がある。」

郭沫若は、時代および環境がそこで活動する作家に極めて重要な規定的要素となることを、指摘している。この郭沫若の指摘は、基本的には、文芸が時代や環境を超越するものとする主張に対しての、批判的見解であろう。郭沫若は、さらに一歩進んで、「一つの時代には一つの時代の文芸があり、一つの環境には一つの環境の文芸がある。」とする。それ自体としては納得できる郭沫若の上述の見解は、新旧の継承性が切断された文脈の中では、問題を生ずることになる、と私には思われる。

(39)　これに対して、革命文学論争の頃、新旧文学における文芸史的内的必然性・継承性を執拗に追求しようとしたのが魯迅であった（拙稿、「魯迅と『壁下訳叢』の一側面」、前掲）。

(40)　この点について郭沫若は、『創造十年続編』（上海北新書局、一九三八年一月、前掲）で次のように言及する。
「そこ〔〈革命与文学〉を指す――中井注〕で下した『革命文学』の定義は、『無産階級に同情を表す、社会主義的、リアリズムの文学』である。これがまさに後に言う『プロ文学』或いは『無産文学』のことである。（中略）その年の『三月二日夜』、私はまた〈文芸家の覚悟〉を書いた。末尾の数句がちょうど私自身のための注釈となっている。

『私たちが現在必要としている文芸は第四階級の立場に立ってものを言う文芸である。この文芸は形式においてはリアリズムであり、内容においては社会主義のものである。』

これは近年ソ連の文芸主潮が提起している『社会主義リアリズム』のスローガンと、違っていないようである。」

(41)　郭沫若の「革命与文学」(一九二六年四月十三日)、「文芸家的覚悟」(一九二六年三月二日)の影響がいかに深かったか、という点については、王独清の発言が参考となる。郭沫若は、『海濤集』(上海新文芸出版社、一九五一年八月、底本は『沫若自伝　第三巻　革命春秋』〈生活・読書・新知三聯書店、一九七八年十一月〉)の、「離滬之前」の章中、一九二八年「二月二一日、火曜」の項で次のように記す(『離滬之前』、上海今代書店、一九三六年五月)。

「独昏〔王独清のこと――中井注〕は、『君の文章はいつもおもしろい、要点が、か、か、か、かならず明確にされている。』と言う。」(「離滬之前」)

「僕自身はどうしてもだめだ。僕はいつも君の〈革命与文学〉と〈文学《ママ》家的覚悟〉を読んでいる。光慈は僕を笑っているが、後者の一篇の迫力はなみたいていのものではない。」(同上)

郭沫若は、上のような王独清の言葉を紹介している。

(42)　まず第一に、「過去」の文学をほぼ全面的に否定する(創造社に対してのみは若干の留保をつけつつ)、すなわち新旧文学の継承の課題を無視する論理を、とりあげることにする。

馮乃超は、「芸術与社会生活」(一九二七年十二月十八日、『文化批判』創刊号、一九二八年一月十五日)において次のように言う。

「似て非なる共和制の中国社会において、政権を掌握している階級は封建遺制の軍閥である。私腹を肥やす彼らの搾取と外国の経済的略奪が、中流以下の各階級に安楽を失わせ生活の困難を感じさせている。このような暗雲濃い『中国の悲哀』は当然文学作品に反映する。そのため中国の芸術家が多く小資産階級の中から出ているのは、当然の事実である。(中略)その小資産階級の文学者が、真の革命的認識のないとき、彼らは自らの属する階級の代言人にすぎない。そうであれば、彼らの歴史的任務は、憂愁にみちたピエロ(Pierotte)にほかならない。」

また李初梨は、「怎様地建設革命文学」(一九二八年一月十七日、『文化批判』第二号、一九二八年二月十五日)で次のように言う。

「私たちは、文学についての見解を有産者のものと対立させなければならないだけではなく、有産者の文学論を克服しなければ、実際私たちの革命文学を建設しようがないのである。」

また成仿吾は、「従文学革命到革命文学」（一九二七年十一月二十三日、『創造月刊』第一巻第九期、一九二八年二月一日）において次のように言う。

「文学革命の現段階に関する考察には、少し触れなければならない北京の一部の特殊な現象がある。それは語絲を中心とする周作人一派のことである。彼らの標語は『趣味』である。私は以前、彼らの誇るものは『閑暇、閑暇、第三の閑暇』である、と言ったことがある。彼らは有閑の資産階級を、或いは太鼓の中に眠る小資産階級を代表している。彼らは時代を超越して、すでに多年過ごした。もしも北京の真っ黒に立ちこめる毒気が十万両の無煙火薬の爆発によって吹き飛ばされないならば、彼らは永遠にそのように過ごすのかもしれない。」（「従文学革命到革命文学」）

「私たちははるかに時代の後ろに落伍している。私たちは、『アウフヘーベン』されるであろう階級を主体とし、その『イデオロギー』を内容として、ろばでもなく馬でもない『中間的な』口語体を創りだし、小資産階級の悪劣な性質をあらわにしている。」（同上）

右のように、旧い文学からの批判的継承が課題とされるのではなく、むしろ旧い文学（或いは旧い文学を支える小資産階級意識）の否定・克服と、そこからの転換に主張の重点が置かれている。

次に、第二として、状況に規定される文学の在り方についての主張を見てみることにする。

李初梨は、「怎様地建設革命文学」（一九二八年一月十七日、『文化批判』第二号、前掲）で次のように言う。

「中国の現下の客観的情勢は、私たちがこの問題を観念の上で、理解するようにさし迫ってきているばかりでなく、さらには現実に私たちが『革命文学』を建設するように求めている。」

また、李初梨は、「請看我們中国 Don Quixote 的乱舞」（一九二八年四月十日、『文化批判』第四号、一九二八年四月十五日）で次のように言う。

「中国革命の初期、それの内包する要素の複雑さのために、それが意識に反映したのは、ただ混合型の革命文学にすぎなかった。

しかし国内ブルジョアジーと小資産者知識階級があいついで叛乱した二つの段階をへて以後、すなわち中国プロレタリアートの Hegemonie のしっかり確立するようになった今日、革命文学は当然アウフヘーベンされて（魯迅の『除き去る』ではない）、プロレタリア文学となった。これも文学上の方向転換と言ってよい。

しかしこの方向転換は、一昨年或いは去年の上半期には実行されえなかった。これは必然的に去年の年末或いは今年の年初に実現されなければならなかった。

というのも去年の八月から九月に、始めて革命はその第三段階に入り、十月から十一月に、プロレタリアートは始めてその政治的方向転換を完了したからである。」

プロレタリアートの政治的方向転換の完了の後、プロレタリア文学の出現、すなわち文学上の方向転換がありえたとする。社会発展の段階から文学の方向を、直接的に説明し規定しようとする。

（43）　この「階級還元論」という用語は、丸山昇氏が、『魯迅と革命文学』（紀伊国屋、一九七二年一月三十一日）の第二章で使用したものである。

「後に述べるように成仿吾の〈文学革命から革命文学へ〉を始めとする、この時期の創造社・太陽社の『革命文学』論は、プロレタリアートの『階級意識』を文学者が身につけることの必要性を強調し、『革命文学はプロレタリアート文学でなければならないし、また必然的にそうなるであろう』（李初梨〈いかにして革命文学を建設するか〉）とするものであった。作家の『階級意識』を、『革命文学』のほとんど唯一の必要十分条件とする、『階級性絶対化論』あるいは『階級還元論』であったといってもいい。」

こうした考え方が一九二八年の段階において急激に創造社の主流の考え方となる、外側の歴史的社会的理由については、四・一二反共クーデターが中国の文学者にもった大きな意味についての、丸山昇氏のすぐれた指摘がある（『魯迅と革命文学』を参照されたい、また注（46）で後述する）。

私は、そうした中にあって、郭沫若の評論、とりわけ「革命与文学」（一九二六年四月十三日）等が一九二八年頃の第三期創造社において持った意味（内側の倫理的論理的意味）を確認することを意図する。例えばちなみに、同じく「革命文学」を提唱した太陽社は、太陽社として独自な論理（明の反映論とも言うべき）をもって、過去の文学を否定している（これは後の課題として明らかにしたい）。

（44）「問題としての創造社」（『創造社研究』、一九七九年十月、前掲）において、伊藤虎丸氏は、この点を成仿吾の文章に基づいて指摘している。

（45）この「標語スローガン文学」という批判は、茅盾の「従牯嶺到東京」（一九二八年七月十六日、『小説月報』第十九巻第十号、一九二八年十月十日）に見える。

また、黄侯興氏（「論郭沫若的芸術個性」、『郭沫若研究論集』第二集〈秦川等編、四川人民出版社、一九八四年四月〉所収）は、郭沫若の一九二八年の詩集『恢復』（上海創造社出版部、一九二八年三月二十五日）について次のように指摘する。

「郭沫若がこの時、文芸の創作は『蓄音機となる』べきであることを強調し、文芸と政治の関係について不適切な理解をしたことによって、彼は、政治を図解した、標語スローガン式の概念化した詩を書くことを、詩歌創作の正しい道筋だ、とみなし、自らが主観的詩人から標語スローガン人に変わることをも、正しい方向に沿うものだ、と考えたのである。」

また、この頃郭沫若は、「一隻手──献給新時代的小朋友們──」（一九二七年十月四日、『創造月刊』第一巻第九期、十期、十一期、一九二八年二、三、五月）において、尼爾更達島におけるプロレタリア革命を童話の形で物語るが、特に第一巻第十一期所載の「下」の部分は、労働者階級の権力獲得後の政治的図解・絵解きのような感がある（しかし魯迅が、『現今的新文学的概観』〈『未名』半月刊第二巻第八期、一九二九年四月二十五日、底本は一九八一年版『魯迅全集』第四巻〉において行った、「一隻手」に対する批判は、一九八一年版『魯迅全集』第四巻注の指摘するように、誤解に基づく）。

（46）ではなぜ一九二七年末頃の段階において郭沫若自身は、自らの「革命与文学」（一九二六年四月十三日）等における提唱・考え方に基づき、「革命文学」（無産階級革命文学）唱導の先頭に立たなかったのだろうか。言い換えると、郭沫若は、一九二七年四・一二反共クーデター後、国民革命挫折をへて、上海に到着した一九二七年末、なぜ魯迅（一九二八年から第三期創造社によって集中砲火を浴びた一人である魯迅）との合作を一時意図し、その後それを撤回したのだろうか。先ず、合作の意図を可能とし誘導した郭沫若の側の、文芸理論における条件、そして状況認識における条件に言及することにする。

第一に、文芸理論の面から言えば、これまで本文で述べてきたように、郭沫若は、文学の本質から見ての、ロマンチシズムとリアリズムとの架橋を行い、それぞれの文学主張を並行的に認知した（「文学的本質」、一九二五年七月八日）。その後郭沫若は批判的リアリズムへの模索と接近を試みている（注（22）を参照されたい）。

それ故に、一九二〇年代魯迅が主として自らの文学的営為として行ってきた、旧社会に対する批判と暴露の文学、社会を反映する文学、批判的リアリズムの文学は、一九二七年末の時点において、郭沫若にとって協同しうる文学主張であり、統一戦線を組むことは可能であったと思われる。

また第二に、状況認識の面から言えば、国民革命の挫折の在り方に対する郭沫若なりの総括の仕方が関わっていると思われる。「英雄樹」（『創造月刊』第一巻第八期、一九二八年一月一日）で郭沫若は次のように言う。

「広東には木綿と呼ばれる熱帯性の植物がある。（中略）

この木は、成長が早いために、また堂々たる外形のために、広東の人々は英雄樹とも言う。その外観、その成長ぶりからして、確かに英雄のおもむきがある。

二三月になると、英雄樹は裸の枝や幹に、蓮のような赤い花を咲かせる。これは奇観とも言うべきものだ。たくさんの大木に花を咲かせる。さらには木綿の群生するところでは、一帯の山なみが或いは一望の平原が、まるで赤化の世界になったかのようである。

しかしこの赤化はまもなく凋落する。いつのまにか木に綿の実が結ばれ、六七月頃になると、実が裂けて、白い綿がいたるところに飛び交う。人の呼吸器を苦しめ、衣服にはりつく、とりわけ女性の流行の髪に汚点をつける。赤化の世界は白色恐怖の世界となる。

英雄樹の綿は役に立たない、とりわけ役立たないのはその木材である。成長があまりにも速いために、木質が非常にすかすかで、建築に使用できないことはもちろん、燃料としても燃焼に耐えない。まったく大にして無用の長物である。友よ、英雄樹のあらましを知ってくれただろうか。それは何を象徴していると思うだろうか。内部の質がまったく空疎で、外部への発展のみを図る。発展は非常に急速だ。一度赤い花を咲かせたけれども、まもなく白色恐怖の世界に変わったのである。」

この「英雄樹」が国民革命の急速な発展とその挫折の経過を象徴していることは疑いない。「赤化」の世界を持続させるためには、なお国民革命は内実がともなわず、空疎であった、と郭沫若は言う。

その場合赤化を支えきれなかった「内部の質」の中には、次のような事態も郭沫若の念頭にあったと思われる。例えば、国共合作に基づく北伐戦争において軍閥に対する軍事的勝利を着々と収めながら、内部の力関係から国民党右派と妥協を計らざるをえなかった国民党左派は、決起する労働者・農民の勝利へとそれを導くことができなかった。逆に、旧勢力を利用しつつ左派・労働者を弾圧した国民党右派の強力が権力を掌握していった。これは、赤化を支えきれなかった国民党左派の非力、すなわち「内部の質」の問題の一端であると思われる（「北伐途次」〈『北伐』、上海北雁出版、一九三七年六月〉所収、底本は『沫若自伝　第三巻　革命春秋』〈生活・読書・新知三聯書店、一九七八年十一月〉）。

また、赤化を支えきれなかった「内部の質」の中には、革命の主体的力量とされた無産階級（「革命与文学」、一九二六年四月十三日）或いは民衆の実態も一部郭沫若の念頭にあったに違いない。郭沫若は、一九二四年の江蘇浙江における軍閥戦争の視察報告において、次のように言う。

「このような戦禍は、民国以来、すでに見慣れてありきたりなもので、江南に限られるものではない。しかもこうした戦禍を醸成する原因は、半分以上私たち国民自体に罪があるとすべきなのだ。現に中国には軍閥や彼らの手先がいて、むろん彼らは禽獣にもおとり、その罪過は天にとどくほどである。しかし彼らも同じく中国人ではないのか。私たち全中国人は、軍人という一部分を除いたら、どういうものであるのか。兵隊がくれば、金のある者は外国人の赤十字に保護の封印を貼ってもらい、金のない者は事に乗じて略奪する。兵隊が去って、隣県や隣村へ蹂躙しにいくときには、花火を鳴らして送るのである。」（『水平線下』、上海創造社、一九二八年五月、底本は『沫若自伝　第二巻　学生時代』〈生

活・読書・新知三聯書店、一九七八年十一月〉）

また郭沫若は、民衆を、「豚中の豚」（同上）とすら呼んでいる。これは、一九二四年当時の江浙における軍閥戦争の戦禍視察報告中に表現しているものである。しかし北伐戦争においても、とりわけ南昌蜂起に参加し山中を逃避せざるをえなかったとき、民衆を立ち上がらせるのに不十分な自らの力量不足の自覚とともに、民衆に対する一種の歯がゆさは心の片隅から消失しなかったであろう（むろん立ち上がった民衆の、革命の主体としての力量を十分知ったうえで）。

こうした状況認識の下に、一九二七年末当時郭沫若が、中国変革の内実の堅固さを追求するために、反動的国民党権力に対しての、反封建・反帝国主義の、民衆のさらなる覚醒を視野の中に入れた、内部的質のより密で強大な、幅広い進歩的勢力を結集する、捲土重来の統一戦線的戦いの必要性を認めた、ということはありうる。

鄭伯奇は、「鄭伯奇談『創造社』『左連』的一些情況」（一九七七年八月八、十一日、『魯迅研究資料』第六輯、北京魯迅博物館魯迅研究室編、天津人民出版社、一九八〇年十月）で次のように語る。

「大革命の失敗後、郭老は南昌から香港へ行き、後に病気にかかってひそかに上海にもどった。魯迅も広州から香港をへて上海にきた。当時たくさんの文化人が上海に集まったので、郭老と私は進歩的作家の連合戦線をつくり、共同して国民党に反対すべきだ、と感じていた。そこで蔣光慈と私と二人で魯迅に会いにいき、創造社と魯迅の指導する語絲社等の文学団体との協力と、共同の出版物を出すことを提案した。魯迅は喜んで賛成した。」（「鄭伯奇談『創造社』『左連』的一些情況」）

しかしながら、事態は急転回する。その急転回の状況を見ることにする。

「私たちが魯迅との連合を準備していたとき、成仿吾はまだ日本におり、私はこのことを彼に手紙で書いた。彼は不賛成だった。彼は、旧い作家はみんなだめだ、旧い作家をすべて打倒してこそ、新しいプロレタリア文芸を樹立することができる、と考えた。」（同上）

第三期創造社成員となる朱鏡我、李初梨、彭康、馮乃超、李鉄声が、成仿吾の呼びかけに答え、大学を中途退学して帰国してきた。

「その結果、私たちと魯迅との協力は実らなかった。私は、二度と魯迅と連絡をとることもなく、協力の中止を彼に伝えなかった。」（同上）

この間の経緯について馮乃超は次のように言及する。

「創造社が第三段階に入ったとき、まさしくこのような時であった。すなわち広大な知識人階層は国民革命の失敗後、反共と擁共の間で一層明確な選択と態度表明をせざるをえなかった、マルクス・レーニン主義についてどれだけの知識があるかを問わず。」（馮乃超、「魯迅与創造社」、一九七八年九月四日、『新文学史料』第一輯〈人民文学出版社等編、生活・読書・新知三聯書店、一九七九年五月〉所収）

「私たち五人の情況はまったく同じというわけではなく、学んだ専攻も様々であったが（中略）、私たちはいずれも、すでに中国無産階級が歴史の舞台に登場しており、国民革命失敗後においてはマルクス・レーニン主義の宣伝工作を強化する必要がある、と考えていた。これが私たちの心中の共通した考え方であった。」（同上）

国民革命挫折後においては、すなわち統一戦線を破壊した反動的国民党権力下においては、今後の中国変革を推進するものはもはや統一戦線的なものではありえず、マルクス・レーニン主義の旗幟を鮮明にし、その方向を支持しうる勢力であると認識された、と思われる。

このような状況の中で、郭沫若は、魯迅との協力を断念せざるをえなかった。郭沫若の断念の理由は、恐らく次のようなものであった、と私は推測する。

第一に、成仿吾等の計画と相対峙した郭沫若の計画を強引に推し進めれば、「創造社は分裂するかもしれなかった。」（郭沫若、「跨着東海」、『跨着東海』〈上海春明書店、一九四七年十月〉所収、底本は『沫若自伝　第三巻　革命春秋』〈前掲〉）これは郭沫若にとって避けなければならないことであった（彼はまもなく出国するはずでもあった）。郭沫若は「譲歩」（同上）した。郭沫若は創造社内部の組織的理由から譲歩した、と思われる。

しかしその後一九二八年郭沫若は次のように論ずる。

「ときに文芸の創作は、無意識の行動から出発して、美を愛する人の本能を満足させるという一面がある。これは、社会的経済的基礎に対してその不変性――いわゆる永遠性――を示す原因である。

しかしこの一面を純粋に代表する作品は、不革命ないし反革命の作品である。

不革命の作品はなおどうにか許すことができる。

反革命の作品は断固として許せない。」（「卓子的跳舞」、一九二八年一月十八日、『創造月刊』第一巻第十一期、一九二八年五月一日）

「私たちは、反拝金主義の文芸家大同盟を組織しなければならない。」（一九二八年一月十九日、同上）

「語絲派の不革命の文学者は、無自覚であるか、或いは一部のものは自覚しているが不徹底なのだ、と思う。実践上における彼らの表現から見れば、なお何らかの積極的反革命の行動はない。」（「留声機器的回音」、一九二八年二月二十日、『文化批判』第三号、一九二八年三月十五日）

郭沫若は、成仿吾および若い第三期創造社成員が『語絲』派を徹底して全否定したのとは違い、なお不革命の『語絲』派との統一戦線に門戸を開いておく含みを残している。一九七七年馮乃超は次のように言う。

「一九二八年八月、論争は終結した。一九二九年始め創造社は国民党によって捜査をうけ閉鎖された。なぜ魯迅攻撃をやめたのか。潘漢年から聞いたようだが、魯迅を攻撃することに不賛成だ、との党の意見を李立三（当時中央宣伝部長）が伝えてきた。郭沫若も出国前、魯迅を批判することに賛成しなかった。郭老は、新月派を批判すべきであって、矛先を魯迅に向けるべきではない、という指示が党内にある、とも言っていたようだ。」（馮乃超、「左連成立前后的一些情況」、一九七七年十二月二十日、『魯迅研究資料』第六輯〈北京魯迅博物館魯迅研究室編、天津人民出版社、一九八〇年十月〉所収）

郭沫若は、出国（一九二八年二月二十四日）前からも魯迅攻撃に不賛成だったことが分かる。すなわち郭沫若は、上述のように、成仿吾や若い第三期創造社成員の方針に全面的に賛成したのではなく、むしろその後も自己の統一戦線的思考を留保しつつ吐露しつつも、第一に、主として創造社内部の分裂を避けるという組織的な理由から譲歩し、魯迅との協力を断念したと思われる。

しかし第二に、第三期創造社成員の展開する論理が、まさしく一九二六年頃郭沫若の主張した論理の軌道上にあるものであったことにより、また郭沫若自らが北伐戦争の中で一層鍛えられた戦士となっていたことによって、若い第三期創造社成員の急進的理論に対して、郭沫若は反対する有力な根拠を見つけだしにくかったのではないか。この理論に譲歩せざるをえなかった側面があると思われる。

「まして新しい主張は、いささか危険であるとはいえ、一層合理的方法であるのかもしれなかった。実験をへていないので、私も根拠なく反対しにくかった。」（「跨着東海」、前掲）

文学は状況（時代精神）に規定される。よって国民革命挫折後の、国共合作という統一戦線の破綻した転換期以後においては、その状況の転換にともなって、過去の文学は全否定されなければならなかった。すなわち同じく、社会を反映する文学、リアリズムの文学であるとしても、転換期以後における文学は、批判的リアリズムを「止揚」した無産階級革命文学でなければならなかった。こうした明快な、若い第三期創造社成員の論理は、まさしく一九二六年頃の郭沫若の論理に則ったものではなかろうか。このように、一九二七年末郭沫若は、国民革命挫折後の文学運動の在り方について、統一戦線的在り方の正しさを半ば以上信じつつも、にわかには理論的に明確な方針を確定できなかったことによって、急流のような若い成員の理論（それは一九二六年の郭沫若の理論でもあった）と確信の前に、譲歩せざるをえなかった、と思われる（私は理論的側面から証明をあてたのであるが、この点に関連して、丸山昇氏は『魯迅と革命文学』〈前掲〉で次のように指摘している。「郭沫若が一方でやや退いた地点からの文化運動としての再出発という構想を持っていながら成や若手に結局は同調したのも、その流れが持っていた歴史的根拠に共感するものが、彼自身の中にもあったことによる、ということである。」）。これが第二の、文学運動に対する郭沫若の理論的な確信・方針が十分でなかったことからする譲歩、魯迅との協力の断念、の理由であったと思われる。

「国共合作が崩壊し、国民革命が挫折した時点での中国の思想・文化界は、国民革命の歴史をどうとらえるか、中国革命の主体はどこにあり、それは何の力に依拠して再び確立されるか、そこでインテリゲンチアはいかにあるべきか、何をなし得るか、といった問題の前にあらためて立たされたのであり、一九二〇年代末から三〇年代にかけての諸問題は、ほとんどすべてこの問題をめぐって展開して行ったのであって、『革命文学論戦』も、その文学界における表れにほかならなかった。」（丸山昇、『魯迅と革命文学』、前掲）

丸山昇氏の指摘のように、国民革命挫折後における当時の中国作家は、中国変革について極めて重い問題にぶつからざるをえなかった。そのような状況の文脈・経緯の中において、魯迅との協力（『創造週報』復刊）とその撤回における、郭沫若の意図・行動の転換の意味を、上述のように理解したい、と私は思う。『創造月刊』第一巻第八期初版（一九二七年十二月始め〈孫党伯、「郭沫若対于無産階級革命文学的倡導」に依る、『郭沫若研究論集』第二集、四川人民出版社、一九八四年四月〉）における、「『創造週報』復活了」と「『創造月刊』的姉妹雑誌『文化批判』月刊出版預告」の同時掲載は、創造社の組織的分裂をはらんだ状況の反映ではないだろうか。また『創造月刊』第一巻第八期改版（一九二七年十二月末〈同じく孫党伯論文に依る〉）における「『創造週報』改出『文化批判』月刊緊要啓事」は、まさしく郭沫若の、苦悩をともなった選択と決断の結果の表現ではなかろうか。

平井博氏は、「革命文学論争前夜の創造社と魯迅——『創造週報』復刊について——」（『人文学報』第一九八号、一九八八年三月）において、『創造週報』復刊前後の事実関係を、資料を広く精査し、詳細緻密に分析し明らかにしつつも、次のような結論を下す。

「創造社にとって、ことはまず第一義的に『創造週報』復刊問題であったのであって、魯迅との協力（連合）問題ではなかったということである。」（「革命文学論争前夜の創造社と魯迅」）

「両者（郭沫若と鄭伯奇を指す——中井注）が、『創造週報』の復刊、そしてそこへの寄稿という形での魯迅との協力（連合）と『文化批判』との両立を安易に考えていたといえばいえようが、『創造週報』復刊が成仿吾（及び帰国留学生）の反対にあった時、創造社内に〝対立〟の様相が現れたとしても、それは決して魯迅との協力（連合）をめぐっての対立ではなかったのであって、『創造週報』と『文化批判』をともに容認していた鄭や郭が、その一方の切り捨てに同意させられたという意味あいのほうが強かったのである。」（同上）

氏の論から私はたくさんのことを教えていただいたにもかかわらず、この結論に対しては、私は以上論じてきたように、少なくとも郭沫若については、首肯できない。或る状況の文脈の中における個別の事実（魯迅との協力の意図とその撤回）が、郭沫若に対してもった意味内容を、前述のように私なりに受けとめたい、と思う。

また、小谷一郎氏は、「補注八　第三期創造社同人の帰国と魯迅との合作の流産をめぐって」（『創造社研究』、一九七九年十月、前掲）において、「『創造週報』復活預告」を紹介しつつ、「合作の流産」について基本的には、丸山昇氏の論（「当時の郭沫若と成仿吾との距離は、実はそれほど大きなものではなかった」〈『魯迅と革命文学』、前掲〉）に沿いつつ詳論している。

私のこの注（46）の趣旨は、郭沫若の側からの、第三期創造社成員との距離の、私なりの測定である。

第二章　郭沫若と『社会組織と社会革命に関する若干の考察』（河上肇著）

第一節　はじめに

この章の第一の目的は、一九二四年頃、郭沫若がどのように或いはどのような点において河上肇博士（以下敬称を略する）の『社会組織と社会革命に関する若干の考察』（弘文堂書房、一九二二年十二月五日）[1]を受容したのかについて、整理し検証することにある。そのために、郭沫若が翻訳『社会組織与社会革命』（商務印書館、一九二五年五月）の原稿を完成した一九二四年七月頃[2]以降展開する所論と、河上肇の所論とを、具体的につき合わせることにする。

ただし、上記の課題を追求する時において、次の点に留意しておきたい。それは、『社会組織と社会革命に関する若干の考察』の内容自体がマルクス主義を受容形成する過程における河上肇自身において、一階梯を記す性質のものであった、ということである[3]。さらにまた、当時（一九二四年半ば以降）において郭沫若も同じくマルクス主義の受容形成過程にあったことは言うまでもない。したがって第二に、郭沫若が、河上肇の所論と接触し受容することをつうじて、当時の中国の情況下において、どのような課題とどのようにとりくもうとしたのか、について、私は論及する[4]。これがこの章の第二の目的である。

また第三に、文芸理論と関係する点において、明確な表現が見られないうちにも、郭沫若が河上肇の所論から影響

を受けている点はないかどうか、若干の推測を提出してみる。(5)

第二節　『社会組織与社会革命』についての郭沫若の言及

1　『社会組織与社会革命』の版本

私が目にすることのできた郭沫若訳『社会組織与社会革命』の版本は以下の三種類である。

(1)『社会組織与社会革命』（原著者　日本河上肇、訳述者　郭沫若、商務印書館、一九二五年五月、縦組、河上肇原序二頁、目次六頁、本文二八八頁、沫若附白〈一九二四年七月一日〉。上海図書館所蔵）(6)

(2)『社会組織与社会革命』（著者　日本河上肇、訳述者　郭沫若、嘉陵書店、一九三二年五月五版、縦組、河上肇原序二頁、目次六頁、本文二九三頁、沫若附白〈一九二四年七月一日〉。北京大学図書館所蔵）(7)

(3)『社会組織与社会革命』（原著者　河上肇、訳述者　郭沫若、上海商務印書館、一九五一年七月第二版、横組、序〈郭沫若〉三頁、原序二頁、目次四頁、本文二六三頁、沫若附白〈一九二四年七月一日〉。中国科学院図書館所蔵）(8)

以下の記述においては、主として一九二五年五月初版の『社会組織与社会革命』に依拠することにする。

2　郭沫若の言及

一九二四年以降における郭沫若の思想的転換（マルクス主義の受容）に際しては、河上肇の『社会組織と社会革命に関する若干の考察』の翻訳が非常に大きな作用を果した、と思われる。(9)このことは郭沫若自身の言葉によって周知されている。郭沫若は、成仿吾宛て書簡、「孤鴻」（一九二四年八月九日、『創造月刊』第一巻第二期、一九二六年四月十六日）において次のように語った。

「当初ここ〔福岡を指す――中井注〕に来た私の生活の計画は、『社会組織と社会革命』の一書を翻訳することでした。この本の翻訳は君が余り賛成してくれないことで、私も、この本の内容について決して十分には満足できませんでした。例えば彼〔河上肇――中井注〕が早期の政治革命の企図に不賛成なのは、マルクスの本意ではない、と思ったりしましたが、しかしこの本を訳し終えて教えられた所は実に少くない、と思います。私はこれまで只漫然と個人資本主義[10]に憎悪を抱き、社会革命に信仰をもっていましたが、それは今やさらに理性の後光をえて、いちずな感情的作用ではなくなりました。この本の翻訳は私の一生の中で転換期を作り出しました。半睡状態から私を呼び覚してくれたものはこれですし、岐路の彷徨から私を引き出してくれたのはこれであり、死の暗影から私を救い出してくれたものはこれなのです。私は作者に非常に感謝しています、私はマルクス、レーニンに深謝し、私がこの本を翻訳するのを援助してくれた友人たちにも非常に感謝しています。私は二ヶ月ほど費やしてこの本を訳し終えましたが、訳述する中で私の最も驚いたのは、平素少くとも私たちが暴徒と見なしていたレーニンやトロツキー等の人々がいかに緻密な頭脳をもち、いかにまじめな学者であったか、ということです。」

（「孤鴻」、一九二四年八月九日、前掲）

また、一九二四年七月二十二日付け何公敢宛て書簡（「社会革命的時機」〈一九二六年一月十九日、『洪水』第一巻第十・十一期、一九二六年二月五日〉所引）において郭沫若は次のように言う。

「私は社会・経済の諸科学については元もと深い研究をしておりません。ただ、マルクス主義に対してはある種の信仰心をもっていました。近頃、『社会組織と社会革命』の一書を翻訳し終えた後、この信心はますます堅固

となりました。」（一九二四年七月二十二日、何公敢宛て書簡[11]）

では、具体的にどのような点おいて郭沫若は河上肇の考え方を受容したのであろうか。

第三節　影響関係の明瞭な点について

以下、影響関係のあると思われる点を項目に分け、河上肇と郭沫若の論点を対比してみることにする。

1　共産主義革命の過程をめぐって

(1)　マルクスの三つの時期区分について

まず河上肇の所論から見てみる。河上肇は、一八七五年五月五日付けブラッケ宛てマルクスの書簡[12]に依拠して、共産主義革命の過程について次のように論ずる。

「この手紙を見ると、マルクスの所謂共産主義には二期の区別があって、その第一期は半成期とも謂うべきものであり、第二期は完成期とも謂うべきものであり、且つ此等二つの時期の前に、資本主義の社会から共産主義の社会への過渡期がある。」（『社会組織と社会革命に関する若干の考察』、「下篇　第一章　資本主義より共産主義への推移の過程――マルクスの理想及び其の実現の過程[13]」）

この「過渡期」の内容について河上肇はさらに、「其れは、経済方面から言えば『革命的変革の時期』であり、政治方面から言えば『無産者の革命的執権』という『政治的過渡期』に属する」（同上[14]）、と言う。また『共産党宣言』を引用しつつ、やや補充を加えて次のように指摘する。

「要するに之を政治方面から言えば、無産者の執権が行われ、之を経済方面から言えば、一切の生産手段が国有とせらるることにより革命的変革が実現せらるるのである。」(同上)[15]

次に「半成期」について、河上肇は以下のように論及する。

「過渡期が完結すれば、社会は共産主義の時代に這入る。しかしマルクスの思想の特徴は、歴史的発展に重きを置く点に在る。(中略)此の事は、彼をして完成されたる共産主義の一挙にして実現し得べからざることを、信ぜしむるに至った。そこで彼れの考によれば共産主義は先ず半成期を経過して、然る後その完成期に入るべきものである。」(同上)[16]

「過渡期が完結したならば、経済方面に於ては、あらゆる生産手段の国有が実現されて仕まう。(中略)マルクスの考によれば、この生産手段の国家的統一と労働の社会的結合とによる『全生産方法の変革』は、必然的に巨大なる生産力の増加を齎すものである。」(同上)[17]

「そこには生産手段を私有して不労所得を得つつある階級は無い、総ての人が社会の労働者として働いて居り、その提供した労働に応じて社会から各々一定の報酬を受けている。各個人は『一つの形に於て社会に与えた所のものと、同じ分量の労働を、他の形に於て取り返えす』という点に於て、そこには所謂『労働収益全部に対する権利』が実現されている、と言っても可い。」(同上)[18]

また「完成期」について河上肇は、「共産主義が『其の固有の基礎の上に発展する』時は、早晩社会の生産力は巨大なる発展を為し、遂には各人の生存を保証することが必ずしも困難でないようになる。そうなると、共産主義はその半成期を経過して始めて其の完成期に入る」(同上)[19]、と言う。河上肇はブラッケ宛てマルクスの手紙の次の一節を引用する。

「『個人の全面的発展と共に、生産力が亦た増加し、共同の富の一切の源が十分に流れ出された後、――その時始めて、（中略）社会は其の旗印の上に〈各人は其の能力に応じて、各人には其の欲望に応じて〉（中略）ということを書き得ることになる。』」（同上）(20)

さて、これらの問題に関して、一方、郭沫若は次のように論ずる。

「共産主義革命は決して、今日革命すれば、社会上の財産をただちに共有する、というものではない。共産社会はもちろん共産主義者の目標であり、大同世界が孔子の目標であるのと同じである。しかし彼らはこの目標に到達しようとするとき、決して一歩で跳躍できるものとはせずに、彼らにも一定の段取りがある。私たちはマルクスが共産主義の開祖であると知ってはいるが、ただ彼は、共産革命の経過には三つの時期を含む、と言う。第一番目は、国家の力で資本を集中する。第二番目は、共有しうる産業の発展に対して国家の力によって努力する。第三番目は、産業が共有できる程度に到達して、その後みんなが始めて、『各々その能力を尽くし、各々その必要とするものを取る』ように、共産的理想の社会を営む。」（「窮漢的窮談」、一九二五年十月十九日、『洪水』第一巻第四号、一九二五年十一月一日）

また他の場所では次のように言及する。

「マルクスは社会革命を三つの時期に分ける。無産階級執権（原文は無産階級専政――中井注）の後において、なお『共産主義の半成期』があり、すべての生産と分配は国家の権力によって行われる。国家は生産力をその限界まで発展することに努める必要があり、その後に始めて完成した共産主義に移行できる。」（「到宜興去」、一九二四年十二月、『孤軍』第三巻第三、四、五期、一九二五年八、九、十月、底本は『沫若自伝　第二巻　学生時代』〈三聯書店、一九七八年十一月〉）

マルクスの三つの時期区分とそれぞれの内容について、河上肇と郭沫若の見解がほぼ重なり合っているものであることが分かる。

(2) レーニンの三つの時期区分について

共産主義革命の過程に対するレーニンの三つの時期区分について、河上肇は以下のように論ずる。河上肇は主としてレーニンの「The Soviet at Work」(一九一八)に依拠して、次のように指摘する。

「社会主義革命の歴史は大体において三期に分つことが出来る。第一期は主として精神的準備の時代であり、第二期は主として政治的戦闘の時代であり、第三期は主として経済的経営の時代である。そうして此の区別は、私の知っている範囲では、レーニンの諸著に最も明白に言い現されているようである。」(『社会組織と社会革命に関する若干の考察』、「下篇 第五章 露西亜革命と社会主義革命」、傍点は原著による)[21]

また河上肇はこれを図示し、ヒルキットの説[22]を下段に付け加えて、次のように示す。

「
社会主義革命 {
- 精神的準備(主義宣伝)の時期―― 先革命の闘争期
- 政治的戦闘(有産者征服)の時期―― { 革命の闘争期(政治革命の遂行) / 革命後の闘争期(反革命の鎮圧)
- 経済的経営(産業経営)の時期―― (ヒルキットの期間別には此の時期を含まず)」(同上)[23]

河上肇は、政治的戦闘時期の開始がマルクスの言う「過渡期」に入ることを意味する、とする。

「要するに、政治革命により、社会主義革命の歴史の第二期たる政治的戦闘期が開始せらるると共に、社会は始めてマルクスの所謂『過渡期』(資本主義の社会から社会主義の社会への)に這入る。そうして其の過渡期は、第三

期の経済的経営期の長引くに従うて長引く。」（同上[24]）

一方、郭沫若は何公敢宛て書簡において、この問題について次のように言う。

「社会革命は元もと一飛びになしうるものではなく、世界の社会主義者も恐らく一飛びに共産主義制度を実現したい、と軽率に考えてはいないでしょう。社会革命の急先鋒レーニンは、社会革命を三つの時期に分けています。(一) 宣伝時期、(二) 戦闘時期、(三) 経営時期。ここからこの指導者の頭脳が周到緻密であり、同時に後進者に平坦な道を実際的に指し示してもいることが分かります。」（一九二四年七月二十二日、何公敢宛て書簡、前掲）

郭沫若はそれをマルクスの三つの時期区分と比較し、図表として示す。

「マルクス自身が共産革命を三つの時期に分けていることは、〈窮漢的窮談〉の中ですでに述べたことがある。さらに上の書簡で引用したレーニンの言う三つの時期（『The Soviet at Work』）によって両者比較してみると、下の表のようにすることができる。

レーニン		マルクス
精神的準備（主義の宣伝）時期		
政治的戦闘（有産者の征服）時期…	革命的変革時期	
経済的経営（産業の経営）時期…	共産主義の半成期	
	共産主義の完成期	

」（「社会革命的時機」、一九二六年一月十九日）

ここでも、郭沫若が河上肇の所論に依拠し受容しながら、レーニンの時期区分とマルクスの時期区分とを結合し表示しているもの、と思われる。[25]

2　共産主義革命の三つの時期がどれくらいの年月を必要とするか、をめぐって

上記の共産主義革命の過程と関連して、その必要とする年月について河上肇は次のように指摘する。

「所謂過渡期はどれ位続くものであろう? 又共産主義の第一期〔半成期を指す——中井注〕はどれほどの長さに亘るものであろう? マルクスは何んとも之に答えていない。レニンも wir wissen es nicht und können es nicht wissen（吾々は知らない、又知ることも出来ない）と言っている。」（『社会組織と社会革命に関する若干の考察』、「下篇　第一章　資本主義より共産主義への推移の過程——マルクスの理想及び其の実現の過程——」）[26]

一方、これについて郭沫若は以下のように言及する。

「共産革命はこの三つの時期〔マルクスの三つの時期を指す——中井注〕を経過してこそ成功しうる。しかもこの三つの時期がどれくらいの年月を経過しなければならないのか、私たちは知りようがない。実際のところマルクス自身でさえも知りようがない。」（「窮漢的窮談」、一九二五年十月十九日、前掲）

この問題についても、両者の指摘はほぼ一致していると思われる。[27]

3　国家資本主義の位置づけをめぐって

次に、一九二〇年代初め実行されたソビエト・ロシアの政策が国家資本主義を目指すものであったこと、また、国家資本主義の励行は産業の発達の遅れた国において共産革命が必ずとる形式・道筋である、とする論点について対比してみる。

河上肇は、『社会組織と社会革命に関する若干の考察』の「下篇　第六章　政治革命後における露西亜の経済的地位」において、レーニンの「農業税の意義」（『Soviet Russia』第五巻第一号、一九二一年七月）を翻訳し紹介している。

レーニンは社会主義にとって必須の二つの条件を指摘する。

「社会主義は、科学上の最新の智識に従って建てられた大規模の資本家的技術なくしては、又数百万の人間をば、生産物の生産及び分配に関する同一標準の厳密なる遵守に服従せしむる所の、系統的なる国家組織なくしては、到底不可能である。（中略）

社会主義は、更に之に加うるに、国家における無産者の支配なくしては、また不可能である。」（「農業税の意義」）[28]

一九一八年当時、ドイツは経済的・産業的・社会的諸条件を社会主義のために備えた国であり、一方ロシアは社会主義のために政治的諸条件を備えている、と言う。そのうえでレーニンは、ロシアに現存する社会経済層を、一・家長的な幼稚な「農民生産」（「農業税の意義」）、「二・小規模な商品生産」（同上）、「三・私的資本主義」（同上）、「四・国家資本主義」（同上）、「五・社会主義」（同上）[29]と分析列挙する。レーニンによれば、無産者の執権の確立したロシアにおける現在の課題は、優勢を占める小ブルジョア、および私的資本主義を国家資本主義の道に沿って発展させ、その段階をとおって社会主義に至ることである、とする。レーニンは、「脅しつつあるカタストロフ（危機）及び之が対策」（一九一七年九月）を引用して、「『国家的独占の資本主義は社会主義のために最も完全な物質的準備である、それは社会主義への〈玄関〉である、それは歴史という梯子段の中にある踏段の一つで、此の踏段と社会主義と称せらる踏段との途中には、介在している踏段は一つもない。』」（「農業税の意義」）[30]とし、「物質的、経済的、産業的の意味に於ては、吾々はまだ社会主義の『玄関』にも達していないと云うこと、及び未だ達せざる此の『玄関』を経由してでなければ社会主義に這入るべき道は外にない」（同上）[31]ことを論ずる。

そのため先ずレーニンは、内戦により疲弊した農民の地位を改善し生産力を増加し、ひいては国民産業の発展を引きだすために、食料強制徴発の代りに農業税を採用した。レーニンは、これにより小資本家的産業の発展を促しながら、それを国家資本主義へ導こうとする。また利権割譲政策（一定期間外国資本に経営権・利権を契約に基づいて譲る政策）

の採用によって、大規模生産を起こして国家資本主義を育成することを展望する。同時に小企業の組合を組織し（「組合的」資本主義）、将来大経営へ移行させることができる可能性を、またそれらへ大多数の人口を含みこむことによって先資本主義的諸関係を除去する可能性をも、展望している。

「資本主義は社会主義に比ぶれば一の害悪だ。けれども中世的制度と、小規模生産と、小規模生産者の分散に伴う官僚政治とに比ぶれば、資本主義はまた一の慶福だ。吾々が小規模生産から社会主義への直接の推移を実現することがまだ出来ない限り、その範囲に於て、或る程度の資本主義は小規模生産及び交換の本質的産物として避くべからざるものであり、又その範囲に於て、吾々は資本主義をば（特に其れを国家資本主義への道に沿うて導くことに於て）、小規模生産と社会主義との間における途中の連鎖として、吾国の生産力を高めるための手段、道行、方法として、利用しなければならぬのである。」（同上）(32)

もちろんここには、政権が無産政党の手にあることが前提となっていた。

一方、この点について郭沫若は以下のように論ずる。

「第一第二の革命（マルクスの共産革命における過渡期と半成期を指す――中井注）の途上においては、いわゆる共産主義とは明らかになおまごうことない国家資本主義ではないか。さらに私たちにはそれを証明する事実もある。私たちの知ってのとおり、ロシアは共産革命を実行している国家であるが、今、まぎれもなく国家資本主義を実行している。」（「窮漢的窮談」、一九二五年十月十九日、前掲）

また郭沫若は、半植民地の状態下にある中国において、どのような中国変革が可能であるのか、について次のように言う。

「私たちは現在共同管理を恐れている時ではなく、どのようにすれば、この既成の経済的国際共管の下から離脱できるか、を考えるべき時なのだ。外国人は極めて強大な経済的戦闘力をもって私たちに君臨しており、私たちは知らずしらずのうちに、無条件で私たちのこの世界最大の、しかもほとんど唯一の市場を彼らに提供している。（中略）唯一の活路は、彼らの経済的侵略に徹底して反抗することではないのか。彼らの経済的侵略に反抗しようとすれば、その第一歩の手段は彼らを保護する諸条約を廃棄し、その後相当の資本を集中して、経済場裏で彼らと死戦を決するべきではないのか。（中略）私たち一国の中で資本を最大程度まで集中させうるのは、国家を単位として、国家の権力で国家資本主義を実行することにのみあるのではないか。また言い換えれば、全国の私有財産を国家の手に収集し、国家を単位として産業を向上させるよう努力し、外国人の侵略を防ぐことのみがありうるのではないか。こうなると、共産党人が話をしなくてはならなくなる。私は共産党人ではないけれども、マルクス主義について、霊光氏の本を借りて少し研究したことがある（私の翻訳した河上肇著『社会組織与社会革命』の原本は、霊光氏が私に借してくれたものである）。国家資本主義の励行は、産業の遅れた国で共産主義革命が必ずとる形式である、と私は思う。それならば共産革命を実行することが共管に抵抗することではないのか。共産革命を実行するとは国家主義を実行することではなかろうか。」（「共産与共管」、『洪水』第一巻第五号、一九二五年十一月十六日）

また、「一個偉大的教訓」（一九二五年四月二十六日、『晨報副刊』第九十六号、労動節記念号、一九二五年五月一日）で、郭沫若は、第一次世界大戦期における中国紡績工業の勃興と、大戦終結後の衰退破産を例として引きながら、次のように言う。

「絶大な教訓はここにある。すなわち個人資本主義がたとえもっとも人間性の自然に合うとしても、たとえそれが自然な発展の中で社会主義の実現を促進する様々の可能性をもつものとしても、しかし現在の中国においてはその発達を期待する希望はなくなっている。

私たちがもしも永遠に人の奴隷となることを望まないなら、永遠に世界の資本主義国家の従属国となることを望まないのなら、私たち中国人には歩いていくのに良い一本の道が残されているだけである――すなわち国家資本主義の政策を採用して社会主義の実現を期するのである。労農ロシアがこの一本の道を歩いており、それは私たちの道を切り開く先鋒である。」（「一個偉大的教訓」、一九二五年四月二十六日）[33]

それ故に郭沫若は次のように言う。「絶対的な国家権力がなければ発達できないものであるとすれば、私たちは当然より近い道筋を取るべきである」（何公敢宛て書簡、一九二四年七月二十二日）として、一九二四年当時の『孤軍』派の国営政策に賛成しつつ、さらに、「この政策の先決条件は現政府を推し倒さなければならないことです」（同上）、とする。郭沫若は、国家資本主義を推し進めるためには、現政府を打倒する政治革命が必要なのだ、と考える。

このように、この場合郭沫若は、河上肇の翻訳するレーニンの所論をそのまま祖述しているのではない。郭沫若は、一九二〇年代半ば頃旧中国の置かれた世界上の経済・政治的現況に立って、共産主義革命における政治革命をへた後の、国家資本主義の必須性を説くものである。しかしそれとともに、郭沫若のこの立論の根底には、産業の発達の遅れた国において社会主義へ至る一つの必須な経済的条件としての国家資本主義に対するレーニンの位置づけがあり[34]、同時に、もう一つの条件としての無産者の執権（政治革命）の必須性に対するレーニンの指摘が存在している、と思われる。（政治革命をへての社会革命という点は、河上肇が繰り返し指摘した点でもある。[35]）

第四節　影響を受けつつ反論した点について

この節では、郭沫若が、河上肇の所論に対して影響を受けつつ反論した点をとりあげる。それは、時機尚早である社会革命の企図の是非をめぐる問題である。

まず河上肇は次のように指摘する。

マルクスは、「『経済学批判』序言」（一八五九年）等において、社会組織の改造（社会革命）には一つの自然法則が貫いており、社会がその進行の自然法則を探求しえたにしても、社会はその自然な発展段階を飛び越えることもできず、立法によって排除することもできない、とした（マルクスの進化論者としての面）。

「『一の社会組織は、総ての生産力が其の組織内で余地ある限り其の発展を為し遂げた後でなければ、決して顛覆し去るもので無く、又新たな、より高度の生産関係は、其のものの物質的存在条件が古き社会の胎内に孕まれ了る以前に於て、決して発現し来るものでは無い。』」（「『経済学批判』序言」、一八五九年、『社会組織と社会革命に関する若干の考察』「下篇　第二章　社会革命と政治革命」所引、河上肇の傍点は省略した）[36]

しかしまた一方で、彼ら（マルクス、エンゲルス）は『共産党宣言』（一八四八年）等において、彼らの目的がすべて従来の社会秩序の強圧的転覆（政治革命）によってのみ達せられる、としている（革命主義者としての一面）。

「『共産党の最も手近かな目的は、……無産者の階級への形成、有産者の支配の顚覆、無産者による政権の攫取、即ち是れである。』」（『共産宣言』、一八四八年、前掲書、「下篇　第二章　社会革命と政治革命」所引、河上肇の傍点は省略）[37]

「『彼等〔共産主義者を指す――中井注〕は、彼等の目的が、総て従来の社会秩序の強圧的顚覆によってのみ、達し得らるべきことを、公に宣言する。支配階級をして共産主義者の革命の前に戦慄せしめよ。』」（『共産宣言』、一八四八年、同上）[38]

この二面は、ゾムバルトやテンニースの論ずるような、マルクスの解き難い矛盾撞着ではない[39]。マルクスは、国家と社会とを明白に区別したごとく、国家革命（政治革命）と社会革命（経済的基礎の変動を根底とする上部建築全体の変革）

とを明確に区別した。彼ら（マルクス、エンゲルス）は、資本主義から社会主義への推移をもたらすべき社会革命は、無産者による政権の獲得を目的とする政治革命の成功をつうじて実現される、と考えた。ただその場合、社会の生産力が従来の組織内で発展しつくした後でなければ、社会革命は実現できない。河上肇はマルクスの進化論者としての一面（社会革命）と革命主義者としての一面（政治革命）を、矛盾したものと考えるのではなく、右のように整合させて解釈した。(40)

またその場合、マルクス、エンゲルスは、強力革命を否定するものではなかったけれども、平和的経路で行われる無産者の政治革命の可能性と蓋然性を認めていた。

「『（労働者は、労働の新たなる組織を樹立するために、何時かは政権を掌握しなければならぬ。）しかし吾々は、此の目的を達するための径路が到るところ同一である、と主張する者では無い。（中略）そうして吾々は、米国や英国の如き国々では（中略）労働者が平和的の径路で彼等の目的を達し得ると云うことを、否認するものでは無い。しかし一切の国々で皆そうだと云う訳ではない。』」（マルクス、「ハーグ大会についての演説」、一八七二年九月八日、前掲書、「下篇　第二章　社会革命と政治革命」所引、河上肇の傍点は省略、以下同じ）(41)

ゆえに、河上肇は、社会革命のための政治革命を企てるのに時機尚早である時期においては、マルクス主義者のとりうる手段は、社会革命およびその社会革命のための政治革命を促進させることのできるあらゆる方策を助長することである（前掲書、「下篇　第三章社会革命と社会政策」）、とする。そのうえで、河上肇は、メリヴェールの『殖民及び殖民地に関する講義』（一八六一年）に記載された、発展段階を異にする三種類の植民地社会における奴隷解放の例をあげる。その中で、「『総ての生産力が其の組織内で余地ある限り其の発展を為し遂げ』」ていた第一類（ドミニカ等）を除いて、第二類（ジャマイカ）、第三類（トリニダト等）においては、奴隷制の廃止がむしろより高度の生産組織を解体し、生産力の減退をまねいた、と紹介する。

「解放されたる奴隷は各自が無主の富源に立籠ることにより、小規模なる孤立的の自足経済に復帰することが出来る。即ち奴隷主の支配の下に統一されていた多数労働者の労働の結合は、強制的束縛の解除と共に、忽ち解体されて仕まって、生産組織は、より高度のものに進展する代りに、却てより低度のものに退却して仕まい、その必然の結果として、生産力の減退を齎すのである。」(前掲書、「下篇　第四章　時機尚早なる社会革命の企」)[42]

ゆえに時機尚早である社会革命は失敗に終わる、たとえ社会革命を目的とした政治革命は成功するとしても、それはさしあたり政治革命の成功だけに止まる。

「政権の攫取者は代っても、社会の経済組織は権力者の任意に変更することの出来ない物質的基礎の上に立っているものだから、単なる政権の移動によって俄に変更され得るものでは決して無い。」(同上)[43]

「時機尚早なる無産者の革命は、恐らく失敗するの外あるまいが、たとい成功したにしても、少くとも当座の間は、単に政治革命としての成功に止まり、社会革命はそう容易に実現されはしないであろう。即ち当該社会は、従前無産者であって新たに政権を攫取するに至った人々の支配の下で、依然資本主義的に発展するの外はあるまい。」(同上)[44]

河上肇は、『社会組織と社会革命に関する若干の考察』「下篇　第六章　政治革命後における露西亜の経済的地位」で、政治革命に成功したソビエト・ロシアが、一九二〇年代初め無産者の執権のもとに国家資本主義の育成励行の政策を行おうとしていることを、紹介する。河上肇は、ソビエト・ロシアの社会革命が今後数十年間において成功するかどうか、については、判断を留保している(前掲書、「下篇　第四章　時機尚早なる社会革命の企」)[45]。逆にここからして、「時機尚早なる社会革命」を目指す政治革命について、社会革命の実現の困難さを認識するがゆえに、河上肇が或る程度の留保・危惧の念を抱いたとは言えるが、しかし必ずしも一律に反対したとは言えないと思われる。[46]

またさらに、河上肇は、『社会組織と社会革命に関する若干の考察』序」（一九二二年）で次のように論ずる。

「此の書には、社会主義的組織の実現に必要とされる生産力の発展程度の研究が省略されてある。マルクス主義によれば、社会主義が実現さるるための社会革命も、之が実現を目的とする政治革命も、旧組織たる資本主義制の下において社会の生産力が其の余地ある限り発展し了えることを、その前提条件とするのであるから、資本主義制の下における生産力の発展限度如何ということが、マルクス主義の研究にとっては、おのずから重要な一問題とならざるを得ぬのであるが、私の見るところによれば、その問題は之を世界的に（即ち問題を或る一国に限定せずして）考察する必要がある。[47]」

河上肇のこの言及は、資本主義の発達した当時の英国・米国等（政治革命の平和的経路の可能性・蓋然性のある国、また資本主義が相当に発達していたという意味で日本も含めていた可能性がある[48]）を念頭において、その場合の資本主義制のもとにおける生産力の発展の限度いかんを問題意識とした発言である、と私は解釈したい。[49]

では、郭沫若はこうした河上肇の所論に対してどのように考えたのか。

先ず一九二四年七月二十二日付け何公敢宛て書簡（「社会革命的時機」〈一九二六年一月十九日、『洪水』第一巻第十、十一期合刊、一九二六年二月五日〉所引）から見て行きたい。郭沫若は次のように論ずる。欧州大戦の頃中国紡績業は非常に発展した。しかし大戦終結後、各国の経済情況の回復にともなって、中国の紡績業は大打撃を受け、ほぼ壊滅に瀕した。このような情況認識に基づいて、郭沫若は、「個人資本主義は絶対的な保護権力がなければ、中国では国際資本家と競争することが極めて難しいことが分かります」（一九二四年七月二十二日付け、何公敢宛て書簡）、とする。現段階の中国において、絶対的な国家権力のもとでこそ、経済の発展・資本主義の育成が可能である。そのためには国営化政策、社会主義の道をとることが近道にほかならない。そのため、郭沫若は次のように主張する。

「私は、産業が進歩していず物質条件が備わっていない国において、社会主義の実現を目的とする政治革命は早ければ早いほど良い、と信ずるものです。ロシアが絶好の例です。政治と経済は同時に解決することはできません。要は政治の改革が経済の改革を目的とするところにあります。」（同上）

現在は社会革命の「宣伝時期」（同上）であり、いかに現政権を打倒して政権を奪取するかこそが、この時期に討論し実行すべき問題となっている、とする。

河上肇の指摘する、英国植民地の奴隷解放の失敗例（奴隷解放によって、生産力の減退をまねいた例）は、逆に言うと、それ以前に、欧州人が強力によって、十分発展しきっていない段階の植民地の自足経済を奴隷制に変え（これも「時機尚早なる社会革命」である）、これによって物質的生産を明らかに増進させたことをも、証明している。ゆえに社会革命の成功失敗は、社会革命の時機が早いか遅いかの問題によるのではなく、その方策が完備したものかどうかによる、と郭沫若は論ずる。

郭沫若は、この書簡においては、社会革命と政治革命を区別し、政治革命をへて、その政治権力のもとに社会革命を推進実現する、という理論的前提に立って議論している、と思われる。言い換えると、郭沫若の所論は、先に挙げた河上肇の理論を踏襲したうえでの、それを前提にしたうえでの、反論であることが分かる。

その前提に立ちつつ、⑴郭沫若は、中国の政治・経済についての現状分析を基礎に、またロシア革命（一九一七年）以後のソビエト・ロシアの情況を念頭におきつつ、「宣伝時期」にある中国において政治革命をいかに早く実現するかが、先ず重要な問題であるとする。

⑵また、政治権力獲得後の社会革命が成功するかどうかは、時機が尚早かどうかの問題ではなく、その計画が周到

緻密なものであるかどうかにかかる、とした。

郭沫若は、「社会革命的時機」（一九二六年一月十九日、前掲）でこの何公敢宛て書簡（一九二四年七月二十二日）を引用した後、一九二六年一月当時から見ても、この書簡の内容には大きな誤りはないとし、さらに議論を進める。

郭沫若は、「社会革命的時機」（一九二六年一月）においてシュタウディンガア（Staudinger）(50)の『道徳の経済的基礎』（『Wirtschaftliche Grundlagen der Moral』, 1907）の一節「唯物史観と実際的理想主義」（堀経夫訳、『唯物史観研究』〈河上肇著、弘文堂書房、一九二一年八月二十日、中井の使用する底本は、一九二三年十月一日、第十四版、三重大学所蔵本〉所収）の一部分を引用する。(51)

「吾々は今日まで無情冷酷なる社会的因果律によって支配され来った。そうして今後と雖も或る不定の期間は、之を脱れることは出来ないであろう。併し吾々は、知識の進歩と共に、この因果律を発見し、自覚し、そうして終に之を支配し、利用することが出来るのである。〈かくある〉ものを、〈かくあるべし〉の方向へ意識的及び有目的的に転換せしむることが、人類に許されているのである。茲に理想主義が力強く立ち現われて、吾々に前途の光明を与うることとなる。社会主義は、共同管理による社会支配という名称を以って、理想社会を特徴づけている。……エンゲルスの所謂〈必然の王国より自由の王国への跳躍〉は、茲に其の真意義を見出すこととなった。」

（「唯物史観と実際的理想主義」、「社会革命的時機」〈一九二六年一月〉所引、引用日文の底本は、「唯物史観と実際的理想主義」〈堀経夫訳、前掲〉に依る。傍点部分を、郭沫若は〈　〉で表す。）

郭沫若は、マルクスが必然の世界（〈かくある〉〈Sein〉の世界）を研究した結果、次のような社会的因果律を発見したと論ずる。

「或る社会制度がその社会において生産力の桎梏となった時、たとえその自然のままに任せておいても（実際にはこれは全くの仮定である）、さらに高次の社会制度を生みだすであろう。」（「社会革命的時機」、一九二六年一月）しかし郭沫若は、私たちが社会的因果律を把握した以上、当為の価値問題（〈かくあるべし〉〈Sollen〉の価値問題）から論ずれば、私たちは何らかの手段を用いて、早めに旧社会をその限界まで発展させ、早めに新社会を生みだすことができる、とする(52)。

郭沫若もマルクスの二面性を指摘する。マルクスは唯物史観において冷静で穏やかな進化論者であった。『一の社会組織は、総ての生産力が其の組織内で余地ある限り其の発展を為し遂げた後でなければ、決して顚覆し去るもので無く、又新たな、より高度の生産関係は、其のものの物質的存在条件が古き社会の胎内に孕まれ了る以前に於て、決して発現し来るものでは無い。』（「『経済学批判』序言」、一八五九年、「社会革命的時機」〈一九二六年一月〉所引、引用日文の底本は、『社会組織と社会革命に関する若干の考察』「下篇　第二章　社会革命と政治革命」に依る。）しかし『共産党宣言(53)』においてマルクスは猛烈な煽動的革命論者である。『共産主義者は、いたるところで、現存の社会ならびに政治状態に反対するすべての革命運動を支持する。すべてこれらの運動において、共産主義者は、所有の問題を、それがどの程度に発展した形態をとっていようとも、運動の根本問題として強調する。……支配階級をして共産主義革命のまえに戦慄せしめよ。』（「社会革命的時機」〈一九二六年一月〉所引、引用日文の底本は、『共産党宣言』〈国民文庫、大月書店、一九五二年七月〉、傍線は、郭沫若に依る。）

郭沫若も、河上肇と同じように、これをマルクスの思想的矛盾とは考えなかった（この点に思想的矛盾を見た学者の例として、郭沫若も、「Toenies, Sombart」をあげる）。郭沫若の場合、この二面を、「必然」の研究（郭沫若原文、『必然』的研究）と、「当為」の要求（郭沫若原文、『当然』的要求）とに明確に分けるべきだ、とする。ゆえに必然の研究の面から言えば、「『一の社会は其の進行の自然法則を探求し得たにしても、その社会は自然的の発展階段を跳び越えることも出来なければ、立法によって排除することも出来ない。』」（「『資本論』序言」、一八六七年、「社会革命的時機」〈一九二六年一月〉所引、引用日文の底本は、『社会組織と社会革命に関する若干の考察』「下篇　第二章　社会革命と政治革命」に依る。）しかし当為の要求の面から言えば、『其れは産みの悩みを短縮し且つ緩和することが出来る。』（同上）

郭沫若は、個人資本主義がまだ破産していない前において、目的を持ち計画のある社会革命を早めに企て、それによって大多数の無産階級の苦しみを『短縮し』且つ『緩和する』ことは、道理において当然のことであり、しかも事実においても不可能なこととは思えない、とする。

さらに、郭沫若は、先の何公敢宛て書簡と同じ西インド諸島（英領植民地）の例のほかに、日本の明治維新の例（『社会組織と社会革命に関する若干の考察』、「上篇　第二章　資本蓄積の必然的行き詰り」、「第十二項　資本主義発展の史実の裏書」）をあげ、明治維新が、「時機尚早なる社会革命」であったにもかかわらず、むしろ生産力の減退をまねくことなく、日本資本主義の発展につながったことを、河上肇の明治維新についての当該部分の言及をも引用しつつ、指摘する。ゆえに、時機尚早の社会革命がもしもその企図の当を得たものであるならば、必ず失敗するものとは思えない、とする。河上肇の、「『マルクス主義によれば、社会主義が実現さるるための社会革命も、之が実現を目的とする政治革命も、旧組織たる資本主義制の下において社会の生産力が其の余地ある限り発展し了えることを、その前提条件とする』」（「『社会組織と社会革命に関する若干の考察』序」、一九二二年、「社会革命的時機」〈一九二六年一月〉所引）、という論に、郭沫若は反対する。河上肇の「序」の考え方によれば、社会主義を実現するための社会革命も、社会革命の実現を目的とする政治革命も、資本主義が発展を極めまさに破産しようとしていることを前提として、始めて行われるべきものとなる。（このように、郭沫若は河上肇の「序」を解釈した。）しかしマルクスは、一八四九年五月十九日の『新ライン新聞』で、「『旧社会の死の苦悩と新世界の誕生に伴う流血の努力とを簡単にし、短かくし、集中するための方法はただ一つしか無い――革命的恐怖即ち是れだ。』」（マルクス、「戦時法規による『新ライン新聞』の禁止」、「社会革命的時機」〈一九二六年一月〉所引、引用日文の底本は、『社会組織と社会革命に関する若干の考察』「下篇　第二章　社会革命と政治革命」）と言ったように、強力による流血の政治革命を否定していない。

そのため、郭沫若は、マルクスのこうした革命論者としての言論と、進化論者（「唯物史観」〈「社会革命的時機」〉）としての見解の二面を、「二元的」（「社会革命的時機」、一九二六年一月）に解釈する。後者（進化論者としての見解）は「必然」の研究であり、前者（革命論者としての言論）は「当為」の要求である。ただ、「当為」の要求は「必然」の研究の上に築かれる、と。

以上のように見てくると、次のように言える。マルクスの「進化論者」としての一面と、「革命主義者」としての一面について、河上肇は、マルクスにおける「社会革命」と「政治革命」の区別を明確にして解釈した。河上肇は、ゾンバルト、テンニース等がマルクスの「進化論者」と「革命主義者」との矛盾撞着を見た点について、むしろ「社会革命」と「政治革命」の概念の区別を明確にすることをつうじて、両者の連関する関係を明らかにし、整合的に解釈した。その場合河上肇は、早い時期の政治革命がたとえ成功したとしても、その後の「時機尚早なる社会革命」の成功には、長期の時間を必要とするということ（社会の経済組織は権力者の任意で変更しえない物質的基礎の上に立つ故に）、或いはその「時機尚早なる社会革命」は必ずしも成功するとは限らない、という留保・危惧を、表明している、と言える。さらに、英国・米国等のような資本主義の発達し民主主義的制度の整った国を念頭において、政治革命の平和的経路の可能性・蓋然性を指摘しつつ、そのための生産力の発展の限度はどこにあるか、を問題意識としてもっていたと思われる（こうした問題を考えるにあたって、当時やはり資本主義の発達していた日本の問題は河上肇の最も関心の深いところであったと思われる）。

これに対し、郭沫若は、「社会革命的時機」（一九二六年一月）において（引用する一九二四年七月二十二日何公敢宛て書簡以外の部分において）、河上肇の「社会革命」と「政治革命」の概念上の区別を否定はしていないと思われる。しかし郭沫若は、その概念上の区別の上に立った河上肇の所論をそのまま踏襲するのではなく、シュタウディンガーの解釈を導入して、進化論者としての一面を「必然」の研究（歴史的研究、「唯物史観」）とし、革命主義者としての一面を「当為」の要求（社会革命の促進の要求、或いは政治革命の要求）として、二元的に分ける。そのうえで、世界の中におかれた中国の政治・経済の現状分析を基礎として、「当為」の要求による早い時期の政治革命を積極的に肯定し、それをつうじて獲得した政治権力のもとに社会革命を周到に準備計画し、段階を踏んで推進することは、不可能ではない、と考える。この場合、郭沫若の念頭にあったのは、当時のソビエト・ロシアにおけるレーニンの理論・政策であったと思われる（『社会組織と社会革命に関する若干の考察』、「下篇　第六章　政治革命後における露西亜の経済的地位」）。

この意味において、郭沫若は、河上肇の理論（或いは河上肇によって紹介された理論）を自家薬籠中のものとしながら[54]、中国政治・経済の現状分析を根拠にしつつ、シュタウディンガーの理論を援用することをつうじて、河上肇の整合的解釈の上に立つ「時機尚早なる社会革命」の失敗の危惧、そして「『社会組織と社会革命に関する若干の考察』序」（一九二二）における言及を乗り越えようとした、と思われる。

後者の「序」については、先に少し触れたように、河上肇の意図は次のようなものであったと思われる。河上肇は、例えば当時の英国・米国等（日本の問題も含めて）のような発達した資本主義国の社会革命・政治革命（平和的経路の可能な場合のある）を念頭におきつつ、世界全体の資本主義化という、資本主義制下における生産力の発展の将来的限界の問題を明らかにする必要を考えていた。「序」の問題意識は、発達した資本主義制のもとにおける生産力の発展の限度を問う必要性の指摘であった。

しかし郭沫若はそのように解釈しなかった。むしろ郭沫若は、「序」における河上肇の言及を、資本主義の発展していない半封建半植民地の中国にも留保なく適用される、社会革命・政治革命の際に必須な生産力に関する一般論としてとらえたために、すなわち「時機尚早なる社会革命」の企てそしてそのための政治革命は必ず失敗するという一般論としてとらえたために、河上肇の所論を郭沫若なりに乗り越える必要があったと思われる。

そこには、窮迫する中国社会経済情勢の圧力を正面から受けとめ、中国変革のために、平和的経路をたどる政治革命の不可能な中国の救亡のために、「必然」の研究と「当為」の要求に基づいて、実践的解決へ踏みだすこと（社会革命を展望したうえでの強力による政治革命の遂行）を焦眉の課題と考える郭沫若の姿勢がうかがわれる。

第五節　文芸理論の基礎として受容した可能性のある点について

この節では、郭沫若が文芸理論の分野において、河上肇の所論から影響を受けた可能性のある点（郭沫若の文章の中で明確に表現されてはいないが、受容の可能性を推測できる点）について、取りあげることにする。

郭沫若が「革命文学」を提唱するに至る理論的過程について、第一章で私なりの考え方を述べた。今それに拠って、一九二四年半ば頃から二六年にかけての経過に示される内容について概略触れ、河上肇の所論との関連について言及することにする。

郭沫若は、①一九二四年半ば頃からマルクス主義に対して確信をもち、社会変革を促進する、生活の反映としての文芸、宣伝の利器としての文芸を支持することを表明した（「孤鴻」、一九二四年八月九日、『創造月刊』第一巻第二期、一九二六年四月）。これは社会変革を支持する者の立場からの意思表明と言える。

②また、「文学的本質」（一九二五年七月八日、『学芸』第七巻第一号、一九二五年八月十五日）では、溯った文学の発生源（本質）の視点に立って、ロマンチシズムとリアリズムの両者の存在に対する並行的認知を行った。これは文学固有の問題の視点からのロマンチシズムとリアリズムの解明、「芸術のための芸術」と「人生のための芸術」の郭沫若なりの解明であり、リアリズムへの彼の接近を意味した。

③「文芸家的覚悟」（一九二六年三月二日、『洪水』第二巻第十六期、一九二六年五月一日）等で、郭沫若は、それ以前の自らの小ブルジョア知識人としての「個性」（自我）と「自由」を、理論的に総括し発展的に継承するのではなく、第三階級（有産者階級）のものとしてすべて切り捨て否定する。そのうえで自己犠牲的に直接的に中国変革に貢献する姿勢を示した。(55)

④さらに「革命与文学」（一九二六年四月十三日、『創造月刊』第一巻第三期、一九二六年五月十六日）では、新旧文学の継承性を断ち切り（それは旧来の自らの「個性」〈自我〉を否定したことと対応する）、

⑤そのうえで、その時代の特殊な状況（時代精神、革命）に主として規定される文学の在り方を提示した。

⑥また、当時の状況下においては、無産階級に同情を表す、社会主義的、リアリズムの文学を目指す、とした。

上記の点を手がかりとして、下記の問題を追求していくことにする。河上肇の所論が、一九二四年頃以降の郭沫若の革命文学論に対して、とりわけその基礎的部分において、どのような影響を与えている、と考えることができるのか。以下二点に分けて論を進める。

1　「自由」「個性」についての位置づけ

『社会組織と社会革命に関する若干の考察』「中篇　第三章　社会主義制と個人主義的自由」において河上肇は以下

のように論ずる。

個人主義的組織のもとにおいては、その成員は自らの経済的生存について各自責任をもち、社会は責任を負わない。また他方そのため、社会は成員個人の経済生活に対して干渉を加えない。この個人主義制は近代社会の資本主義制として現れる。個人主義制のもとの自由とは、資本家の企業の自由を実質的に意味しており、貨物の生産と交易の自由、財産の所有と処分の自由を内容とする。労働者は労働力を売る自由をもつが、しかし労働者は資本家階級全体に縛りつけられている。ゆえに個人主義制下の自由は、基本的に有産者の自由である。

個人主義制に対して社会主義制は、社会がその成員の生活を保障することを原則とする。このため社会主義制は必ず公の機関を設けて、社会全体の生産および分配を管理する。社会主義制のもとで生まれる新たな自由とは、資本家階級の搾取からの自由である。

さらに、「中篇　第四章　社会主義制の下における個人の生活」では、ボルハルトの『科学的社会主義序論』（一九一九年）の翻訳に基づいて、次のように紹介する。

共産主義の完成期においては、巨大な生産力の発展が実現される。これによって、「各人は各々其の得んと欲する所のものを得る」ことができるようになる。同時に、そのため従来資本主義的国家のもとでは経済上の欠乏のために抑圧され消されていた被抑圧者の人格が、始めて十分な自由と多様性において発展することができることとなる。

さて一方、郭沫若は、「文芸家的覚悟」（一九二六年三月二日、『洪水』第二巻第十六期）で次のように言う（この部分は第一章でも引用したが、もう一度引くことにする。）。

「現代の社会では重んずべき個性やら、自由はない。個性とか自由とかを重んずる人は、第三階級のために発言しているのだ、と言える。もしも君が、『個性をもつことを許されず、自由をもつことを許されないときには、反抗しなければならない』と言うのであれば、それは好都合だ。私たちは一本の路を同行する人間だ、と言うことができる。君が個性を主張し自由を主張しようとするならば、先ず個性を阻害し自由を阻止する者を打倒しなければならない。しかし君は同時にまた、他人の個性を阻害したり他人の自由を阻止したりしないようにすべきだ。さもなければ君は人に打倒されるであろう。このように徹底的に自己の個性を主張できるようにし、徹底的に自己の自由を主張できるようにすることは、これは有産の社会では不可能事である。それでは、友よ、君が反抗の精神をもっている人であるからには、当然私と同一の路を歩いて行くはずだ。私たちはしばらくは、自己の個性と自由を犠牲として、大衆の個性と自由のために困難を取り除くよう追求することができるだけなのだ。」

郭沫若によれば、現代社会では重んずべき個性やら、自由はない。それらは有産者の個性であり、自由である。それらを重んずる人は、第三階級（有産者階級）のために発言しているのである。徹底的に自己の自由・個性を主張できるのは、有産者社会では不可能である。[56] さらに郭沫若は次のように言う。

「私たちが今必要とする文芸は、第四階級〔労働者階級のこと――中井注〕の立場に立って語る文芸である。この種の文芸は形式上はリアリズムであり、[57] 内容上は社会主義である。」（同上）

郭沫若は、個人主義制（近代社会の資本主義制）下における自由・個性が有産者のものであり、社会の大多数の者がそれらを獲得し発展させるのには、別の社会体制（社会主義制）が必要となる、という認識を語る。ゆえにこれまで郭沫若自身が小ブルジョア知識人として享受してきた自由・個性も、有産者の自由・個性に属する性質のものである、と考えられることになる。郭沫若は、有産者の自由・個性を否定したうえでの、第四階級の立場に立って語る文芸を提起する。[58] こうした自由・個性に対する郭沫若の認識は、基本的に自由に対する河上肇の認識を一つの基礎とするものであった、と推測される。言い換えると、郭沫若のこうした認識は、河上肇の自由や人格に関する所論を基礎的部分の一つとして形成された可能性がある。

2　新旧の文化の断絶の関係、および精神的文化に対する物質的説明

河上肇によれば、個人主義制（近代社会の資本主義制）下の自由は、実質的に資本家の企業の自由であるとされたことについては、前に触れた。その自由は社会主義制のもとではどのようにあつかわれるのだろうか。

「個人主義制と社会主義制とは以上の如く相違しているのであるから、個人主義制の下に認めらるる所謂自由が、そのまま社会主義制の下に認められざるは、自然の数である。私は先きに個人主義制の下に認めらるる自由は、有産者的自由とも称さるべきもので、資本家的企業の自由を重心とするものだと述べたが、此の如き自由は、勿論社会主義制の下に於て認むべからざるものである。」（『社会組織と社会革命に関する若干の考察』、「中篇　第三章　社会主義制と個人主義的自由」）(59)

個人主義制の下の有産者的自由は、社会主義制の下では当然認められない、と言う。さらに河上肇は次のように指摘する。

「社会主義制の下に在っては、個人主義制の下における有産者的自由は総て蹂躙され、有産者的自由の上に発生せし文化も亦た総て破壊されて仕舞う。有産者階級が社会主義に対し極端なる反感を有するは勿論、有産者的文化以外に文化あり得るを知らざる人々が、等しく社会主義の弊害を愁訴するも亦た当然のことである。」（同上）(60)

河上肇は、社会主義制の下において、有産者的自由およびその上に発生した文化はすべて蹂躙破壊される、とする。そのため有産者的文化と社会主義制の下における文化とは、すなわち新旧の文化は、断絶の関係におかれる。（同時に、上記のように言及する河上肇は、有産者的文化以外の文化の存在を念頭に置いていた、と思われる。）

また河上肇の『唯物史観研究』（弘文堂書房、一九二一年八月二十五日、底本は、『河上肇全集』第十一巻〈岩波書店、一九八三年一月二十四日〉）[61]によれば、マルクスの唯物史観には、①社会組織進化論とも言うべきものと、②精神的文化についての物質的説明とも言うべきものの二つの部分があるとする（唯物史観が過去の階級社会に適用されるときには、マルクスの階級闘争説が生ずるのであり、階級闘争説が上の二つの部分のいずれにも貫通する）。後者は、社会組織（社会の経済的構造）がいったん変動すると、社会に流行する宗教・芸術・哲学等がまたそれにともなって変動せざるをえないというものである。

「『物質的生活の生産方法は一般に、社会的の、政治的の、及び精神的の、生活過程を条件づける。人類の意識が其の存在を決定するのでなくて、寧ろ之に反し、彼等の社会的存在が其の意識を決定するのである。』」（「『経済学批判』序言」、『唯物史観研究』〈前掲〉所載、河上肇による傍点は省略）

またマルクスの唯物史観は、過去の階級社会に適用された場合、精神的生活についての物質的階級的説明ともなる。

「『蓋し人間の観念、見解、及び概念が、一言にして蔽えば彼等の意識が、彼等の生活関係と共に、彼等の社会的聯絡と共に、彼等の社会的存在と共に、変化するものなることは、深き洞見を俟たずして吾等の観念し得る所である。

思想の歴史の証明する所は、精神的生産が物質的生産に伴うて変化する、と云うことで無くて何であるか？一の時代の支配思想は、常に只、支配的階級の思想である。』」（『共産宣言』、『唯物史観研究』〈前掲〉所載、河上肇による傍点、独語原文、注は省略）

河上肇によれば（『唯物史観研究』、「第七章　唯物史観の要領」）、社会経済の進歩にともなって、従来抑圧されてきた階級が次第に経済上の勢力を得てくると、ついには社会を支配する階級と政治闘争を始める。精神的方面においては、抑圧されていた階級が階級的自覚をもつにつれて、しだいにその階級の利益を代表する新たな思想が起こってくる。こうして経済上、政治上、思想上の闘争において、もしも新興階級が勝利を収めれば、そこで始めて社会的革命が成就する。その場合、新しい経済組織が古い経済組織に比べて根本的に性質を異にしているならば、社会思想もこのために全く面目を一新し、新しい政治上の思想、新しい宗教上の信仰、新しい道徳上の観念、新しい芸術上の趣味、新しい哲学上の学説等が次々と起こり、このようにして、社会はその変動の一段階を経過し完了する。河上肇はこのように論ずる。

さて一方、郭沫若は文学を歴史的に分析して次のように言う。（以下の郭沫若の諸点については、すでに第一章第五節で述べた。重複することになるけれども、ここでは河上肇の所論との比較が必要となるので、要約して、もう一度確認することにする。）

「現在、文芸に対する私の見解もすっかり変わった。一切の技術上の主義は問題となりえない。問題としうる点は、ただ、昨日の文芸・今日の文芸・明日の文芸ということのみである、と考える。昨日の文芸とは、生活の優先権を無自覚に占有している貴族の暇つぶしの聖なる品である。例えばタゴールの詩・トルストイの小説のように、たとえ彼らが仁を語り愛を説くとしても、私は、彼らが餓鬼に布施を施しているように思うだけだ。今日の文芸とは、私たちが現在革命の途上を歩いている文芸であり、私たち被抑圧者の呼びかけであり、生命にせきたてられた叫びであり、闘志の呪文であり、革命の予期する歓喜である。この今日の文芸が革命の文芸であるということは、私は、過渡的現象であるが、しかし不可避の現象であると考える。明日の文芸とはどんなものなのか。（中略）これは社会主義が実現した後で、始めて実現できる。」（「孤鴻」、一九二四年八月九日、『創造月刊』第一巻第二期、一九二六年四月）

郭沫若によれば、文学はその時代の社会状況・階級関係によって基本的に規定される。昨日の文芸は貴族の文芸であり、今日の文芸は被抑圧者の呼びかけである。昨日の文芸と今日の文芸の間には、文芸の継承関係はなく、その各時代の社会状況・階級関係によって、孤立的に存在する。(62)（新旧文学の断絶と社会状況に規定される文学）

また郭沫若は「革命与文学」（一九二六年四月十三日、『創造月刊』第一巻第三期）で次のように言う。

「対立する二つの階級があって、一つは元来の勢力を維持しようとし、一つはそれを覆そうとする。このような時においては、或る階級には当然その階級の代言人がいて、どちらかの階級の立場に立ち発言するものであることが分かる。もしも抑圧階級の立場に立つのであれば、当然革命に反対するはずだし、もしも被抑圧階級の立場に立つのであれば、当然革命に賛成するはずである。」（「革命与文学」、一九二六年四月）

郭沫若によれば、作家の語る内容がどの階級の立場に立つものかによって、文学の性格が規定される、とする。例えば抑圧階級の立場に立つものであることにより、「反革命の文学」となり、或いは被抑圧階級の立場に立つことにより、「革命の文学」となる。郭沫若の論議は、当時においては、社会の側から時代の側から、真正面に文学の在り方を問う重要な提起であったと思われる。しかし逆に言えば、これは階級的見地・分析のみからする、文学に対する性急な裁断を免れていないと思われる。言い換えると、郭沫若は、文学と、文学を創造する作家の内面（自己・個性――それは社会関係の総和と言うことはできても、必ずしも階級のみでは説明しきれない）の関わりを、作家の内面の要求・構造から説明するのではなく、むしろ作家の階級的立場が作家のあらゆる内面を規定し動員して、その内面の表現となる、と考える。作家の社会的状況・階級関係がその文学の内容を一方方向に規定する、とする。

また文学と革命の関係について、郭沫若は歴史的には次のように定義した。

「社会進化の過程において、どの時代も不断に革命しつつ前進するものである。どの時代にもそれぞれの時代精神があって、時代精神が一変すれば、革命文学の内容もこれによって一変する。ここにおいて私は数式で表すことができる。

すなわち、

革命文学＝F（時代精神）

もっと簡単に表せば、つまり

文学＝F（革命）

これは言葉で表現すると、文学は革命の関数なのである。文学の内容は革命の意義に従って変化する。革命の意義が変われば、文学はそれによって変化する。革命はここにおいて自変数であり、文学は被変数である。（中略）第一の時代において革命的であっても、第二の時代には非革命的なものとなる。第一の時代において革命文学であっても、第二の時代には反革命の文学となる。」（「革命与文学」、一九二六年四月）

郭沫若は、文学の内容は時代の革命の意義によって規定される、とする。文学（革命文学）の内容・意義がそれぞれの時代の革命の意義（時代精神）によって変化するように、革命が自変数であり、文学が被変数である。それ故に文芸固有の継承性、文芸固有の内在する課題の歴史的経過・展開は、革命という自変数の変化によって、そのたびごとに断ち切られる。そればかりか、たとえ或る第一の時代において革命文学であっても、次の第二の時代に移行した時点において、それが反革命の文学（或いは非革命の文学）となる、とする。ゆえに例えば、或る第二の時代における革命文学が、意義上反革命に転化している前代の「革命文学」（或いは非革命に転化している前代の「革命文学」）から継承するという課題は、成立しにくいこととなる。

すなわち、一九二六年頃における郭沫若の革命文学論は、革命文学が前代の（或いは過去の）文学をほぼ全面的に切り捨て否定しつつ（新旧文学の継承性の切断）、その時代の特殊な社会状況（時代精神、革命）に規定される、と主張する。そしてその分析の中心的見地は階級的観点にあった。[63]

こうした郭沫若の革命文学論における理論的背景の基礎的部分の一つとして、河上肇の上記の所論が存在する可能性がある、と私は推測する。

この場合の河上肇の所論とは、上述してきた次のような諸点を指すものである。①旧い経済組織が新しい経済組織へと根本的に変化した場合、社会思想も面目を一新し、芸術上の趣味も新たに起こる。例えば蹂躙破壊される有産者的文化と、社会主義の下における新文化とは断絶の関係におかれる。[64]（経済的社会的状況の変化にともなって変化する文化、その場合における新旧文化の断絶の関係）②精神的生産は物質的生産にともなって変化する。物質的階級的生活の関係は精神的生活の過程を条件づける。（精神的文化の物質的階級的説明）③こうした考え方を貫く根本的見方として、当時の河上肇の所論には階級闘争説が存在した。[65]

以上第二章の五節にわたって、私は、郭沫若が人生の転換点においてその方向を定めるにあたり、河上肇の所論が大きく深く作用した具体的内容を確認しようとした。（それは、郭沫若が一九二六年七月北伐戦争に直接参加するための、内面的必然性を準備する一環であると考える。）また郭沫若のこの時期の文芸観における追究・前進において、すなわち彼の革命文学論において、その基礎的部分に河上肇の所論の影響があると推測しうることを述べてきた。[66]そしてこの時期の両者には、当時のマルクス主義研究の一段階の刻印が鮮明に打たれていると思われる。河上肇においては、マルクス主義研究に対する彼自身の開拓し進展する過程の刻印が見られる。郭沫若においては、河上肇のマルクス主義研究の一段階の刻印が様々な形態において反映されて現れ、また世界のマルクス主義文芸理論の当時における研究段階の刻印が推測される。[67]

注

（1）私が目にすることのできた『社会組織と社会革命に関する若干の考察』の版本は以下の三種類である。
1.『社会組織と社会革命に関する若干の考察』（河上肇、京都弘文堂書房、一九二四年〈大正十三年〉三月十日、第十版、序五頁、目次二頁、細目七頁、本文五九〇頁、上越教育大学図書館所蔵、背表紙・奥付は、『社会組織と社会革命』とする。なお、初版は、一九二二年〈大正十一年〉十二月五日と記す。）
2.『社会組織と社会革命に関する若干の考察』（河上肇、京都弘文堂書房、一九二五年〈大正十四年〉三月一日、第十三版、序五頁、目次二頁、細目七頁、本文五九〇頁、背表紙は破損、奥付には、『社会組織と社会革命』と記す。初版の日付は右と同じ。）
3.『社会組織と社会革命に関する若干の考察』（河上肇、『河上肇全集』第十二巻〈岩波書店、一九八二年八月二十四日、底本は第十四版、一九二六年二月一日〉所収。「中篇　第四章　社会主義制の下における個人の生活（翻訳）」の訳文が省略され、「下篇　第六章　政治革命後における露西亜の経済的地位（翻訳）」の訳文が省略されている。）
本書においては、現在私の手もとにある、2の第十三版に主として依拠する。引用の仕方は、旧仮名づかいは現代仮名づかいに、旧字体は新字体に、それぞれ改め、送り仮名はそのままとし、ルビは省略する。以下同じ。

（2）『創造十年続編』（上海北新書局、一九三八年一月、底本は『沫若自伝　第二巻　学生時代』〈三聯書店、一九七八年十一月〉）第二章の記載によると、郭沫若は、一九二四年四月十八日付け成仿吾宛て書簡を引用し、「半月以来、河上肇の『社会組織と社会革命』の訳読にかかりきっています。恐らくなお三週間あれば終えることができるでしょう」、とする。また同じ第二章で郭沫若は、「朝早くから深夜まで書き、五十日間位書いて、とうとう二十万字以上の大著を訳し終えた」、としており、ここからすると、一九二四年五月中には初稿を完成していることになる。『郭沫若年譜』〈上〉（龔済民等編、天津人民出版社、一九八二年五月）が一九二四年五月下旬の項に、「『社会組織与社会革命』（〈日〉河上肇作）訳し終る、二ヶ月近くを費す」、とするのは、『創造十年続編』の記事によると思われる。
ただ、『社会組織与社会革命』「下篇　第六章　政治革命後俄羅斯之経済的地位」の「沫若附白」によれば、「民国十三年七月一日夜半校訂後此れを記す」とあるので、一九二四年七月一日のこの時点が商務印書館版『社会組織与社会革命』（一九二五年五月）の最終稿の完成時である、と考えておきたい。

（3）私が目を通した河上肇に関する研究書・論考は、不勉強のため以下のものに止まる。
「河上肇の人と思想」（大内兵衛、『河上肇　現代日本思想大系19』、筑摩書房、一九六四年二月十日）
「第二部　河上肇の唯物史観研究」（山之内靖、『社会科学の方法と人間学』、岩波書店、一九七三年五月、〈岩波モダンクラシックス〉、二〇〇一年七月六日）
『河上肇』（古田光、東京大学出版会、一九七六年十一月一日）
「『ある日の講話』の河上肇」（内田義彦、『作品としての社会科学』、岩波書店、一九八一年二月十日）
「河上肇――一つの試論」（同上）
『河上肇　芸術と人生』（杉原四郎・一海知義、新評論、一九八二年一月十日）
『河上肇そして中国――尽日魂飛万里天――』（一海知義、岩波書店、一九八二年八月十日）
「河上肇　人間像と思想像」（住谷一彦、『河上肇　日本の名著49』、中央公論社、一九八四年十二月二十日）
『河上肇――日本的マルクス主義者の肖像』（ゲール・L・バーンスタイン著、清水靖久等訳、ミネルヴァ書房、一九九一年十一月三十日）
「河上肇と文学」（祖父江昭二、『近代日本文学への射程』、未来社、一九九八年九月二十日）

（4）その場合、小谷一郎氏の論文、1・「《孤軍派》と郭沫若」（『創造社研究』〈伊藤虎丸編、アジア出版、一九七九年十月〉に補注〈6〉として所収）、2・「郭沫若と一九二〇年代中国の『国家主義』、〈孤軍〉派をめぐって――郭沫若『革命文学』論提唱、広東行、北伐参加の背景とその意味」（『東洋文化』第七十四号、一九九四年三月二十四日）が指摘するように、郭沫若の議論は〈孤軍〉派との論争の中で表明されたものと言える。この第二章で私の検討するところは、〈孤軍〉派との論争をつうじて郭沫若の表明した思想が、河上肇の所論からどのような影響を受けているものか、或いは反論しようとしているものか、という点であり、この点を自分なりに明らかにしたいと思う。

なお、郭沫若が河上肇の思想に引かれていく直接的契機となったものには、恐らく〈孤軍〉派の人々（陳慎侯・林霊光等）との交流によるところがある、と思われる。

また郭沫若と河上肇との関係を論じた専論については、私の目に触れた限りで次のものがある。1.「河上肇学説：郭沫若前期文芸思想転変的『中介』」（靳明全、『郭沫若縦横論』、王錦厚等編、成都出版社、一九九二年九月）、2.「翻訳『社会組織与社会革命』所起的影響和作用」（葉桂生、『郭沫若縦横論』、前掲）。これらの内容については、適宜後の注で触れることとする。

（5）郭沫若の文芸観の推移について、第一章で述べた。ここでは、郭沫若の社会・経済観の前進の内容にかかわる角度からこの問題をとりあげてみたい。

（6）この版本（以下、一九二五年版とも呼ぶ）の複印は、中国社会科学院文学研究所研究員（教授）楊義氏によって紹介された上海教育学院中文系副教授馮鈞国氏の骨折りをへて、手に入れることができました。ここに記して両先生に心よりお礼申し上げます。（なお、『河上肇そして中国』〈一海知義、前掲〉の「Ⅱ　河上肇と中国革命」によれば、京都大学経済学部所蔵の一本がある。これは、そこに印刷された表題の書き方から判断して、一九二五年版と思われる。未見。）

この版本は、『創造十年続編』（上海北新書局、一九三八年一月、前掲）によれば、発行後まもなく商務印書館が自ら出版を止めた、と言う。また、一九五一年改版重印本（第二版）の郭沫若「序」（一九五〇年十月二十三日）によれば、そのため世の中に流通した部数も少なかったとする。

なお、河上肇は、『社会組織と社会革命に関する若干の考察』「下編　第六章　政治革命後における露西亜の経済的地位」において、『Soviet Russia』第五巻第一号（一九二一年七月）の「農業税の意義」を翻訳している。そのとき河上肇は、最後の数行を省略した。郭沫若は、この省略された部分を、何公敢から借用した『Soviet Russia』によって補い訳出している。その部分は以下のとおりである。（中国語原文の引用については、できる限り日本の常用字を用いることにする。できない場合は旧体字を用いる。以下同じ。）

「我們要堅毅和患害闘争、我們不能不大胆地和患害覿面。大工業建設之不得不延期、工業与農業的産物交換之不能禁止、既已経昭示了我們、我們不能不依頼更容易着手的小工業之建設。我們不能不從這一方面動工、以支持我們這一方面的残局、這幾幾乎被戦争与封鎖全盤毀滅了。我們無論如何不能不採取一切的手段以使交易発展、我們不怕資本主義、因為資本主義底範囲由于地主与有産階級之経済的廃滅、由于労農政府之存在、已経十分受了限制、十分受了調節了。這是農税之根本観念、這是它経済的意義。」（『社会組織与社会革命』、「下篇　第六章　第八節　向社会主義之推移」、商務印書館、一九二五年五月）

こうした補足とは逆に、郭沫若の翻訳には省略部分も見うけられる。例えば、河上肇『社会組織と社会革命に関する若干の考察』（第十三版）「下篇　第五章　第八項　経済的経営（産業経営）期と社会主義革命の成就」における五五一頁八行目から五五三頁一行目にかけて、小泉信三の『社会組織の経済理論的批評』からの引用がなされている。しかし郭沫若の翻訳はこれをすべて省略する。そのため五五三頁のこれに関連する記述（五五三頁四行目から六行目まで、また同頁十一行目から十四行目まで）も省略される。

こうした類の省略部分があるのは事実であるが、しかし郭沫若の翻訳を原本とつきあわせて見た場合、概して言えば、ほぼ、非常に忠実な翻訳と言える。

（7）この版本（以下、一九三二年版とも呼ぶ）は、一九二五年版と比べると、河上肇序の日付部分が次のように変更されている。

1.「本書是由一九二一年三月至一九二一年十月、将近両年間隔時所発表過的論文纂集成的。（中略）
一九二二年初冬　河上肇」（商務印書館、一九二五年五月）

2.「本書是由一九二五年三月至一九二六年十月、将近両年間隔時所発表過的論文纂集成的。（中略）
一九二六年初冬　河上肇」（嘉陵書店、一九三二年五月）

この事実はつとに、『郭沫若研究資料』〈下〉（王訓昭等編、中国社会科学出版社、一九八六年八月）の『社会組織与社会革命』の項（二六三頁）で指摘されている。

（8）この版本（以下、一九五一年版とも呼ぶ）の郭沫若「序」（一九五〇年十月二十三日）によれば、商務印書館はこの本を改版重印版として出版するとき、郭沫若に時間的余裕がなかったため、呉沢炎に依頼して校訂したもの、と言う。郭沫若は、呉沢炎の校訂をへて訳文が一層中国語らしくなったことに感謝している。

なお呉沢炎は校訂にあたって、郭沫若にいくつかの意見を述べている。郭沫若はそれを引用しつつ、次のように言う。

「『河上肇の原文には、まま意識の在り方の余り精確でない所があります。（中略）その発言は必ずしもすべて適切というものではありません。』

これは少しも間違いのないことであって、読者は注意されたい。

『書中トロツキーの三ヶ所の言論は、すでに削除しました。』

私はまったく賛成する。私は、河上肇は亡くなったが、彼もまったく賛成であろう、と信ずる。

『下篇第六章はレーニン著〈農業税の意義〉の翻訳であり、英独文に基づいて訳出しています。露語本《レーニン選集二巻本下巻》とはいささか齟齬があり、削除しても良いようです。』

私は、やはりそれは残しておく方が良い、と思う。『いささか齟齬がある』けれども、歪曲や誤りはない。留めておくことが、本書全体の内容を一層的確なものにさせるし、河上博士が当時一歩邁進しようとした方向を示すことにもなる。」

（「序」、一九五〇年十月二十三日）

ゆえにこの版本は、呉沢炎によって訳語の校訂をへたほか、原本に引用され一九二五年版に翻訳されたトロツキーの言論を削除している。原本に引用されたトロツキーの言論と五一年版削除部分は次の通りである。項目の中に示す頁数は、『社会組織と社会革命に関する若干の考察』（弘文堂書房、第十三版）による。
1．中篇第三章第四項における、「労働組織の問題」（トロツキー、『テロリズムと共産主義――カウツキーを駁す』の一章、『Soviet Russia』, Vol.Ⅳ. no.3–6. 一九二一）の一部引用（三五六頁八行目―三五八頁五行目）。
五一年版は、三五六頁の五行目から三五八頁五行目にあたる部分を削除。
2．中篇第三章第四項における、露西亜共産党第九回大会（一九二〇年三月二十一日）におけるトロツキーの発言（Pasvolsky,『The Economics of Communism』, 一九二一）の引用（三五八頁八行目―同十二行目）。
五一年版は、三五八頁六行目から同十二行目にあたる部分を削除。

3．中篇第三章第四項における、『Socialism and Personal Liberty』（Dell, 一九二一）からの引用（三六四頁十行目－三六五頁一行目）。
五一年版は、三六四頁九行目から三六五頁一行目にあたる部分を削除。
4．下篇第一章第一項における、「労働組織の諸問題」（トロツキー、『Soviet Russia』, vol.Ⅳ. no.3－6. 一九二一）からの引用（四一〇頁一六行目から四一一頁九行目）。
五一年版は、四一〇頁一三行目から四一一頁九行目にあたる部分を削除。
5．下篇第二章第三項における、『Our Revolution』（Trotzky, 一九一八）からの引用　（四四九頁八行目から四五〇頁五行目）。
五一年版は、四四九頁一行目から四五〇頁五行目にあたる部分を削除。
6．下篇第五章第八項における、『Our Revolution』（Trotzky, 一九一八）からの引用（五五四頁四行目－五五五頁一行目、この引用の内容は、5と同じ）。
五一年版は、五五四頁一行目から五五五頁一行目にあたる部分を削除。

ゆえに、一九五一年版におけるトロツキー引用部分の削除部分は、「序」（一九五〇年十月二十三日）に言う三ヶ所ではなく、六ヶ所である。（なお、トロツキー引用部分について、一九二五年版では原本に忠実に訳している。）

また訳語が五一年版においてどのように一層「中国化」（「序」、一九五〇年十月二十三日）されたのだろうか。その例をあげておく。最初に、「中篇　第二章　第四項　活動自体に伴う肉体的の苦痛及び快楽」の一部分を任意にとりあげてみた。
1．「労働の舞踏化は二つの方面に行われる。一は一定の労働を簡単な肉体的運動の単位に分割することで、二はその運動を繰り返すために之に一定の調子を附けることである。労働の調子を取るために役立つもので最も簡単なのは、労働に伴うて自然に発する所の音響である。」
2．「労動之舞蹈化有両種方面：（一）是把一定的労動分析為簡単的肉体運動之単位、（二）是使運動反復時依一定的節奏。発生労動之節奏的最簡単的方法、是随労動而自然発出的声響。」（一九二五年版。一九三二年版も同じ）

3．「労動的舞蹈化有両種方面：(一) 是把一定的労動分析為簡単的肉体運動的単位、(二) 是使運動反復時依一定的節奏。発生労動的節奏的最簡単的方法、是随労動而自然発出的声響。」(一九五一年版)

ここでは古文的な「之」を「的」に改めているのにすぎない。

次に、「下篇　第三章　第一項　共産宣言に含まるる社会政策」から、『共産党宣言』の一部をとりあげてみた。

1．「『一．土地所有権の廃止、及び地代は之を挙げて国庫の歳出に供すること。(中略)

『五．国家の資本と排他的独占とを有する国立銀行を設け、之によりて信用を国家の手に集中すること。(中略)

『十．総ての児童を公に無償で教育すること。現在の如き状態における児童の工場労働を廃止すること。教育と物質的生産とを連絡すること等。』」

2．「『(一) 土地所有権之廃止、取其地租以供国庫之歳出；(中略)

(五) 設立有国家資本及壟断精神的国立銀行以集收信用于国家之手中；(中略)

(十) 一切児童由公家無報償地教育、廃止目前現状的児童之工場労動、教育与物質的生活之連絡等。』」(一九二五年版。一九三二年版も同じ)

3．「『(一) 剥奪土地所有権、以地租充国家支出之用；(中略)

(五) 経過国家資本的与完全壟断的国家銀行去集中信貸于国家手中；(中略)

(十) 対于一切児童実施公共的免費的教育、取消現有形式下的廠内童工労動、教育与物質生産聯係起来等。』」(一九五一年版)

この例では、言葉も句法も変えて訳しなおしていることが分かる。

また、この呉沢炎の校訂をへた改版重印本『社会組織与社会革命』初版がいつ出版されたのかという点について、上海商務印書館一九五一年七月第二版の奥付けによれば、「一九五一年四月第一版」と記されている(『郭沫若研究資料集』〈下〉〈中国社会科学出版社、一九八六年八月〉の記載も同じ)。しかし、『郭沫若集外序跋集』(四川人民出版社、一九八三年二月)の注釈によれば、一九五〇年十月北京商務印書館改版重印としている。どちらに依るべきか、未詳。私は、とりあえず前述のように、この版本を一九五一年版と呼んでおく。

（9）郭沫若は、『創造十年続編』（上海北新書局、一九三八年一月、前掲）で次のように言う。

「河上肇博士の『社会組織と社会革命』は彼の個人的雑誌『社会問題研究』に発表した諸論文を編纂したもので、その平明で適切な筆遣いは日本の読書界を風靡したことがある。彼は論敵福田徳三博士の誤った理論を論破しており、日本の初期マルクス経済学説の高峰とみなすべきものである。『社会問題研究』は、発刊しているとき、私も断片的に購読したことがあるが、系統的本質的な認識にまで到達していなかったので、印象は薄かった。しかし作者の編纂になる文集を得て、また社会科学に対する私の憧憬と、さらにさし迫って解決しなければならない一家の生活の必要もあって、この翻訳を始めた。」

この記述によって、郭沫若は、『社会組織と社会革命に関する若干の考察』の翻訳以前に、雑誌『社会問題研究』を断片的に購読していたこと、しかしその時の印象が薄かったことが分かる。

葉桂生は、「翻訳『社会組織与社会革命』所起的影響和作用」（『郭沫若縦横論』、王錦厚等編、成都出版社、一九九二年九月）において、一九一五年から一九二三年における郭沫若のマルクス主義に対する言及を解釈し、また一九二四年当初の情況について次のように指摘する。

「この時、郭沫若は政治的には儒家の伝統を受け継ぐことを主張し、経済的には社会主義を導きとすることを打ちだしていた。一体、このような体制が中国において真に実現可能だろうか。憧憬から、真の理解と運用にまではまだ一つの過程がある。この中で、郭沫若の一般の資料や現実の行動から考えて、まず最初に理論的洗礼を郭沫若に受けさせたのは、恐らく河上肇のこの本であったであろう。」

（10）郭沫若の「個人資本主義〔原文、個人資本主義――中井注〕」（「孤鴻」、一九二四年八月、前掲）の概念については、次のように理解しておく。河上肇は、『社会組織と社会革命に関する若干の考察』「中篇　第三章　社会主義制と個人主義的自由」において、アダム・スミスの理論等を念頭に置きながら、以下のように論ずる。個人主義的組織のもとにおいては、その成員は自らの経済的生存について各自が責任をもち、社会は責任を負わない。また一方、社会は成員個人の経済生活に対して干渉を加えない。この個人主義制の発展した特殊な歴史的形態として、資本主義がある、とする。また郭沫若は、「一個偉大的教訓」（一九二五年四月二十六日、『晨報副刊』第九十六号、労動節紀念号、一九二五年五月一日）で次のように言う。

「或る者はアダム・スミスの学説を信奉する。個人の天賦の人権を尊重し、個人資本主義〔原文、個人資本主義－中井注〕に対して、いかなる機関も横暴な妨害を加えることを許さないだけではなく、さらにはそれを奨励して国家の富源を増やすように努力すべきだ、とする。」

この引用の後の部分で、郭沫若は「個人資本主義」を自由放任主義に基づいた資本主義としている。さらに、「社会革命的時機」（一九二六年一月十九日、『洪水』第一巻第十・十一期、一九二六年二月五日）では、「個人資本主義（すなわち『現在の経済制度』である）」、とする。

以上のことから、私は、郭沫若の「個人資本主義」（一九二四年七月二十二日付け何公敢宛て書簡〈「社会革命的時機」所収〉では「私人資本主義」とも言う）の概念を、個人主義制的経済組織としての資本主義、という意味に理解しておきたい。ゆえにそれは社会主義と基本的に対立する概念であり、また国家資本主義と対立する意味を含む概念である。

（11）郭沫若は、『創造十年続編』（上海北新書局、一九三八年一月、前掲）で、『社会組織と社会革命に関する若干の考察』（一九二二年十二月）の内容に対して疑問に思う点を述べた後、次のように言う。

「これがこの本に対して私の満足できないところである。後に原作者河上博士は私に手紙をくれて、彼自身も満足できず、初版の刊行後、出版所に言って印刷発行を停止した、と言った。原作者の学者的良心は敬服に値するものである。」

この『創造十年続編』における記述について、三点確認しておきたい。

1．『社会組織と社会革命に関する若干の考察』は、岩波書店全集版の場合第十四版（一九二六年二月一日）を底本としている。すなわちこの本は少くとも第十四版の時点までは出版されている。右の『創造十年続編』の記述によると、初版の刊行直後廃刊したようにも読めるが、実際にはそうではない。

2．郭沫若は、「社会革命的時機」（一九二六年一月十九日、前掲）においては、『社会組織と社会革命に関する若干の考察』（一九二二年十二月）について賛成しえない点を論じた後、次のように言う。

「これは、私が終始河上氏に対してうやむやのうちに賛成しえない点である。私は彼の原文を翻訳する時に、本来早くから手紙を書いて教えを請おうと思っていた。しかし今に至るまでまだ書いていない。だが最近彼は私に手紙をくれて、彼の『社会組織と社会革命』の一書は、現在の研究の到達点からすると、すでに満足できない所が多い、と言う。私がここで反駁している点も恐らく彼が満足できない所であるのかもしれない。」

ここからすると、郭沫若は、「社会革命的時機」（一九二六年一月十九日）を書く少し前の時点において、河上肇自らの、この本に対して不満である旨の手紙を受けとった、と思われる。（この方が時間的には齟齬が少ない。）

3．また郭沫若は、疑問に思った点についての問い合わせの手紙を河上肇に出さなかったことが分かる。これを出す以前に郭沫若は、河上肇から手紙をもらい、河上肇自身がこの書に対する不満の多い旨を述べた、とする。（『創造十年続編』〈一九三八年一月〉では、この問い合わせの手紙を出したのかどうかについて、郭沫若は明言していない。）

恐らくこの三点については、「社会革命的時機」（一九二六年一月）の記述の方が『創造十年続編』（一九三八年一月）よりも詳細であり、且つ信頼性が高い、と思われる。従って、『創造十年続編』（一九三八年一月）にのみ依拠する「河上肇と中国革命」（小野信爾、『不屈のマルクス主義者　河上肇』、現代評論社、一九八〇年九月二十日）の、郭沫若と河上肇に関する記述には不正確な所がある、と思われる。またその点については、「河上肇的著作在中国」（呂元明、季刊『吉林師大学報〈社会科学〉』一九七九年第二期、邦訳、一海知義訳、『河上肇全集』第二十巻付録月報、岩波書店、一九八二年二月）も同じである。

（12）　これは、ブラッケ（Bracke）宛て一八七五年五月五日付け書簡とともに送られた『ドイツ労働者党綱領評注』（『ゴータ綱領批判』）を指す。『河上肇全集』第十一巻（岩波書店、一九八三年一月二十四日）の「解題」（山之内靖）を参照されたい。

（13）　郭沫若は、『社会組織与社会革命』（商務印書館、一九二五年五月）において次のように訳す。（この訳文は日本ではなかなか見ることができないものなので、引用しておくことにする。引用の仕方は注（6）と同様に、本来の中国語の繁体字をできるかぎり日本の常用字に改めた。以下同じ。）

「据其信札所説、馬克斯之所謂共産主義分為二期：第一期可称為半成期、第二期可称為完成期。在此等時期之前、由資本主義社会推移到共産主義社会的、更有一個過渡期——我覚得馬克斯是這樣的想法。」（「下篇　第一章　従資本主義向社会主義推移之過程〈馬克斯之理想及其実現之過程〉第一節　従資本主義向共産主義之過渡期」）

(14)「這従経済方面而言、是『革命的変革時期』；従政治方面而言、是属于所謂『無産者之革命的執権』的『政治的過渡期』。」（「下篇　第一章　第一節」）

(15)「此従政治方面言時、是無産者執権之実行；従経済方面言時、是一切生産手段帰于国有、革命的変革因以実現。」（「下篇　第一章　第一節」）

(16)「過渡期完結后、社会始入于共産主義之時代。然而馬克斯思想之特徴是注重在歴史的発展的。（中略）然使他深信着完成的共産主義是不能一企而及的、于此他以為共産主義要先経過半成期、然后才能達到完成期。」（「下篇　第一章　第二節　共産主義之半成期」）

(17)「過渡期完結后、于経済方面、一切的生産手段之国有始得実現。（中略）据馬克斯底見解是、依此生産手段之国家的統一与労動之社会的結合之『全生産方法之変革』、必然地招致巨大的生産力之増加。」（「下篇　第一章　第一節」）

(18)「在此没有以生産手段為私有、而収獲『坐獲収入』的階級、一切的人都是社会底労動者、与其所提出的労動相応地従社会上各各取得一定的報酬。各個人『于一種形式内給与社会的労動、于別種形式内又如量地従社会取回』、在這一点上、就説所謂『対于労動全部収益的権利』是実現了的。」（「下篇　第一章　第二節」）

(19)「共産主義『在共有《ママ》的基礎上発展』時、早遅社会之生産是会巨大地発展、将来保証各人底生活終不会是困難的事業了。那時候共産主義経過其半成期始入于完成期。」（「下篇　第一章　第三節　共産主義之完成期」）

(20)「『生産力与個人之全面的発展同時増加、共同的富之一切的源泉十分流出之后、——其時社会始（中略）在其旗号上可以書着〈各応所能、各取所需〉（中略）的標語了。』」（「下篇　第一章　第三節」）

(21)「社会革命之歴史可以分為三時期。第一期是精神的準備時代、第二期是政治的戦闘時代、第三期是経済的経営時代。這些区別就我所知道的範囲在列寧底各著述中是表現得很明白的。」（「下篇　第五章　俄国革命与社会主義革命　第二節　社会主義革命史之三時期」）

（22）ヒルキットの書名は、河上肇の脚注によれば次のとおりである。「Hillquit. From Marx to Lenin. 1921. P.92」（「下篇　第五章　第四項）郭沫若は、「希爾奎徳『従馬克斯至列寧』」（「下篇　第五章　第四節　政治戦闘〈征服有産者〉之時期」）と訳す。

（23）「

社会主義革命
- 精神的準備（宣伝主義）時期 ― 革命前之闘争期
- 政治的戦闘（征服有産者）時期 ― 革命之闘争期（実行政治革命）／革命后之闘争期（鎮圧反革命）
- 経済的経営（経営産業）時期 ― （希爾奎徳之期別中不含此期）」

（「下篇　第五章　第四節」）

（24）「総之、政治革命是社会主義革命第二期之政治戦闘期之開始、在這時候、社会才走到馬克斯之所謂『過渡時期』。這個過渡時期随着第三期之経済的経営期之延長而延長。」（「下篇　第五章　第八節　経済的経営期〈産業経営〉与社会主義革命之成就」）

ここでは、河上肇は「経済的経営の時期」の一部を「革命的変革時期」（「過渡期」）に入れているように受けとれる。しかし「経済的経営」の内容の幅をどのように解釈するかによって、後にあげる郭沫若のような結びつけ方も可能と思われる。

（25）葉桂生は「翻訳『社会組織与社会革命』所起的影響和作用」（『郭沫若縦横論』、成都出版社、一九九二年九月、前掲）で、社会主義革命の時期区分とその長期性について、以下のように河上肇と郭沫若の認識の共通性を指摘する。

「〔河上肇は次のように考える。――中井注〕当時、ソ連は政治革命の基本任務を完了した。レーニンの指導のもとに、無産階級執権の新国家を建設した。しかし、経済革命はやっと着手したばかりである。社会主義革命の長期性についてのレーニンの表明によれば、ソ連の革命の徹底的成功は三期に分けなければならない、精神的準備の時代、政治的戦闘の時期、経済的建設の時代である。ソ連はすでにどのような状態なのか。郭沫若は言う、『現在のロシア革命は第二期を終えたのみで、なお第三期のもっとも長い時期が始まったばかりである』、と。」

（26）「所謂過渡期要経過多少時候呢?·共産主義底第一期又要経過多少時候呢?·馬克斯対于此没有什麼答辞。列寧也説 wir wissen es nicht und können es wissen《ママ》（我們不知道、也不能知道）。」（「下篇　第一章　第三節　共産主義之完成期」）

（27）このことに関連して、河上肇は、『社会組織と社会革命に関する若干の考察』「下篇　第六章　第八項　社会主義への推移」でレーニンの所論を次のように翻訳し紹介している。

「資本家的関係の此の状態から、社会主義への直接の推移を実現することは、果して可能であるか？然り、それは只一つの条件――それは驚くべき科学的労働の完成のお蔭で吾々が確知した所のもの――に於てのみ、或る程度まで可能である。その条件が即ち電気化だ。（中略）けれども吾々は、此の『一つ』の条件が少くとも数十年（中略）に亘る仕事を要求することを、善く知っている、そうして吾々が此の期間を短縮し得るのは、英国、独逸、及び米国というような国々に於て無産者の革命が勝利を得た場合に限られる。」（郭沫若は上引の文章を次のように訳す。「俄羅斯全国一般所行的是資本制以前的関係、要従此状態一直推移到社会主義去、究竟是可能嗎？曰可能、于某種程度之内可能、但只需一個条件――這個条件据我們所知道的是可驚的科学的工作之賜。這個条件便是電気化。〈中略〉但是、就是這『一個』条件至少也要費数十年、〈中略〉我們是很知道的、并且要英徳美等国的無産者革命成功時、我們才能把這個時期縮短。」〈「下篇　第六章　第八節　向社会主義之推移」〉）

河上肇は、「マルクス主義に謂う所の過渡期について」（『経済論叢』第十三巻第六号、一九二一年十二月一日、底本は『河上肇全集』第十一巻〈岩波書店、一九八三年一月二十四日〉）で、同上の文章を引いた後、次のように言う。

「之で見ると、露西亜の過渡期は、今からまだ少くとも向う数十年に亘るものだと云うことが分かる。」

（28）「没有由科学上最新之智識所建的大規模之資本家的技術、没有系統的国家組織可以使数百万人服従于生産物之生産及分配的同一標準之厳密的遵守時、社会主義到底是不可能的。（中略）更次、没有国内的無産者之支配、社会革命也是不可能的。」（「下篇　第六章　第三節　徳意志的国家資本主義」）

（29）「下篇　第六章　第二項　現時の露国における経済層の種々」におけるこの部分は次のとおりである。

「一、家長的な、即ち甚しき程度に幼稚な、農民生産（訳者注、此等の農民は自足経済を営む）。

二、小規模な商品生産（穀物を売る農民の多数は之に含まれる）（訳者注、此等の農民は其の生産物の一部を商品として売る、けれどもまだ資本主義化していない）。

三、私的資本主義。
四、国家資本主義。
五、社会主義。」

郭沫若訳「下篇　第六章　第二節　現時俄国経済層之種種」によれば、この部分の全体は次のように訳されている。

「（一）家長的、即程度甚低的農民生産。
（二）小規模的商品生産（此中包含販売五穀的農民之多数）。
（三）私的資本主義。
（四）国家資本主義。
（五）社会主義。」

（30）『国家的壟断資本主義是社会主義最完全的物質的準備、是走進社会主義的〈大門〉、它是歴史這個階梯中之一級、在此級与可以称為社会主義之一級間、没有別的階段存在了。』」（「下篇　第六章　第四節　国家資本主義是走向社会主義的通路」）

なお、「さしせまる破局、それとどうたたかうか」（一九一七年九月、『レーニン十巻選集』第七巻、大月書店、一九六九年十一月）によれば、次のとおりである。

「国家独占資本主義が社会主義のきわめて完全な物質的準備であり、社会主義の入口であり、それと社会主義とよばれる一段とのあいだにはどんな中間の段もないような歴史の階段の一段であるからである。」

（31）「在物質的、経済的、産業的意義上、我們還没有走到社会主義底『大門』、并且我們不経過這個『大門』時没有路可以走進社会主義。」（「下篇　第六章　第四節」）

（32）「資本主義比社会主義原是一種患害、但是資本主義比諸中世的制度、小規模生産、小規模生産者之分散所伴生的官僚政治、還要算是一種慶福呢。由小規模生産向社会主義之直接推移、我們還不能実現的時候、在那時候某種程度的資本主義乃小規模生産及交換之本質的産物、是不能避免的、在那時候、我們不能不把資本主義（尤其是把它導引到国家資本主義之路上的）当作小規模生産与社会主義間的間接的連鎖、利用来作為提高我国生産力之手段、過程、方法。」（「下篇　第六章　第八節」）

(33)　また郭沫若は、「到宜興去」(一九二四年十二月、前掲)で次のように言う。

「物質的に遅れた国家では、社会主義に対する憧れがやや先に生まれる。様々な経済以外の機縁によって、社会主義者が政治革命の成功を獲得し、その後物質的生産力を促進発展させようとする。その時には国家資本主義を除いて、他の道はない！聡明なレーニンがロシアを指導する根拠はこういうものである。私たち中国は正確に彼から学び、正しく主義を把持し、計画を持つことにより、当然自由放任主義に反対しつつ、主義を同じくする人を糾合し、社会主義の政治革命を実行する。この革命が成功した後で国家資本主義を行うのである。これ以外に、私たちにも別の方法はない。」

葉桂生は、「翻訳『社会組織与社会革命』所起的影響和作用」(『郭沫若縦横論』、成都出版社、一九九二年九月、前掲)で次のように指摘する。

「作者〔河上肇を指す――中井注〕はなお、マルクスの意見にもとづき、現段階の無産階級が、政治革命の開始により政権を獲得するところまで可能であり、資本主義から社会主義への移行のために条件をつくりだすことができると考える。(中略)『社会組織与社会革命』の翻訳が郭沫若に与えた影響は通常のものではなく、これによって郭沫若は、自らの一生における奮闘の目標(社会主義革命)を初歩的に真に打ち立てた。」(一〇五頁－一〇六頁)

(34)　既に注(8)で触れたように、改版重印本『社会組織与社会革命』(上海商務印書館、一九五一年七月、第二版)の「序」(一九五〇年十月二十三日)で、郭沫若は呉沢炎の提案の一つ(下篇第六章を削除する提案)を退けている。

「〔この第六章を――中井注〕留めておくことが、本書全体の内容を一層的確なものにさせるし、河上博士が当時一歩邁進しようとした方向を示すことにもなる。」(「序」、一九五〇年十月二十三日)

また注(6)で触れたように、郭沫若は第六章のレーニンの文章を原本により補って完全なものにしている。

こうした事自体が、レーニンの国家資本主義の位置づけに対する、ひいては河上肇の「一歩邁進しようとした方向」に対する、郭沫若の変わらぬ高い評価を示す。

葉桂生は、「翻訳『社会組織与社会革命』所起的影響和作用」(『郭沫若縦横論』、成都出版社、一九九二年九月、前掲)において、河上肇が『社会組織と社会革命に関する若干の考察』下篇第六章でレーニンの「農業税の意義」を翻訳した内容をとらえて、「作者（河上肇を指す――中井注）は、『国家資本主義』は社会主義へ移行する時の必ず経由する道だ、と考える」、とする。葉桂生は、レーニンの言説を河上肇自身の直接の所論であるかのように紹介したうえで、次のように指摘する。

「河上肇はなおとりわけドイツをとりあげて研究する。ドイツのような国家は、資本主義経済がかなり発達しており、もしもいったん政治革命の成功を獲得するならば、ただちに極めて容易に帝国主義のすべての外殻を打破し、それほどの力を費やすことなく、或いは極めて少ない困難のうちに、世界に真の社会主義国家の誕生を確実にもたらすであろう。河上肇の構想するこの計画はまったく成功しなかった。逆に、この時期においてドイツはファシズムの温床となったのである。」

「郭沫若も作者（河上肇を指す――中井注）のこの方法に賛成した。一九二五年十月に書く『窮漢的窮談』という一文で、郭沫若は次のように言う。『私たちの知ってのとおり、ロシアは共産革命を実行している国家であるが、今、まぎれもなく国家資本主義を実行している。』（中略）中国も同じであって、もしも政治革命が成功したならば、国家資本主義を行うものであって、『それ以外の方法はない』。このような郭沫若の言説は、実際上中国の特徴をとらえていなかった。農民問題こそが国家革命の中心である。あらゆる問題は、革命勝利後の経済建設と改革を含めて、これを基準とする。中国のような国情において、『国家資本主義』を高談するのは時宜に合わないことであった。」

葉桂生は、郭沫若が河上肇の（レーニンのでもある）国家資本主義の位置づけを受容したことに対して、右のように認めつつ、一方で郭沫若のこの考え方を批判している。

（35）　河上肇は、「マルクス主義に謂う所の過渡期について」（『経済論叢』第十三巻第六号、一九二一年十二月一日、前掲）において次のように言う。

「一定の社会は、社会主義の実現に必要な政治形態――即ち無産者の執権――を取ることに於て、マルクス主義に謂う所の過渡期に這入る。即ち過渡期の要件は、無産者の執権という政治形式である。」

また『河上肇全集』第十一巻（岩波書店、一九八三年一月二十四日）「解題」（山之内靖）によれば、河上肇は一九二一年五月二九日京大経済学会において、「マルクスの所謂共産主義の過渡期と完成期」と題する講演を行い、その講演原稿には次のような内容がある、とする。

「(一)『各人の自由な発展が万人の自由なる発展の為めの条件である』(16〈講演原稿頁数、以下同じ――中井注〉)とするマルクス主義の理想＝到達目標は『空想的社会主義中の共産主義者』〔＝ゴッドウィン〕のそれや『〔クロポトキンの〕Anarchism と同じ』であり『何等新奇なものは無い』(8)。そこでは、階級支配が無くなると共に国家も消滅しており、assoziierte Individuen〔連帯した諸個人〕による自由な自治の世界が現われている(16)。従ってマルクス主義は国家社会主義とは異なっている(29)。(中略)

(二)しかし、理想状態に達するための必要な手段として『無産者の独裁(執権)』という過渡期を置く点で『マルクス主義は無政府主義と異る』(29)。」(「解題」)

(36)「『一個的社会組織対于一切的生産力尚有余地使其尽量地発展時、是決不顚覆的；并且新的更高級的生産関係、在其物質的存在条件未含孕于旧社会底胎内以前、亦決不会発現。』」(「下篇　第二章　社会革命与政治革命　第一節　問題之所在――馬克斯学説中之所謂二個的交流」、傍点は省略)

(37)「『共産党之最捷近的目的……是無産者之階級形成、有産者支配之顚覆、無産者手中政権之奪取。』」(「下篇　第二章　第一節」、傍点は省略、なお『共産宣言』は河上肇の原文のまま、注(53)を参照されたい。)

(38)「『他們公然地宣言、他們的目的只有由強圧地顚覆一切従来的社会秩序才能達到。使支配階級在共産主義者革命之前戦慄喲！』」(「下篇　第二章　第一節」、傍点は省略)

(39)河上肇は、『社会組織と社会革命に関する若干の考察』「下篇　第二章　社会革命と政治革命」で、ゾムバルトの『社会主義及び社会運動』(『Sozialismus und Soziale《ママ》 Bewegung』、一九一九)の「第一篇　第四章　第一節　マルクスの学説における矛盾」を紹介する。また同じ箇所で、河上肇はテンニースの『Karl Marx』(一九二一)の説も紹介する。

(40)河上肇は、前掲書「下篇　第二章　第四項　社会革命と政治革命との関係」において次のように論ずる。

マルクス、エンゲルスは、唯物史観の主張者であるという点において「進化主義者」であったし、同時に政治革命の主張者であるという点において「革命主義者」であった。マルクス、エンゲルスによれば、社会革命(一つの社会組織から他の社会組織への推移）は、社会の生産力が従来の組織内でその余地ある限り発展し終えたあとでなければ、決して実現されえない。だから社会主義の実現を目的とする無産者の政治革命は、その目的とする社会革命を実現しうる可能性のある場合に限り、資本主義が余り遠くない中に行き詰まると予想できる場合に限り、始めて是認されるべきものである。しかしながらマルクス、エンゲルスがこの理論を実際に当てはめるとき、しばしば誤解を免れなかった。例えば一八四八年『共産党宣言』において早くも政治革命の必要を唱導したのは、当時資本主義的生産組織が行き詰まりにすでに近づいたものと観察したためである。しかし五十年後、一八九五年『フランスにおける階級闘争』の序においてエンゲルスの述べるところによれば、当時「経済的発展の状態が、資本家的生産の排除のためには、まだ遙に熟していなかった」。一八七二年、マルクス、エンゲルスの『共産党宣言』の序によれば、「過去二十五年間における大工業の偉大なる発展」があった、と言う。このようにマルクス、エンゲルスは、唯物史観の理論は少しも動揺しなかったけれども、原理の「実際的応用」において間違いがあった、と河上肇は論ずる。

（41）「『（労動者為樹立労動之新組織、在什麼時候総有掌握政権的必要。）但是要達到這個目的路径、我們不是主張着随処都是同一的。（中略）如像美国和英国一様的国度里（中略）労動者能以平和的路径達到他們的目的、我們是并不会否認的。但是一切的国家不能説都是這様。』」（「下篇　第二章　第五節　政治革命之必要――平和的革命之可能」、傍点は省略）

（42）「被解放的奴隷各自坐守無主之富源而復帰于小規模的孤立的自足経済；即是在奴隷主之支配下所統一了的多数労動者之労動結合、随着強制的束縛之解除、便立地解体；生活組織不惟不能進展于更高級的組織、反降退于較低級的組織、其必然之結果自然是生産力之減退了。」（「下篇　第四章　時機尚早的社会革命之企図　第一節　時機尚早的社会革命招致生産力之減退〈英領殖民地奴隷解放之実例〉」）

（43）「政権之掌握者雖然瓜代、社会之経済組織立于不能由権力者之任意而変更的物質的基礎之上、単是政権移動是決不能立地変更的。」（「下篇　第四章　第二節　時機尚早的社会革命終帰于失敗〈以社会革命為目的的政治革命即使成功也只是単純的政治革命而已〉」）

（44）「預計的無産者革命恐怕只有帰于失敗的、即使成功、在目前也只是政治革命之成功而已、社会革命是不能那様軽易実現的。

即是従前的無産者従新掌握政権、在他們的支配之下、革命后的社会依然是只有依着資本主義的方法而発展。」（「下篇　第四章　第二節」）

ここでは郭沫若は、河上肇の「時機尚早の」という言葉を、「預計」と訳す（第四章の本文では、すべて「預計」と訳す）。「預計」は、予め計画されたという意味であると思われ、時機尚早のニュアンスとは異なるところがある。しかし一方「第四章　時機尚早的社会革命之企図」等のように章・節の表題は、「時機尚早」と訳す。

訳語を変える郭沫若の意図はどこにあったのだろうか。一つの解釈の可能性として次のようにも考えられる。「時機尚早の」という形容は社会革命から見た言い方であり、それを政治革命から見れば「予め計画された」とも訳すことが可能と思われる。

（45）河上肇は次のように言う。

「私は露西亜に企てられた社会主義の革命が、時機尚早のものであるか否かを知らない。けれども、其れはそうであっても無くても、今後数十年間における露西亜の歴史は、社会組織進化の理法を知らんとする吾々に向って、極めて有益なる無数の材料を提供するに相違ない。只それに基づいて、今日よりも猶お一層意識的なる社会運動の指針を示すことは、恐らく吾々よりより若き人々の仕事であるであろう。」（「下篇　第四章　時機尚早なる社会革命の企　第二項　時機尚早なる社会革命は失敗に終る〈たとい之を目的とする政治革命は成効するも其れは単なる政治革命に止まるべきこと〉」）

郭沫若は以下のように訳す。

「目下俄国所実現了的社会主義的革命究竟是預計与否、我不得而知。但它無論是与不是、在此后数十年間的歴史、対于我們想知道社会組織進化之理法的人、自会呈出無数有益的資料的。至于由這些資料以指示出比今日更有意識的社会運動之方針、這恐怕是比我們更年軽的人們底事業了。」（「下篇　第四章　第二節」）

（46）河上肇は、「マルクス主義に謂う所の過渡期について」（『経済論叢』第十三巻第六号、一九二一年十二月一日、底本は『河上肇全集』第十一巻、岩波書店、一九八三年一月二十四日）において、次のように指摘する。

「過渡期の要件は、無産者の執権という政治形式である。しかし仮い斯様な政治形式を採っても、その国の経済状態が後れていては、容易に社会主義を実現することは出来ない。それなら経済状態の幼稚な国が急いで過渡期に這入るのは、畢竟無用のことに過ぎないかと云うに、決してそうでは無い。社会はそういう政治形式を採ることにより、意識的に社会主義の実現に必要な経済的、物質的条件の完成を急ぐことが出来る。過渡期に這入ると云うことによって、其の社会は意識的に社会主義を目がけて進むことになる。」

また、河上肇は「唯物史観問答――唯物史観と露西亜の革命――」（『我等』第四巻第一号、一九二二年一月一日、底本は『河上肇全集』第十一巻〈前掲〉）で次のように言う。

「A　君の考によると、無産者の執権という政治形態を採って、所謂社会主義の革命を起して見たところで、社会主義の実現には一定の物質条件の具わることが必要だから、当分の中は資本主義的に発達するより外は無いので、容易に社会主義は実現できないと云うことらしいが、もしそうだとすれば、露西亜の革命は何の意味も無いことに為りはせぬか？

B　意味が無いことは無いさ、寧ろ大に有るさ。という訳は、此の革命によって、レーニンの所謂『社会主義への推移を必ず実現するという意志』が、国家の政治形態の上に具体化されたのだから、その実現は数十年後のことにしたところで、兎も角その実現の保証が今実現されている訳だ。この保証が得られたと云うことは、意味が無いどころか、大変に重要な意義のある事だ。」

また、『社会組織と社会革命に関する若干の考察』「下篇　第五章　第八項　経済的経営（産業経営）期と社会主義革命の成就」では次のように言う。

「経済的発達の比較的後れた国が、その比較的に進んだ国よりも、早く社会主義の政治革命を起すと云うことは、勿論あり得べきことで、現に今日の露西亜が何よりも其の実例を示している。しかし其れは只社会主義の政治革命が起ったと云うだけのことで、『社会主義革命』が実現されるためには、露西亜は之から長い期間に亘るべき第三期の経済的経営期を経過しなければ為らぬので、社会主義が一挙にして実現さるる訳でないと云うことは、私の既に繰り返し述べた所である。」

郭沫若は上文を次のように訳す。

「経済的発展比較地落后的国家、比比較地進歩的国家、得以早時発起社会主義之政治革命、目前的俄羅斯便是一個実例了。但是這只是社会主義之政治革命之発起、要実現『社会主義革命』、俄国是還不得不経過此后第三期之経済的経営的。社会主義之実現不是一朝一夕可以企及的、我在前面已経反覆叙説過了。」

（47）「此書中関于社会主義的組織之実現上所必要的生産力発展程度之研究是省略了的。据馬克斯主義、以為無論是実現社会主義之社会革命或実現社会革命之政治革命、是以旧組織之資本主義下社会之生産力再無発展之余地為前提、所以資本主義下生産力発展之限度如何、這在馬克斯主義研究上、自然不能不為重要問題之一、但据我看来、這個問題有世界的（即不使限定于一国）考察之必要。」（「原序」）

（48）『河上肇全集』第十一巻（前掲）「解題」（山之内靖）によれば、ロシア革命の理解をめぐって苦悩していた一九二二年頃の河上肇は、ロシア革命について理論的な解釈の道をつけると同時に、「そこには、生産力の発展に即して資本主義から社会主義への平和的移行が行われることを期待する河上の心情が、微妙に反映していた」、とする。

（49）『社会組織と社会革命に関する若干の考察』「上篇　第二章　第十三項　資本主義的生産の必然的行き詰り」で、河上肇は次のように論ずる。資本主義の発展には、資本主義以外の領域（ここでは先資本主義的組織の領域をあげる）が必要である。その領域が世界においてすべて資本主義化されたとき、資本主義の生産力の発展の行き詰まりが訪れる、とする。もしも河上肇がそのように考えていたとすれば、資本主義の生産力の発展の限度は、当時においても遙かに将来のことと見なしていた可能性が強い。

（50）シュタウディンガー（Franz Staudinger 一八四九－一九二一）は『哲学事典』（平凡社、一九七一年四月）によれば、ドイツの哲学者、社会主義者で、個人と社会との関係について、「倫理的 sittlich 問題は社会的 sozial 問題である」という主張に到達した、と言う。邦訳に、『道徳の経済的基礎』（草間平作訳、岩波文庫、一九三一年）がある。

（51）ここで郭沫若は、河上肇の『唯物史観研究』の名前をあげて、シュタウディンガーの文章を引用する。ゆえに郭沫若が『唯物史観研究』の、少なくとも一部をすでに読んでいたことが分かる。河上肇は、「唯物史観と実際的理想主義」を『唯物史観研究』に載せるにあたって、その目的を、「一つには、新カント派に属する哲学者の中にも、唯物史観を是認するものがあると云う一例を示さんがためである」、と前書きしている。河上肇はシュタウディンガーを新カント派とする。

（52）河上肇は、『唯物史観研究』（弘文堂書房、一九二一年八月二十五日、底本は『河上肇全集』第十一巻〈前掲〉）「第四章唯物史観と必然論」で次のように言う。

「マルクスは歴史の進行に関し、一の自然科学的の因果法則を発見した人である。そうして吾々は、その因果法則を名けて、マルクスの唯物史観と謂うのである。彼れの見る所に依れば、一定の社会組織が社会の生産力の発展を束縛することに為れば（原因）、其の社会組織は早かれ晩かれ、或は急激に或は徐々に、必然的に崩壊して、新たなる社会組織が之に代ることと為る（結果）。之は一個の自然科学的なる因果の法則である。然るに現代の社会組織たる資本主義は、最初の間こそ社会の生産力の発展を助長したれ、其の生産力が已に或る程度までの発展を為したる後は、同じ資本主義の組織が却て社会の生産力のそれ以上の発展を束縛するに至るものである。故に資本主義の組織は早晩必然的に崩壊して、社会主義の組織之に代るに至るべしと云うので、畢竟社会主義の実現は、マルクスにとっては、一個必然の運命に外ならぬのである。是れ吾々が、マルクスの社会主義を以て、一種の必然論なりと謂う所以である。

然るに此の必然論に対しては、多くの非難がある。就中、其の最も普通にして且つ容易に人の賛成を得るものは、マルクスの思想は其の必然論のため当然無為拱手論に終るべきであるという非難である。社会主義の実現が必然の運命であるならば、吾々は只手を拱き為すことも無くして、単に其の必然の到来を俟つより外には無い。然るにマルクス及び彼れの思想を奉ずる人々が、熱心に社会運動のため奔走せんとしつつあるは、何故であるか。其れは明かに一個の自家撞着では無いか。之が其の非難の要領である。

然るに私の見る所に依れば、此の非難ほど無意味のものは無い。例えば茲に医学者がいて、母胎に産児の宿り居るを診察し、早晩出産のことあるを予言したりとせんに、吾々は其の必然論を聞きて、早晩来るべき出産時に於ける各種の準備に心をこそ配れ、決して無為拱手に終るべき筈は無い。」

このように、河上肇はマルクスの唯物史観を承認しつつ、決して無為拱手論をとるものではなかった。社会組織の改造が必然的に宿命的に機械的に実現される、とも考えなかった。河上肇は、「社会主義革命の必然性と唯物史観」（『我等』第四巻第五・七号、一九二二年五月一日、七月一日、底本は『河上肇全集』第十一巻〈前掲〉）で次のように言う。

「マルクスは、資本主義制が倒れて社会主義制が始まる時を以て、人類の真の歴史の第一頁をなすものと思っていたようだが、僕は事によると、資本主義制が倒れ切らずに、従て人類の真の歴史が始まる代りに、人類の『共倒れ』が起らぬとも限らないと思うのだ。その意味に於て、英米仏独その他資本国の将来はどうなるかも分らない、進化して社会主義国となるか、退化して一種の金権的封建国となり、人類滅亡の第一歩を踏み出すことになるか、それは此等諸国の無産階級の生きんとする本能の力に依存していると考えるのだ。その力が旺盛であれば鉄をも石をも貫くであろうし、その力が薄弱であれば有産階級の圧力のために潰壊して仕舞って、昔の希臘やエヂプトのようになりもするであろう。（中略）人類が生き伸びて行くためには、一定の時代に社会組織の改造が『必要』になってくる、そうして生きて行くために必要なことは、人間の生きんとする本能の力が弱らぬ限り、『必然』に実現されるに違いない、とそういう風に考えているのだ。しかし圧服されている階級が自覚を起そうと起すまいと、奮発しようとすまいと、そんなことには関係なく、社会組織の改造は、必然的に宿命的に機械的に実現されるものだ、という風には考え得ないのだ。その点に於て、僕の考には、悲観的の分子が混ざっている。」

（53）郭沫若の「社会革命的時機」（一九二六年一月）における原文は、『共産宣言』とする。河上肇も『社会組織と社会革命に関する若干の考察』において、『共産宣言』（例えば、「下篇　第二章」等において）とする。

（54）郭沫若は「売淫婦的饒舌」（一九二六年三月九日、『洪水』第二巻第十四期、一九二六年四月一日）で、エンゲルスの言葉に対する郭心崧の訳語『死滅』について、原注を附け次のように言う。

「（註）『死滅』という言葉は原文では einschlafen である。私は『永眠』と訳した方が良いと思う。というのも下文には別に absterben という一語があり、これこそ『死滅』と訳すことができるからである。河上肇氏〈資本主義より共産主義への推移の過程〉〔郭沫若原文では、〈從資本主義向社会主義推移之過程〉とする――中井注〕の第三項はこの文を引用する。しかしこの二語の位置が前後転倒している。」

河上肇は、エンゲルスの文章『反デューリング論』の、einschlafen と absterben の部分について次のように訳載する。

『或る階級をば抑圧しておく必要が最早や無くなって仕まえば、……特別なる抑圧力たる国家も亦た必要が無くなる。……社会関係に対する国権の干渉は、或る範囲より他の範囲へと次第に不用となり、かくて其れ自身が静かに死去（absterben）する。物の管理（Verwaltung）及び生産過程の指導が、人の上に行わるる統御に代わる。国家は廃棄（abschaffen）されるのでは無い。それは永眠（einschlafen）して仕まうのである。』（『社会組織と社会革命に関する若干の考察』「下篇　第一章　第三項　共産主義の完成期」）

問題とする部分のドイツ語原文と比較してみることにする（Herrn Eugen Dührings Umwälzung der Wissenschaft, Karl Marx Friedrich Engels Werke Band 20 Dietz Verlag Berlin 1962)。

「Das Eingreifen einer Staatsgewalt in gesellschaftliche Verhältnisse wird auf einem Gebiete nach dem andern überflüssig und schläft dann von selbst ein. An die Stelle der Regierung über Personen tritt die Verwaltung von Sachen und die Leitung von Produktionsprozessen. Der Staat wird nicht "abgeschafft", er stirbt ab.」

郭沫若の指摘するように、『社会組織と社会革命に関する若干の考察』の引用部分において、カッコ内のドイツ語 absterben と einschlafen が転倒して引用され、従って訳語も転倒していることが分かる。しかし郭沫若自身も、一九二五年五月初版の『社会組織与社会革命』では何の注釈も附けず、河上肇の誤解を踏襲する（一九三二年版も同じ。一九五一年版ではドイツ語を省略するのみで、同じ）。その後、一九二六年三月九日以前に郭沫若は原文と対照して、河上肇の誤解に気づいたものと思われる。この点からして、郭沫若がいかに注意深く河上肇の所論を自家薬籠中のものとしていたかが分かる。

（55）「文芸論集序」（一九二五年十一月二十九日、『洪水』第一巻第七期、一九二五年十二月十六日）で、郭沫若は同趣旨のことを述べる。

（56）郭沫若は「孤鴻」（一九二四年八月九日、『創造月刊』第一巻第二期、一九二六年四月十六日）で次のように言う。

「私たちは現在純粋な科学者、純粋な文学者、純粋な芸術家、純粋な思想家となることはできない。このような人になりたいのであれば、相当な天分がなければならないことは言うまでもない、しかしまた相当な物質的保証もなくてはならない。（中略）私たちに共通する煩悶、倦怠（これは我が中国青年全体に共通する煩悶、倦怠である）は、自我の完成を追求するこうした幸運が私たちにはなく、自由に発展する幸運を万人のために図る道筋をいまだに捜し出すことができないでいることだ。私たちの内部要求と外部的条件は一致することができず、私たちは道標を失い、無為に陥る。」

また、郭沫若は「馬克斯進文廟」（一九二五年十一月十七日、『洪水』第一巻第七期、一九二五年十二月十六日）で、マルクスの発言として次のように記す。

「私たちは先ず歴史に基づいて、社会の産業には漸次増殖する可能性のあることを証明し、次に漸次増殖する財産が少数の人の手に集中し、そのため社会に貧乏という病を生みださせ、社会の闘争が永遠に止む日のないことを証明するものです。（中略）私たちは一方巨大な力によって個人の財産を剥奪しますし、同時にまた巨大な力によって社会の産業を増殖させようとします。産業が発達し、みんながそれを共に享受する可能性がでてきましたら、その後にこそみんなが安心専心して平等無私に自分の本能や個性を発展させることができます。この力の原動力は言うまでもなく私有財産を廃止することに賛成する人々であり、無産の人々であると言うことができます。このように進行していきますと、みんなが物質上精神上において、十分に各自の要求を等しく満足させることができ、人類の生存はその後始めて最高の幸福を得ることができます。」

（57）この頃、河上肇のリアリズムについての言及はほとんど見られない。ただ、「人間の自己瞞着性」（『社会問題研究』第二十冊、一九二〇年十一月一日、底本は『河上肇全集』第十一巻〈岩波書店、一九八三年一月二十四日〉）で、空想的社会主義の誤謬を指摘しつつ、河上肇は次のように言う。（しかしこの言及が郭沫若に対して何らかの直接的影響をもたらしたというのではなく、今のところ単に参考として挙げるにすぎない。）

「予想に対する希望の投影は、之を如何にして防ぎ得るか。私は矢張り科学の力に頼るの外あるまいと思う。まことに、社会の改造に関する此種の幻影を照破するは、社会の変動に関する科学的智識の精髄たる、かの唯物史観の任務とする所でなければならぬ。クローチェの言う如く、唯物史観の根本精神はリアリズムである。そのリアリズムに照らさるる

時、一切の幻想はその影を消す。私は今、リアリズムのその力を慕う。（中略）
しかし大勢の人々が、自分で自分を瞞したり、他人に瞞されたりして、惨めな生活を只主観的にのみ仕合せだと観念して、暮らしているような、暮らさなければならぬような時代は、もう過ぎ去ったのではあるまいか、過ぎさせなければ為らぬのではあるまいか。少くとも私自身は、消極的に『無智の幸福』に落ち付いているよりも、在るがままに事物を観て、積極的に事実の上に幸福の世界を創造して行きたいものだと思う。それ故私は矢張り、リアリズムの福音を説かねばならぬのである。」

（58）私は、第一章の注（28）において、郭沫若が人生の岐路においてクロポトキンと同種の選択をしたことを述べた。その概略を記すと、第一期創造社（一九二一年六月－一九二四年五月）の終焉間際に、郭沫若はその維持継続の困難さを知って、成仿吾一人を上海に残し、一九二四年四月日本へ渡る。郭沫若は、中国の現実から離れて、九州帝国大学医学部で生理学研究者を志そうとする。しかし中国の現実から遠ざかろうとすればするほど、現実の引力は強く、終に生理学研究の道を捨て、中国変革の道を探るべく社会科学を勉強し始めることとなる。（それより先一九二三年林霊光は、「致青年的第二信」〈『創造週報』第六号、一九二三年六月十六日〉で、クロポトキンの『ある革命家の手記』の一節を意訳して、青年にその人生観を問いかけている。それは、後述のフィンランドの地質調査の過程での、人生の岐路におけるクロポトキンの選択を紹介する。）郭沫若は一九二四年中頃、河上肇の『社会組織と社会革命に関する若干の考察』の翻訳を完了し、一九二四年十一月上海に戻って以後、五年の時間をかけての『資本論』の翻訳を企図する。しかし商務印書館の同意を得ることができなかった。また、一九二五年五月三十日、五・三〇事件を目の当たりにし、その後一九二六年三月広州中山大学へ赴任し、同年七月北伐戦争に直接総政治部秘書長として参加する。
中国の現実から離れ、生理学研究の科学者として生きる路を断念し、むしろ中国変革にいかに参加するか、いかにそれを実現するか、を追求し、より直接的な貢献の道を選択する。

こうしたクロポトキン的選択を行う生き方を、河上肇は一九二二年一月の「個人主義者と社会主義者」（『改造』第四巻第五号、一九二二年五月一日、この文章は有島武郎の「宣言一つ」〈『改造』第四巻第一号、一九二二年一月一日〉に触発され書いたもの、との断りがある。底本は『河上肇全集』第十一巻〈岩波書店、前掲〉）において、精神的意味での「社会主義者」と言う。ここで河上肇の言う非エゴイスト（精神的意味での「社会主義者」）とは、例えばクロポトキンのように、多数の民衆の現在の不幸を強く感じとり、自らの研究者としての高い喜びを捨て、すでに得られた知識を民衆に普及することに尽力するような人である。当面する民衆・弱者の問題解決のために直ちに献身しようとする人である。

それに対して、河上肇の言う「個人主義者」とは、精神的意味での「個人主義者」であり、例えばミレーやレンブラントのように、自らの仕事に最高の価値を認め、一切のものをそのための犠牲とし手段とする。民衆のためでもなく、社会のためでもなく、自らの芸術を高めること以外のことは顧慮するところではない。それは徹底したエゴイストである。

河上肇は、どちらの型の人間も、その善いものは社会の宝だとする。世の中の時勢によって、退いて百代の計を樹つべき時代もあれば、出でて一世の業に尽くすべき時代もある。そして現在は、人類の物質的境遇の改造が最大の急務となっている、とする。

「『ある日の講話』の河上肇」（内田義彦、前掲）によれば、一九二一年当時、河上肇は「福田博士の『資本増殖の理法』を評す」（『社会問題研究』第三十一冊―第三十四冊、一九二二年、後に、『社会組織と社会革命に関する若干の考察』に所収）を執筆しており、彼に迫りつつある「選択」とは次のような内容だったとする。

「彼に迫りつつある選択は、社会主義の側に身を置く精神労働者の前にある二つの道、社会主義の理論をゆっくりと時間をかけて創りあげてゆく創造者――個人主義者――の道か、そうした創造を捨てて、『既に得られた知識』を民衆に普及して社会当面の必要に応じる伝播者たるか、の選択である。」（傍点は省略）

河上肇のこの「個人主義者と社会主義者」（一九二一年五月）という文章を、林霊光（郭沫若に『社会組織と社会革命に関する若干の考察』を貸し、人生の岐路におけるクロポトキンの選択を『創造週報』第六号〈一九二三年六月〉で紹介した人）が、読んでいたかどうか、今のところ私には判断できる材料がなく、分からない。また郭沫若が読んでいたかどうかについても、分からない。

しかしながら郭沫若は、一九二〇・二一年頃の、反映論の範疇の下に基本的にありつつ、創作と作用を二元的に切り離し、芸術それ自身の価値のみを追求する「個人主義者」的在り方（芸術のための芸術の追求）から、一九二二・二三年頃より芸術の創作と作用における内的連関・社会的連関を確認するようになる。そして一九二五年の「文学的本質」（一九二五年七月）においては、ロマンチシズム（自我の表現の重視）とリアリズム（客観的精確の重視）の並行的認知を行う。芸術のための芸術と人生のための芸術の、文学の本質から見た一致と、方法上での違いの確認、そして両者の存在の並行的認知を行った。

郭沫若は上述のように、一九二四年生理学研究者としての道を断念し、一九二五年から二六年にかけて文芸観上の一つの拡大・跳躍の試みを行い、また自己の小ブルジョア知識人としての個性・自由を全否定しつつ、民衆の個性と自由の獲得のために一九二六年七月北伐戦争に直接に参加する。言い換えると、郭沫若は、「個人主義者」から徐々に進みつつ、社会科学に接近し、文芸観上の一つの拡大・跳躍の試みをへて、「社会主義者」の方向へと振幅の大きな転回を行ったと思われる。

もしも誤解を恐れずに言うならば、恐らく、日本の知識人河上肇、そして有島武郎（私は有島について、「魯迅と『壁下訳叢』の一側面」〈『大分大学経済論集』第三十三巻第四号、一九八一年十二月〉、「有島武郎と魯迅」〈『言語・人間・文化』、名古屋大学公開講座委員会編、一九九〇年九月一日〉で若干述べたことがある）等と中国の知識人郭沫若、成仿吾そして魯迅等も、時代の転換期において各人の意味あいでの「個人主義者」から「社会主義者」へと、それぞれの転回の仕方をしたと思われ、その中に各作家の良心・精神の在り方を見ることができると思われる。

なお河上肇と有島武郎の交流の経過については、『河上肇　芸術と人生』（杉原四郎・一海知義、新評論、一九八二年一月十日）の「有島武郎」の項に詳しい。

(59)　郭沫若は次のように翻訳する。

「個人主義制与社会主義制有如上之相異、所以在個人主義制所認定的自由不能照様為社会主義制所承認的、這是必然之数。我在前面説過、個人主義下所認定的自由是可以称為有産者的自由、不待言是不能為社会主義制所承認的。」（「中篇第三章　社会主義制与個人主義的自由　第三節　社会主義制之特徴——生産及分配之国家的管理」）

(60)　郭沫若は次のように翻訳する。

「在社会主義制下時、凡是在個人主義制下的有産者的自由全被蹂躪、在有産者的自由上所発生的文化亦全非破壊。有産者階級対于社会主義懐蓄着極端的反感是不待論、在不知有産者的文化以外更有文化存在的人們同様愁訴着社会主義之弊害的也是当然的了。」（「中篇　第三章　第三節　社会主義制之特徴——生産及分配之国家的管理」）

また河上肇は、『社会組織と社会革命に関する若干の考察』「中篇　第三章　第四項　社会主義制の下における労働の義務」で次のように言う。

「マルクスの言っているように、一つの制度から他の制度に移ろうとする時、古き制度の『悪しき方面』を去って『善き方面』をのみ保留せんとする企ての総て不可能なるを信ずるが故に、個人主義的自由が社会主義制の下に於て全く蹂躙し去らるるの事実を、只ありのままに見たいと思うものである。」

この文章を、郭沫若は次のように翻訳する。

「我相信馬克斯所説的由一種制度推移向他種制度時、想除去旧制度之『悪的方面』而保留其『善的方面』之全不可能；所以我対于個人主義的自由在社会主義制下全被蹂躙的事実、只想作如実的観察。」（「中篇　第三章　第四節　社会主義制下労動者之義務」）

（61）『唯物史観研究』の少なくとも一部には、郭沫若が目を通してしたことについて、注（51）ですでに触れた。

（62）このように文芸を昨日の文芸、今日の文芸、明日の文芸と切り離して分析する考え方は、河上肇の次のような発想と類似点がある。

「畢竟マルクスの社会主義は、過去に関する理論と、現在に関する理論と、将来に関する理論と、此三者に分ち得ることと思う。第一の過去に関する理論と謂うは、即ち唯物史観を指すのであって、之は過去の社会組織は果たして如何なる原因と経過とを以て変革し来りしや、と云う問題に関する理論である。第二に現在に関する理論と謂うは、第一の歴史観に対して経済論と謂うべきものであって、現在の経済組織たる資本主義的組織に対し分析的解剖的の研究を為し、その必然の運命を予言せんとしたるものである。されば第一部の理論を別に社会組織進化論と名くるならば、此第二部の理論は之を資本主義的経済論と名くべきである。（中略）第三の将来に関する理論と謂うは、如何にして社会主義を実現せしむべきかの手段方法に関する政策論である。（中略）

要するに、唯物史観と資本論と社会民主主義と、この三の者が、理論及び実際の両方面に亙るマルクス主義の三大原理である。而して此等のものは、既に述べたる如く、決して離れ離れのものでは無く、極めて密接なる連絡を有するものであるが、今此等三大原理の根本を縫うて一本の金の糸の如くに走る所のものは、所謂階級闘争説である。」(『近世経済思想史論』、岩波書店、一九二〇年四月十日、底本は『河上肇全集』第十巻〈岩波書店、一九八二年十月二十二日〉)

このような類似点が、すなわち対象を昨日（過去）、今日（現在）、明日（将来）と分離して分析し、その全体を貫く根幹的考え方として階級闘争を置くという発想の類似点が、両者に存在することを、指摘しておきたい。

（63）見田石介は、『芸術論』（三笠書房、一九三五年五月、底本は『見田石介著作集』補巻〈大月書店、一九七七年四月〉）で次のように指摘する。

「テーヌは次のような結論を下す。

『そこでわれらは次の法則を提出するところに達したのである。即ち一個の芸術品なり、一芸術家なり、一群の芸術家なりを理解するには、それらの属していた時代の精神、風俗の総体を正確に頭に浮かべねばならぬということである。其処に最後の解釈がある。其処に残余を決定する第一原因が存するのである。』

これがテーヌに於ける中心的な思想である。」

さらにテーヌの欠陥を指摘し次のように言う。

「テーヌに見出される欠陥は、一定芸術が一定社会に相応するといういわば横の連関は見られるが、あらゆる時代の芸術と言わずとも、継続せる二つの時代の芸術のいわば縦の発展が見られないことである。（中略）彼〔テーヌのこと――中井注〕は無連絡な各時代の芸術を得たのである。」

こうした欠点は、プレハーノフ（一八五六―一九一八）やフリーチェ（一八七〇―一九二九）の芸術社会学にも免れなかったとして、見田石介はさらに次のように指摘する。

「フリーチェは、芸術社会学のためには不可欠な要件である社会の発展を段階づけ、各社会を基本的に特色づけるもの（生産力の発展段階）（いわば縦の連関）と、一定社会に於ける芸術と社会との対応関係を、現象の錯綜の中から導き出

してくるための公式（いわば横の連関）とを兎に角見出したのである。（中略）
だがこれらの偉大な功績にも拘らず、芸術社会学には種々なる誤りがある。最も重大なものと思われるのは、フリーチェの芸術社会学に於いては、一定の芸術と一定の社会との対応関係を、いわば『自然科学』的に説明するということに厳密に止り、現代の見地からの過去の芸術の評価ということも或る客観的基準からの評価ということも許されないことである。このことから芸術史と芸術批評とが截然と分たれる。」

「このため各時代の芸術がそれぞれの社会で、各々それ相当の任務を有っているものとして、その価値が相対化され、過去の芸術の客観的価値がわれわれに一向分らぬことになり、芸術の歴史も一つの発展史ではなく、ばらばらのものになる。（中略）『たとえプロレタリアートに必要な芸術』が価値あるものだという基準が立てられ、この基準によって現代の芸術の評価が行われるとしても、即ちプロレタリア芸術のブルジョア芸術、小市民芸術に対する優越が証せられるとしても、このプロレタリア芸術と過去の傑出したブルジョア芸術、貴族の芸術との関係が一切解らない。どちらが優れているのかは一切解らない。現代と過去とは断ち切られているのだから。」

またさらに見田石介は次のように指摘する。

「〔芸術社会学者にとって――中井注〕特定の芸術は特定の階級の利害、心理を反映するということが、芸術の本質の全部になっていた。」

「フリーチェは芸術の階級利害への奉仕の面をのみとって、芸術の機能の全部としている。」

このように見てくると、郭沫若の革命文学論が、プレハーノフや、フリーチェの芸術社会学と、いかに多くの共通性を持っていたかということが分かる。

（64）祖父江昭二氏は、『二〇世紀文学の黎明期』（新日本出版社、一九九三年二月）で日本の「プロレタリア文学」について次のように指摘する。

「二〇年代以降の『プロレタリア文学』は、近代あるいは現代の日本文学の歴史にかけがえのない寄与をした。と同時に、歴史的な制約もあり、未熟な面、弱点もあった。自民族ひいては人類の遺産を継承する点で弱かったことも、それが背負ったマイナス面の一つ、しかも軽視できないマイナス面の一つであった。だが、この弱点は、文学・芸術を非社会的・超階級的な所産と見る伝統的・支配的な文学観・芸術観に抗し、文学・芸術を歴史的・社会的な所産ととらえ、それゆえ階級社会の文学・芸術の『階級性』を主張するといった画期的で革命的な文学観・芸術観自体が、当時やや簡略に受容された、いわゆる『史的唯物論』の入門的な理解に導かれていたために、かえって逆に生じた弱点だった。『史的唯物論』によって過去の遺産の『階級性』、その敵対性・限界性が指摘され、むしろそれらを否定するところに『プロレタリア文学』が成立するという論理に支えられていた。つまり、マルクス主義による『社会』の発見、史的唯物論による『階級』の発見という、日本の歴史の上で革命的な意義を持つ思想・理論上の積極的な寄与が、『生成期』に不可避の未熟さのゆえに、遺産の拒否というマイナス面と不可分に結びついていったのである。それゆえ問題は決して単純ではない。詳述は避けるが、この歴史の遺産継承の問題領域で見られた狭さ、閉鎖性は、同時に、同時代的な作品・作家・文学動向を評価する問題領域ででも見られた。一言で言えば、統一戦線戦術的発想・把握の未熟の問題である。」

郭沫若の一九二四年頃から一九二六年にかけての革命文学論には、上に指摘されたと同様の、優れた点とともに、弱点も免れなかったと言える。

（65）この点については注（62）を参照されたい。なお、河上肇自身も当時マルクス主義の受容形成過程にあったことは前に触れたとおりで、後、弁証法的唯物論に対するより深い理解をつうじて、こうした考え方を克服していったと思われる。

（66）なおそのほか、郭沫若が河上肇の所論から学ぶところがあった可能性のある点、暗示を得た可能性のある点について、あるいは単なる発想の類似している点等について、三つの例を取りあげておく。

①郭沫若は、「革命与文学」（一九二六年四月十三日、前掲）で次のように言う。

「社会構成の基本精神は一体どこにあるのか。私は、人類社会の構造は最大多数の最大幸福を求めるところにある、と信ずるものである。」

河上肇は、「『労働収益全部に対する権利』に就ての一考察」（『社会問題研究』第二十二冊、一九二一年四月二十日、底本は『河上肇全集』第十一巻〈岩波書店、前掲〉）で次のように言及する。

「この『政府に就て』と題する論文〔ジェイムス・ミル著――中井注〕は、勿論一の政治論であるけれども、元来ベンタム流の政治説によれば、政治の目的は最大多数の最大幸福を実現することに存し、而して其の幸福なるものは物質的の富に依存するもの最も多きが故に、その関係よりして、彼等の政治論は殆ど経済政策論の実を具うるに至れるものである。今ミルの『政府に就て』に見われたる政治論を見るも、此の関係は特に著しい。」

この後の部分で、河上肇は、ミルの所論の最大多数の最大幸福の内容を詳しく論ずる。また河上肇は『資本主義経済学の史的発展』（弘文堂書房、一九二三年八月二十日、底本は『河上肇全集』第十三巻〈岩波書店、一九八二年三月二十四日〉）の「第四章　ベンタム（Jeremy Bentham. 一七四八－一八三二）及びヂェイムズ・ミル（James Mill. 一七七三－一八三六）」でも、ベンタムの「最大多数の最大幸福」について詳しく紹介する。このように、郭沫若の「最大多数の最大幸福」の言及が、河上肇の所論に由来する可能性も考えられる。

②郭沫若は、「盲腸炎与資本主義」（『洪水』週刊第一期、泰東図書局、一九二四年八月二十日、後に、『洪水』第一巻第二期、光華書局、一九二五年十月一日に再録）で、資本家を社会の盲腸に喩える。

「資本家は社会の盲腸である。彼らは社会に対して何らの貢献もしない。彼らの主義は労働者の体力を搾取し、剰余価値（利潤）を獲得することにある。」

郭沫若は、資本家の営利精神が拡大再生産を行わせ、生産における無政府状態・自由競争によって、需要供給のバランスが崩れ、産業が停頓し、社会の恐慌が起こる、とする。この解決は社会主義制度の下においてのみ可能である。

「私はこの病気〔盲腸炎――中井注〕を見るたびにいつも個人資本主義を連想する。」

河上肇は、「或医者の独語」（『大阪朝日新聞』、一九一九年一月一日、底本は『河上肇全集』第十巻〈岩波書店、一九八二年十月二十二日〉）で次のように言う。

「吾輩の診断に依るに、彼は貧血の重病人である。」「彼の病源は盲腸内の寄生虫に在る。盲腸内に大きな寄生虫が居て、其が全身の栄養を吸収する為に、此の如く甚だしき貧血症に陥って居るのである、いくら栄養物を摂取しても、相変らず痩せて居るのは、其の為である。」「寄生虫と謂うは、労働者細胞と異り、其は身体全体の為には何の働きをもせぬ者である。全体から少からぬ利益を受けながら全体の為には何の働きもせぬ坐食者である。然るに此坐食者が、今日の所では栄養の大半を吸収して仕舞って、総ての労働者細胞をば、過度の栄養不足と労働過剰に陥らしめつつあるのである。」

郭沫若は医学を学んだ人であり、盲腸によって資本家を比喩するのは自然なことである。また両者の文章は時期的にも隔たりがあって、内容も少しく異なる。このことから郭沫若の文章は、必ずしも河上肇の所論とは直接的関係がない、と思われる。ただ、ここでは両者の発想の類似の例として挙げておくことにする。

③郭沫若は、一九二四年七月二十二日付け何公敢宛て書簡（「社会革命的時機」〈前掲〉所収）で次のように言う。

「私は、社会生活が共産制度へ向かって進むことは、百川の海に帰するように、必然の道である、と深く信じています。現在様々の改革に従事するとき、精神的にはこの自覚をいつも持つべきです。すなわち最も近い道筋をとって、海へ向かわなければなりません。私は、産業が進歩していず、物質条件が備わっていない国において、社会主義の実現を目的とする政治革命は早ければ早いほどよい、と信ずるものです。ロシアが絶好の例です。政治と経済は同時に解決することはできません。要は政治の改革が経済の改革を目的とするところにあります。現在中国において個人資本主義を提唱奨励することは全く無意味なことです。それは海の遠いことを心配して、河道に先ず大きな湖を掘ろうとするもので、社会の進行を阻害します。」

河上肇は、「断片（三）」（『社会問題研究』第八冊、一九一九年九月八日、底本は、『河上肇全集』第十巻〈岩波書店、前掲〉）で次のように言う。

「マルクスの唯物史観は慥に一種の必然論である。乍併、マルクスは其必然論の為に、『我等は手を拱いて資本主義の瓦壊と共産社会の出現とを俟てばよいのである』と主張した訳では無い。（中略）天下の水は必然的に海に注ぐという必然論を会得したからと云って、吾等は必ずしも治水の事に無為拱手の態度を採らなければならぬと云う筈は無い。否な寧ろ其逆である。吾等は水に関し一定の必然性を理解すればこそ、始めて巧に水を治め得る。（中略）水は必然の勢を以て海に注がんとして居る。それを全部陸上に停め、海水を皆無ならしめんと企つる者あるならば、是れ世界を挙げて大洪水の災厄に陥れんとする者、吾等は全力を尽してその無用有害なる計画に反対せざるを得ぬ。水の必然性を理解し居れば居るほど、斯かる無智無謀なる計画に反対するの熱心は、益々高まらざるを得ぬ。何んすれぞ拱手無為にして暮す者あらん。是れ唯物史観が社会主義運動に熱を加うる所以なのである。」

ここでも、両者の比喩の使い方と、社会主義という必然へ向かう河水の流れを阻害すべきではないとする基本的発想において、類似するものがあると言える。直接的影響関係を言うことはできないが、発想の類似したもう一つの例として挙げておきたい。

(67) この第二章は、『二十世紀中国文学図志』〈上〉(楊義、張中良、中井政喜共著、台北業強出版社、一九九五年一月、また増訂版『中国新文学図志』〈上〉、北京人民文学出版社、一九九六年八月)第三十四章「《社会組織与社会革命》和郭沫若」で述べた河上博士の本と郭沫若に関する素描を、より詳しく展開したものである。

また第二章の内容は、一九九七年一月の中国文芸研究会例会で、「郭沫若と河上肇——文芸理論の基礎として河上肇を受容した可能性のある点について——」という題のもとに発表させていただいた。中国文芸研究会がこうした機会を与えて下さり、その場で貴重な御意見をいただきましたことに対して、深く感謝申し上げます。

例会での御意見に関連して、一言補足することにする。私は、郭沫若のその時点その時点での状況に対する生き方の誠実さを信じたいと思う。(逆に言えば、歴史的に見た場合、郭沫若の生き方には見識の欠けるところがあるとする判断は、当然可能である。)手近な根拠から言えば、少なくとも、一九二六年七月からの北伐戦争に直接参加する行動は、そこに郭沫若の真摯な気持ちがなくしては、選択できなかったものである、と私は考える。次のような丸山昇氏の見解に私は賛成したい。

「つねに政治の第一線にあり、振幅も大きいその行動様式には批判も少なくないが、それは私心によるよりも、その時々の思想的課題を彼なりに全力で生きたことによるもので、近代中国知識人の代表の一人であることを失わない。」(「郭沫若」、『日本大百科全書』〈小学館、一九八五年八月〉所収)

第三章　成仿吾と「文学革命から革命文学へ[1]」

第一節　はじめに

この第三章の目的は、郭沫若に関する若干の追究を行った前二章の課題を受け継ぎ、創造社のもう一人の中心メンバーである成仿吾（一八九七―一九八四）[2]の文芸理論に、革命文学論争との関わりの中で光をあててみようとするものである。その中でとりわけ、「従文学革命到革命文学〔文学革命から革命文学へ〕」（一九二七年十一月二十三日、『創造月刊』第一巻第九期、一九二八年二月一日）における成仿吾の〈革命文学〉の主張とそのあり方について、私なりの解釈を提出する。またそのために、第一期から第三期創造社[3]の時期に到る成仿吾のそのほかの文芸批評論にも若干触れる。

第二節　「新文学之使命」

1　「新文学之使命」の論理

第一期創造社における成仿吾の代表的評論の一つ、「新文学之使命」（一九二三年五月九日、『創造週報』第二号、一九二三年五月二十日）をこの節で取り上げる。

それに先立ち、「新文学之使命」以前の成仿吾の文芸批評論について、「学者的態度」（一九二二年十月十三日、『創造季刊』第一巻第三期、一九二二年十二月）以降から「新文学之使命」以前まで、大まかに概括してみると、次のように考えられる。

第一に、創造社成員は、その活動の当初から、文学研究会という先行の大組織の圧力を肌に感じて、これに対抗し(4)、同時に名声赫赫たる胡適とも対立した(5)。そのため彼らは絶えず、弱小集団創造社自らの存在意義・目的を自覚し強調せざるをえなかった、と思われる。また、団体間対立についての先鋭化した意識が創造社成員の中で昂進するのにともなって、彼等の存在意義・目的に関する主張は、一面ますます攻撃的・強硬となり、ますます極端へ赴く場合もあったと思われる(6)。

第二に、成仿吾のこの頃の文芸活動の基本的姿勢・方針の特徴は、「我們的文学新運動」（一九二三年五月十八日、『創造週報』第三号、一九二三年五月二十七日）に現れている(7)、と思われる。この文章は、郭沫若が書き、英文にするに当たって成仿吾が協力したものである。この中で成仿吾は、一方において旧文学を排撃しつつ(8)、他方において新文学における後発の立場から、新文学の現状（文学研究会、胡適等の活動）にも乗り越えるべき多くの課題の存在することを見ていた(9)。

第三に、右の二点を前提としつつ、「新文学之使命」（一九二三年五月）以前の成仿吾の文芸評論については、なお未成熟なところ、相互の内的連関の緊密さに欠け、批評原則の一貫性も見分けにくいところがある、と私には思われる。この頃の特徴を二面に分けて説明してみると、次のようになる。

例えば成仿吾の、性格・倫理的資質（正義感の強さ、仲間意識の強さ、〈権威〉に対する反抗心）を窺うことができるものに、「学者的態度——胡適之先生的『罵人』的批評」（一九二二年十月、前掲）がある。成仿吾は英語独語を駆使して、[10]当時高名な胡適に対する手厳しい反論を展開する。

また成仿吾の教養・思想的資質（未成熟な文芸理論からの苛酷な裁断、帰納法・演繹法の文芸批評論への未消化な導入）[11]を窺うことができるものに、「詩之防御戦」（一九二三年五月四日、『創造週報』第一号、一九二三年五月十三日）がある。成仿吾は、胡適および文学研究会系詩人の詩に対するかたくなな酷評を行う。

一九二三年五月九日執筆の「新文学之使命」は、それ以前のものと比較すれば、成仿吾の文芸観を始めて比較的に明確な整った形で表現するものとなっている。[12]以下「新文学之使命」の論旨を追っていくことにする。

「文学上の創作は、本来内心の要求から出たものでさえあれば、元もと必ずしも何らかのあらかじめ定められた目的をもつ必要はない。しかし私たちが創作するとき、もしも内心の活動を十分に意識の中に置く場合には、内心の活動に一定の方向をもたせることは容易い。これは可能であるばかりか、喜ぶべき現象である。」（「新文学之使命」、一九二三年五月）

成仿吾は、右のように注目すべき発言をする。成仿吾は、文学の創作が内心の要求に基づくものであることを前提にして、[13]その内心の活動に一定の方向（使命・功利）をもたせることを承認する。言い換えると、内心の要求自体が目的（使命・功利）をもつことを、成仿吾は認める。この文芸の基本的な観点について言えば、同じく内心の要求に基づく文学を主張する郭沫若とは、とりわけ一九二〇年から一九二二年頃の郭沫若とは、大きな違いが見られる。[14]

さらに成仿吾は、当時のいわゆる「芸術のための芸術」と「人生のための芸術」の主張の対立を念頭に置いて、次のように言う。

「私たちにとって最も良いのは、文学の根底をあらゆる無用な議論を超越した地点に置くことである。これは、

科学者が絶対的静止点 absolute rest を採る意味と同じである。（中略）

文学が内心の活動の一種である以上、私たちにとって最も良いのは、内心の自然の要求をその原動力とすることである。すべてのうるさい議論は、様々の色盲が自分の肉眼を信用しすぎて、その非とするところを非とし、是とするところを是とするに過ぎない、とすべきものだ。」（「新文学之使命」、一九二三年五月）

成仿吾は、自然科学者の絶対的静止点と同様の意味をもつものとして、文学上における「内心の自然の要求」（後の部分では、「内心の要求」とする）を設定する。ゆえに対立する、「芸術のための芸術」と「人生のための芸術」の主張は、それぞれ色盲に譬えられる。

「例えば赤色に対して色盲である人は、元来同じ白色であるにもかかわらず、赤色の補色を感ずることができるのみである。もしも光が白色であることを認めるとすれば、そうした色盲の人の是非の判断は、それぞれ認識するところが一小部分にのみ限られており、全体的ではないために生ずる、と私たちは理解できる。また私たちは、彼らそれぞれが論争することによって、白色にどのような成分があるのか、を大略知ることができる。それぞれの成分の性質を知ることによって、全体に対する私たちの見解も確定できる。このように検討すると、私たちは何の矛盾も恐れないばかりか、それらを征服し、利用することができる。

私たちは、一つの超越的地点からすべての矛盾を俯瞰することができ、また、これらの矛盾の中から文学の実在を証することができるとすれば、私たちの内心の活動について、それが採るべき方向を見つけるのは難しくないし、それを私たちの意中の方向へと自由自在に採らせることも難しくなる。

私たちが、文学には目的がある、或いは使命がある、と言うのは、こうしたところによる。」（「新文学之使命」、一九二三年五月）

右のように成仿吾は、「内心の要求」という点に、文学上の様々の主張・矛盾を俯瞰できる超越的根本的地点を先ず設定しようとする。成仿吾は、物事の本源にまで溯り、その源流を確定し、源流（「内心の要求」）に立って、その後に流下し派生していくものを俯瞰し説明する。（この発想は、後年郭沫若の「文学的本質」〈一九二五年七月八日、『学芸』第七巻第一号、一九二五年八月十五日〉と共通するものであり、[15] 自然科学者的発想である、[16] と私には思われる。）そのうえで、「内心の要求」自体に方向（使命・目的）を採らせることも可能だ、とする。

このような考え方に立って、成仿吾は、新文学運動の使命（目的）を、或いは創造社の文学運動の使命を、以下のように三点あげる。

「私はここで、その根本原理――内心の要求を文学活動の原動力とするという原理――から進んで、私たちの新文学がもつべき使命を考察したい、と思う。

私たちの新文学には、少なくとも以下の三つの使命がなければならない、と思う。

1．時代に対する使命、

2．国語に対する使命、

3．文学自身に対する使命。

この三種類以外には、欲張る必要もない、と思う。」（「新文学之使命」、一九二三年五月）

当時、新文学における「時代に対する使命」を強く主張したのは、文学研究会成員であるし（例えば、「社会背景与創作」〈茅盾、『小説月報』第十二巻第七号、一九二一年七月十日〉、「創作的前途」〈同上〉、「自然主義与中国現代小説」〈茅盾、『小説月報』第十三巻第七号、一九二二年七月十日〉、「介紹外国文学作品的目的」〈茅盾、『〈時事新報〉文学旬刊』第四十五期、一九二二年八月一日〉）、「国語に対する使命」を強調したのは、胡適である（「建設的文学革命論　国語的文学――文学的国語」、

『新青年』第四巻第四号、一九一八年四月十五日）。そして、「文学自身の使命」とは、或る意味で創造社成員の主張した点と言える。[17] 言い換えると、成仿吾は、当時新文学の潮流の中で有力な考え方を三点にしてあげ、源流としての根本原理（内心の要求）に立ってこれら潮流を俯瞰しつつ、それぞれの「使命」（目的）を認知した。かつ成仿吾は後述のように、三つの「使命」を創造社流に包摂しようとしたと思われる。

成仿吾は、第一の「時代に対する使命」について次のように論ずる。

「私たちは時代の潮流の泡の一つであり、私たちが創造するものは、当然その時代の色合いをもつことを免れないであろう。しかし私たちは無意識的に時代のために上演するに止まるべきではなく、進んで時代をとらえ、意識的にそれを表現しなければならない。私たちの時代、その生活、その思想を、力強い方法で表現しなければならないし、一般の人に自分の生活について顧みる機会を与え、それを評価する可能性をもたせる必要がある。」（「新文学之使命」、一九二三年五月）

成仿吾は、文学が時代の色合いを必ずもつものとする。さらに、文学が時代の写真的反映（無意識的に「時代のために上演する」）に止まるべきではなく、むしろ主体的に時代を把握し、力強い方法で「表現」（原文、「表現」）することを主張する。[18] この意味で、成仿吾の「時代之使命」は、人生のための芸術（時代の把握・表現によって、人々に自らの生活を反省させ評価する機会を与えるべきだ、とする）を明らかに主張しながらも、当時の時代と文学界の現状に対する自然主義文学の有効性を主張する茅盾（「自然主義与中国現代小説」、『小説月報』第十三巻第七号、一九二二年七月十日）とは微妙に異なり、その方法としてはロマンチシズム（自我の表現の重視）の傾向が窺われるものである。

さらに成仿吾の思い描く中国旧社会像は、極めて倫理的色彩の濃いものであった。

「文学は時代の良心であって、文学者は良心の戦士でなければならない。良心の病んだ私たちの社会においては、文学者はとりわけ任重く道遠しというものである。

私たちの時代は弱肉強食の、強権があって公理のない時代、良心の枯れしぼみ、廉恥心の失われた時代、物質的利益を競う、冷酷残忍な時代である。」（「新文学之使命」、一九二三年五月）

成仿吾の描きだす中国旧社会像は、弱肉強食という強権の支配する社会、良心の病んだ社会であった。それは、淘汰される側からの進化論から見る[19]、多分に倫理的色彩をともなった社会像である。すなわち成仿吾は、「時代に対する使命」において、中国旧社会に対して良心の戦士として戦うことを主張する。言い換えると、極めて倫理的な立場を出発点として良心を病んだ社会と戦うこと、文学活動を行うこと、を主張する。

次に第二の使命、「国語に対する使命」について、成仿吾は次のように論ずる。

「私たちの新文学運動は、爆発以来、国語の運動であった。しかしここ数年の結果と現在の趨勢から見てみると、私たちの運動は、煎薬の湯だけ取り替え、薬を取り替えないで、満足してしまっている様子が見られる。（中略）

私たちの新文学の運動は、決してこのままでは満足できない。私たちの運動の目的は、自我を表現する能力を充実させ、あらゆる精神と精神との間の障碍を消滅させることにあった。私たちの国語ほど表現能力の貧弱な言葉はない。」（「新文学之使命」、一九二三年五月）

これに対して、胡適は一九一八年の「建設的文学革命論　国語的文学——文学的国語」（一九一八年四月発表、前掲）で、次のように指摘した。国語を造ろうとすれば、白話（生きた言葉・口語）の文学を造らなければならない。将来の新文学の使用する白話が、将来中国の標準的国語である。中国の将来の白話文学を造る人が、すなわち標準的国語を造り定める人である。また胡適は、白話文学を創造するために、実地の観察を重視するとか、周到緻密な想像力の必要性とか、をも指摘していた。

これに対して、成仿吾のここでの主張は、「この運動の目的は、自我を表現する能力を充実させ、あらゆる精神と精神との間の障碍を消滅させることにあった」(「新文学之使命」、一九二三年五月）というもので、かなり強引に「国語に対する使命」を自我の表現の側へ引き寄せた論じ方をしている。成仿吾の「国語に対する使命」の論は、実質的内容から見ると、表現手段の充実を言うにすぎず、むしろ胡適が様々な具体的な「国語の文学」創造のための方法を提起していたことと比較すると、具体性を欠いている憾みがある。

さて、第三の「文学自身に対する使命」について成仿吾は次のように述べる。

「どのようなものであれ、外界に対する使命のほかに、必ずやそれ自身に対する使命というものをもっている。

（中略）

少なくともすべての功利的打算を取り払って、もっぱら文章・作品の完全さ Perfection と美 Beauty とを追求することには、私たちが一生従事するに値するだけの価値の可能性がある、と思う。しかも美としての文学は、たとえそれが私たちに教えてくれるものが何もないとしても、それが与える美の快感と慰めは、またこれらの美の快感と慰めが日常生活の再生にもたらす効果は、認めないわけにはいかない。

しかも文学は私たちにとってわずかな積極的利益がないというのでもない。私たちの時代は、智と意の作用に対して余りにも重く負担をかけている。私たちの生活はすでに乾燥の極点にまで行き着いている。私たちは、美としての文学が優美な感情を養い、生活を洗い濯ぐことを、切望している。文学は精神生活の糧である。私たちは文学によって多少とも生の歓喜を感ずることができる。多少とも生の跳躍を感ずることができる。

私たちは文学の完全さを追求しなければならない。文学の美を実現しなければならない。」(「新文学之使命」)、一九二三年五月）

ここで成仿吾は文学以外のものに対する文学の使命（文学自身の立場から見れば、文学以外のものに対する使命をもつ文学は功利的と言える）ではなく、文学それ自身に対する使命をとりあげる。成仿吾は三つの同じ「使命」という言葉を使用する。しかし文学における功利的と唯美的という基準から判断すれば、前二者の「使命」と「文学自身に対する使命」とは、異質のものと言わなければならない。それを「内心の要求」という源流から俯瞰することによって、成仿吾は敢えてここに並列する。むしろここの「文学自身に対する使命」をもつ文学についての成仿吾の考え方には、先に論じた一九二〇年から二二年頃の郭沫若の発想と同様のものが窺われる。すなわち成仿吾の場合も、美と完全を追求する創作と、その作用を明確に切り離し、基本的には二元的に理解することによって、創作においては功利性を排し、作用の面においては結果としての無用の用（功利性）を認めている、と思われる。言い換えれば、成仿吾は第三の最後の使命として「文学それ自身の使命」をとりあげ、創作におけるあらゆる功利的打算を排して、文学の美と完全さを追求しなければならないとし、同時に結果としての効用を容認する。

さて、以上のように成仿吾の鳥瞰図は、「内心の要求」を源流とし、それぞれの使命に基づいた文学が流れ下る、という一見整然としたものである。しかし私たちの視点を、流下しつつ相対立する文学潮流の渦中に移せば、現実における元どおりの矛盾に充ちた状況に立ち戻ることとなる。このように考えると、成仿吾の「新文学之使命」（一九二三年五月）は文芸理論として、一九二〇年から二二年頃の郭沫若の場合と同様に、いわゆる「芸術のための芸術的傾向（唯美的傾向、自我の表現の重視）を内包していたと言える。或いはそれ以上の微妙な傾倒が存在した、と私には思われる。その理由として次の二点をあげることにする。

第一に、成仿吾の論ずる三つの使命がどのように個々の作家によって採用されるのか、という点に関わる。成仿吾は、最初に文学の根本原理としての「内心の要求」を置き、そこから流れ下り分流する現状の文学の様々な使命を俯瞰できる、とした。しかしそれはあくまで俯瞰であって、三つの使命の間にある現在の矛盾の解決ではない。この点からすれば、成仿吾は例えば、「時代に対する使命」（文学の作用・功利性、人生のための芸術）と「文学それ自身の使命」（文学の創作・唯美性、芸術のための芸術）との間の矛盾・関連を追究し解明するのではない（一九二三年以降郭沫若が腐心したように[20]）。ただ「内心の要求」という超越的原点から矛盾を鳥瞰したのにすぎない。ゆえに成仿吾にとっても、どの「使命」を選択するのかという問題については、その時のその状況における「内心の要求」に託されるよりほかない。言い換えると、成仿吾が三つの使命のいずれを選択するかについては、理論的にはその時その状況における彼の「内心の要求」以外に根拠・歯止めはない。その時その状況において、「内心の要求」は或る「使命」（目的）を包摂しつつ、一体となって流れ下ることができた（「使命」の選択については、このためほかの基準がない限り、恣意的側面がともなわざるをえなかった[21]）。この故にこそ、「新文学之使命」（一九二三年五月）は一面において、創造社の「芸術のための芸術」的傾向に対する擁護の理論でもあったと思われる。

そして第二に、その後、成仿吾は「時代に対する使命」で主張した文学者の社会における「良心の戦士」としての側面を、「士気的提倡」（一九二三年五月二十八日、『創造週報』第四号、一九二三年六月三日）、「新的修養」（一九二三年六月十一日、『創造週報』第六号、一九二三年六月十六日）でもっぱら強調していることに注目したい。すなわち成仿吾個人においては、「文学自身に対する使命」における「芸術のための芸術」的傾向を補完するものとして、相互補完関係にあるものとして、極めて倫理的なこの「良心の戦士」としての在り方が、不即不離の形で存在していた。言い換えれば、各々の「使命」間の矛盾・内的関連が解明されず、不即不離の形で併存していたこと、さらにはそれが相互補完関係にあったことによって、「文学自身に対する使命」は社会的良心の責務をほかの「使命」に主として委託しつつ、それ自身価値高い使命として流下する可能性を秘めていた、と言える。この意味でも、「新文学之使命」（一九二三年五月）は、一面、創造社の「芸術のための芸術」的傾向（唯美的傾向、自我の表現の重視）の擁護の理論となった、と思われる。[22]

しかしこの点に関して、逆に言えば、前にも触れたように、「新文学之使命」の文芸観の内的構造からして、成仿吾は同時に倫理的な「良心の戦士」としてではあるけれども、常に「時代に対する使命」を文学者として意識していたのであり、中国の変革を念頭においていたことも事実である。[23]

2　「時代に対する使命」の文学について

「新文学之使命」（一九二三年五月）から「一年的回顧」（一九二四年五月九日、『創造週報』第五十二号、一九二四年五月十九日）まで、すなわち第一期創造社の終幕の頃までの期間における、成仿吾の文芸批評論・文学運動上の基本姿勢は、「新文学之使命」の軌道に沿った深化発展であったと思われる。[24]この期間においてとりわけ「時代に対する使命」がどのような展開を見せたのか、を中心にこの項でとりあげることにする。

成仿吾によれば、文学は「時代の良心」（「新文学之使命」、一九二三年五月）であり、文学者は中国旧社会における「良心の戦士」（同上）であった。文学者の一つの使命は、「暗澹とした死灰の中から時代の良心を呼び覚まそうとする」（「文芸界的現形」、一九二四年四月二十三日、『創造週報』第五十号、一九二四年四月二十七日）ことにあり、その天職は、「人類の生活を批評し改造する」（同上）ことにあった。「士気的提倡」（一九二三年五月）では、成仿吾は次のように言う。

「彼ら（現在の中国人を指す――中井注）は正義と真理とを絶滅させようとし、或いは正義と真理の天使を装おうとしている。私たちの軍人しかり、政客しかり、学者しかり、文人しかり、中華民国全体がそうなのだ。大地には悪の花があまねく咲き、天空にはサタンの頌歌に充ちている。（中略）私たちは一切の障害を克服して、人類の良心を昏睡の中から救いだし、それに新鮮な生命を吹きこむのだ。私たちは人類の良心をしてもう一度正義と真理のために戦わせるのだ。」（「士気的提倡」、一九二三年五月）

しかしながら成仿吾の正義感をもっとも深く傷つけたものは、とりわけ彼の義憤をかきたてたものは、「良心の戦士」として本来その任に当たるべきほかならぬ文学者の行動と文芸界の現状であり、そのためそこに彼の憤りは集中していく。

「精神活動に従事する文学者が、世人の病んだ良心を呼び覚ますことを職務とする文学者が、たんに自己の名声利益を追い求めたり、是非を転倒することをものともしないとは、これは決して許されないことだ。この一年間、利益で結びついた不正義の文学団体が日に日に肥え太り、しかも財力や機関を利用して、今の人が深く忌む名称をもっぱら捏造して、他人の頭にかぶせる、ということを見てきた。」（「一年的回顧」、一九二四年五月）[25]

右の成仿吾の批判は、文学研究会や胡適における文芸理論・文学的主張に対して、創造社の文芸理論を対置して批判するような、文芸理論的水準・性格のものではない。むしろ倫理的な基準（良心の基準）によって彼らの不正義と是非の転倒を批判しようとしたものである。成仿吾における文学の「時代に対する使命」は、文学研究会等の「不正義」に対する批判として、矮小化され集中化される傾向があった、と言えよう。それゆえ成仿吾は、「白黒混同し、善悪並立している」（「批評的建設」、一九二三年十二月十九日、『創造季刊』第二巻第二期、一九二四年二月二十八日）文芸界の現状に対して、「是非を弁別する真の文芸批評」（同上）の存在を求めようとし、文芸固有の批評原理のほかに、倫理的な基準に基づいた文芸批評の判断と判別をも、追求しようとする。すなわち成仿吾にとって文芸批評とは次のようなことを意味する。

「私は前の部分で、批評とは善と悪、美と醜、真と偽を判別する努力だと言った。だから建設的批評の課題は、善悪、美醜、真偽を判別する普遍的原理を求めるところにある。」（「建設的批評論」、一九二四年二月二十五日、『創造週報』第四十三号、一九二四年三月九日）

そのため成仿吾にとってあるべき文学者・芸術家も、むしろ倫理的な、人格的な存在の色合いを帯びる。成仿吾は、「同じく芸術家を称していても、真のものと偽りのものがある」（「真的芸術家」、一九二三年十一月六日、『創造週報』第二十七号、一九二三年十一月十一日）とし、「真の芸術家」（同上）とは、精神の偉力に支えられ、俗世界の名誉利益を排して、「ただ美のみに頭を下げ、その信条は、美とは真であり善である」（同上）とする存在である。[26]（こうして、真の芸術家を想定することによって、言葉の上では、真善美が統一的に把握された。）

しかしながら第一期創造社の活動は、次のような成仿吾の言葉をともないつつ、幕を引くこととなった。

「新文学の使命は新たに目覚めた民族に精神的糧を与え、偉大ならしめるところにある。偉大な心情をもって従事するのが是であり、卑俗な利欲をもって従事するのは非である。これより明白で分かりやすいことはない。

私たちはこうした精神に基づいて、一年来、卑俗な人々に対して何度か戦闘を行った。しかし私たちは結局少数非力であった。資本家の高い塀の下に庇護を受ける彼らの方は依然として憚ることなく行動し、私たちを秘かに呪いつつ、その疲労困憊と死とを静かに待っている。」（「一年的回顧」、一九二四年五月）

このように、結局成仿吾のこの間の「時代に対する使命」は、中国旧社会に対する変革の働きかけを指向するよりも、文芸諸団体間の戦闘の中へと、文学研究会等の「悪」「偽り」に対する戦いへと矮小化し集中化していき（「良心の戦士」としてそれが当面成仿吾にとって重大であったとはいえ）、しかも彼の心に深い傷跡を残すこととなった。

そのうえ、文学研究会等に対する倫理的憤りや義憤を、成仿吾の場合十分に文芸理論の水準にまで昇華して、文芸批評論として結晶させることが少なかった。[27]（もちろんそこには、創造社の手薄な戦力、生活上の圧迫、時間上の逼迫等の様々の原因があった、と思われる。[28]）言い換えると成仿吾は、単刀直入に主として倫理的基準を文芸批評論にもちこんで戦ったのであり（それが成仿吾にとって「時代に対する使命」における当面の重要課題であった）、その意味で彼は創造社の「善」を守る守護神の役割を担った。[29]

また成仿吾の場合、前項の「新文学之使命」（一九二三年五月）で触れたように、その時その状況における「内心の要求」は或る「使命」（目的）を包摂しつつ一体化し、作品として表現される、と考えられた。その場合作品の価値を保証するものは（或いは、遊びに流される歯止めとなるものは）、「真摯な熱情」（「詩之防御戦」、一九二三年五月）、「偉大な心情」（「一年的回顧」、一九二四年五月）等の、文学者の倫理的人格的な存在・自己であった、と思われる。[30]

さらに成仿吾は、これも前項で触れたように、複数の方向をとる「使命」の間の関係について、不即不離の形で併存しつつ相互補完する関係を考えていた。たとえば、「時代に対する使命」を担った良心としての文学（真、善）と、「文学それ自身の使命」を担った文学（美）とは、その内的連関を解明されないままに、不即不離の形で併存しつつ相互補完しながら、全体として（一人の作家として）、中国旧社会の変革に貢献しうる社会的価値をもつ。この場合その考え方の支柱として存在したのは、作家としての、偉大な精神力を持った「真の芸術家」（「真的芸術家」、一九二三年十一月）のような人格的存在・自己が、扇の要《かなめ》として想定されていたのであろう。様々の「内心の要求」を担うにたる自我の存在を想定していたのであろう。成仿吾自らもこのような考え方に沿ってこの間の文芸活動を展開したと思われ、まさしく彼の人間としての存在が、多方面にわたる「内心の要求」の扇の要となっていた。しかし創造社の「善」の守護神成仿吾自らが防御に応戦にと、疲労困憊を深めざるをえない状況となっていく。

このように見てくると、成仿吾があるべき「真の芸術家」の鎧を着て立ち現れるとき、論敵から見れば、彼は傲岸な、倫理的に厳格で情け容赦を知らぬ批評家、時には的外れな批評家と見えたことであろう。[31] しかし成仿吾が自己の「内心の要求」に忠実に、或る「使命」を包摂し一体化しつつ表現し論じた場合、その個々の結果を全体として見ると（或いは一つの作品の内部においてさえも）、時には論敵には容赦なく友人には甘く、時には論旨に一貫性の欠けるところ恣意的なところが、現れたことは否定できない。[32] その傾向は成仿吾が憔悴を深めるにともなって、一層顕著になる。そのよってきたる理由を次の三点にまとめておきたい。

第一に、それは基本的には「新文学之使命」（一九二三年五月）の理論から帰結する一つの必然的結果であると言える。

第二に、また一面成仿吾が論敵の「不正義」を暴き、創造社の正当な利益を守るべく、創造社の「善」の守護神として善悪の基準を文芸批評論にとりこみ、「倫理的」に獅子奮迅行動した結果でもあった。[33]

そして第三に、同時にそこには成仿吾の、文芸活動における要としての存在・自己が疲弊した姿も窺える、と思われる。

成仿吾は義憤と憔悴の中で次のように言う。

「心を一つに合わせた三十名近い友人がいることは、もともとこれほど愉快なことはない。しかし私たち編集を担当する人間の疲労困憊は、外の人が想像しうるものでもない。生活の困難、環境の劣悪さが先ず私たちの両肩に一対の死の重み dead weight を加えた。私独りについて言えば、愛のない生活が全心身を圧砕する水圧機であった。夢から醒めるたびに、私の心がただちに粉砕してしまい、私の四肢がただちに分解してしまうことを願った。数年来、気の狂ったように自己の愛情を文芸の女神に捧げたけれども、しかし周囲を見渡せば、悲憤と慚愧を禁じえない。私の世界は結局のところ無限大の空虚と果てしない悲哀のみである。」（「一年的回顧」、一九二四年

五月）

こうして第一期創造社における成仿吾の活動は休止する。

第三節　模索と漸進

1　「革命文学与他的永遠性」

「一年的回顧」（一九二四年五月）を書いたおよそ一年半の後、一九二五年八、九月頃から、成仿吾は第二期創造社成員の若い人々が中心となって発行する『洪水』に再び執筆をはじめる。また、再結集した第一期成員の力による『創造月刊』も、その後一九二六年三月新たに出版された。

成仿吾は、「私たちの新文芸は運動が起こって以来、一部のつまらぬ分子によって腐食され、流行をまねる、ひけらかしの近道となった」（「今后的覚悟」、一九二五年九月十九日、『洪水』第一巻第三号、一九二五年十月十六日）とする。これは、一九二四年五月に語った、「私たちの文学革命は、私たちの政治革命と同様に、新たにもう一度やり直さなければならない」（「一年的回顧」、一九二四年五月）とする認識を再確認したものである。

しかし自らの文芸観においては、漸進的な変化を見せていると思われる。

「一人の芸術家は一人の創造者である。彼が自分の世界を創造しているときには、絶対的に自由でなければならない。或る理想、或る原則をもって私たちの世界から彼を規範づけようとしてはならない。彼の芸術の内容に対して、外界の理想或いは原則をもって測ってはならない。（中略）

自由は芸術の生命である。芸術は道徳、社会および人生と、偶然の或いは必然の関係をもつかも知れない。しかしそれらはすべて第二義的要素である。またそれらが芸術の内容に混入して、宣伝の目的を達成し、同時に芸術の価値を保とうとするのは不可能だ。それらはむしろ芸術家の修養上の要素と言えるもので、私たちは芸術家に対してそのような修養上の要求をすることはできる。或る芸術家がもしも真に道徳的であり、真に社会に対して熱情をもち、人生に対して信仰をもつときには、その芸術は自然と道徳的、社会的であり、かつ人生を熱愛するものである。」（「文芸批評雑論」、一九二六年三月十九日、『創造月刊』第一巻第三期、一九二六年五月十六日）

以上のように成仿吾は、芸術の創作において芸術家は絶対的自由でなければならない、とする。従って外の世界の或る理想・原則でもって芸術家を束縛してはならない。芸術にとって第一義は自由である。芸術と関係のある道徳・社会・人生は第二義的であり、それらを同時に追求することは芸術の価値を失わせる。しかし道徳・社会・人生に関することは、芸術家に対して修養の問題として提起できる。創作以前の段階における修養の結果として、芸術家が社会に対して熱情をもち、人生に対して信仰をもち、かつ道徳的であるとすれば、その芸術は自然と道徳的社会的かつ人生を熱愛するものとなる、と成仿吾は考えている。

このように解釈すると、ここでの成仿吾の主張は「新文学之使命」（一九二三年五月）の理論といささか内容を異にする。すなわち「新文学之使命」においては、その時その状況における「内心の要求」が、或る「使命」（目的）を包摂し一体化して、作品として表現される。それぞれの「使命」をもって表現された作品は、不即不離の形で併存し相互補完しつつ、全体として社会的価値をもつ、とされた。（それぞれの「使命」の間には理論上の優劣はなかった。そのため各々の「使命」による作用はそれぞれの方向に飛翔して、結果における無統制・矛盾が存在し、さらには「内心の要求」自体の分裂をも生ずる可能性を秘めていた。）

しかしここの「文芸批評雑論」（一九二六年三月）では、第一に、創作（「内心の要求」）と作用（「使命」・功利）が当初から密着して一体化するのではない。両者を切り離して、芸術家にとって第一義は絶対的な自由（内心の要求の自由）である、とし、芸術と関係をもつ道徳・社会・人生は第二義的である、とする。第二に、ゆえに成仿吾は第一義としての自由（創作における）と第二義的な作用に関する問題（道徳・社会・人生）との関連を、作家主体の堅実明確な在り方によって接合しようとする。

成仿吾は先ずあくまで創作における絶対的自由を第一義として主張しながら、作家主体の在り方に問題の重心を移動させる。作家の修養によって創作（形式から見て芸術の生命は美とされる）が「道徳的、社会的であり、かつ人生を熱愛する」作用をもつものとなる、と承認する。言い換えると、成仿吾は創作と作用の関係について、作家主体の在り方による接合、内的関連の明確化を意図している。さらに成仿吾は、創作の自由を第一義として保証しつつ、それが作家主体において中国旧社会変革と結合しうる理論を模索している、と思われる。(34) このことは、中国旧社会変革を目指しての当時の社会的激動（国民革命の気運が一九二三年末頃から生じ、一九二六年七月に北伐軍が広東を出発する）が、成仿吾自身の文芸観・生き方に対して、一層強く問いかけ、働きかけたことによる、と想像される。

創作と作用という側面から、その内的関連を右のようにとらえようとした成仿吾は、さらに文学における内容と形式という側面から接近し、「革命文学与他的永遠性」（『創造月刊』第一巻第四期、一九二六年六月一日）で次のような定式を提出する。

「文学の永遠性に関しては、疑問となるところ、議論すべきところが多い。しかし、もしも私たちが人間性を文学の内容とするならば、人間性に永遠性があるときには、文学にも必ず永遠性（当然それに審美的形式があると仮定して）がある。人間性は進化するものである、とは上文ですでに述べた。進化の現象は進化する主体を常に暗示し、この主体が永遠性をもつのである。私たちは、人間性のこの主体を真摯な人間性、或いは永遠の人間性と呼ぶ。だから、もしも私たちがこの真摯な人間性を文学の内容とするならば、文学が審美的形式をもつときには、それは必ず永遠性をもつ。それゆえ文学一般の永遠性について、簡単明瞭な公式を得ることができる。

（真摯な人間性）＋（審美的形式）＝（永遠の文学）

一般の文学についてこのようであるからには、革命文学の永遠性について、革命文学が一般の文学という以外に一種特別な感動力のある熱情を持っているにすぎないことから、やはり簡単明瞭な公式を得ることができる。

（真摯な人間性）＋（審美的形式）＋（熱情）＝（永遠の革命文学）」（「革命文学与他的永遠性」、一九二六年六月発表）

成仿吾は、文学の内容が必然的に人間性（human nature）であるとし、「虚偽、不正義、嫌悪等」（「革命文学与他的永遠性」）から「真実、正義、仁愛等」（同上）へと進化する過程にある人間性の主体を、「真摯な人間性」と呼ぶ。成仿吾は、「真実、正義、仁愛等」の積極的人間性への推進を、審美的文学的形式の下に、熱情的に伝えるものが永遠の「革命文学」である、とする。

成仿吾はここでは、文学を内容と形式という角度から分析し、自己の考え方を再総合しようとする。すなわち「時代に対する使命」（「新文学之使命」における良心の戦士としての使命、ここでの真実・正義・仁愛等の推進）と、「文学自身に対する使命」（「新文学之使命」における作品としての完全さ・美の追求の使命、ここでの審美的形式）とが、「革命文学与他的永遠性」（一九二六年六月発表）においては、内容と形式（或いは内容と形式と熱情）の式のもとに関連づけられ、「永遠の文学」（或いは「永遠の革命文学」）として融合することとなった。しかしここでの「革命文学」とは、「内容」の項から見れば、まことに倫理的な、良心の戦士としての「革命文学」と言わざるをえないし[35]、また全体の式から見て、旧来の創造社の、自我の表現を重視する文学のさらなる熱情化積極化であったとも言える。[36]

以上のように、第二期創造社における成仿吾は、なお基本的には従来の第一期創造社以来の主張の延長上に存在している、と言える。しかしまた彼の文学観については、「文芸批評雑論」（一九二六年三月）と「革命文学与他的永遠性」（一九二六年六月発表）において、「新文学之使命」（一九二三年五月）から理論的に一歩踏みだしており、これらを礎石として次の段階へ漸進しつつあった。

2　低級な趣味の文学の打倒

一九二七年始め頃、成仿吾は文学革命期の創造社の文学活動を高く評価しつつ、「趣味」について次のように指摘する。

「年若い私たち、私たちは熱烈な感情をもち、真理を熱愛する勇気をもたなければならない。自我の表現に努力し、真理を明らかにしなければならない。趣味とは、やっと生きながらえる老人の、或いは歳月を空しくした資産階級〔原文、資産階級――中井注〕の、あそびごとである。」（「完成我們的文学革命」、『洪水』第三巻第二十五期、一九二七年一月十六日）

成仿吾は文学者として「自我の表現に努力し、真理を明らかに」するという、従来からの創造社の主張を押しだす一方、文学研究会、『語絲』派等の「趣味」の文学を、「老人」の或いは「資産階級」の「あそびごと」としてとらえ、いかなる価値も認めない[37]。

「私たちが少し反省しさえすれば、それらの趣味家の態度に不満を感ずるはずである。第一に、彼らの態度はあそびであり、不誠実である。このことは趣味というものの本性から理解できる。第二に、彼らは常に自らを細々とした現象の中に没入させ、いわゆる趣味を感ずることを目的としている。彼らは一つ一つの現象を全体として

観察できない。だから彼らの態度は非芸術的である。」（同上）

成仿吾は、不誠実で非芸術的な「趣味」の文学を打倒し、「純粋な表現の要求を回復し」（同上）、「新しい形式と新しい内容の創造に努力し」（同上）なければならない、とする。成仿吾は「（真摯な人間性）＋（審美的形式）＋（熱情）＝（永遠の革命文学）」（「革命文学与他的永遠性」）という新たな考えを踏まえつつ、明らかに「創造社」の捲土重来を期している、と思われる。(38) すなわち成仿吾は「趣味」の文学の打倒を一九二七年始め頃の当面の任務としつつ、創造社の、新しい時期に適合する、自我の表現を重視する文学を再興しようとする。その場合成仿吾は自己の文芸理論の接ぎ木的な発展と、漸次的転換を図ろうとする。

「趣味の高低と、資産階級 Bourgeois 対無産階級〔原文、無産階級――中井注〕Proletariat の問題はあまり関係がない。この二種の対立する階級の中で、趣味の高低はいささかも必然的な関係が存在しない。それらの間の趣味の違いは、性質と種類の分野にある。（中略）たいてい資産階級の趣味は豪華な種類が多いが、無産階級の趣味は純朴な種類が多い。それらの性質は、一方は虚偽的、遊戯的であるが、他方は誠実で、まじめである。」（「打倒低級的趣味」、『洪水』第三巻第二十六期、一九二七年二月一日）

成仿吾はこの文章で一歩進んで、社会の階級分析を、社会の文化（趣味）と関連させて論じようとする。成仿吾は、資産階級の趣味は豪華な種類が多く、それに対して無産階級の趣味は純朴な種類が多いとして、両者の趣味を対立対峙させる。しかも資産階級の趣味の性格を「虚偽的、遊戯的」と規定する。成仿吾が従来主張してきた文芸批評論の経過と内容に基づいて考えれば、この「虚偽的、遊戯的」な趣味の性格とは、文芸においては文学研究会、『語絲』派等の文学を指すことと受けとることができる。(39) また成仿吾は無産階級の趣味の性格を「誠実で、まじめ」と規定する。これも、従来成仿吾が口を極めて主張してきた理想としての文学、或いは創造社における「良心の戦士」としてあるべき文学の一特性として存在したものである。[40] ここから次の二点の問題が生ずると思われる。

第一に、成仿吾の右のような分析から、次のような彼の念頭にある図式が想像される。

資産階級の趣味＝虚偽的遊戯的な性格
＝『語絲』派等の文学

無産階級の趣味＝誠実でまじめな性格
＝創造社の理想とする文学

この図式に従えば、一九二七年二月頃において、成仿吾は旧来の文学団体間の対峙を理論的に総括し、そのうえで新たな高次の水準から課題を提起する必要を感じていなかったと思われる。むしろこの時点において、成仿吾は旧来の対峙の関係を、理論的に十分総括することなく、新しい図式の中にそのまま流しこんでいる。[41] このことが成仿吾の文芸理論の中で次のように考える論理的基礎となった。すなわち旧来の対峙の関係の激化をこそ、低級な（資産階級の）趣味の打倒をこそ、国民革命の高揚期における創造社の文学の当面する使命である、と。私は、右のような成仿吾の文芸理論の展開の仕方を、接ぎ木的な発展と形容しておく。

第二に、成仿吾は、資産階級の趣味（文化）を虚偽的遊戯的な性格と定義づけ（それは否定の対象でしかなかった）、しかも資産階級の趣味（文化）と無産階級のそれとを相容れないものとして対立させる。このように両者を対立対峙させることにより、成仿吾は、資産階級の文化を批判的にも学ぶという、無産階級の文化継承の課題を提起する契機を失った。

では、成仿吾の考える無産階級の趣味に基づく文学とはどのようなものなのか。成仿吾は「打倒低級的趣味」（一九二七年二月発表）の文章の中で、次のように言う。

「現在の資産階級の趣味は低級であり、現在の資産階級は優美な心情を全く生みだすことができず、崇高な共感を感受することができない。」（「打倒低級的趣味」、一九二七年二月発表）

「自覚した青年はほどなくこの中の矛盾を感じとり、立ちあがってこの低級な趣味を拒絶するであろう、と私は信ずる。自覚した青年は修養に努力し、優美な心情を養い、崇高な共感を感受するようになるであろう。自覚した青年は新興の階級から誠実でまじめな態度を学び、一切の低級な趣味を打倒するであろう。」（同上）

この時点（一九二七年二月）における成仿吾の文学とは、無産階級の趣味における誠実でまじめな特質を学びつつ、「優美な心情」を持ち、「崇高な共感」を感受できることを理想とするものである。[42] それでは成仿吾は、誤解を恐れずに言えば、「無産階級」という言葉に寄りかかり、それを取りこみながら、彼身自身の従来からの創造社の文学的理想を肯定していると思われる。そして他方において成仿吾は、「資産階級」という言葉を利用しながら、『語絲』派等を否定しているにほかならない。[43] 実際から言えば、成仿吾の主張する文学は無産階級の文学とはかけ離れたものであった。しかしながらこれは、成仿吾にとっての漸次的転換の一歩であった。

第四節　「文学革命から革命文学へ」

1　政治的明快さと漸進しつつ転換する文芸理論

一九二七年始め頃における中国の政治状況について、成仿吾の認識は非常に明快である。それは例えば、「中国文学家対于英国智識階級及一般民衆宣言」（『洪水』第三巻第三十期、一九二七年四月一日）[44] に見られる。

「中国無産階級国民革命に従事する私たち文学者等は今、英国の無産階級、Intelligentsia とすべての労働者に対してこの書簡を送り、あなた方に対して意見と希望とを表明したいと思います。」（「中国文学家対于英国智識階級及一般民衆宣言」、一九二七年四月発表）

「私たちは、あなた方が次のことを痛感するであろう、と確信しています。あなた方の支配階級が民衆のために幸福をもたらさず、もっぱら自らの利益のために植民地を侵略しているのであること、さらに世界の被侵略民族が一斉に立ちあがりあなた方を敵視さえしていることを。また、あなた方が必ずや自覚して、厳しい態度であなた方の政府の侵略という手段を攻撃し、植民地或いは半植民地のあらゆる特権と地位とを政府に放棄させるであろう、と確信しています。あなた方がもしもあなた方の支配者をこのように攻撃しないのなら、『直接或いは間接に帝国主義が一切の被抑圧民族を圧迫するのに手を貸す』という汚名を、あなた方は負わざるをえません。しかし英国の先駆的無産階級が、あなた方が、甘んじて盲目の愛国者となり、人類的感情を蔑視することはない、と私たちは深く信じます。」（同上）

「実際のところ、現在私たちは連帯することができます。今や確かに民衆と民衆とが連帯せざるを得ないときとなったのです。世界の無産民衆は立ちあがり連帯し、資本帝国主義を打倒する。」（同上）

このように、成仿吾は一九二七年始め頃の時点において、世界の帝国主義の動向を分析しつつ、さらに英国にも資本家に搾取される労働者と「無産民衆」が存在し、彼ら英国の無産民衆と中国の無産民衆との連帯が可能である、と考えていたことが分かる。(45)

「私たち〔東方の無産民衆を指す——中井注〕の訓練と組織とは、私たちが希望するようには成功していないけれども、私たちの意志には、無産社会を建設する可能性が確かに存在します。」（同上）

右のような言及に止まらず、成仿吾は中国の未来が無産民衆に属するものであることを明確に指摘している。

しかもそればかりでなく、一九二七年始め頃の成仿吾の政治判断は冷徹であった。

「目下は反動勢力の横行するときであり、私たちの目には二種類の人しかいない。第一の種類は私たちの友であり、第二の種類は私たちの敵である。私たちはしばらく是非を問うべきではなく、誰が友であり、誰が敵であるかを問うだけである。これはまた革命者の苦悩の源泉と言えるかも知れない。しかし革命者にもしも苦悩がないならば、彼は決して偉大ではありえない、と知らねばならない。忘れてはなるまい、私たちの行く道、私たちの運命は、決定してしまっているのだ、ということを。曰帰君は恐らくまだ Petit Bourgeois の根性を取り除いてはいないのだろう。（中略）

この文章（郁達夫〈曰帰は筆名〉の『広州事情』を指す――中井注）が反動派に容易く利用されるという点については、曰帰君はとりわけ全責任を負わざるをえない。」（「読了『広州事情』」、一九二七年三月一日、『洪水』第三巻第二十八期、一九二七年三月一日）

成仿吾は、国民革命が進行しつつあるが、しかしなお反動勢力の横行する現在の状況下においては、国民革命にとっての友か敵かという二種類の人しか存在しないとする。ゆえにこの状況下においては、物事或いは言論に対する判断の基準は、革命者にとって是非ではない（それは旧来の状況下の価値判断に基づく）。その言論が敵を利するものか、友を利するものかという、現今の状況下の効用（社会的影響）を第一の判断基準とする、と言う。これは、李沢厚氏の「啓蒙与救亡的双重変奏」（『中国現代思想史論』、東方出版、一九八七年六月）の論理に従えば、「救亡」の論理に属するものである。言い換えればこれは、郭沫若が従来の自己の個性（小ブルジョア知識人としての）を切り捨て、それまでの文学的営為をなげうって国民革命の北伐戦争に参加したときの精神と[46]、基本的に共通する精神である、と言えよう。

すなわち成仿吾は、国民革命における中国の激動する政治状況を極めて重視し、そこに何よりも第一義的に自己の誠実を尽くそうとした。成仿吾のこうした態度は、国民革命に対処する態度としては毅然としたものであった。

しかしながら文学者として、批評家として、事の善悪を明らかにすることの重要性を執拗に指摘し続け、「真摯な人間性」を擁護してきた成仿吾が、「革命者の苦悩」と言うのみで、ただちに従来の文学上の主張（それは社会的広がりを、倫理的にしろ視野の中に収めていた）を乗り越えることができたのだろうか。恐らくそうではなくて、成仿吾のこうした政治的明快さ（情勢把握の正確さ、「救亡」の論理に則った毅然さ）は、もう一つの思考の枠組みとして存在したのであろう。それは、じりじりと従来の成仿吾の倫理的審美的面を主要な柱とした文学観（〈真摯な人間性〉＋〈審美的形式〉＋〈熱情〉＝〈永遠の革命文学〉）に浸透しつつ、本来の意味内容の転換を迫り、ひいては換骨奪胎しようとするものであった。言い換えると、激動する情勢という巨大な推進力が成仿吾に作用しており、この時期において、この推進力こそ彼の文学観を推し動かしていく規定的な要因であった、と思われる。例えば一九二七年始め頃におけるこうした漸次的な意味内容の転換を窺いうる一つの例を、〈真摯な人間性〉の例を、取りあげてみることにする。

成仿吾は「革命文学与他的永遠性」（一九二六年六月発表）で、人間性は虚偽・不正義・嫌悪等から真実・正義・仁愛等へ進化するものであり、その進化する過程にある人間性の主体を「真摯な人間性」と呼ぶ、とした。それは文学の内容である。しかもその「真摯な人間性」は、「趣味」の文学におけるあそびと不誠実な態度とは相容れないものであるとしていた（「完成我們的文学革命」、一九二七年一月）。

成仿吾は「打倒低級的趣味」（一九二七年二月発表）で一歩進めて、資産階級の趣味の性格を遊戯的虚偽的とし、それに対して無産階級の趣味の性格を誠実でまじめとする。このことによって、文学の「内容」としての「真摯な人間性」の中に、無産階級の色合いを浸透させる。

さらに成仿吾は「文芸戦的認識」(『洪水』第三巻第二八期、一九二七年三月一日)では次のように言う。

「当然、私たちは先ず旧い世界を撃破し、一切の障碍を取り除かなければならないし、できるだけ自由の空気を吸い、自由な精神を保持しなければならない。しかも私たちは連帯して連合戦線を作り、大衆の中に入って大衆の意識を回復しなければならない。

しかしこれらは依然として枝葉たることを免れない。私たちは、真心をもって人類の真心を獲得しなければならない。私たちにはそれ以外の方法はないし、それ以外の道具もない。」(「文芸戦的認識」、一九二七年三月発表)

成仿吾は国民革命の高揚期において、文芸戦線における戦いの目的が、「真心をもって人類の真心を獲得」することにある、とする。この「真心」は恐らく成仿吾の従来の「良心の戦士」における「良心」或いは「真摯な人間性」の延長線上にある倫理的意味あいの濃い内容を持つものであるとともに、同時に、国民革命期における全中国人に対する連帯の希求の、彼なりの表現でもあった。この意味で成仿吾の政治的明快さが、国民革命期における文学運動・理論として、右のような国民革命のための「真心」の形にまで、彼の文芸観の中(「真摯な人間性」)に浸透し、それを推し進めていると思われる。そしてこれは同時に成仿吾の「自我」そのものの進展の反映ではなかろうか。

さらに成仿吾は「中国文学家対于英国智識階級及一般民衆宣言」(一九二七年四月発表)では、「英国の先駆的無産階級が、あなた方が、甘んじて盲目の愛国者となり、人類的感情を蔑視することはない、と私たちは深く信じます。」(同上)とする。ここでの「人類的感情」とは、無産階級としての国際的友情と連帯、人が人を抑圧搾取することに反対する人間としての感情、を指すものと思われる。この「宣言」が一九二七年二月頃から着手されていたことからすれば[47]、先ほどの「人類の真心」(「文芸戦的認識」、一九二七年三月発表)にも、この無産階級としての「人類的感情」がわずかなりとも浸透している可能性は否定できない[48]、と思われる。

もしも一九二五年から一九二六年半ば頃にかけて、郭沫若が小ブルジョア知識人としての個性（自己）を切り捨て否定し、そのことを一階梯として、その後無産階級意識への転換と獲得を図ろうとした、[49]と言えるとすれば、成仿吾は一九二六年から一九二七年始め頃にかけて、郭沫若のような明白な自己否定をするのでもなく、また従来の自己の文芸理論を総括するのでもなかった。むしろ中国の社会的政治的激動の情勢（或いはそれにともなう彼の政治的認識の明晰さ）が、成仿吾の文芸観の転換のための（彼自らの「自我」の進展のための）巨大な推進力として作用し、彼の文芸観の漸次的な内容の転換、接ぎ木的進展を急速に進行させつつあったと言える。（また成仿吾は一九二六年三月から広州の黄埔軍官学校の兵器研究処等で国民革命にかかわる実際の仕事に参加している。このことも成仿吾の転換の推進力の一要素としてあげなくてはならない。）

2　「文学革命から革命文学へ」

一九二七年四月十二日蔣介石による反共クーデターが行われ、七月武漢国民政府は崩壊し、国民革命は挫折する。成仿吾は一九二七年七月末広州から上海へ難を避ける。

成仿吾にとってこの事態はある程度予測されていたことと思われる。[50]むしろこうした事態の急激な変化転換は、これまで激動する状況という推進力によって漸次的に進んできた自らの文学観に対して、いわば量から質への転換を促すものであったと思われる。

成仿吾は「文学家与個人主義」（『洪水』第三巻第三十四期、一九二七年九月十六日）で次のように言う。

「現在、夜明けの鶏がすでに高らかに鳴き、東の空が白んでいる。私たちが意識——社会的意識を回復すべき時となったのだ。（中略）私たちは努力してこそ、心によって相見ることができる。努力してこそ、全人類とまた一体となることができる。私たちは二度と人類の中の奇形児とはならないし、二度とは遊閑の同伴者ともならない。（中略）私たちは全人類の真摯な感情に同感し、彼らの忠実な歌い手となるつもりである。」（「文学家与個人主義」、一九二七年九月発表）

成仿吾は散砂のような中国人の利己主義を批判し、また利己主義の道具となっている文芸の現状を批判しつつ、右のように言う。この場合「全人類」とは、人道主義の立場からする全人類ではなく、むしろその内容はこれまでと連続性のある無産民衆に近いものと思われる。しかしこれはなお決意に止まるもので、成仿吾の量から質への転換は「従文学革命到革命文学（文学革命から革命文学へ）」を見なければならない。

さて、第三期創造社は革命文学（無産階級革命文学）を一九二八年から主張しはじめ、革命文学論争が開始される。[51]その中で、成仿吾の「従文学革命到革命文学」（一九二七年十一月二十三日、『創造月刊』第一巻第九期、一九二八年二月一日）[52]は、革命文学についての代表的論文の一つであり、同時に彼の〈革命文学〉にとっての、量から質への転換点を示すものであった。今この論旨を追いながら、その特徴点を考えてみることにする。この文章は全六章の章立てで構成され、前半第一章から第四章までが文学革命の歴史的考察、現段階の分析（「一、文学革命的社会根据」、「二、文学革命的歴史的意義」、「三、文学革命的経過」、「四、文学革命的現段階」）である。そして後半の第五章と第六章で今後の展望と方針を明らかにしようとする（「五、文学革命今後的進展」、「六、革命的〝印貼利更追亜〟団結起来！」）。

先ず第一章で、成仿吾は、「或る社会現象には、それが必然的に発生する社会的根据が必ずや存在する」（第一章）とし、文学革命の社会的根据を次の二点に求める。すなわち成仿吾は、辛亥革命の失敗、帝国主義の圧迫等が知識人を行動へと促した結果の新文化運動と、それによって触発された「国語文学運動」の二つに、その根拠を求めた（第一章）。

では、その文学革命の歴史的な意義はどこにあったのか（第二章）。成仿吾は先ず、「歴史的発展は必然的に弁証法（dialektische Methode）を採る。経済的基礎の変動によって、人類の生活様式および一切の意識形態がそれにつれて変革する。その結果は旧い生活様式や意識形態等がすべて揚棄（Aufheben　アウフヘーベン）されて、新しいものが出現する」（第二章）と言うように、史的唯物論（唯物史観）の原則を述べる。その後で成仿吾は、中国における経済的基礎の変動にともなって、文学という意識形態の革命は避けがたいものとなり、その解決の鍵は「文」（文言）と「語」（口語）という文体の対立関係に伏在した、とする。

次に文学革命の経過について、成仿吾はあらましを略述する（第三章）。

「文学運動はその初期において、だいたい新文化運動と同様の傾向にあった。胡適の類は旧い調子から一貫して脱却できず、文学研究会の〔拙劣な――中井注〕翻訳も共学社に十分匹敵しえた。『国語運動』に対するものには『新式標点』派がある。しかし実際のところ彼らはみだりに点を打ったにすぎない。」（第三章）

成仿吾は略述するものとはいえ、文学革命の経過を論ずる中で、胡適、文学研究会等の文学活動について触れたのはこれだけである。しかも右のように積極的評価を一切せずに、否定する。これに対して、創造社のこれまでの活動については成仿吾は高い評価を与える。

「文学革命の運動を支持し、新文化運動と同じ運命に陥らせないようにしたものは、民国十年以後の創作方面の努力である。この時、創造社はすでに正式に登場し、絶えず悪劣な環境に対して奮闘していた。その諸作家は、彼らの反抗精神によって、新鮮な作風によって、四、五年の中に文学界に独創的精神を育み、一般の青年に少なからぬ刺激を与えた。彼らは文学革命の方針を指導し、率先して前進した。すべてのにせの文芸批評を掃討し、粗悪な翻訳を駆逐した。旧思想と旧文学に対する彼らの否定は最も完全であった。彼らは真摯な熱誠と批判的態

度をもって文学運動全体のために奮闘した。」（第三章）

「或る人は、創造社の特色は浪漫主義と感傷主義だ、と言う。これは部分的観察にすぎない。私の考察によれば、創造社は小資産階級（Petit bourgeois）の革命的『インテリゲンチヤ』を代表している。浪漫主義と感傷主義はともに小資産階級特有の性質である。しかし資産階級（bourgeo s《ママ》）に対する意義という点では、この性質は依然革命的たることを失わない。」（第三章）

文学革命の経過に対する右のような成仿吾の評価は、今日の私から見れば、余りにも創造社を偏重したものと言わざるをえない。

成仿吾は第一期第二期創造社の時期をつうじて、胡適、文学研究会、『語絲』派等に対して、この小論でも触れてきたように、常に批判的であった。右の文章の文学研究会等に対する批判は、むしろ従来の内容そのままの踏襲と言えるものである。一方、創造社に対する成仿吾の評価は、前半の引用部分は従来のままの踏襲である。[53] それに加えて、後半部分は成仿吾がマルクス主義文芸理論を受容しつつ、創造社に対する従来の見解を補強して提出した性質のものと思われる。この意味において、文学革命の経過に対するここでの成仿吾の評価は、マルクス主義文芸理論に基づく全般的な総括をした結果のものではなかった。すなわち第三章における文学革命の経過に対する成仿吾の考察とは、従来の自己の見解をそのまま踏襲したり、或いはまたマルクス主義文芸理論による補強を一層強化して利用しつつ、文学研究会、『語絲』派等に対する否定と、[54] 創造社に対する肯定・再評価を、主たる内容とするものであった。

しかしながら、さらに私にとって注目すべき重要と思われる問題は次の点である。成仿吾は創造社の「浪漫主義と感傷主義」を小資産階級特有の性質としつつ、資産階級に対する意義という点では依然「革命」的である、とした。それでは成仿吾はこの創造社の依然「革命」的意義を失わない文学（「浪漫主義と感傷主義」の文学、自我の表現を重視する文学）が、次代にどのように受け継がれるべきだ、と考えたのだろうか。この問題についても以下の章で見ていきたい（以上第三章）。

第四章では、成仿吾は「文学革命の現段階」を分析考察する。

「私たちの文学革命は現在どのような段階にまで進展しているのか。

A．私たちの文学運動の現在の主体、

主体――知識階級の一部。

B．私たちの文学運動の現在の状況、

内容――小資産階級の意識形態（Ideologie　イデオロギー）、

媒質――口語体、しかし現実の口語とはなおはるかに隔たる、

形式――小説と詩が多数を占め、戯曲は大変少ない。

実地の分析はこうしたものであり、理論上もこのようであるとすべきである。これはすべて小資産階級の根性に源を発している。」（第四章）

成仿吾は右のようなマルクス主義文芸理論に基づく抽象的表面的分析を行い、分析の結果として文学革命の現状を、小資産階級の根性（自我）に源を発したもの、としていることが分かる。さらに、成仿吾は創造社が口語体の創出完成へと努力したこと、それが必ずしもうまくいかなかったことを述べた後、北京の一部の特殊な現象を指摘する。

「文学革命の現段階に関する考察には、北京の一部の特殊な現象があるので、少し触れなければならない。それは〈語絲〉を中心とする周作人一派の芸ごとである。彼らの標語は『趣味』である。私は以前、彼らの誇るところは『閑暇、閑暇、第三の閑暇』である、と言ったことがある。彼らは有閑の資産階級、或いは太鼓の中に眠る

小資産階級を代表している。彼らは時代の上を超越しており、すでに多年このように生活してきた。もしも北京の真っ黒に立ちこめる毒気が十万両の無煙火薬で吹き飛ばされないならば、彼らは永遠にそのように過ごすのかも知れない。」（第四章）

成仿吾は一九二七年一月の「完成我們的文学革命」（『洪水』第三巻第二十五期、一九二七年一月）において、「閑暇、閑暇、第三の閑暇」（同上）として周作人、劉半農そして陳西瀅をも揶揄しつつ否定した。成仿吾はその主たる理由として、「趣味」とは遊びであり、そこには細々した現象に没入して全体的な観察ができないがゆえの、非芸術的態度がある、と指摘した。ここでは、成仿吾は『語絲』を中心とする「周作人一派」を、「有閑の資産階級、或いは太鼓の中に眠る小資産階級を代表」するものとして、社会科学的意義づけを装いながら（具体的分析をすることなく）、全否定する。言い換えれば、右のような『語絲』派に対する否定的評価も、成仿吾の従来の漸進してきた見解に基本的に依拠しながら、マルクス主義文芸理論という補強・装飾を一層強化しつつ再提出しているもの、と言える。

すなわち第四章で、成仿吾はこれまで進展してきた文学革命の現状を分析し、その結果として現状のすべてが、良かれ悪しかれ（創造社も『語絲』派も含めて）、小資産階級の根性（自我）を源として発現しているとする。こうした成仿吾の論旨の中から、これまで接ぎ木的に成長させ、漸進的に転換してきた彼の文芸観の、画期的な一つの到達点を、また同時に過渡的でもある一つの到達点を、見ることができる。

成仿吾は第五章「文学革命今后的進展」で先ず次のように論ずる。

「以上の歴史的考察によって、私たちは文学革命の今後の進展を決定することができるだろうか。

否、それは断じてできない。

文学は社会全体の組織において上部建築の一つである。全体を離れて一つ一つの部分を理解することはできない。私たちは社会の全構造に就いて文学という一部を研究しなければならない。それでこそ正確な理解を得ることができる。

私たちが文学運動の今後の進展を研究しようとするならば、社会発展の現段階を理解しなければならない。私たちの社会発展の現段階を理解しようとするならば、近代資産階級社会の全体的合理的批判（経済過程の批判、政治過程の批判、意識過程の批判）に従事し、唯物弁証法の方法を把握して、歴史の必然的進展を理解しなければならない。」（第五章）

成仿吾は第四章までの歴史的考察によっては、ただちに文学革命の今後の進展は決定できない、とする。では何によって決定されるのか。成仿吾は、文学を上部建築の一つとして位置づけ研究すべきであるとし、さらに文学運動の今後の進展を知るには、社会発展の現段階を理解しなければならないとする。成仿吾によれば、社会発展の現段階は、「資本主義がすでに最後の段階（帝国主義）にまで発展し、全人類社会の改革はすでに目前にやってきた」（第五章）ものの、ととらえられる。従って、

「私たちははるかに時代の後に落伍している。私たちは『アウフヘーベン』されるであろう階級を主体とし、その『イデオロギー』を内容として、ろばでもなく馬でもない『中間的な』口語体を作りだし、小資産階級の悪劣な性質をあらわにしている。」（第五章）

そのため、成仿吾は社会発展の現段階から落伍し、小資産階級の悪劣な性質（自我）をあらわにする現在の文学を、その主体・内容・形式の諸側面から全面否定する。すなわち成仿吾は、文学運動の今後の進展を考える時において、文学革命の歴史的意義を否定の対象としてのみとらえ、歴史的な考察を実質的に切り離して考慮に入れず、主として社会発展の現段階の理解に基づいて判断を下そうとする。成仿吾はここにおいて郭沫若と同質の論理（新旧文学の継

承性のほぼ切断された中で、その時の状況に深く規定される文学の在り方）を採用していることが分かる。しかも一九二七年の時点における新旧文学の継承性を、全く切断するところまで推し進める。[55]

「私たちがもしも革命的『インテリゲンチア』の責任を担おうとするならば、もう一度自己を否定（否定の否定）しなければならない。私たちは階級意識の獲得に努力しなければならない。私たちの媒質を労農大衆の用語に近づけなければならない。労農大衆を私たちの対象としなければならない。

言い換えると、私たちの今後の文学運動はさらなる前進をしなければならない、文学革命から革命文学へと、一歩前進しなければならない。」（第五章）

第三章において、従来の創造社の文学は、資産階級に対する意義という点では「革命」的意義を失わないとされた。しかし第五章においてそれは、社会発展の現段階を基準として見た場合、小資産階級の悪劣な性質（自我）をあらわにしているものとされ、革命的「インテリゲンチア」による否定の対象でしかなかった。成仿吾において新旧文学の継承性の切断とは、第一期第二期創造社の文学（自我の表現を重視する文学）に対しての現段階における否定をも意味する。また他面においてそれは、「文学革命」から「革命文学」への批判的継承と発展ではなくて、むしろ前者から後者へのまさしく方向転換を意味している、と言える。それゆえにここにおいて文学における固有の内在的文学史的課題は無視されることとなった。

成仿吾は新たな目標として、作家が階級意識を獲得すること、文学の言葉を労農大衆の用語に近づけること、労農大衆を文学の対象とする、という三点を掲げる。（以上、第五章）

成仿吾は最後に第六章で革命的「インテリゲンチア」に次のように呼びかける。

「資本主義はすでに最後の日にいたり、世界は二つの陣営を形成した。一方は資本主義の余毒ファシストの孤城であり、一方は全世界の労農大衆の連合戦線である。それぞれの細胞が戦闘の目的のために組織され、文芸の従事者は一つの分野を担当しなければならない。（中略）

誰も中間に立つことは許されない。こちらへ来るか、或いはあちらへ行くかである。

追随するのみであってはならない。さらには再び落伍してはなるまい。この社会変革の歴史的過程に自覚的に参加するのだ。

弁証法的唯物論を努力して獲得し、唯物的弁証法の方法を努力して把握せよ。それは君に正しい指導を与え、必勝の戦術を示すであろう。

自己の小資産階級の性質を克服し、アウフヘーベンされるであろう階級に君の背を向け、歩みだすのだ、汚れた中で働く労農大衆に向かって。」（第六章）

今日の私から見れば、成仿吾のこの呼びかけは当時のマルクス主義文芸理論の彼なりの基本的理解に基づいた雄壮なものであるとともに、文学者としての課題について、文芸固有の問題について、具体的分析に欠け、具体的内容に乏しいものである（例えば作家の内部要求・自我・個性は革命文学においてどのように位置づけられるのか、創作方法、題材等の問題）、と思われる。それゆえに、ここには、成仿吾のマルクス主義文芸理論の到達点の未成熟さをも見てとれる。

さて以上のように、「従文学革命到革命文学」（一九二八年二月発表）は、次のような内容をもつものと言える。

(1)　成仿吾が一九二六年末頃からマルクス主義文芸理論に接触・受容しはじめ、漸進的に転換し接ぎ木的に進展させてきた文芸理論の、量から質への転換点を示すものであった（こうした質的転換へと促してきた重要な推進力が、国民革命の高揚とその挫折であった）。

(2)　成仿吾の論中には、文学革命の経過に対するマルクス主義文芸理論に基づいた全般的総括がなされておらず、それゆえ第一期第二期創造社時代の彼の文芸批評論の母斑を明瞭に残している。例えば、革命文学論争における成仿吾のセクト的態度が指摘される。そうした場合において、文学研究会、『語絲』派に対する成仿吾の評価は、一九二八年に始めて現れたものではない。むしろ第一期第二期創造社における成仿吾の見解・感情の踏襲という面が強くあったことに注意したい。(56)ゆえにこの質的転換は画期的であると同時に、過渡的性質を含んでいる。

(3)　さらに、成仿吾のこの論における革命文学についての基本的な論理的枠組みは、郭沫若の「革命与文学」(一九二六年四月)に基づいている、と思われる(郭沫若の、新旧文学の継承性の切断された中で、その時の状況に深く規定される文学の在り方についての考え方)。また同時に一九二六年末頃において成仿吾は明晰な政治的認識をもっていた。このような事情によって、文学革命の歴史的考察は、今後の文学の進展とは切り離され、もっぱら社会発展の現段階の認識に基づいて、文学革命から革命文学への方向転換がむしろ強調された。逆に、そのために文学革命の全般的総括(第一期第二期創造社の「革命」的側面の継承を含めて)は必然的に閑却されている、とも言える。

言い換えれば、成仿吾の一九二六年末以降ここまでの文芸論の推移・経過は、郭沫若とは異なる形ではあるけれども、国民革命の高揚と挫折という激動する情勢の中で、その緊迫する状況を推進力としつつ、「救亡」の論理に則って(何よりもこの状況に対して誠実であろうとする姿勢)、自らの文芸理論を漸次マルクス主義文芸理論の方向へ進展させ質的転換に到達した、もう一つの生き方を示していると思われる。また成仿吾は、文学者自身についての面から言えば、小ブルジョア知識人の性質(自我)を全面否定し、そのうえで階級意識(新しい自我)の獲得を主張したのであり、この階級意識への転換に彼の主張の重点があった。そのため文芸固有の内在的文芸史的課題を中心軸とする追究・解明(新旧文学の継承の問題、作家における個性〈自我・内部要求〉の問題、創作と作用〈宣伝〉の問題、題材等)は、今後に待たなければならなかった。(57)

(4)　従って、文学をつうじて、〈革命文学〉をつうじて、民衆といかに連帯するのか、という点について、成仿吾は自らの切実な問題として提起できていない。

第五節　さいごに

さてさいごに、その後の革命文学論争における成仿吾の文芸理論がどのように展開したのかについて、若干の点に触れておきたい。

成仿吾は一九二八年五月出国するまで、理論的追求の手を緩めなかった。成仿吾は「全部的批判之必要——如何才能転換方向的考察」(『創造月刊』第一巻第十期、一九二八年三月一日)で次のように言う。

「或る運動はすでに発展しきった後でなければ、決して消滅しない。また一層高次の運動は、その実現しうる条件が旧い運動の中に懐胎し相当の程度に発達するのでなければ、決して実現しようがない。これは弁証法的唯物論が私たちに明確に教えることである。」(「全部的批判之必要」、一九二八年三月発表)

ここで成仿吾はマルクスの『経済学批判』序言」(一八五九年)に依拠しつつ、弁証法的な運動の発展の在り方を説明する。成仿吾のこの論理は、郭沫若が「革命与文学」(一九二六年四月)で主張した、各時代の文芸がそれぞれ円環を閉じた形で切り離され、むしろ切り離された円環の連続の中に文芸の進化を見る考え方を、克服しうる、文芸の弁証法的発展の在り方を提起している、と言えるものであった。(58)

また成仿吾は同じく「全部的批判之必要」(一九二八年三月発表)で次のように指摘する。

「私たちの批判はこうした様々の過程を完了してこそ、全体的批判でありうる。しかしこの文芸＝意識形態の批判のほか、文芸の特殊性――表現手段と表現様式等――にも注意しなければならない。これらも当然社会的関係であり、そのため物質的生産力に規定される。しかし一定の範囲内においてそれらはそれ自身の発展法則をもっているのである。」(「全部的批判之必要」、一九二八年三月発表)

成仿吾はここで、文芸の特殊性(「表現手段と表現様式等」)にも注意を喚起しつつ、文芸自身の固有の発展法則が存在していることを始めて指摘している。また成仿吾は、「対症としての理論的指導と優秀な旧技巧の紹介はともに必要である」(「畢竟是『酔眼陶然』罷了」、『創造月刊』第一巻第十一期、一九二八年五月一日)、とも言う。

以上の点からすると、成仿吾は、郭沫若の革命文学についての論理(新旧文学の継承性のほぼ切断された中で、その時の状況に深く規定される文学の在り方)を、理論上においては打破しうる萌芽をもちつつあった、と言える。

しかしながら一方で、成仿吾は次のように言う。

「革命運動の現段階において、社会の内在的矛盾がすでに尖鋭化しているときに、あらゆる抗争は階級意識から出発せざるを得ないのである。」(「畢竟是『酔眼陶然』罷了」、一九二八年五月発表)

また、次のように言う。

「私たちの文芸は現在すでに方向転換を実行すべき段階に到達した。この分野を自己の天職と思い定めている人々は、文芸における良心の総決算に立ちあがって、革命的意識を獲得しなければならない。」(「全部的批判之必要」、一九二八年三月発表)

このように成仿吾は、現段階の社会状況における文学者の根本的第一義的な基準として、「革命的意識」(階級意識)の獲得を置く。このため新旧の継承関係について単なる技巧面の指摘に止まり、旧来の文学精神(作家における内心の要求・自我・個性の位置づけ等)、文芸理論、思想(人道主義)等の批判的継承・発展にまで及ぶことができなかった、と思われる。また他面から言えば、成仿吾の場合、階級意識の獲得の強調によって、文学自身の固有の発展法則の側面（表現手段と表現様式等の）が、革命文学への「方向転換」という表象の中に解消、埋没しがちであった。言い換えると、社会発展の現段階の状況に深く規定される、あるべき革命文学にいたる過渡的過程、方向転換の過程の中において、この側面は本来持つべき重要な意義をもつことができなかった。

以上のように成仿吾は、郭沫若の理論的枠組みを乗り越える萌芽をもっていた。しかし社会発展の現段階から要請される階級意識の獲得（自我の転換）という、根本的第一義的基準を強調することによって、螺旋を一まわり回って、郭沫若の理論の真上にとどまった。(59)

なお、「革命文学」と民衆との連帯の問題について、成仿吾は欧州出発の直前、「革命文学的展望」（一九二八年五月八日、『我們』創刊号、一九二八年五月二十日）で一歩進めた解釈を提起しているが、しかしなお一般論にとどまる性質のものであった。

注

（1）この本書の第三章は、一九九二年九月から一年間、中国社会科学院文学研究所で研修を行ったときに書きあげたものに基づいています。当時指導教官をして下さった楊義研究員（教授）の指導を受けながら書いたもので、先生に眼をとおしていただきました。改めて楊義先生に深謝申し上げます。（しかしながらこの第三章に間違いがあれば、すべて私の責任とすべきものです。）

この第三章の内容は、以前中国語で発表したもので、中国語に翻訳するにあたっては、一度自分で訳し、その後、劉平副研究員（助教授、文学研究所）に全面的に手を入れていただきました。ここに記して深謝申し上げます。

またその一年間身近な世話をして下さった郗敏女士（助理研究員）をはじめとする文学研究所の皆様にも感謝申し上げま

す。

（2）このことについて郭沫若は、『創造十年続編』（上海北新書局、一九三八年一月、底本は『沫若自伝　第二巻　学生時代』〈生活・読書・新知三聯書店、一九七八年十一月〉）で次のように言う。

「達夫と仿吾、私とが初期創造社を維持していたときは、もともと円鼎の三本足のようであった。」

（3）前述のように（本書第一章）、創造社の分期については、三期にわけることにする。

第一期創造社（一九二一年六月－一九二四年五月）

第二期創造社（一九二五年九月－一九二七年十二月）

第三期創造社（一九二七年十二月－一九二九年二月）

（4）創造社成員と文学研究会成員との間の、行き違いから生じた感情的確執、或いは両団体間の文学観上の意見対立についての、成仿吾の側から見た一端は、「創造社与文学研究会」（成仿吾、一九二二年十一月十二日、一九二三年一月九日、『創造季刊』第一巻第四期、一九二三年二月一日）に見える。

茅盾（沈雁冰）の側からの、意見対立についての回顧は、「複雑而緊張的生活、学習与闘争――回憶録（五）」（原載、『新文学史料』第五輯、一九七九年十一月、底本は『成仿吾研究資料』〈史若平編、湖南文芸出版社、一九八八年三月〉）に見える。

（5）成仿吾は、「学者的態度――胡適之先生的『罵人』的批評」（一九二二年十月十三日、『創造季刊』第一巻第三期、一九二二年十一月二十五日）で、翻訳の訳文に関して胡適之に手厳しく反論している。

（6）成仿吾は、例えば「詩之防御戦」（一九二三年五月四日、『創造週報』第一号、一九二三年五月十三日）において、文学研究会の詩人（周作人、兪平伯等）の詩や胡適の詩について、酷評を行い、「防御」と称した。

（7）郭沫若は、「我們的文学新運動」（一九二三年五月、前掲）では次のように言う。

「私たちは文学の事業においてもまさしく現状に満足できない。これまでの因襲的形式を打破し、新しい生命の新しい表現を追求しなければならない。

四、五年前の白話文革命は、破れた綿入れのあわせを少し繕い、汚れた白壁に石灰を一塗りしたけれども、しかし中味は依然としてぼろ綿で、依然として役に立たぬぼろ土である。」

（8）成仿吾は例えば「岐路」（一九二二年十月十九日、『創造季刊』第一巻第三期、一九二二年十一月二十五日）で、旧文学排撃の鋭い論陣を張っている。（ただ、茅盾は、「複雑而緊張的生活、学習与闘争——回憶録（五）」〈前掲〉で、次のように指摘する。「当時、私たちに理解できないことは、創造社の諸君の大多数が『鴛鴦蝴蝶派』に対して筆墨を惜しみ、従来一度も発砲しなかったことだ。一つ例外がある、それは成仿吾が〈創造季刊〉二《ママ》期で『岐路』を書き、『礼拝六派』に対して手厳しく発砲したことである。」）

（9）例えば成仿吾は、「詩之防御戦」（一九二三年五月、前掲）で、日本の俳句・和歌を模倣すべきでないことを主張し、周作人の小詩に反対する。

また郭沫若は、「創造社的自我批判」（『創造社論』〈黄人影編、上海光華書局、一九三二年十二月、上海書店影印、一九八五年三月〉）で次のように言う。

「さらには本陣に対する彼ら〔創造社成員を指す——中井注〕の清算的態度があった。すでに攻め倒した旧文学については彼らがさらに攻撃するまでもなかった。彼らの攻撃する対象はむしろ新しい陣営内のいわゆる投機分子、投機的粗製濫造や投機的粗悪乱雑な翻訳であった。」

（10）郭沫若は『創造十年』（上海現代書局、一九三二年九月、底本は『沫若自伝　第二巻　学生時代』〈生活・読書・新知三聯書店、一九七八年十一月〉）で次のように言う。

「彼は語学上の優れた天分があって、外国語に対する記憶力では実際人を驚かすものがあった。」

成仿吾が学生時代語学のみならずきわだった秀才の評判のあったことは、張資平の「曙新期的創造社」（一九三三年五月十日、『現代』第三巻第二期、一九三三年六月一日）でも言及される。

（11）批評の方法として「帰納的方法」に直接言及するものに、「評冰心女士的『超人』」（一九二二年十一月三十日、『創造季刊』第一巻第四期、一九二三年二月一日）、「『沈淪』的評論」（『創造季刊』第一巻第四期、前掲）がある。

（12）「新文学之使命」（一九二三年五月）については、倉持貴文氏の「成仿吾の『新文学之使命』について」（『早稲田大学文学研究科紀要　別冊』第九集、一九八三年三月）という詳細な分析を行った専論がある。氏は、「時代に対する使命」を、成仿吾のこの文章の主眼ととらえ、ここに分析を集中する。私は、氏の指摘する、「彼の主張する文学は、独特のリアリズム理解を基本とし、芸術至上主義側面と『人生派』的側面を合わせ持つもの」（前掲）としての、成仿吾の文学論の内部構造をここで追求することにする。

（13）郭沫若は「編輯余談」（一九二二年七月十一日、『創造季刊』第一巻第二期、一九二二年八月二十五日）で次のように言う。

「私たちの主義、私たちの思想は、決して同じではないし、必ずしも強いて同じきを求める必要もない。私たちの共通するところは、内心の要求に基づいて、文芸の活動に従事することのみである。」

（14）郭沫若の創作理論は基本的に、反映論の範疇の下にあった。そのうえで一九二〇年から二二年頃の郭沫若は、創作と作用を二元的に分析整理している。創作における功利性を排した自我（内心の要求）の表現と、その作用における功利性とを、郭沫若は切り離して二元的に対立させた（以上の点については、第一章で述べた）。すなわち、一九二〇年から二二年頃の郭沫若にとって、内心の要求自体が目的をもつことは不可能なことであった。

（15）郭沫若のこうした発想の仕方については、第一章で論及した。

（16）複雑な物質・現象について分析、腑分けを進め、それを成り立たせている根源的な或いは純粋な成分を明らかにしようとする成仿吾と郭沫若の態度を、私は念頭に置いている。

こうした自然科学的な思考方法について、成仿吾は「批評的建設」（一九二三年十二月十九日、『創造季刊』第二巻第二期、一九二四年二月二十八日）で次のように言及する。

「例えばここに化学薬品が一瓶あるとすると、一般の人はその形、色や味を判断できるだけで、どうしてもそれ以上知りようがない。この場合もしも私たちが化学を学んだことがあれば、定性と定量の分析によってその成分の性質を判断できる。物質的現象についてはこうであり、社会的現象についてもこのようである。」

また成仿吾は、医学から文学への郭沫若の転学の希望を押し止めたことがある。そのことについて郭沫若は「創造十年」

（前掲）で次のように言う。

「この『十八日』とは一九二一年一月十八日のことで、その時はまさしく私の煩悶が絶頂に達したときであった。私が『二月中に京都に行くつもりです』と言っているのは、転学して、そこの文科大学に入りたいと思ってのことであった。この計画が実現しなかったのは、仿吾の反対に遭ったからである。仿吾は、文学を研究するのに文科に入る必要はなく、私たちも文学のことを語らっている、しかし私たちが他の人と違うところは科学的な基礎知識をもっていることにある、と考えていた。彼のこうした話が転学したいという私の心を克服した。」

またスロバキヤのガーリック（Marián Gálik）氏は、『The Genesis of ModernChinese Literary Criticism（1917－1930）』（1980, VEDA Publishing House of The Slovak Academy of Sciences）の第三章「3. Ch'eng Fang-wu and his Development from Socio-aesthetic to "Total Criticism."」で、次のように指摘する（なお、この論文の内容については注（23）で詳述する）。

「同時にここでは次のことが注意されねばならぬ。すなわち成仿吾は完全な客観的真理の存在を認識するように努めているのではなく、『科学的精神』の真理を擁護しているのである。彼は教義的な真理、すなわち様々な学問においてすでに成文化している真理をとりあつかっているのではなく、具体的研究の過程で現れてくる真理をとりあつかっているのである。」

伊藤虎丸氏は「問題としての創造社」（『創造社研究』、伊藤虎丸編、アジア出版、一九七九年十月）において、成仿吾の「詩之防御戦」（一九二三年五月、前掲）の冒頭部分を引用した後、

「ここには、『情感（＝文学）』を『理智（＝科学・哲学等々）』と対立させる図式が、当然すぎる、わかり切った前提として明快に打ち出されている。（中略）

このような、感性と理性、文学と科学（あるいは哲学・思想等々）を対立させる二分法に立った文学観」

として、成仿吾の文学観を特徴づける。しかしながら「詩之防御戦」（一九二三年五月、前掲）のこの定義は、「少なくとも詩歌に対しては、私たちはこのように言うことができる」（「詩之防御戦」）と、彼が後文で限定しているように、文学一般に

対して下された定義と見なすことはできない、と思われる。

むしろ前述のように、成仿吾が自然科学の思考方法・分析法を文芸批評に適用しようとする努力の痕跡を、私は見る。『創造季刊』第一巻第三期（一九二二年十一月二十五日）において成仿吾は次のようにも言う。

「（5）芸術と科学は全く相反するものでは決してない。（中略）科学はすべての精密な知識の母である。現在はそうであり、将来も永遠にそうであるはずだ。（中略）我々の文芸は、もしも遠い将来においても、人類に対して現在の価値と感興とを保持しようとするならば、決して科学と協力しないわけにはいかない。」

（17）注（14）と重なるが、郭沫若の創作理論は、基本的には反映論の範疇の下にあった、と言える。そのうえで、一九二〇年から二二年頃において郭沫若は、創作（自我の表現）とその作用（効用）についての関係を二元的に捉えていた。創作の面から考察する場合には、作家は、自我の表現として、作家の内面に関わる問題として、唯美主義の姿勢を持すべきである、と考えた。他方その作用の面から考察する場合には、社会的作用の問題として、社会に対する効用を見る功利主義の姿勢をもつべきだ、と考えていた（第一章）。ゆえに一九二〇年から二二年頃の郭沫若にとって、作用と切り離された創作の面においては、唯美的傾向（自我の表現の重視）をもつこともできた。

（18）成仿吾は「写実主義与庸俗主義」（『創造週報』第五号、一九二三年六月十日）で、写実主義と区別した凡俗瑣末主義（Triviarisme，原文は、「庸俗主義」）を表面的写真的な写実として斥け、次のように言う。

「真の写実主義を私は今後真実主義と略称しよう。真実主義の文芸は経験を基礎とする創造である。一切の経験は美醜を区別せず、みな材料とすることができる。（中略）真実主義と凡俗瑣末主義の違いは、ひとえに、一方が表現 Expression であるのに対し、他方が再現 Representation であることにすぎない。再現には創造の境地がない。表現のみが、果てしない海限りない空の如く、天才の馳駆するがままである。」

こうした「表現 Expression」と「再現 Representation」のとらえ方は、郭沫若の「印象与表現」（『郭沫若佚文集』上冊〈王錦厚等編、四川大学出版社、一九八八年十一月〉所収、原載『時事新報』副刊『芸術』第三十三期、一九二三年十二月三十日）、「未来派的詩約及其批評」（一九二三年八月二十七日、『創造週報』第十七号、一九二三年九月二日）におけるとらえ方と共通するところがある（上記の引用文から、成仿吾も反映論の範疇の下にありつつ、自我の表現を重視している、と思われる）。

この成仿吾の「写実主義与庸俗主義」とギュイヨー（Guyau）の影響関係については、「成仿吾とギュイヨー」（倉持貴文、『中国文学研究』第八期、早稲田大学中国文学会、一九八二年十二月）を参照されたい。

またギュイヨー、カーペンター（E.Carpenter）、カント等と成仿吾の関係を明らかにしながら、成仿吾の評論の全般を論じた論文にガーリック氏の論文（前掲）がある。

（19）この指摘は、「進化論とニーチェ」（尾上兼英、『中国現代文学選集』第二巻、平凡社、一九六三年一月）に見られる。

（20）郭沫若のこうした腐心について、第一章で言及した。

（21）魯迅は、「上海文芸之一瞥」（一九三一年七月二十日、『二心集』〈『魯迅全集』第四巻、人民文学出版社、一九八一年〉）で次のように指摘する。

「中国では、去年の革命文学者は一昨年とは変わってきている。これはもとより境遇の変化によるものであるが、しかし『革命文学者』たち自身にも、容易く犯してしまう病根がある。『革命』と『文学』とが、切れているようでもあり繋がっているようでもあり、あたかも二艘の接近した船のように、一艘は『革命』で、一艘は『文学』であって、作家のそれぞれの一本の足はそれぞれの船の上に立っている。環境がやや良いときには、作家は革命の船の方に重心をかけて、明らかに革命者である。革命が抑圧されるときになれば、文学の方に重心をかけ、彼は変化して文学者にすぎないこととなる。」

これは「革命文学者」に対する一九三一年における魯迅の批判であるけれども、ここにおける恣意的側面は、一九二三年の成仿吾の理論における、外側から見た場合に観察される恣意的要素と類似する。ゆえに私は、ガーリック氏（前掲論文）の次の意見に賛成できない。

「前に私たちは、内的な要求に由来する成仿吾の文学についての発言を引用した。それらの内的な要求は、私たちがカーペンターにおいて読んだ感情・欲求・作家自身の生命力としてのもの以外の何でありうるだろうか。しかしながら成仿吾は、その最大の重要性を、作家の特質、彼の倫理的資質、知識に置いていたのである。」成仿吾において、様々の内心の要求にたいして原則的な優劣があったとは、私は考えない。

（22）成仿吾は「芸術之社会的意義」（一九二四年二月二十日、『創造週報』第四十一号、一九二四年二月二十四日）で次のように言う。

「芸術界の中には『芸術のための芸術』と称される多くの人の芸術がある。彼らはとりわけ社会問題を研究する人から集中的に指弾されている。これも公平なこととは言えない。真の芸術であれば、必ず社会的価値がある。それは少なくとも私たちに与える美感をもっている。私たちはその社会的価値が低いからといって、それを責めることはできない。なぜならそれも芸術発展上の一つの導きである――一つの段階とも言いうる。芸術の活動は他の活動に比べて一層自由を尊ぶ、ほとんど自由が芸術の生命である。」

成仿吾はここで、「芸術のための芸術」も人々に美感を与えることができ、社会的価値が低いとはいえ、社会的価値をもっているのであり、こうした芸術を非難できない、として擁護している。

また「東京」（成仿吾、一九二三年十月十日、『創造週報』第二十三号、一九二三年十月四日）によれば、成仿吾が東京で火災に遭遇したとき、火炎の美しさに陶酔し、それに水をかけて消火しようとした友人に痰を吐きかけてやりたかった、と述べている。それは、地に墜ちた電線の紫の火花の美しさから目を離すことのできなかった芥川龍之介の姿を思い起こさせる。成仿吾には一方で、美そのものに傾倒する心情・感性が存在したことは否定できない（「東京」という文章の背後には、当時の日本帝国主義に対する成仿吾の民族的憤りが盤踞していると推測できるけれども、しかしながら彼の上記の美に対する傾倒も同時に見ることができる、と私には思われる）。

（23）茅盾（沈雁冰）は「複雑而緊張的生活、学習与闘争――回憶録（五）」（前掲）で次のように言う。

「後、成仿吾は〈創造週報〉第二号で『新文学之使命』を発表し（中略）、〈創造週報〉第五号で『写実主義与庸俗主義』を発表した。これらは郭沫若の、文学無目的論や、文芸上の功利主義に反対する論点を踏襲し、或いは発展させたものである。ここで少々説明しなければならない。『文芸上の功利主義』とは創造社諸公の用語で、現在通用する用語に翻訳すると、『文芸作品は社会生活の反映でなければならず、創作は人生のため社会のために貢献しなければならない』というものである。文芸上の功利主義に反対するとは、私たちの通用する言葉に翻訳すると、『文芸作品は作家の主観・思想・意識の表現でなければならず、創作は無目的、無功利なものである』ということになる。

まさしく郭沫若が『今日の我によって、昨日の我に反対した』ように、成仿吾のこの二篇の文章はともに後半部分によって前半部分に反対するものであった。前半部分は功利主義の文芸観を賛美し、後半部分は純芸術、時には唯美的観点から前半部分の論点に反対し、またこれを取り消している。」

茅盾（沈雁冰）の分析は、郭沫若或いは成仿吾の文芸観を、表面的レベルで見たものであって、その限りでは正しいし、間違っていない。しかしこれだけに止まるならば、郭沫若・成仿吾の文芸観についていささか誤解を生ずることとならざるを得ない。例えば成仿吾についても、その文芸観を内的な構造をもつものとして理解する必要があると思われる。

また、ガーリック氏は、成仿吾の文芸活動を「社会的－審美的時期」（"socio-aesthetic"）と「プロレタリア時期」（"proletarian period"）に分期する。その分期点は、第一期創造社と第二期創造社の間に置いている。

「社会的－審美的時期」において、ガーリック氏は、成仿吾の批評の基礎が「共感」と「社会性」にある、と断定し、その社会的側面を説明する（「共感」と「社会性」という言葉自体は、ギュイヨーに基づく）。そして同時に、成仿吾の批評には審美的（唯美的）批評の要素もあった、と指摘する。それは芸術の無用の用を認める「芸術のための芸術」の主張であった。（なお、ガーリック氏はこの時期を特徴づける成仿吾の主張の中に、「公平無私」「誠実」という倫理的な二つの主張のあることを指摘する。）右のようにガーリック氏は、この時期における成仿吾の批評の中に、時には社会的であり、時には審美的（唯美的）であるような、様々な主張が並存していることを指摘する。

私はこのような並存が、「新文学之使命」（一九二三年五月）に見られる内的論理構造からもたらされたと考えたい。（なお、ガーリック氏は、「プロレタリア時期」において先ず成仿吾が周作人の「趣味」に対する疑問を投げかけ、「自我の表現」としての自らの批評概念の修正を図った、と指摘する。しかし「革命文学与他的永遠性」〈『創造月刊』第一巻第四期、一九二六年六月一日〉における「革命」もマルクス主義の意味での「革命」ではなかった。「従文学革命到革命文学」において成仿吾は「革命」についての考え方を変えた、とする。）

温儒敏氏は、「成仿吾的文学批評」（『文学評論』一九九二年第二期、一九九二年三月十五日）において、一九二七年始めの「革命文学」の提唱の時を分期点とし、前、後期に分期する（成仿吾の時期区分についての私自身の考えは、創造社の時期区分と一致しており、三期に分ける。）そのうえで温儒敏氏は、前期成仿吾の批評は「社会的－審美」的形式で概括でき、後期は「政治批判」形式である、とする。温儒敏氏は社会的な主張と審美的な主張の並存について、次のように説明する。

成仿吾においては、本来のロマン主義の「表現説」は変形され、「自我の表現」の「自我」は、普遍性社会性を持った自我となっている。「自我の表現」も「表現」以外の目的をもたないのではない。

「『自我表現』の内包する概念を再解釈し充実することをつうじて、成仿吾は『社会的－審美的』な理論批評形式を作りあげた。それによって自我の芸術世界を解放した。すなわちロマン主義の『表現説』を堅持し、創作の主体性と情感との要求を重視した。またそのうえに主体性、情感性を社会的な反応の方向へと導き、審美的価値の上においては現実性、社会性を大切にした。」

温儒敏氏は、審美的側面と社会的側面の矛盾について、「成仿吾は明らかに、こうした表面上の矛盾する理論をつとめて統一しようとした」とし、右のような解釈を提示する。

しかしながら私は、成仿吾が文学上の活動の原動力とした彼の内心の要求自体の中に、当初から社会性も倫理性も（両者の内的関連が明確にされないまま）含まれていた、と考える。そして「新文学之使命」（一九二三年五月）の内的論理構造に基づいて展開された彼の批評活動の結果、様々な傾向が並存して現れた。しかも時には、温儒敏氏が指摘するような、統一的在り方・相互に牽制し合うような在り方ばかりではなく、それぞれの傾向が矛盾対立して現れる場合もあった（茅盾が指摘したように）、と考える。すなわち恣意的な側面がともなっていた、と考える。（ただ、彼の創作理論は、基本的に反映論の範疇の下にあったということを前提とする。）

また温儒敏氏は、成仿吾の批評方法として「共感」と「超越」（既成の考え方、偏見からの超越）をあげ、説明する。しかしながら温儒敏氏自身がそれが実行されなかった例を詳説しなければならなかったように、しばしば自らが裏切る「批評方法」とは、どのように解釈すべきなのだろうか。

むしろ成仿吾は、その時その状況において、自らの内心の要求に忠実だった。それが第一期創造社時期における彼の根本的原則であり、或る時或る状況における彼の内心の要求と合致する「批評方法」が採用されたと思われる。

(24)「国語に対する使命」に言及するものに、「論訳詩」(一九二三年九月三日、『創造週報』第十八号、一九二三年九月九日)、「秋的詩歌」(『創造週報』第二十一号、一九二三年九月三十日)、「『吶喊』的評論」(一九二三年十二月二日、『創造季刊』第二巻第二期、一九二四年二月二十八日)がある。

また、「文学それ自身の使命」に言及するものに「写実主義与庸俗主義」(『創造週報』第五号、一九二三年六月十日)、「批評与同情」(一九二三年八月一日、『創造週報』第十三号、一九二三年八月五日)、「『吶喊』的評論」(一九二三年十二月、前掲)がある。

(25)同じような成仿吾の現状認識は、「文学界的現形」(一九二四年四月二十三日、『創造週報』第五十号、一九二四年四月二十七日)にも見える。

「文学者の使命は、暗澹とした死灰の中から時代の良心を呼び覚まそうとすることである。ああ、私たち現在の文学者たちは、彼ら自身の良心がなお死灰の中で輾転としている。彼らは政客であり、彼らは徒党を組んで私利を図り、利益で誘導することを、もっぱら行っている。彼らの目的は新文学の建設にはなく、政権を保持するように文学界の権勢を保持することにある。」

(26)そのため成仿吾には、詩句に対する批判をその作者の人格に対する批判と同視して受けとる場合もあった。例えば、徐志摩宛て成仿吾の書簡(一九二三年五月三十一日、『創造週報』第四号、一九二三年六月三日)を参照されたい。

(27)むしろ、「『吶喊』的評論」(一九二三年十二月、前掲)は、少数の例外に属する、具体的作家の作品集に対する本格的評論であった。

しかしこの内容は魯迅を納得させなかった。それは、「『故事新編』序言」(一九三五年十二月二十六日、上海文化生活出版社、一九三六年一月)、或いは茅盾の回憶(「複雑而緊張的生活、学習与闘争——回憶録〈五〉」、前掲)の次の言葉に見える。

「当時魯迅がこの評論を読んだ後、私たちに文章を書いて議論しないように、もし議論するとしても、耳の遠い者との話になるだけだから、と忠告したのももっともなことであった。」

この点に関して、別の角度から接近した論文に、「魯迅の〈苦悶の象徴〉購入と成仿吾の『〈吶喊〉の評論』」（倉持貴文、『早稲田大学文学研究科紀要　別冊』第十一集、一九八五年一月）がある。

（28）そうした事情については、郭沫若の『創造十年』（上海現代書局、一九三二年九月、前掲）に詳しい。

（29）郭沫若は、成仿吾の、正義感の強く意志の堅い性格・人柄について、『創造十年』（上海現代書局、一九三二年九月、前掲）で次のように述べている。

「例えば仿吾は、心が真っ直ぐ、口も真っ直ぐ、筆も真っ直ぐ、やり方も率直な人で、私がもしも少し妥協するように勧めるとしたら、真っ先に私を罵倒しただろう。」

張資平は、「読『創造社』」（『絜茜』月刊第一巻第一期、一九三二年一月十五日、底本は『創造社資料』〈下〉〈饒鴻競等編、福建人民出版社、一九八五年一月〉）の注で、創造社の実務における成仿吾の奮闘について次のように言う。

「この間、私はただ季刊のために原稿を書いただけである。最も苦労したのは仿吾である。社の実務は最初郭沫若がとりあつかったが、第三期季刊以後、ずっと民国十七年まで、すべて仿吾を中心としていた。」

魯迅は、『吶喊』を批評した成仿吾を次のように描きだす。

「この頃私たちの批評家成仿吾先生は、創造社の門口にある『精神の冒険』の旗の下で、斧を振り回していた。彼は『凡俗瑣末』の罪名によって、〈吶喊〉を二三刀で斬り殺し、『不周山』だけを佳作とした――もちろん良くないところもあるとして。」（「『故事新編』序言」、一九三五年十二月二十六日、前掲）

魯迅の揶揄した意味とは少し違うけれども、成仿吾は創造社の「善」を守るべく守護神の役割を担った、と私は考えたい。

（30）成仿吾は、「批評与批評家」（一九二四年五月四日、『創造週報』第五十二号、一九二四年五月十九日）で次のように言う。

「真の文芸批評家とは、文学の活動をしているのである。彼が自己を表現して、完全に信用できる文芸批評となる――これが彼の文芸作品である。真の文芸作品というものは必ず作者の人格が背後から支えているのと同様に、真の文芸批評も必ず批評家の人格が背後にある。」

（31）例えば、そうした容赦のない成仿吾の一面は、「『雅典主義』」（一九二三年三月二十六日、『創造季刊』第二巻第一号、一九二三年五月一日）に見える。（なお、事の由来となった文章、「今年紀念的幾個文学家」〈佩韋、『小説月報』第十三巻第十二号、一九二二年十二月十日〉の作者は茅盾（沈雁冰）であった〈「複雑而緊張的生活、学習与闘争——回憶録（五）」、前掲〉。）また、論敵から見て的外れ（無意味）と見える場合のあったことは、茅盾（沈雁冰）の「答郭沫若」（『文学』週報第一三一期、一九二四年七月二十一日、底本は『茅盾全集』第十八巻〈人民文学出版社、一九八九〉）に見える。

「本刊同人が文章の応対をするのは、もともと学理の範囲内に限っている。およそ事実の面にわたることについては、同人は論ずるのを望まず、第三者が自ら事実によって証明することを待つ。だから成仿吾君はしばしば学理を議論することをつうじて、文学研究会が自分と異なるものを排除し、徒党を集めている、とひどく非難したが、私たちは捨て置いて論じなかった。というのも成君の議論は極めて無意味なことだと分かっていたからである。」

（32）例えば、成仿吾は、「『吶喊』的評論」（一九二三年十二月二日、前掲）で、「もしも批評が魂の冒険〔霊魂的冒険——原文、中井注〕であるとするなら、この吶喊の雄叫びは、魂に冒険させてみる価値のあるものではないか。」として、『吶喊』の批評を展開する。しかしながら、同じ号の「批評的建設」（一九二三年十二月十九日、『創造季刊』第二巻第二期、一九二四年二月二十八日）において、成仿吾は次のように言及する。

「例えば Anatole France は、批評は心の冒険〔心霊的冒険——原文、中井注〕である、と主張する。（中略）しかし私たちは批評の根本が不断の反省作用であり、冒険とは鑑賞しうるだけで、批評できないことを思い起こしさえすれば、フランスの説の無稽さを見分けることができ、これを高唱する人も後を絶ちうる。」

しかしそれならばなぜ七日前に、成仿吾はアナトール・フランスの説を肯定的に引用し、『吶喊』を「批評」する必要があったのだろうか。

また例えば、「批評与批評家」（一九二四年五月四日、前掲）で、成仿吾は次のように言う。

「或る人は、そのうえ現在の批評界は敵を攻撃する道具として批評を考えている、と言う。これらはすべて文芸に忠実ではなく、白黒を混同した行為であり、文芸上の正義に関心をもつ人が激しく憎んで非難すべきところである。」このように成仿吾は主張する一方において、「敵に攻撃してよいところがあれば、真理を擁護するために批評を加えること」（同上）について、その行為の動機を一種の「『真理愛』」と言うことができる、とする。すなわち一つの批評が単なる攻撃の道具なのか、それとも「真理愛」に基づく攻撃なのか、を判断するとき、成仿吾の場合、その根拠は何なのかという基本的問題が残らざるをえない。

また茅盾は、「答郭沫若」（一九二四年七月発表、前掲）で次のように指摘する。

「私たちは、郭君さらに成君が感情的に激しい人であることを知っている。感情の激しい人は常に、昨日自分が言った話を、今日には忘れるということがある。だから私たちは十分彼らを諒とする。しかし私たちは次のように思わないわけにはいかない。『同一の事柄に対して、異なった言い方をする。自分のすることは正当で、他人がすることは罪悪だ』、というような議論は、実際青年の道徳心を腐敗させるもので、断固として許されないことだ、と。」

（33）　成仿吾はまた、「批評与批評家」（一九二四年五月、前掲）において、文学研究会等の「党派」的批評を問題にしようとし、すなわち文芸批評は、文芸批評家の人格（全生命）に支えられてこそ、文芸自体の価値観に基づいた評価が可能だ、と主張している。しかしながら、文芸批評における人格に依拠した、倫理的な裏付けをもつことを重視する批評とは、激昂する「正義」の充満する状況の中においては、むしろ自他に対して融通無碍の基準となり、かえって自らの「党派」的批評の温床となったものではなかろうか。またそのことが、成仿吾にとって本来の意味での文芸理論の構築の妨げとなった可能性もある。成仿吾の場合、伊藤虎丸氏の指摘する「彼らの文学における『倫理』性の欠如」（『問題としての創造社』、『創造社研究』所収、前掲）と見えるものは、むしろ成仿吾が文芸批評に倫理的基準を直接もちこもうとしたが故の、また彼の余りの強烈な正義感或いは義憤の故の、一つの必然的な、逆説的結果であったと思われる。またガーリック氏（前掲論文）は、「成仿吾は偉大な心情について語るが、しかし実際には彼の心中ではより多くのものがこめられていた。ほかの何よりも、ここには、真の芸術家・理想的な批評家の倫理的資質と、すべてのその創造的能力が存在している。」とし、「偉大な心情」における「倫理的資質」を指摘する。

また、ガーリック氏（前掲論文）の場合、成仿吾の倫理性の根元を中国伝統的思想（孟子）の中に見て、同時にそれが二〇年代前半の成仿吾の批評の基本的前提であった、と指摘する。

「それら〔孟子の『是非之心、人皆有之』を指す――中井注〕はまた二〇年代の前半期をつうじて彼の批評の系統的構造的在り方の基本的前提である。」

（34）　創作（内心の要求、自我の表現）とその作用（功利、宣伝）の問題について、魯迅は作家主体の在り方に問題解決の糸口を求め、郭沫若は問題解決の方向を求めたと言える（拙稿、「魯迅と『壁下訳叢』の一側面」〈『大分大学経済論集』第三十三巻第四号、一九八一年十二月二十一日〉、拙稿、「魯迅と『蘇俄的文芸論戦』に関するノート」〈『大分大学経済論集』第三十四巻第四・五・六号合併号、一九八三年一月二十日〉、また本書の第一章）。この点で、成仿吾も問題解決の糸口をここに求めていると言える。

（35）　成仿吾の言う「革命文学」の「内容」とは、ここでは「真実、正義、仁愛等」の積極的人間性を推進助長し、「虚偽、不正義、嫌悪等」の消極的人間性を排除抑圧することを指す。

この文章の「革命」の内容について、ガーリック氏（前掲論文）は次のように指摘する。

「彼が革命によって理解しているものは、（中略）広範囲な精神的倫理的浄化であり、原初の人間性と市民的高潔への回帰であった。」

（36）　成仿吾は「革命文学与他的永遠性」（一九二六年六月発表、前掲）において次のように言う。

「革命文学は、革命という二文字がある故に、革命という現象を題材とする必要があるのではなく、大切なのは伝える感情が革命的であるかどうか、である。（中略）たとえその材料が革命から採っていないとしても、それが細々とした小事であるとしても、その伝える感情が革命的であり、人類の死寂の心に革命に対する信仰と熱情を吹きこむことができさえすれば、この作品は革命的と言わないわけにはいかない。」

この点についてガーリック氏（前掲論文）は次のように指摘する。

「この評論〔「革命文学与他的永遠性」を指す――中井注〕を書いていたとき（一九二六年六月に発表）、成仿吾はまだマルクス・レーニン主義者の意味で革命を理解していなかった。」

（37）成仿吾には国民革命の高揚期においても、統一戦線的発想はなかった。この「完成我們的文学革命」（一九二七年一月発表、前掲）では、周作人、劉半農、魯迅、そして陳西瀅までを嘲弄している。

また、成仿吾が「趣味」の文学を攻撃する場合、「趣味」の理論的根拠として彼の念頭にあったのは、周作人の「文芸批評雑話」（一九二三年二月、底本は『談龍集』〈開明書店、一九三〇年四月、上海書店影印〉）等であった、と思われる。

（38）一九二八年からの「革命文学」論争が無産階級革命文学（プロレタリア文学）をめぐる論争であるとすれば、「完成我們的文学革命」（一九二七年一月発表、前掲）における成仿吾の主張は、明らかにそれ以前の内容であった。

（39）成仿吾は『創造季刊』第一巻第三期（一九二二年十一月二十五日）で次のように言う。

「（7）内部生活の要求によるのではなく、ただ才知を示そうとする作品は、無意味な作品である。」

また、成仿吾は「詩之防御戦」（一九二三年五月四日、前掲）で、周作人を念頭において、日本の俳句を模倣すべきではない第二の理由として次のように言う。

「私たちの新文学には真摯な熱情の根底がなければならない。俳句のような遊びの態度は、私たちは決して許すことができない。」

また「完成我們的文学革命」（一九二七年一月発表、前掲）では次のように言う。

「私たちが少し反省しさえすれば、それらの趣味家の態度に不満を感ずるはずである。第一に、彼らの態度は遊びであり、不誠実である。」

（40）成仿吾は例えば、『創造季刊』第一巻第三期（一九二二年十一月二十五日）では次のように言う。

「（1）芸術の目的は人類最高の或いは最深の情緒を表すことにある。しかしその生命は『敬虔誠実』にある。虚偽の美化とあらゆる誇張は、必然的に芸術の生命を損なう。」

また、「批評与同情」（一九二三年八月一日、『創造週報』第十三号、一九二三年八月五日）では次のように言う。

「芸術は人類が『死』に反抗する最高の努力である。それがどのように拙劣なものであろうと、誠実敬虔な芸術家の作品は、かよわい人の子の血と涙の凝集である。」

また、「今后的覚悟」（一九二五年九月、前掲）では次のように言う。

「私たちがもしも真の価値ある文芸を建設しようとするならば、眼前の気風を一洗して、忠実な信徒のように、堅忍的殉教の精神と態度をもたなければならない。言い換えれば、厳粛にせよ、である。」

「彼らは虚栄に突き動かされ、文芸に忠実ではない。こうした人々に対して、私は、彼らが虚偽を抜けだし、悔い改めて、文芸に対して誠実に忠義を尽くすよう希望している。言い換えると、誠実になれ、である。」

（41）　成仿吾は、同じ「打倒低級的趣味」（一九二七年二月発表、前掲）で次のように言う。

「現在の資産階級の教養は虚偽的で不完全である。その趣味は全体として低級なものである。その趣味の様々の特徴の中で最も憎悪すべきは奢侈と独占である。」

ここで成仿吾の指摘する独占（原文も「独占」）は、第一期創造社出発の時の、文学研究会に対して放たれた郁達夫の「壟断」（「純文学季刊『創造』出版予告」、『時事新報』、一九二一年九月二十九、三十日、底本は『創造社資料』〈上〉〈前掲〉）という言葉を想起させる。またこうした片言隻句からばかりではなく、成仿吾が繰り返し指摘した新文学運動の間もない「腐蝕」という認識からも（例えば、「今后的覚悟」〈一九二五年九月、前掲〉、「完成我們的文学革命」〈一九二七年一月発表、前掲〉）、彼が第一期創造社の過程で受けた心の傷がいかに深く、その傷のいかに癒されることなく、第二期創造社の時期にも引きずっていたかが、私には想像される。本文における成仿吾の理論の背後には、こうした心の傷も心理的背景として存在したと思われる。

（42）　成仿吾は「新文学之使命」（一九二三年五月、前掲）で次のように述べる。

「美をもつ文学が私たちの優美な感情を養ってくれ、私たちの生活を洗い清めてくれるのを渇望する。」

成仿吾は、「民衆芸術」（一九二四年三月十八日、『創造週報』第四十七号、一九二四年四月五日）で次のように論じた。

「『民衆のための芸術』とは、民衆のために精神的糧を与える芸術を指している。その特徴は大多数の人に精神的な利益と美感を与えることができ、芸術上の価値を失わないというものである。」

では、具体的にそれをどのように実践すべきなのか。その場合、成仿吾は、民衆の水準にまで芸術の水準を下げてはならない、とする。

「芸術を民衆の水準にまで下げることがいけない理由は、第一に、上に述べたように進化の原理に合わないからであり、第二に、私たちの現在の民衆の鑑賞力は余りに幼稚であるので、もしも彼らの水準にまで下げれば、芸術を抑制し、その効果を発揮できなくさせるということになる。」

当時の文盲率が九〇％以上であった中国民衆の状況のもとにおいて、芸術の水準を下げることなく、民衆にどのように精神的糧を与えることが可能なのか。成仿吾は、この課題のいきづまりの原因を「民衆教育上の欠陥」に求め、「教育の平等を阻害する資本主義社会の魔宮をただちに打倒しなければならない」とし、同時に真の芸術（水準の高い、創造的進化をする）の建設につとめる、と言う。ゆえに成仿吾にとって、芸術と民衆との結びつきは、民衆が芸術教育を受けることのできる将来（黄金時代）に持ち越され、目前の問題は回避される（知識人と民衆との連帯の問題について、成仿吾にはこの時点で有効な提起のなかったことが分かる）。

本文における「理想」の文学も、右のような姿勢の延長下にある、と思われる。

（43）　魯迅は、「〝硬訳〟与〝文学的階級性〟」（一九三〇年三月発表、『二心集』、前掲）で次のように指摘する。

「中国の作者の中で、今実際のところ鋤や斧の柄から手を離したばかりという人はいない。大多数は学校に入ったことのある知識人であり、或る人たちはとっくに有名な文人であって、よもや自己の小ブルジョア意識を克服した後、以前の文学的技量さえもそれとともに消滅してしまったのではあるまい。それはありえないことだ。（中略）中国の、スローガンがあって、それにともなう実証がないのは、私が思うに、その病根は、決して『文芸を階級闘争の武器にする』ことにあるのではなく、『無産者文学』の旗のもとに、急にとんぼ返りをした少なからぬ者が集まったことにある。試みに去年の新本の広告を見てみると、革命文学でないものはほとんど一冊もない。しかし批評家はまた弁護を『清算』と見なすだけであって、すなわち『階級闘争』の援護の下に文学には坐っていただいたのであり、そこで文学自身は力を注ぐ必要もなく、そのため文学と闘争の二方面で関係が欠けてしまうことになった。」

これは一九二八年以降のことを指して言うものではあるが、自らの文学主張を階級闘争の援護のもとに坐らせたという点で、一九二七年始め頃の成仿吾の姿勢にも妥当する批判であった。

（44）『洪水』第三巻第三十期（一九二七年四月一日）によれば、署名者は、「簽名者：成仿吾、魯迅、王独清、何畏等。」となっている。

「成仿吾年譜簡編」（宋彬玉・張傲卉編、『成仿吾研究資料』〈一九八八年三月〉所収）によれば、この宣言は、一九二七年二月段階に着手されている（成仿吾が、魯迅に手紙を書いて、何畏を創造社の代表として紹介し、宣言発表のことを相談した、と言う。また、発表の実際の時間は、五月中旬であり、起草者は何畏である、とする）。

また「成仿吾伝」（趙遐秋、『成仿吾伝』〈中共中央党学校出版社、一九八八年六月〉所収）に依れば、一九二七年二月二十二日、北伐軍の展開と合わせ、上海労働者が第二次武装蜂起を決行する。しかし租界工部局と軍閥孫伝芳がそれを鎮圧した。これを受けて、成仿吾が魯迅に何畏紹介の手紙を書いた、という。「成仿吾生平大事年表」（張傲卉、『成仿吾伝』〈一九八八年六月、前掲〉所収）では、この「宣言」は、成仿吾が中心となって草稿を作り、創造社の成員で討論し、後に魯迅の意見も聞いて、何畏が正式に執筆した、とする。

この「宣言」の内容は、成仿吾の考えと一致するところが多いものとして、取り扱うことにする。

この場合の、成仿吾と魯迅の協力は、文学思想上の協力ではなく、文学者として時局にいかに対処するか、という点での協力であった、と思われる。

（45）こうしたいわゆるプロレタリアート国際主義は、成仿吾がすでに何らかの形でマルクス主義と接触のあったことを、或いはこの「宣言」作成の中でこうした認識に達していることを、示している。

（46）このことについては、本書の第一章の注（28）で述べた。

（47）「成仿吾生平大事年表」（張傲卉、『成仿吾伝』〈一九八八年六月、前掲〉所収）、また「成仿吾与魯迅」（張傲卉等、『東北師大学報』一九八一年第六期、底本は『成仿吾研究資料』〈一九八八年三月、前掲〉）による。

（48）茅盾（沈雁冰）は、「読『倪煥之』」（一九二九年五月四日、『文学週報』第八巻第二十号、一九二九年五月十二日）で次のように指摘する。

「私のこの話は、決して古帳簿をひっくり返すものではない。しかしこれによって、人心に対する時代の影響がいかに大きいものかを説明するものである。従ってまた、六年前難しい顔をして『芸術的芸術の宮』を守った成仿吾が、六年後同じように顔をこわばらせて『革命的芸術の宮』を守ることがどうしてありうるのか、を指摘した。そしてそこにはまさしく必然律があって、或る人々が無遠慮に推測して言うような投機だとか、出しゃばりだとかでは必ずしもない、ということを指すのである。」

茅盾の指摘は基本的に正しい。本書第三章の意図の一つは、成仿吾の文学論が「時代」の影響のもとにどのような推移の仕方をしたのか、を明らかにするという点である。

(49)　本書第一章を参照されたい。

(50)　王独清は「創造社」(一九三〇年九月、『展開』半月刊第一巻第三期、一九三〇年十二月二十日、底本は『創造社資料』〈下〉〈一九八五年一月、前掲〉)で、郁達夫の「広州事情」(一九二七年一月六日、『洪水』第三巻第二十五期、一九二七年一月十六日)について次のように言う。

「当時の状況からだけ言えば、郁達夫が反対したのはまさしく広東の政治が右傾化した後の政府であった。その頃創造社の同人はほとんどすでに広州に立脚することができなかったし、(中略)清党の風雨はすでに段々と情報が漏れてきていた。」

(51)　それ以前の段階で、成仿吾は一九二七年十月上海から日本に向かい、李初梨等と会っている(一九二七年四・一五後間もない広州で、成仿吾は鄭伯奇から日本留学中の李初梨・馮乃超等のことを聞き、勇気づけられた、としている〈「『鄭伯奇文集』序」、成仿吾、一九八二年十一月五日、『人民日報』、一九八四年十月十六日、底本は『成仿吾研究資料』、一九八八年三月、前掲〉)。その経過は李初梨の回憶によれば、次のとおりであった。

「成仿吾は先ず京都(西の都)に来て私たちと会った後、創造社が演劇運動を起こし、脚本を書くことや演出等の事柄を計画準備している、と語った。その後彼は東京へ行き、馮乃超と会って演劇活動の計画を作り、私たちに郵送してきた。私たちは同意しがたいと思い、あまり適切なことではないと思った。そこで成仿吾・馮乃超に京都に来てもらい討議した。私たちは会議を一緒に開き、私は発言した（後に整理をして、『怎様地建設革命文学』と題して発表した）。そこで演劇活動の計画を放棄し、改めて、無産階級革命文学の提唱に従事することとした。」（「李初梨談話記録」、一九八〇年十二月二十七日、「成仿吾和創造社」〈宋彬玉・張傲卉、『新文学史料』一九八五年第二期、総二十七期〉からの転載）

成仿吾は、一九二七年十二月中旬頃日本から上海に帰った（『創造社研究』〈伊藤虎丸編、前掲〉による）。その時すでに、郭沫若・鄭伯奇等が魯迅との協力の話を進め、魯迅の協力の承諾も得て、『創造週報』を復刊する運びとなっていた。しかし成仿吾はこれに強く反対し、先に帰国していた李初梨等の意見（無産階級革命文学の提唱）を全面的に支持主張した、と思われる。

鄭伯奇によれば次のようであった。

「私たちが魯迅との連合を準備していたとき、成仿吾はまだ日本におり、私はこのことを彼に手紙で書いた。彼は不賛成だった。彼は、旧い作家はみんなだめだ。旧い作家をすべて打倒してこそ、新しいプロレタリア文芸を樹立することができる、と考えた。」（「鄭伯奇談『創造社』『左聯』的一些情況」、一九七七年八月八、十一日、『魯迅研究資料』第六輯〈天津人民出版社、一九八〇年十月〉所収）

宋彬玉、張傲卉の「成仿吾和創造社」〈一九八五年、前掲〉で引用する「成仿吾談話記録」（一九八〇年九月十八日）によれば次のようである。

「郭沫若と魯迅が創造週報を復活させる啓事を発表したことは、このことは私は知らなかった、当時私は上海にいなかった。私たちが上海に帰った後、みんなは週報を復活させることに不賛成であった。郭沫若が週報を復活させようとするのは幻想だ、もしも週報を復活させるのなら、それは後退であって前進ではない、マルクス主義を宣伝すべきなのだ。」（「成仿吾談話記録」、一九八〇年九月十八日）

右の成仿吾の発言には、ほかの当事者の発言と比較して、いくつかの考えるべき点が見られる。①鄭伯奇は、前出の引用のように手紙で成仿吾に知らせた、としている。しかしこれは啓事のことに触れていなかった可能性がある。復刊の啓事の発表は、一九二七年十二月三日（「《創造週報》優待定戸」、『時事新報』、一九二七年十二月三日、底本は『創造社資料』〈上〉〈一九八五年一月、前掲〉）と思われ、成仿吾は十二月三日以降に帰国したことになる。②馮乃超は、「私たちは確かに魯迅と連合する主張に反対しなかった、と声明しておかなければならない。私個人の記憶から言えば、私たちは帰国前後に、連合を準備しているという知らせを聞いたことがなかったし、仿吾も私たちにこのことを話さなかった。少なくともこのことについての私個人の印象はこのようなものである。」（「魯迅与創造社」、一九七八年九月四日、『新文学史料』第一輯、一九七九年五月）としている。少なくとも馮乃超にはこの間のことを知らされてはなかった、と考えられる。従って反対した「みんな」とはどの範囲の人を指すのか不明である。

しかしながら、成仿吾が国民革命の挫折後の転換期の中で、魯迅との協力に反対し、この状況に対応しうる、或いは適合しうる文学（無産階級革命文学）を追求しようとしたという点は、疑いないと思われる。

成仿吾が、魯迅に関して、後年指摘したのは、情勢に対する魯迅の行動の対応の遅さであり、これが成仿吾の目から見ると、「落伍」と映った、としている。陳瓊芝の「関于成仿吾同志的『紀念魯迅』」（一九八一年四月、『魯迅研究文叢』第三輯、湖南人民出版社、一九八一年十二月）には次のように言う。

「成仿吾老は言った。『私たちはその頃年若く、魯迅との論争の中でも、子供のような勝ち気がありました。私たちはすべて日本から帰ってきたもので、内山書店にも腹心の者がおり、魯迅が午前書店で何か本を買ったということであれば、私たちは午後にはそれを知り、それを買って読んだ。当時、私たちが、魯迅の〈落伍〉していると考えた理由は次のようなことだった。北伐戦争がすでに始まり、革命者が次々と広州を離れ前線へ行ったが、魯迅はこの時やっと広州へ駆けつけた。蔣介石が革命を裏切った後、広州におれなくなり、それでまたやっと上海へやってきた。そこで、私が主編した《文化批判》で魯迅を批判したわけです。』」

成仿吾の目から見れば（成仿吾の政治的明快さの目から見れば）、魯迅には、情勢把握の遅さ、それにともなう行動の遅さがあって、それが魯迅の「落伍」しているとする理由であった。この点について、「与蘇聯研究生彼徳羅夫関于創造社等問題的談話」（一九五九年九月二十九日、於済南、底本は『成仿吾文集』〈山東大学出版社、一九八五年一月〉）では次のように言う。

「答え：当時中国の文壇では、魯迅は前の一世代で、創造社の成員は後の一世代でした。この二者は矛盾するところがあったことはあります。しかし創造社と魯迅とは別に対立するものではなかった。創造社が魯迅に不満だったところは、主として一九二七年国民大革命が失敗した後、私たちが次々と広州を離れたのに、魯迅の方は引き続き広州中山大学文学系主任兼教務長を担当し、私たちとともに広州を離れなかったことにあるのです。この点、私たちは彼に対して批判的意見をもっていました。後に創造社の成員、例えば李初梨は文章を書いて魯迅を批判しましたが、主としてこの点を突いていたのです。」

ここには成仿吾の誤解もあるが（魯迅が中山大学の職場を辞めたのは、一九二七年四月二十一日頃〈『魯迅年譜 1881－1936』上巻、鮑昌等、天津人民出版社、一九七八年六月〉であり、四・一五からほどない）、後年成仿吾の述べる魯迅に対する主たる不満は、情勢に対する魯迅の行動における対応の遅さにあったことが分かる。

しかし一九二八年当時、第三期創造社の魯迅に対する批判は、たとえば馮乃超が、

「彼の反映するものは社会変革期における落伍者の悲哀にすぎず、その弟と共に、人道主義的美しい話を暇つぶしに語るのだ。」（馮乃超、「芸術与社会生活」、一九二七年十二月十八日、『文化批判』創刊号、一九二八年一月十五日）

としたように、決して行動における対応の遅さに止まるものではない（後、「紀念魯迅」〈一九三六年十月、《魯迅風》第三期、一九三九年一月二十五日、底本は『成仿吾文集』、一九八五年一月、前掲〉で、魯迅の文学者としての思想・行動を高く評価するようになる成仿吾としては、恐らくこのように言うほかなかった、と思われる）。創造社の魯迅批判は、一九二八年当時、むしろ情勢に対する文学者としての思想・行動全般の対応の遅さ（「落伍」した在り方）に向けられたものであった。

言い換えると、一九二八年当時成仿吾の魯迅に対する不満は、現段階の状況に深く規定される文学の在り方という視点から見た場合の、「落伍」した在り方に対する不満であり、文学固有の問題・内在的文芸史的な視点からのものではなかった。また郭沫若における、魯迅との協力の計画とその放棄という問題については、本書第一章注（46）で、自分なりの考えを述べた。

（52）　この文章の脱稿の日時は、「二三・十一・十六於修善寺」に従う（「従文学革命到革命文学」の末尾の日付、この意味は一

九二七年十一月二十三日のことであると思われる。「創造社年表」〈小谷一郎編、『創造社研究』、伊藤虎丸編、前掲〉は、一九二七年十一月二十三日とする。しかし『三〇年代左翼文芸資料選編』〈馬良春等編、四川人民出版社、一九八〇年十一月〉、「成仿吾年譜簡編」〈宋彬玉、張傲卉、『成仿吾研究資料』、一九八八年三月、前掲〉、「成仿吾生平大事年表」〈張傲卉、『成仿吾伝』、一九八八年六月、前掲〉はいずれも、一九二七年十一月十六日とする。これは誤りと思われる)。

郭沫若は、『海濤集』(上海新文芸出版社、一九五一年八月、底本は『沫若自伝　第三巻　革命春秋』〈生活・読書・新知三聯書店、一九七八年十一月〉)の「離滬之前」(原載『離滬之前』、上海今代書店、一九三六年五月)の章中、一九二八年の「正月二十六日、木曜日、快晴。」の項で次のように記す。

「午後仿吾が来て、夜までいる。別に大切な話はなかった。『従文学革命到革命文学』をまとめあげるようにと彼に促す。」

ここの《従文学革命到革命文学》は成仿吾の論文ではなくて、成仿吾と郭沫若の共著、創造社叢書第二十四種『従文学革命到革命文学』(上海創造社出版部、一九二八年三月一日付排、一九二八年四月二十日発行)を指していることと思われる。

(53)　例えば、成仿吾の「完成我們的文学革命」(『洪水』第三巻第二十五期、一九二七年一月十六日)では次のように言う。

「もともと私たちの文芸界は国語文学運動以来、わずかに黎明の時期に表現に対して純粋に努力するという一時期があった。その頃の作品は幼稚さを免れなかった。しかしみんなの努力は、久しく口を封じられていたものがいったん自由を得たかのように、自我の表現に集中した。しかしこの時期は合わせても一、二年に達せず、みんなの表現力は小詩の手淫のためにほとんど消耗してしまった。」

また、「文学家与個人主義」(『洪水』第三巻第三十四期、一九二七年九月十六日)では成仿吾は次のように言う。

「新文学運動の当初、しばらくの間、私たちも自覚的な表現をもったことがある。純粋な表現の要求、国語文学の創造、これらには当時確かに溌剌とした生気があった。たとえもっぱら出しゃばりをこととする多くの軽薄で大げさな連中も存在したとはいえ、間もなく彼らは文芸の忠実な使者ではないことを実証した。しかし現在はどうか。(中略)文学革命の精神はすでに再びは存在せず、浅薄な趣味と退屈な暇つぶしが全文学界に瀰漫している。」

(54)　魯迅は、「我和『語絲』的始終」(一九二九年十二月二十二日、『萌芽月刊』第一巻第二期、一九三〇年二月一日)で次のように言う。

「創造社派の攻撃については、それは歴史的なものに属するようになった。彼らが『芸術の宮殿』を守り、なおまだ『革命』していなかったとき、すでに〈語絲派〉の数人を目の仇としていたのである。」

このことについて、郭沫若は、「『芸術の宮殿』を守る者の『攻撃』と『革命』者の『攻撃』とは、意味が違うものだ」（「『眼中釘』」、『拓荒者』〈月刊〉第四・五期合刊、一九三〇年五月）と反論する。

しかしながら、成仿吾の「従文学革命到革命文学」（一九二八年二月発表、前掲）には、まさしく魯迅の指摘するような、同質の「攻撃」、意味の違わない「攻撃」が貫流しているところがある、と言える。

（55）言い換えると、成仿吾は、国民革命の挫折という歴史的転換期をへて、社会発展の現段階を全人類の社会的改革がすでに目前に来ているもの、ととらえた。成仿吾はこの社会発展の現段階をのみ基準として、今後の文学の在り方に対する方針を立てようとする。すなわち第四章までの文学革命の歴史的考察と、今後の展望が切断されている。

この成仿吾の考え方は、まさしく郭沫若の「革命与文学」（一九二六年四月十三日、『創造月刊』第一巻第三期、一九二六年五月十六日）における思考方法と軌を一にし（本書の第一章）、さらに一歩進めている。

私は以前、その時期の経済的政治的状況の分析・考察から直接的に文学の在り方、或いは文学の担うべき課題を導きだす、「革命文学」派の発想を、「状況規定論」と名づけたことがある（拙稿、「ブローク・片上伸と一九二六―二九年頃の魯迅についてのノート〈下〉」、『大分大学経済論集』第三十六巻第六号、一九八五年二月二十日）。これは言わば、郭沫若・成仿吾の論理の楯の一面を指摘したものにすぎない。

またガーリック氏（前掲論文）は、成仿吾の理解する「アウフヘーベン」の概念には、本来あるべき継承の要素が欠けている、と指摘する（九九頁）。

（56）注（54）で触れたことと関連して、郭沫若は「『眼中釘』」（一九三〇年五月発表）で次のように言う。

「中国の文芸運動は最近二、三年来別の新しい段階に完全に進展した。このことは否定できない事実である。

創造社はすでに前期の創造社ではなくなっている。」

「後期創造社の批判と前期創造社の反駁とは、意識上において完全に異なっている。新しい批判は当然歴史的な成果であり、一般社会の歴史的成果である。しかし狭い範囲において、何らかの『歴史的』或いは伝統的関係は決してない。」しかしながら成仿吾に限って言えば（とりわけこの「従文学革命到革命文学」〈一九二八年二月発表〉については）、郭沫若の言うように截然と、第一期第二期創造社時代と第三期創造社時代とを区別することは難しい。後から振り返れば、この文章自体が分水嶺であったのであり、両側面の基礎の上に成立していた、と見える。

(57)　その点で、魯迅は、『壁下訳叢』（上海北新書局、一九二九年四月）の訳業をつうじて、マルクス主義文芸理論を受容するときにおける、文芸固有の内在的文芸史的課題について彼なりの理解の一端を示している。（拙稿、「魯迅と『壁下訳叢』の一側面」）

それに対して、成仿吾の場合一九二七年六月二十三日の段階においても、「文学革命与趣味」（『洪水』第三巻第三十三期、一九二七年五月十六日）で、次のように「自我表現の文学」を標榜する。

「将来どのような文学となるのかについては、これはみんなの努力がどれほどなされるかによって決められる、と考えなければならない。しかし最低限度、一切の不合理な既成の法則と既成の形式を脱却し、一切の浅薄でつまらぬ趣味を打倒し、誠実真摯な態度で人間性の根元に深く入った、自我表現の文学でなければならない。」

成仿吾は一九二八年五月中国を離れるまで、創作理論としての「自我の表現」を明確な形で否定したことは一度もなかった。私が、彼の「階級意識の獲得」とは一面自我の転換の意味である（それは文学上の方向転換と対応する）、ととらえるのは右の事情にもよる。（成仿吾の「詩之防御戦」〈一九二三年五月、前掲〉の冒頭部分の「情感」という言葉を「階級意識」に入れ替えると、彼の「革命文学論」になる、と伊藤虎丸氏は示唆する〈「問題としての創造社」、『創造社研究』、一九七九年十月、前掲〉。）

なお、成仿吾は「上海灘上」（一九二六年三月二日、『洪水』第二巻第十三期、一九二六年三月十六日）で次のように言う。

「一年余りの離別は私たち数人の不幸な男どもに、驚くべき変化を、それぞれの目の内に映しださせた。沫若は『新時代』で、彼の心の中のネジダーノフを銃殺した。達夫は血を吐き、酒量がめっきり衰えた。（中略）ただ、全平だけは相変わらず一年前のままで、私たち数人に対する彼の批評も的確である。私たちが段々現実的に変化してきた、と言う。もともと三十歳前後の私たちは、いつも時間というものに、不幸な道のりにおいて思う存分翻弄された。どうして段々と現実的にならないでおれようか。しかしこれは私たちがすでに意気消沈したことを物語るのではない。なぜならこの種の自我革命は実に私たちの生命の生き生きとした活動の表現であるのだから。（中略）私たちの全身は新しい生命力に充ちている、と感じている。私たちは絶えることなく自我革命を行うであろう、絶えることなく創造しつつ前進するであろう。」

一九二六年頃における創造社成員の「現実的」な方向への作風の変化を、成仿吾は「自我革命」と言う。なお、創造社の転換を論じたものに、「後期創造社的『方向転換』」（周恵忠、『文学評論』一九八八年第五期、一九八八年九月十五日）、「論『文化批判』――兼及後期創造社的『方向転換』」（周恵忠、『創造社叢書〈七〉　理論研究巻』〈黄侯興主編、学苑出版社、一九九二年十月〉所収）、「論創造社的方向転換」（朱寿桐、『南京大学学報〈哲学・人文・社会科学〉』一九八八年第二期、一九八八年四月二十日）、「浪漫主義向革命文学的過渡――論創造社的転向」（劉玉山、『中国現代文学研究叢刊』一九九〇年第二期、作家出版社、一九九〇年五月）等がある。これらには当然教えられる所が多いが、しかし郭沫若、成仿吾等一人一人転換の仕方が異なっており、したがって創造社一人一人について先ず詳しく分析し明確にすべきだ、と私には思われる。

（58）　郭沫若のこの考え方については、本書の第一章を参照されたい。

（59）　伊藤虎丸氏は次のように指摘する。

「総じて言えば、創造社の文学は、真の人間変革、その意味での革命の前提となるべき政治的、民族的な価値を超える普遍的（乃至は超越的）価値を、自我の内面に形成し得ないまま、（彼らの文学における『倫理』性の欠如はそれを語っている。ここに彼らが『芸術派』と呼ばれたもう一つの意味がある）むしろ、それとは逆の方向へ向って、いわばかなり教条的ともいうべき政治主義へと横すべりしていった、と言うことが出来よう。」（「問題としての創造社」、一九七九年十月、前掲）

しかし伊藤虎丸氏の右の意見に対して、私はむしろ次のように考える。第一期第二期創造社の成仿吾の場合、文学者としての彼は、民族的価値と結びつき、同時にそれを越える倫理的価値・審美的価値を自己の内面に形成していた。しかしながら成仿吾は、国民革命の高揚と挫折という中国（民族）の危機的状況、激烈で鮮明な階級闘争の中で、その情況に対して明晰な政治的認識を持って、むしろ自己の内面的価値に対してではなく、何よりもそうした状況に対して自己の誠実を尽くそうとした。成仿吾は、そのような一つの生き方を選択した、と考える。すなわちその過程は同時に、自己の内面に形成された倫理的価値・審美的価値が「救亡」の論理に呑みこまれていく過程でもあった。それはまた彼の自我の量的変化から質的変化への過程でもあった。（伊藤虎丸氏の言う、「彼らの文学における『倫理』性の欠如」については、注（33）で触れた。）

そして創造社のマルクス主義文芸理論への接近・受容の過程について、伊藤虎丸氏は、「いわばかなり教条的ともいうべき政治主義へと横すべりしていった」、と評価する。成仿吾の場合、本文で述べたように、マルクス主義文芸理論を受容するとき、文学革命について（創造社、文学研究会等について）の理論的総括・批判的継承が十分に行われず、また文芸固有の内在的文芸史的課題について提起できていない、という事情があった。そのため「横すべり」のように見える側面が存在したことは否定できない。しかし成仿吾の「政治主義へと横すべりしていった」過程においては、すなわち「革命文学」を主張するにいたる過程においては、接ぎ木的発展をへての、量的変化から質的変化への転換にいたる彼の文芸理論に対して、彼なりの「救亡」の論理が作用していた。また郭沫若と軌を一にする「革命文学」の主張の論理構造も存在した。とりわけこの論理構造が「横すべり」のように見させる大きな原因となった。すなわち内在的文芸史的に革命文学をどのように位置づけるか、作家における内心の要求・自我・個性を革命文学の中でどのように位置づけるか等がまさしく問われたとき、彼らの論理構造によって、それが十分に提起できず、むしろ状況の要請に基づく階級意識の獲得〈自我の転換〉等が強調された。私は、現象の背後にあるこうした成仿吾の論理を明らかにしたい、と考えた。言い換えれば、私はこの第三章において、成仿吾の文芸理論の方向転換の意味内容をこそ明らかにしたい、と思った。

また温儒敏氏は次のように言う（「成仿吾的文学批評」、前掲）。

「成仿吾の後期〔温儒敏氏は一九二七年始め以降を指す——中井注〕の批評論は多くなく、主として左傾機械論に支配された〈政治批評〉である。ここでは多くは述べない。」

温儒敏氏のこの意見に対しても、私は上述の伊藤虎丸氏に対するのと同じ感想をもつ。

第四章　茅盾（沈雁冰）と「牯嶺から東京へ」

第一節　はじめに

茅盾（沈雁冰、一八九六―一九八一）[1]は一九一六年二十一歳のとき商務印書館編訳所で働きはじめ、一九一九年『学生雑誌』において、また同年末から『小説月報』等において初期の文芸評論活動をはじめる[2]。茅盾は一九二〇年から『小説月報』の〈小説新潮〉欄の編集を任され、一九二一年より『小説月報』の主編を担当して、同誌の全面改革を行う。また一九二一年一月文学研究会が正式に発足し、その主要な文芸理論家として活躍した。一九二三年『小説月報』の主編を降りる。茅盾はその後も文芸活動を継続すると同時に、社会活動に積極的に関わり、国民革命に参加する。

茅盾は一九二〇年代始めの文学活動において、新ロマン主義および自然主義をどのように主張したのか。また二〇年代中頃どのようにマルクス主義文芸理論に基づいた見解を述べ、そして国民革命の挫折後、一九二八年いかに革命文学論争に参加したのだろうか。

第四章は、茅盾におけるこれらの文芸思想に関する諸課題自体の内的構造、また諸課題間の関連をたどり、できるだけ彼の文学観の深化・発展の特色が浮き彫りになるように心がけて、素描を試みようとするものである[3]。

以上のような諸問題等について検証することを、第四章の目的とする。

ただ、行論が長くなるため、諸課題の内的構造とその関連について、あらかじめ若干の見とおしを述べることにする。私は一九二五年頃までの茅盾の文芸論の推移を次のように理解する。

第一に、その文学論の中心軸には人生のための文学（人生を反映する、人生のための文学）が存在した。(4)

第二に、自然主義と新ロマン主義の文学思潮（創作方法）(5)は二つの波動のように、この中心軸上を起伏消長して、深化しつつ移行した。

第三に、交互に表層に現れる二つの文学思潮（創作方法）の波動を推進する要因となったものは、中国文学界、中国社会に対する茅盾の現実認識と、それに基づく具体的方策の考察である。それらの認識と考察自体も深化しつつ、二つの波動を規定した。

第四に、人生のための文学という中心軸は、旧社会旧文化の変革を目指す人生のための文学という性格をもっていた。この中心軸は一九二三年末頃国民革命への発展の機運という動力を受け、国民革命を支持する人生のための文学という方向に進展しつつ、その後一九二五年頃マルクス主義文芸理論を受容することをつうじて、被抑圧民族・被抑圧階級の人生のための文学、という新たな中心軸に「止揚」された。

以上のような見とおしが成立しうるのかどうかも含めて、上記の諸問題を追究していくことにする。

第二節　自然主義の提唱へ

一九一九年末から一九二二年にかけて、この間の文学に関する茅盾の主張には、二つの波動の振幅が少しずつ明瞭となっていく変化・発展の経過を見ることができる。一九一九年末「〈小説新潮〉欄預告」(『小説月報』第十巻第十二号(6)、一九一九年十二月二十五日)から始まり、一九二二年「自然主義与中国現代小説」(『小説月報』第一三巻第七号、一九二二年七月十日)における確固とした自然主義の主張へと至る軌跡の概略を、この節で跡づける。

1　自然主義の言及から新ロマン主義の提唱へ

まず一九一九年末から二〇年頃にかけての茅盾の文学主張を見ることにする。茅盾は西洋文学を翻訳紹介する場合、何を基準とすべきかを論ずる。

茅盾は第一に、文学進化の歴史という観点から、すなわち西洋の文学思潮の発展史を基準として、文学をとらえようとする。

「西洋の小説はすでにロマン主義(Romanticism)から進んで写実主義(Realism)、象徴主義(Symbolicism)、新ロマン主義(New Romanticism)となっている。我が国はなお写実以前に止まっており、このことはまた明らかに人の後塵を拝することでもある。」(「〈小説新潮〉欄宣言」、『小説月報』第十一巻第一号、一九二〇年一月二十五日(7))

こうした西洋の文学思潮進化の歴史から見れば、当時の中国の文学は写実以前の「古典」と「ロマン」の間をさまよっており、その進化の順序からしても、また中国人が「神秘」、「象徴」、「唯美」を理解できないことからも、「写実派自然派の文学を先行して紹介すべき」(「我対于介紹西洋文学的意見」、『〈時事新報〉学灯』、一九二〇年一月一日、底本は『茅盾全集』第十八巻〈人民文学出版社、一九八九〉)だとする。

第二に、新文学の研究者は芸術的技法に注意を払わなくてはならない、そのため先ず写実主義、自然主義を紹介すべきであるとする。

「思想は一日千里と猛進することができる。しかし芸術〔ここでは芸術的技法の意――中井注〕は恐らく『本源を探求する』のでなくては、不可能である。なぜなら芸術は旧い手本に基づいて美化されるものだからである。旧い手本を探りあてて順次行うのでなく、軽率に『唯だ新に是れならう』のであれば、立ち行かない。そのため中国では現在新派小説を紹介しようとするならば、まず写実派、自然派から紹介しはじめるべきである。」（「〈小説新潮〉欄宣言」、前掲、一九二〇年一月）

第三に、「問題研究の文学」の翻訳における、「現在の社会の対症薬」（「我対于介紹西洋文学的意見」、前掲）、「新思想宣伝の急先鋒」（同上）としての側面にも注意を向けている。

右のように、茅盾は先ず写実派自然派の文学から紹介すべきことを言う。

しかし一九二〇年二月に茅盾は、「ここ一年余り写実主義を提唱し、社会の劣悪な根源を徹底して暴露した」（「我們現在可以提倡表象主義的文学麽?」、『小説月報』第十一巻第二号、一九二〇年二月二十五日）、しかしほとんど反響がなかったとする。茅盾は一九一九年に、チェーホフの「在家里」（『〈時事新報〉学灯』、一九一九年八月、邦訳「家で」）、「売誹謗的」（『〈時事新報〉学灯』、一九一九年十月、邦訳「中傷」）、「万卡」（『〈時事新報〉学灯』、一九一九年十二月、邦訳「ワーニカ」）、モーパッサンの「一段弦綫」（『〈時事新報〉学灯』、一九一九年十月、邦訳「紐」）、ゴーリキーの「情人」（『〈時事新報〉学灯』、一九一九年十月、邦訳「意中の人」）等を翻訳している。[8]「ここ一年余り写実主義を提唱」して反響がなかったとは、このような活動の結果を指していると思われる。現在の中国社会の人心の惑溺は一種類の薬、写実主義のみで治すことはできない。「同時に数本の道を行くべきであり、それゆえ象徴を提唱すべきこととなる」（「我們現在可以提倡表象主義的文学麽?」、前掲、一九二〇年二月）、とする。また次のように写実主義文学の欠点を指摘する。

「写実主義の文学の欠点は、人を落ちこませ、失望させ、しかも人の感情を痛く刺激して、精神的に全く中和するものがないことにある。私たちが象徴主義を提唱するのは、その調整を得たいと思うからである。さらに、新ロマン派の勢いは日増しに盛んとなり、彼らは正しい道を指し示して、人を失望させない力がある。私たちはこの道を行かねばならない。しかしこの道を歩こうとするには準備がなければならないし、そして準備すべき時になっている。象徴主義は写実の後を引き継ぎ、新ロマンに至る一つの過程である。だから先ず提唱せざるをえない。」（「我們現在可以提倡表象主義的文学麼？」、前掲、一九二〇年二月）

茅盾は、先の「我対于介紹西洋文学的意見」（前掲、一九二〇年一月）と同じように文学思潮進化の歴史の観点に立ち、さらに同じように中国社会・文学界と中国人の現状（この場合の、人心の惑溺）から考えるという観点に立つ。しかしここでは写実主義のマイナス面に注目する。[9] そのマイナスを中和し、また理想としての新ロマン派へ至る過程として、象徴主義をも受けいれることを主張する。さらに、次のように自然派文学の欠点を指摘する。[10]

「文学上の自然主義は一九世紀末の二〇年間に隆盛し、まさしく科学的唯物論と同時に進んだ。それはロマン（romantie《ママ》）文学の末流に対する反動であり、文学思潮進化史の中で、もちろんかなりな貢献をした。しかしそれによっては決して最高水準の文学を創造することができない。観察（observation）と想像（imagination）は文学の二大原則である。自然派文学は観察を重んずるのみである。だがもともと当時においてはロマン文学が想像だけを重視する偏りを、補うことができた。しかし文学全体から見れば、過ぎたるは及ばざるが如しである。分析（analytic）と総合（synthetic）は人生を表現する二つの異なった方法である。現社会・現人生がどのように欠点の多いものであるにしろ、総合してみれば、結局罪悪の下に伏在する真善美が存在する。自然派は分析的方法だけで人生を観察し人生を表現することにより、見るものすべて罪悪という結果となり、そのため人々を失望させ、悲嘆させる。それはまさしくロマン文学の空想空虚が人々を失望させたのと同じように、ともに健全な人生観を導くことができない。それゆえロマン文学にはもとより欠点があるが、自然文学の欠点はさらに大きい。」（「為新文学研究者進一解」、『改造』第三巻第一号、一九二〇年九月十五日、底本は『茅盾全集』第十八巻〈前掲〉）[11]

冷酷な客観主義から冷静で熱烈な主観主義へと解放されたのは、文学の一歩前進である。新ロマン主義が総合的に人生を表現しようとする試みは、すでに小説の分野で大きな光明を放っている。このように茅盾が指摘し、新ロマン主義の作家・作品として挙げるのは、ロマン・ロラン（一八六六―一九四四）であり、『ジャン・クリストフ』である。

茅盾は、「『欧美新文学最近之趨勢』書后」（『東方雑誌』第十七巻第十八号、一九二〇年九月二十五日、底本は『茅盾全集』第十八巻〈前掲〉）で次のように言う。

「写実主義文学は論難することはできるが、しかし解決することはできない。現社会の内幕を暴露することはできるが、しかし未来社会の光明を導きいれることができない。ゆえにその結果、人を憤懣に陥れてどのようにすべきか分からなくさせ、人々はついには落胆し否定的となり、或いは危険な思想（主義）に赴く。」（「『欧美新文学最近之趨勢』書后」、前掲、一九二〇年九月）

「ロマン主義は古典主義に対する純然たる反動である。しかし新ロマン主義は写実主義に対して反動ではない、そうではなくて進化であると思う。[12]（中略）新ロマン主義は、写実主義における肉体面の強調と精神面の弱化の欠点を補い、写実主義が全般的に批判するのみで指導しないことを補正する。また写実主義が悪中の善を見ようとしないのを救済するもので、当世の哲学における人格的観念論の傾向とまさに呼応する。新ロマン主義の最も代表的作品としうるものは、フランスのロマン・ロランの『Jean Christophe』を推す。」（同上）

「この本の英雄は極めて真理を好む人である。環境の如何にかかわらず、自分自身や自らの生命にかかわらず、理解しようとするのはただ真理だけである。（中略）ここで言う真理とは普遍的真理であり、書中のジャン・クリストフ（Jean Christophe）の精神の冒険とはすべての人類における精神の冒険であって、過去の専制から脱却し、将来に貢献しようと望むものである。」（「為新文学研究者進一解」、前掲、一九二〇年九月）

それゆえに、茅盾は次のように言う。

「〔中国の〕新思潮を助けることのできる文学は当然新ロマンの文学であるはずだ。私たちを真実の人生観に導く文学は新ロマンの文学であって、自然主義の文学ではない。ゆえに今後の新文学運動は新ロマン主義の文学でなければならない。」（同上）

右に見るように、一九一九年二〇年茅盾の主張は写実派自然派の文学の紹介に対する賛同の言及から転じて(13)、新ロマン主義の主張へと至っている(14)。

また、茅盾は新文学の本質について次のように言う。

「新文学とは進化した文学である。進化した文学には三つの要素があると考える。第一に普遍的性質である。第二に人生を表現し、人生を指導する力がある。第三に平民のためであって、ある種の特殊な階級の人のためではない。まさに普遍性を持とうとするがために、私たちは口語体で作ろうとする。まさしく人生を表現し、人生を指導することを重視するがゆえに、思想を重視し、型を重んじない。まさに平民のためであるがゆえに、人道主義の精神と光明活発な姿をもとうとする。」（「新旧文学平議之評議」、『小説月報』第十一巻第一号、一九二〇年一月二十五日）

この間（一九一九年末から一九二〇年頃）の茅盾の思考は次のようにまとめることができると思われる。

①中国のあるべき新文学の姿として、基本的には人道主義的精神に基づいた、人生の表現としての、人生のための文学を主張する。

②中国の文学の現状に基づき、西洋文学の翻訳紹介においては、先ず写実主義自然主義の紹介翻訳が必要であるとした。しかし自然主義の作品翻訳に反響がなかったという現状もあり、また中国の人心の惑溺が自然主義等のみで治すことができないと考え、自然主義より転じる。そして西洋の文学思潮進化史を参照しつつ、自然主義のマイナスの側面を明らかにして、自然主義が進化した思潮としての、その欠点を克服する新ロマン主義の提唱の有効性を説くものである。(15)

③同時に、茅盾のこの間の思考には、中国の社会状況、文学状況にとって、中国人にとって、或る文学思潮（創作方法）がどのような有効性をもつかを考えるという基本姿勢の萌芽がみられる。(16)ここで萌芽と言うのは、この間の思考には、中国・中国人の現状、中国の文学界の現状がどのようなものであるのかという分析と認識が具体的に十分には追求されていず、そうした現状認識に基づいた或る文学思潮の有効性に対する判断ではないことによる。むしろこの間に示されている文学思潮をめぐる考察は、西洋の文学思潮進化史を主たる判断の根拠とし、中国社会の反応をも一部考慮にいれながら、中国の現状における或る文学思潮（創作方法）の有効性とその可能性を判断するものであった、と思われる。(17)

2　自然主義の提唱へ

茅盾によれば、旧来中国において文学は、「文は以て道を載す」ものとされ、聖賢のために道を説き、勧善懲悪を述べ、支配者を称えた。また他方では、文学者は文学を暇つぶしのものとした。(18)茅盾は、文学が「楽しいときの遊び、或いは失意のときの暇つぶしではなく」（「文学和人的関係及中国古来対于文学者身份的誤認」、『小説月報』第十二巻第一号、一九二一年一月十日）、文学の目的は、「人生を表現することにある」（同上）とし、(19)文学は全人類の喜びと同情を広げるもので、時代の特色をその背景とするものとした。文学は、人々に対して近代社会における全人類の一員としての自覚を求めるための、道具であった。このような文学であれば、「ロマンでも良い、写実でも良い、象徴神秘でも良い」（同上）ので、それが人の文学、真の文学であった。[20] しかし中国の当時の現状を考えれば、問題はさらに具体的となる。一九二一年において、中国文学界の現状認識に基づいて思考する態度が鮮明となるにともない、新ロマン主義的傾向は徐々に後景に退いていき、自然主義の必要性が再び強調されるようになる。

(1)　西洋文学をどのように中国に紹介するのかについて

茅盾宛て周作人の来信「翻訳文学書的討論」（一九二〇年十二月二十七日付け、『小説月報』第十二巻第二号、一九二一年二月十日）は、西洋文学をどのように中国に紹介するのかという問題について提言する。周作人は、中国の特別な事情（中国人が盲従しやすく、非常に古を好み、客観的になれないこと）を指摘し、また翻訳する人手が不足している現状をあげて、西洋古典文学（ダンテの『神曲』等）は後回しにし、いまだに不十分な近代の文学をまず翻訳すべきとした。今最もするべき仕事を置いて、古典文学を訳そうとするのは、中国文学界に対する大きな損失となるとした。これは理想の高唱に対する警戒と、現実に基づいた方策の重要性を指摘するものであった。[21]

周作人の、こうした中国の現状認識に基づいた提言を受け、茅盾は「翻訳文学書的討論——復周作人」（『小説月報』第十二巻第二号、一九二一年二月十日）において、以前の西洋文学に対する「系統的」（「対于系統的経済的介紹西洋文学底意見」、『〈時事新報〉学灯』、一九二〇年二月四日、底本は『茅盾全集』第十八巻〈前掲〉）紹介が必要であるとする自らの意見を撤回する。[22] さらに一歩進めて茅盾は、アルツィバーシェフの『サーニン』の翻訳について、もしも『サーニン』の肉欲的唯我主義が中国で高唱されるならば、これまで社会や人類の存在を知ることのなかった中国社会においては、思いもよらぬ巨大な反動を生みだしかねないと言う。またアンドレーエフの作品について、自分は傾倒しているけれども、『The Black Masks』等は現在煩悶し志の定まらない青年が読めば、大きな危険（一切の否定）を生みだすと言う。[23] 言い換えれば茅盾はここで、中国に紹介すべき西洋近代の作品を選択する場合、単に個人的好みによるのでもなく、単に文学上の思潮の区分によるのでもなく、また系統的に翻訳紹介することが良いという理論上の理想論に従うのでもない。茅盾は中国社会の現状に基づいて、翻訳の必要性の緩急の面から、また作品のもたらす作用の面から、考察しようとしている。ここに、現実分析・認識に基づいて対応する批評家としての茅盾の姿勢が鮮明に現れてきている、と言える。[24]

(2)　国内創作界の現状分析

中国の文学界の現状、特に新文学の小説の現状について、茅盾の調査とその報告が、「春季創作壇慢評」（『小説月報』第十二巻第四号、一九二一年四月十日）と「評四、五、六月的創作」（『小説月報』第十二巻第八号、一九二一年八月十日）に発表された。前者では、「国内の創作界はほとんど極限的にまで寂しいものである。毎月各新聞雑誌に発表される創作文学は本来数が多くないし、良いものは一層少ない。（中略）現在真の批評家がいないだけでなく、批評する材料すらもない。」とする。茅盾は短篇小説八十七篇、戯曲八篇、長篇小説二篇を読み、その中で、西洋小説を模倣して人物名を中国名に変えただけのもの等、創作の資格のないものは取りあげないとする。表現手段または思想が未熟であるが一読の価値のあるものとして書名のみを挙げたものが二十四篇、比較的良い作品とし若干論評を加えたものが二十篇であった。後者の「評四、五、六月的創作」では、四月から六月の三ヶ月間に発表された小説一二〇余篇、戯曲八篇を、その題材に基づいて表に分類する。その中で、男女の恋愛を描写したものは七十篇以上あり、都市労働者の生活を描いたものは三篇にすぎない。茅盾は、男女の恋愛を取りあげること自体は、人生を忠実に表現する文学であるかぎり、価値があり、必要だとしながら、実際にはそれらの作品がほとんど決まりきった型と、単一の個性の登場人物しかもたない作品であり、模倣の偽の作品である、と断ずる。また一方で茅盾は、魯迅の「風波」（『新青年』第八巻第一号、一九二〇年九月一日）と「故郷」（『新青年』第九巻第一号、一九二一年五月一日）を高く評価している。そして最後の部分に次のように言う。

「現在の創作界に対する私の要望は〈民衆の中へ〉である。民衆の中へ行って経験し、まず中国の自然主義文学を作りだすことである。さもなければ、現在の〈新文学〉の創作は〈旧い道〉へ戻っていくことであろう。」（「評四、五、六月的創作」）[25]

作家が民衆の中で体験を積み、その経験と現状認識に基づいて、中国の現実・人生を反映する自然主義文学を作りだすことが急務だとする。[26] そうでなければ、西洋文学を表面的に模倣した偽の作品が作られるばかりであり、旧文学の道へと回帰するほかはないとする。[27]

茅盾は現実の中国の小説・戯曲を調査分析して、その結果に基づき創作界の進路を模索し、再び自然主義に言及して、「一年以上提倡し研究する必要」（周作人宛て書簡、一九二一年八月三日、前掲）があると言う。ここに中国創作界の現実がどのようなものか、またその現実が必要とするものは何かを明らかにし、その現実認識に茅盾は基づこうとする。ここに茅盾の、以前（一九二〇年頃）とは異なる明確な立論の姿勢を見ることができる。すなわちここでの自然主義への言及は、西洋の文学思潮進化史に主たる拠り所を求め、「本源を探求」してなされたものではなかった。[28] またここには旧文学に対する鋭い警戒感がある。

(3)　自然主義の必要性

茅盾は中国の新文学の発展を阻害する二つの要因を次のように指摘する。

「現在最も流行している言葉は、『或る主義にこだわるべきではない』というものである。今、自然主義写実主義を主張することは、一層非難を受ける。（中略）しかしこの見かけの堂々たる流行病の高唱は、実際のところ新文学の発展に利益はなく、しかも有害である。中国には元来文学作品のみあって、文学批評がなかった。文学の定義、文学の技術は、中国においては系統的説明がなかった。（中略）これまで詩歌小説を蔑視して、悦楽と暇つぶしの道具と見なした。またこれまでの描写方法は忠実さを尊ばず、単に行文の便宜を図るだけであった。暇つぶしの文学観、忠実でない描写方法が、文学進化の道における二大阻害物である。」（「文学作品有主義与無主義的討論」、『小説月報』第一三巻第二号、一九二二年二月十日）

茅盾は、従来の、暇つぶしの文学観と、忠実でない描写方法が、新文学の発展を阻害する二大阻害要因であるとする。ゆえに一方では先に見たように、人生のための文学観を説き、他方で忠実でない描写方法をいかに克服するかを指摘する。

「数年前中国人は言情小説〔愛情小説――中井注〕を作り、いつも『此れ実事なり』という一句を付け加えることを好んだ。実際には全篇真実を感じさせるところはどこにもなかった。これは描写方法が真実を追究していないためである。自然主義は世界の文壇においては、過ぎ去ったかのようである。しかしこれまで落伍してきた我が中国文学がもしも前進しようとするならば、自然主義というこの一時期は飛び越えていくことができない。まして描写に忠実さを求めないのが、中国文人の通弊である。」（同上）

現在中国の小説の描写方法が、想像のみに頼り実地の観察をしない、すなわち真実の追究をしようとしない状況を踏まえて、客観的描写の必要性、自然主義の描写方法の中国における必要性を指摘する。中国の新文学が一度自然主義の洗礼を受ける必要性を説く。また茅盾は、次のように言う。暇つぶしの文学観と真実を追究しない描写方法という、「二つの欠点を矯正しようとするなら、自然主義文学の輸入は対症薬となるだろう。（中略）自然主義文学にはどれだけの欠点があるとしても、ただ中国人の二つの大病を矯正することについて言えば、実際利益は大きく、害は小さい。」（「一年来的感想与明年的計劃」、『小説月報』第十二巻第十二号、一九二一年十二月十日）

茅盾は、中国の新文学の対症薬として、人生を直視して、客観的描写により真実を追究する自然主義文学を受容する必要性を説いた。それは、中国における自然主義の作用の、プラス面とマイナス面を秤量したうえでの主張であった。(29)

3　「自然主義与中国現代小説」

「自然主義与中国現代小説」（『小説月報』第十三巻第七号、一九二二年七月十日）は自然主義文学をなぜ今主張するのかを詳細に体系的に論ずる。茅盾は現代の小説を、内容（思想）と形式（構造、描写方法、題材）の面から新旧の両派に分ける。そのうち旧派小説を三種類に分ける、すなわち、①旧式章回体の長篇小説（たいていは白話である）、②章回に分けない旧式小説＝甲系と、中国西洋混合の旧式小説＝乙系（甲系乙系どちらも文言・白話のものがある）、③短篇小説（文言・白話どちらもある）である。茅盾は、中国現代におけるこの旧派小説三種類の誤りを、技術上の二点、思想上の一点において指摘する。技術上の誤りの二点は次のようなものである。

「(一)彼らは小説が描写を重視するものであることさえ知らない。〈記帳式〉の叙述法で小説を作り、おびただしい紙幅に掲載するものは〈動作〉の〈明細書〉にほかならない。現代的感覚の鋭い人に見せれば、蠟をかむような味がするだけである。

(二)彼らは客観的観察を知らず、ただ壁の前で主観的に虚構を作りあげることを知っているだけである。『此れ実事なり』と名づけた作品には、至るところ虚偽とわざとらしさの気配があって、〈実事〉が読者の〈心眼〉

に再現できないこととなる。」（「自然主義与中国現代小説」、前掲、一九二二年七月）

また思想上の誤り一点について、

「思想上の最大の誤りは、遊びの、暇つぶしの、金銭主義の文学観である。」（同上）

とする。

新文学の小説が旧派の小説と違うのは、思想面において、新派は文学が人生を表現するもの、人と人との感情を疎通させ、人々の同情を広げるものと考えるところにある。(30) しかし、技術面から言えば、新文学の作家（大半は青年）も良く知らない対象を無理にも描写しようとし、対象（第四階級、「損なわれ侮辱された者」）の心理にも疎い。さらに性急に文学を、或る思想の宣伝の道具と考える。

このように分析した後で茅盾は、旧派小説と新小説に共通する技術上の弱点二点を指摘する。第一に描写方法において客観的態度に欠けること、第二に題材の採用において内在的な目的に欠けることである。このような弱点を補うことができるものが自然主義だとする。

自然主義者は真を目的とする。自然主義者によれば、宇宙は一つの原則の支配を受ける、しかし宇宙には絶対に等しい二つのものは存在しない。そのため何事にも実地の観察を重視し、その観察したものをありのまま客観的に描写する。この描写方法は、旧派小説の「記帳式」記述を、新小説が描写対象をよく知らずに書く欠陥を、対症薬として矯正することができる。

また自然主義は近代科学の洗礼を受けたものであり、その描写方法、題材、思想は、すべて近代科学と関係がある。自然主義者が、科学で発見された原理を小説に応用したことを学ばなければならない。社会小説を書く者が社会問題を研究したことがなく、たんに「直覚」によるのであれば、その目的の浅薄さが現れるのは避けられない。ゆえに自然主義者の態度を学んで、題材について十分に調査研究することの必要性を指摘する。

このように論じたうえで、自然主義に対する様々な反論を想定して、茅盾は逐一答える。①文学上の描写は、観察と想像の両者による相互補完的ものである。また、文学の作用は、一面で社会人生の表現であり、他面で個人の生命力の表現でもある。いま自然派の主張は後者の部分（描写における想像と、作用における個人の生命力の表現）を否定するものである。これに対し、茅盾は理論として右の主張を認めつつ、しかし実際の新旧文学の問題を論ずる場合、中国の現状の弱点を補うことができるのは何によるのか、ということが重要である。その目的のためには自然主義を提唱する、とする。②自然派の物質的機械的運命論は不健全である。これに対し茅盾は、自然派の作品に含まれる思想と、その技術を混同することはできない。自然主義から学ぼうとするものは、客観的描写と実地の観察という技術的方法であるとする。③新文学はいま萌芽期にあり、何らかの主義で束縛すべきではなく、天才の自由な創造に任せるべきだ。これに対し茅盾は、いま新文学は混乱期にあり、多くの作者は盲動している。自由な創造は実際には自由盲動に過ぎない。ある一つの文芸思潮によって混乱期を抜け、その後多様な発展を期すべきである。④従来中国には真情の流露する作品は少なく、文人には真摯な情感に欠けていた。いま情緒を主とするロマン主義を主張すべきである。これに対し茅盾は、中国現代の小説の欠陥（暇つぶしの文学観と忠実でない描写）を旧ロマン主義は治療し救済することができないとする。

中国社会、中国文学界の現状認識に基づく(31)、このような「自然主義与中国現代小説」（前掲、一九二二年七月十日発表）の理路整然とした内容を読むと、これが茅盾における自然主義提唱の総括的文章であったことが理解できる(32)。そして他方で、新ロマン主義に対する評価について言えば、直接にはここで言及していない。言い換えればここで新ロマン主義を茅盾は積極的に否定したのではない。しかし、当時の中国文学界の現状における、また当時の時点における、対症薬としての有効性、緩急の必要性の観点から、自然主義の提唱がここに主流となり、新ロマン主義は底層流として後景に退き、そして茅盾の内面に沈潜したと思われる。(33)

第三節　小説をめぐる問題について

「自然主義与中国現代小説」（『小説月報』第十三巻第七号、一九二二年七月十日）以後、一九二二年後半から一九二三年頃における、主として小説をめぐる茅盾の文芸評論をこの節で取り扱うことにする。この間、茅盾は中国の文学界の現状、特に上海の文学界の現状に注視している。また一九二三年頃から、とりわけ一九二四年第一次国共合作が中国に新機運をもたらし、これが茅盾にも中国社会の新しい胎動を強く予感させる。

1　通俗小説（旧派文学）について

茅盾の「自然主義与中国現代小説」（前掲、一九二二年七月）における、旧派小説に対する道理をつくした批判は、守旧派を、また商務印書館当局の中の守旧派〈礼拝六派〉を、痛く刺激した。一九二二年一月編訳所所長となった王雲五はその後、『小説月報』の編集に干渉し、茅盾と対立する。そのため茅盾は一九二二年一二月を期限に主編を降りることになった。しかし一九二三年一月からは、鄭振鐸が『小説月報』の主編を担当し、従来の茅盾の方針を受け継いだ。商務印書館内部においても、新旧の対立は依然厳しく存在していた。(34)

茅盾は、中国の一般大衆（旧知識人層を含めて）には新文学を受けいれる文化的基盤（常識）の薄弱なことを指摘する。

「中国の現在の一般的読者は、文学に対して素養がなく、論文を読むことを好まず、作品を喜ぶ。また不幸にも、『快活』『礼拝六』『游戯世界』『半月』の類のものだけが彼らの読み物である。（中略）いま私たちが新文学の宣伝に力を尽くそうとするならば、まず積年の毒を一掃しなければならない。」（「雑譚」、『文学旬刊』第四十期、一九二二年六月十一日）

茅盾は新文学を取りまく文学状況について、冷静に把握していた。とりわけ中国の多数の読者に文学的素養、常識がないこと[35]、そのために旧派小説、〈礼拝六派〉（鴛鴦蝴蝶派のこと[36]）の雑誌がその読み物であり、こうした旧派文学を一掃することが新文学の重要な課題とされた。

「〈通俗刊行物〉の流行は決して〈反動〉ではなく、むしろ中国人国民性に潜在している病原菌が機会を得て、最後の力を発揮しているものである。

この病原菌とは『一切を汚して世の中をもてあそび、肉欲にふける人生観』（中略）であり、中国人国民性の中に根づいている。〈新思潮〉はこの病根を攻撃し、世の中をもてあそび肉欲にふける人生観を矯正しようと、数年前に全力を尽くした。」（「反動？」、『小説月報』第十三巻第十一号、一九二二年十一月十日）

上海において当時、『礼拝六』等の通俗文学は一年来の隆盛にあった。茅盾は、新思潮を遊びの態度であつかおうとする阿諛曲解の者に対して深い警戒感を示す。

「およそ新運動が始めて生じるとき、頑強な反対者は怖くない。しかし反抗もしないし検討もせず、ただ遊びの態度で取りあつかう阿諛曲解の者が恐ろしい。反抗があれば論争し、論争の結果、真理が出てくる可能性がある。」（「心理上的障碍」、『小説月報』第十四巻第一号、一九二三年一月十日）

茅盾は上海という大都会の中で、『礼拝六』等の通俗小説（旧派小説）の作者・読者の動向、そして彼らの思想傾向、人生観、文学鑑賞力等に注目していた。そうした作者・読者の水準は低俗であると断じられたにもかかわらず、新文学にとって容易ならぬ現実の敵手として茅盾に意識された。上のような「阿諛曲解の者」を含めて、旧派小説の作者・読者が属する、いわば小市民階層・旧知識人層に対して(37)、どのように彼らの鑑賞力を向上させるのか、また彼らに対して新文学がどのように影響力をもち、戦い、啓蒙できるのか、が大きな課題とされたと思われる(38)。

文学作品について茅盾は、①文章の構成の緻密さ、②描写方法の独創性、③人物の個性と背景の雰囲気の明確さ、という基準を立て、通俗小説（旧派小説）を次のように批評する。

「現在市場に溢れているいわゆる『小説』はすべて粗製のもので、金銭出納簿式の事実の集合物である。彼らは文章が分かり易く、読むのに骨が折れないと考えている。しかし実際にはこれは浅薄粗雑の自己告白である。」（「雑譚」、『文学旬刊』第六五期、一九二三年二月二十一日）

さらに〈礼拝六派〉の通俗小説の描写法、字句ともに、旧来のものの模倣である。また小説が小説として存在するためには、「人物の個性」と「背景の雰囲気」が不可欠なものである。しかしこれは通俗小説には望むべくもない。登場人物の精神的格闘と人格の発展の代わりに、通俗小説には突然な人の離合と現実離れした「筋」があるだけである。こうした近代小説にとって重要な原則的事柄は、「小説職人」（原文は「小説匠」。「雑譚」、前掲、一九二三年二月）にも、その読者にも、理解されていない。

こうした上海の現実における〈礼拝六派〉による通俗小説（旧派小説）の低俗さ、技術的低水準に対する認識が一つの原因となって、本来あるべき近代小説に対する研究へと茅盾を引きいれていったと思われる。

2　近代小説研究について

旧派文学（通俗文学）の隆盛に対する茅盾の現実認識とその警戒感は、創造社のほとんどの成員とは異なっていた。郭沫若は後に次のように言う。

「彼らは（創造社成員のこと——中井注）当時日本に留学中で、団体として文学運動に従事したのは、一九二二年五月一日『創造季刊』の出版を初めとする。（中略）彼らの運動は文学革命の爆発期における第二段階であったと言える。前の期の陳独秀、胡適、劉半農、銭玄同、周作人は旧文学に対する進攻に重点をおいた。この期の郭沫若、郁達夫、成仿吾は、新文学の建設に重点をおく。彼らが〈創造〉を標語としたことから、その運動の精神を知ることができる。さらに彼らは本陣に対する清算的態度が強かった。すでに攻め倒された旧文学は彼らがさらに攻撃する必要はなく、彼らの攻撃対象はむしろいわゆる新陣営内の投機分子と投機的な粗製濫造にあった。」（「文学革命之回顧」、一九三〇年一月二十六日、『文芸講座』第一冊、上海神州出版社、一九三〇年）[39]

郭沫若はここでは、当時の旧文学を「すでに攻め倒された旧文学」とする。実際、旧派文学に対する創造社の批判論文は、わずかに成仿吾の「岐路」（一九二二年十月十九日、『創造季刊』第一巻第三期、一九二二年十二月）等を数えるのみであり、ほとんど彼らの眼中になかったかのようである。こうした態度は、中国人国民性に根づいた旧派文学、伝統的に文学を暇つぶしと遊びのものとする旧派文学（そして旧文学も含めて）に対して、茅盾が死闘をつくしたのと比較して[40]、対照的と思われる[41]。

また、小説の構造等の考え方において、茅盾と郭沫若とには大きな隔たりが見られる。例えば郭沫若は、「到宜興去」（『孤軍』第三巻第三期—五期、一九二五年八—十月、『水平線下』所収、底本は『沫若自伝　第二巻　学生時代』〈生活・読書・新知三聯書店、一九七八年十一月〉で、無錫から宜興まで船に乗り、その途次時間を持て余して「小説」を書いたことを述べる。しかしその「小説」の四篇はいずれも一頁くらいの「短品」であり、或る時或る場の、一時の感興を筆にしたものである。それを郭沫若は「小説」と言う。一九二二年、茅盾は当時の新文学の創作作品における題材、描写方法を分析して、それらが大同小異であり、人生を反映する内容をもつものとはいえ、新聞の三面記事のようであるとして、次のように言う。

「現在の創作がこのように内容の重複し、型にはまっている理由は、作家が小説をあまりにも〈詩化〉しているからである。言いかえると、作家は作詩の方法によって小説を書こうとし、そこにこだわりすぎる。大体十中九人は、小説は努力して作ろうとすれば良い小説にはならない、一時のインスピレーションによらなければならない、と言う。作詩のときには、これはまことに不易の道である。しかし小説を書くときは決してこうではないと思われる。内外古今の大文豪の傑作は、数年間構想し、数度書き改めてできあがったものではないか。」（「創作壇雑評――〈一〉一般傾問《ママ》」、『文学旬刊』第三十二期、一九二二年四月一日）

前項で述べた旧派文学の技術的低水準と、新文学の中からも多数現れた主として一時的感興による「小説」に対して、茅盾は、自らの近代小説論を追求する。[42]「人物的研究――〈小説研究〉之一、上　理論方面」（『小説月報』第十六巻第三号、一九二五年三月十日）では、小説を構成する外面的要素の三点、構造、人物、環境を指摘する。この中で茅盾は人物を取りあげ、人物に対する描写法、人物に対する作家の態度、人物の発展とその行為の発展の連関等について詳細に論じている。[43]また「下　歴史的考察」（「人物的研究――〈小説研究〉之一」、『小説月報』第十六巻第三号、前掲）では、人物描写の進展と変遷の過程を跡づける。セルバンテスが初めて人物描写を駆使し、個性の描写の道を開いた。フィールディングがこの『ドン・キホーテ』の構造と個性の描写を学んだ。しかしなおその個性は環境とともに変化するものでなく、人物は石像の感があった。その後ルソーの『エミール』は活動の発展と人物の発展の関係を密接にとらえることができた。それを継いで、ジョージ・エリオットは人物の性格が生活経験によって発展する過程を詳細に表現した。そして人物の思想の来源を読者に示し、人物の精神活動を理解できるようにした。このエリオットの人物研究の方法を一歩推し進めたのが心理小説である。茅盾は最後に、米国の学者 Charles Dudley Warner（一八二九－一九〇〇）の次の言葉を引用する。

「『近代の小説が動作の描写を犠牲として、人物の心理変化の描写に注意を向けるようになったのは、小説技術上の一大進歩である。ただ作者は心理変化の描写を最終目的とするべきではなく、また小説の中で不可欠なものが、事実――動作であることを忘れてはならない。単に冒険物語（構造）の小説は、もちろん低級な小説である。少なくとも人物の心理的進化があり、人物の心理的衝突を事実構成の材料とする小説に比較すれば、低級である。最高の小説は両者を包括している。物語があること、物語とは人物の心理的なそして精神的な能力が構成するものである。』」（「下　歴史的考察」、前掲、一九二五年三月）

ここで近代小説においては、人物の心理変化の描写と、それに相即する動作の発展の描写、この双方が重視されなければならないとしている。この茅盾の近代小説研究は、後にさらに『小説研究ＡＢＣ』（世界書局、一九二八年八月）[44]として結実する。こうした近代小説研究の動機は先ずは、旧派文学の技術的低水準に対する批判と、新文学中の主として一時的感興による「小説」に対する不満に、基づくものであると思われる。また同時にこれは、一九二七年以降、茅盾が小説作家として出発し活躍するとき、一つの理論的基礎の役割を担ったと思われる。

3　創造社に対する反批判の中で

文学研究会と創造社の論争は、郁達夫の「純文学季刊『創造』出版予告」（『時事新報』、一九二一年九月二十九－三十日）[45]における、「我が国の新文芸は一二の偶像に壟断されている」という言葉に端を発する。一九二二年五月一日

『創造季刊』第一巻第一期において、文学研究会を標的にして、「芸文私見」（郁達夫）は「いま新聞雑誌を取りしきる偽批評家」を揶揄し、「海外帰鴻　二」（郭沫若）は「党同伐異の下等な精神は、下劣な政客の類と似たり寄ったりである」、と批判する。一九二一年一月文学研究会発足以来、郭沫若等との協力関係を追求してきた鄭振鐸と茅盾は、『創造季刊』の発言に驚いた。茅盾は「損」の筆名で評論「『創造』給我的印象」（『文学旬刊』第三十七期－第三十九期、一九二二年五月十一日－六月一日）を発表して、『創造季刊』第一巻第一期を批評する。(46) 論争はここから本格的に始まる。

茅盾は「一九二二年的文学論戦」（『我走過的道路』上冊、生活・読書・新知三聯書店、一九八一年八月）で、一九二二年頃当時を振り返り、この論争を三つの主題に分ける。(47) いま茅盾の回想に基本的に基づき、論争の内容について私なりの考えを入れ、郭沫若と茅盾の主要な論争点を次の四点にまとめる。

①文芸の創作と作用の問題について

郭沫若は、基本的に反映論の範疇のもとにありつつ、そのうえで自我（内部要求）の表現を重視する。また自我の表現を制限づけるものに反対する。当初、一九二一年頃、郭沫若は創作とその作用を二元的（唯美的側面から創作を考え、功利的側面から作用をとらえようとした）に理解していた。一九二三年頃より創作と作用の社会的連関（社会現象としての文学）(48)、その内的連関（革命家であり同時に芸術家である作家の文学）(49) を追究していく。他方茅盾は、暇つぶしの、無病呻吟の旧派文学・旧文学に対して、人生のための文学を主張した。中国社会・文学界の現状分析に基づき、人生を直視して実地の観察に基づいた客観的描写の精確さを重視し、現状の新・旧文学の欠陥に対する対症薬として自然主義を主張した（前の第二節を参照されたい）。

②欧州文学を中国にいかに紹介すべきか、の問題について

一九二二年頃郭沫若は、文学は人間性の表現であり、真の文学は歴史的社会的規定を越えた自我の表現であるとし

た。欧州文学作品の選択と翻訳の行為において翻訳者（研究者）の内部要求を重視した（「論文学的研究与介紹」、一九二二年七月二十一日、『〈時事新報〉学灯』、一九二二年七月）。他方茅盾は、翻訳は社会の時弊を救うため、すなわち外国文学作品を借りて現状に抗議し、死滅しつつある人々の心を刺激し覚醒することができるものとする。茅盾は、翻訳の目的について、個人の研究と大衆に紹介することの区別を明確にする。(50) 大衆に紹介する場合において、作品の選択と翻訳の行為における社会的必要性の緩急を重視した（「介紹外国文学作品的目的——兼答郭沫若君」、一九二二年八月一日発表）。

③翻訳文の適否（誤訳等）と、作品の粗製濫造について

④文学者、文学結社としての倫理的態度（匿名の使用、「党同伐異」等）について

本書第一章から第三章まで私は、郭沫若と成仿吾のこの間の文芸批評論の内容、その推移と発展について言及したので、ここでは茅盾に焦点をあてることにする。また論争の内容そのものよりも、茅盾がこの時の論争から何を受けとり学んだのかについて、若干論及する。

例えば①における、創作と作用の問題において、茅盾は「文学与政治社会」（『小説月報』第十三巻第九号、一九二二年九月十日）で、例の一人としてブルガリアの詩人ヴァゾフ（Vazov）を取りあげる。もともと夢想的で、自然を嘆賞する詩人であったヴァゾフは、後にブルガリアの自由闘争史とも言える歴史小説『軛《くびき》の下で』を書いた。それは詩人が自らも革命に心を傾け、一八五七年の革命戦争に関与したからだとする。茅盾は、詩人ヴァゾフが環境の影響、時代精神の影響を受け、その作品が政治的社会的なものとなったことを指摘した。作家と環境の関係について、これまでの茅盾と同じく、その注目点は、作家と社会の関係、作品に対する社会の影響、社会に対する作品の作用にあった。これは啓蒙的な態度と言える。ただ茅盾はここで、詩人が自ら革命に心を傾けたことを、すなわち革命が詩人自らの内部要求となったことを、作品の変化の理由とする。言いかえれば詩人の内心の要求に言及する点は、茅盾の新しい

観点の萌芽であった。他方の郭沫若の論点は、作家が創作するとき、内心の要求（自我・個性）に基づかなければならない、というものである。内部要求に基づかずに、功利的動機から出発して創作することはできないと言う（「論国内的評壇及我対于創作上的態度」、『〈時事新報〉学灯』、一九二二年八月）[51]。郭沫若の提起する問題は、内部要求と創作という創作過程における作家の内面的な問題であった。この提起を受けて、茅盾は、「自由創作与尊重個性」（『小説月報』第一三巻第九号、一九二二年九月十日）において一層明確に作家の内部要求と創作の関係を取りあげる。茅盾は、作家が自己の個性（内部要求・自我）に忠実でなければならないとし、これが作家の個性尊重の意味だとする[52]。それぞれの作家が自己の個性を尊重し、それに基づいて表現される結果として、作品が「民衆芸術」であったり、または「純粋な芸術」であったりしても、それはどちらも芸術であるとする。ここで茅盾は、作家の個性（内部要求・自我）こそが創作の内容を形成する基礎であることに、言及する。この個性（内部要求・自我）の点から言えば、茅盾の個性はまさしく社会・政治の方向を向いていたと言える。ゆえに、郭沫若が内部要求に基づかない、功利的動機による創作は成り立たないとしたのに対し、茅盾は功利的動機がその作家の内部要求にまでなっているとしたならば、その芸術は成り立つと反論する。「もしも『生活の中の驚きや騒がしさ』或いは『戦闘』が詩人の創作を激しく揺さぶる反響であるならば、詩人はどうしてこの反響を拒絶できようか。」（「自由創作与尊重個性」、前掲、一九二二年九月十日発表）茅盾の反論は、創作の内容と作家の内部要求（個性・自我）との関連のレベルにまで分析を深めた内容となっている。これは郭沫若との論争をつうじて、茅盾が啓発を受けた一面を示すものと言える[53]。

また、「自由創作与尊重個性」（前掲、一九二二年九月十日発表）の最後に茅盾は、「自然主義」「人道主義」等の主張を創造の自由を抑圧するものとして非難する郭沫若に対して、次のように言う。

「私は創造の自由は尊重すべきであると信ずる。しかしとりわけ自己の創造の自由を尊重しようとすれば、まず

他人の創造の自由を尊重しなければならないと信ずる。」（「自由創作与尊重個性」、前掲）

茅盾は、郭沫若が自己の創造の自由を尊重することを主張する以上、「自然主義」「人道主義」を主張する他人の創造の自由をも尊重すべきではないか、と反論する。

後に一九二六年郭沫若は、「文芸家的覚悟」（一九二六年三月二日、『洪水』半月刊第二巻第十六期）で次のように言う（以下の文章は、本書の第一章で引用した。ここでは茅盾との関係を示唆するため、再度引くことにする。）。

「現代の社会では重んずべき個性やら、自由はない。個性とか自由とかを重んずる人は、第三階級のために発言しているのだ、と言える。もしも君が、『個性を持つことを許されず、自由を持つことを許されないときには、反抗しなければならない』、と言うのであれば、それは好都合だ。私たちは一本の道を同行する人間だ、と言うことができる。君が個性を主張し自由を主張しようとするならば、まず個性を阻害し自由を阻止する者を打倒しなければならない。しかし君は同時にまた、他人の個性を阻害したり他人の自由を阻止したりしないようにすべきだ。さもなければ君は人に打倒されるであろう。このように徹底的に自己の個性を主張できるようにし、徹底的に自己の自由を主張できるようにすることは、これは有産の社会では不可能事である。それでは、友よ、君が反抗の精神を持っているからには、当然私と同一の道を歩いて行くはずだ。私たちはしばらくは、自己の個性と自由を犠牲として、大衆の個性と自由のために困難を取り除くように追求できるだけなのだ。」

一九二六年マルクス主義を受容しつつあった郭沫若は、ここで現代の有産社会において個性と自由の主張は他人の個性と自由の存在によって制約されていることを言う。この部分の言及の背景には茅盾の批評の存在が、郭沫若が茅盾から受けた批判の内容が、透けて見られる、と思われる。

文学理論上における茅盾と郭沫若の対立は、常に激しい緊張と波立つ感情をはらみつつも、相互の思考に響き合い、

時には互いの前進の糧となる場合もあったと思われる。(54)

第四節　マルクス主義文芸理論の受容

この節では一九二三年頃から一九二七年頃の時期における茅盾の文学批評論の変遷、またマルクス主義文芸理論の受容と、それをどのように中国に、また自らの文学批評論に適用したのかという問題を取りあげる。この間、政治的状況に関しては、一九二五年に五・三〇事件が発生し、一九二六年北伐戦争が始まり、茅盾は国民革命に参加する。また一九二七年に国民革命が挫折した。この激動の期間における茅盾の文芸観を概観する。

1　新ロマン主義の再浮上

茅盾は後に、「文学与政治的交錯」（『我走過的道路』上冊、生活・読書・新知三聯書店、一九八一年八月）で、「〈大転変時期〉何時来呢」（『文学』週報第一〇三期、一九二三年十二月三十一日）の文章を引用しながら、次のように回想する。

「『私たちは、全く人生から離れて、しかもたわごとを言う中国式唯美的作品に断固反対する。文学は煩悶する人々に気晴らしを与え、現実を逃避する人々を陶酔させるだけではない。文学は人心を励ます積極性をもつものであると信ずる。とりわけ私たちの時代において、文学が民衆を呼び覚まし、彼らに力をあたえる重大な責任を担いうるようにと希望する。』

この文章は、私の文学の道において、また新しい一歩を踏みだしたことを印している。私はここで宣言した。〈人生のための芸術〉は積極的芸術でなければならない、民衆を呼び覚まし、人心を励まし、彼らに力をあたえ

る芸術でなければならない、と。」（「文学与政治的交錯」、前掲、一九八一年八月）

茅盾は、何を契機として一九二三年頃以降、文学の「人心を励ます積極性」に注目するようになったのであろうか。そしてそれは何故後年、「新しい一歩を踏みだした」ものと茅盾によって理解されたのだろうか。上記の問題について、以下三点にわたって述べることにする。

第一に、五四の高揚期以後における青年の失望落胆の状況があり、それに対する茅盾の再認識があった。茅盾は「雑感」（『文学旬刊』第七十四期、一九二三年五月二十二日）で、一九二三年当時における中国の青年の意気消沈した状況を述べ、青年を慰め、勇気づけることが文学者の責任であるとする。

「私たちの青年の思想は、〈五四〉以来、急激に変化しているのではあるまいか。しかも高揚から意気阻喪へと入っているのではないか。〈六三〉（五月四日の北京の学生運動に対する六月の弾圧を受けて、六月三日上海の学生・労働者が起こした運動――中井注）の熱烈な行動を思い返し、あのとき上海の各学校の童子軍がいかに南京路で秩序を保っていたか、女子学生がどのように各大通りでビラをまいたか、を思い起こす。そのときの燃えるような精神、あふれる楽観と、現在の半睡眠半麻酔状態とを比較すれば、まことに幻滅の悲哀に耐えない。熱烈な運動はすでに過ぎ去り、興奮が終わった後の疲労と意気消沈の一刹那が継続している。空虚な苦悶が人の心を乱している。このときにあって、慰めを与え、新しい力を喚起するのが文学者の責任である。」（「雑感」、前掲、一九二三年五月）[55]

文学は慰めと新しい力を意気阻喪する青年に与えるべきものであって、モルヒネの服用のように、現実の苦痛、卑しさを忘れさせるものであってはならない。

「文学とは人生を批評するものであり、文学は現在の人生の欠点を指摘し、この欠陥を救済する理想を示すものであると信ずる。そのため私はあらゆる傑作を愛読する以外に、とりわけ『ジャン・クリストフ Jean Christophe』

を愛読する。というのも作者は私たちに、悪い環境の中にあっても悲観せず、万難をへて意気消沈しない真の勇気を教えてくれるからである。私はとりわけ『リュクサンブールの一夜』を愛読する。というのも作者は私たちに、現代人の煩悶を取り除く方法を教えてくれるからである。」（「雑感」、『文学旬刊』第七十六期、一九二三年六月十二日）

「国内の青年に元気を出させ、煩悶の深みから救い出し、悲観のために意気消沈することのないようにさせるには、この二冊の文学書が症状に合う良薬であると思う。」（同上）

人生の欠点を指摘し救済の理想を示して、かつ青年を力づける文学とは何か、と茅盾が言及するとき、それは新ロマン主義の文学であった。一九二二年中頃にいったん底層流として後景に退き、そして茅盾の内面に沈んだ新ロマン主義の作品が、ここに再び、落胆消沈する中国青年の対症の「良薬」として取りあげられ、表面に浮上した。(56)

第二に、茅盾の言う、「人心を励ます積極性」（「〈大転変時期〉何時来呢」、前掲、一九二三年十二月）をもつ文学については、一九二三年十月二十日に創刊された週刊『中国青年』の影響を考えなければならない。(57) 惲代英は「八股？」（『中国青年』第八期、一九二三年十二月八日、底本は『中国青年』全四巻〈史泉書房影印、一九七〇年七月〉）で次のように言う。

「現在の新文学がもしも国民の精神をかき立て、民族独立と民主革命の運動に国民を従事させることができるならば、当然一般の人の尊敬を受けるべきであると思う。もしもこの文学が結局八股文のように役に立たず、或いはさらに悪い影響を生ずるとすれば、私たちはそれにどのような文学上の価値があるのかを問う必要はない。私たちは八股文に反対するように、それに反対すべきである。」（「八股？」、前掲、一九二三年十二月）

茅盾はこれを受けて、「代英君のこの話は、痛快の極みである。」（「雑感——読代英的『八股？』」、『文学』週報第一〇一期、一九二三年十二月十七日）(58) とし、中国の耐えがたい現実の中で、空想的感傷主義と逃避の思想によってこの現実を改革できないものとするならば、惲代英の抗議の意味を考えなくてはならないとする。茅盾は、中国の現実の変革に何らかの有効性をもつ文学に共感を示している。ここで茅盾は文学それ自体の価値を問題にしていない。この点からすれば、むしろ中国変革者としての立場が茅盾にとってより大きな比重を占めていると思われる。また鄧中夏は、「貢献於新詩人之前」（『中国青年』第十期、一九二三年十二月二十二日）で次のように言う。

「社会の実際の生活を描写する作品を多く作らねばならない。（中略）もしも新詩人が社会の実際の生活を描写する作品を多く作ることができ、徹底的に思う存分暗黒の地獄を明らかにし、人々の不安を引き起こして、人々の希望を暗示することができるならば、社会を改造する目的は迅速に円満に達成できるであろう。」（「貢献於新詩人之前」、前掲、一九二三年十二月）

こうした『中国青年』の論者たちの、中国変革を志向して青年に積極的に働きかけようとする姿勢、意志が、[59]茅盾の文学論における姿勢にも影響を及ぼしていったと思われる。一九二二年、自然主義文学を提唱したとき、茅盾は失望落胆・悲哀にとどまる文学をも容認していた。また茅盾は、旧派文学・旧文学の、遊びの文学、無病呻吟の文学に対比して真情の流露する文学に対する肯定的評価をしていた。[60]上記の「人心を励ます積極性」（「〈大転変時期〉何時来呢」、前掲、一九二三年十二月）をもつ文学とは、そこからの一歩の踏みだしであった、と思われる。文学が現実の欠点を指摘し、かつそれを救済する方向を示すような、積極的に現実と関わる方向への一歩の踏みだしであった、と思われる。[61]

第三に、中国の情勢の推移にともなう、創造社に対するその後の茅盾の批判の進展があると思われる。茅盾は、当時の青年の意気消沈する状況を述べ、青年の中に「唯美派」（創造社を主として指す）の空想的感傷と現実逃避の傾向が蔓延する危険性の存在を指摘する。茅盾は「雑感——読代英的『八股？』」（前掲、一九二三年十二月）で次のように言う。

「青年文芸家よ。（中略）第一に、まず空想の楼閣から抜けでて、周囲の現実の状況を見なければならない。もしも君が明日死ぬつもりでないのなら、この現実の生活に耐えがたいところがあると感ずるだろう。もしも現在の政局と社会が、空想的感傷主義と逃避の思想で改革できるものでないのなら、恐らく惲代英君の抗議をすこし考えてみないはずはないだろう。」（「雑感——読代英的『八股？』」、前掲、一九二三年十二月）[62]

茅盾は、「文学与政治的交錯」（『我走過的道路』上冊、前掲、一九八一年八月）で一九二三年当時を振り返り、次のように言う。

「同時期の《中国青年》にはなお鄧中夏の〈新詩人的棒喝〉という一文も載った。それは、『芸術のための芸術』の『新ロマン主義者』を自認する者を皮肉ったもので、彼らがもっぱら行っているのは『自然の鑑賞』、『恋愛の謳歌』、『虚無の賛美』という『気概に欠けたこと』であり、『浅薄でしかも極めて下劣である』。一九二三年第一一期の《中国青年》にはまた蕭楚女の〈詩的方式与方程式的生活〉[63]が掲載され、次のように言う。

『彼らのすべての言行は、彼ら自身においては、なお〝名士〟、〝芸術のための芸術家〟、〝風流才子〟、〝高尚逸士〟と自認する。……しかし我々普通の心理を持つ客観的な人間から見ると、ただの〝狂人〟である。……彼らの狂人生活は、〝ロマン〟を除けば、ほかの意味はない——〝詩〟が想像に成立するという構造上の虚構と同じである。』」（「文学与政治的交錯」、前掲、一九八一年八月）

茅盾は、鄧中夏と蕭楚女二人の文章の観点を支持し、「〈大転変時期〉何時来呢」（『文学』週報第一〇三期、一九二三年十二月三十一日）を書いたとする。そして茅盾は次のように言う。

「上に挙げた鄧中夏と蕭楚女の文章も、当時『芸術のための芸術』を高唱した創造社に対して痛烈に批判したも

のである。」（「文学与政治的交錯」、前掲、一九八一年八月）

茅盾の言う、民衆を呼び覚まし、人心を励まし、力をあたえる文学（「〈大転変時期〉何時来呢」、前掲、一九二三年十二月）とは、茅盾にとって先ず、新ロマン主義の文学、ロマン・ロラン等の文学を念頭に置くものであった（「雑感」、前掲、一九二三年六月十二日）。さらに、空想的感傷と現実逃避の傾向を助長する創造社の文学に反対する内容を含むものでもあった。またそれは、『中国青年』の惲代英等の呼びかけに呼応して、中国の現実の社会変革に参加を促し、それに資するような文学であり、新ロマン主義の文学をも含んで、さらに一層積極性をもつ文学を意味したと推定される。それは、以前のように（一九二〇年頃）、主として西洋の文学思潮進化史の考察から導きだされた新ロマン主義の主張ではなく、意気消沈する中国の青年の現状を憂え、中国の社会情勢の進展を図る立場から、中国変革を志す者として唱えられたものである。それは言うならば、茅盾の文学論の中心軸が旧社会旧文化の変革を目指す人生のための文学から、国民革命（〈民族独立と民主革命〉、惲代英、「八股?」、前掲、一九二三年十二月）を支持する人生のための文学へと進展しつつある姿を示すものと言える。

こうしてみると、それは、自然主義の思想的消極的側面（失望落胆の文学・悲哀の文学に止まること）からの脱却の一歩を意味する。しかしそれと同時に、自然主義の技法（実地の観察と忠実な描写）を否定したものではない(64)。ただその後の茅盾の歩みから考えれば、この踏みだされた「新しい一歩」はさらに次の飛躍のための、模索の過程の一歩であったと思われる。

さて、茅盾は一九二二年五月、「五四運動与青年們底思想」（『〈民国日報〉覚悟』、一九二二年五月十一日、底本は『茅盾全集』第十四巻〈人民文学出版社、一九八七年〉）という講演で次のように述べている。

「私も思想変動というこの渦巻きの中に混じる一分子です。最初自分の心を安んじる依るべき所を見つけることができなかったために、同じように深い煩悶を感じました。しかし近頃私は一つの道を見つけました。私の究極の希望を、その上においています。そのためすべての煩悶は、雲散霧消しました。これはどのような道か。すなわち私は〈マルクスの社会主義〉を確信したのです。」（「五四運動与青年們底思想」、前掲、一九二二年五月）

一九二二年五月の段階では、茅盾は「マルクスの社会主義」を確信したと述べる。この講演の一ヶ月前、一九二二年四月十日付け王晉鑫宛て書簡で茅盾は、「私は今テーヌ（Taine）の純客観的批評法を最も信じています。この方法は欠点がありますけれども、しかし正当な方法です。」（『小説月報』第十三巻第四号、一九二二年四月十日）と言う。恐らく、一九二二年中頃の段階おいて、茅盾はマルクス主義の立場から、社会変革の思想と、文芸を総合的に分析し把握していたのではないことが分かる。(65) 一九二三年の末頃以降、初めて、マルクス主義を確信する者として中国変革と文芸の問題を理論的に関連づけるような方向で考える必要を感じはじめていると思われる。(66) それはすでに「新しい一歩を踏み出した」後の茅盾の姿を示すものであろう。

2　新ロマン主義の理想（「非戦」）・思想（「民衆芸術」）の否定

この後、茅盾は中国変革・国民革命を目指す文学者としての道をさらに進むことになる。その側面を映しだすこの間の茅盾の評論を二篇取り上げる。一九二四年四月茅盾は「拝倫百年紀念」（『小説月報』第十五巻第四号、一九二四年四月十日）において、バイロンの二側面を指摘した。

「二人のバイロンがいる。ひとりは傲慢放縦、利己的、肉欲に偏るものである。もうひとりは義憤に燃え、義俠心にとみ、気高いものである。前者はバイロンの前半生を代表し、後者はバイロンの後半生を代表する。」（「拝倫百年紀念」、前掲、一九二四年四月）

ただバイロンの前半生の放縦は、英国社会の冷たい仕打ちに対する反抗であり、決して理由のないものではなかった。

「今、私たちがバイロンを記念するのは、彼が反抗の精神にとむ詩人であり、旧習慣・旧道徳を攻撃した詩人であり、革命に従軍した詩人であるからである。放縦利己的な生活は、私たちの青年が行おうとはしないものである。それは、まさしく本来バイロンが若い頃行おうとした生活ではなく、晩年には――彼の生活はあのように短いものではあったが――後悔したことである。」（「拝倫百年紀念」、前掲、一九二四年四月）

茅盾は、バイロンの消極的側面が英国社会に対する反抗であったことを指摘して、その放縦利己的な前半生の生活に対する一方的批判を避けながら、なおバイロンの積極的側面（旧習慣・旧道徳を批判し、革命に従軍したこと）を顕彰する。

また、茅盾は「対于泰戈尔的希望」（『〈民国日報〉覚悟』、一九二四年四月十四日、底本は『茅盾全集』第十八巻〈前掲〉）で、当時中国を訪問したタゴールの二側面を指摘し、中国の社会的政治的現状、青年の現状に基づいて次のように言う。

「私たちは彼が弱者を憐れみ、被圧迫者に同情する人であることに尊敬を払う。私たちはさらに、彼が農民支援を実行した詩人であることを尊敬する。私たちはとりわけ、彼が愛国精神を鼓舞し、英国帝国主義に対するインド青年の反抗を巻き起こしたことを尊敬する。」（「対于泰戈尔的希望」、前掲、一九二四年四月十四日）

「しかし私たちは、東方文化を高唱するタゴールを歓迎しない。詩と魂の楽園を作りだし、私たちの青年をその中に引き入れて、陶酔瞑想させ慰撫するタゴールを歓迎しない。」（同上）

なぜなら、タゴールの「東方文化」とは奴隷生活をとおして得られる死者の世界にほかならないからだとする（「太戈尔与東方文化」、『〈民国日報〉覚悟』、一九二四年五月十六日、底本は『茅盾全集』第十八巻〈前掲〉）。

茅盾は、被圧迫者のために戦い前進するタゴールの側面を歓迎する。茅盾によれば、中国の当時の現状とは次のようであった。

「中国が内憂外患のこもごも迫りくる二重の圧迫——国外の帝国主義と国内の軍閥の専制——のもとにあるとき、唯一の活路は中華民族の国民革命である。」（「対于泰戈尓的希望」、前掲、一九二四年四月十四日）

また一九二四年当時の文学界における反動的攻勢に対して、茅盾は、「私たちは連合戦線を作り、このまさに到来しつつある反動の潮流に反抗しなければならない。」（「文学界的反動運動」、『文学』週報第一二一期、一九二四年五月十二日）とし、[67]新文学界の様々の流派による連合戦線を主張した。

唯一の活路としての国民革命を支持し、マルクスの社会主義を確信する文学者として、茅盾は一九二四年頃から新ロマン主義者（ロマン・ロラン）の理想・思想に対してさらに詳細な検討と批判を加え始める。一九二四年八月四日（「欧戦十年紀念」、『文学』週報第一三三期）にはロマン・ロランの「非戦」の理想を、また一九二五年五月十日（「論無産階級芸術」、『文学』週報第一七二期〈第一章〉）には同じく「民衆芸術」の思想を、俎上に載せて検討し批判を行う。

第一次世界大戦において、多くの文学者は従来の自己の理想・主張を捨てて、祖国防衛という理由のもとに戦争を支持した。しかし他方理想を貫いて「非戦」を主張したロマン・ロラン等も、いま一九二四年現在において、結局は無力であるとする。

「また〈非戦〉の文学者も存在した。例えばロマン・ロラン（Romain Rolland）、エーデン（F. Eden）である。彼らは根本的に戦争を否定し、その当時においての〈精神的独立者〉であった。彼らはこのたびの大戦にもしも意義があるとすれば、その意義は欧州の精神的文明の再建にある、と宣言した。彼らはたくさんの団体を組織することに力を注ぎ、その主張を宣伝し運動した。将来再び同じような人類の大屠殺が起こるのを防止しようと努力した（ロマン・ロランは何度もこのように述べている）。しかし現在彼らの努力には結局どういう効果があったと見るべきだろうか。大戦後の世界は、大戦前の世界に比べて決して良くなっていない。帝国主義が進攻する情勢はかえって大戦前よりも一層緊迫しているだけである。」（「欧戦十年紀念」、『文学』週報第一三三期、一九二四年八月四日）

茅盾は、欧州大戦という一つの政治的行為、戦争に対する文学者の態度を吟味する。その中で、人道主義の立場にたち非戦を貫いた良心的作家たちに対して、その非戦を貫いたことを高く評価しつつ、しかし一九二四年の現状においてはその努力が効果を現さず、結局のところ新たな戦争への事態は一層緊迫しているとする。

「大戦からすでに十年になる。西欧の各帝国主義国家は力を回復しており、第二次大戦は近い将来にあるのかも知れない。そのときになって世界の文学者はまた、どのような態度を採ろうとするのだろうか。帝国主義者のために無産階級を戦場に駆りたてるのは、もとより文学者の恥辱である。〈非戦〉を空言するのもどんな効果があろうか。ただ無産階級が連合して自分のために闘うことだけが、世界の永遠の混乱を終わらせ、帝国主義者の〈一日おきのマラリヤ〉のような、永久に切れ目のない屠殺を終結させることができる、と信ずる。」（同上）

無産階級が連合し、自らのために闘うことだけが、世界大戦が迫りくる現在の事態を救済し混乱を終結させる。(68) ロマン・ロランの非戦の理想は今日の事態においては、空言に等しいとする。これはロマン・ロランの理想、「非戦」の理想に対する一九二四年当時の現状に基づく明白な批判である。

さらに一九二五年五月十日「論無産階級芸術」（『文学』週報第一七二期）の第一章において、茅盾はロマン・ロランの「民衆芸術」を取りあげ次のように言う。

「ロマン・ロランの民衆芸術とは、結局のところ有産階級知識人界の一種のユートピア思想にすぎなかった。ロマン・ロランは空しく、『民衆のための、民衆のもの』であってこそ、民衆芸術であると言う。これは、民主主義者が喜々としてFor the people, of the peopleと言う政治と、ちょうど同じ美名ではないか。『全民衆』とはいかにも笑うべき名詞となろうとしているのではないか。私たちが目にするのはあれこれの階級であって、階級に分かれていない全民衆というものがあろうか。」（「論無産階級芸術」、『文学』週報第一七二〈第一章〉、一七三〈第二、三章〉、一七五〈第四章〉、一九六期〈第五章〉、一九二五年五月十、十七、三十一日、一九二五年十月二十四日）茅盾はロマン・ロランの「民衆芸術」の思想を「適切さを欠き、不明瞭で、ユートピア式である」（同上）として否定する。(69)

このように茅盾は、ロマン・ロランの理想・思想を、すなわちここでの人道主義的な「非戦」の理想を、世界の帝国主義国の現状、帝国主義国による第二の大戦が迫りつつある現状から否定し、また「民衆芸術」の思想を社会の階級構成の認識から否定した。このことをつうじて、茅盾は、一九二五年以降マルクス主義文芸理論に基づく考え方を打ちだすことになる。すなわち茅盾は、中国変革者としての情勢認識に基づいて「非戦」の理想を批判し、また階級認識に基づいて「民衆芸術」の思想を批判している。しかし言い換えれば、ロマン・ロランの文学の価値（その文学の歴史的社会的価値を含めて）や、その思想の歴史的価値を否定したのではない、と言える。(70)（また、茅盾がここで始めてロマン・ロランの「民衆芸術」の思想を厳しく否定したことは、これまで茅盾の内面に根を張ってきた「民衆芸術」という思想が、いかに根強いものであったかを裏書きする。(71)）

さて、この間、茅盾は一つの文学思潮の思想と技術を、区別して考えてきた。(72)一九二二年頃まで、その時その状況において茅盾によって主張された文学思潮は、中国の現実、中国の文学界の現実に対する認識を漸次深めつつ、その現実認識に基づいて、時には思想的側面を重視し（新ロマン主義の理想）、時には技術的側面を重視して（自然主義における実地の観察と客観的描写法）、対症の良薬としての性格を強めながら採用され主張された。このように、新ロマン主義と自然主義という二つの文学思潮（創作方法）が波動のように起伏消長しつつ、その位置づけと内容の深化をそれぞれともなって移行・進展してきた。そしてその中心軸には、旧社会旧文学の変革を目指す人生のための文学（人生を反映する、人生のための文学）が存在した。旧社会に対してそれは、暗黒の暴露となり、目覚めた人間の苦悶の表現となった。旧派文学・旧文学の暇つぶし、無病呻吟の文学に対して、真情を流露する、感情を疎通する人間の文学が主張された。すなわち人生・社会を直視し、その改善を切望する人道主義的な思想に基づく人生のための文学が、二つの波動の中心軸に一貫して存在していたと言える。(73) 一九二二年七月には、中国の文学界の現状分析に基づき、その対症療法としての自然主義が主要な主張となって、懇切詳細に提唱された。しかし一九二三年頃から茅盾は、中国の青年が意気消沈する現状に対して再認識を行い、また『中国青年』の主張を受けて、青年に積極的に働きかけ励ますことができるような、現状の変革に一層貢献するような文学（新ロマン主義の文学を念頭にして）に再び言及する。文学論の中心軸として存在した旧社会旧文化の変革をめざす人生のための文学は、悲哀に止まる文学をも容認するところから一歩進んで、国民革命を支持する人生のための文学へと進展しつつあったと思われる。このことと関連して、茅盾は一九二四年において、バイロン、タゴールのそれぞれの二側面を指摘しつつ、文学固有の価値よりも、その社会変革に関わろうとする積極的な両者の文学的行動的側面を、高く評価しようとした（しかし上記のことは、自然主義の技法、実地の観察と忠実な描写を否定したことを意味するものではない）。

では、一九二四年二五年において茅盾はなぜ、ロマン・ロランの人道主義的「非戦」の理想、「民衆芸術」の思想を、「空言」或いは「ユートピア式」として厳しい否定によって退けようとしたのであろうか。言い換えれば茅盾はなぜ、ロマン・ロランの理想と思想における進歩的合理的側面を、理論的に総括し、批判的に継承・発展させようとはしなかったのだろうか。

①茅盾の姿勢は、中国（或いは世界）の文学・社会に対する現状分析に基づき、中国における文学の在り方を追究するという点では、以前と同じである。しかしここでの現状分析は文学の、文学界固有の問題に対するものではなく、中国の情勢、世界の情勢（迫りくる新たな世界大戦の可能性）の現状分析であり、文学者としての文学的側面の内部要求（個性、自我）にのみ基づくものと言うよりは、むしろマルクス主義の立場にたつ中国変革者としての内部要求の方に重心があるものと言える。(74) 中国変革者としての内部要求に重心があるという点は、政治情況から言えば、一九二三年末頃から始まる国民革命への機運を強く映しだしているものであった。新ロマン主義と自然主義という二つの波動（文学思潮・創作方法）を貫く、旧社会旧文学の変革を目指す人生のための文学という中心軸は、一九二四年中頃にはすでに、中国変革者としての内部要求に基づき、国民革命〈民族独立と民主革命〉、惲代英、「八股?·」、前掲、一九二三年十二月）を支持する人生のための文学の探究の方向へと模索しつつ進展していたと思われる。そしてこの場合先ほど触れたように、ロマン・ロランのような良心的作家の理想・思想（「非戦」の理想、「民衆芸術」の思想）に対して、その進歩的合理的側面を、理論的に総括し、批判的に継承・発展させる姿勢が、茅盾には乏しかった。そしてこれは大きな思想的状況から言えば、茅盾個人の問題と言うよりは、むしろ当時の中国におけるマルクス主義とその文芸理論の未熟な一面の反映と考えた方がよいと思われる。

②また茅盾の個人的思想的状況から言えば、特にロマン・ロランの良心的な「民衆芸術」の思想は彼の内面に根づいていたものであった。「民衆芸術」の思想を、マルクス主義文芸理論の立場から理論的に総括し、批判的に継承・発展させる基盤がない状況のもとで、すなわち内面的に克服する条件のない中において、茅盾は表面上それを厳しく斥けることによって、新たな道に進もうと意図したと思われる。

③一九二五年茅盾によって新たに主張される文学は、ロマン・ロランの「非戦」の理想、「民衆芸術」の思想を否定したうえで、旧来の中心軸であった旧社会旧文化の変革を目指す人生のための文学と、さらにそれから進展してきた、国民革命（「民族独立と民主革命」）を支持する人生のための文学を、「止揚」した姿をとって現れる。すなわちそれは被抑圧民族・被抑圧階級の人生のための文学の姿を取って現れた。（それは他面から見れば、ロマン・ロランの「民衆芸術」の「止揚」された姿とも、言えるのではないだろうか。）言い換えれば、一九二五年頃まで漸次進展してきた旧来の中心軸は、ここに新しい中心軸へと「止揚」された。このことについては次項で述べることにする。

3　三篇の文章

ここでの三篇の文章とは、「論無産階級芸術」（『文学』週報第一七二期〈第一章〉、一七三期〈第二、三章〉、一七五期〈第四章〉、一九六期〈第五章〉、一九二五年五月二、十二、三十一日、一九二五年十月二十四日）および「告有志研究文学者」（『学生雑誌』第十二巻第七期、一九二五年七月五日）、「文学者的新使命」（『文学』週報第一九〇期、一九二五年九月十三日）を指す。誤解を恐れず、私はとりあえずこの三つの文章の性格を大まかにそれぞれ、①ソビエト連邦における当時の無産階級芸術と無産階級芸術理論について、紹介と考察を行ったもの、②それを踏まえての、これまでの茅盾自身の文学観の整理、③その整理を踏まえて、今後文学者として進むべき進路・理想を理念として論じたもの、と受けとる。すなわち三篇の文章を、右のような性格をもって関連するものとして読むことを試みる。(75)

(1)　「論無産階級芸術」について

「論無産階級芸術」（『文学』週報第一七二、一七三、一七五、一九六期、一九二五年五月二、十二、三十一日、一九二五年十

月二十四日、底本は『茅盾全集』第十八巻〈人民文学出版社、一九八九年〉に関しては、「茅盾『論無産階級芸術』の典拠について」一―四（白水紀子、『中国文芸研究会報』第九十二、九十三、九十四、九十六号、一九八九年六月三十日、七月三十一日、八月三十一日、十月三十一日、原載『茅盾研究会会報』第七期、一九八八年六月）等によって、その大半の部分がA・ボグダーノフの文章「プロレタリア文芸の批評」（一九一八年）に根拠を持つものであることが指摘されている。[76] いまこのことを念頭におきながら自分なりの解釈を提出することにする。

①二〇年代に文学活動を始めて以来、茅盾は主として、中国の現実、中国文学界の現状の分析と認識を踏まえて、その時その状況における対症の良薬としての文学論を展開してきた。しかし「論無産階級芸術」（前掲、一九二五年）は中国の現実、中国文学界の現状の分析に基づくものではない。むしろマルクス主義的立場から分析する、文学の本質に関する議論の性格をもち、また主としてソビエト連邦の社会的状況、文学的現状に基づいて論ずるものと思われる。

「もしも過去と現在の世界がいわゆる資産階級[77]によって支配統治されていることを認めるとするならば、もしも過去と現在の文化が資産階級の独尊的社会の産物であり、彼ら支配階級の利益を擁護するために生みだされたものであることを否定しようがないとするならば、もしもまたこれまで騙されて神聖尊厳、自由独立の芸術であると認めてきた芸術が実際上は、支配階級がその権威を保持する道具にすぎなかったことを認めるとするならば、その場合には、いわゆる芸術上の新運動とは、例えばロマン・ロランの唱導するものが結局どのような性質のものであるかに思いいたらなければならなくなる。」（第一章）[78]

資産階級の支配の中に生まれる芸術は実際上、支配階級（資産階級）の利益を擁護する道具であるとし、[79] 例えばロマン・ロランの唱導する芸術上の運動（「民衆芸術」）もそのような性質をもつものと示唆する。

②ここで茅盾の言う「無産階級芸術」とは、ゴーリキーが無産階級の受けた苦痛を描写し、その精神を虚飾なく表現して、無産階級の巨大な使命を人々に示した諸作品を受け継ぐものである。[80] そして一九一七年ソビエト連邦が成立して以後、ソビエト連邦の無産階級の創造力が発揮されて出現したものを指す。無産階級芸術の作家としてソビエト連邦の作家以外には、アプトン・シンクレアー（米国）、ジャック・ロンドン（米国）等の名前があげられている。

「無産階級芸術という名詞が世界の文壇の注目を本格的に集めたのは、全くごく最近のことである。上述のように今世紀はじめ、ゴーリキーの作品が全世界に流行したとき、批評家はなおこの名称を提起していない。七年前ロシアの社会革命が成功し、無産階級が被支配者の地位から、一転して支配者となり、そのためこれまで愚昧・無知・不潔と見なされてきた無産階級が突然、その潜在する偉大な創造力を発揮し、人類文化に対して新しい貢献をすることができるようになった。（中略）無産階級の芸術上の創造については、革命後、当初三四年の内乱外憂と物質上の欠乏によって、彼らの力量をもっぱら芸術の方面に注ぐことができず、そのため十分な表現がまだない。しかしそれでも、すでに一ダースくらいの作家の名をあげることはできる。」（第一章）[81]

茅盾は、主として一九一七年以降ソビエト連邦に出現する「無産階級芸術」の由来、到達点とその性格等を右のように紹介する。[82]

③また、例えばボグダーノフに基づいて、茅盾は無産階級芸術の芸術意識について次のように言う。

「上述の三項から見ると、無産階級の芸術意識は純粋に自分のものでなくてはならず、外来の不純物を交えてはならない。無産階級芸術とは少なくとも次のようのものでなければならない。

⑴　農民のもつ家族主義と宗教思想はない、

⑵　兵士のもつ資産階級個人を憎む心理はない、

（3）　知識階層のもつ個人的自由主義はない。」（第三章）[83]

こうした事柄を問題にする現実は、すなわち無産階級芸術は、いまだ一九二五年当時の中国に存在しなかった。[84] しかしながら、一九二四年国共合作が成立し、一九二五年五・三〇事件等を体験することによって、[85] 茅盾は萌芽的な現実を中国に感得し始めていたと思われる。中国の現実は無産階級芸術を生みだすまでに成長しておらず、たんに萌芽的現実として感じ始めていたにすぎなかったとしても、しかしそれを契機に、今後の文学のあるべき一つの発展方向（ソビエト連邦の無産階級芸術）を紹介し、また文学の本質に関する議論についてマルクス主義文芸理論の立場から追究しようとした。それによって茅盾は、自らの文学論の進展・深化（新ロマン主義〈ロマン・ロラン〉の理想・思想からの脱却）を図ろうとしていると思われる。

④では、茅盾はボグダーノフを参考としつつ、具体的にどのような点を主張したのだろうか。

「芸術の出現には条件があるのだろうか。あるはずだと思う。数式で表せば、新しい生きたイメージ＋自己批評（個人的選択）＋社会的選択＝芸術、である。

新しい生きたイメージは、私たちの意識の中で不断に創造される。しかし常に自己の合理的観念と審美的観念の制約と約束を受けて、ただ美しいもの調和したもの貴重なものだけを保存し、その後文字を借り、或いは線で、或いは音調で、これを表現する。しかし文字・線・音調で表現した後には、社会的な大環境がさらに選択を加え、その時の社会生活に適合するものを保存し、或いは提唱して、適合しないものを消滅させる。」（第二章）[86]

作家の頭の中に生じたイメージは、作家の合理的観念と審美的観念によって制約を受け選択されて、表現される。その表現された作品は、さらに社会的選択を受ける。その時期の社会に適合するものが受けいれられ、適合しないものは消滅する。言いかえればこの場合、ある階級の支配する社会の側から、支配階級の利益による選択が行われる。現在世界においてソ連邦にのみ無産階級芸術が多い原因はここにある、とする。またそれに関連して次のように言う。

「文芸批評論は一階級の立脚点に立って、その階級の利益のために立論するものであることを承認しなければならない。それゆえに無産階級芸術の批評論が無産階級の利益を擁護する立場にあって、その批評の機能を尽くすことは当然疑いない。」（第二章）[87]
⑤題材の問題について茅盾は次のように言う。
「年齢の幼稚で環境の困難な階級が初めて生みだす芸術は、当然内容の浅く狭いという欠点をもちがちである。浅く狭いのをまぬがれない原因は、一つには経験の不足により、二つには題材を提供する範囲があまりにも狭いことによる。」（第四章）
こうした情況は、「現代のロシア無産階級作家の小説や戯曲を見るだけでも、理解することができる。」（第四章）しかし、これは初期のことであり、「無産階級芸術の将来は過去の芸術のように全社会と全自然界の現象を題材の源泉とする。」（第四章）[88] ただその場合、無産階級芸術と旧芸術とは視点が異なり、解決の方法が違うために、一つは無産階級芸術となり、他方は旧芸術となるとする。
⑥芸術における形式・技術の継承の問題について茅盾は次のように言う。
「無産階級芸術が斬新な革命的芸術であることから、一般の見解では、無産階級芸術論は必ずや以前の、形式と内容の対立と統一の理論をくつがえすものと思いこんでいる。（中略）しかしこの見方は誤っている。無産階級の思想は決して一途に旧物に反対するのではなく、盲目的に破壊するのではないことを知るべきである。芸術の内容と形式という問題において、無産階級作家は形式と内容が調和すべきことを承認しなければならない。形式と内容は一つのものの二側面であり、分離できない。無産階級芸術の完成は、内容の充実に待つべき点があり、

形式の創造に待つべき点がある。（中略）形式は技巧の蓄積の結果であり、過去無数の大天才が心血を注いだ結晶であって、後の人から見れば、実に貴重な遺産である。一般に『新思想にはぴったり合う新形式がなくてはならない』という説があるけれども、理由もなく先人の遺産を利用しようとせず、堅苦しく徒手空拳で創りだそうと考えるのも、一般の論者が賛成しないことである。」（第五章）(89)

茅盾は、芸術の継承の問題について、一途に旧物に反対し、盲目的に破壊するのではないとする。茅盾は内容と形式の対立と統一の理論（一つのものの二側面とする）を否定せず、とりわけ形式を技巧の蓄積の結果とし、無数の天才が心血を注いだ結晶として、後の人がそれを利用することの重要性を指摘する。

右のように茅盾は、マルクス主義文芸理論に基づいて追究される文学の本質に関する議論等（例えば、芸術の出現の条件の指摘、またその場合作家の合理的審美的観念の制約と、支配階級の利益による選択が行われること。無産階級の芸術においても内容と形式が調和すべきこと。前代の芸術の貴重な遺産〈とりわけ形式〉を継承すべきこと）について、そしてソビエト連邦の無産階級芸術の現状と理論（題材。またあるべき無産階級の芸術意識、例えば無産階級の芸術意識は農民のもつ家族主義や宗教思想をもたないというような）について紹介し、自分なりの考察を進めた。

では、こうした理論に基づくと、文学とはどのようなものとして理解されるのだろうか。

(2)「告有志研究文学者」について

茅盾は、「告有志研究文学者（文学研究を志す人へ）」（『学生雑誌』第十二巻第七期、一九二五年七月五日、底本は『茅盾全集』第十八巻〈前掲〉）において、文学とは何か、という問題にまず答えようとする。文学の手段と目的は時代とともに変化して確定しがたいけれども、しかし文学が成り立っている構成要素は追究できるとする。

「文学の依る構成要素には二つある。

一、私たちの意識界が生みだす、不断に新しくかつ極めて生き生きとしたイメージ。

二、私たちの意識界が起こす、調和させ整理しようとする審美的観念。」（「告有志研究文学者」、前掲、一九二五年七月、第一章「文学とは何か」）

イメージとは外物が意識の鏡に投影した影であり、それは生成消滅しつつ、審美観によって整理され調和される。文学とは、このイメージのグループが文字によって表現されたものである。

次に第二章（「文学は人々のために何ができるか」）で、茅盾は文学の作用に関する従来の五つの説を取りあげ、順次解説する。茅盾によって取りあげられた五つの説とは次のものである。①文学は高尚な理想を説明する。②文学は人類の本性を明瞭に説明し、各民族間の相互理解を深め、平和の使者となる。③文学は疲れ苦しむ人類のために慰めを与える。④文学は醜悪な現実世界に対して、美を創造し、人心の向上に資する。⑤文学は人生の反映であり、時代の精神を説明する。茅盾は①から④を逐次批判し(90)、五番目の、文学は人生の反映であり、そのことによって時代精神を説明することができるとする説に、一定の肯定的評価を与えつつ、なお曖昧さを含むものとして次のように補足する。

「人類社会は有史以来どのような変遷をへてきたのか。概略して言えば、(1)原始共産社会、(2)遊牧社会、(3)農業社会、(4)封建制、(5)資産階級デモクラシー。この五段階は、それぞれに時代精神がある。これは全く疑いがない。その全体から見れば、それ〔一つの段階――中井注〕はあらゆる政治制度・法律・風俗習慣であり、一つの時代の時代精神の表現にほかならない。文学も当然その中の一つにすぎない。（中略）文学の中で表現されるその時代の人生とは実際上、作者個人と社会意識の選択淘汰をへて適合すると考えられたものである。このいわゆる社会意識とは、実際のところ当該社会の支配階級の意識であり、支配階級の意識が時代精神の集中的表現である。」

（第二章）

文学が時代精神を表現するとはいえ、その時代の社会意識とは支配階級の意識であるとする。このように茅盾は、「論無産階級芸術」（前掲、一九二五）における「新しい生きたイメージ＋自己批評（個人的選択）＋社会的選択＝芸術」を、敷衍して明快に説明している。

また茅盾は、歴史的に見ると、文学とは一時代の支配階級がそれによって階級的利益を保持する道具にすぎないとする。しかし文芸の継承の問題に関連して茅盾は、社会進化史の観点からすれば、一時代の支配階級の思想・情感・意志を反映する文学は、人類文化の進展に対して尽くすべき力を尽くして貢献してきたとする。（第二章）

茅盾は第三章（「誰もが文学者になることができるのだろうか」）で、文学者となるためには、文学者としての天分と、それを育てる環境・条件が必要であるとする。茅盾は文学を志す青年に対して、自らが文学者として向いているかどうか、自己点検を勧め、次の四点をあげる。①個性ある作風をもっているか。②独特な観察眼があるかどうか。一般の人が見ることのできない人生の精神をとらえ、芸術的に表現をしているか。③豊かな想像力があるかどうか。④作品に精密な構造があるか。

また本当に天分のある青年が影響を受けやすいインスピレーションに関する二説を、批判し説明する。それは、作家が小説を創作する場合には、一時のインスピレーションにのみ依るのではなく、題材の選択、人物の割り振り、環境（setting）の研究、構造（plot）の調整等を十分に研究し、なお物語の発展と人物の感情の進展が並行して展開すべきこと等に留意しなければならないことである。また独立した創作とは、それ以前のあらゆる文学作品・思想を研究し、そのうえで独特の境地に達したものである。

「文学者は、前代の文学者が芸術においてどのような境界にまで到達したのかを知り、それを所有し、それを溶解し、自分の血肉に変えなければならない。」（「告有志研究文学者」、前掲、一九二五年七月、第三章）また、インスピレーションによって書いて事終われりとすることなく、一度書いたものを何度も点検し修正する必要のあることを言う。茅盾のこうした主張点は、これまでの彼の文学論の延長である。(91)

同時に茅盾の上述の考え方は、一九二四年当時郭沫若が今日の階級的見地に立って過去の文学を全否定したこと（「孤鴻」、一九二四年八月九日、『創造月刊』第一巻第二期、一九二六年四月）(92)、また前述（第三節「小説をめぐる問題について」）のように郭沫若が一時の感興に基づく即興的小説観をもっていたことと比較すると、対照的と言える。

茅盾は最後の章（第四章「現代文学者の責任」）において、人生派の文学（人生のための文学）を支持し、次のように言う。

「現代生活の欠点を描写し、その病根を探索し、その後に現代生活の欠点・病根に攻撃を加えることに努め、こうして生活の改善を追求する。これが現代文学者の責任である。」（第四章）

茅盾はこのように従来どおりの、人生のための文学を依然として主張しているように見える。しかしその内容から見ると、過去の文学の社会的性格とその歴史について、茅盾は初歩的にマルクス主義文芸理論の分析を駆使していると思われる。その根拠を以下に記しておくことにする。

①右に引用する、人類社会が「原始共産社会」から「資産階級デモクラシー」へと発展してきたこと、また時代の変化によってその時代精神が変化してきた、とする茅盾の認識は、主として『経済学批判』序言」（マルクス、一八五九年）における史的唯物論の考え方、例えば、「大づかみにいって、アジア的、古代的、封建的および近代ブルジョア的生産様式を経済的社会構成のあいつぐ諸時期としてあげることができる。」（「『経済学批判』序言」、『経済学批判』、大月書店、一九五三年八月二十一日、第一刷、一九七三年十月、第二十三刷）、「人間は、彼らの生活の社会的生産において、

一定の、必然的な、彼らの意志から独立した諸関係に、すなわち、彼らの物質的生産諸力の一定の発展段階に対応する生産諸関係にはいる。これらの生産諸関係の総体は、社会の経済的構造を形成する。これが実在的土台であり、その上に一つの法律的および政治的上部構造が立ち、そしてこの土台に一定の社会的諸意識形態が対応する。物質的生活の生産様式が、社会的政治的および精神的生活過程一般を制約する。人間の意識が彼らの存在を規定するのではなく、逆に彼らの社会的存在が彼らの意識を規定するのである。」（同上）等に基づくものと思われる。

②茅盾の、ある一時代の支配的思想（時代精神）はその時代の支配階級のものであるというこの認識も、マルクス、エンゲルスの思想に基づいていると思われる。

「支配的階級の思想はいずれの時代においても支配的思想である。（中略）支配的思想は支配的な物質的諸関係の観念的表現、思想のかたちをとった支配的な物質的諸関係以上のなにものでもない。」（『ドイツ・イデオロギー』、一八四五－一八四六、大月書店、一九六五年二月二十五日、第一刷、一九七一年二月、第十四刷）

「思想の歴史がしめすものは、精神的生産は物質的生産とともに変化する、ということにほかならないではないか？ ある時代の支配的な思想は、つねにその支配階級の思想にすぎなかった。」（「共産党宣言」、一八四七年十二月－一八四八年一月、大月書店、一九五二年七月十五日、第一刷、一九七〇年一月、第三十五刷）

③したがって文学は、歴史的に見れば、一階級の、すなわちその時代の支配的階級の、人生の反映であったとする。ここにもマルクス主義文芸理論に基づく初歩的認識が明瞭に窺われる。

以上の諸点から考えれば、ここで茅盾の推奨する、中心軸として存在する人生のための文学とは、これまでのたんに人道主義に基づく内容ではなく、また国民革命（「民族独立と民主革命」）を支持する人生のための文学から一歩進んで、実質的に、被抑圧階級の人生のための文学の方向を指すものであると推量することができる。言いかえると、茅盾は、これまでの自己の文学論の中心軸であった人生のための文学を、マルクス主義文芸理論の観点から整理し、新たな方向への発展を理念として展望している。[93]

被抑圧階級の人生のための文学という点については、次の「文学者的新使命」(『文学』週報第一九〇期、一九二五年九月十三日)がさらに明瞭に言及する。

(3)「文学者的新使命」について

「文学者的新使命」(『文学』週報第一九〇期、一九二五年九月十三日、底本は『茅盾全集』第十八巻〈前掲〉)において、茅盾は次のことを是認する。すなわち文学は人生の反映であるとし、同時に文学は、人生が未来の光明の道へ向かうように指し示す役割を付帯するであろうとする。

「私はなお断言できる。文学は、人生を真実に表現する以外になお、人生が未来の光明の大道へと向かうよう指し示す役割も付帯する。これは本来不可能なことではない。」(「文学者的新使命」、前掲、一九二五年九月)

ただその場合、現実の人生を離れることなく、現代の人々の苦痛と必要に基づいて将来の道を指し示すものでなければならない。では、現代の人々の、苦痛と必要とは何であるのか。

「それでは現代人類の苦痛とは何であるのか。簡単に言えば、世界において悲惨な境遇に陥っている被抑圧民族と被抑圧階級が存在して、日一日と下方に沈みこんでいることである。この事実は、一方で、被抑圧民族と被抑圧階級に偉大な創造力を発揮させることを不可能とし、現代文明の欠陥を救済することを不可能にさせている。他方で、これは世界の永遠の混乱を作りだしている。それゆえに被抑圧民族と被抑圧階級の解放は現代人類の必要事である。」(「文学者的新使命」、前掲、一九二五年九月)

世界の変革を被抑圧民族と被抑圧階級の解放によって追求するという主張は、マルクス主義に基づいた社会観・世界観であると思われる。

「文学者の現在の使命は、被抑圧民族と被抑圧階級の革命的運動の精神を把握し、深く偉大な文学で表現して、この精神を民衆に普及し、被抑圧者の頭脳に刻みつけなければならないことにある。このことにより彼らが自ら解放を求める運動の高波を維持し、一層偉大で熱烈な革命運動を呼び覚ます。

そればかりではなく、文学者は抑圧された無産階級にどのような異なった思考方法、どのような偉大な創造力と組織力があるのかをはっきりと認識し、その後に適切明確に表現して、無産階級文化のために広く宣伝において貢献しなければならない。

このような文学であってこそ、ありのままの現実の人生を表現する以外に、人生が善・美の将来に向かうよう指し示すことができると言える。これが文学者の新しい使命である。」（同上）

茅盾は、文学者が被抑圧民族と被抑圧階級の革命的精神を把握し、文学をつうじてその精神を民衆に普及することを言う。また特に被抑圧階級の中の、無産階級を取りあげ、その独自な思考方法、創造力、組織力を文学者が認識し、無産階級文化のために宣伝しなければならないとする。すなわちこれが、文学が現実の反映であるとする以外に、同時に人生に善・美の将来に向かうよう指し示すと言うときの、内容である。とすればこれは、もはやたんに人道主義に基づく人生のための文学ではなく、被抑圧民族と被抑圧階級の人生のための文学に、「止揚」（カッコ付きの）されたものであると思われる。(94) さらには将来の中国における無産階級文化をも見とおし、その宣伝のために貢献しようとするものである。

またこれは、創作方法から言えば、旧来の写実主義（あるいは自然主義の技法）を継承・発展させる、新しい写実主義（未来の光明の大道へと人生が向かうように指し示す作用をも持つような）を追求しようとするものと思われる。ただ茅盾には、これはロマン・ロランの新ロマン主義とは異質のものであると考えられていたと推測される。なぜなら、ここで茅盾の考える新しい写実主義は、ロマン・ロランの民衆芸術論の思想と非戦の理想の両者に対する否定を前提にしていると思われるからである。茅盾は、ゴーリキーの無産階級芸術の小説、アンリ・バルビュスの反戦思想の小説（「欧洲大戦与文学」〈『小説月報』第十五巻第八号、一九二四年八月〉でそれを高く評価する）を念頭において、新しい写実主義の在り方を考えていたのではないだろうか。言い換えると、旧写実主義（自然主義の技法）を乗り越えるような、新しい写実主義を目指していると言える。それは、ロマン・ロランの新ロマン主義（民衆芸術論の思想・非戦の理想をもつ）が「止揚」（カッコ付きの）されたものとも言える。

では茅盾は、具体的にどうするのか。文学者の側から文学をとおして、文字がほとんど読めない当時の中国民衆に対して、また二〇年代前半において『礼拝六』等の読者層であり、新文学の読者として獲得できなかった旧市民層（中国の主要な読者層）に対して、茅盾はどのように被抑圧民族と被抑圧階級の精神を普及し宣伝するのか等の具体的問題について、ここでは言及がない。この文章（「文学者的新使命」、前掲、一九二五年九月）は恐らく宣言的な性質のものので、具体的な問題は、当時の中国の社会的状況、文学的現状の分析・認識を踏まえて、近い将来茅盾が自問自答し、具体的に追究実践しなければならないものであったと思われる。

以上のような意味において、「文学者的新使命」（前掲、一九二五年九月）は、茅盾の以前の文学活動の整理を踏まえて、今後文学者の進むべき進路・理想を、理念として論じたものであると考える。それゆえに私は、この間における茅盾の理論的進展について、右のようにカッコ付きの「止揚」の過程であったと理解する。

茅盾は中国の情勢の発展を背景に、右のような過程をへて（第四節をとおして述べてきたように）中国変革を目指す文学者としての、理念としての、新しい理論的境地に進んだと言える。被抑圧民族と被抑圧階級の人生のための文学は、「論無産階級芸術」等三篇の文章に見られたように、必ずしも中国の現実、中国文学界の現状に対する十分な分析と認識を基礎とするものではなかった。新しい理論的境地はある程度、理想・理論の高唱という性格をもたざるを得ないものであったと思われる(95)。

それゆえに中国の「無産階級文学」の具体的問題については、国民革命の挫折（一九二七年七月）という体験をへて、茅盾は改めて現実を見直し考察し、問題の解決を追究する必要があった。後の茅盾に見られるように、中国の社会的現実と中国文学界の現状に対する十分な分析と認識に基づいて被抑圧階級の人生のための文学を探究するときに始めて、従来の中心軸としての人生のための文学観（旧社会旧文化の変革を目指す人生のための文学、そして国民革命を支持する人生のための文学）から、本来の意味での止揚が可能となっていったと考える。そのような観点に基づいて、次節で、一九二八年頃から始まる革命文学論争等において展開された茅盾の文章を見ていくことにする。

第五節　革命文学論争

茅盾は一九二五年末、国民党第二回全国代表大会の上海代表の一員に選ばれ、一九二六年一月広州に着く。大会後広州の国民党中央宣伝部において、代理宣伝部長毛沢東のもとで『政治週報』の編集にたずさわる等、政治活動に専念する。同年三月上海に呼び戻され、国民党上海交通局代理主任の仕事をする。同年十二月武漢に赴き、中央軍事政治学校武漢分校の政治教官となる。一九二七年四月頃、『漢口民国日報(96)』の総主筆としての任務に就き、政治論情勢論に健筆を揮う。

一九二七年四月、蔣介石による四・一二反共クーデターが起こる。茅盾は一九二七年七月武漢国民政府の崩壊にともない、身分を隠して長江を下り、九江から牯嶺に登って、南昌に向かおうとした。しかし南昌へ行く道が閉ざされ、やむなく茅盾は一九二七年八月牯嶺から上海にもどり、蔣介石南京政府の目を逃れて、横浜路景雲里での蟄居生活をはじめる。この時始めて創作小説に手を染めることとなった。一九二八年七月上海から日本に渡り、東京にしばらく住んだ後、十二月京都に移る。そして一九三〇年四月上海に帰国した。第五節では、この間の茅盾の文芸論を取りあげる。

第五節の本論に入る前に、次の点を確認しておくことにする。一九二七年七月国民革命の挫折により、茅盾は深い失意に陥った。

「その時私は、国民革命の失敗後の情勢に対して困惑を感じ、考察・観察・分析する時間が必要だった。家庭を離れて社会に入って以来、私は段々と一つの習慣を養った。それは物事に出会ったら、根底的に追究し、独立して思考することを好み、付和雷同することを望まなかったことである。（中略）しかしこの習慣は私の身には副作用もあった。それは情勢が急変するときに、私はしばしば立ち止まって思考し、或る人々のようにすぐに追いついていくことがなかったことである。一九二七年の国民革命の失敗は、私を手ひどく悲しませ、悲観させた。それは私を立ち止まらせ考えさせた。革命はどこへ行くのか。共産主義の理論を深く確信していた。ソ連の模範も非難すべきところがなかった。しかし中国革命の道はどのように進むのか。以前自分でははっきりしていると思っていた。しかし、一九二七年の夏、私は自分が明らかにしていなかったことに気づいた。」（「創作生涯的開始」、『我走過的道路』中冊、人民文学出版社、一九八四年五月）

国民革命挫折の経験に基づいて、茅盾の悲観・失意の心情を反映した代表的小説が、「幻滅」（『小説月報』第十八巻第

九、十号、一九二七年九月十日、十月十日）、「動揺」（『小説月報』第十九巻第一号―三号、一九二八年一月十日―三月十日）、「追求」（『小説月報』第一九巻第六号―九号、一九二八年六月十日―九月十日）の『蝕』三部作であったと思われる。(97) 中国革命はどのように進むのか。茅盾にとって、中国の現実に基づいた中国革命の道を改めて追究し考察することが必要となった、と推察される。

1　「王魯彦論」「魯迅論」について

先ず、この間に書かれた二篇の作家論「王魯彦論」（『小説月報』第十九巻第一号、一九二八年一月十日）と「魯迅論」（一九二七年十月三十日、『小説月報』第十八巻第十一号、一九二七年十一月十日(98)）における茅盾の文芸論をたどり、その内容を検討することにする。

「王魯彦論」（『小説月報』第十九巻第一号、一九二八年一月十日）で茅盾は、現代の中国社会には、「旧中国の子女達」（原文、老中国的児女們）が十数層に歴史的に重なり、そのまま姿を現しているとする。王魯彦の小説には、工業文明が農村経済を粉砕したときの人々、農村の小資産階級が現れている。

「ある共通した情調が、これらの作品に隠されているのも明らかである。それは作者の鋭敏な感覚が発見する人生の矛盾と悲哀である。（中略）作者の赤熱した心が、冷え冷えとした空気の中で飛び上がるのを見るかのようだ。作者の心には呪詛しようとするもの、共鳴しようとするもの、反抗しようとするものがたくさんあって、いらだちぐるぐる回り、結局心安らかな理想、ほのかな光明をさがしあてることができない。ある人は言うかも知れない。このような焦燥し飛び跳ねる心は、同情を起こさせるだけで積極的な価値がない、と。しかし私には、少なくともこれが熱くたぎって躍動する心であり、麻痺して冷たく死んだものではないと思われる。」（「王魯彦論」、

前掲、一九二八年一月、第三章）

ここで茅盾は、焦燥し苦悶する王魯彦の心情を表現する文学について、否定的に見ていない。同情を起こさせるだけで、積極的な価値がない、と人から批判されるかも知れない王魯彦の文学に対して、茅盾は擁護する。

「ある人は、積極的精神と中心思想が作者に欠けていることを不満に思うかも知れない。この欠点はもちろん明らかなものである。しかし私は欠点と言うほどでもないと思う。文芸は本来多面的なものであり、作者が自分の仕事に忠実で、新しいものを創造しようと努力し、その鋭敏な感覚を広げることができていさえするならば、たとえ如史おじさんのような平凡な悲哀であったとしても、[99]私たちは聞き同情することを望むものである。」（同上、第六章）

ここで茅盾は、積極的精神と中心思想に欠けて悲哀に止まる文学を肯定的に評価する。文学は本来多面的なものであるとし、文学としての価値の視点から（生きた人間の熱く、躍動する心情の表現、麻痺して冷たく死んだものではない心情の表現として）肯定的に評価しているものと思われる。

また次に、「魯迅論」（一九二七年十月三十日、『小説月報』第十八巻第十一号、一九二七年十一月十日）で、茅盾は魯迅に対する深い理解を示している。

「魯迅は私たちの愚かしい卑劣な世間にしっかりと根を下ろし、悲哀憐憫の熱い涙をこらえ、冷ややかな風刺（原文、冷諷）の微笑で、人類がいかに脆弱であるか、世事がいかに矛盾しているかを、一つ一つ根気よく説明する。魯迅は決して、自分もこの本性上の脆弱さと潜在する矛盾を分けもっていることを忘れていない。」（「魯迅論」、一九二七年十月、前掲、第三章）

魯迅は旧社会とそこに生活する人々の人間性を、遠慮なく剔抉《てっけつ》すると同時に、そこには自己批評と自己解剖があり、読む者の自新を促すとする。

「魯迅の小説の中には反面からの説明があり、雑感文と雑文には正面からの解説がある。魯迅の創作小説を読んだだけでは、彼の意図を完全に理解することはできない。魯迅の雑感集も読まなくてはならない。」（同上、第四章）

魯迅の著作には、「反抗の呼びかけと容赦のない暴露に満ちている」とし、正面からの解説としての、雑感文・雑文における「一切の圧迫に反抗し、一切の虚偽を暴露する」姿勢を指摘する。また小説集『吶喊』と『彷徨』は数篇の例外（「不周山」、「兎和猫」、「幸福的家庭」、「傷逝」等）を除き、大部分が「旧中国の子女達」の思想と生活を描写している。

「これら〈旧中国の子女達〉の魂には、数千年の伝統の重荷が背負われており、彼らの姿は憎むべきものであり、彼らの生活は呪詛すべきものである。しかし人は彼らの存在を認めざるをえないし、そして自己の魂が結局数千年の伝統の重荷を完全に脱却しているのかどうか、厳しく反省せざるをえない。」（同上、第五章）

魯迅の小説中の人物、単四嫂子、孔乙己、閏土、祥林嫂、阿Q、愛姑等（「旧中国の子女達」）は中国の現在における九九％の人々の思想と生活を体現する。魯迅は旧社会における「旧中国の子女達」の灰色の人生を描写した。「魯迅は一時代のすべてを把握しえている。それゆえに彼の著作は将来において予言となる」（同上、第五章）、と茅盾は言う。

これは、中国の現状における、「旧中国の子女達」の灰色の人生を描写した文学を、中国の現在の九九％の人々の思想と生活を体現する文学を、すなわち悲哀に止まる（と同時に将来において予言となる）文学の意義を、高く評価するものと言える。

以上のように、「王魯彦論」（前掲、一九二八年一月）と「魯迅論」（一九二七年十月、前掲）の内容は、次のことを示唆すると思われる。茅盾は一九二四年において、主として中国変革を志す文学者としての内部要求に依拠して、悲哀に止まる文学から一歩を踏み出す積極的な文学を提唱した。そして一九二五年、「論無産階級芸術」（前掲、一九二五年）、「告有志研究文学者」（前掲、一九二五年）、「文学者的新使命」（前掲、一九二五年）等において、マルクス主義文芸理論に基づく文学論を紹介・考察し、それに基づき被抑圧階級の人生のための文学を提唱した。そこには理念としての理想・理論を高唱する側面があった。しかし一九二七年七月国民革命の挫折をへて、茅盾は悲観と失意の中に陥った。その体験の中で、茅盾にとって中国革命の道が必ずしも明確ではなかったことを認識した。一九二七年末頃、茅盾はもう一度中国の現実（「旧中国の子女達」を含めて）を分析し認識し直し、改めて中国の現状認識に基づいて文学の在り方を模索しようとしている。[100] 中国変革を志す（中国変革の道を改めて模索する）文学者としての内部要求に基づき、見つめ直し、量り直した現実から出発して文学を考察しようとしていると思われる。

それは、国民革命挫折後の中国の現状における被抑圧階級の人生のための文学とは、どういうものでありうるのか、という問題を具体的に探求する道につながるものであった。新文学の面から言えば、五四以来の新文学（魯迅、王魯彦等）を総括し、批判的に継承し発展させる課題でもある。それはまた、一九二〇年頃以来の茅盾自身の文学理論・活動の過程を総括することに関わっていた。

「王魯彦論」（前掲、一九二八年一月）と「魯迅論」（一九二七年十月、前掲）は、このような問題に答えるための茅盾の営為における、初歩的な一つの階梯であったと思われる。同時にそれは、他面において、一九二七年から一九二八年にかけて悲観と失意の小説を書いた茅盾自身の、悲観と失意の心情を別の形式によって説明しようとしたものでもあった可能性がある。[101]

2　「従牯嶺到東京」と「読『倪煥之』」について

この項では、一九二八年頃より始まる革命文学論争に、茅盾が参加する契機となる「従牯嶺到東京（牯嶺から東京へ）」（一九二八年七月十六日、『小説月報』第十九巻第十号、一九二八年十月十日）と、革命文学論争の争点を彼なりに再提起した「読『倪煥之』（『倪煥之』を読む）」（一九二九年五月四日、『文学週報』第八巻第二十号、一九二九年五月二十日）を取りあげることにする。この場合、革命文学論争の争点そのものの分析よりも、その中で茅盾がどうしてそうした論点を主張したのか、という問題の解明に重点を置くことにする。

(1)　読者対象の問題

一九二八年頃から革命文学を唱導した文学者（第三期創造社、太陽社の成員等）に対して先ず、その読者対象がどこにあるのかを、中国文学界の現状に基づいて「従牯嶺到東京」（一九二八年七月、前掲）で茅盾は問う。

「次に客観的問題がある。すなわち今後の革命文芸の読者対象である。（中略）新形式・新精神の文芸に、もしもそれに相応する読者界がないならば、この文芸は枯れしぼむのでなければ、歴史上の奇跡となることができるだけである。時代を推進する精神的産物となることはできない。私たち革命文芸の読者対象は何であるのか。或る人は言うかも知れない、抑圧された勤労大衆だ、と。そうだ、抑圧された勤労大衆が革命文芸の読者対象であることを、私は大変願望し希望している。しかし事実ではどうなのか。私がまた耳障りな話をすることを許していただきたい。事実では、勤労大衆に『これはあなた方のために作った』と呼びかける作品は、勤労大衆は決して読むことができない。読むことができないばかりか、朗読して聞かせても、彼らはやはり理解できない。彼らには心の底から楽しみ味わう『文芸的読み物』がある。それは灘簧、小調、花鼓戯などの類で、あなたが毒薬を含むものとみなしているものだ。（中略）しかし事実は事実である。彼らはやはりあなたの話を、欧化されすぎた或いは文言化しすぎた白話を、理解できない。（中略）結果として『勤労大衆のために作った』新文学は、ただ『勤労しない』小資産階級知識人だけが読むこととなる。」（「従牯嶺到東京」、一九二八年七月、前掲、第七章）

茅盾は、当時の中国の現実に存在する新文学或いは「革命文芸」の読者層とは、小資産階級であるとする。革命文学派が勤労大衆のために作ったと称する作品の読者は、実際には勤労大衆ではなく、小資産階級知識人（小ブルジョア知識人）であった。ゆえに茅盾は、実際の読者である小資産階級のために作る作品が必要であると考える。

①政治的観点から言えば、中国革命のために小資産階級を切り捨て放りだすことはできない、と茅盾は考える。この点については、革命文学派が国民革命の挫折において統一戦線の失敗を見て、むしろ動揺する小資産階級を切り捨て、労働者階級等に依拠して前進する必要があると考えたのとは対照をなしている。(102) これは、中国革命の道筋についての両者の見解の相違に基づくと思われる。

②文学的観点から言えば、一九二〇年代始め頃から茅盾は旧派文学（〈礼拝六派〉等の通俗文学）・旧文学に対して、新文学を擁護・推進するために死闘を行ってきた。しかし結局、〈礼拝六派〉の読者層（小市民階層、旧知識人層——商人層、老秀才、新旧幕友等とされた(103)）を、新文学の読者として引きいれることに成功しなかった。小市民階層、旧知識人層は中国の読者層の中心をなすものであり、彼らを読者として獲得することは、二〇年代前半の新文学の発展にとって重要なものであった。(104) 同じように、彼らを含めた「小資産階級」を読者として獲得することが、一九二八年頃以降今後の文学事業において欠くことのできないものである、と茅盾は考えたと思われる。(105) これは、一九二八年頃の中国の現実、文学界の現状に対する分析と認識に基づき、二〇年代始め頃から引き続いてきた新文学の課題を、マルクス

主義文芸理論を用いて継続的・発展的に探求しようとする内容のものであると言える。被抑圧階級の人生のための文学とは、小資産階級の人生のための文学を含むものであり、中国の現状から言えば、小資産階級の人生のための文学は不可欠であるとされた、と思われる。

このことに関連して具体的に、題材の問題について茅盾は次のように言う。

「私は反問しなければならない。かつて小商人、中小農、没落した読書人家庭……の受けた苦しみを描いたどのような作品があっただろうか。ない、全くない。ほぼ全国の十分の六は小資産階級に属する中国であるが、しかしその文壇には小資産階級を表現する作品がない。（中略）これは、私たちの作家がこれまでせわしく世界の文芸の新潮流を追うばかりで、ほとんど東施顰みにならうことになっており、自分の家ではどのような主たる題材があるかという問題について、一度も考察したことがないかのようだ、ということを物語っている。」（「従牯嶺到東京」、一九二八年七月、前掲、第七章）

これは、革命文学派に対して、世界の文芸の新潮流を追うばかりではなく、中国の現実、中国文学界の現状の分析・認識に基づき、題材を求めることの重要性を指摘するものである。一九二五年当時茅盾自身も、世界文芸の新潮流を追って理論を高唱する側面があった。しかし一九二八年においては、中国の現実についての認識に基づき、題材をより具体的に考察するようになったと思われる(106)。

そしてこの場合重要とされたのは、技巧（技術）の側面である。

「現在〈新文芸〉――或いは少し勇敢に言えば、〈革命文芸〉――の前途のために、第一に重要なことはそれを青年学生の中から小資産階級の大衆の中へ入らせ、小資産階級の大衆の中にしっかりと足を下ろさせることである。この点を実現しようとするなら、先ず題材を小商人、中小農民等の生活に移さなければならない。多すぎる新名詞は必要ないし、欧化した構文は必要ない。説教のような新思想の宣伝は必要ない。ただ小資産階級の生活の核心を素朴に力をこめてとらえた描写が必要である。」（「従牯嶺到東京」、一九二八年七月、前掲、第七章）題材の問題とともに、ここで提起されているものに、表現（描写）の技術がある。欧化しすぎていない、文言化しすぎていないような白話で書くことができるならば、そこに新思想が含まれていて、小資産階級から非難を浴びるかも知れないが、しかし彼らはそれを読むのを好むであろう、と茅盾は言う。[107]茅盾は、表現（描写）の技術の改革を提起している。また小資産階級の生活の核心を素朴に力をこめてとらえた描写を求めている。

(2)　新たな〈即興小説〉について——宣伝の文学について

茅盾は革命文学派（第三期創造社、太陽社の成員等）の作品について次のように言う。

「私は敢えて厳しく言うのだが、現在の〈新作品〉に対して首を横にふる多くの人々は、実際心から革命文芸に賛成しているものである。彼らは決してあなた方が想像する小資産階級の惰性或いはかたくなさを持っていない。彼らは最初それらの〈新作品〉に対して熱い期待を抱いていた。しかし彼らがとうとう首を横にふったのは、〈新作品〉が結局、〈標語スローガン文学〉という束縛から脱却できないことを自己暴露したからである。」（「従牯嶺到東京」、一九二八年七月、前掲、第七章）

ソビエト連邦の未来派の〈標語スローガン文学〉は、無産階級のために作られたと称する。しかしソビエト連邦の無産階級はそれを歓迎せず、農民は無視した。人々が文学を読むときに期待するものは、〈革命的気分〉ばかりではないからである、と茅盾は言う。

「私たちの〈新作品〉はたとえ故意に〈標語スローガン文学〉の袋小路に入ったのではないとしても、少なくとも無意識に突入してしまった。革命的情熱があっても文芸の本質をなおざりにしたり、或いは文芸をも宣伝の道具とみなす――狭義の――、或いはこうした無視や先入観がないけれども文芸の素養に乏しい人々は、知らずしらずこの道を歩くことになる。そのため大変残念な現象が生じた。最も革命性があるとほめられる作品は、決して革命文芸に反対しない人々がまさしく嘆息し、首を横にふる。」（同上、第七章）

茅盾は、こうした革命的気分にみちた〈標語スローガン文学〉（「標語スローガン式のあるいは広告式の無産文学」〈「読『倪煥之』」、一九二九年五月、前掲、第七章〉）の非文学性を指摘した。また茅盾は、当時この新たな形態を持って現れた〈即興小説〉の一つの原型を、二十年代前半以降の創造社を中心とする、「感情主義、個人主義、享楽主義、唯美主義の〈即興小説〉」（「読『倪煥之』」、一九二九年五月、前掲、第四章）に見ている。(108)

「私はまた、五四以後の文壇には手当たり次第作られる〈即興小説〉が満ちあふれたことを言った。多くの作者は小説を天才の火花の爆発する一閃とみなし、ただ瞬間的偶然にこれを得ることができるので、修練を――鋭い観察、冷静な分析、周到緻密な構想を必要としないものとした。彼らはわずかな印象をとらえ、空っぽの頭の中でいわゆる〈インスピレーション〉を捜しているだけだった。意識的に時代の現象、社会生活を表現しようとする人は大変少なかった。こうした気分は、現在でもまだ改まっていないようである。」（「読『倪煥之』」、一九二九年五月、前掲、第五章）

茅盾は、新たな形態を持って現れた〈即興小説〉、「革命的気分に富む〈即興小説〉」（「読『倪煥之』」、一九二九年五月、前掲、第五章）、「大衆大会のときの、煽動的熱情的な口ぶりによって」（「読『倪煥之』」、一九二九年五月、前掲、第七章）作られた小説と対比して、観察・分析をへて、小説の構想を練って書かれた葉紹鈞（聖陶）の『倪煥之』を高く評価する。

「これ〔『倪煥之』〕も小資産階級知識人を描いたものであり、そのため『倪煥之』の中には人々を鼓舞する革命家が一人もいない。しかしこれを欠陥とするには足りないと私は思う。さらにはっきりと言えば、主人公の倪煥之は〈役立たず〉であるけれども、しかしまさしく転換期の革命的知識人の〈意識形態〉を表現しえている。このように目的をもち、計画をもった小説が現在の混沌とした文壇に出現したことは、何はともあれ、意義のあることと言わねばならない。」（「読『倪煥之』」、一九二九年五月、前掲、第九章）

茅盾は『倪煥之』を、悲哀と苦悶に止まる文学の一つとしながらも、転換期の知識人の意識形態を表現しているもの、意識的に時代の現象・社会生活を反映するもの、目的と計画をもった小説と評価する。

茅盾は一九二〇年代前半において、一時的感興による、インスピレーションのみによる〈即興小説〉に対して批判を行った。それは茅盾自らの近代小説研究を推し進める一つの導因となった（この点については、本章第三節「小説をめぐる問題について」で論じた）。ここで茅盾が「革命的気分に富む〈即興小説〉」（「読『倪煥之』」、一九二九年五月、前掲、第七章）、革命文学派による〈標語スローガン文学〉を批判し、『倪煥之』を高く評価するのは、一九二九年頃の中国の現実、文学界の現状に対する分析と認識に基づき、二〇年代前半に論じた新文学の課題を、新たな形態をもって現れた新文学の課題を、マルクス主義文芸理論を用いて、改めて継続的・発展的に探求しようとする性格をもつものであると思われる。

また茅盾は、「関于高尔基」（『中学生』創刊号、一九三〇年一月一日、底本は『茅盾全集』第三十三巻〈人民文学出版社、二〇〇一年〉）でゴーリキーの作品を取りあげて次のように言う。

「表面的に見ると、『フォーマ・ゴルデーエフ』と『三人』にはいわゆる〈積極性〉がない。二人の主人公は〈未だ道を聞かざる〉状態で、しかも生活の闘争の中で失敗し、自滅に赴く。

しかし忘れてはならない。文芸の内容の意義或いは作用とは、かたよった煽動ではなくて、深刻な表現である。文芸は鏡の反映作用を尽くさなければならないだけでなく、さらに斧の削り取る作用も尽くさなければならない。人生を削って正しい軌道にあわせるという作用である。すなわち、文芸作品はすでにできあがった器具を描写することにあるばかりではなく、削る過程をも表現しなければならない。フォーマとイリヤは削る過程の中の未完成品である。（中略）

私の意見では、人生の灰色の時代において、フォーマやイリヤのような、現状に満足せず、憚るところなく、熱い心をもって、人生の真の意義・真の価値を追求するこうした bossyaki〔浮浪人〕の精神は、青年にとって一服の健康な滋養剤である。このような bossyaki 精神をもつ青年が、後に〈道を聞いた〉以後において、勇敢な人生の戦士となる。」（「関于高尔基」、前掲、一九三〇年一月一日、第七章）

茅盾は、表面的に見れば、「フォーマ・ゴルデーエフ」と「三人」には〈積極性〉がないとする。しかし文芸の作用は、かたよった煽動・宣伝ではなく、深刻な表現である。人生の反映作用を行うと同時に、人生の中で創造されつつあるものを削りだす過程も表現しなければならないとする。二つの作品において、人生の真の意義・真の価値をあくまで追求しようとし、自滅した、勇敢で自由な bossyaki（浮浪人）の精神の深い表現が、文芸としての作用をもつとする。この点も、文学が何によって煽動・宣伝の作用を果たすかについて、茅盾が無産階級文学（ゴーリキーの作品）をとおして追求した新しい論点と思われる。

(3)　魯迅の『吶喊』に対する評価

一九二九年五月の「読『倪煥之』」（一九二九年五月、前掲）における魯迅評価は、一九二七年十月の「魯迅論」（一九二七年十月三十日、前掲）と比較して微妙な深化・変化があると思われる。

中国の現実認識について茅盾は、「もしも私たちが冷静に現実を正視するならば、たとえ現在でも、中国国内にはなお少なからぬ『吶喊』の中の農村や旧中国の子女達が存在していることを認めなくてはならない」（「読『倪煥之』」、一九二九年五月、前掲、第二章）、とする。茅盾は、「『吶喊』自序」（一九二二年十二月三日）に基づいて魯迅の悲観的心情の存在を指摘し、このゆえに魯迅は五四時期前後においてよどんだ水のような農村を選んで描写し、「楽観のすぎる者に深刻な反面からの風刺（原文、反諷）を与えた」（「読『倪煥之』」、一九二九年五月、前掲、第二章）。しかしながら、魯迅は五四時期の基調である都市の人生を反映していないと指摘する。

「当時最も驚くべき色合いをもっていた魯迅の小説――後には『吶喊』に収められたものは、伝統思想を攻撃するという点において、〈五四〉の精神を表現していると言わなければならない。しかし〈五四〉当時や、それ以後の刻々と変化する人心を反映していない。『吶喊』には封建社会の崩れ落ちる物音があり、封建社会にへばりつく老朽した廃物がとまどい自失し、死を迎えるあがきがある。そこにはまた、新思潮の衝撃を受け入れることのできない、〈漢のありしことを知らず、魏と晉とはいうまでもなし〉という旧中国の暗がりである農村や、この暗がりに生活する旧中国の子女達もいる。しかし都市がない。都市の中にいる青年たちの心の躍動がない。」（「読『倪煥之』」、一九二九年五月、前掲、第二章）

『吶喊』（北京新潮社、一九二三年八月）が表現するものは、現代中国の人生である。しかしそれは、暗がりに隠れた変化しにくい中国農村の人生であったとする。当時そのほかの作家の作品、郁達夫の「沈淪」、王統照の「春雨之夜」、張資平の「苔莉」の中にも、五四時期の基調をとらえて表現した作品、五四時期の時代性を表現した作品はない、と茅盾は考える。ゆえに茅盾は、中国の暗がりを表現し悲哀に止まる魯迅の小説を、肯定的に評価するけれども、しかしそのうえで一九二九年においては、魯迅の『吶喊』が五四時期の基調をとらえていないとしている。

「もしも心を落ち着けて考えることができるならば、たとえ例外なく〈落伍〉した小資産階級だけを描いた作品であっても、その反面的な積極性のあることを認めるはずである。こうした暗黒の描写は、人心を揺さぶる――或いは導くという点で、おそらく真実を超越した空想的楽観的描写に比べて、ずいぶんと深刻であろう。読者の判断力が一般にまだ弱い現代中国においては、反面からの風刺〔原文、反諷〕をする作品は、常に誤解される。だから暗黒の描写には弊害があるのかも知れない。しかし批評家の任務はむしろそうした暗黒の描写に伏在する意義を指摘するところにあって、先入観にとらわれて〈落伍〉していると斥けるものではない。」（「読『倪煥之』」、一九二九年五月、前掲、第八章）

これは、中国の暗がりである農村を描いた魯迅の小説を、暗黒を描写して悲哀に止まる文学を、反面から諷刺する作品を、一九二九年の段階で〈落伍〉していると斥けることなく、擁護することを意味する。そしてそのうえで、魯迅の『吶喊』が五四時期の基調・時代性を、都市の青年の人生を、とらえていないとする。それゆえに転換期の知識人の意識形態を表現しえているものとして、『倪煥之』を高く評価する。

(4)　その後の方向について

今後における茅盾自身の文学者としての生き方を述べるとき、彼は悲観と失意の文学から、悲哀に止まる文学（「幻滅」〈一九二七年九－十月、前掲〉、「動揺」〈一九二八年一－三月、前掲〉、「追求」〈一九二八年六－九月、前掲〉のような）から、「足を踏み出」（「従牯嶺到東京」、一九二八年七月、前掲、第八章）そうとする。その時の茅盾自らの姿勢を、後に次のように言う。

「将来を信頼することを知っている人は、幸せであるし、称賛されるべきものである。しかし〈歴史の必然〉を自身の幸福の予約券と見なしてはならないし、またこの予約券を無制限に売りだしてもならない。真の認識がなくて、いたずらに予約券をモルヒネとする〈社会の活力〉は、砂上の楼閣である。その結果は必然的な失敗を得るだけであろう。未来の光明によって現実の暗黒の上に飾りつくろうというような方法を、人びとは勇敢と言う。しかし現実の暗黒を隠蔽して、将来の光明を動力の手段と考えようとするのは、一体どういうものであろうか。真の勇者は勇気をもって現実を凝視し、現実の醜悪さの中から将来の必然を体得し認識する。決して将来の必然を予約券とみなして、それからこれを信頼するのではない。真に有効な仕事は、現実の醜悪さを人々に透視させ、自ら人類の偉大な将来を認識するようにさせ、そこから将来の必然について信頼を生みだすことである。

過ぎ去ったことに感傷していてはならないし、未来を空しく誇ってはならない。現実を凝視し、現実を分析し、現実を喝破しなければならない。」（「写在『野薔薇』的前面」、一九二九年五月九日、底本は『茅盾全集』第九巻〈人民文学出版社、一九八五年〉）

現実の醜悪さを凝視することを通して、将来の必然を体得・認識し、人類の偉大な将来を認識するとする。そして一九二九年五月、茅盾は創作方法を論じて、思想と技術を区分けしながら、次のように言う。

「〈五・三〇〉以後、或いは〈第四期の前夜〉の新文学が、輝かしい成果を収めようとするならば、必然的にまず内容と外形――すなわち思想と技巧の両者の均衡のとれた発展と成熟を追求しなければならない。作家たちはちょっとした聞きかじりの社会科学の常識では不十分だと自覚しなければならない。（中略）新文芸に献身するつもりの人はまず、構成力・判断力があり、観察・分析できる能力を備えなければならない。（中略）彼はまず的確に、大衆の騒音を自ら分析し、地下の泉のしずくを静かに聞き取ることができ、その後で小説中の人物の意識を組み立てる。刻苦して自らの技術を錬磨しなければならず、自分の最も熟知することを選んで描写しなければならない。」（「読『倪煥之』」、一九二九年五月四日、前掲、第七章）

技術（外形）の面から言えば、一九二九年の段階において、茅盾は旧来の写実主義（自然主義の技法＝実地の観察と忠実な描写）を継承しながら、さらに深く大衆の騒音を分析し、社会の微妙な隠れた変化を観察し聴取できるような写実主義を考えていると思われる。(109)

その場合の思想（内容）の方面について、茅盾は次のように言う。

「一篇の小説に時代性があるかないかは、たかだか時代の空気を描写しているかどうかで満足することはできない。時代の空気すら表現しえない作品は、たとえ美しく描かれていても、資産階級文芸の玩弄物となるのにすぎない。いわゆる時代性とは、時代の空気を表現する以外に、二つの大切な意味があるはずである。一つは時代が人々にどのような影響を与えたのか。二つには人々の集団的活力が時代をどのように新しい方向に推し進めたのか。言い換えれば、どのように歴史を必然的な新時代にはいるように促したのか。さらに言葉を換えれば、どのように人々の集団的活動によって早い時期に歴史の必然を実現したのかである。このような時代性の意味こそが、まさしく現代の新写実派文学が表現しなければならない時代性である。」（「読『倪煥之』」、一九二九年五月、前掲、第六章）

茅盾は、第一に時代がどのように人々に影響を与えたのか、そして第二に人々の集団的活力が時代をどのように進歩の方向へ推し進めたのか、を表現する新写実派の文学を提唱している。

「悲観失意の色合いは消えなくてはならない。いちずにスローガンを叫び立てることも、これ以上続ける必要がないであろう。私たちは蘇生の精神を持ち、意志強く勇敢に現実を見定めて、足を踏みだし前進し、また軽率焦燥に流れないようにしなければならない。

　私自身はこの道を歩いてみようと決心した。『追求』の中の悲観苦悶は海風によってきれいに吹き飛ばされた。いまや北欧の勇敢な運命の女神が私の精神的導きである。」（「従牯嶺到東京」、一九二八年七月、前掲、第八章）

　中国における被抑圧階級の人生のための文学とはなにか。「旧中国の子女達」の灰色の人生の描写ばかりではなく、時代の基調を反映し、時代性を表現する文学とはなにか。こうした課題を追究する過程において、近代小説の骨格をもち、時代の基調を反映する小説『倪煥之』に対して、茅盾は高い評価を与えた。茅盾は、一方で魯迅等の悲哀に止まる文学を擁護し、肯定的に評価しつつ、同時にこれを批判的に継承・発展させ、時代の基調を反映する文学の必要性を認識している。

　また一九二九年の段階においては、旧来の写実主義を継承しつつ、広告式の文学・標語スローガン文学ではなく、深刻な表現による写実主義を追求し、また地下の泉の音を聞き取るような写実主義を追求する。マルクス主義文芸理論に基づいて、人々に対する時代の影響を映しだす文学、時代を進歩の方向に人々が推し進めることを表現する文学（新しい写実主義の文学）[110]、を模索している。これが、一九二九年頃の茅盾の到達点であったと思われる。

　以上のような点を考えると、茅盾は右のような過程をへて、旧社会旧文学の変革を目指す人生のための文学、また国民革命を支持する人生のための文学から進んで、被抑圧階級の人生のための文学へと、基本的な止揚の道を歩きはじめた、と考えてよいと思われる。またそこでの創作方法ついては、新しい写実主義として言及している。一九二八年頃以降茅盾は、一九二四年二五年における理念としての理想・理論の高唱から（「止揚」〈カッコ付きの〉の過程から）単なる出直しをしたのではない。茅盾は問題の螺旋を一回りして、新たな一つ上の段階から中国の現実に根づいた、自らの文学観の止揚への過程をここに出発したと思われる。

新しい写実主義とは何か。茅盾は、世界文学の歴史の中でこの内容を考察しようとする。また、新しい写実主義を中国の現実の中で創造的に適用してみた場合、どのような現実が中国にあり、それがどのようなものとして表現されることが可能であるのか。この問題については、三〇年代前半の茅盾の評論から、ある程度窺うことができると思われる。

次項では、前者の観点から、『西洋文学通論』（上海世界書局、一九三〇年八月）をとりあげる。

3　『西洋文学通論』について

『西洋文学通論』は、一九三〇年八月上海世界書局から出版された[111]。「例言」の日付は一九二九年十月十日であり、恐らくこれが草稿の完成時間と思われる[112]。「読『倪煥之』」（一九二九年五月四日、『文学週報』第八巻第二十号、一九二九年五月二十日）のあと約五ケ月後に書き上げられたものと推測される。本節第三項の目的は次の二点にある。①『西洋文学通論』の内容を確認すること、②茅盾の文芸論の発展と深化の過程の中で、『西洋文学通論』がどのような意味をもっていたのか、を追究することである。以下に上記の課題を検討する[113]。

(1)　「第一章　緒論」について

茅盾は「緒論」で、西洋文学の起源から現在に至るまでの進展のおおよその筋道と（前半部分）、文学を考えるうえでの基本的考え方を四点とりあげて（後半部分）、論ずる。

西洋文学の進展に関するおおよその筋道ついての論じ方は、基本的に或る時代における社会階級の大まかな分析を行い、社会階級の意識の反映を文学に見るものである。或る時代における支配的社会階級の転換・交替・変化があれば、それにともなって支配的社会階級の意識を反映する文学思潮の転換・交替・変化がありうる。

例えば、茅盾は次のように述べる。〈文芸復興〉後の百年間余りは、十八世紀中において、繊細柔軟な〈古典主義〉の時代であった。その後、資産階級（原文のまま使用する。資本家階級のこと）が強大となり、この階級の意気軒昂たる精神と個人主義の思潮が文芸に表現されて、〈ロマン主義〉の時代となる。

「そのとき新興階級の資本家は、すでに死にかけていた封建制度を一掃し、全支配権を手中に握ることができるほどに強大になっていた。新興階級の意気軒昂とした精神と個人主義の思潮は、当然文芸に表現された。ユゴー（Hugo）の『エルナニ』（Hernani）がフランス劇場で上演され、〈古典主義〉のために挽歌を歌うのを目にする。」（第一章「緒論」）

資産階級は全盛期を迎える。しかし他方その弱点も示すことになる。資産階級文化は根本矛盾を露呈し、人々は荘厳で光り輝く資本主義社会の中に、腐敗と醜悪さを見出した。そのために〈自然主義〉が隆盛することになる。

「短時間のうちに、資産階級は全盛期に到達し、しかもすぐにそれ自身の弱点を暴露して、資産階級文化の根本矛盾を露呈した。懐疑と苦悶の雲行きが段々と濃くなった。人々は荘厳で光り輝く表面から腐敗と醜悪さを見出し、そのため〈自然主義〉が新しい高波となって文壇に巻き起こり、全欧州を風靡した。ここには、空想がなく、現実だけがあった。彼らは現実の根をむきだしにしたが、しかし彼らは活路を探しだすことができなかった。彼らには遁走しかなかった。」（第一章「緒論」）

〈自然主義〉は資本主義社会の、資産階級文化の現実の根をむきだしに表現したが、しかしその活路を、解決の道を、見出すことができなかった。そのため欧州の文壇は現実を逃避し、象徴主義・神秘主義へと遁走する。

茅盾は、右のような方法によって、ギリシャ神話から、一九一七年ソビエト連邦成立後、〈新しい写実主義〉が欧州文壇と全世界に大きな影響力を持つにいたったことまでを、「緒論」の前半部分で概観する。

次に後半部分で茅盾は、文学を考えるうえでの理論上の基本的観点について、四点とりあげる。

①史的唯物論の原則について

第一に基本的観点として取りあげられたのは、文芸に関する史的唯物論の原則というべきものである。

「蒸気機関が発明されて以降、人類の生活の各分野は加速度的に変化し、文芸もそれにつづいて加速度的に変化した。生産手段のあらゆる変化が、社会組織の変化をもたらし、それから文芸潮流の変革をもたらした。文学者個人が何らかのことを改めようとして改革があったのではなく、人類の生活を推し進めて進歩させる〈生産方法〉〔原文、生産方法〕という大盤石が、文学者をそのように走らざるをえなくさせる。」（第一章「緒論」）

「結局文学の潮流は空中から落ちてくるものではなく、夢のなかで拾いあげるものでもない。文学の潮流は、人類生活のあらゆる変動の深い源である社会的な生産方法の底から、ほとばしりでる上部の装飾である。」（同上）

文芸思潮の歴史上の変化について根本的には、生産手段の発達と生産様式の変化に原因を求める。生産手段の発達により、生産様式が変化し、新しい社会階級が育成され、それにともない新しい社会組織が求められる。そうした社会的変化が、文芸思潮に反映する。人間の社会的存在がその意識を規定する。

②〈超然〉説と〈自我の表現〉についての批判

次に茅盾は史的唯物論の原則に基づいて、文学に関する〈超然〉説と〈自我の表現〉をとりあげ論ずる。

先ず〈超然〉説について次のように言う。

「文学者はべつに天空の神山に住んでいるのではなく、この社会の中に住んでいる。精神的方面・心理的方面で環境の影響を受けざるをえない。それは肉体的方面・生理的方面で環境の影響を受けざるをえないのと同じである。社会の意識形態は、時々刻々文学者に影響を与えている。ただ彼自身は感じていないのにすぎない。だから

〈超然〉の説は、結局悪意のない誇張にすぎない。これまでの――これ以後も――文学者は、皆そこに住む社会のもっとも権威ある意識を、すなわち支配階級の意識を反映しているだけである。」（第一章「緒論」）

歴史上では権威ある意識に反抗した文学者もまれではない。しかしそれは支配階級自身に亀裂があり、また支配階級に対抗する新興階級が台頭しつつあったためである。

社会上で二大対立勢力の闘争において、すでに勝敗が見えるとき、文壇上に〈反抗者〉が存在して、新興階級の口舌となる。しかしこの二大対立勢力が肉薄して戦い、なお勝敗に兆しが見えないとき、その環境のために多くの文学者が動揺彷徨する。そこで彼らは〈超然〉という屏風の後ろに隠れる。しかしどこに隠れようとも、やはりこの社会の中に存在するのであって、〈超然〉は実際のところ社会不安の中における文学者の逃避と彷徨を示すものである、とする。

〈超然〉説について第一章「緒論」で茅盾は、一九二〇年代の創造社の芸術至上主義的傾向を念頭において論を展開していると思われる。一九二五年、「告有志研究文学者」（『学生雑誌』第十二巻第七期、一九二五年七月五日、底本は『茅盾全集』第十八巻）の第四章「現代文学家的責任」で、茅盾は人生派と唯美派を取りあげ、次のように言及した。

「この派（人生派――中井注）は、文学が現在の生活を対象とし、その（現在の人生の）欠陥を描写し、その病根を捜し求め、その後これらの欠陥・病根に猛攻を加えるよう努めることを説く。そのため、この派は芸術独立論に賛成せず、文芸の目的が美の創造のためであるとか、或いは慰安のためであるとかに賛成しない。反対派（唯美派――中井注）の方も彼らを攻撃して、彼らの行おうとすることは、実際は政治家に実行させなければならないもので、文学者の本分に属するものではない。文学はその超然・独立した尊厳を保たなければならない、と言う。（中略）私が本文の第二章で述べたように、これまで文学はその時の支配階級が特権を保持するための道具であったにすぎず、いまだかつて超然としてあったことはないし、さらに独立などは言うまでもない。」（「告有志研究文学者」、前掲、一九二五年）

右の一九二五年の言及と比較すれば、第一章「緒論」における〈超然〉説についての議論は、解明が一層詳細となり深まっていることが分かる。茅盾が第一章「緒論」で展開した〈超然説〉についての議論は、一九二〇年代前半の創造社の所論を念頭において、一九二五年頃から追究しはじめる〈超然〉説の批判を踏まえ、改めて史的唯物論の原則からより詳細な検討を行った性格をもつものと言える。(114)

また次に、第一章「緒論」で〈自我の表現〉について、茅盾は以下のように言う。

「文学者の作品はすべて〈自我〉をとおして現れる。たとえ客観的描写でも〈自我〉をとおした産物である。しかしこの〈自我〉が独立したもの、遊離したものと思ってはならない。この〈自我〉は社会を構成する〈大我〉の中の一分子にすぎず、〈大我〉の心情と意識を分有するものであることを忘れてはならない。いかなる作家も〈大我〉——彼の所属する〈大我〉——から離れあるいは遊離して、彼一人の〈自我〉をもつことはできない。」（第一章「緒論」）

しかし〈自我の表現〉を標榜する作家は、この点を認識することができていないとする。

「そのため彼自身が実際には社会の中の或る一階級に属していることを、誤解して信じようとはしない。」（第一章「緒論」）

第一章「緒論」における〈自我の表現〉についての議論は、一九二〇年代前半に創造社が展開した〈自我の表現の重視〉という姿勢を念頭においたものと思われる。(115)茅盾の上の引用部分における議論は、魯迅の翻訳した青野季吉の「芸術の革命と革命の芸術」（一九二三年三月、『壁下訳叢』〈上海北新書局、一九二九年四月〉所収）が提起する問題と共通する点がある。(116) また、〈大我〉については、一九二五年、「文学者的新使命」(『文学』週報第一九〇期、一九二五年九月十三日)において、茅盾は次のように言及している。

「旧世界は一人の力で推し倒しうるものではなく、理想の世界はなおさら一人の力で建設できるものではない。大多数の人の力を合わせて理想の世界を建設しなければならない。そうであれば、大多数の人にひとつの理想を信じてもらわざるをえない。言わば小我を犠牲として、大我を成就するのである。」(「文学者的新使命」、一九二五年九月、前掲)

ここでの〈大我〉は大多数の人によって支持される理想・時代精神を指していると思われ、個人の小我を棄て、〈大我〉につくべきことを言う。

このように、「緒論」における〈自我の表現〉についての議論は、一九二〇年代前半の創造社の〈自我の表現の重視〉を念頭において、また一九二五年の議論〈大我(大多数の人によって支持される理想・時代精神)〉の論をへて、さらにその後修得したマルクス主義文芸理論に基づき(魯迅が翻訳した青野季吉の論と共通する問題意識に基づいて)、改めてより詳しく展開した性格のものと思われる。そこではあらゆる文学が、客観的描写も、自我をとおして表現される。そしてその自我は、社会的な精神〈大我〉・時代精神や階級意識と関連するものであり、そこから遊離したものではありえない。〈自我の表現〉を標榜する作家も実際には、社会の中の或る一階級に属していると言う。

③作者・文学者の地位について

〈文芸復興(ルネッサンス)〉以前において、欧州の文学作品は多数の無名作家が共作したものであり、個人の手になるものではない。文学者(作家)の地位は、重商主義が台頭するようになってから始めて、公衆のものから個人的なものに移った。

④〈写実的精神〉と〈ロマン的精神〉について

この二つの〈精神〉は文芸を構成する要素である。文芸思潮がどのように変遷しようとも、二つの精神の交互の推移にほかならないとする。[117]

「どの文芸思潮（主義）の消滅と興起にも、背景となる社会層の或る階級の崩壊と勃興が存在する。新興階級が決起するときには、どのような精神をもっているのかについて、いま一歩進めて観察してみる。歴史は私たちに教える。およそ決起して支配権を要求する階級は、たいてい勇敢に前進する英雄的精神と遠大な見識という気概をもつ。多かれ少なかれ冒険的、情熱的で、そのため文芸に表れるものはRomantic（ロマン的）である。一九世紀のロマン主義がその良い例である。しかしこの階級がすでに支配権をとり、かつ段々と崩壊に向かうようになると、観察的分析的態度がもたらされ、文芸上での表現もRealistic（写実的）である。というのも暴風雨の動的な時代の〈ロマン的〉精神が、後には大げさで浅薄なものとなり、事実上文芸を推進する活力となることができず、観察的・分析的・批評的な写実主義に位置を譲らざるをえなかったためである。社会の組織は日々変化し進歩しているが、いわゆる至善至美の世の中がなお遠い将来にあるために、分析的批評的な写実主義にはなお前途において長期にわたる将来がある。」（第一章「緒論」）

茅盾は、未来の理想社会がなお遠い将来にあることなので、分析的批評的な写実的精神、写実主義が今後も主流となることを言う。茅盾はこの写実主義に対し、自然主義の作品は世の中に獣性を捜しだし、その態度が消極的悲観的であるとして、両者を区別する。また、自然主義以降の「反自然主義」の各派（象徴主義、神秘主義等）には、ロマン主義の傲慢不遜な勢いはなく、不安な社会の中で彷徨する者の麻酔剤と、逃避の暗い片隅を意味するにすぎなかった、とする。

〈ロマン的精神〉と〈写実的精神〉の分析については、歴史上のロマン主義と写実主義よりも広義の意味で使用しているると思われる。そしてここには、一九二〇年代の創造社のロマンティシズムをどのように位置づけるか、自らの主張した写実主義をどのように整理するのか、今後どのような〈写実主義〉を採ることが可能なのか、という問題が念頭にあったと推測される。

このように見てくると、第一章「緒論」（文学研究会の成員の一部）の議論は、中国新文学における約十年間の経過の中でこれまで論争の焦点であった問題について、とりわけ茅盾と創造社の間での論争点をも含んで、マルクス主義文芸理論の立場に立って一層深い解明を試みたものと思われる。一九二〇年代、茅盾が創造社等との論争をつうじてなお解明できなかった点、不十分であった点について、この時点（一九二九年十月）で改めて、マルクス主義文芸理論に基づいた理論的追究の結果を提出している。

なお、「緒論」で展開された茅盾の議論は、今日のマルクス主義文芸理論の到達点からすれば、未成熟な部分を多く含むと思われる。しかし、中国新文学界の十年の歴史の中で、現実に存在した具体的理論的問題を、改めて当時の水準におけるマルクス主義文芸理論に基づき分析・整理しようとしたところに、この「緒論」の意義があり、意図がある。それは、当時の中国の現実、文学界の現状を基礎とする、あるべき〈革命文学〉（無産階級革命文学）を追究する議論につながっていくものであると思われる。このように考えると、『西洋文学通論』の第一章「緒論」の内容は、旧社会旧文化の変革を目指す人生のための文学、国民革命を目指す人生のための文学から、被抑圧階級の人生のための文学へと止揚していく茅盾の文学観の、一つの階梯を表す性格を内包していると言える。他面から言えば茅盾は、被抑圧階級の人生のための文学、中国におけるマルクス主義文芸理論の創造的適用に基づく文学、中国におけるプロレタリア文学（無産階級革命文学）の建設を目指すために、西洋文学の通史の分析を、一つの資料とし考察しようとしたと思われる。そのことについて次に述べることにする。

(2)　『西洋文学通論』をとおして

ここでは、『西洋文学通論』の第七章「浪漫主義〔ロマン主義〕」、第八章「自然主義」、第九章「自然主義以后」、第十章「又是写実主義〔ふたたび写実主義〕」、第十一章「結論」の概略を紹介し(118)、茅盾がこれらの章をとおして述べようとした意図を推測してみる。

①ロマン主義について（第七章「浪漫主義」）

ロマン主義（Romanticism）は古典主義に対する反抗であるとする。それは資産階級の民主主義に呼応して起こった文芸上の運動である。フランス革命後、一八三〇年代において、ロマン主義は自らの確立した形式と傲慢不遜な気概で、全欧州の文壇にぶつかっていった。フランスのロマン主義は、金銭が社会的動力となり、人々の行動を支配することに対抗して、理想主義的姿勢をとった。独創と内容を重視し、情熱的で、色彩が鮮明であった。ロマン主義は後に、自我の表現を重んずることを通して、個性の解放を主張した。一八五〇年代になると、ロマン主義は凋落の時期となる。

茅盾は小説のような筆致を用いて、一八三〇年のフランスにおいて、ユゴー（一八〇二－一八八五）の戯曲『エルナニ』（Hernani）上演をめぐる事件を、すなわちこの上演によってロマン主義が古典主義に勝利を収める契機となった事件を、詳細に述べる。そこにはユゴーを支持した熱血の青年達がいた。

その中の一人ゴーチエ（一八一一－一八七二）はロマン主義の中から発展していき、〈芸術至上主義者〉となった。ゴーチエにとって、芸術はそれ自身であり、目的である。人道、情感、近代化、人生、こうした一切は意味がなかった。しかしゴーチエの議論をつき詰めていくと、芸術はそれ自身の軸のまわりを回転するだけで、芸術は空虚で無意義となってしまう。資産階級が政権全体を把握していず、打倒すべき僧侶階級と貴族階級がなお存在するときには、資産階級は〈革命的〉である。文芸上に表現されるものも革命的ロマン主義である。資産階級が支配者となり、しかも足下から敵対者（労働者階級）が生じてくるとき、資産階級は芸術が「娯楽品」となり、絶対美を追究するように要求する。ゴーチエはまさしくこうした意識を表現していたとする。

②自然主義について（第八章「自然主義」）

茅盾は、自然主義の先駆者としての、フロベール（一八二一―一八八〇）の写実主義を紹介する。【創作態度について】ロマン主義者は猛烈な喜怒哀楽の感情をもって、放歌した。フロベールは冷静に観察し、目にする〈真実〉を忠実に、主観的抑揚を加えず、あるがままに描写する。【題材について】ロマン主義者は目を奪われるような題材をとる。しかし後には空想と妄想によって、空虚な〈非平凡〉を作りだした。フロベールの題材は平凡な灰色の人生である。資本主義が発展した社会では、あらゆるものが平凡化し醜悪化する。そうした平凡な醜悪さを描いた。【人生に対する態度について】ロマン主義者は人生を熱愛する。是非曲直を明らかにし、善悪の応報を求めた。フロベールは感情を自制し、主観的好悪を表さない。【描写方法について】ロマン主義は主観的想像を重視した。フロベールは〈実地に観察する〉ことを重んじる。事物を〈分析〉し、事物のそれぞれの〈印象〉を描写する。【作品の技巧について】ロマン主義は、古典主義の形式的美に反対し、精神的美を追求した。雄壮、熱情の奔放を重んじた。しかしこれは誇張や浮薄なものに堕落した。フロベールは、自然な調和した美を重視する。特に用語においては、最適の言葉を求め、推敲を重ねた。

フロベールからさらに進んで、近代の科学的方法を文芸に応用したのが、ゾラ（Emile Zala，一八四〇―一九〇二）

である。茅盾は、ゾラの『ルーゴン＝マッカール叢書』全二十巻（全書の結末にあたる一八九三年の『パスカル博士』も含めて。この叢書の第一巻は一八七一年に出版された）のすべての作品の梗概を約一一頁（世界書局、一九三〇年八月）にわたり紹介している。(119) 特にフロベールには見られない特徴を次のように四点あげる。第一に、ゾラはフロベールよりも徹底して、自然科学の精神と方法を用いた。第二に、ゾラには機械論的人生観があった（例えば、『ルーゴン＝マッカール叢書』の人物はすべて、一人の人間の意志では動かすことのできない必然的な、遺伝の束縛・環境の支配を受けている）。第三に、『ルーゴン＝マッカール叢書』のどの巻にも社会問題があった。しかし機械論的人生観のために、いかなる社会問題も自然主義文学の中では解決されなかった。また、第四に、『ルーゴン＝マッカール叢書』の多くは、肉欲的人生の表現であり、精神生活がなかった。そうした人物の心理的生理的方面は、病態的である。

ゾラは自然主義文学の建立者であり、実行者であった。しかし自然主義の正統な代表と称することはできない。なぜならゾラの作品の中には〈理想的〉人物に近い者も出現している。自然主義の作風ではない作品もある（例えば、『夢』、『作品』）。ゾラはある意味で〈理想家〉であり、社会問題を注視していた。社会改革家を自認し、その小説は〈人生のための芸術〉であった。しかし、自然主義文学の完成者モーパッサン（一八五〇－一八九三）には〈社会改革家〉のような理想はなく、その客観的態度は純粋であり、そのためある意味において〈芸術のための芸術〉に傾いている。その醜悪な描写と消極的思想が自然主義文学の病態を一層明らかにし、そのことにより自然主義反対の運動が起こることになる。

一八八〇年代、ロシアにチェーホフ（A.P.Tchekhov，一八六〇－一九〇四）が現れる。一八八一年、アレクサンドル二世が刺殺されてから、ロシアは極端な反動の時代に入った。大量の革命党員が処刑され流刑にされて、言論の自由は封殺された。知識人は将来の希望を見出せなくなり、意気消沈していった。ロシアの知識人は支配階級の頑迷と凶暴に対して戦った。一般の民衆の愚昧無知とも戦った。しかしいずれも失敗する。こうした青年知識人と小資産階級の心理と生活を、チェーホフは描きだした。チェーホフはロシアの自然主義者と言うことができる。チェーホフとモーパッサンは次の点でよく似ている。両者とも、偉大な短篇小説家であり、人生を透徹して観察し、人生の深い悲観者であった。ただ、モーパッサンは至るところ世の中から獣性を見出して、冷笑した。しかしチェーホフは人類の魂の奥深くまで探り、灰色と堕落の中に精神の光と希望とを探りあてた。チェーホフは悲観主義者として出発し、〈将来を信頼している〉という楽観的な口ぶりで終わった。(120)

③自然主義以後について（第九章「自然主義以后」）

自然主義以後において、頽廃派が現れる。自然主義はモーパッサンのとき円熟に達した。同時に自然主義の欠点もすべて現れた。自然主義文学の題材は社会問題であり、そのため〈人生のための芸術〉という傾向がある。しかし病態を指摘しても、その解決法を示さなかった。そこで〈人生のため〉という傾向は、消極的方面で人生を分析することとなり、そこには積極的な主張がなかった。また自らを人生の一員であるとは見なさず、そのことから傍観者的態度がある。忠実に客観的に描かれた人生は、作者とは関係のない冷淡なものとなった。忠実に客観的に描きだされた作品も、それ自身の目的（忠実で客観的な描写）を追求する芸術品となり、芸術至上主義者の作品と本質上変わりがない。モーパッサンのもとにおいて、自然主義は一種の芸術至上主義となった。自然主義が隆盛したあと、自然主義は、充実した精神・理想を追求する勇気を人々から失わせた。この世の中に残されたものは、冷酷な現実と、空虚な機械的生活である。

そのため自然主義に対する反動が形成されていく。現実はあまりに平凡であり、刺激を与えなかった。人々は精神的な神秘にあこがれつつ、強烈な肉欲の快楽を追求した。これが頽廃派として現れる。頽廃派は冷酷で空虚な機械的生活から逃避しようとする文芸家であった。彼らの意識は、当時の激烈な社会変動と社会階級の頑強な対抗によって引き裂かれていた。頽廃派にはロマン派の潑剌とした精神がなく、酒と肉感を借り一時の陶酔をえて、憂いを忘却しようとしたにすぎない。

一八九〇年を自然主義の没落の時期とするならば、その後の三十年間（一八九〇―一九二〇）は、神秘主義、象徴主義、イタリアでの唯美主義、未来主義、ロシアでの未来主義、実感主義、ドイツでの表現主義、フランスでの立体主義、ダダ主義がつぎつぎと起こった時期である。自然主義以降の雑多な主義は、全体としてみると、進化の曲折した道筋に従っている。茅盾は、これらの主義について、詳しく紹介した後、次のように二点を指摘する。第一に、新しい主義は客観的写実を主張せず、内的な真実の精神を表現できればよいとした。しかしその結果、他人が見ても理解できず、彼らも他人の理解を求めず、芸術は〈幻術〉と化して、社会的意義を失った。第二に、新しい主義は熱情的であり、それ以前の自然主義のように人生を空虚とみなすことはなく、自己を非人生の一部分として冷ややかに観察することはなかった。また幻想を排した。しかし新しい主義は熱情が過度になって狂乱となり、芸術が遊びとなって、社会的意義を失った。

④ふたたび写実主義について（第十章「又是写実主義」）

第十章の「又是写実主義〔ふたたび写実主義〕」において、茅盾は先ずゴーリキー（Gorky, 一八六八―一九三六）を紹介する。ゴーリキーは、完膚無きまでに攻撃された写実主義を新しい基礎の上に復活させたとする。ゴーリキーの客観的描写は冷酷な、先入観のない客観ではなく、客観的事物の中から彼の主観的信仰の説明を探るものである。自然主義以後の諸「新派」は、客観的描写が結局のところ機械論的人生観へ、失望と頽廃へ、人々を導くだけだと考えた。諸「新派」は、自然主義を矯正しようとして、「写実」の方法を捨て去った。しかしゴーリキーは、次のことを示す。

作者の心中に烈火のような感情が燃え立っているとき、写実の方法はかならずしも冷酷で悲観的なものではない。茅盾はここでも、自然主義と写実の方法を、概念として区別する。写実の方法は必ずしも冷酷で悲観的な客観描写に導くものではないとしている。(121) 茅盾は次に、フランスのバルビュス（H.Barbusse，一八七三―一九三五）の『火綫下〔砲火〕』を取りあげ、ゴーリキーの作品と同じ性質の写実的作品とする（作者が烈火のような感情をもっているとき、写実の方法は必ずしも冷酷で悲観的なものとはかぎらない）。バルビュスの作品は写実的であるが、しかしその人物は脆弱ではなく、また矛盾していない。人物の行動の背後には、神秘的〈運命〉もなく、機械論的〈環境〉や〈遺伝〉もなく、力と精神に充ちている。(122)

そして最後に茅盾は、一九二一年新経済政策（ネップ）実施以後のソビエト連邦の散文の復興をとりあげる。〈同伴者〉作家、エレンブルク（Erenburg，一八九一―一九六七）等をとりあげた後、ソ連では、大規模に人生を描写し、大河の滔々と流れる勢いで、変動する人生を描写することが（かつてのゴーゴリ、トルストイ、ツルゲーネフのように）、文壇の中心となった。「心理描写」が出現し、「問題小説」が復活した。グラトコフ（Gladkov，一八八三―一九五八）の『セメント』は、新しい秩序と新しい人間を表現しようとする。その最大の欠点は、表面的な写実主義のみがあって、内面的な写実主義がない点にある。すなわち環境の変化にともなう、人物の性格の有機的展開が作者によって把握され表現されていない。しかし『セメント』は大衆の注意を巨大な根本的問題に導き、深い真実の人生に導いた。グラトコフの〈大風格〉の描写は写実主義のものである。この写実主義はたんに現実を描写することで満足することなく、〈現実〉に付いてさらに一歩前進し、未来を〈予言〉しつつあるものと言える。この写実主義はもちろん個人と社会の衝突を描写するものではなく、〈集団〉がいかに〈新しい人間〉を創造したか、また新しい社会を創造したか、を描写しようとする。この写実主義の人物はもちろん個人主義的英雄ではなく、組織的に規律に従う勇敢な新しい英雄である。[123]

このような写実的人物は『セメント』ではまだ十分に成育成長していないけれども、ファジェーエフ（Fadeev，一九〇一－一九五六）の「毀滅〔壊滅〕」、リベジンスキー（Libedinsky，一八九八－一九五九）の「一週間」、「委員長」等では出現している。楽観が、将来に対する確信が、彼ら二人の作品の基礎である。しかしなお完全無欠の域にまで到達していない。また心理描写が、ときには些細な事柄とか、感傷の側面に陥っている、とする。

「ファジェーエフとリベジンスキーの作品にもいくつかの社会問題が含まれている。新しい社会の男女関係、道徳問題、教育問題等々。彼らももちろん〈予言〉するだけではなく、現実におけるさまざまの真の姿を批評し分析する。ただ以前の写実小説は問題を提出したが、しかし解決するための意見をつけなかった（これは、彼らの彷徨し困惑する心情と拠りどころのない思想が、問題を解決するための意見を持ちえなくさせたからである）。現にファジェーエフの問題小説は解決を提示している――たとえただちに解決できる意見ではないとしても。以前の写実主義小説は現実を批評し分析して、その結果いつも人に暗澹たる人生の絵図を与えた。現在ファジェーエフたちはあからさまな非難の中をとおして、未来への確信と光明を明示している。また〈人間〉に対する見解も根本的に異なる。以前の写実主義者は人間が宇宙の中の哀れな動物にすぎず、自然律に支配されて自由ではありえないと考えた。現在の〈写実〉的小説は、〈人間〉が〈地上の神〉である、人間が自然を利用し、環境を改善することができ、人間が新しい世界を創造するであろうことを表現している。」（第十章「又是写実主義」）

これは、かつての写実主義が止揚された、新しい写実主義の内容を示すものと言える。茅盾はゆえに「新しい写実主義〔原文、新写実主義〕」（同上）と言う。

ソ連邦の新しい写実主義はかつての写実主義とどのように違うのかについて、茅盾の見解を以下三点にまとめておく。

a、新しい写実主義は現実の姿を批評し分析するだけではなく、作家が現実に付きしたがってさらに一歩前進し、未来を指し示す。新しい写実主義は、暗澹とした人生の絵図を与えるだけではなく、それをとおして未来への確信と光明を明示する。〔作家の未来への確信の明示〕

b、以前の写実主義小説は問題を提出するのみで、解決のための見解はなかった。新しい写実主義の問題小説は、解決のための見解を提示する（それがただちに解決できる見解ではないとしても）。〔問題解決についての作家の展望の提示〕

c、以前の写実主義は人間を哀れな動物とし、自然律に支配されて自由ではありえない存在とした。新しい写実主義は人間を〈地上の神〉であるとし、自然を利用して環境を改善することができ、新しい世界を創造する存在であると考える。〔作家の新しい人間観〕

⑤結論について（第十一章「結論」）

茅盾は、西洋文学の進展の全体から見ると、三本の大きな道筋を帰納することができるとする。

a、天上から、人の世の中へ。

b、規則・基準の束縛から、個人の自由な表現へ。

c、娯楽から、教訓へ、意識を組織することへ。

茅盾は、最近の文芸の中では、この三点が意識的に追求される目標である、と考えている。このことに関連して、文芸は社会の現実を表現しなければならない、すなわち文芸は鏡でなければならない。しかしそればかりでなく、斧でなければならない。単に反映に限られず、創造するものでなければならないとする。

また、新しい写実主義について次のように言う。

「写実主義への回帰は、全世界において普遍的状態となっている。」（第十一章「結論」）

「将来の世界の文壇の多くは、かつて受難したことのある、新しい姿の、写実主義によって大いに発揚されるであろう。」（同上）

茅盾は、将来の世界の文壇の多くが、新しい写実主義によって輝かしい成果をあげるであろうと予測する。すなわちこの『西洋文学通論』をとおして、西洋文学の現在と将来にわたる創作方法として、新しい写実主義が顕彰されていると言える(124)。

では、『西洋文学通論』を茅盾が書いた目的は、何だったのだろうか。おそらく茅盾にとって、『西洋文学通論』を書くことは、一九二七年七月国民革命挫折後における、自らの文学活動の方向そして創作方法の方向を、マルクス主義文芸理論の立場から改めて見定めるための作業の一環であったと思われる。第一に、一九二〇年代創造社との論争の中で出現した課題を、マルクス主義文芸理論に基づきさらに深い解明を進めた（〈超然〉説、〈自我の表現〉説）。また第二に、西洋文学の中の〈新しい写実主義〉の意義を明らかにする作業がなされた。ゴーリキーにしろバルビュスにしろ、グラトコフ、ファジェーエフ、リベジンスキー等にしろ、かつての写実主義を止揚した〈新しい写実主義〉の内容をもつものであった(125)。そしてこれは、中国の一九二九年当時の現実の社会において、〈新しい写実主義〉が可能であるかどうか、可能であるとすれば、どのような〈新しい写実主義〉が可能かを茅盾が考えるにあたって、参考とすべきものであった。

すなわち茅盾はここで、一九二〇年代創造社との論争の中で出現した課題を、マルクス主義文芸理論の立場からさらに深く解明し総括をした。それと同時に被抑圧階級の人生のための文学を中心軸とし、創作方法としては新しい写実主義を標榜するための一般理論を、マルクス主義文芸理論の立場からする西洋文学史の検討をとおして、理論として確認していると思われる。[126]中国におけるその具体的な可能性は、すなわちマルクス主義文学理論の創造的適用の可能性は、言い換えると中国のプロレタリア文学（無産階級革命文学）の樹立は、茅盾がその後まさしく追求すべき課題であったと思われる。

第六節　三〇年代前半（一九三〇年―三三年）の批評論

この節では、一九三〇年頃から三三年頃までの、茅盾の批評・文芸論をとりあげる。その目的は、一九二八、二九年頃の革命文学論争のなかで主張された茅盾の文芸論が、中国の当時（一九三〇―三三年頃）の状況の中でどのように彼自身によって継承され発展したのかを見ることにある。そのことをつうじて、茅盾にとっての革命文学論争（或いは革命文学）の意味を検討してみる。

また第二に、次のような課題がある。この間、日本帝国主義による中国侵略が一層激しくなる。一九三一年九月、満州事変が起こり、一九三二年一月、上海事変が起こる。中国の社会的、政治的経済的な状況が一層困難を増した。茅盾は、一九三〇年四月、日本から上海に帰国する。また同月、左連（一九三〇年三月結成、一九三五年末解散）に参加し、[127]南京政府の抑圧と弾圧の中で、被抑圧階級の人生のための文学（無産階級革命文学）を追究する。それは他面から言えば、世界文学のなかで大きな影響をもちつつある〈新しい写実主義〉が、当時の中国の状況の中でどのような形で実現可能であるのか、またマルクス主義文芸理論をいかに創造的に適用するのか、という課題の追究でもあったと思われる。一九三〇年頃から三三年頃までの茅盾の文学批評論・文芸論から、そのような具体的努力の軌跡を跡づけることにする。

1　当時（一九三〇年頃）の現状認識

茅盾は一九三一年に、五四運動を、主として社会的政治的側面と文学的側面の連関する角度から分析して、二篇の文章を書いた。「〈五四〉運動的検討――馬克思主義文芸理論研究会報告」（『文学導報』第一巻第五期、一九三一年八月五日、底本は『茅盾全集』第十九巻〈人民文学出版社、一九九一年〉）と「関于『創作』」（一九三一年八月十四日、『北斗』創刊号、一九三一年九月二十日、底本は『茅盾全集』第十九巻〈前掲〉）である。[128]まず、「〈五四〉運動的検討――馬克思主義文芸理論研究会報告」（前掲、一九三一年八月）において、一九一七年以降に始まる五四運動を総括する中で、茅盾は次のように論ずる。

五四文化運動は中国資産階級が政権を取ろうとしたときの、封建勢力に対する意識形態の闘争であったとする。五四時期は一九一七年頃から一九二二年頃の五、六年間を指す。『新青年』派の知識人が、新興資産階級（工業資本家と銀行資本家）の代言人となった。彼らは、白話文学の提唱から進んで、旧礼教に反対し、民主主義を主張した。これが実際の政治闘争へと拡大するにいたって、新興資産階級は動揺し、妥協した。『新青年』派知識人（胡適之）は実際の政治問題を回避した。当時出現した新文学の中で健全性のあるものとして、魯迅の『吶喊』と康白情の『草児』をあげることができる。『吶喊』は反封建という歴史的使命を担ったばかりでなく、一九三一年当時においても革命的意義をもつとする。

一九二〇年代前半、帝国主義が圧迫を強め、封建軍閥が割拠し、新興資産階級が衰弱する中で、組織された無産階級が中国に登場した。資産階級の五四は失敗し、五四のあらゆる思想は時代から落伍した。こうした情況は文学界にも反映していた。文学研究会は人生のための文学を主張したけれども、当時文芸の唯一の読者層であった青年には受け容れられなかった。創造社の方が青年に歓迎された。しかし時代が進み、封建制度の圧迫を受けていた青年を無産階級革命運動が巻きこんだ。こうした情況が文学研究会の解体と創造社の方向転換を導いた。資産階級の五四は失敗したけれども、封建的思想を打破するという点では、歴史的革命的意味をもっている。

一九三一年現在、無産階級は政権を戦い取ろうとしている。このとき同時に、まだなお根強い封建勢力をも取り除くことが必要である。しかし五四期のスローガンは資産階級的なものであり、現在の状況下では、反革命の作用を果たすだけである。五四の正統を引き継ぐ〈新月派〉は、今日において反革命の作用があるだけだ、とする。

次に茅盾は、「関于『創作』」（前掲、一九三一年九月）において、五四以来の新文学運動と創作理論を取りあげ、詳細に総括して下記のように言う（この文章の中で、革命文学〈一九二八年頃―一九三〇年頃にかけて出現した〉に対する批判がある。この点について、詳しくは後でまとめて触れる）。

五四新文学運動は数千年の〈道統〉を脱して、あらゆる価値を計り直すものである。五四新文学運動の目標は、〈個人主義〉（人間の発見、或いは個性の発展）であった。白話は、封建思想に対するこの意識形態の闘争の中で有効な道具となる。『新青年』派（陳独秀、胡適之）は新文学の明確な内容を提起できなかった。〈人生のための文学〉は文学研究会によって主張された。しかし多くの人々の注目を集めることができなかった。中国のロマン主義文学は創造社によって始められ、これが五四期の最も主要な文学現象となる。しかしその創作理論は個人的感情を重んじる、天才主義、インスピレーション（霊感）主義であり、その描写は〈身辺瑣事描写〉であった。このため創造社の〈即興〉式の小説創作方法は、青年作家の技術進歩上の桎梏となった。創造社は〈芸術のための芸術〉に進んだ。広大な民衆はインスピレーションによる、熱烈な情緒の作品を好まなかった。むしろ封建的道統による旧派文学（通俗小説）・旧文学を読んだ。そうした中で、例外的創作は『吶喊』である。冷静な観察に基づき、農民意識の解剖がなされ、青年にも影響を与えた。一九二五年、五・三〇事件をへて、一九二七年、国民革命の大風が吹き、一九二八年、プロレタリア文学運動（革命文学の主張）が起こる。第三期創造社の理論建設には、プロレタリア文学の形式論と内容論を探求する作業が欠乏していた。その作品は、題材の来源が自身の体験によるのではなく、想像によっていることに最大の病根がある。また太陽社の文学作品は、革命生活の実感を単純に論文化しているようなものである。最も拙劣なものはほとんど宣伝大綱に等しい。蔣光慈の小説には臉譜主義〔くまどり主義〕が見られ、想像によって描かれている。太陽社の革命文学批評論においては、「阿Q時代は死滅した」とされた。しかし二十年代の魯迅の小説「阿Q正伝」の価値について検討する場合、そこでの農民意識の分析が現代の革命に対して参考となる価値をもつかどうか、によって判断される。

左連成立以後においても、現代のプロレタリア文学は力量が足りず、〈公式化〉した構造に陥っている。その原因の一つは、無産階級自体の教養が低く、文学の素養に欠けるため、いまだ自身の階級から作家を生みだすことができないことによる。またその他の原因には、〈転換〉した作家たちが旧意識形態を総括していないため、あるいは生活経験が不十分なため、成熟した作品を生みだしえないことがある。

現在の中国社会は、封建主義、資本主義、社会主義の諸要素（文学上においても）をもった奇形の社会である。文学上において、封建的な白話文学が生まれ、資産階級の頽廃主義的文学等もある。民衆の基礎をもち、弁証法的発展に沿い、堅忍不抜に努力するものが文学界の将来を支えるであろう。

右のように「〈五四〉運動的検討——馬克思主義文芸理論研究会報告」（前掲、一九三一年八月）と「関于『創作』」（前掲、一九三一年九月）で茅盾は、一九一七年以来の五四文化運動とその後において、新文学がもつ社会的政治的意味と文学的意味およびその連関を、歴史的に総括した。そして一九三一年現在においては、政治的には無産階級が政治権力を戦い取ろうとしている。しかし文学上ではプロレタリア文学（無産階級革命文学）がその状況に見あった発展をしていない。今後の文学が民衆の基礎をもって、プロレタリア文学の方向に発展する必要性を指摘していると思われる。

2　無産階級革命文学（プロレタリア文学）の樹立のために

茅盾は、右のような状況認識と、革命文学（一九二八年頃第三期創造社・太陽社によって〈革命文学〉が理論的に唱導されて、魯迅・茅盾等に対する批判が行われた。そのとき一九二八年頃から一九三〇年頃にかけて革命文学派によってつくられた作品を指す）に対する批判を基礎にして、中国の三十年代の現実における無産階級革命文学の可能性、或いは在り方を追究しようとする。

(1)　革命文学に対する批判

茅盾は、中国の革命文学をどの点において批判したのだろうか。またその批判に基づいて何を主張したのか。まずこれらの点を見ていくことにする。

①社会現象に対する全体的認識の欠如

革命文学は公式的な構造をもち、方程式のように小説の筋の進展をはかった[129]。

「私たちの文壇では、数年前一つの〈公式〉が流行していた。その構造は必ず次のようだった。まず抑圧された民衆が貧苦と怒りの中で活路を見つけることができない。そこへ飛将軍（漢の李広将軍を指す――中井注）のような〈革命者〉――全知全能の〈理想的〉前衛――がやってきて、熱心に宣伝し、組織する。そこで『羊の群れの中に牧人が現れる』こととなり、〈行動〉を始める。民衆は例外なく全体が革命化する。人物は、境界のはっきりとした対立する二つの階級に属し、中間層がなく、〈階級の叛徒〉もいない。人物の性格も正と反の二つの〈型〉に分かれ、画一的であり、神が黄土でつくった〈人間〉のようである。物語の発展は必ずや標語・スローガンと呼応し、人物の対話も大衆大会の演説のように緊張して熱烈であり、筋道が明快である。

こうした〈公式〉が数年前、神聖で不可侵の〈革命文学〉の法規であった。」（「『法律外的航綫』読后感」、一九三二年十二月十八日、『文学月報』第一巻第五・六号合刊、一九三二年十二月十五日、底本は『茅盾全集』第十九巻〈前掲〉）

革命文学の小説は公式主義的な構造に従い、先に革命的結論を立てて、そこから小説の物語を創造した。そのため現実の社会現象を観察し、分析することを怠った。その結果、革命の側も反革命の側もそれぞれ画一的な一つの顔つきしかもたない、「臉譜主義〔くまどり主義〕」の人物が革命文学に現れる。(130) 茅盾は「くまどり主義」に対する批判に基づいて、社会現象に対する全面的な、一面的ではない認識、そして弁証法的認識を作家がもつことの必要性を指摘する。例えば革命（進歩の側）と反革命（反動の側）の固定的理解ではなく、そこに発展と変化を見、あらゆる角度、あらゆる側面から（例えば革命陣営と反革命陣営のそれぞれの内部における対立等）、社会現象を全体的に観察し認識することの必要性を説く。

また、小説の筋を〈公式主義〉の構造によって運ばず、現実の観察をつうじて、社会現象に対する全面的認識をつうじて、現実の中に存在する事実を見とおすことをへて、もしも存在するものとすれば、将来の必然性を、革命的契機を、見出さなければならないとする。そのため作家には社会生活についての深い体験あるいは認識が求められる。

「将来の偉大な作品の誕生は三つの条件に基づかざるをえない。正しい観念、充実した生活、熟達した技術である。しかし最高に主要なものはやはり充実した生活である。生活の中から把握した正しい観念だけが、本当の〈正しい〉ものである。生活の中から体得した技術だけが、生きた技術である。」（「関于『創作』」、『北斗』創刊号、

一九三一年九月二十日、前掲）
現実の充実した生活の中から、世界観を把握し（公式ではなく、また理論・理想の高唱でなく）、技術を体得しなければならない（空想によるのではなく、実地の観察と認識に基づいた忠実な描写）[131]。
②感情の面から読者に影響を与える芸術手腕の欠如
革命文学の小説は公式主義的な構造の筋に乗り、しかも理知的な記述・解説により筋が運ばれた。しかし小説は形象的な言葉により感情面から働きかけてこそ、読者を動かす力をもつ[132]。そうしてこそ読者を奮い立たせ、新しいものを認識させ、読者の情感と思想を組織できるとする。

とりわけ茅盾は、当時の現実に存在する読者層を獲得し、彼らに働きかけることができるためには、描写の技術が重視されなければならないとする。

「旧小説が大衆に一層近づくことのできる理由は、〈言葉それ自身〉——読むことができ聞いて分かる——にあるのではない。その理由は、要点を押さえた少ない数句だけで動作を描き、また多くの動作をつなげて人物の悲歓憤怒の境遇を際だたせ、人物の性格を浮き彫りにする等の描写法にある。」（「問題中的大衆文芸」、『文学月報』第一巻第二期、一九三二年七月十日、底本は『茅盾全集』第十九巻〈前掲〉）

大衆は連想能力が知識人ほど発達していない。そのため大衆は明快な動作を要求する。明快な動作は力のある鮮明な芸術的感応をつくりだすことができる。

「大衆文芸において、物語の発展と人物の性格を構成するすべての動作には一つの要点がある。すべての動作はそれ自身明晰で確定しているもので、連想に助けを借りてはならない。暗示的描写も避けなければならない。」（「問題中的大衆文芸」、前掲、一九三二年七月十日）

茅盾は、革命文学がこのことを全く理解していなかったとする。革命文学には、読むことができないし、聞いて分からない作品が多かった。とはいえ中には、読むことができ聞いて分かる作品もあった。しかしそれらも結局大衆の中に入っていくことができず、大衆の読者を獲得できなかった。それは言葉自身の問題だけではなく、描写の技術の重要性を理解していなかったためであるとする。(133)

全面的社会認識と芸術手腕の、両者の欠如という、以上の二点を踏まえて茅盾は次のようにまとめて言う。

「私の中心的論点は次のとおりである。作家はいかに、その獲得した現社会に対する認識に基づき、芸術的技術を用いて表現するか、である。もう少しはっきり言えば、作家は社会科学について全体的な透徹した知識をもち、真に理解できなければならないだけでなく、社会科学の生命的要素――弁証法的唯物論を運用し、この弁証法を道具として、複雑な社会現象の中からその律動と動向を分析しなければならない。そして最後に、形象的言語と芸術的技術をもちいて社会現象の各方面を表現し、これらの現象の中から本来の道を指し示さなければならない。そのため一つの作品が生まれるとき、二つの必要条件を備えていなければならない。

（一）　社会現象の全体的（一面的でない）認識、

（二）　感情の面から読者に影響を与える芸術手腕。」（「『地泉』読后感」、一九三二年四月二十四日、『地泉』、陽翰笙、上海湖風書局、重版、一九三二年七月、底本は『茅盾全集』第十九巻〈前掲〉）

当時の革命文学が成功しなかったのは、右の必要条件としての二点の欠如が原因であったとする。すなわち社会現象の全体的な認識に欠如していたこと、感情の面から読者に影響を与える芸術手腕に欠けていたこと、による。

(2)　旧写実主義的作品に対する評価

革命文学の公式主義的構造と内容に比較して、例えばダンチェンコの『文凭』（「談談翻訳――『文凭』訳后記」、『文凭』〈上海現代書局、一九三二年九月一日〉）、沙汀の作品『法律外的航綫』（「『法律外的航綫』読后感」、『文学月報』第一巻第五・六号合刊、一九三二年十二月十五日、『法律外的航綫』〈上海辛墾書店、一九三二年十月三十日〉）等は、必ずしも積極的な内容をもたず、あるいは刺激性・煽動性に欠けるところがある。しかしそれらは真実の生活の姿を反映している。茅盾はこのように革命文学派の革命文学と比較して、旧写実主義的作品を評価する。(134)

「この短篇集〔『法律外的航綫』を指す――中井注〕の中で、沙汀氏は刺激性と煽動性がほとんどないということを示している。しかしこの欠乏は、決して作者の芸術的才能を覆い隠すことがない。

作者は写実的手法を用いて、社会現象、すなわち真実の生活の絵図を精密に描きだしている。」（「『法律外的航綫』読后感」、前掲、一九三二年十二月十五日）

それは、実地の観察と新たな認識の獲得をへて、忠実な描写をすることに対して、評価をあたえていることを意味する。

「私たちはここで次のことを指摘したいだけである。『禾場上』はありきたりな内容にすぎない、人を驚かす大衆運動等がない。しかしそのありきたりな中に、封建的搾取の実態について生き生きとした描写がある。（中略）そしてこの『禾場上』はたかだか〈旧写実主義〉のものにすぎない。私たちは決して現在の文壇が〈旧写実主義〉に止まることを望んではいない。（中略）正直に言えば、私たちの文壇には立派な〈旧写実主義〉の作品がいくらもない。とはいえ、当然ながら私たちは新しい方向にむかって進展することを切望している。」（「関于『禾場上』」、『文学』第一巻第二号、一九三三年八月一日、底本は『茅盾全集』第十九巻〈前掲〉）

茅盾は、現在の文壇が旧写実主義に止まることを決して望むものではない、新しい方向にむかって進展することを切望するとしながらも、「禾場上」（夏征農、『文学』第一巻第二号、一九三三年八月一日、『中国現代文学期刊目録匯編』〈上〉〈天津人民出版社、一九八八年九月〉による）のような旧写実主義の小説の意義を高く評価する。[135] それは、旧写実主義の優れた作品がいくらもない中国の当時の状況に基づく判断でもある。

(3)　創　作　論

しかしいつまでも旧写実主義に止まることはできない。それをどのように新しい写実主義へと批判的に継承・発展させることができるのだろうか。茅盾は、何によってそれが可能となると考えたのだろうか。

「初めて作品を書く青年に対して、意見を述べさせていただこう。あなたが〈旧写実主義〉の束縛を脱しようとするならば、まず旧意識を克服し、新しい宇宙観と人生観を獲得するよう努力することだけに望みがある。これはまた実践の生活から獲得しなければならず、本にだけ頼ってはならない。これは艱難にみちた、性急にはもたらされない自己鍛錬である。もしもひとたび『今が正しく昨日は誤りであったと気づき』さえすれば、身体の向きを変えるように、その〈旧〉を取り去って、〈新〉に転換することができると思うとする。それならば、結果は必ずや革命の看板を盗用する中味のない殻を〈創造〉しうるだけである。しかも重大な誤りがないとは保障しがたい。」（「関于『禾場上』」、前掲、一九三三年八月一日）

旧意識を克服し、新しい世界観と人生観を獲得することは、一朝一夕に到達できるものではない。それらを実践の生活から獲得することは、艱難にみちた、性急にはもたらされない自己鍛錬によるとする。そのようにして獲得される、中国の当時の現実における新しい写実主義の任務とは何だろうか。

「文芸家の任務は現実を分析し、現実を描写することにあるだけではなく、とりわけその重点は現実分析と現実描写の中から未来の道を指し示すことにある。それゆえ文芸作品は一枚の鏡――生活を反映する――であるばかりでなく、一枚の斧――生活を創造する――でなければならない。」（「我們所必須創造的文芸作品」、一九三二年四月二十二日、『北斗』第二巻第二期、一九三二年五月二十日、底本は『茅盾全集』第十九巻〈前掲〉）(136)

例えば一九三二年上海事変後、作家が表現すべきとされる上海の現実についての題材は、極めて具体的かつ全体的なものであった。

「上海事変において、上海民衆の抗日戦争での奮闘や、兵士の英雄的犠牲、安全地帯内の小市民の驚きと喜び、帝国主義の武力に対する〈物神崇拝〉的迷信、活路のないことを感じたときの頽廃と放縦、小商人の主戦論が結局大商人の和平運動にかなわなかったこと――帝国主義の経済力の集中点である上海においては、狭義の愛国主義でも圧迫を受けること、これらを芸術的に表現しなければならない。」（「我們所必須創造的文芸作品」、一九三二年四月二十二日、前掲）

上海事変停戦後の状況の中で、茅盾は右のような具体的動向・有り様を題材として取りあげ、描く必要を言う。そのうえで茅盾は、さらに次のように主張する。

「上海事変の中で現れた中国兵士の反帝の英雄的戦闘や広大な民衆の間での反帝運動の拡大が、帝国主義者に彼らの大陰謀をすみやかに実行し、早めに中国の反帝民族革命運動の息の根を止めようと決心させた。こうした国際的陰謀の暴露や、芸術的に民衆に影響を与えて、民衆の間で一層深く反帝国主義民族革命運動を喚起することも、作家たちが努力して担わなければならないことである。」（「我們所必須創造的文芸作品」、一九三二年四月二十二日、前掲）。

中国の社会的政治的情勢、上海事変を題材としてとりあげる場合、積極的な任務（未来の道を指し示すこと）が、ここに提起されている。これが「斧」としての、生活を創造する作用であろうと思われる。こうした提起は、中国の新しい写実主義における題材の取り扱い方についての、一つの具体的提起であると思われる。[137]そしてこれは、新しい写実主義が時代の基調を反映し、時代性を表現すると言う場合の、当時の中国の状況における一つの具体的提起であったと言える。

さらに、細部の真実さのほかに、典型的な状況におけるいろいろな典型的な人物を忠実に再現するという、エンゲルスが指摘するリアリズムの創作方法が、茅盾によって下記のように提起されていると思われる。[138]それは、これまで茅盾が目指した新しい写実主義の内容を豊かにし明確にするものとして位置づけられたと推測される。

「作家は一方で社会生活から題材をとらなければならない。また他方で〈物語〉を自ら創り、その社会生活を最も経済的で最も有力な形式（芸術手腕）をもちいて表現しなければならない。（中略）いわゆる〈自ら創る〉とは、決して〈幻想する〉ことではなく、決して〈空中楼閣、無中に有を生ず〉というものではない。いわゆる〈自ら創る〉物語とは、この現実社会に根をもつものでなければならない。生活は現実社会の生活であり、人物は現実社会の活きた人間である。」（「創作与題材」、『中学生』第三二期、一九三三年二月一日）

〈自ら創る〉物語の生活は現実社会の生活であり、人物は現実社会の中の活きた人である。ただ、現実社会の生活・活きた人とは、実際にその事柄・その人が存在するということではないとする。

「『さながら自ら経験したことのある事柄のようであるが、しかし元をたどることができない。人物はどれも良く見知っているが、しかしこれは某甲の化身だとか、あるいは某乙の化身だとか、指し示すことができない。』」（同上）

〈自ら創る〉物語は、このような印象をあたえるものでなければならないとする。これは、典型的状況におけるさま

ざまな典型的人物を忠実に再現することにつながる内容と思われる。(139)

(4)　現実に根づこうとする姿勢

茅盾は、「文壇往何処去」(『文学』第一巻第二号、一九三三年八月一日、底本は『茅盾全集』第十九巻〈前掲〉)で次のように言う。現在文壇においては、未解決のいくつかの問題がある。それらはかつて提起され論争されたが、しかし満足な結果がえられなかった。その中に三つの問題がある。「どんな言葉をもちいるか」、「題材の積極性」、「旧形式の利用」である。

「これまで私たち文壇の論戦は、そのたびごとに上述の三つの問題に関連してきた。しかし関連したにすぎず、しかも論戦のなかでは付属的な位置におかれ、十分な討論が行われなかった。これは大きな欠陥であると思う。文芸理論上の基本的問題、例えば〈文芸の自由〉の問題は、もちろん熱心に討論される必要がある。しかし上にあげた具体的問題も、文壇の進展に関わるところが大きく、注意を払って討論すべきである。」(「文壇往何処去」、前掲、一九三三年八月一日)

茅盾は文芸理論上の基本問題、例えば〈文芸の自由〉のような問題のほかに、議論を必要とする具体的問題があるとし、右の三点をあげる。(140)さらに雑誌を編集し、雑誌のために文章を書く立場から、大きな問題や公式的な話をするよりは、「まじめに〈技術問題〉の討論や、〈調査の仕事〉の消息を多く載せたほうがよい」(「〈雑誌辦人〉」、『文学雑誌』第三、四期合巻、一九三三年七月三十一日、底本は『茅盾全集』第十九巻〈前掲〉)、とする。そのような具体的問題(翻訳の討論、各地で出版される小刊行物の紹介と批評、各地の文壇の現状、各地の民衆の読み物調査、封建的文学の批評、創作の題材等)は、実際は時間と手間を必要とする重要な仕事であるとする。

「翻訳を討論するには、訳文と原文を対照しなければならない。各地の小型文芸刊行物や文壇の状況を紹介するには、調査に行かなければならない。封建的文学を批評するには、まずそれらを読まなくてはならないし、創作の題材を討論するにも、まず複雑な生活の経験がなければならない。要するにこうしたすべては時間をかけなければならない。」（「〈雑誌辦人〉」、前掲、一九三三年七月三十一日）

茅盾は、こうした手間と暇のかかる、現実に根づいた仕事を、自らの文学上の営為の重要な一環として選択しようとする。[141] このような姿勢に基づき、茅盾は一九三三年後半、次のような文章を書いていると思われる。①「新作家与〈処女作〉」（『文学』第一巻第一号、一九三三年七月一日、蔡希陶の処女作「普姫」と新人作家黒嬰の「五月的支那」を比較して論ずる）、②「関于『禾場上』」（『文学』第一巻第二号、一九三三年八月一日、夏征農の小説「禾場上」を批評する）、③「〈九一八〉以后的反日文学」（『文学』第一巻第二号、一九三三年八月一日、鉄池翰の『歯輪』、林箐の『義勇軍』、李輝英の『万宝山』の三篇の長篇を詳細に批評する）、④「『雪地』的尾巴」（『文学』第一巻第三号、一九三三年九月一日、何谷天〈周文〉の「雪地」を批評する）、⑤「丁玲的『母親』」（『文学』第一巻第三号、一九三三年九月一日、丁玲の「母親」の批評）、⑥「幾種純文芸的刊行物」（『文学』第一巻第三号、一九三三年九月一日、この文章で『無名文芸月刊』創刊号、『文学雑誌』第一巻第二号、『文芸月報』第一期にそれぞれ掲載された小説を取りあげ、批評する）、⑦「不要太性急」（『文学』第一巻第四号、一九三三年十月一日、臧克家の「猴子拴」と李守章の「人与人之間」を批評する）、⑧「関于『達生篇』」（『文学』第一巻第五号、一九三三年十一月一日、万迪鶴の小説「達生篇」を取りあげ批評する）、⑨「一個青年詩人的『烙印』」（『文学』第一巻第五号、一九三三年十一月一日、臧克家の最初の詩集『烙印』を取りあげ詳しく批評する）、⑩「王統照的『山雨』」（一九三三年十月二十七日、『文学』第一巻第六号、一九三三年十二月一日、王統照の長篇小説『山雨』の人物像を述べ、批評する）。茅盾が取りあげた作品・雑誌は、新人作家や無名作家のものが多く占めており、これらの文章には紹介と批評をつうじて、具体的問題を提起するという性格がある。[142]〈文芸の自由〉等の問題のように、高度に理論的で抽象的な大問題を論ずることは重要である。しかし、むしろ多くの時間と手間を必要とする、調査の仕事、無名の雑誌の紹介、新人の作品の批評、封建的文学の批判等に自分の力を注ごうとする姿勢が見られる。[143]それは現実に根づいた地道な文学的営為であり、少なくとも、一九三三年頃の茅盾の文学的営為における重要な一環であったと思われる。

一九三〇年頃から一九三三年頃にかけての茅盾の文学批評論をふりかえると、茅盾は、マルクス主義文芸理論に基づいたと称する革命文学に対する批判をつうじて、革命文学の必要条件を二点指摘した。それと同時にむしろ、現実を精確に把握し忠実に描写する旧写実主義の文学を、中国の当時の現実に根づいた文学として評価した。ただそればかりではなく、新しい写実主義の文学の建設のために、茅盾は具体的な作品批評、無名の雑誌の紹介等をつうじて、地道な方法で貢献しようとしている。

第七節　さいごに

一九一九年頃から一九二四年頃にかけて、茅盾は、旧社会旧文化改革のための人生の文学を主軸として、ある時には自然主義を主張し、ある時には新ロマン主義を主張した。この間、自然主義と新ロマン主義という両者の文学思潮（創作方法）が、この主軸のうえに交互に現れる現象が見られた。この交互の波動を推進する動力は、中国の現実に対する茅盾の認識の深化と、それに基づく具体的方策の考察である。こうした現実認識と考察自体が深化しつつ、二つの波動を規定した。

一九二五年において茅盾は、マルクス主義文芸理論（ボグダーノフの論文）に基づき、ソ連邦の無産階級文学論を紹介し考察する。この場合、中国の現実を分析・認識したうえでの無産階級文学の主張というよりは、むしろ理念としての理論・理想に従って、それを高唱した側面を免れない。それは「止揚」（カッコ付きの）の過程と言える。旧社会旧文化の改革を目指す人生のための文学は、国民革命の気運が高まる一九二三年末頃から、国民革命を支持する人生のための文学に進展し、さらには一九二五年、被抑圧階級の人生のための文学に「止揚」された。

しかし一九二七年の国民革命の挫折をへて、茅盾は中国変革の前途に対して深い悲観と失意に陥り、改めて中国革命の道筋を模索しなければならなかった。茅盾にとって、中国の現実を改めて量り直すことが必要であった。量り直した現実に基づき、中国変革を、中国の無産階級革命文学の在り方を、追究しようとした。そのとき従来からの茅盾の文学における主軸は、被抑圧階級の人生のための文学へと、初めて本来の意味での止揚の道に進み入ったと言える。その場合、一方では二〇年代の文学論争をマルクス主義文芸理論の立場から解明するとともに、世界文学の歴史の中から〈新しい写実主義〉が大きな潮流となりつつあることを確認した。他方において、革命文学（一九二八年から一九三〇年にかけて出現した）に対する批判に基づいて、中国の現実に根づいた、中国の文学界の現状認識に基づいた無産階級革命文学（新しい写実主義による）の追究がなされた。そこには、二〇年代の新文学における様々な問題に対する、マルクス主義文芸理論に基づく理論的総括と批判的継承・発展の追求という意味があった。

そしてそのとき茅盾は、当時の文学界の状況における旧写実主義文学の価値を評価した。それとともに新しい写実主義による、被抑圧階級の人生のための文学を建設するために、具体的な作品批評、新人の作品紹介・評価等の手間と時間のかかる具体的な作業を選択して行おうとした。

こうした現実認識と理論との交互の発展・深化の運動の過程をとおして、茅盾の文学批評論は漸次成熟をめざし、総じて中国の現実、中国の文学界の現状に一層根づいた方向へむかって進んできたと思われる。この間、茅盾の文芸理論が現実から遊離することはあった。しかし現実から遊離して抽象の高みに飛翔することは少なかった、と思われる。茅盾は現実認識の中からこそ、理論の道筋を求めようとした。言い換えれば、茅盾の文学批評論の発展・深化の運動の過程には、中国の現実・文学界の現状についての認識と、それに基づく考察という一方向へ向かう力が大きく作用した。しかしそれだけではなく、別の面からいえば、つねに理論の浮力（あるいは向上力）をともなった。理論の浮力も、茅盾の現実認識と理論を相互に深める作用力の一つであったと思われる。時には、一九二五年におけるように、理論と現実の乖離が生じた場合、理念としての理論・理想の高唱という側面が生じることをまぬがれなかった。こうした場合を含めて、茅盾の文芸理論の発展の過程において、理論と現実認識の交互の発展と深化が実現されてきた。この振幅の軌跡は特に、マルクス主義文芸理論との接触において、ある程度顕著に現れた。マルクス主義文芸理論に基づく一九二八年頃から一九三三年頃における茅盾の文学的営為は、中国の情況における創造的適用という絶えない成熟へむかっての、長い道のりの最初の一歩、最初の一段階を、歩きはじめたことを示すものと私は推測する。それは、二〇年代初めの旧社会旧文化の変革を目指す人生のための文学から、二〇年代中頃の国民革命を支持する人生のための文学へと発展し、さらに一九二八年頃以降被抑圧階級の人生のための文学へと止揚する一歩を意味した。そしてその後、一九三〇年代半ば以降において、中国の社会的、政治的経済的情況の変動にともない、この文学的営為に関するさらに多くの試練が、茅盾にあたえられたものと想像される。

注

（１）　行論の関係上、この第四章においても、字「沈雁冰」を使わず、筆名「茅盾」を使用する。

（２）　「商務印書館編訳所」（『我走過的道路』上冊、生活・読書・新知三聯書店、一九八一年八月）、『茅盾年譜』（査国華、長江

文芸出版社、一九八五年三月）によれば、茅盾は一九一七年頃から「学生与社会」（『学生雑誌』第四巻第十二号、一九一七年）、また「托爾斯泰与今日之俄羅斯」（『学生雑誌』第六巻第四号―六号、一九一九年）等の文章を発表している。ただ、系統的な文芸評論は「〈小説新潮〉欄預告」（『小説月報』第十巻第十二号、一九一九年十二月二十五日）から本格的に始まると思われる。

（3）これらの課題の考察にあたって、私が目を通した諸本・諸論文は、末尾の参考文献にかかげた。それぞれたくさんのことを学ばせていただいた。適宜、本文或いは以下の注において言及することとする。

またこの第四章においても、印刷の都合上、引用上の繁体字および中国の簡体字は、代用できる限りにおいて日本の新字体に改めてある。

（4）「茅盾〈五四〉時期的新文学観」（朱徳発等、『茅盾前期文学思想散論』、山東人民出版社、一九八三年八月）は次のように言う。

「新文学が人生を表現し、人生を反映するものであることを強調するのは、五四時期の人生のための文学派の共通の認識であった。」

「初期茅盾における原理的文学観獲得の契機――そのロシア文学受容――」（芦田肇、『東洋文化研究所紀要』第一〇一冊、一九八六年十一月二十五日）は、茅盾の文学活動に一貫して、「文学は人生を反映（表現）しなければならない」という文学認識が軸にあり、価値評価の基準として存在した、と指摘する。

（5）「茅盾早期文学批評両面観」（丁柏銓、『茅盾研究』第五輯、文化芸術出版社、一九九一年三月）は、「茅盾の言及する〈写実主義〉は往々、西洋文学発展史上の文学運動或いは文学潮流、そして芸術的に世界を把握する過程の中で採用される創作方法という、この二つの異なった含意がある。」と指摘する。

私は、この意見に賛成し、同時に新ロマン主義についても同様であると考える。

（6）『茅盾全集』第十八巻（人民文学出版社、一九八九年）の脚注では、「第十四巻第十二号」とするが、ミスプリントである。

（7）茅盾はまた、「我対于介紹西洋文学的意見」（『〈時事新報〉学灯』、一九二〇年一月一日）で西洋文学思潮の進化について次のように言う。

「西洋古典主義の文学はルソーにいたって始めて打ち破られ、ロマン主義はイプセンにいたって終わりを告げ、自然主義はゾラから起こり、象徴主義はメーテルリンクから始まって、現在の新ロマン派にいたる。始めは前人の範囲のなかに拘束されるが、後に解放される。（ルソーは文学解放の時代である。）主観を重視する描写は、主観から客観に変化し、また客観から主観へ変化し戻る。しかしすでにそれは以前の主観ではない。その間の進化の順番は一歩で到達できるものではない。」

（8）『茅盾年譜』（査国華、長江文芸出版社、一九八五年三月）、「初期茅盾における原理的文学観獲得の契機――そのロシア文学受容――」（芦田肇、前掲、一九八六年）による。前記論文「初期茅盾における原理的文学観獲得の契機」（芦田肇）は、次の点を詳細緻密に指摘する。すなわち、一九二〇年一月頃、「文学は人生を反映（表現）しなければならない」と初めて表明された茅盾の文学観は、一九一九年のロシア近代文学の翻訳をつうじて、またロシア近代文学に関する Thomas Seltzer の見解によりつつ形成されたもの、とする。
また、「方卡」（「ワーニカ」、チェーホフ）について茅盾は、「俄国近代文学雑譚下」（『小説月報』第十一巻第二号〈一九二〇年二月〉による。『茅盾全集』第三十二巻〈人民文学出版社、二〇〇一年〉では「万卡」とする）で次のように紹介する。

「試みに彼〔チェーホフ〕の短篇『方卡』“Vanka”を見てみると、わずか数百語によって、貧しいみなし子が靴屋の主人の虐待を受ける苦しみ、その子の将来の一生の事柄、社会の人々の孤児の身の上への無関心、酒びたりの祖父のだらしなさ、これらを一つ一つ形容し表現する。この短篇から少なくとも次のことが発見できる。（1）徒弟制度の非道、（2）孤児院の普及の切実な必要性、（3）貧しいみなし子は社会において生活の落伍者であり、その前途は悲観すべきものであること、（4）こうした人は将来盗賊となるかも知れないこと、（5）こうした人も本来、立派な家のお坊ちゃんお嬢ちゃんと同じように良い子であること。このような問題はこれまで社会学等が議論してやまないことである。しかしチェーホフはたった数百語で描写している。なんとすばらしい手段であろうか。」

このような茅盾の言及を読むと、「方卡」が非常に明白な意図のもとに翻訳されたことを推察できる。

（9）　茅盾はそのほか、「芸術的人生観」（『学生雑誌』第七巻第八号、一九二〇年八月五日、底本は『茅盾全集』第十八巻〈人民文学出版社、一九八九年〉）で次のように「過度な写実」の欠点について言う。

「実際過度なロマンは、もとより芸術上許されない、しかし過度な写実も『及ばざる』に失してしまう。というのも芸術作品は全く理想をもたず、構想がないわけにはいかないからである。」

（10）　写実主義と自然主義について、茅盾は「自然主義的懐疑与解答——復呂芾南」（『小説月報』第十三巻第六号、一九二二年六月十日）で、Saintshung や Prof. W. A. Neilson の説を参照して、両者は本質的には変わらない、描写方法の客観化の多少にある、とする。バルザック、フロベールを写実主義とし、ゾラを自然主義とする。「関于茅盾与自然主義的問題」（黄継持、『抖擻』第五十期、一九八二年七月、底本は『中国当代文学研究資料茅盾専集』第二巻上冊〈福建人民出版社、一九八五年七月〉）の指摘するように、茅盾は「自然主義」について、ゾラをも含めた広義の写実主義として言及する場合が多かったと思われる。

（11）　この文章（「為新文学研究者進一解」）の中で、茅盾はさらに次のように言う。

「社会の暗黒がとくにひどく、思想の閉鎖性がとくにはなはだしく、また一般の青年が新思想の意味をまだ徹底しては理解していない中国において、自然主義を提唱し、自然主義を流行させるならば、その害悪はさらにひどいものとなる。私は敢えて、そのもたらされる害は消沈する精神とエゴイズムの蔓延であると推測する。」

（12）　茅盾は「霍普徳曼伝」（『小説月報』第十三巻第六号、一九二二年六月十日）で次のように言う。

「いわゆる新ロマン運動は、表面的には自然主義の反動のようであるが、実際はむしろ自然主義の助手である。新ロマン作家の努力によって、自然主義の文学上の価値は一層高くなった。多くの新ロマンの作品は自然主義の技術を根底としている。『沈鐘』もまさしくこの例の中の一つである。」

（13）　茅盾は「自然主義的論戦——復周賛襄」（『小説月報』第十三巻第五号、一九二二年五月十日）で次のように言う。

「来信には言う。『自然主義者は世の中の悲哀を描くが、世の中のために悲哀を解決しないであろう……』、そしてその次の一段落は、この意味であると思われる。これもかつて人が自然主義に反対した一つの理由である。私もかつて一時これがために自然主義文学に反対した。」

また「自然主義的懐疑与解答――復周志伊」（『小説月報』第十三巻第六号、一九二二年六月十日）で次のように言う。

「自然派文学はたいてい個人が環境の圧迫を受け抵抗する力もなくて、悲惨な結末となることを描く。これはまことに多くの良くない影響を生みだす可能性があるものです。自然派が最近西洋で非難を受けるのも、この点にあります。私はこのことからかつて懐疑を抱き、ほとんど自信を持つことができませんでした。」

ここで茅盾が一時自然主義に反対した、もしくは懐疑を抱いたとは、一九二〇年二月頃以降のこの時期のことを指すと思われる。

（14）「茅盾和新浪漫主義」（孫慎之、『茅盾研究論文選集』上冊、湖南人民出版社、一九八三年十一月）は、この頃の新ロマン主義の茅盾における存在と内容を明確に指摘する。また一九二二年以降、新ロマン主義の思想が否定されたのではないことも指摘する（この点に関しては、一九二四年二五年に、茅盾は新ロマン主義〈ロマン・ロラン〉の理想・思想を否定している、と私は考える）。

また、「論茅盾早期提倡新浪漫主義与介紹自然主義」（黎舟、『茅盾研究』第一輯、文化芸術出版社、一九八四年六月）は次のように言う。

「茅盾は初期に一度、新ロマン主義を提唱し、自然主義を紹介した。これは客観的事実である。しかし前者については、新文学建設の終極的目標であり、ただちに実行することができるものであるとは考えなかった。後者については、茅盾は文学進化の観点から出発し、また当時の創作中の良くない傾向に対して提出された便宜上の対策であった。」

黎舟論文は、「新ロマン主義の提唱」と「自然主義の紹介」の存在を認めたうえで、右のように位置づける。

上記の二論文は、しかし、自然主義と新ロマン主義がどのような構造をもって、また歴史的に見て、どのような力学的様相をもって茅盾の思想に存在したのかまでは分析していない。私は次のように考える。この二つの文学思潮の提唱が交互に現れる波動の起伏消長は、中国文学界・中国社会の現状に対する茅盾の認識の深化と深く関わっており、二つの文学思潮（創作方法）の内容とその理解もその深化にともない進展している。

（15）「初期茅盾の文学観——文学研究会と写実主義」（佐治俊彦、『中国の文学論』、汲古書院、一九八七年九月）は、茅盾が「今後の新文学運動は新浪漫主義の文学でなければならない」（一九二〇年九月）という考え方をもちながら、写実派自然派からまず紹介しようとした（一九二〇年一月）とする。こうした矛盾の理解には、「進化論」的歴史認識等を前提として考えなければならないとする。しかし私は、この両者を、時間的に短く近接しているけれども、時期を異にする考え方である、ととらえる。

また、一九一九年から一九二二年頃にかけて、茅盾の思想と文芸観について進化論の面から綿密に分析した論文に、「茅盾〈五四〉時期的進化論思想及其文芸観」（丁柏銓、『南京大学学報』一九八三年第三期、底本は『中国当代文学研究資料茅盾専集』第二巻上冊〈福建人民出版社、一九八五年七月〉）がある。

（16）茅盾は「対于系統的経済的介紹西洋文学底意見」（『〈時事新報〉学灯』、一九二〇年二月四日、底本は『茅盾全集』第十八巻〈前掲〉）で次のように言う。

「第一にまず紹介についての私の意見を述べる。

西洋の新文学の傑作で中国語に翻訳されたものは、数パーセントにもならない。だから私たちは最も重要で適切なものを選び、先に訳さなければならない。それでこそ時間上労力上の経済的方法である。しかしまた中国にはなお中国語の詳細で分かりやすい西洋文学思潮史がないので、重要適切という以外に、さらに系統的ということに注意しなければならない。（中略）

次に、系統的という以外に、私たちの社会にあうかどうかという問題があり、これも重要であると思う。また例えば『群鬼』は、イプセンの『青年同盟』（"League of Youth"）に換えることができる。というのも中国は現在まさしく老年思想と青年思想の衝突している時代、young generation と old generation の勝敗を決する時代、だからである。」

茅盾は、「私たちの社会にあうかどうか」という問題を視野に入れて議論しようとしている。

（17）①「商務印書館編訳所」（『我走過的道路』上冊、生活・読書・新知三聯書店、一九八一年八月）で茅盾は一九二〇年頃の自己の文芸観を回顧し、大略次の四点にまとめ紹介する。（1）新文学は新思潮を源泉とし、新思潮は新文学によって宣伝される。我が国の文学は写実主義以前であるが、最終的目標は新ロマン主義である。（2）自然主義を紹介すべきであるが、提唱には反対する。自然主義は人を失望させ、苦悶させる。ゆえに中国の新文学は新ロマン主義を提唱しなければならない。（3）新文学は進化した文学である。その要素には、普遍的性質を持ち（白話を用いる）、人生を表現し指導する力があり（思想を重視する）、平民のための文学でなければならない（人道主義的精神を持つ）。（4）文学は純粋芸術（芸術のための芸術）ではなく、その本質は人生を表現するものであり、理想をもって表現する。

しかし（2）の内容について、茅盾が「紹介」と「提唱」を明確に分けることができたのは、次の③項で言うように、一九二一年以降のことと思われる。すでに本文で触れたように、一九二〇年二月に茅盾は、「ここ一年余り写実主義を提唱し、社会の劣悪な根源を徹底して暴露した」（「我們現在可以提倡表象主義的文学麼?」」、前掲、一九二〇年二月）、しかしほとんど反響がなかったとしている。

②「文学上的古典主義浪漫主義和写実主義」（『学生雑誌』第七巻第九号、一九二〇年九月、この文献は北京留学中の名古屋大学大学院文学研究科博士課程〈後期課程〉在学中の内藤忠和氏（現島根大学法文学部、中国近現代文学）にご足労を煩わし、一九九九年北京図書館より複写を入手することができたものです。ここに記して感謝の意を表します。二〇〇四年現在において、この文章は『茅盾全集』第三十二巻〈人民文学出版社、二〇〇一年〉において見ることができる）で、茅盾は次のように言う。

「文学ということであれば、その本質は純粋な芸術品ではない以上、当然人生という方面を棄却するのは不都合である。ましてや文学が人生を描写するものであるとすれば、その骨格となる理想がないことはありえない。」

新ロマン主義的方向を支持するこの判断は、西洋の文学思潮進化史に基づいた、茅盾のこの時点（一九二〇年九月）の文学的内面的確信という色あいが強く、中国の文学界・社会の現状分析と認識に基づいた方策としての確信という色あいは弱い。

③茅盾は、「『小説月報』改革宣言」（『小説月報』第十二巻第一号、一九二一年一月十日）で次のように言う。

「三、写実主義の文学は、最近すでに衰退終焉の様子が見え、世界観の立場から言えば、多くは紹介すべきではないと思われる。しかし国内の文学界の状況から言えば、写実主義の真の精神とその真の傑作は全くと言ってよいほどない。

ゆえに同人は、写実主義には今日においてなお紹介の必要が切実にあると考える。同時に非写実主義の文学もできるだけ多く輸入して、一歩進める準備とする。」

このように一九二一年の時点で、中国には写実主義の精神と傑作がないと指摘する。写実主義の紹介の必要性を言うこの判断は、一九二〇年と比較して一歩中国の現状の理解に基づいたものと思われる。

（18）こうした旧文学に対する茅盾の捉え方は、一九二三年、二五年にも見られる。

「中国の旧来の文学観は（一）文は以て道を載す、（二）遊びの態度、の二種類にほかならない。（中略）両者はちょうど逆の内容で、中国旧来の文学の相対する二極端をなす。」（「什麽是文学――我対于現文壇的感想」、『学術演講録』第二期、一九二四年、松江暑期演講会〈一九二三年八月〉の講演原稿）

「それぞれ両極端に走る、禁欲（似せ道学）と肉欲（色情的描写）の二つの思想で表現される中国恋愛文学の中に、健全な恋愛観を探しだすことはできない。」（「『打弾弓』」、『文学』週報第一六三期、一九二五年三月九日）

後者では茅盾は、旧来の恋愛文学についても同じ両極端の態度を見て、右のように言う。

（19）「文学研究会宣言」（周作人起草、『小説月報』第十二巻第一号、一九二一年一月十日）では次のように言う。

「文芸を楽しいときの遊戯、或いは失意のときの暇つぶしと見なす時節は、今すでに過ぎ去った。私たちは、文学は仕事である、しかもまた人生にとって非常に大切な仕事であると信ずる。」

（20）茅盾は、「新文学研究者的責任与努力」（『小説月報』第十二巻第二号、一九二一年二月）で次のように言う。

「文学を創作するとき不可欠のものは、観察の能力と想像の能力である。両者のうち一つに偏ってはならない。表現の二つの手段は分析と総合である。世の中の万象、人類の生活は、善の一面と悪の一面を必ずもつ。たんに分析的表現法を尊ぶのは、善の一面に偏るのではなく、必ずや悪の一面に偏る。なべてロマン派文学と自然派文学はそれぞれ一方の端を行く。醜悪さの描写にはまことに芸術的価値がある。しかし人生の一方を代表するのみであり、とうてい完全無欠、忠実な表現とは言えない。西洋の写実派の後、新ロマン派の作品は観察と想像を兼ねそなえ、総合的に人生を表現するものである。この一歩進んだ芸術と思想も創作者がいつも考慮に入れておかざるをえないものである。」

これは理想としての新ロマン派に対する注意を促したもので、一九二〇年の新ロマン派を主張する、最後尾の部分と考える。

（21）茅盾は、「『対于介紹外国文学的我見』底我的批評」（『〈民国日報〉覚悟』、一九二一年十月九日、底本は『茅盾全集』第十八巻〈前掲〉）で、西洋文学紹介をめぐる高卓の論議（文学研究はその源から研究すべきであり、紹介もその最初から紹介すべきであるという意見）を、「高卓氏の『遡源』論は現状を顧みない、いたずらな理想論の高唱に過ぎないと言える」、とする。

魯迅は、アルツィバーシェフの『労働者シェヴィリョフ』を一九二〇年十月訳了し、『小説月報』第十二巻第七―九号、十一―十二号（一九二一年七―九月、十一―十二月）に掲載した。その作品から魯迅が受容した思想の中には、理想の高唱と現実に対する無策についての、シェヴィリョフによるアラジェフ批判があり、また純粋な魂が理想の破滅によって一層の深い幻滅を受けること（オーレンカの例）の指摘があった。（拙稿、「魯迅と『労働者セヴォリョフ』との出会い（試論）〈上〉」、『野草』第二十三号、一九七九年三月、「魯迅と『労働者セヴィリョフ』との出会い（試論）〈下〉」、『野草』第二十四号、一九七九年十月）こうした当時の魯迅、周作人に共通する姿勢が、すなわちいたずらな理想論の高唱ではなく、現実に基づく方策の探求を重視するという姿勢が、茅盾に影響を与えたと考えられる。茅盾は「語体文欧化問題和文学主義的討論」（『小説月報』第十三巻第四号、一九二二年四月十日）において、「文学は個性の表現を重んずる」という徐秋衡の意見について次のように言う。

「もしも文学を『識別』する西洋の主義に基づき、中国の文学を評価するとすれば、中国の文学はどこに位置しているのか。中国で現在よく目に触れる小説――上海各新聞に載る章回体旧小説と新式の短篇小説――とは結局どのようなものなのか。これらの小説に作者の個性があるのだろうか。こうした実際の問題が、実は重要である。ここから検討せずに結論を下したり、いたずらに各主義の善し悪しを空論し、『文学は個性の表現を重んずる』等の耳に快い役に立たぬ話を空唱するのは、言わないほうがましだと思う。」

これは理論の、また理想の空唱をするのではなく、中国の文学の現実に付くべきことの指摘である。また茅盾は「自然主義的論戦――復周賛襄」（『小説月報』第十三巻第五号、一九二二年五月十日）において、理想の幻滅について次のように言う。

「最も人を苦痛に陥れるのは、醜悪なものの恐るべきことではなくて、理想の失敗であると知らねばならない。――理想があれこれとすばらしいと思う人は、いったん真相を見ると、すなわち極めて醜いことが分かると、この幻滅の悲哀、心の打撃は、何よりも厳しい。」

また、厭世主義と享楽主義について、茅盾は「創作的前途」（『小説月報』第十二巻第七号、一九二一年七月十日）において次のように言う。

「現在の青年の煩悶はすでに極点にまで達している。煩悶の原因は、一方で旧勢力の圧迫があまりにも重く、社会の惰性があまりにも深くて、そのため前途の光明がほとんどないと感じさせ、悲観させる。他方では彼ら自身の思想の混乱のためである。（中略）混乱すれば、煩悶することとなり、煩悶によって生ずる悪い結果は、一つは厭世主義であり、一つは享楽主義である――これは両極端である。両極端の間にあるのは、平凡な麻痺した生活である。厭世は正常に反するものであり、享楽は本能的である。」

この分析の仕方には、魯迅の「訳了『工人綏恵略夫』之后」（一九二一年四月十五日）と「故郷」（『新青年』第九巻第一号、一九二一年五月）における最後の部分の影響が見られると思われる。前者において魯迅は、アルツィバーシェフが一九〇五年ロシア革命挫折後の青年の動向のなかに、シェヴィリョフ的な無政府的厭世的「個人主義」とサーニン的な虚無的享楽的「個人主義」という二つの傾向を見ていたことを説明する（拙稿、「魯迅の『個人的無治主義』に関する一見解――附　江坂哲也訳『《革命物語》序』」、『言語文化論集』第十巻第一号、名古屋大学総合言語センター、一九八八年十月三十日）。「故郷」においては、「私のように苦しみ転展と生活する」生き方（厭世主義）、「ほかの人のように苦しみすさんで生活する」生き方（享楽主義）、閏土のような「苦しみ麻痺して生活する」生き方を述べている。

なおそのほか、茅盾は、右のことと直接には関係がないが、『労働者シェヴィリョフ』に次の文章の中で言及する。「雑談」（『文学旬刊』第三十六期、一九二二年五月）、「介紹外国文学作品的目的」（『文学旬刊』第四十五期、一九二二年八月）、「〝半斤〟ＶＳ〝八両〟」（『文学旬刊』第四十八期、一九二二年九月）、「最后一頁」（『小説月報』第十三巻第七号、一九二二年七月）、「『灰色馬』序」（『文学週報』第九十五期、一九二三年十一月）

右に論じたことからも、「初期茅盾の文学観」（佐治俊彦、前掲、一九八七年）が指摘する、陳独秀（「文学革命論」）や周作人（「人的文学」）の延長線上に初期茅盾の「人生を表現し指導する文学」を置くという論に私は賛成する。ただ、同論文の指摘する周作人と茅盾の「大きな隔たり」については、今後の私の課題とする。

（22）　茅盾は「新文学研究者的責任与努力」（『小説月報』第十二巻第二号、一九二一年二月十日）で次のように言う。

「およそ良い西洋文学はすべて紹介すべきだという方法は、理論上は成り立つが、しかし私たちの目的に会わない嫌いがある。」

例えばオスカー・ワイルドの「芸術は最高の実体であり、人生は装飾に過ぎない」という唯美主義は現代の精神に反し、これを無分別に中国に紹介するのは不経済であるとする。

（23）　「為新文学研究者進一解」（『改造』第三巻第一号、一九二〇年九月十五日、底本は『茅盾全集』第十八巻〈前掲〉）で茅盾は、ロシアの自然主義文学を挙げ、チェーホフ、ゴーリキー、それを継いだアンドレーエフ、アンドレーエフを継いだアルツィバーシェフに言及する。ロシアの自然主義文学はアンドレーエフにおいて悲観と失望が極点に達し、アルツィバーシェフの文学はエゴイズム（Egoism，唯我主義）の文学であったとする。茅盾によれば、アンドレーエフとアルツィバーシェフはロシア自然主義文学の系統に属し、その末裔であった。

（24）　「茅盾初期文芸思想の形成と発展⑶」（青野繁治、『野草』第三十四号、一九八四年九月一日）が指摘する、一九二一年から始まる『小説月報』における損なわれた民族、弱小民族の文学の紹介も、茅盾の新たな姿勢に基づく一環として考えられる。同論文は次のように指摘する。

「《小説月報》第十二巻第十号『被損害民族号』の『引言』で、彼はこの種の文学を研究する理由を次のように述べている。『（中略）彼らの中の損害を被って下に向いた魂は我々を感動させる。なぜなら我々自身も同じく不合理な伝統思想や制度の犠牲者であることを悲しんでいるから。彼らの中の損害を被っても向上に向う魂はそれ以上に我々を感動させる。なぜならそれによって我々は人間性の砂礫の中にも精製された金があることをこれまで以上に確信し、前途の暗闇の背後は光明にほかならないことをこれまで以上に確信するから。』沈雁冰のこの言葉は『被損害民族』の文学を中国の社会状況と重ねあわせて読み、そこに救いの道を模索しようという態度の表現であり、それを新浪漫主義の作品の中に求めようとした一九二〇年頃の態度と基本的に変わっていない。」

青野氏の言うように、表面的には似た態度と言える。しかし一方は、主として西洋文学思潮進化史に基づいて、新ロマン主義の中にあるべき理想・光明を見ようとしたのであり、他方は、中国の現実について認識を深めるために、同じ「損なわれた民族」の文学の中に虐げられた民衆の悲しみと、それにもかかわらず向上に向かう魂を見つめ、そこから光明を見ようとする。最初から理想があるのではなく、まず中国の現実認識に基づいて、構想を立てようとする点において、またもしも有るものとすれば、現実の中から光明を見出そうとする点において、両者には違いがある、と私は考える。

（25）「評四、五、六月的創作」では「七巻五号」とするが、実際は第八巻第一号である。

（26）茅盾は、「社会背景与創作」（『小説月報』第十二巻第七号、一九二一年七月十日）で次のように言う。

「このような時代を反映する創作は現在なお見ることができない。大成功したものがないだけではなく、こうした意図の試作さえもまれである。この点から考えると、創作家は眼前の社会背景についてあまりにも軽視しているようだ。中国新文学は準備期にあり、勢いそれほど成功した創作もありえない。この時期的な関係がもとより一つの原因である。しかし最大の原因は創作家自身の環境である。国内で小説を創作する人は大部分勉強し学問研究する人であり、第四階級社会〔労働者の社会〕での経験がない。（中略）そのため苦難の多い社会背景を反映する小説は出現しえない。」

（27）茅盾は周作人宛て書簡（一九二一年八月三日、『茅盾全集　書信一集』第三十六巻、人民文学出版社、一九九七年）で次のように言う。

「『小説月報』は毎月外からの投稿（たいていは知らない人）を受け取り、いつも五十篇以上で、長篇も短篇もあります。しかし良いものは結局得難く、それらにはいくつかの共通の欠点があります。（一）描写する事柄状況が、本人も経験したことのない初めてのものである。（二）創作しようとして創作しており、印象が深まり言わずにはおれないところがあって、書いたものではない。（三）客観的観察法を基礎とすることができていない。（四）人物だけを重視して境遇を軽視したり、境遇だけを重視して人物を軽視してしまう。一篇の中の境遇と人物に関係が生ずることが少なく、読者が読後、この境遇があればこそ、こうした人が生まれるのだろうと感ずることができない。（中略）こうした普遍的な欠点は自然主義だけが治癒することができると思います。近頃、自然主義は中国において一年以上提唱し研究する必要があると思っています。将来の創作が旧来の『風花雪月』の旧套に復帰しないように願っています。」

茅盾は、自然主義に対する、期限つきの提唱と研究の必要性を述べる。

（28）茅盾は「創作的前途」（『小説月報』第十二巻第七号、一九二一年七月十日）で煩悶する中国の青年の現状を取りあげ次のように言う。

「青年の煩悶、煩悶の後の動向、動向の予兆……これらはみな現在重要な問題であり、文学作品の中に表現されるべきである。しかも表現されるばかりでなくて、光明の路を煩悶する者に導き指し示し、新しい信頼と新しい理想を彼らに再びとどろかせねばならない。」

しかも文学の使命はこの煩悶を訴えて人々の感情を疎通させる。そうした文学の背景は全人類的背景であり、訴える情感は全人類共通の情感である、とする。

このような新ロマン主義的思考が沈雁冰の内面に存在し、それは段々と底層流として沈みつつあったが、このような形で時に浮上したものと思われる。ただ時として現れたこの新ロマン主義的思考も、当時の青年の煩悶という現実に基づいている。

（29）茅盾は、「自然主義的懐疑与解答――復周志伊」（『小説月報』第十三巻第六号、一九二二年六月十日）では次のように言う。

「周啓明氏は昨年秋私に手紙をくれて、『世の中でもっぱら獣性を見つけだす自然派は、中国人がそれを見れば、害を受けやすい』、と言う。しかし周氏はまた自然主義の技術によって中国現代の創作界の欠点を直すことに賛成した。私自身の現在の見解は、私たちが自然主義を採り入れようとするのは、決して、必ずしもすべての点で自然主義に学ぼうとするものではないと考える。自然主義派文学の含む人生観から言えば、まことに中国の青年に良くないかも知れない。しかし私たちが今注目するのは人生観としての自然主義ではなく、文学としての自然主義である。私たちが採用しようとするのは、自然主義派の技術上の長所である。」

茅盾は、自然主義文学が人生の暗部をもっぱら描写することにより、中国の青年を失望落胆させるとしても、むしろ現実を直視して、人生とまともに向き合う自然主義文学を評価する。また真実を描写しようとする描写方法、技術上の長所を学ぼうとする。

この問題に関して、「茅盾初期文芸思想の形成と発展(4)」（青野繁治、『野草』第三十六号、一九八五年十月三十一日）は、一九二一年茅盾が提唱する中国の自然主義は「人を失望させる」自然主義ではなかった。その内容は新ロマン主義と未分化であったとする。私は、茅盾が当時の文学を改革する対症の良薬として自然主義を提唱したのであり、自然主義がたとえ人に失望をもたらすとしても、その正負の両面の功罪を秤量し認識したうえで提唱したものであった、と考える。

「鄭振鐸の『血と涙の文学』提唱と費覚天の『革命的文学』論――五四退潮期の文学状況（二）」（尾崎文昭、『明治大学教養論集』第二一七号、一九八九年三月一日）は次のように論ずる。

「効用論に関して、一度、周作人は手紙で意見を言ったらしく、茅盾は返事（二十一年十月二十二日）で『文芸が社会を突き動かすのは万にもできないことであるとの先生の御論は、拙意と正に一致するものです』と書いてもいた。本心ではなくともそう書かずにはいられない心理的力関係があったと見てよかろう。」

同論文は、「文芸が社会を突き動かすのは万にもできないことである」という周作人の「効用論」否定に、茅盾が賛成したことを指摘する。しかし原文は「文芸遷就社会、万不能辦到」（『茅盾全集』第三十六巻、前掲）である。この意味は、一九二一年十月十二日付け周作人宛て書簡の内容からしても、「文芸が社会に妥協することは、決して行ってはならない」という意味であり、「効用論」の否定に関することではないと思われる。

（30）茅盾は、「自動文芸刊物的需要」（『文学旬刊』第七十二期、一九二三年五月二日）で次のように言う。

「中国の一般の人には文学についての正確な観念がなく、とりわけ新文学の意義をあまり理解していない。彼らは新文学の特別な点は白話を用いることにあると思い、そのためおよそ白話で書かれた小説をすべて新文学と見なす。そのため市場に氾濫する〈小説職人〉の作品を新文学と見なしてしまう。」

茅盾は白話を断固として擁護しながらも、新文学と、白話で書かれた旧派文学を明確に区別している。

（31）「茅盾与自然主義」（呂効平等、『中国現代文学研究叢刊』一九八三年第二輯、底本は『中国当代文学研究資料茅盾専集』第二巻上冊〈福建人民出版社、一九八五年七月〉）は、茅盾のこの時期における、「実際から出発する思想方法」について指摘する。また、中国の当時の歴史的社会的条件下で、自然主義を提唱したことの進歩的意味を評価する。また、「沈雁冰在〈五四〉時期的理論功績」（劉納、『茅盾研究』第三輯、文化芸術出版社、一九八八年七月）も、中国の当時の歴史的社会的条件（文学的環境）の下で、茅盾が行った文芸理論活動を高く評価する。

（32）後茅盾は、「複雑而緊張的生活、学習与闘争」（『我走過的道路』上冊、生活・読書・新知三聯書店、一九八一年八月）で回顧し次のように言う。

「文章の結論は次のように認識している。〈礼拝六派〉が今日小市民に対してなお広範な影響力をもっており、現在文学を先鋒とする新文化運動が前進するうえにおいて最大の障害となっている。まず『この暗黒勢力を取り除く』ことが必要である。そして新文学を発展させ、その読者に、青年学生以外にも、小市民階層を引きつけようとするならば、自然主義を提唱することが目前の必要事である。」

この回顧部分では、ほとんどが旧派文学、〈礼拝六派〉との闘争にあてられており、最後に、上のように若干自然主義に触れるにすぎない。

（33）茅盾は張聞天宛て書簡（一九二二年四月六日、『茅盾全集』第三十六巻、前掲）で、ロマン・ロランのキリスト教会批判について述べ、ロマン・ロランの意見に賛同しつつ、次のように言う。

「ロランはまた真理を深く愛する人です。“Jean Christophe”で描く理想の人物は真理を深く愛する者です。しかし近代の教会の人は、口では〈真理〉を言いながら、実際には毎日真理を遮り覆っています。」

一九二二年四月六日の段階で、ロマン・ロランとその作品『ジャン・クリストフ』に対する評価が、すなわち新ロマン主義の作者と作品に対する評価が、この場合も高かったことが分かる。ゆえに本文で述べたように、私は新ロマン主義が底層流として後景に退き、そして茅盾の内面に沈潜したと考える。茅盾は自己の内面の問題と、中国の現実にとってどのような文学思潮（創作方法）が必要なのかという問題を、理性的に区別して考えていたと思われる。

「茅盾の自然主義受容についての一考察」（南雲智、『桜美林大学中国文学論叢』第四号、一九七三年十月一日）は、一九二〇年頃から一九二二年にかけて二つの文学思潮の交互の出現という事実を指摘する。ただ、一九二二年再び自然主義が提唱されるとき、「社会背景と方法」（六九頁）とを分離させれば、南雲氏の言うその宿命論などのマイナス面は解消するとするのだろうか。なぜ氏の言う「社会背景の反映」（六五頁）という自然主義のマイナス面が、この場合問題とならなくなるのだろうか。私にとって同論文の、事実の説明が分かりにくかった。

（34）「複雑而緊張的生活、学習与闘争」（『我走過的道路』上冊、前掲）によれば、王雲五等は、一九二三年一月『小説世界』を発刊する。その内容は基本的に〈礼拝六派〉の雑誌であった。しかしその中に口実をつけて茅盾から受け取った、茅盾の翻訳原稿、王統照の小説「夜読」の原稿も含まれて、出版された。このことについて、茅盾は『〈時事新報〉学灯』（一九二三年一月十五日）で事実を明らかにして反撃した、と言う。

（35）茅盾は、「最后一頁」（『小説月報』第十三巻第六号、一九二二年六月十日）で次のように言う。

「現在小説を読む大多数の人が、芸術を鑑賞する能力に欠けると思う。浅薄凡俗な作品を至宝とし、精妙で奥深い作品を平板と考える。」

また「雑譚」（『文学旬刊』第五十一期、一九二二年十月一日）で次のように言う。

「中国の一般の人の常識は、実際大変あわれなものである。祖先伝来の『三字経』の数句以外に、常識はない。西洋ではすでに日常茶飯事の科学的常識、社会的常識が、中国社会では極めて高遠なものに変わる。こうした常識のない人であふれる社会において、〈通俗〉を称する小説がどのようなものであるか、推して知るべしである。だから現在の社会において、多数の人に人気のある小説であればあるほど、悪いと言えよう。」

（36）茅盾は、「複雑而緊張的生活、学習与闘争」（『我走過的道路』上冊、前掲）で鴛鴦蝴蝶派という言葉について次のように言う。

「私は〈五四〉以前において、〈鴛鴦蝴蝶〉という名称はこの派の人に合っていると思った。（中略）しかし〈五四〉以後、この派の中には少なからぬ人が『流行に乗ろうとし』た。彼らはいつも某生某女のことではなく、思いがけないことに家庭の衝突を書き、労働人民の悲惨な生活さえも書くようになった。このため、もしもこの派の最も古い刊行物『礼拝六』によって呼ぶとすれば、なおふさわしい。まさしく〈礼拝六派〉の中に『流行に乗ろうとし』た人がいたがために、一般の小市民をひどく惑わし、それゆえに害毒も一層大きかった。」

本書でもこれに従い、〈礼拝六派〉を使用することにする。

(37)　一九二一年九月二十一日付け周作人宛て書簡（『茅盾全集　書信一集』第三十六巻、前掲）では茅盾は次のように言う。

「今の人が新文学に反対するのは、必ずしも欧化した白話文が分からないためではなくて、実は恐らく近代的思想の大体の状況を理解していないためなのです。以前『小説月報』を読んでいた者は、たいていは老秀才か、新旧の幕友〔官吏を補佐する者——中井注〕、そして〈風雅〉に近づく商人で、思想とは何であるのか、彼らは思ってもみることができないのです。」

また、民衆がむしろ悪質粗製の旧派文学を好んでいることを指摘するものには、一九二二年十一月十日付け関芷萍宛て書簡（『小説月報』第十三巻第十一号、一九二二年十一月、底本は『茅盾全集　書信一集』第三十六巻〈前掲〉）がある。

(38)　新文学の読者層について、茅盾は「文学界的反動運動」（『文学』週報第一二一期、一九二四年五月十二日）で次のように言う。

「文芸の普遍的発達には、一つには作者が、二つには読者がなければならない。中国は現在もとより作者に欠乏し、とりわけ読者に欠乏している。中国の作者界とは読者界のことである。（中略）中国の今日の一般民衆には、全く文芸の鑑賞力がない。そのため新文学には広大な読者層がない。一般大衆のまっとうな文芸の鑑賞力を養成しようとするのは、本来一朝一夕で成功できるものではなく、ひとりの大作家を生みだすより困難かも知れない。」

(39)　底本は『郭沫若全集』文学編第十六巻（人民文学出版社、一九八九年十月）による。なお、『創造季刊』創刊号の出版年月を郭沫若は、一九二〇年五月一日とするが、いま『郭沫若全集』の注に従い、実際の一九二二年五月一日に改める。

(40)　茅盾は一九二二年八月十日付け王桂栄宛て書簡（『小説月報』第十三巻第八号、一九二二年八月、底本は『茅盾全集　書信一集』第三十六巻〈前掲〉）で次のように言う。

「先生は現在、多数の青年が『礼拝六』、『半月』等のつまらぬ物を好んで読むのを見て、深く悲観しています。（中略）青年の徹底した自覚が本来すぐにできるのは難しい。この数年の〈新文化運動〉はもともと徹底しては青年の心を突き動かしたことがありませんでした。（中略）この数年何篇かの作品は、青年たちの心を打ったかも知れない。しかし中国の広野の砂漠では、この音は聞き取れないほど弱かった。」

（41）　茅盾は、「一九二二年的文学論戦」（『我走過的道路』上冊、前掲）で次のように回顧する。

「当時、同じく私たちに理解できなかったことは、創造社諸君の大多数が鴛鴦蝴蝶派に対してほとんど言及しようとせず、かつて攻撃したことがなかったことである。一つ例外もある、成仿吾が《創造季刊》第二《ママ》期で『岐路』を書き、〈礼拝六派〉に対して激しく砲撃したことである。」

成仿吾は「編輯余談」（『創造季刊』第一巻第三期、一九二二年十二月）で次のように言う。

「私は本期雑録欄で、下等な出版物を攻撃する『岐路』を書いた。これは個人的な緊急の独断的一弾である。この分野における行動については、同志と相談したことがないが、しかし私の一弾が妥当なものと必ずや承認してくれると信じている。私たちは一方で全国の同志たちと我々の新文学を建設しようとしている。他方で目の前の妖魔に対しても、同志を援助して白兵戦の猛攻を惜しむべきではない。この醜悪な妖群については、もとより貴重な弾丸が惜しいと思われる。しかし彼らの縦横無尽な行動は時代の汚点であり、時代の屈辱である。時代はその汚点を拭いさり、その屈辱を雪ぐことを求めている。友よ、我々とともに前に向かって追撃し、彼らの戦線を一つ一つと奪いとり、彼らを地球上から掃討しよう。」

こうした努力は創造社によっては十分果たされなかった。

魯迅は、創造社の行動から見る彼らの中国文学界に対する現状認識について、一九二九年に次のように言う。

「またこのことから、超現実的唯美主義はロシアの文壇においてその根がもともとこれほど深いものであり、そのため革命的批評家ルナチャルスキーなども実際全力で排撃しなければならなかったと分かる。またこのことから、中国の創造社の類が以前には『芸術のための芸術』を鼓吹し、現在革命文学を談論している、しかしそれはどういうわけかいつも現実を見つめることができず、それ自体も理想のない空騒ぎであることが分かる。」（『新時代的預感』訳者附記」、一九二九年四月二十五日、『魯迅全集』第十巻、人民文学出版社、一九八一年）

（42）「茅盾的文学創作和技巧問題」（馬・嘎利克〈マリアン・ガーリック〉著、王彦彬訳、底本は『中国当代文学研究資料茅盾専集』第二巻下冊〈前掲〉）は、「創作与題材」（一九三二年二月一日、『中学生』第三十二期、底本は『茅盾全集』第十九巻〈前掲〉）を取りあげ、茅盾の小説論と郭沫若の詩作の態度を比較して、その対照的考え方を指摘する。また、茅盾は「文学与政治的交錯」（『我走過的道路』上冊、前掲）で次のように言う。上海大学は中国共産党の運営する二番目の学校であった。一九二三年春、鄧中夏が上海大学の行政事務を取りしきる総務長になり、社会学系と中国文学系、英国文学系、俄国文学系を設立することとなった。茅盾は「中国文学系で小説研究を教え、英国文学系でもギリシャ神話を講義した、時間数は多くはなかった。」このことも茅盾の近代小説研究を推進する一つの契機となったのであろう。

（43）「上　理論方面」で茅盾の言う「第十三：典型人物〔原文のまま〕」とは、類型のみを描いて、個性を描かないような類型的人物を指している。

（44）底本は『茅盾全集』第十九巻（前掲）による。

（45）『創造社資料』上冊（饒鴻競等編、福建人民出版社、一九八五年一月）所収。

（46）論争の発端について茅盾は周作人宛て書簡（一九二二年九月二十日、『茅盾全集　書信一集』第三十六巻、前掲）において次のように言う。

「創造社と郁、郭二君に対して、もともと敵意はありません。ただその言葉があまりにも厳しいので、すぐには我慢ならず、そのためお返しをしました。新派が相争うべきでないとは、郁君が『女神』出版一周年記念を発起したとき、こうした考えがあったようです。どうして一方でこのように言いながら、他方で悪口を言うのか分かりません。」

（47）三つの主題とは、①創作と作用の問題、②欧州文学をいかに紹介するか、③翻訳における誤訳の問題、である。

（48）「文芸之社会的使命――在上海大学講」（一九二三年五月二日、郭沫若講、李伯昌・孟超合記、上海『民国日報』副刊『文学』第三期、一九二五年五月十八日）において、創作と作用の社会的連関が追究されている。

（49）「芸術家与革命家」（一九二三年九月四日、『創造週報』第十八号、一九二三年九月）において、創作と作用の問題についての内的連関が追究されている。

（50）翻訳の目的における、個人の研究と大衆に紹介することの区別の必要性については、一九二二年七月十日付け万良濬宛て書簡（『小説月報』第十三巻第七号、一九二二年七月、『茅盾全集　書信一集』第三十六巻、前掲）に見える。

（51）また「児童文学之管見」（一九二一年一月、『民鐸』第二巻第四期、一九二一年一月十五日、底本は『〈文芸論集〉匯校本』〈黄淳浩校、前掲〉）で郭沫若は次のように言う（この引用は本書第一章の繰り返しになるけれども、煩をいとわず引いておく。読んで下さる人に諒とされることをお願いする。）。

「文学上では近頃功利主義と唯美主義――つまり『社会的芸術』と『芸術的芸術』――の論争が行われているが、しかしこれは立脚点の違いというにすぎないであろう。文学自体がもともと功利的性質をもっている。かの非社会的な（Antisocial）或いは厭人的な（Misanthropic）作品であっても、社会改革・人間性向上においては、非常に深く広い効果をもつのであって、この効果という点から言えば、『社会的芸術』ではないとは言えない。他方、創作家が創作するときにおいて、小心に功利の見地にとらわれるならば、そのできあがった作品は必ずや浅薄卑陋で、深く人の心を動かすことができず、まして芸術として成り立たず、それが『社会的』とか、『非社会的』とか、を論ずることすらできない。要するに、創作の面から主張するときには、唯美主義を持するべきであり、鑑賞の面から言及するときは、功利主義を持するべきである。」

（52）茅盾は「西班牙写実文学的代表者伊本訥茲」（『小説月報』第十二巻第三号、一九二一年三月十日）で、ブラスコ・イバニェス（一八六七―一九二七）について次のように言う。

「イバニェスの芸術はゾラとモーパッサンの『遺徳』を受け継ぐものではあるけれども、しかしイバニェスの思想は彼自身の思想である。彼はモーパッサンの描写の技術を採り、自分の郷土の材料を取りあげ、自己の思想・自己の目を用いて、研究し観察し、そののち彼の小説を書いた。まさしくこれがためにイバニェスの作品には独立した生命があり、それは決して模倣の、生気のない作品ではない。」

一九二一年三月茅盾は、作家が独自な思想・独自な目によって研究観察し、それによって芸術の生命が保証されるものであることを言う。ここでは茅盾は、作家の描写の技術（形式）と思想（内容）を区別して、イバニェスの作品の独自性が、彼自身の思想と彼自身の目による研究観察に導かれていることを言う。これが茅盾における個性尊重のひとつの内容であったと思われる。

(53) また茅盾は、「中国文学不能健全発展之原因」（『文学週報』第二五一期〈第四巻第一期〉、一九二六年十一月二十一日）で次のように言う。

「六朝文人は典雅を誇っていた。（中略）もちろん彼らの作品には人生を見つけることができないし、個性がなかった。この衰頽の風は唐の杜甫、白居易（中略）が極力挽回しようとした、しかしあまり成功していない。元の雑劇、明の世情小説は、なお人生を表現しえているけれども、文人に重視されず、遊びと見なされた。そのため中国には終始、文学とは人生を表現し、作者の個性がなければならないもの、と明確に認識した時代がなかったと言ってさしつかえない。」（「中国文学不能健全発展之原因」、前掲）

「上に述べたことをまとめると、
一、明確な文学観がなかったことと、文学が独立していなかったこと。
二、古に惑い、今を非とした。
三、かつて明晰に、文学は人生を表現することを主たる任務とし、個性がなければならないことを、認識していなかった。」（同上）

第三点において茅盾は、文学は人生を表現することを主要任務とすることに付け加えて、作者の個性（自我、内部要求）が作品に刻印されていなければならないことを言う。こうした特に個性を重視する言及は、以前にはほとんど見られなかったものであり、恐らく郭沫若との論争をへて、強化され獲得したもののひとつと思われる。茅盾の場合、この個性とは社会化された個性（自我、内部要求）と言える。それは独自な思想・観察に基づいて作品に刻印されるものと考えていたのであろう。一九二五年の段階において茅盾は、文学が被抑圧民族・被抑圧階級のために人生を表現するものであり、また「善美な将来に向かうよう指し示すことができる」（「文学者的新使命」、『文学』週報第一九〇期、一九二五年九月十三日）ものとも言う。

（54）また直接の響き合いとは言えないが、次のような例がある。

茅盾は、西洋の唯美派・頽廃派を社会に対する叛逆という積極的な意味をもっていたことを認めて評価する。しかし中国の唯美派は、中国古来からの名士派の文学、すなわち生活の改善を追求することを「俗」とし、社会的弱者に対する同情を「婦人の仁」と笑う名士派の態度と混じり合ってしまったとする。

「いわゆる唯美派は、文学の社会的傾向を痛罵して、功利主義とし、文学の商品化であると考える。彼らは無用の美を崇拝し、気違いじみて自由奔放な天才派の行動を尊崇する。唯美派自身においては、これが西洋からの新式だと思っている。しかし実際には中国古来のいわゆる名士風流の旧い型に落ちこんでいるのが分かっていない。」（「什麼是文学」、一九二三年八月、松江暑期演講会、『学術演講録』第二期、一九二四年、底本は『茅盾全集』第十八巻〈前掲〉）

茅盾は、自分たちが求めるものは内的生活の充実であり、精神の自由である、と認める。そのうえで、文学は実際の生活と切り離されるものではなく、実生活の憂愁を忘れるためのモルヒネではないとする。

「文学は実生活の屈辱的行為を呪うものである。文学はまた決して『象牙の塔』の中で人を陶然と楽しませたりしないし、逆に長旅に疲れ、実生活と格闘する人々を卑俗と見ることもしない。文学はまた決して、人々がそれをモルヒネ、阿片、焼酎として、沈酔によってあらゆる憂愁を忘れることを望まない。」（「雑感」、『文学』週報第九十期、一九二三年十月一日）

茅盾は、空想的感傷と現実逃避の文学を批判しつつ、次のようにバルビュスの言葉を引く。

「現実の人生と関係を絶ち宙に浮く文学は、現在すでに死んだものとなった。現代の生きた文学は必ずや現実の人生に付きしたがって、眼前の人生を促進することを目的とする。」（「〝大転変時期〟何時来呢?」、『文学』週報第一〇三期、一九二三年十二月三十一日）

後一九二四年に郭沫若は次のように言う。

「芳塢よ、私たちは革命途上の人間であり、私たちの文芸は革命的な文芸でありうるだけである。私は、今日の文芸に対して、それが社会革命を促進しうるという点においてのみ、その存在の可能性を承認する。今日の文芸はまた社会革命の促進という点においてのみ、文芸という称号を受けるに値しうる。さもなくばすべて酒肉の残香であり、麻酔剤の香であって、つまらぬものだ。つまらぬものではないか。真実の生活には一筋の道、文芸は生活の反映である、という一筋の道があるだけで、ただこれのみが真実なものとしなければならない。」（「孤鴻――致成仿吾的一封信」、一九二四年八月九日、『創造月刊』第一巻第二期、一九二六年四月）

（55）「告研究文学的青年」（秋士、『中国青年』第五期、一九二三年十一月十七日）では青年の情況を次のように言う。

「中国は現在、情勢が日一日と悪化していると言える。青年は現在、大志も日一日と冷めていると言える。中国の問題の解決は、必ずや中国の青年に待たなければならない。しかし中国の青年がこのようにひっそりと沈みこんでいって、中国になお希望があるのだろうか。」

また、一九二二年八月の早い段階でも「青年的疲倦」（『小説月報』第十三巻第八号、一九二二年八月十日）において青年の疲弊についての論がある。ただそれは、事実の指摘に止まる。

（56）「雑感」（『文学旬刊』第七十四期、一九二三年五月二十二日）ではなお、失望消沈の中にも希望を見いだすことができる文学に触れ、次のように言う。

「批評家はまた次のように言う。日露戦争後、ロシアは興奮から失望に入る。その数十年間のいわゆる〈灰色の生活〉にも二人の大芸術家――チェーホフとアンドレーエフ――がいて、その生活の画像を残した。この二人の作家は目を見開いて当時の卑しくまた意気消沈した人生を正面から詳細に見た。彼らは失望し、憤激が極点にまで達したために、怒りで叱る言葉も出ずに、ただ冷笑するだけだった。しかし彼らはまた困惑の中にも、〈遠い将来に夜明けがある〉と確信していた。そのため彼らの作品は読者がため息を出し涙を流した後、また知らず知らずのうちに元気を出させ、活気がまた私たちの心によみがえってくる。これもチェーホフとアンドレーエフの偉大なところである。（中略）私は中国にもチェーホフとアンドレーエフのような作家が生まれることを望んでいる。」

チェーホフとアンドレーエフ（二人をロシア写実主義の流れに属するものと茅盾は当時考えていた）に対する茅盾の見方は、「俄国近代文学雑譚〈下〉」（『小説月報』第十一巻二号、一九二〇年二月）、「安得列夫的死耗」（『小説月報』第十一巻一号、一九二〇年一月）における見方とほとんど変化がない。ただ、一九二三年の時点においては、中国の現状とりわけ青年の現状に基づいて、彼らのような、失望落胆する中にも「遠い将来に夜明けがある」ことを信ずる作家の、出現することが待たれるとする。

また、茅盾個人の内面から言えば、『ジャン・クリストフ』（ロマン・ロラン著）は、悪い環境の中にあっても悲観せず、万難をへて意気消沈しない真の勇気を教えてくれる彼の愛読書であり、『リュクサンブールの一夜』（グールモン著、私が目を通した本は、『魯森堡之一夜』〈古爾孟著、鄭伯奇訳、泰東図書局、一九二二年五月一日初版、一九二六年八月再版〉。内藤忠和氏〈島根大学法文学部、中国近現代文学〉の御好意により、北京大学図書館所蔵本のコピーを手に入れることができました。ここに記して深くお礼申し上げます）は、現代人の煩悶を取り除く方法を教えてくれる愛読書であったことが分かる。

（57）『茅盾早期思想新探』（丁柏銓、南京大学出版社、一九九三年七月。この書は、周先民氏〈名古屋大学文学研究科博士課程後期課程修了〉のご尽力により、一九九九年三月に入手できました。ここに記して深く感謝いたします）で、次のように指摘する。

「文学効用観の問題で茅盾に一歩前進させた大きな動力は、『中国青年』雑誌からきているとすべきである。鄧中夏、蕭楚女、惲代英等の早期共産党員が新文学の問題を解明し唱導する一連の言論を『中国青年』に掲載した。」（第四章）

（58）『文学』週報第一〇一期に副題はない。いま、『茅盾全集』第十八巻（前掲）によって補う。しかし『茅盾全集』第十八巻では、「雑感――読代英的『八股』」となっているので、本来の原題「八股？」に基づくことにする。

（59）蕭楚女は「詩的生活与方程式的生活」（『中国青年』第十一期、一九二三年十二月二十九日）で次のように言う。

「前進する人生の道には、二つの生活方法がある。一つは現実を回避し、わざと曲折の多い道を歩き、目をつむって社会の一切の罪悪を見ようとしないものである。――想像の中で別に意にかなった幻想を作りだし、それによって楽しむ。もう一つは現実に近づいて見つめ、現実がいかに醜悪であろうと、いささかも恐れず、群がる罪悪の中から真っ直ぐに通り抜ける。——勇敢に奮闘し、罪悪一掃の仕事に従事して、人類のために広い道を切り開き、衆生を救済しようとする。」

蕭楚女は、後者の厳しい自律的生活に人生方程式の論理的価値があるとし、人間としての意義を果たすものとする。現実を回避し、幻想の中に入るのではなく、現実を見つめ奮闘することに価値をおいている。

（60）茅盾は「創作的前途」（『小説月報』第十二巻第七号、一九二一年七月十日）で、現代人の煩悶を訴えることについて次のように言う。

「文学の使命は、現代人の煩悶を訴えて、数千年の歴史的遺伝である人類共通の偏った心・弱点から抜けだすように援助し、無形のうちに歴史的束縛を受ける現代人の情感を相互に疎通させ、人と人との間の無形の境界線を段々と消滅させることにある、と考える。」

また、茅盾は一九二二年六月十日付け陳徳征宛て書簡（『茅盾全集　書信一集』第三十六巻、前掲）で次のように言う。

「私の偏見では、現在の時局は、悲壮慷慨の或いは失望消沈の創作がふさわしいときだと思います。熱血を持ち、生活の圧迫を受けている人が、坐して古書を根気よく読むことがありましょうか。私は、『文学とは社会の反映』であるという迷信をもつものです。現代人の苦痛の声、恨みの声を聞くことを好みます。古代の人の作り笑い嘘泣き、無病呻吟、淑やかな女性の歩きぶりといった不自然な行動をあまり耳にしたくありません。」

茅盾は、現代の社会を反映する悲壮慷慨の文学、失望消沈の文学を肯定する。それは無病呻吟の旧文学に対して真情の流露という面で評価され、また人々に煩悶を与えることをつうじての意志疎通と、旧社会の病根の暴露につながるものとして評価されるものである。

また茅盾は、一九二二年五月十日付け黄祖訢宛て書簡（『茅盾全集　書信一集』第三十六巻、前掲）では次のように言う。

「お手紙の第二段落と第三段落を読みますと、『現代人の悲哀』がすでに先生の心に入りこんだと推察いたします。私の浅見によりますと、これこそ現代文学の最も重要な精神であります。」

（61）茅盾は「什麼是文学」（『学術演講録』第二期、一九二四年、松江暑期演講会〈一九二三年八月〉の講演原稿、底本は『茅

盾全集』第十八巻〈前掲〉で次のように言う。

「新文学は積極的であり、名士派は消極的である。新文学は社会の暗黒を描いて、分析的方法によって問題を解決しようとする。詩には個人の情感を多く表現し、その効用は読後に社会的な同情と慰め、煩悶をあたえることにある。」

社会の現実と積極に関わる方向に一歩踏みだして、新文学の在り方を求めようとしていたと思われる。

（62）そのほか、鄧中夏は、「貢献於新詩人之前」（『中国青年』第十期、一九二三年十二月二十二日）で次のように言う。

「現在の新詩人は実に私たちを失望させる。彼らはほとんどが『漢の有りしことを知らず、魏と晉とはいうまでもなし』というありさまで、自分のいるところがどのような時代と環境であるのか理解していない。彼らは社会の全体的情況について曖昧にしか知らず、民間の真の苦しみについては冷淡である。彼らの作品は、上等のものは性情を喜ばせる快楽主義であるか、そうでないものは天を恨み人を憂える頽廃主義である。一言で言えば、社会を問うことのない個人主義である。下等のものは、無病呻吟して、わけの分からないものだ。」

（63）原題は、「詩的生活与方程式的生活」（『中国青年』第十一期、一九二三年十二月二十九日）である。

（64）茅盾は一九三二年十一月、「『法律外的航綫』読后感」（『文学月報』第一巻第五、六号合刊、一九三二年十二月十五日、底本は『茅盾全集』第十九巻〈人民文学出版社、一九九一〉）で沙汀の小説集を取りあげ、次のように言う。

「私からみると、『碼頭上』はあの旧い〈公式〉の新しい姿である。（中略）私たちは当然帰る家のない浮浪する子供たちを描く価値があるし、そして意義のある作品を書くことができる。しかし大事な点が一つある。作家はまず必ず実地にこれらの浮浪する子供たちの生活を観察し、そして革命的意義が豊かにある部分を発見して、そののちに描写しなければならないことである。」

ここでは実地に観察し、新たに認識を獲得して、それに基づき描写することの重要性が指摘される。これは写実主義（自然主義の技法＝実地の観察と忠実な描写）を継承する内容であると思われる。

（65）茅盾はまた、「『文芸批評』雑説」（『文学旬刊』第五十一期、一九二二年十月一日）で次のように論ずる。

「五〇年代フランスの大批評家サント・ブーブ（st. Beuve《ママ》）は、実験室における科学者の客観的態度によって作品を批評することを主張した。作品を批評するにはまず作家の性格、環境と創作時の境遇を知らなければならないと言う。」

この主張の影響は大きかった。サント・ブーブ（一八〇四―一八六九）の弟子テーヌ（一八二八―一八九三）は、

「進化論の原則を直接的に文学批評に応用することを主張した。どのような偉大な天才であれ、決して時間と空間という二条件の外に自立することはできない。作家に対する時代思潮と社会背景の影響はきわまりない。作家の属する人種、作家のいる時代の社会現象・政治現象やその個人的環境、作家のいる時代およびその社会内の主要な思潮、この三者が、批評家のもっとも注意すべきことと考えた。」

これをテーヌは文学批評の「三段方式」と呼んだ。「彼のこの方法は正当で、しかも精密であった。」しかしテーヌは極端にまで走り、

「作家の個性の重要さと天才の直観力を完全に軽視した。時代が作家に与える影響に彼が注意したのは、本来間違いではない。しかし時には大作家が時代に影響を与えることもあり得ることを忘れてしまった。」

こうした科学的批評論（客観的）の流れに属するものに対して、「印象的批評論」（主観的）も出現する。アナトール・フランスは、「文学批評論は固定した原則をもつべきではない」とした。茅盾は、この点についてイタリアの批評家クローチェの、「純粋な文芸批評は純粋な自己表現である」という言葉を引いて、「不易の至論」とする。

以上の茅盾の議論からすれば、この一九二二年十月の段階でも、彼はマルクス主義文芸理論の観点に到達して、そこから文芸を分析していたのではないことが推察される。『茅盾早期思想新探』（丁柏銓、南京大学出版社、一九九三年七月）に次のように指摘する。

「茅盾はマルクス主義政治観を受容したのが先であり、マルクス主義文芸観を受容したのは後である。二つの受容の間には〈時間差〉が存在している。」（第三章）

（66）茅盾は後に「〈五三〇〉運動与商務印書館罷工」（『我走過的道路』上冊、前掲）で、マルクス主義の立場から文芸論の追究を行ったことについて次のように言う。

「一九二四年に、鄧中夏や惲代英、沈沢民等が革命文学のスローガンを提唱した。その後、私はソ連の文学を参考にし

て無産階級文学を論ずる文章を書こうと考えた。」

その目的の一つに、自らの過去における文学芸術についての観点を整理する考えがあったことを言う。ここで「革命文学のスローガンを提唱した」とするものは、「八股?・」（惲代英、『中国青年』第八期、一九二三年十二月八日）、「貢献于新詩人之前」（鄧中夏、『中国青年』第十期、一九二三年十二月二十二日）、「文学与革命（通訊）」（惲代英、『中国青年』第三十一期、一九二四年五月十七日）、「文学与革命的文学」（沈沢民、『〈民国日報〉覚悟』、一九二四年十一月六日）等を指していると思われる。

（67）茅盾は「進一歩退両歩」（『文学』週報第一二二期、一九二四年五月十九日）でも次のように言う。

「新文学界には近年文芸上の主義の違いのために、目立ってたくさんの流派が出現して自身の力量を弱くさせる主要な原因となっている。そのためこうした反動的攻勢に対処しようとすれば、第一に、新文学界は反動勢力を撲滅する連合戦線を結成しなければならない。第二に、新文学界は自己の歴史的使命――白話運動の普遍的宣伝と基礎固め――を忘れてはならない、と思う。」

こうした反動的潮流（『学衡』派）に対する茅盾の反撃については、「茅盾早期思想研究（一九一七―一九二六）」（楽黛雲、『中国現代文学研究叢刊』一九七九年第一輯、一九七九年十月、底本は『中国当代文学研究資料茅盾専集』第二巻上冊〈唐金海等編、福建人民出版社、一九八五年七月〉）、『茅盾評伝』（丁尓綱、重慶出版社、一九九八年十月）等に詳しい。

（68）「非戦与革命」（暁柳、『中国青年』第四十八期、一九二四年十月十一日）は非戦の運動によっては、戦争がなくならないとし、次のように言う。

「私は敢えて言う、〈革命〉しかない。国内の軍閥が地盤を争う戦争をなくそうとすれば、軍閥を打倒する民衆革命がなければならない。国際間で帝国主義が市場を奪う戦争をなくそうとすれば、資本主義を打倒する世界の労働者階級の革命がなければならない。」

（69）ロマン・ロランは「民衆劇論」（『ロマン・ロラン全集』第十一巻、みすず書房、一九八二年五月二十日）で次のように言う。

「パリには二種の民衆がある。その一つは、貧窮から脱するや否や、中産階級に惹きつけられ吸収されたものであり、もう一つは、敗北して、自分よりも幸福な兄弟たちから見棄てられて、窮乏のどん底に横わっているものである。前者はもう民衆劇などを欲しない。後者は労働に疲れ、疲労にうちのめされて、芝居などに行くことができない。中産階級的政治はこれらの民衆のうち、後者を絶滅させ、前者を同化することにある。私たち自身の政策、芸術的で同時に社会的な私たちの理想は、この民衆の二つの断片をもう一度継ぎ合わして、民衆全体にその階級意識を与えることである。」ここからすれば、ロマン・ロランの「民衆」は、階級的な観点から分析された上で想定されていたものであることが分かる。ただその階級的観点とは、社会科学的なものと言うより、むしろロマン・ロランの理想を受けた階級概念であるように思われる。

また、ロマン・ロランは、「第一版序」（一九〇三年十一月）で、「民衆による、民衆のための劇場を建てることである。」と言う。

（70）　茅盾は「欧洲大戦与文学」（『小説月報』第十五巻第八号、一九二四年八月十日）で欧洲大戦が帝国主義諸国間の戦争であったこと、また今後、これを阻止するには各国無産階級の階級闘争による社会革命しかないことを指摘する。こうした展望のもとに、欧洲大戦をめぐる様々な文学を論じる。その中にロマン・ロランの小説「クレランボー」と戯曲「リリュリ」が取りあげられる。前者については、大戦時の知識人層の心理を描写した小説として高い評価があたえられる。また後者については、詳細に内容を紹介し、中でもキリスト教が帝国主義者の手助けをし、人民を欺いてきた罪悪を暴き、また社会の支配層（外交家）に対する強烈な風刺を行っている、と茅盾は高く評価する。ここからすれば、ロマン・ロランに対する批判は、決してロマン・ロランの文学上の価値に関するものではなく、主として茅盾の世界情勢の認識・中国変革者としての立場からなされた、ロマン・ロランの「変革」の思想に関連するものであったことが分かる。また、茅盾は一九三五年に、「非戦的戯劇」（『〈立報〉言林』、一九三五年十二月二十六日、底本は『茅盾全集』第二十巻〈人民文学出版社、一九九〇年〉）で、「現在上演すべきものは、帝国主義戦争の内幕を暴露したロマン・ロランの脚本『Liluli』であると思う」、と言う。一九三五年当時の中国の情勢に基づき、茅盾は戯曲「リリュリ」を上演する意義について高く評価している。

なお、ロマン・ロランに対する茅盾のより客観的評価は、「永恒的紀念与景仰」（『抗戦文芸』第十巻第二、三期、一九四五年六月、底本は『茅盾全集』第三十三巻〈人民文学出版社、二〇〇一年〉）に見られる。またこの一九四五年の文章の中で、ロマン・ロランの「若望・克利司朶夫向中国的弟兄們宣言」（ロマン・ロラン、一九二五年一月、『小説月報』第十七巻第一号、一九二六年一月）を読み、茅盾たちが民主主義を求め光明を追求する闘争のなかで、決して孤立しているのではないという気持ちをもった、と言及する。少なくとも一九二六年一月頃の段階では、被抑圧民族・被抑圧階級の立場からの闘争において、ロマン・ロランの発言によって茅盾は勇気づけられていると思われる。こうした経過から見ると、一九二五年におけるロマン・ロランに対する茅盾の否定は、ロマン・ロラン自身の理論的進展を十分に把握したものではなかった。またその否定はそれまでのロマン・ロランに対して理論的総括と批判的継承・発展がなされた上でのものでもなかったと思われる。

(71)　茅盾は後に、「〈五三〇〉運動与商務印書館罷工」（『我走過的道路』上冊、前掲）で「論無産階級芸術」の内容と意義を回顧する。その文章で、ロマン・ロランの「民衆芸術」の思想を批判し、それが有産階級知識人界のユートピア思想であるとして、次のように言う。

「ここで、実際には、私は自分の初期の或る文芸観を否定した。『商務印書館編訳所』の章で、私は初期の文学芸術観に概括的に触れた。写実主義と新ロマン主義を提唱し（後者の代表がロマン・ロランである）、進化した文学、平民のための文学に賛成し、芸術は人生のために、社会のために貢献しなければならないと主張した。私の観点は後に発展と変化があるけれども、明確に階級的観点によって初期の文芸思想に修正と補充を加えたのは、この文章（「論無産階級芸術」を指す――中井注）から始まる。」

初期の或る文芸観（ロマン・ロランの「民衆芸術論」）を「否定」し、階級的観点に立って、初期の文芸思想に「修正と補充」を加えたと言う。

このことについては、前に触れたように、決してロマン・ロランの文学上の価値を否定したことを意味しない。中国変革者の立場から、「民衆芸術」の思想の欠陥を指摘したという性質のものであった。逆に言えば、茅盾が一九二五年ここで「否定」した新ロマン主義の「民衆芸術」の思想は、一九二〇年頃の「初期の或る文芸観」でもあり、その後茅盾の内面に一九二五年頃まで根づいてきたものでもあった、と私には思われる。本文の一九二三年六月十二日の「雑感」における発言（『ジャン・クリストフ』と『リュクサンブールの一夜』について）ばかりでなく、一九二一年春『文学旬刊』を発刊した頃、茅盾は演劇俳優汪仲賢の求めに応じて、劇社の発起人の一人となった。そのとき茅盾はロマン・ロランの唱導する「民衆劇場」のことを念頭において、「民衆戯劇社」という名称を提案している（「複雑而緊張的生活、学習与闘争」、『我走過的道路』上冊、前掲）。

（72）茅盾は「一年来的感想与明年的計画」（『小説月報』第十二巻第十二号、一九二一年十二月十日）で次のように言う。

「文学者は非常に混乱する人生の中で、永遠の人間性を探し求めようとする。他人を理解しようとし、自己を表現して他人に理解させようとする。人と人の間の溝を埋めようとし、人と人との間の願望をひとつにしようとする。それゆえ文学は人の精神的糧である。（中略）西洋人が文学の技術を研究して得た成果は、私たちは採用できるし、或いは必ず採用しなければならないと信ずる。他人の方法（技巧）を採用することと、いたずらに模倣することとは別のことである。私たちは他人の方法を使って、自分の想像情緒を加える……、その結果自らのすばらしい創作を手に入れることができる。」

また、「自然主義的懐疑与解答――復周志伊」（『小説月報』第十三巻第六号、一九二二年六月十日）で次のように言う。

「私自身の現在の見解によれば、私たちが自然主義を採り入れようとするのは、決して必ずしもすべての点で自然主義に学ぼうとするものではないと考える。自然主義派文学の含む人生観から言えば、まことに中国の青年に良くないかも知れない。しかし私たちがいま注目するのは人生観としての自然主義ではなく、文学としての自然主義である。私たちが採用するのは、自然主義派の技術上の長所である。」

（73）「茅盾の自然主義受容と文学研究会」（是永駿、『野草』第六号、一九七二年一月二十日）は、「人間性追求を保証する描写方法として、現実直視を極点にまで推し進めた自然主義を移入したことが、茅盾における自然主義受容の基本的な視点である」、とする。すなわち茅盾の文学観の基底には人間性の追求があり、それを保証したものとして自然主義の描写方法があったとする。

私はこれまで述べてきたように、自然主義に加えて、新ロマン主義の提唱をも本文のように組み入れて理解する。新ロマン主義の理想・思想は恐らく茅盾の内面に根づいていたものである。中国、中国の文学界の現状認識における深化する要請に基づいて、その理想・思想が一九二〇年頃そして一九二三年頃に表層に上昇し、新ロマン主義の提唱と再浮上となったと考える。

「鄭振鐸の『血と涙の文学』提唱と費覚天の『革命的文学』論――五四退潮期の文学状況（二）」（尾崎文昭、一九八九年、前掲）は、一九二〇年二一年頃茅盾には社会・民族の普遍的弱点を研究し描きだす、こうしてこそ人生を表現する文学となる、とする発想があったとする。「この頃（一九二〇・二一年）茅盾は新浪漫主義を理想としていたが、この発想は一九二二年からの自然主義提唱に素直につながり、のちの革命文学の発想にも素直につながりうる。」と指摘する。私が本文で述べる意図の一つは、こうした「つながり」の具体的ありようを検証するとともに、茅盾の文芸論における内的構造を、また諸関連とその変遷を、明らかにしたいという点がある。

（74）茅盾が当時の中国の状況に誠実であろうとした点において、「救亡の論理」（李沢厚、「啓蒙与救亡的双重変奏」、『中国現代思想史論』、東方出版社、一九八七年六月）に組みするものである。茅盾と郭沫若を「救亡の論理」から比較してみる。茅盾は中国、中国文学界の現状分析に基づいて、文学の在り方を追究しようとしていた。現状分析の仕方は緻密で、リアリズム（客観的描写の精確さ）による人生のための文学に基づくものであった。しかしこの一九二四、二五年において自己の良心に忠実であろうとしたロマン・ロラン等を否定し、当時の中国の情況に応じてさらに適合する文学を主張しようとする。他方、郭沫若は一九二四年頃以降、中国の社会政治状況の分析から、その情況の要請する文学の在り方を導こうとした。そして旧来の自己（個性、内部要求）を小ブルジョア知識人のものとして全否定し切り捨て、自らは直接的社会行動をとろうとする。それはロマンティシズム（自我の表現の重視）による行動、新しい自我による行動と言えよう（本書の第一章、第二章）。創作理論の面から言えば、両者の違いはおおむね画然としている（ただ郭沫若は一九二五年以降リアリズムへの接近を試みている）。しかし両者の中国の現実情況に対する基本的思考・態度は、「救亡の論理」に従うものという点で共通している。この点からすればこの時期、郭沫若と茅盾は、表面上よく似た位置に立っていた。社会主義思想に対して有島武郎があくまで自己の実情から出発して対処する姿勢をとったように、魯迅は中国の激動する情勢に対してあくまで自己（内部要求）から、自己の実情（良心）から出発しようとした（「啓蒙の論理」）。こうした有島武郎・魯迅と比較すれば（拙稿、「魯迅と『壁下訳叢』の一側面」、『大分大学経済論集』第三十三巻第四号、一九八一年十二月）、この時期において郭沫若と茅盾の二人はその表面上の隔たりとは別に、むしろ意外に近いところに立っていたと思われる。

茅盾のこの時期における文学批評論の中に、政治的観点の進展を明確に見ようとする論文に、荘鐘慶の専著（『茅盾的創作歴程』、人民文学出版社、一九八二年七月）の第二章がある。

（75） 茅盾は後に「〈五三〇〉運動与商務印書館罷工」（『我走過的道路』上冊、前掲）で、「論無産階級芸術」を書いた理由を次のように言う。

「一九二四年、鄧中夏や惲代英、沈沢民等が革命文学のスローガンを提唱した。その後、私はソ連の文学を参考にして無産階級文学を論ずる文章を書こうと考えた。私の目的は、一つは無産階級芸術の様々な面に対して検討をしてみたいと思ったこと、二つには自分の過去における文学芸術についての観点を整理する考えもあった。『無産階級のための芸術』によって、『人生のための芸術』を充実させ修正することができるように。当時私は大量の英語の書籍と雑誌を読み、十月革命後のソ連文学芸術の発展の状況を理解した。」

私は、本文における茅盾の三篇の文章がこうした一連の検討・研究を示す成果であると考える。この点について、茅盾も先に引用した部分の後で、「論無産階級芸術」の新しい観点に触れ、次のように言う。

「後に（やはりこの年に）〈告有志研究文学者〉（『学生雑誌』第十二巻第七号刊載）と〈文学者的新使命〉（『文学週報』第一九一期刊載）の二篇の文章で、これらの新しい観点を引き続き詳しく述べた。」

（76） また、これに関連した論文に、「『論無産階級芸術』について」（白水紀子、『野草』第四十三号、一九八九年三月一日）、「茅盾とボグダーノフ」（白水紀子、『横浜国立大学人文紀要、第二類、語学・文学』第三十七号、一九九〇年十月）がある。（茅盾が依拠したボグダーノフの論文は、白水紀子氏の上記論文によれば、"The Criticism of Proletarian Art," *The Labour Monthly* 5〈December 1923〉である。）

これらの白水論文について、『茅盾評伝』（丁尓綱、重慶出版社、一九九八年十月）は次のように言う。

「私は次のように考える。一、茅盾の芸術観とボグダーノフの芸術観をマクロ的に対比するのでは、白水紀子氏を説得するのに十分ではない。彼女のように〈ボ文〉と〈茅文〉とを全面的に対比してこそ、彼女と〈かみ合った〉議論を展開することができる。二、白水紀子氏は〈茅文〉が〈ボ文〉に基づいて作られた〈抄訳〉と〈直訳〉であると考えている。この判断は基本的に実際の状況に合わない。なぜならば局部について言えばこのような状況があるのであり、全体について言えばこのようではない。（中略）三、〈茅文〉と〈ボ文〉についてマクロ的な全体対比とミクロ的な段落ごとの対比を行うと、次のように断定できる。〈茅文〉は〈ボ文〉を基礎とし、あるいは部分的に引用し、あるいは部分的に改作し、あるいはその観点を参考としている。しかし全体について言えば、茅盾が独自に執筆した編著である。それは〈編集〉でもないし、さらに〈抄訳〉あるいは〈直訳〉でもない。」（第三章第四節「従〈為人生〉的文学到〈為無産階級〉的文学」）


丁尓綱氏は少なくとも、白水論文の提起をまともに取りあげようとしている。私の主眼は、茅盾の「論無産階級芸術」が何を対象として紹介しているのか、何について考察を加えようとしているのか、を自分なりに明らかにしてみることにある。

（77）いま、原文のままの、「資産階級」を訳語として使用する。また、原文のままの、「無産階級」も訳語として使用する。

（78）この部分は、ボグダーノフの「プロレタリア文芸の批評」に基づいていない。第一章には、ボグダーノフに基づく箇所はない。
「『論無産階級芸術』について」（白水紀子、前掲、一九八九年三月）は第一章について次のように指摘する。

「第一章の典拠については目下調査中であるが、筆者の感想としては、この部分は茅盾のオリジナルではないかという思いが強い。」

（79）後述のように、この考え方はマルクス主義に基づくものであると思われる。

（80）茅盾はここの第一章で次のように言う。
「実際上、一九世紀後半において、無産階級の生活を描いた真の傑作——無産階級の魂を表現することができ、本当に無産階級自身の叫び声であったもの――は結局多く見られなかった。最も称賛に値するのは、恐らくロシアの小説家ゴーリキー（Gorky）のみであろう。」（第一章）

一九二〇年の「俄国近代文学雑譚〈上〉」（『小説月報』第十一巻第一号、一九二〇年一月）で茅盾は次のように言う。

「英国の文学者ディケンズ Charles Dickens は下層社会の苦況を描くことができなかっただろうか。しかし我々が読むと、明らかにこれは上流人が下層人に代わって描いたものだと感ずる。その理由は真摯で深い感情が欠けているからである。ロシアの文学者はそうではない。彼らが下層社会の人の苦況を描くと、粛然としてこれらの哀れな者を目にし、最下層に圧しつぶされている悲鳴が漏れてくるのを聞くかのように思わせる。たとえツルゲーネフ、トルストイのような出身が高貴な人であっても、彼らの著作を読むと、汚泥の中にいる人が話すことを親しく聞くかのようである。決して上流人が代わって話しているとは信じない。その中でもゴーリキーは勤労者出身であり、そのため彼の話は一層悲憤慷慨に充ちている。」

「現成的希望」（茅盾、『文学』週報第一六四期、一九二五年三月十六日）では次のように言う。

「無産階級の生活を描く文学は、近代のロシアの諸作家――とりわけてはゴーリキーから――確立した。しかし英国のディケンズは、早くから無産階級の生活を描くたくさんの小説を書いていた。（中略）ディケンズの小説を読むと、作者は元もと無産階級の人ではなく、傍らに立って大声で、『見てみなさい、無産階級とはこう、こういうものですよ』と言っているにすぎないと思う。しかしゴーリキー等の作品を読むと、読者は貧民窟に入り、目の当たりに彼らの汚れたぼろを見、彼らの呻吟と恨みを聞くかのようだ。（中略）ゴーリキーは自らが無産階級であり、少なくともかつて無産階級の生活を経験したことがあるからである。」

ゴーリキーに対する茅盾の評価は、一九二〇年頃から一九二五年にかけて、ほぼ共通しながら、無産階級の文学を代表する作家へと認識が進んでいる。「論無産階級芸術」の第一章の内容は、茅盾のこれまでの文学論と継続性のあるものが存在すると思われる。

（81）　この部分は同じく、ボグダーノフの「プロレタリア文芸の批評」に基づいていない。

（82）　ソビエト連邦の「無産階級芸術」についてのことであることは、例えば第三章、第五章で、茅盾が次のように言及していることからも分かる。

①茅盾は第三章で次のように言う。

「無産階級芸術は単に無産階級の生活を描写して事終われりとするものでは決してない。無産階級の精神を中心にして新世界（無産階級が支配者の地位にある世界）に適応する芸術を創造しなければならない。無産階級の精神は集団主義、反宗族主義、非宗教的なものである。」（第三章）

無産階級芸術は、無産階級の精神を中心にして新世界（具体的には、ソビエト連邦を指すのであろう）に適応する芸術を創造しなければならないとする。

②茅盾は詩の形式を論じて、旧詩の形式と比べて、「芸術上から正直なところを言えば、新詩の形式は実際のところはるかに作りにくい」（第五章）、と言い、その直後に「（注意されたい。ここでいわゆる詩の形式とは決して中国のものを指しているのではない。）」（同上）という但し書を挿入する。その後の部分に労働者に合う詩のリズムは、すなわち工場のリズム、機械音の整ったリズムであり、またこうした機械の発する旋律と合うのは、旧詩の形式であると論ずる。茅盾ははっきりと言及していないが、ソビエト連邦の詩の事情であることは推測できる。この部分の一部の文章は、「茅盾『論無産階級芸術』の典拠について」一―四（白水紀子、『中国文芸研究会会報』第九十二、九十三、九十四、九十六号、一九八九年六月三十日、七月三十一日、八月三十一日、十月三十一日、原載『茅盾研究会会報』第七期、一九八八年六月）によれば、ボグダーノフに依っている。以下にボグダーノフの文章を引用する。

「ここには明らかに最近のインテリゲンチャ詩人の影響が見られるが、この現象は歓迎すべきものではない。新しい形式は困難なものであり、それを獲得するために闘うのは力の浪費である。」（「プロレタリア芸術の批判」、ボグダーノフ、一九一八、小泉猛訳、『資料世界プロレタリア文学運動』第六巻〈三一書房、一九七四年十二月十五日〉による）

「規則正しさのために、若干の単調さが避けられないとしても、それはそれでよいのである。生活自体の中にそうした規則正しさの根拠が含まれているのだから。工場で働く労働者は厳格なリズムと単純な韻律に支配されている。」（同上）

「自分達とは異なった環境にいる詩人を模倣することでこの単調さを克服しようと試みるのは無駄なことであり、それでなくても数多い困難をさらに増すだけである。」（同上）

③その後の部分で、「芸術的象徴」（第五章）の分野に触れ、「無産階級的軍政時代〔原文のまま〕において」（同上）、と言う。これはソビエト連邦の、戦時共産主義時代のことを指すと思われる。

（83）ここの部分は、直接的にはボグダーノフの「プロレタリア文芸の批評」に基づいていない。しかし上述の部分のまとめという意味において、内容からすれば、ボグダーノフに基づくと言える。

（84）茅盾は後に、「〈五三〇〉運動与商務印書館罷工」（『我走過的道路』上冊、前掲）で「論無産階級芸術」（前掲、一九二五年）について次のように言う。

「私がこの文章を書いたとき、たくさんのソ連の資料を引用した。議論したのも当時のソビエト文学に存在する問題であった。これは一九二五年の中国にはなお無産階級芸術が存在しなかったことによる。しかし、私はすでに、無産階級芸術の基本原理が中国の文芸創作を最も新しい道へと導くであろうと意識していた。このために、大胆にもこの理論的検討を書いた。」

このように、「論無産階級芸術」（前掲、一九二五年）で議論した内容は、中国の現実の問題ではなく、「議論したのも当時のソビエト文学に存在する問題であった」（「〈五三〇〉運動与商務印書館罷工」、前掲）とする。

（85）この間の中国共産党員としての実践的運動にかかわる茅盾の活動については、「〈五三〇〉運動与商務印書館罷工」（『我走過的道路』上冊、前掲）に詳しい。

（86）「茅盾『論無産階級芸術』の典拠について」一－四（白水紀子、前掲、一九八九年）によれば、この引用した部分はほぼボグダーノフに依拠している。

「芸術家の仕事においても同じ関係が見られる。生きた形象の新しい組み合わせがつぎつぎに生み出されるが、この場合、調整を行なうのは意識的、計画的な選択、すなわち〈自己批評〉というメカニズムである。このメカニズムが課題に合わないものを取り除き、課題の要求に沿う方向を目指しているものを強化する。」（「プロレタリア芸術の批判」、ボ

グダーノフ、一九一八年、小泉猛訳、『資料世界プロレタリア文学運動』第六巻〈前掲〉による）
「社会的な規模における芸術の発達は社会的環境全体によって、非計画的に調整される。すなわち、社会はその中に現われる作品をある時は受け入れ、ある時はしりぞけるし、新しい芸術の潮流をある時は支持し、ある時は圧殺するのである。」（同上）

（87）「茅盾『論無産階級芸術』の典拠について」一－四（白水紀子、前掲、一九八九年）によれば、この引用した部分は、その内容から言って、ほぼボグダーノフに依拠している。
「しかしまた、計画的な調整もあり、それは批評によって果たされる。その真の基盤は無論やはり社会的環境である。批評の仕事は何らかの集団の観点からなされるのであり、階級社会にあっては、それぞれの階級の観点からなされる。」（「プロレタリア芸術の批判」、ボグダーノフ、一九一八年、小泉猛訳、『資料世界プロレタリア文学運動』第六巻〈前掲〉による）

（88）「茅盾『論無産階級芸術』の典拠について」一－四（白水紀子、前掲、一九八九年）によれば、ここで引用した第四章の部分は（「現代のロシア無産階級作家の小説や戯曲を見るだけでも、理解できる。」を除いて」）、ほぼボグダーノフに依拠している。
「若い、しかも困難な条件下で生きている階級によって生み出されたばかりの芸術は経験の不足と、観察領域の狭さから来る内容のある狭さを避けることができない。」（「プロレタリア芸術の批判」、ボグダーノフ、一九一八年、小泉猛訳、『資料世界プロレタリア文学運動』第六巻〈前掲〉による）
「プロレタリア芸術が社会と自然のすべて、全宇宙の生活を自己の体験の領域としなければならないことは疑いのない事実なのである。」（同上）

（89）ここの部分は、直接的にはボグダーノフの「プロレタリア文芸の批評」に基づいていない。しかし、内容からすれば、ボグダーノフに基本的に基づくと言える。

（90）⑤以外の四つの説について、第二章で茅盾はそれぞれの欠点を指摘する。①文学は高尚な理想を説明することができるという説について、茅盾は次のように言う。〈高尚〉さは時代によって変化する。高尚な思想とは当時のもっとも権威ある思想、その時代の支配階級の社会意識を体現するものにほかならない。②文学は人類の本性を明瞭に説明し、各民族間の相互理解を深めるという説について、茅盾は次のように言う。文学をつうじて各民族の秘められた内心を理解することはできる。しかし民族間の衝突（政府間の衝突）はこれによって解決されることはない。これは夢想の嫌いがある。③文学は疲れ苦しむ人類のために慰めを与えるという説について、茅盾は次のように言う。この慰めは誰のために作られたものか。社会の最大多数のためではなく、社会の少数者のためである。この〈人類〉は人類全体ではない。④文学は醜悪な現実世界に対して、美を創造し、人心の向上に資するという説について、茅盾は次のように言う。特権階級の趣味と思想に合うものを美とするなら、その〈美〉の根拠は薄弱である。〈美〉の与えるものが〈忘我〉〈陶酔〉のような消極的なものであり、積極的なものでないならば、残念であると言わざるをえない。

(91)　例えば、「人物的研究――〈小説研究〉之一、上　理論方面、下　歴史的考察」（『小説月報』第十六巻第三号、一九二五年三月十日）でこれらの点を論じている。

(92)　例えば郭沫若は次のように言う（次に引く文章は、再三の引用になるが、ここでは茅盾との対比を目的とするので、諒とされたい）。

「現在、文芸に対する私の見解もすっかり変わった。一切の技術上の主義は問題となりえない。問題としうる点は、ただ、昨日の文芸・今日の文芸・明日の文芸ということのみである、と考える。昨日の文芸とは、生活の優先権を無自覚に占有している貴族の暇つぶしの聖なる品である。例えばタゴールの詩・トルストイの小説のように、たとえ彼らが仁を語り愛を説くとしても、私は、彼らが餓鬼に布施をほどこしているように思うだけだ。今日の文芸とは、私たちが現在革命の途上を歩いている文芸であり、私たち被抑圧者の呼びかけであり、生命にせきたてられた叫びであり、闘志の呪文であり、革命の予期する歓喜である。この今日の文芸が革命の文芸であるということは、私は、過渡的現象であるが、しかし不可避の現象である、と考える。明日の文芸とはどのようなものなのか。（中略）これは社会主義が実現した後で、始めて実現できる。」（「孤鴻」、一九二四年八月九日、『創造月刊』第一巻第二期、一九二六年四月）

茅盾の場合、少なくともトルストイの小説、タゴールの詩を全否定するのではなく、芸術的内容・形式の面において、とりわけ形式（技術）において継承する必要のあることを、「告有志研究文学者」（前掲、一九二五年七月）で指摘している。

（93）「告有志研究文学者」（前掲、一九二五年七月）と後年一九三一年の「致文学青年」（『中学生』第十五期、一九三一年五月十一日、底本は『茅盾全集』第十九巻〈人民文学出版社、一九九一年〉）を比較してみると、同じく文学を志す青年にあてた内容であるけれども、理念として提起された前者の性格が一層鮮明となる。

後年の「致文学青年」（前掲、一九三一年五月）で茅盾は、「文学を研究すること」には二つの意味があるとする。一つは文学を社会科学として研究することであり、他の一つは文芸作品を創作することである。前者の文学研究は、それを行うための個人的な経済的な基礎と、研究を行う環境・設備が必要であるとする。現在一般の青年が「文学を研究すること」とは、後者の創作を指す。しかし創作を生活の道として図ろうとするならば、必ずや失敗するであろうし、餓死して終わることとなる。なぜならば中国の社会は「低劣な趣味」から完全には抜けでていないし、文壇は発展の軌道に乗っていず、読者の購買力は極めて貧困であるからだとする。また創作家となるには、社会現象を分析・理解する能力（素養）と、芸術上の素養がなくてはならない、とする。

一九三一年の段階において、茅盾は文学研究における理念としての側面を述べるよりは、現実の中国において青年が文学研究を行う具体的社会的意味（文学を志す青年が餓死して終わること）を解説している。

『迂回而再進』」（邵伯周、『茅盾研究』第三輯、文化芸術出版社、一九八八年七月）は次のように言及する。

「もしも『論無産階級芸術』が主としてソ連の初期の優秀な無産階級芸術を総括して立論しており、中国の実際の状況とはしっかりと結びついていないとするならば、『告有志研究文学者』、『文学者的新使命』の二篇は中国の実情と結びついて前文の有力な補足となっている。」

しかし「告有志研究文学者」、「文学者的新使命」の二篇がどのように具体的に中国の実情と結びついているのかについて、邵伯周論文は示していないと思われる。それは、例えば茅盾が一九三一年の農村の題材に言及した文章と比較すると、明らかになると思われる。

「私たちは農村の血の滴る闘争の中から、農村の破産の過程、農民の原始的反抗性、農民の小資産階級意識、革命的貧農民のなかに残っている遅れた農民封建意識――そしてこれらの正しくない傾向がどのように漸進的な、しかしねばり強い工作によって克服されたか、を指摘しなければならない。私たちは幹部の無産階級分子の弱さが農村闘争の中でいかに深刻な誤りを犯したか、土豪劣紳・改組派・解党派がどのように農民の遅れた意識を利用して反革命の暴動を起こそうとしたか、を指摘しなければならない。――私たちはこのような複雑な仕組みの中で闘争の深刻な問題を提示して、透徹した観察と弁証法的分析のうえに、農村革命を描写する作品の題材を打ち立てなければならない。」（「中国蘇維埃革命与普羅文学之建設」、『文学導報』第一巻第八期、一九三一年十一月十五日、底本は『茅盾全集』第十九巻〈前掲〉）

（94）　このことに関連して、『「論無産階級芸術」について』（白水紀子、前掲、一九八九年三月）は次のように指摘する。

「筆者は〈論無産階級芸術〉における茅盾の態度が上に言われているような従来の受容の仕方〔「茅盾が外来思想に対して一貫して〈参考〉の態度をとりつづけ、そのまま受け入れたり模倣したりはしなかったということ」を指す――中井注〕とは異なるものであると考えたからこそ、『茅盾研究会会報』に全文を掲載し対応箇所を明記して紹介したのである。」

私は、この異なる受容の仕方と指摘されるものを、茅盾の文芸観におけるカッコ付きの「止揚」の過程にあるものと位置づける。

例えば茅盾は、「文学与政治的交錯」（『我走過的道路』上冊、前掲）で次のように言う。一九二二年春、洪深が帰国した後、茅盾は彼と知りあった。一九二四年、洪深は本格的な新劇〔話劇〕「少奶奶的扇子」の上演を成功させる。一九二五年、洪深は明星影片公司に招かれ脚色・演出にあたり、また俳優の訓練班を作った。茅盾は一度そこで講演をした。

「この映画俳優訓練班にはあわせて三四十人、男女ともいた。後に大いに名を売った胡蝶もその中のひとりであった。年齢は大体みんな十七八歳で、中学高校生程度であった。一時間余り話し、結局のところ彼らが理解できたかどうか、私にも分からなかった。ただひそやかな笑い声は聞こえた、おそらくは好奇心であったのだろう。彼らには私の話した演劇の神聖な使命と、ロマン・ロランの民衆劇の趣旨が、あまり理解できなかったのかもしれない。」

『洪深年譜』（陳美英編著、文化芸術出版社、一九九三年十二月）によれば、これは一九二五年五月のことであり、茅盾が

「論無産階級芸術論」の第一章（一九二五年五月二日発表）で、ロマン・ロランの「民衆芸術」を批判したのと同じ時期である。この回想の内容から判断すれば、茅盾がロマン・ロランに対する批判をしたとは受けとりにくい。この推測に基づけば、茅盾はその内面における思想的発展の過程で、ロマン・ロランの「民衆芸術」の思想に対して、理論的に総括し、批判的に継承・発展させるということをしていなかった可能性が強い。それゆえに厳しい否定が表面上に現れたと思われる（この点については先節で触れた）。そのことからも私は、茅盾のこの過程を、本文のようにカッコを付けて、「止揚」と言うことにする。

(95)『茅盾評伝』（丁尓綱、重慶出版社、一九九八年十月）は次のように言う。

「国内外の学者はすべて茅盾の『論無産階級芸術』が茅盾の観点を具体的に表しており、その芸術観に〈質〉的変化が起こったことを十分証明しうるものであることを承認している。このようである以上、私がこの文章とその他の文章を統一的にとらえ、ここから〈人生のため〉の文学から〈無産階級〉のための文学という茅盾の文学観の質的変化を考察するのは、問題なく成り立ちうるものである。」（第三章第四節「従〈為人生〉的文学到〈為無産階級〉的文学」）

また、『茅盾――翰墨人生八十秋』（丁尓綱、長江文芸出版社、二〇〇〇年十二月）では次のように言う。

「革命的民主主義文学観から共産主義文学観へ、〈人生のため〉の文学主張から無産階級のための文学主張へ、文学主張における人間性論から文学主張における階級論へ、これが茅盾の世界観が質的変化を起こす最後の一環であった。それゆえに一九二五年茅盾の文学観の質的変化は、茅盾が共産主義世界観・人生観を確立する最後の一環であった。」（第三章）

私は一九二五年の「論無産階級芸術」等を、茅盾の文芸観における「止揚」（カッコ付きの）の過程を表すもの、理念としての高唱の性格を含むもの、主として理念の上だけでの「質的変化」ととらえ、本来の止揚の過程における質的変化は、一九二七年七月国民革命挫折以降に待たなければならなかった、と考える。

『茅盾早期思想新探』（丁柏銓、前掲、一九九三年七月）は次のように指摘する。

「一九二五年、茅盾は美学思想の方面で新しい段階に発展した。飛躍が出現した、昇華が起ったと言うのは、当時の実際の状況と合う。『論無産階級芸術』と『告有志研究文学者』が芸術美の本質を語るとき、意識の鏡を外物に向き合わせることにも注視し、また外物に対して意識の鏡が受け入れる（その結果イメージを形成する）ことにも注目し、そして〈審美先生〉のイメージに対する選択と加工にも注意している。外物とは美が生成する客観的根拠である。意識の鏡の作用、〈審美先生〉（すなわち審美的観念）の関与とは、美の生成する主観的根拠である。茅盾は間違いなく主客を統一している。（中略）しかし、茅盾のこの時期は美学方面で、依然として不調和なところ、不十分なところが存在したことも見ておかなければならない。この点について、前文ですでに言及したので、贅言しない。これに基づき、芸術美の本質に関する茅盾の認識は成熟期に到達したと言うより、急変期にあったと言ったほうがよい、と私は考える。」（第六章）

丁柏銓氏は一九九三年現在のマルクス主義文芸理論の到達点に基づいて、美学方面の考察における茅盾の認識が、成熟期に到達したのではなく、急変期にあったとする。

丁柏銓氏の指摘のように、一九九三年現在のマルクス主義文芸理論の到達点から見れば、この時期の三篇の文章は理論的に成熟していないという側面がある、夾雑物が存在する、と思われる。しかし私は、急変期にあったこの三篇の文章の主たる特徴が、中国の社会的現実、文学界の現状に対する分析・認識を基礎として構築されたマルクス主義文芸理論ではなかったことにある、と考える。言い換えれば、三篇の文章は、従来の自己の文学論をマルクス主義文芸理論に基づき理論的に総括し、批判的に継承・発展させたものではなく、むしろマルクス主義文芸理論に基づいた、理想・理論の高唱という側面をもっていたと思われる。理念としての高唱を主たる性質とする急変期であったと思われる。

「茅盾とボグダーノフ」（白水紀子、『横浜国立大学人文紀要、第二類、語学・文学』第三十七号、一九九〇年十月）は、「告有志研究文学者」（前掲、一九二五年七月）について、「茅盾が自分自身のそれまでの文学観に大きな修正を加えた、一つの総括文にあたる」（白水論文、第三章）とする。すなわち文学は人生の反映であり、時代精神を説明することができる等の、文学の作用に関する従来の五つの諸説をマルクス主義文芸理論に基づいて批判したことを、白水論文は文学観の大きな修正とする。また、「論無産階級芸術」（前掲、一九二五年）と「告有志研究文学者」（前掲、一九二五年七月）という二論文をとおして、ボグダーノフの「新しい生きたイメージ＋自己批評（個人的選択）＋社会的選択＝芸術」という文学の本質に関する議論の趣旨が、「確実に茅盾のものになっていった経過を伺うことができる」（白水論文、第三章）と評価する。文学観の大きな修正という点については保留したい点があるほかは、上の二つの点（一つの「総括文」であること、文学の本質をめぐる議論が深まっていること）について、白水論文の指摘のとおりであると思われる。しかしなお、このことに関連して検討すべき問題がある、と私には思われる。

本文で述べたように、「告有志文学研究者」（前掲、一九二五年七月）は最後の章で、「現代生活の欠点を描写し、その病根を探索し、その後に現代生活の欠点・病根に攻撃を加えることに努め、こうして生活の改善を追求する。これが現代文学者の責任である。」（「告有志研究文学者」、前掲、一九二五年七月）と言う。これは表面上、茅盾の従来の文学観と大きな違いはない。しかしこれは恐らく、この文章の全体からすれば、旧来のままの内容ではなかったと推測される。被抑圧階級の人生のための文学につながる内容であったと思われる。しかしながら同時に、これは一九二五年当時の中国の社会的現実、文学的現状の分析を踏まえ、社会の欠点・病根の具体的指摘を踏まえたうえで、どのように生活の改善の追求を図るかを主張したものではなかった。具体的な問題は茅盾にとって後の課題であったと思われる。それゆえにこの文章「告有志文学研究者」（前掲、一九二五年七月）は、中国の社会的現実、文学的現状を十分に踏まえたうえでの、総括文ではなかった、と私は考える。そこには文学の本質に関する議論があり、また霊感に頼ろうとする青年文学者に対する小説作法上の忠告があり、またあるいは理念として論じられた理想・理論があった。しかし中国の現実と具体的に十分に切り結んでいない、と私には思われる。

また「茅盾とボグダーノフ」（白水紀子、前掲）論文は、「文化遺産」の問題と、革命文学論争に見られるボグダーノフの影響を取りあげる。例えば白水論文は、革命文学論争（銭杏邨の議論）に関連して、ボグダーノフに基づく次の茅盾の文章を引用する。

「これまでの無産階級の詩歌と小説は、そのうちの十分の九が、階級闘争の精神を激励し階級闘争の勝利をたたえたものであると言うことができる。（これは今の段階では当然の現象だし、またある意味ではこうした刺激も必要なのである。）しかし、いつまでもそうではありえない。刺激や激動は、芸術のもつ目的の一つに過ぎず、全体ではない。我々は部分を全体であると誤認してはならない。刺激性煽動性に富んだ作品は……過度の刺激が読者の同情心を麻痺させ、且つ作品の芸術的美しさを損なうことを知るべきである……（もちろん我々も、熱烈な革命精神や勇敢な気概が必要であり貴重であることは認める。だが歴史的信念と強固な意志によって生じた革命精神や戦闘の勇気こそ貴く信頼できるものである。まるでモルヒネを打つように刺激を与えたり）、バラ色の鏡で激励したりするのは、信頼の置けぬニセモノである。無産階級の戦闘精神は自己の歴史的使命を認識することによって生じるものである。」（白水論文、第五章からの引用。丸カッコの部分は茅盾の加筆部分、その他はボグダーノフ論文とほぼ同一とする。）

白水論文は上に引用した文章に基づき、茅盾においては、すでに一九二五年の段階で「怒号」と「誇張」からなる作品に対する批判の目が形成されていたとし、「しかし、いつまでもそうではありえない。刺激や……」（同上）以下の内容が、「従牯嶺到東京」（一九二八年七月十六日、『小説月報』第十九巻第十号、一九二八年十月十日）等の論文に受け継がれているとする。さらに「しかし、いつまでもそうではありえない。刺激や……」以前の内容に注目した銭杏邨の理解を引き合いに出して、茅盾が主張したかったのは、「しかし、いつまでもそうではありえない。刺激や……」以下の部分であり、その部分を学んだとする。そしてこの読み方がボグダーノフ論文の正しい読み方とする。

しかし私は、その時期の状況を踏まえずには、茅盾の一つ一つの文章は理解できないと思われる。例えば「『紅光』序」（『上游〈中央日報〉』第六期、一九二七年三月二十七日）が長詩「紅光」（顧仲起著）における「標語」の集合物のような詩を高く評価するのは、茅盾が言うように、まさしく一九二七年三月という、国民革命の高揚の時期にあるためであった。極度に緊張した空気にそれは適合し、その当時の環境が生んだ文学であった。しかし一九二八年頃、国民革命が挫折した後の中国の状況において、どのような文学が中国の現実において必要か、標語スローガン文学がなお必要かどうかは、当時の状況の分析によって決まることであると思われる。ボグダーノフ論文の前半後半のどちらに真意があったかという読み方の問題ではない、と私には思われる。引用されたボグダーノフの論文自体（茅盾が基づく）も、ソビエト連邦の革命の進行状況の分析に基づいて、論を立てている。

また、白水論文は次のように評価する。

「ボグダーノフ論文は、茅盾にとっては、将来の新しい文学像を明確に提示して彼の文学的理論的認識を高めただけでなく、さらにそれに至るプロセスを具体的に明らかにして、中国の進歩的文学が二〇年代三〇年代に担うべき現実的任務が何であるかを再認識させた現実的意味を持った論文だった」（白水論文、第五章）

私は本文で述べたように、茅盾はボグダーノフ論文に基づいて、マルクス主義文芸理論による文学の本質に関する議論と、ソビエト連邦における「無産階級芸術」の現状と理論を紹介・考察した、と考える。またそれに関わる問題を、その後の二つの論文で理念として論ずる面があったととらえる。理念として論じられた理論・理想（そこでは理論・理想の高唱という側面をまぬがれなかった）は、中国の社会的現実、文学的現状の分析に基づいて中国の「無産階級芸術」を、そして被抑圧階級のための文学を、いかに創造するかという問題の立て方とは、同じではなかった。私は、中国の「無産階級芸術」を、中国の現実分析・認識のもとに考察する茅盾の過程は、国民革命挫折以後に始まったと考える。一九二七年七月国民革命の挫折後、見直し計り直した中国の現実に基づき、いかにマルクス主義文芸理論を創造的に適用するかという検討をつうじて、始めて中国の「無産階級芸術」の具体的な在り方を提起できたと思われる。それはボグダーノフ論文の内容と直接関わるものというよりも、マルクス主義者としての茅盾の基本的姿勢に関わるものであると思われる。またそれは、第四章で一九一九年末頃以来の茅盾の文学活動を跡づけてきたように、その間に鮮明に見られるようになる、中国変革を志す文学者としての彼の一つの基本姿勢（中国の現実、文学界の現状において、今、どのような文学が必要とされるかを追究する姿勢）と整合性がある。

私の課題の今後の方向は主として、国民革命挫折後の一九二〇年代末から三〇年代始めにかけて、茅盾が中国の当時の社会的現実、文学的現状を改めてどのように理解したのか、また中国の現実、文学界の現状に対する認識に基づいて、中国「無産階級芸術」の創造のためにどのように具体的問題を提起したのか、を追求することにある。

(96)「一九二七年大革命」（『我走過的道路』上冊、前掲）によれば、「『漢口民国日報』は共産党が出版する大型の日刊紙である、と言うこともできた」、とする。

(97)茅盾は「従牯嶺到東京〔牯嶺から東京へ〕」（一九二八年七月十六日、『小説月報』第十九巻第十号、一九二八年十月十日、

第一章）で次のように言う。

「私は真実に生活をし、動乱する中国の最も複雑な人生の一幕を経験し、結局幻滅の悲哀、人生の矛盾を感じた。消沈する心情のもとで、孤独な生活の中で、私はなお生活に対する執着に支配されていた。私の生命力の余燼によって、この困惑する人生の中でほかの方面から一粒の光を発したいと思った。そこで私は創作を始めた。」

こうした背景のもとで書かれた『蝕』三部作については、稿を改めて論ずることにしたい。

『『雪人』自序」（一九二七年四月、『雪人』、開明書店、一九二八年五月、底本は『茅盾全集』第三十三巻〈人民文学出版社、二〇〇一年〉）で次のように言う。

「これらの色あいの異なる作品には、ともあれ共通する一つの基調がある。それは人生の意義の追求と、追求して得られないこと、或いは得るものがあまりにも少ないことに対する幻滅である。まさしくモルナールが『雪人〔雪だるま〕』という愛すべきこの短篇の中で、シューブの経験を借りて象徴し、我々に見せてくれているように。『人生を渇望する人が、何らかのものを求めて力の限りを尽くすが、獲得する希望は大変少ない。』（中略）

私は単なる『文字の労働者』であり、国内の文壇については言うべき価値のある貢献をしていない。社会的事業について言えば、さらに全く顕示するものがない。しかし私もシューブの感ずる悲哀を深く感じている。」

一九二七年四月頃に、こうした悲哀を茅盾は深く感じていたと思われる。
（98）「創作生涯的開始」（『我走過的道路』中冊、人民文学出版社、一九八四年五月）によれば、当時『小説月報』を主編していた葉聖陶からの依頼で、茅盾は魯迅論を書くことを承知した。しかし先に書き上げたのは、「王魯彦論」であった、と言う。
（99）如史おじさんは、「黄金」（王魯彦、『小説月報』第十八巻第七号、一九二七年七月十日）の主人公である。茅盾の紹介（「王魯彦論」、第五章）によれば以下のようである。
「『黄金』の中で、私たちは静かな悲劇の発展を目にする。主人公の如史おじさんは、例によって善良な小資産階級である。十数畝の田んぼと数間ある新しい家を持ち、もともと飯が食えない人ではない。しかし外に出ている息子が年末に送金できないために、この哀れな老人は思わぬ――まさしく予想どおりのかも知れない――多くの嘲笑と軽蔑を受けた。

田舎の小資産階級における資産についての観念（すでに手に入れてある資産を再び売りにだすことこそ、たいへんな不遇であり、非常な災厄である。こうした資産がなくて、乞食に落ちぶれるより、なお悪いと考える）と、周囲の人びとの他人の不幸を見て喜ぶこととが、この小説の静かな悲劇の発展を織りなしている。私たちは重い心を抱いて、小説の主人公とともに目に見えぬ悲劇の頂点に赴く。その結果この平凡な老人に対して深い同情を起こす。」

（100）茅盾は、「創作生涯的開始」（『我走過的道路』中冊、前掲）で次のように言う。

「勢いのすさまじかった湖南湖北の農民運動が、かくも易々と白色テロによって打ち砕かれたことに驚愕したし、南昌の暴動の瞬く間の失敗のためにも失望した。」

右のような事態は、中国の現状に対する茅盾の認識が十分ではなかったことを示すものと思われる。

（101）「秦徳君手記――桜蜃」（秦徳君、『野草』第四十一、四十二号、一九八八年二月二十九日、八月一日）に、一九二八年七月秦徳君と茅盾が同道して日本の東京へ移った頃のことについて、次のような言及がある。

「茅盾はいつも私たちの女子学生寄宿舎にやってきた。呉紅苐はこれを余り良くないと考えた。私たちは同道して本郷館に彼を訪ねた。茅盾の気持ちが消沈して、いつもくよくよしている原因は、上海の文芸界が『幻滅』『動揺』『追求』の三部作中篇小説を消極的で反動的であると批判したためであった。茅盾は〈幻滅〉の深みに陥り、邵力子を訪ねて、蔣介石の秘書となれるよう彼に推薦してもらうことを持ちだした。私と呉紅苐は大反対した。」

また『虹』（『小説月報』第二十巻第六、七号、一九二九年六月十日、七月十日）を半ばまで書きあげて出版し、その売れ行きと評判が良かったことを述べた後で、次のように言う。

「ただその後のさまざまな出来事や事情の変化があったため、元もと計画した長篇小説『虹』は半ばまで書いただけである。茅盾はその気勢をさらに高めようとし、これまでの例を破って私に称賛の文章を書き、〈追求の中の章秋柳〉が革命的人物であると褒めるように要求した。その当時上海の文壇では、茅盾の反動的、青年を害する『幻滅』『動揺』『追求』の三部作小説に対して轟々たる非難があった。しかし私は読んだことがなかった、拝読したことがなかったと言った方が良い。茅盾は愛情を脅しとし、私が承知しないと、彼は泣いた。私はやむなく、茅盾の章秋柳を持ちあげる文章一篇を書き、上海の『小説月報』に送って三部作を称賛した。」（『虹』は半ばまでの形で、開明書店から一九三〇年二月初版が出版されている。また、「追求中的章秋柳」〈辛夷〉は、『文学週報』第三六〇期〈第八巻第十号、一九二九年三月三日〉に掲載されている。）

右の秦徳君氏の回想について、二点とりあげることにする。

第一に、茅盾の三部作に対する「轟々たる非難」とは、恐らく次の銭杏邨の評論を指すものと思われる。「『幻滅』」（銭杏邨、一九二八年二月十九日、『太陽月刊』三月号、一九二八年三月一日）、「『動揺』」（銭杏邨、一九二八年五月二十九日、『太陽月刊』停刊号〈七月号〉、一九二八年七月一日）、「『追求』」（銭杏邨、一九二八年十月十八日、『泰東月刊』第二巻第四期、一九二八年十二月一日、底本は『茅盾評伝』〈伏志英編、現代書局、一九三一年十二月、香港南島出版社、一九六八年九月、影印本〉）。私が目を通したところによれば、銭杏邨の「『動揺』」は酷評ではなく、まっとうな評価と思われる。「『幻滅』」の評価も酷評に近い部分がある、しかし全体が酷評というのではない。「『追求』」はかなり厳しい評価も含んでいると言える。「轟々たる非難」とは言い難いこうした点から考えると、茅盾の当時の失意の原因をどのように解釈するかについて、秦徳君氏は必ずしも正確な理解をしていないと思われる。

第二に、秦徳君氏の回想の内容について、「潑向逝者的汚泥応該清洗——澄清秦徳君関于茅盾的不実之詞」（丁尒綱、『茅盾研究』第六輯、北京師範大学出版社、一九九五年二月）は以下の点について疑問を投げかけている。

①茅盾が中国共産党の公金を持って逃れ、そのため党籍を除かれた反党分子であるとする伝聞（楊賢江の話による）。

②茅盾が蔣介石の秘書となりたい旨を持ちだしたこと。

③「北欧の女神」が秦徳君を指して言ったものであること。

先ず、①の点について、丁尒綱氏は一九二八年十月九日「中共中央致東京市委的信」を引用紹介している。

「沈雁冰は過去に同志であった。しかし党生活から離れて一年余になる。もし彼が現在姿勢・言動が良く、党生活を回復することを求めるときには、あなた方は情況を斟酌し、改めて紹介の手続きをへて、党籍の回復を許可することができる。」

この手紙は東京市委に届かなかった。この手紙の内容からすれば、丁尓綱氏の言うように、茅盾が「反党分子」であるという伝聞は正しくないと思われる。ただ、「東京滞在時期の茅盾——党籍回復をめぐって」（白水紀子、『アジア遊学』第十三号、二〇〇二年二月二十日）によれば、中国共産党中央と東京市委の間で、もう少し複雑なやりとりの事情が示唆されている。これらの詳細については、未詳。

②③の点について、事実の確定が困難であり、今のところ私の判断は保留する。しかし以上の点を踏まえて、小論に関する範囲で言えば、次のことは言うことができると思われる。国民革命の挫折で体験した失望と、その後に書いた小説「幻滅」「動揺」「追求」の上海文壇において必ずしも好評ではなかったことが、茅盾の悲観と失意の心情を一層深くしていた。

（102）『魯迅と革命文学』（丸山昇、紀伊國屋書店、一九七二年一月三十一日）は次のように指摘する。

「従来の中国革命は、民族ブルジョアジー、小ブルジョアジーをも含んだ統一戦線のものでありえた。しかし、今やそれでは革命は前進しないことは明らかとなった。民族ブルジョア、小ブルジョアは、決定的段階に至ると、必ず革命から脱落し、革命を裏切る。今や中国革命はプロレタリアートによって担われる以外に前途は持たぬ。そして小ブル・インテリゲンチアは、それが小ブルである限り、必ず反革命の役割を果たす。彼らが真に革命の側に立ち、〈革命的インテリゲンチア〉であろうとする限り、小ブルジョア性を克服し、プロレタリアートの階級意識を持たねばならぬ。かいつまんでいえば、これがおそらく当時の〈革命文学〉提唱の基礎となっていた現状認識であった。」

（103）一九二一年九月二十一日付け周作人宛書簡（『茅盾全集　書信一集』第三十六巻、前掲）で、茅盾は次のように言う。

「以前『小説月報』を読んでいた者は、たいていは老秀才か、新旧の幕友、そして〈風雅〉に近づく商人で、思想とは何であるのか、彼らは思ってもみることができないのです。彼らが『小説月報』を読むのは、一つには消閑できるからで、二つにはたわごとを学ぶことができるからです。」

（104）「従牯嶺到東京」（一九二八年七月、前掲）における〈小資産階級〉は、後述の部分でさらに詳しく、「小商人、中小農、没落した読書人家庭……」（「従牯嶺到東京」、一九二八年七月、前掲、第七章）と言う。小市民階層・旧知識人層と〈小資産階級〉（小商人、中小農、没落した読書人家庭等）の両者には、重なる部分が大きいと思われる。

(105) このことに関連して、茅盾は「従牯嶺到東京」（一九二八年七月、前掲、第七章）において次のように言う。
「六、七年来の〈新文芸〉運動は若干の作品を生みだしたけれども、しかしなお大衆の中に入ることなく、ただ青年学生の読み物であったことを認めなければならない。というのも〈新文芸〉には地盤とする広大な大衆の基礎がなかったからで、そのため六、七年来社会を推進する勢力に成長できなかった。現在の〈革命文芸〉はさらに小さく、一部分の青年学生の読み物となって、大衆とは一層遠ざかっている。その原因は、新文芸が自然に存在する読者対象を忘れたからである。描写するものはすべて彼ら（小資産階級）の実際の生活と余りにも懸け隔たり、用語も彼らの用語ではなく、彼らは理解できない。しかし新文学者は彼らがなぜ『施公案』『双珠鳳』等のつまらぬものをもっぱら読んでいるのかと責め、彼らは思想があまりにも旧く、どうしようもないとあくまで言う。この主観的誤りも、少しひどすぎたのではないか。」

(106) 茅盾は題材の問題について、「亡命生活」（『我走過的道路』中冊、前掲）で次のように言う。
「私は一九二五年、長篇の論文『論無産階級芸術』を書いた。この論文は、ソ連の初期無産階級文芸の題材が浅く狭い嫌いのあることを述べた。過去の文学作品がつねに用いた題材、例えば家庭問題、心の善悪の葛藤等について、作者は触れようとせず、これらが無産階級の題材ではないと考えた。実際には同一の題材でも、作者の立場、観点、処理・解決の方法が同じでないことによって、一方は無産階級文学となることができ、他方は旧芸術となる。私は、無産階級芸術がやはり過去の芸術と同じように、全社会と全自然界の現象を対象とし、題材をくみ取る源泉となるものと考えた。これは理の当然であり、疑いを容れないと思った。そのため、私は『従牯嶺到東京』の一文で創造社・太陽社の友人にその余力を分けて小資産階級の生活も描くことを勧めた。これは実は私がつとに一九二五年に持っていた主張である。」

しかしながら、一九二五年に茅盾が論じたのは、ソビエト連邦の無産階級文学の事情である。その場合において、茅盾は全社会と全自然界の現象を対象とし、題材をくみ取る源泉とすることに言及している。しかし具体的に中国の現状を分析して、そのうえで小資産階級の生活を描く文学を主張したのではない。ソ連の初期無産階級文芸が題材の範囲を広げる必要のあることを、ボクダーノフの論文「プロレタリア芸術の批評」に基づいて述べたものである。また一九二八年一月、「歓迎『太陽』！」（一九二八年一月五日、『文学週報』第五巻第二十三期、一九二八年一月八日、底本は『茅盾全集』第十九巻〈前掲〉）において、茅盾は次のように言う。

「文芸は多方面のものである。それはちょうど社会生活が多方面のものであるのと同様である。革命文芸もこのことから多方面のものである。私たちは、ただ労働者階級の生活を描く文学だけが革命文学であると言うことはできない。それはあたかもただ労働者農民大衆の生活だけが現代の社会生活であると言えないようなものである。」

一九二八年一月、ここで茅盾は中国に出現した革命文学論に対して、題材が広くあるべきことを主張する。労働者階級の生活を描く文学だけが革命文学であるとは言えないと言う。しかしそれ以上の具体的な主張を述べていない。一九二八年七月、「従牯嶺到東京」（一九二八年七月、前掲）において茅盾は始めて、中国の現実の分析に基づき小資産階級の生活を描く文学が、中国の現実・文学界の現状にとって必要であることを主張した。私は、一九二五年五月における、理念としての理論、理想の高唱（題材を広範囲にとるべきこと）と、一九二八年七月の、中国の現実認識に基づいた小資産階級を題材とする文学の主張との間には、質的な変化への一歩が存在すると考える。すなわち後述のように、茅盾は一九二八年半ば頃始めて、本来の意味で、被抑圧階級の人生のための文学への止揚の過程を歩きはじめたと思われる。その後一九三一年、中国の現実に対する認識の深まりとともに、さらに広範囲な全社会にわたる具体的な問題が提起されるようになる。例えば茅盾は、「中国蘇維埃革命与普羅文学之建設」（『文学導報』第一巻第八期、一九三一年十一月十五日、底本は『茅盾全集』第十九巻〈前掲〉）で、工場・農村の題材を取りあげた後、次のように言う。

「私たちはソビエト区域から題材をくみ取らなければならない。わずかに紅軍や赤衛隊の勇敢さを描くことだけで、満足すべきではない。白色軍の動揺と崩壊の必然性を指摘しなければならない。ソビエト区域の土地問題の中から李立三路線の誤りを厳しく指摘しなければならない。ソビエト区域の富農分子が政権を盗みとる（福建省の傅柏翠のように）ことの内在的社会的原因を、解党派やＡＢ団の活動を、摘発しなければならない。無産階級の指導力の弱さがいかにソビエトの基礎の安定を損なっているかを指摘しなければならない。――そうだ、赤と白の白兵戦を描くばかりではなく、ソビエト区内部での、左傾と右傾の日和見主義を一掃し、土豪劣紳、解党派、富農分子の連合勢力を排除し、農民の遅れた封建的意識を克服し、無産階級の指導を強化し、経済的政治的文化的組織を建設することをも、弁証法的に描かなければならない。すべての対外・対内的な闘争において、私たちの作品の題材を打ち立てなければならない。」

茅盾はこの引用部分の後で、支配階級における題材にも具体的に言及している。

（107）茅盾はまた、「従牯嶺到東京」（一九二八年七月、前掲、第七章）において、新文芸を小資産階級市民の隊列の中に歩ませようとするなら、表現（描写）の技術に改革が必要であるとする。そして次のように言う。

「私自身の意見について言えば、私たちの文芸の技術は少なくとも先ずいくつかの消極的条件を行わなくてはならない。——欧化しすぎてはならない、新術語を多用してはならない、象徴的色合いをあまりに濃くしてはならない、正面から説教するように新思想を宣伝してはならない。私はこのように信ずるけれども、しかし私自身の以前の作品はこうした欠陥をすべて犯している。私の作品は、言うまでもなく知識人だけが読んだものである。」

（108）ここの、「感情主義、個人主義、享楽主義、唯美主義の〈即興小説〉」が、創造社のことを指しているのは、茅盾がこの引用部分の前で次のように言っていることからも分かる。

「〈五三〇〉時代がまだ到来していないとき、創造社の諸君が象牙の塔の中に住んでいたことは、次のことを物語る。当時感情主義、個人主義、享楽主義、唯美主義を宣伝していた創造社諸君は、実際当時普遍的にあった〈彷徨苦悶〉の心情を青年とともに分けもっていた。」（「読『倪煥之』」、一九二九年五月、前掲、第四章）

後年、「七請」（『質文』月刊第四期、一九三五年十二月、底本は『郭沫若全集』第十六巻〈人民文学出版社、一九八九年十月〉）で、郭沫若は「標語スローガン文学」について次のように言う。

「旧創造社のある人々はいわゆるスローガン標語詩を作ったことがある。しかし私は決してスローガン標語詩の作者ではないし、その提唱者でもないことを、はっきりしておかなければならない。（中略）私は一般の見識の浅い人のように、受け売りをして、スローガン標語詩は罪が極めて重いと言うのではない。スローガン標語詩も詩の一種たるを失わず、素晴らしくできればまさしく良いものである。それが批判を受ける理由は、政略上の問題である。もしも社会状況が許すなら、その露骨な詩はまさしく大きな価値がある。意識を尊重するとは必ずしもスローガンを叫び、標語を作るように求めることではない。しかし標語が立派に作られ、スローガンがきちんと叫ばれるなら、悪いことはない。事実、標語やスローガンは実際最も作るのが難しいもので、経験のある人は自ずから知っているだろう。」

郭沫若は、社会状況が許せばという条件を付けつつ、標語スローガン文学を好意的に擁護していると思われる。

(109) この点について、第四節の注（64）で、一九三二年十一月、「『法律外的航綫』読后感」（『文学月報』第一巻第五・六号合刊、一九三二年十二月十五日）を引いて、実地に観察し、新たな認識を獲得して、それに基づき描写することの重要性が指摘されていたことを述べた。

(110) この新しい写実主義について、一九二八年七月の「従牯嶺到東京」の段階では、後の「読『倪煥之』」（一九二九年五月四日、前掲）とは理解が異なり、また『西洋文学通論』（上海世界書局、一九三〇年八月）に詳細・明確に論じられる内容ではなかった。一九二八年七月「従牯嶺到東京」で言及された「新しい写実主義」（原文、新写実主義）は、ソビエト連邦成立の初期における内乱期の後に出現した、新しい文体・電報体のことと誤解している。この誤解については、銭杏邨が、「従東京回到武漢」（一九二九年一月三日、『文芸批評集』、上海神州国光社、一九三〇年五月、底本は『茅盾評論』〈伏志英編、現代書局、一九三一年十二月、香港南島出版社、一九六八年九月、影印本〉で指摘し、また後に茅盾自身も「亡命生活」（『我走過的道路』中冊、前掲）で触れている。

(111) 使用した底本は、『西洋文学通論』（世界書局、一九三〇年八月、全三二四頁、上海図書館所蔵本の複印）である（この複印は、名古屋大学大学院国際言語文化研究科博士課程後期課程在学中の高箭氏の手を煩わし、入手したものです。ここに記して高箭氏に感謝の意を表します）。また、『茅盾全集　外国文論一集』第二十九巻（人民文学出版社、二〇〇一年）所収の「西洋文学通論」も参照した。

(112) 「亡命生活」（『我走過的道路』中冊、前掲）に、一九二九年の「十月十日、『西洋文学通論』を書き終えた。」とある。

なお、茅盾はこの書物の内容について、次のように言う。

「大胆にも西洋文学の源流変遷等々を論述した。」（「我的回顧」、一九三二年十二月、『茅盾自選集』、上海天馬書店、一九三三年四月、底本は『茅盾全集』第十九巻〈前掲〉）

（113）『西洋文学通論』（世界書局、一九三〇年八月）を検討した専論は、私の狭い見聞によれば、ないと思われる。『茅盾評伝』（邵伯周、四川文芸出版社、一九八七年一月）の第七章「〝停下来思索〟」第三十節「学術研究的豊碩成果」では、一頁余（一六四頁－一六五頁）にわたり内容を紹介する。『茅盾評伝』（丁尓綱、重慶出版社、一九九八年十月）の第五章「東渡日本（一九二八－一九三〇）」第二節「参与〝革命文学論争、埋頭学術研究〟」の三で、八頁余（二二六頁－二三四頁）にわたり内容の紹介と評価を行っている。

（114）また、ここにはプレハーノフの所論も背景にある可能性がある。「芸術と社会生活」（プレハーノフ、『芸術と社会生活』、蔵原惟人等訳、岩波書店、一九六五年六月第一刷。また、『芸術与社会生活』〈蒲力汗諾夫原著、馮雪峰訳、水沫書店、一九二九年八月初版、底本は一九三〇年三月再版。この中国語訳本は、二〇〇三年九月、名古屋大学国際言語文化研究科博士課程後期課程在学中の陳玲玲氏の骨折りにより、北京図書館所蔵本の複印を手に入れることができたものです。ここに記して、陳玲玲氏に感謝申し上げます。〉）は次のように指摘する。

「芸術家および芸術的創造につよい関心を持つ人びとの、芸術のための芸術への傾向は彼らを取りまく社会的環境と彼らとのあいだの、絶望的不調和の地盤の上に発生する。

これですべてではない。理性が近く勝利することを固く信じていた我が国の『六〇年代人』の例、それと同じ信念を彼らに劣らず固く持ち続けていたダヴィッドとその友人たちの例は、いわゆる功利的芸術観、つまり芸術作品に生活現象にたいする判決の意義を与えようとする傾向と、つねにそれにともなってきた社会的闘争によろこんで参加しようとする用意とが、社会のいちじるしい部分と多少とも積極的に芸術的創造に関心をもつものとのあいだに相互的な共感があるところに発生し、そこで強められることを示している。」（傍点は省略、また、『芸術与社会生活』〈前掲、三六頁－三七頁〉）

プレハーノフは、いわゆる「人生派」と「唯美派」がどのような社会的条件にあるかによって、また彼らと社会的環境がどのような関係においてあるかによって、それぞれの傾向が強められることを言う。

茅盾は、一九二〇年代前半創造社には〈芸術のための芸術〉への傾向があったと判断していた。また創造社成員は、一九二六年以来の国民革命の高揚の情況によって、国民革命を支持し、ひいては無産階級革命文学の追求へと進んだ。このことについて、茅盾は、プレハーノフの指摘するような、創造社と中国の社会背景との関係があってのことと理解していたと思われる。そこに、創造社に対する茅盾の内在的批判（超然説に対する批判）を可能にする一つの根拠があると思われる。後に一九三一年、茅盾は、「関于〈創作〉」（『北斗』創刊号、一九三一年九月二十一日、底本は『茅盾全集』第十九巻〈前掲〉）で創造社を取りあげ次のように言う。

「まさしく十九世紀のフランスのゴーチェ等がその属する階級を憎んだけれども、依然として資産階級の作家であったのと同様である。しかも創造社がそのとき〈芸術のための芸術〉と唯美主義を提唱したのも、ゴーチェ等と同様に、自身と社会生活の不調和であることを感じたときの逃避であった。ただこのように創造社が〈芸術のための芸術〉を提唱した理由を理解してこそ、その後一九二七年大革命の時代において、創造社が再び方向転換をしたことを理解することができる。」（第二章）

これは茅盾が、プレハーノフの「芸術と社会生活」に基づいて創造社の転換を解明するものであると思われる。

また一九三二年に茅盾は、「徐志摩論」（一九三二年十二月二十五日、『現代』第二巻第四期、一九三三年二月一日、底本は『茅盾全集』第十九巻〈前掲〉）で次のように言う。

「技巧の完成へ向けての研究は、決して詩情に影響して枯渇するものではない。（中略）しかし他面から見ると、詩人は社会生活と不調和であるとき、しばしば芸術至上主義という〈宝島〉に逃げ入る。」（第四章）

徐志摩の詩情の枯渇が、技巧の完成への研鑽をしたためではないとする。徐志摩は、社会生活と不調和であったがために、芸術至上主義という〈宝島〉へ逃げこんだ。しかしそこに安住できず、そこに彷徨したとする。

（115）本書の第一章ですでに言及したように、郭沫若は「印象与表現」（『郭沫若佚文集』上冊〈王錦厚等編、四川大学出版社、一九八八年十一月〉所収、原載『時事新報』副刊『芸術』第三十三期、一九二三年十二月三十日）で次のように言う。

「『真実を求める』ことは芸術家にとって元もと必要なことです。しかし芸術家の求真は、自然に忠実な点において追求することはできません。自我に忠実な点においてのみ追求することができます。芸術の精神は決して自然を模倣することではなく、芸術の要求も決してたかだか自然との外形の相似を求めることにはありません。芸術は自我の表現です。芸術家の内在的衝動のこれ以外にはありえない表現です。自然と芸術家の関係は材木店と大工の関係のようなものにすぎません。自然は芸術家にさまざまな素材を提供するだけですが、このさまざまの素材を新しい生命に融合し、完全な新世界に融合させるのは、それはやはり芸術家の高貴な自我なのです。」

また『創造十年』（一九三二年、底本は『沫若自伝　第二巻　学生時代』〈生活・読書・新知三聯書店、一九七八年十一月〉）で次のように言う。

「創造社の人は自我を表現しようとし、内在する衝動にもとづいて創作に従事しようとした。」

なお、一九二八年当時において、自我の表現を標榜する文学者もいた。例えば曾虚白は、茅盾の「従牯嶺到東京」に関して次のように言う。

「茅盾は小資産階級の文学に力を注ごうと考えている。私は極めて賛成だ。なぜなら私は茅盾がこの階級の人であることを知っているから。茅盾は、現代の作家が小資産階級の文芸に力を入れなければならないと主張する。これにも私は極めて賛成だ。なぜなら彼らがこの階級の人でないことは稀だと知っているから。」（「文芸的新路――読了茅盾的《従牯嶺到東京》之后」、一九二八年十一月四日、『真美善』第三巻第二期、一九二八年十二月十六日、底本は『茅盾評伝』〈伏志英編、現代書局、一九三一年十二月、香港南島出版社、一九六八年九月、影印本〉）

「どの派の文学であれ、すべて〈自我〉の表現である。いわゆる客観と主観は、〈自我〉の色あいの明瞭暗澹における区別であるとだけ言いうる。〈自我〉は思想の主体であり、すなわち作品の源泉である。世界と、〈自我〉以外のすべては、〈自我〉が構成する思想の形態によってのみ、すべての作家の作品中に表される。そして、高尚な文学作品がほかの読物を越えて、無上の喜びを人類に与えることのできる秘密は、それがあらゆる味気ない現実を妙なる精神の中で精錬を加えたのち、特別な光芒を放たせうることにある。そのため〈自我〉を放擲すれば、文芸はその存在を失う。」（同上）

曾虚白は、小資産階級としての自らの階級の〈自我〉を、作品の源泉とし、そこに固執する。

(116)「芸術の革命と革命の芸術」（青野季吉、一九二三年三月、『壁下訳叢』〈魯迅訳、上海北新書局、一九二九年四月〉所収）

は、次のように論じた。

「芸術は、言うまでもなく、個人の所産である。個人の性情や直接の経験が、そこに個人の数だけの色彩を造り出すことは、勿論である。プロレタリヤの芸術と言っても、芸術家各人の先験後験の準備によって、そこの幾多のバライティの生ず可きは勿論である。特にプロレタリヤの芸術運動は、一イズムの運動でなく、一階級としての運動であるから、猶更そうである。」（「芸術の革命と革命の芸術」）

どのような文学も、プロレタリア文学も、作家の個性（自我）と経験に基づいて作品が作り出される。すなわち作品は作家の自我を通して表現されるとする。

「個人の心境の描写もとより可なりである。個人の経験、個人の印象もとより結構である。いな、すべての認識と、すべての考察とがそこから出発するものであることは、説明するまでもなく明らかなことである。しかしそこにとどまって居り、そこに耽っていたのでは、ただの個人の印象であり、個人の心境であるというに過ぎない。そこに何ほどの価値があろう。個人の印象から出発し、個人の心境を拡大して始めて、他に訴える力が生ずるのである。」（「現代文学の十大欠陥」、青野季吉、一九二六年五月、『壁下訳叢』所収）

そこに止まっていては、個人の印象・個人の心境であり、そこから拡大し、社会への関わりの広がりがあってこそ、他に訴える力が生ずるとする。この点については、拙論「魯迅と『壁下訳叢』の一側面」（『大分大学経済論集』第三十三巻第四号、一九八一年十二月）で触れたことがある。

（117）ここでの〈写実的精神〉と〈ロマン的精神〉は、広義の意味で使用していると思われる。茅盾は、「創作与題材」（『中学生』第三十二期、一九三三年二月一日、底本は『茅盾全集』第十九巻〈前掲〉）で次のように言う。

「〈五四〉の新文学運動は古典主義の『いじり回した不自然さ』等に反対するために、写実主義のスローガンを提起した。写実主義は文学史上、元もとやや漠然とした名詞である。時にはロマン主義と対称され、時には理想主義と対称される。ロマン主義と対称される写実主義とは、自然主義および自然主義の前駆的作家の作風を広く指す。理想主義と対称される写実主義はそれとは異なる。これは作風を指して言うものではなく、作風よりさらに広範な、基本的文芸創作の精神を指す。」

ここでは、基本的文芸創作の精神を指していると思われる。

（118）その他の章は、「第二章　神話和伝説」、「第三章　希臘和羅馬」、「第四章　中古的騎士文学」、「第五章　文芸復興」、「第六章　古典主義」である。第二章から第六章まで、直接には本書第四章と関係が薄いと思われるので、ここでは言及しない。

（119）『子夜』写作的前前后后」（『我走過的道路』中冊、前掲）で茅盾は、『子夜』を書いた当時の一九三一年頃、『ルーゴン・マッカール叢書』全二十巻の読書情況について、次のように言う。

「私はゾラが好きであったけれども、『ルーゴン・マッカール家の人々』全二十巻を読了していなかった。その当時ただ五、六巻を読んだことがあるだけであった。その中に『金銭』〔第十八巻――中井注〕は含まれていない。」

（120）茅盾は、「螞蟻爬石像」（『上海法学院季刊』創刊号、一九三三年十二月、底本は『茅盾全集』第十九巻〈前掲〉、題名も『茅盾全集』第十九巻による）で次のように言う。

「悲観的大作家にはチェーホフもいる。脚本『三姉妹』や『ワーニャ叔父さん』も〈灰色の人生〉の描写である。チェーホフは女主人公マーシャの口を借りて叫ぶ、『彼らは行ってしまった。永遠に戻らない。私たちは最初からもう一度人間にならなければね。』モーパッサンと少し違って、チェーホフは人生の将来を信頼していた。ただ彼はこの〈希望〉を遙かな将来に置いていた。」

チェーホフに対する見方はこの時点、一九三三年でも、変化がない。

（121）『茅盾選集』自序」（『茅盾選集』、開明書店、一九五二年四月、底本は『茅盾全集』第二十四巻〈人民文学出版社、一九九六年〉）で、茅盾は次のように言う。

「一九二五年から一九二七年の間、私が接触したさまざまな分野の生活の中で、肯定的な積極的人物の典型がいなかっただろうか。当然そうではない。しかし執筆するときの悲観失望の心情が彼らの存在とその必然的発展をなおざりにさせた。作家の思想心情は生活の経験の中からどのような題材と人物を選択するかについて、しばしば決定的なものをもつ。この道理を、最初私は認めなかった。はっと気づいて猛省し、深く昨日の非を悔いたのは、すでに『追求』を発表して一年余り後だった。」

また、「亡命生活」（『我走過的道路』中冊、前掲）で、茅盾は長篇小説「虹」（『小説月報』第二十巻第六、七号、一九二九年六月十日、七月十日）について次のように言う。

「客観的現実が作家の頭脳に反映し、作家によってそれを形象化したものが、文学作品である。作家は客観を努めて追求するけれども、その思想心情は作品の人物に烙印を留めざるをえない。梅女士の思想心情の複雑さと矛盾したところは、私が『虹』を書いた当時の思想心情であると言わざるをえない。当時私はこの種の思想心情が有害であることを知っていたが、しかしなおこれを一掃して、純化することができなかった。だから『虹』はたんなる橋である。思想心情の純化（これは当時の白色テロのもとで使用した隠語である）とは、思想心情の無産階級化を指し、また小資産階級知識人の思想改造のことである。これは長期のもので、老いるまで学び、老いるまで改造するものである。」

作家の思想心情は、作品の人物に烙印を留めざるをえないとする。

（122）新しい写実主義に対するこの考え方は、一九三一年にも引き継がれている。傍観者の態度ではいけないと言う。茅盾は、「創作不振之原因及其出路」（『北斗』第二巻第一期、一九三二年一月二十日、底本は『茅盾全集』第十九巻〈前掲〉）で次のように言う。

「青年作家の当面の主要な問題は、いかに古くからあるブルジョア・小ブルジョア意識を克服し、新社会を創造するプロレタリアの意識を受け容れるかである。このことによって、必ずや彼らは周囲の人生から偉大な時代的意義のある題材を選びとることができ、その作品は生命と活力をもつことができる。時代は私たちに豊富な題材を提供している。農村の方面、都市の方面であれ、反帝国主義運動、学生運動であれ、青年作家は若干の自らの体験をもっている。

ついでに一言付け加えると、傍観者の態度でこうした経験を表現することもだめである。」

（123）ここで「個人主義的英雄〔原文、個人主義的英雄〕」（第十章「又是写実主義」）と言うのは、ロマン・ロランのジャン・クリストフのような人物を指すと思われる。『西洋文学通論』（世界書局、一九三〇年八月）全篇の中で、ロマン・ロランに言及しているのは、バルビュスに対比された次の部分だけである。

「フランス文壇の病態的冷酷な、世の中を愚弄する風潮の包囲の中において、社会的力の衝突を描写する彼〔バルビュスを指す――中井注〕の作品は、驚くべき彩りを放っている。現実を逃避する神秘的な色彩（例えばドイツの表現派の作品のような）やら、精神的勝利を称賛する東洋的傾向（ロマン・ロランとフランスの他の作者）は、バルビュスの作品には無いものである。」（第十章「又是写実主義」）

（124）この頃さまざまの形で茅盾は、ソ連邦の無産階級文学、あるいは〈新しい写実主義〉に触れている。「二十年来的波蘭文学」（『小説月報』第二十巻第七号、一九二九年七月十日、底本は『茅盾全集』第三十三巻〈人民文学出版社、二〇〇一年〉）では、次のように言う。

「新しい写実主義の無産文学は、ポーランドでは具体的現れを見出すことができない。」

「『現代文芸雑論』序」（一九二八年十一月三日、『現代文芸雑論』、世界書局、一九二九年五月、底本は『茅盾全集』第三十三巻〈前掲〉）では、次のように言う。

「現代文学の中で、さらに欧州大戦が各民族に与えた影響という面に注意すると、現代世界文学には大変重要な一部がある。すなわちソビエト・ロシアの新文学である。ここではこれを欠如させている。それも、ソビエト・ロシアの無産階級文芸にはすでに専門に紹介する本があるからにほかならない。」

（125）茅盾は、『創作的準備』（上海生活書店、一九三六年十一月、底本は『茅盾全集』第二十一巻〈人民文学出版社、一九九一年〉）の「一　学習与摹仿」で次のように言う。

「ゴーリキーは彼の文学の事業を始める以前、たくさんのロマン主義の名著を読んだ。例えばユゴー（V. Hugo）、大デュマ（Dumas Lepéré）、プーシキン（Pushkin）である。しかしゴーリキーの第一作の創作は新しいリアリズム〔原文、新的現実主義〕であった。」

ここでは、新しい写実主義〔原文、新的写実主義〕が、新しいリアリズム〔原文、新的現実主義〕に改められている。

（126）丁尓綱氏は次のように指摘する。

「茅盾のこの著作の出版は、人々の頭脳を明晰にし、世界文学思潮史の全体的構造からそれぞれの細部の位置と価値を見うるようにするものである。このことからソ連社会主義文学の価値を示し、また中国がソ連文学を参考として無産階級革命文学を唱導する意義を提示している。」（『茅盾評伝』、重慶出版社、一九九八年十月、第五章「東渡日本（一九二八―一九三〇）」第二節「参与〝革命文学〟論争、埋頭学術研究〟」の三）

（127）「〈左連〉前期」（『我走過的道路』中冊、前掲）によれば、馮乃超が左連を代表して茅盾を訪れ、左連に参加することを求めた、と言う。また左連の初期においては、作家の創作活動よりは、通信員運動が重視された。また、作家に実践活動（街頭デモ、ビラ貼り等）が要請された。茅盾は実践活動に参加せず、〈自由〉行動をとったと言う。一九三〇年九月末、中国共産党が李立三の左翼日和見主義を批判し、一九三一年、瞿秋白が左連の指導に加わるようになってから、左連の方針に変化が生じた。一九三一年十一月、左連の執行委員会は、「中国無産階級革命文学的新任務」（『文学導報』第一巻第八期、一九三一年十一月十五日、私の使用した底本は『三〇年代左翼文芸資料選編』〈四川人民出版社、一九八〇年十一月〉）を承認した。これ以後左連は後期の成熟期にはいり、大きな発展を見た、と言う。

（128）「〈左連〉前期」（『我走過的道路』中冊、前掲）によれば、この二篇の文章は、左連に対する瞿秋白の指導方針の一つに基づいて、茅盾が書いたものと言う。

（129）茅盾は、「関于『禾場上』」（『文学』第一巻第二号、一九三三年八月一日、底本は『茅盾全集』第十九巻〈前掲〉）で次のように言う。

「私たちは農村生活を描写するたくさんの小説を見たことがある。それは一定の〈公式〉をもつものである。農民たちの恨みは天をつくが、しかし方法がない。突然〈革命的知識分子〉――男あるいは女が、飛将軍〔漢の李広将軍を指す――中井注〕のように天から降りてきて、この農村で説教をする。そこで行き場のなかった農民たちに〈活路〉ができる。そのため闘争となり、結果として必然的に勝利する。いわゆる〈文芸批評家〉なるものはかつて、こうした農村小説が積極的な革命的作品である、と指摘した。」

こうした小説においては、農民がどのように具体的に地主に搾取されているのかを見ることはなかった、と言う。

（130）茅盾は、「『地泉』読后感」（一九三二年四年二十四日、『地泉』、陽翰笙、上海湖風書局、重版、一九三二年七月、底本は

『茅盾全集』第十九巻〈前掲〉）で次のように言う。

「蔣君〔蔣光慈を指す――中井注〕の作品は、私はかつてそれを〈臉譜主義〔くまどり主義〕〉と言ったことがある。これは、蔣君の描く革命者と反革命者がいつも一組となっているからにほかならない。彼の作品中で多くの革命者は一つの顔つきしかない――これが革命者の〈くまどり〉である。多くの反革命者も一つの顔つきがあるだけである――これが反革命者の〈くまどり〉である。蔣君は決して、反革命者の中の、軍閥、政客、官僚、地主、買弁、工業資本家、銀行家、労働運動の裏切り者等の異なる意識形態に、区別をして描写しなかった。一つの事柄に対して彼ら自身利害が異なるために生ずる衝突についても、描写しなかった。蔣君の作品の中では、あらゆる反革命者が、彼の主観的幻想的な〈くまどり〉をつけて、一人の人間となっている。これはひどく現実を歪めるものだ。これは真実の現実を読者に見せることを全く不可能にするし、読者に対する作品の力を大幅に削減させる。」

（131）茅盾は、「我們這文壇」（一九三二年十一月二十八日、『東方雑誌』第三十巻第一号、一九三三年一月一日、底本は『茅盾全集』第十九巻〈前掲〉）で革命文学について次のように言う。

「友よ、私たちは遠慮なく言う。私たちは、社会を反映することのできない〈身辺瑣事〉の描写を唾棄する。〈恋愛と革命〉という構造を、〈宣伝大綱プラスくまどり〉という公式を唾棄する。壁にむかって空想でつくった〈革命英雄〉のロマンスを唾棄する。印刷版式の〈新偶像主義〉――大衆の行動に対する盲目的無批判的称賛と崇拝も唾棄する。〈意識〉という空っぽな殻だけある、生活実感のない、あらゆる詩歌・戯曲・小説を唾棄する。」

（132）茅盾は、「創作与題材」（『中学生』第三十二期、一九三三年二月一日、底本は『茅盾全集』第十九巻〈前掲〉）で、『阿Ｄ的自述』という小説をとりあげ、小説と記述文の違いについて次のように言う。

「〔『阿Ｄ的自述』は〕抽象的記述があまりに多く、〈動作〉があまりに少ない。このいわゆる〈動作〉とは、作家が作り出す物語の中の人物の行動である。小説中の人物の境遇は〈動作〉の中から表現されなければならない。作家は自ら作る〈物語〉をもちいて、その表そうとする社会現象（あるいは人生に対する認識と批評）を表現しなければならない。ここに、小説と記述文の区別がある。」

（133）茅盾は、将来の、あるいは現在の読者層として、青少年の育成と環境の問題に関わって、当時上海で盛行していた〈連環画小説〉（原文は、連環図画小説）の存在に注目している。茅盾は、「〈連環図画小説〉」（『文学月報』第一巻第五・六期合刊、一九三二年十二月十五日、底本は『茅盾全集』第十九巻〈前掲〉）で次のように言う。

「上海の街角横丁の隅には歩哨のように無数の露店の本屋が開いている。（中略）

これらの小型本がいわゆる〈連環画小説〉である。これらの小型本の露店は自然と上海大衆に最も人気のある動く図書館となっている。しかも最も有力な最も普遍的な〈民衆教育〉の道具でもある。」

こうした露店の本屋で売られ、あるいは二枚の銅貨で坐って読むことができる本が、〈連環画小説〉であると言う。〈連環画小説〉は多くは旧小説に基づいてつくられた簡略本である。毎頁の上端に文字による筋の説明がある（旧小説の短縮、旧小説の白話文）。毎頁の三分の二が絵で、十数字の簡単な説明と、人物の行動のほかに、漫画の吹き出しのように人物の話が記される。旧小説一回分が二十から三十コマの連続絵に描かれ、小型本一冊となる。七十回の『水滸伝』は〈連環画小説〉七十冊に当たる。内容については、神仙や妖怪の旧小説、武侠の旧小説がほとんど〈連環画小説〉となっている。また映画に基づくものもある。〈連環画小説〉の読者はたいていが十歳くらいの小学生である（その出身階層はさまざま）。銅貨二枚を払い、床机に坐って読むのは十五歳くらいの学生で、まま大人の労働者もいる。

茅盾はこれを応用して、大衆文芸となりうる可能性について指摘する。

またこれは、中国の将来をになう少年少女をいかに育成するのかという、中国の現実に根づいた問題提起の一つであった（それは同時に、読者層をいかに拡大し獲得するのかという課題につながる問題でもあった）。茅盾の子女（一九二一年冬、娘沈霞の誕生、一九二三年一月頃、息子沈霜の誕生〈『茅盾年譜』、査国華、長江文芸出版社、一九八五年三月〉がある。また、「〈左連〉前期」〈『我走過的道路』中冊、前掲〉によれば、一九三〇年四月当時、二人の子供は尚公小学の三年生と一年生であった）が、一九三三年当時十歳から十二歳になっていたことも関係するのであろう。茅盾はこの頃再三、児童の年齢に応じて読むことのできる良い児童書の不足を指摘する（「〈給他們看什麽好呢〉」、『〈申報〉自由談』、一九三三年五月十一日、「孩子們要求新鮮」、『〈申報〉自由談』、一九三三年五月十六日、「論児童読物」、『〈申報〉自由談』、一九三三年六月十七日、底本はいずれも、『茅盾全集』第十九巻〈前掲〉）。

（134）『文凭』（上海現代書局、一九三二年九月）に、茅盾は「関于作者」（一九三二年五月二十三日、底本は『茅盾全集』第三十三巻〈人民文学出版社、二〇〇一年〉）を付けている。ダンチェンコ（Nemirovich－Danchenko，一八四四年生れ）は一八九〇年代に活躍したロシアの作家である。『文凭』（一八九二年作）の女性主人公アンナ・チモウェーブナ（安娜・底摩維芙娜）は貧農の娘で、没落貴族の「非正式の妻」となる。彼女は〈独立した人間〉になろうと目覚める。それはアンナが実生活から体得した願いであり、それを実現する。

（135）茅盾は、「関于〈文学研究会〉」（『現代』第三巻第一期、一九三三年五月一日、底本は『茅盾全集』第十九巻〈前掲〉）で次のように言う。

「一九二八年以後、文学研究会を依然として〈人生派〉の文学集団と見なしていた人びとは、この嘲笑を方向転換した。次のことは、私たちがよく聞く革命的言い回しの一つである。『何が人生派文学か、小ブルジョアの意識形態にほかならない。』」

茅盾は五四以来の新文学（たとえそれが小ブルジョアの意識形態の表現であるとしても）を、〈革命文学〉派のように全否定しなかった。旧写実主義文学（例えば魯迅、王魯彦等の文学）を批判的に継承・発展すべきものであると考えた。

また茅盾は、「新作家与〈処女作〉」（『文学』第一巻第一号、一九三三年七月一日、底本は『茅盾全集』第十九巻〈前掲〉）で、蔡希陶の処女作「普姫」と新人作家黒嬰の「五月的支那」を取りあげて、次のように言う。

「この二篇を対照してみると、生活の実感から生まれた作品（たとえ『普姫』の作者のように苗族の生活の観察者にすぎないとしても）はしばしば、実感がなくてもっぱら想像にたよった作品と比べて、人の心を打つことができる、ということを知る。前者〔『普姫』を指す――中井注〕においては、文章が素朴であり、あるいはぎこちなさを免れないけれども、しかし充実した内容がある。後者にあって、私たちの印象はたんに空虚であり、たんに貧弱なものである。」

「普姫」は苗族の生活の記録である。作者は雲南で科学的調査に従事する自然科学者であった。作者は彼の観察を素朴に記録したにすぎない。しかしまさしくこのためにこの物語は生き生きとした印象をあたえ、苗族の生活の一部分が絵のように私たちの目の前に展開する、とする。

(136) 本書の第四章第五節第二項で、ゴーリキーの「フォーマ・ゴルデーエフ」等に関連して述べたように、そこでは茅盾の新しい写実主義についての考えを窺うことができた。文芸は人生の反映作用を行うと同時に、人生の中で創造されつつあるものを削りだす過程も表現しなければならないとする。茅盾は、それを、「斧の削り取る作用」と言った。

また、『西洋文学通論』（世界書局、一九三〇年八月）で次のように言う。

「文芸が世の中の現実を表現しなければならないことは、疑いない。しかし自然主義者はただ目の前の現実をとらえて、文芸を写真機とし、文芸が生活を創造する使命を軽視した。これも紛うことない欠点である。文芸は鏡でなくて、斧である。単に反映することに限られるべきではなく、創造しなければならない。」（第十一章「結論」）

(137) 茅盾は、「王統照的『山雨』」（一九三三年十月二十七日、『文学』第一巻第六号、一九三三年十二月一日、底本は『茅盾全集』第十九巻〈前掲〉）で次のように言う。

「実際、いま一層普遍的な農村の現象とは、次のようなものである。少数の農民が農村を逃げだし〈別に算段する〉けれども、大多数の農民は逃げだしても活路がないことを知っており、村を守って〈別に算段する〉ようになっている。『山雨』の物語は〈昨日〉から〈今日〉につながるものである。そして〈今日〉の真実の中から〈明日〉を暗示しようと意図している。それならば、第二十五章の感傷的気分は実に全書の一貫性を壊してしまう。」

〈今日〉の真実の中から、〈明日〉の展望を暗示する『山雨』の描写は、新しい写実主義の一つの態度を示すものと位置づけている、と思われる（そこには、第二十五章のような欠陥が見られるとはいえ）。

(138) マーガレット・ハークネス宛て書簡（一八八八年四月、『マルクス＝エンゲルス芸術・文学論』①、大月書店、一九七四年十一月十一日）で、エンゲルスは次のように言う。

「リアリズムというものは、私の考えでは、細部の真実さのほかに、典型的な状況における典型的な人物の忠実な再現をふくんでいます。さてあなたの人物たちは、描かれているかぎりでは十分に典型的です。しかし彼らをとりまき、彼らを行動させている状況についてはおそらく同程度に典型的だとは言えません。」

「馬克斯・恩格斯和文学上的現実主義」（塞列爾原著、瞿秋白〈静華〉訳、『現代』第二巻第六期、一九三三年四月一日）は、バルザックのリアリズムをいかに理解するかを論じ、この中でマーガレット・ハークネス宛て書簡の内容が紹介されている。これは中国で初めての紹介である。また、「左連期文芸理論の諸問題（一）――一九三一～一九三三年」（平井博、『人文学報』第二一三号、東京都立大学人文学部、一九九〇年三月三十一日）によれば、原載は、『文学遺産』第二号（コム・アカデミー文学・言語・芸術研究所、一九三二年四月）、著者はF・シルレルである。

(139) 茅盾は、「致文学青年」（一九三一年三月十六日、『中学生』第十五期、一九三一年五月十一日、底本は『茅盾全集』第十九巻〈前掲〉）で次のように言う。

「作家の作品が一時の〈霊感〉から生まれると考えてはいけない。決してそうではない。神妙な霊感とやらはなく、ただ社会現象に対する深い理解と精密な分析だけがある。見聞きするあらゆるものに文芸作品の材料としての価値があると思ってはいけない。社会の動乱に隠された背景を表現しうる人生の材料こそ価値がある。」

社会の動乱に隠された背景を表現しうるような人生の材料を捉えることは、典型的状況の把握につながることと思われる。また、「創作与題材」（『中学生』第三十二期、一九三三年二月一日、底本は『茅盾全集』第十九巻〈前掲〉）で次のように述べる。

「社会生活を選択して題材とする最低限の基準は、まずその社会生活について深い体験あるいは認識をもっており、そののちに最も精彩のある、最も中心的な部分を抜きだして描写しなければならないことである。」

社会生活は、身辺瑣事とは異なり、それ自身が普遍性をもち、一般の人生と重要な関係をもっている。それゆえに社会生活を題材とするときには、深い体験あるいは認識に基づいて最も中心的な部分を描写しなければならない。これも、典型的状況、典型的人物の把握につながっていく内容と思われる。

また、茅盾は、「不要太性急」（『文学』第一巻第四号、一九三三年十月一日、底本は『茅盾全集』第十九巻〈前掲〉）で、次のように言う。

「私たちはこの二人の作者に対して次のような希望をもっている。さらに一歩進んで〈時代をとらえる〉こと、社会の

『全体』を代表する現象と、社会の動向に連結している個別の現象を描写すること。」

臧克家と李守章の二人の新人作家に対する希望を、右のように述べる。これも典型的状況の把握に関連することと思われる。また、「王統照的『山雨』」（一九三三年十月二十七日、『文学』第一巻第六号、一九三三年十二月一日、前掲）では次のように言う。

「これらはすべて、全村に共通する災難であった。このような苦痛と恐れの中で、奚大有は典型的に、土地に対する未練を棄てて、別に算段をしようとする一人として、描写される。しかも彼は『土地に安んじようとする心』が最も強く、まじめで本分を守る農民であるために、別の算段をしようと考える最後の人々の中の一人でもあった。」

茅盾は、『山雨』の中の奚大有が「典型的」に描写されているとする。

（140）「どんな言葉をもちいるか」について茅盾は、「問題中的大衆文芸」（『文学月報』第一巻第二期、一九三二年七月十日、底本は『茅盾全集』第十九巻〈前掲〉）で〈大衆文芸〉の問題に関わって、現在は新文学がこれまで使用してきた白話文を用いるしかないことを論じた。この点のさらに深い追究が必要であるとする。

「題材の積極性」について茅盾は、「批評家的神通」（『文学』第一巻第二号、一九三三年八月一日、底本は『茅盾全集』第十九巻〈前掲〉）、「批評家種種」（『文学』第一巻第三期、一九三三年九月一日、底本は『茅盾全集』第十九巻〈前掲〉）等で主題の積極性に名を借りた中国的虚無主義者の批評家を揶揄する。題材の積極性（あるいは主題の積極性）とは何かを追究すべきだとする。

「旧形式の利用」について茅盾は、〈連環画小説〉もその一つであるとし、また「〈木刻連環図画故事〉」（『文学』第一巻第五号、一九三三年十二月一日、底本は『茅盾全集』第十九巻〈前掲〉）でもそのことを論じる。

（141）『春蚕』、『林家舗子』及農村題材的作品」（『我走過的道路』中冊、前掲）で茅盾は次のように言う。

「当時専門の評論家が作家を指導することを自分の任務としながら、作品中の生活を熟知しようがなく（あるいは願うことさえなく）、その結果行動の拠り所を失うこととなったことを反省の材料とした。そのため作家で、アマチュアとして評論を書く私という人間は、これらの専門の評論家に倣うことをせず、ただ平凡な仕事をしたいと思った。そこで、一九三三年の後半年から、私はまた二十年代の古い家業を拾いあげ、つぎつぎと作家と作品に対する評論の文章を書いて、当時創刊された大型の文芸刊行物『文学』に載せた。」

なお、以下に本文で引用する諸篇の底本は、『茅盾全集』第十九巻〈前掲〉である。

(142) 「丁玲的母親」（『文学』第一巻第三号、一九三三年九月一日、前掲）について、茅盾は「多事而活躍的歳月」（『我走過的道路』中冊、前掲）で次のように言う。

「丁玲の『母親』についての評論は、一九三三年後半から『文学』月刊誌上で書いた一連の作品評論の一つである。私がこうした評論を書いた目的は、当時非常に流行していた、左翼的言葉を使用する、教条的概念的文芸批評の気風を改めさせたい、そして才能と生活経験のある青年作家を発見したい、と思ったことにある。」

また本文であげた多くの文章（①、②、③、④、⑤、⑥、⑨）について、茅盾は「多事而活躍的歳月」（『我走過的道路』中冊、前掲）で自ら解説する。

これより時期的に少し前に書かれた、「徐志摩論」（『現代』第二巻第四期、一九三三年二月一日、底本は『茅盾全集』第十九巻〈前掲〉）、「女作家丁玲」（『中国論壇』第二巻第七期、一九三三年六月十九日、底本は『茅盾全集』第十九巻〈前掲〉）は、「王魯彦論」（『小説月報』第十九巻第一号、一九二八年一月十日）、「魯迅論」（『小説月報』第十八巻第十一号、一九二七年十一月十日）等を受け継ぐもので、実績のある作家に対する作家論の性格をもつと思われる。作家論の性格をもつという点については、茅盾自身が次のように言う。

「『徐志摩論』は私が書いた三番目の作家論である。」（「多事而活躍的歳月」、『我走過的道路』〈前掲〉）

前述のように、「徐志摩論」において茅盾は、マルクス主義文芸理論（プレハーノフに依拠して）の創造的適用を試みている。

(143) この中には、題材の積極性についての具体的議論も含まれている。「王統照的『山雨』」（前掲、一九三三年十二月）では次のように言う。

「第二十二章以前において、陳家荘は段々と深く破壊されていく。しかし私たちが受けとるものはむしろ、憤怒であり、悲壮であり、行くべき道を絶たれた農民が活路を探す、模索と抵抗である。この心情は積極的なものであり、感傷がない。」

こうしたところに、茅盾は題材の積極性を見ていたと思われる。

また時代が作家に要求するものとして、茅盾は「一個青年詩人的『烙印』」（『文学』第一巻第五号、一九三三年十一月一日、前掲）で次のように言う。

「『現実から逃避しない』のは、良いことだ。しかしただ冷静に『変わるのを見』たり、ただ勇敢に『耐え忍ぶ』のでは、なお不十分のきらいがある。時代が詩人に要求するものは、『生活のうえでさらに意義の深い』積極的態度と明確な認識である。」

茅盾は、現実を注視し現実の苦痛に耐える覚悟を臧克家に認める。そのうえで茅盾は、現実に対する積極的な態度と明確な認識を、臧克家に求めていることが分かる。

あとがき

私は、郭沫若、成仿吾、茅盾の文芸批評論を読み論ずる以前に、魯迅の文学を学んでいた。魯迅の初期文学活動から勉強しはじめ、その小説、翻訳を取りあげたほかに、後の一九二八年頃、革命文学論争においてマルクス主義文芸理論を受容する過程を追究した。そのとき、マルクス主義文芸理論の受容の仕方における魯迅の特徴を、私なりに理解して論及した。

しかし一九二八年頃から始まる革命文学論争において、魯迅がなぜ創造社・太陽社の激しい批判を受けたのか、逆に言えば、創造社等はなぜ魯迅、茅盾を批判しなければならなかったのか、について私に理解できたとは言えなかった。また、論争をする双方の文学者における文学に対する見方、思想的内面的な違いがどこにあるのか等の問題について、私には不明のところが多く残った。

そのため、魯迅の論敵である創造社成員の郭沫若、成仿吾の五四時期の文学理論を追究し、さらに五四時期以降、郭沫若、成仿吾の文芸批評論における変容の過程を確認した。そして彼らがマルクス主義文芸理論を受容する際における特徴を明らかにしようとした。また、郭沫若の文芸批評論に対する河上肇博士の『社会組織と社会革命に関する若干の考察』（弘文堂、一九二二年十二月）の影響の内容を探求した。この作業によって、文学に対する魯迅の態度との違い、マルクス主義文芸理論を受容するときの違いを、自分なりに確認しようとした。

さらに、二〇年代の文学界において、創造社の郭沫若、成仿吾と厳しく対立し論争した文学研究会の文芸理論家、茅盾を取りあげた。魯迅とは文学的に近い立場（人生のための文学）にいた茅盾の文学批評論を考察した。茅盾は、魯迅と同じく、革命文学をめぐって創造社・太陽社によって厳しく批判され、それに対して反批判を行った。茅盾の場合において、マルクス主義文芸理論の受容の仕方がどのようなものであったか、に私は論及した。茅盾には、マルクス主義文芸理論の受容において、深い内面的曲折の過程があったと考える。

このようにして、私はできれば、中国の激動する時代状況の中で、革命文学について熾烈な論争をする四人の文学者の文学に対する見方の違い、思想的質の違い、内面的な相違、を比較し理解しようとした。すなわち、一九二八年頃革命文学をめぐって、論争せざるをえなくなる四人の文学者のそれぞれの経緯・内面的思想的必然性を明らかにしたかった。またそれをつうじて、三〇年代四〇年代の中国文学の理解につながれば、という希望もあった。

私の追究の試みはまだはるかに途中であり、到底終わってはいないけれども、ひとまず郭沫若、成仿吾、茅盾の一九二〇年代の文芸批評論について論考をまとめ、ここに大方のご批判を仰ぐことにした。

初出は以下のとおりである。

第一章　郭沫若「革命与文学」における〈革命文学〉の提唱

＊「郭沫若『革命与文学』における『革命文学』提唱についてのノート」（上）（『言語文化論集』第十二巻第二号、名古屋大学総合言語センター、一九九一年三月）

＊「郭沫若『革命与文学』における『革命文学』提唱についてのノート」（下）（『言語文化論集』第十三巻第一号、名古屋大学言語文化部、一九九一年十一月）

第二章　郭沫若と『社会組織と社会革命に関する若干の考察』（河上肇著）

＊「郭沫若と『社会組織と社会革命に関する若干の考察』（河上肇著）についてのノート」（上）（『名古屋大学中国語学文学論集』第八輯、一九九五年九月）

＊「郭沫若と『社会組織と社会革命に関する若干の考察』（河上肇著）についてのノート」（中）（『名古屋大学中国語学文学論集』第九輯、一九九六年九月）

＊「郭沫若と『社会組織と社会革命に関する若干の考察』（河上肇著）についてのノート」（下）（『名古屋大学中国語学文学論集』第十輯、一九九七年十二月）

第三章　成仿吾と「文学革命から革命文学へ」

＊「関于《従文学革命到革命文学》与成仿吾札記」（上）、（『言語文化論集』第十五巻第二号、名古屋大学言語文化部、一九九四年三月）

＊「関于《従文学革命到革命文学》与成仿吾札記」（下）、（『言語文化論集』第十六巻第一号、名古屋大学言語文化部、一九九四年十月）

第四章　茅盾（沈雁冰）と「牯嶺から東京へ」

＊「茅盾（沈雁冰）と『牯嶺から東京へ』に関するノート（一）」（『言語文化論集』第二十一巻第二号、名古屋大学言語文化部・国際言語文化研究科、二〇〇〇年三月）

＊「茅盾（沈雁冰）と『牯嶺から東京へ』に関するノート（二）」（『言語文化論集』第二十二巻第二号、名古屋大学言語

文化部・国際言語文化研究科、二〇〇一年三月）
＊「茅盾（沈雁冰）と『牯嶺から東京へ』に関するノート（三）」（『言語文化論集』第二十三巻第二号、名古屋大学言語文化部・国際言語文化研究科、二〇〇二年三月）
＊「茅盾（沈雁冰）と『牯嶺から東京へ』に関するノート（四）」（『言語文化論集』第二十四巻第二号、名古屋大学言語文化部・国際言語文化研究科、二〇〇三年三月）
＊「茅盾（沈雁冰）と『牯嶺から東京へ』に関するノート（五）」（『言語文化論集』第二十五巻第一号、名古屋大学国際言語文化研究科、二〇〇三年十月）
＊「茅盾（沈雁冰）と『西洋文学通論』について」（『平井勝利教授退官記念　中国学・日本語学論文集』、白帝社、二〇〇四年三月）
＊「茅盾の三十年代前半（一九三〇―一九三三）の批評論ノート」（『国際開発研究フォーラム・小栗友一教授退職記念号』第二十九号、名古屋大学国際開発研究科、二〇〇五年三月十八日）

初出の論文を書いて以後、特に郭沫若、成仿吾に関する新しい研究書・研究論文について、十分に目をとおすことがなかった。そのため、後掲の参考文献の項に、読むべくしてなお未読の文献を、別の項目を立ててあげることとする。後日の勉強を期して、補正することとしたい。

これから、私はもう少し中国近現代文学の研究を続けたい。私の力不足は自分が一番良く知っているが、しかし前記の補いをしつつ、もう少し、先を歩いてみたいと希望している。

名古屋大学に学んだときの恩師の先生方、故入矢義高先生、故水谷真成先生、今鷹真先生のご指導に心からの感謝を捧げる。私の私淑する丸山昇先生、丸尾常喜先生、北岡正子先生、秋吉久紀夫先生の学恩に心からの感謝を申し上げる。有言無言のうちに激励をくださった先輩、友人、同僚、研究者の方々に深謝する。また、大きな負担を受けもって支えてくれた両親、家族に深謝する。

本書の出版にあたって、汲古書院の石坂叡志氏と小林詔子氏に、大変にお世話をいただいた。また、名古屋大学学術振興基金から出版の助成金をいただいた。あわせて、ここに記して感謝申し上げる。

二〇〇五年四月

中井政喜

略年譜

略年譜 1

	魯迅略年譜	郭沫若略年譜
一八八一	九月、浙江省紹興に生まれる	
一八九二		四川省楽山県に生まれる
一九〇二	21歳 四月日本に留学	
一九〇四	23歳 九月仙台医学専門学校に入学	
一九〇六	25歳 三月同退学、東京で文学を研究	14歳 高等小学校入学
一九〇七		15歳 嘉定府中学進学
一九〇九	28歳 夏、帰国、浙江両級師範学堂の教員となる	
一九一一	30歳 辛亥革命	
一九一二	31歳 教育部部員となる	
一九一三		21歳 成都高等学校理科入学
一九一四		22歳 東京に留学。第一高等学校予科入学、郁達夫、張資平と同学
一九一五	34歳 『青年雑誌』の発刊	23歳 第六高等学校入学
一九一八	37歳 四月「狂人日記」を書く	26歳 九州帝国大学医科大学に進学
一九一九	38歳 五月五四運動	

一九二〇	39歳	『工人綏恵略夫』（翻訳）	28歳	『三葉集』上海亜東図書館出版
一九二一	40歳	「故郷」「阿Q正伝」	29歳	上海泰東図書局編集所で働く 六月東京にて創造社発足 詩集『女神』泰東図書局
一九二二	41歳	『吶喊』自序	30歳	『創造季刊』創刊
一九二三	42歳	「娜拉走后怎様」	31歳	三月九州帝国大学医学部卒業 『創造週報』創刊
一九二四	43歳	一月国民党第一次全国代表大会、国共合作 小説「祝福」	32歳	四月『社会組織と社会革命に関する若干の考察』を翻訳開始。『創造週報』停刊
一九二五	44歳	三月孫文逝去、女師大事件、五・三〇事件、七月広東国民政府の成立、北伐の宣言 小説「孤独者」、「傷逝」	33歳	『社会組織与社会革命』商務印書館 九月『洪水』半月刊創刊
一九二六	45歳	八月、北京を去って、廈門大学に行く 十月武昌落ちる 十一月南昌落ちる 十二月福州落ちる	34歳	三月『創造月刊』創刊。広東に行く 五月「革命与文学」 北伐軍に参加
一九二七	46歳	一月広州に行き、中山大学に勤める 三月上海の武装蜂起 四月一二日蒋介石の反共クーデター、南京国民政府の樹立 七月武漢国民政府の崩壊	35歳	四・一二クーデター 七月南昌蜂起 十月香港から上海に潜入

	十月上海に行く	
一九二八	47歳　「革命文学」論争起こる	36歳　一月『文化批判』創刊 二月日本に亡命
一九三〇	49歳　三月「左翼作家連盟」の成立	
一九三一	50歳　九月満州事変	
一九三六	55歳　十月永眠	
一九三七	七月蘆溝橋事件、日中全面戦争	45歳　七月家族を残して帰国

この略年譜1は、『魯迅年譜』全四冊（人民文学出版社、魯迅博物館編、一九八一年九月）、『魯迅著訳系年目録』（上海文芸出版社、上海魯迅記念館編、一九八一年八月）、『郭沫若年譜』全三巻（天津人民出版社、一九九二年十月）、「創造社年譜」（小谷一郎、『創造社研究』、伊藤虎丸編、アジア出版、一九七九年十月）に基づく。

略年譜 2

	成仿吾略年譜	茅盾略年譜
一八八一	〔魯迅、浙江省紹興に生まれる〕	
一八九六		浙江省桐郷県青鎮に生まれる
一八九七	湖南省新化県に生まれる	
一九〇九	12歳　県立小学に入学	
一九一〇	13歳　兄成漢について来日。名古屋第五中学一年生にはいる	
一九一一	14歳　東京に出て、高等学校予科にはいる	15歳　辛亥革命。浙江省立第二中学（嘉興）に転入
一九一二		16歳　杭州安定中学に転校

一九一三		17歳 安定中学卒業、北京大学預科第一類（法文商系）に入る
一九一四	17歳 岡山第六高等学校第二部（工科）入学	
一九一五	〔郭沫若、第六高等学校入学〕	19歳 『青年雑誌』創刊（陳独秀等）
一九一六		20歳 商務印書館編訳所に就職
一九一七	20歳 東京帝国大学造兵科入学	21歳 「文学改良芻議」（胡適）、「文学革命論」（陳独秀）
一九一九	22歳 五月五四運動	23歳 チェーホフ、ゴーリキー等の短篇小説を翻訳
一九二〇		24歳 「小説新潮」欄の編集を担当
一九二一	23歳 上海泰東図書局編訳所へ行く 四月湖南に帰り、工業学校の教職に就く 六月東京にて、創造社発足	25歳 文学研究会の発起人の一人となる。『小説月報』を主編する。中国共産党発起組に参加
一九二二	24歳 『創造季刊』創刊 十月上海にもどる	26歳 創造社との論戦 「自然主義与中国現代小説」
一九二三	25歳 五月『創造週報』創刊、「詩之防御戦」「新文学之使命」	27歳 『小説月報』主編を下りる
一九二四	26歳 「『吶喊』的評論」 五月『創造週報』停刊。広東大学理学院力学教授兼ドイツ語教授。湖南に帰る	
一九二五	27歳 『洪水』半月刊創刊	29歳 五・三〇事件起こる
一九二六	28歳 三月『創造月刊』創刊。広東大学で教える	30歳 上海市党部代表として、国民党第二次全国代表大会に出席

一九二七	29歳 四月十二日、蔣介石の反共クーデター。上海に行く。 七月武漢国民政府の崩壊。日本に行き、李初梨、馮乃超等と会う 十一月「従文学革命到革命文学」を修善寺で書く	31歳 一月武漢の中央軍事政治学校の政治教官 四月、四・一二クーデター 七月武漢脱出 八月上海にもどる。小説「幻滅」
一九二八	30歳 一月『文化批判』創刊 五月日本経由でヨーロッパに向かう 八月中国共産党に入党	32歳 小説「動揺」、「追求」を書く 革命文学論争 八月日本に亡命。中国共産党との連絡が絶える
一九三〇	32歳 左翼作家連盟の成立	34歳 四月日本から帰国
一九三一	33歳 九月上海に帰る。鄂豫皖根拠地に行く。満州事変	35歳 『子夜』を起稿（一九三三年出版）
一九三六	〔魯迅の死〕	
一九三七	39歳 七月盧溝橋事件、日中全面戦争	41歳 九月『烽火』創刊

この略年譜2は、『中国現代文学事典』（丸山昇等編、東京堂、一九八五年九月）、「成仿吾年譜簡編」（宋彬玉等編、『成仿吾研究資料』、湖南文芸出版社、一九八八年三月）、「創造社年譜」（小谷一郎、『創造社研究』、伊藤虎丸編、アジア出版、一九七九年十月）、『茅盾年譜』（査国華、長江文芸出版社、一九八五年三月）に基づく。

主な参考文献

I　全般に関わるもの

＊『民国時期総書目〈1911－1949〉外国文学』、北京図書館編、書目文献出版社、一九八七年四月

＊『芸術と社会生活』、プレハーノフ著、蔵原惟人・江川卓訳、岩波書店、一九六五年六月

＊『芸術与社会生活』、蒲力汗諾夫原著、馮雪峰訳、水沫書店、一九二九年八月初版、底本は再版〈一九三〇年三月〉

＊『芸術論ノート』、永井潔、新日本出版社、一九七〇年五月

＊『魯迅と革命文学』、丸山昇、紀伊國屋書店、一九七二年一月三十一日

＊『マルクス＝エンゲルス　芸術・文学論　①』、大月書店、一九七四年十一月十一日

＊『反映と創造』、永井潔、新日本出版社、一九八一年七月

＊『新編社会科学辞典』、社会科学辞典編集委員会編、新日本出版社、一九八九年二月五日

＊『魯迅・文学・歴史』、丸山昇、汲古書院、二〇〇四年十月十九日

Ⅱ　各章に関わるもの

第一章　郭沫若「革命与文学」における〈革命文学〉の提唱

〔中国単行本〕
＊『創造季刊』、上海泰東図書局、一九二二年五月－一九二四年二月、上海書店影印、上下冊、一九八三年九月
＊『創造週報』、上海泰東図書局、一九二三年五月－一九二四年五日、上海書店影印、上下冊、一九八三年九月
＊『洪水』、創造社『洪水』編集部編、一九二四年八月－一九二七年十二月、上海書店影印、全三冊、一九八五年八月
＊『創造月刊』、創造社出版部、一九二六年三月－一九二九年一月、上海書店影印、上中下冊、一九八五年三月
＊『郭沫若全集　文学編』全二十巻、人民文学出版社、一九八二年十月－一九九二年九月
＊『〈文芸論集〉匯校本』、郭沫若著、黄淳浩校、湖南人民出版社、一九八四年十一月
＊『郭沫若佚文集』上下冊、王錦厚等編、四川大学出版社、一九八八年十一月
＊『郭沫若論創作』、上海文芸出版社、一九八三年六月
＊『郭沫若集外序跋集』、四川大学郭沫若研究室等編、四川人民出版社、一九八三年二月
＊『創造十年』、郭沫若、一九三二年、『沫若自伝　第二巻　学生時代』、生活・読書・新知三聯書店、一九七八年十一月

＊『創造十年続編』、郭沫若、上海北新書局、一九三八年一月、『沫若自伝　第二巻　学生時代』、生活・読書・新知三聯書店、一九七八年十一月
＊『蘇俄的文芸論戦』、任国楨訳、北京北新書局、一九二五年八月
＊『創造社資料』上下冊、饒鴻競等編、福建人民出版社、一九八五年一月
＊『郭沫若的文学道路（修訂本）』、黄侯興、天津人民出版社、一九八三年九月
＊『郭沫若年譜』〈上〉、龔済民等編、天津人民出版社、一九八二年五月
＊『鳳凰、女神及其他――郭沫若論』、閻煥東、中国人民大学出版社、一九九〇年十一月

〔日本語単行本〕
＊『河上肇全集』第十二巻、岩波書店、一九八二年八月二十四日
＊『苦悶の象徴』、厨川白村、『厨川白村全集』第二巻、改造社、一九二九年五月
＊『創造社研究　創造社資料別巻』、伊藤虎丸編、アジア出版、一九七九年十月
＊『中国近代文学論争史』、高田昭二、風間書房、一九九〇年一月
＊『ある革命家の手記』〈下〉、クロポトキン著、高杉一郎訳、岩波書店、一九七九年二月

〔中国語論文〕
＊「鄭伯奇談『創造社』『左連』的一些情況」、鄭伯奇、一九七七年八月八、十一日、『魯迅研究資料』第六輯、北京魯迅博物館魯迅研究室編、天津人民出版社、一九八〇年十月
＊「左連成立前后的一些情況」、馮乃超、一九七七年十二月二十日、『魯迅研究資料』第六輯、北京魯迅博物館魯迅研究室編、天津人民出版社、一九八〇年十月

＊「魯迅与創造社」、馮乃超、一九七八年九月四日、『新文学史料』第一輯、人民文学出版社等編、生活・読書・新知三聯書店、一九七九年五月
＊「郭沫若前期思想発展研究中的幾個問題」、陳永志、『郭沫若研究論集』、四川人民出版社、一九八〇年六月
＊「光輝的一生　深切的懐念」、王廷芳、『郭沫若研究論集』、四川人民出版社、一九八〇年六月
＊「試論郭沫若的現実主義文芸観」、龔済民、『郭沫若研究論集』第二集、四川人民出版社、一九八四年四月
＊「論郭沫若的芸術個性」、黄侯興、『郭沫若研究論集』第二集、四川人民出版社、一九八四年四月
＊「郭沫若対于無産階級革命文学的倡導」、孫党伯、『郭沫若研究論集』第二集、四川人民出版社、一九八四年四月
＊「憶創造社」、鄭伯奇、原載『文芸月報』第五・六・八・九、一九五九年五、六、八、九月、底本は『創造社資料』下冊（饒鴻競等編、福建人民出版社、一九八五年一月）
＊「珍貴的閃光的思想内核」、閻煥東、『郭沫若学刊』一九八九年第二期、総第八期
＊「啓蒙与救亡的双重変奏」、李沢厚、『中国現代思想史論』、東方出版社、一九八七年六月

〔日本語論文〕
＊「ロシア革命の鏡としてのレフ・トルストイ」、レーニン、『プロレタリー』第三十六号、一九〇八年九月十一日、底本は『レーニン全集』第十五巻（大月書店、一九五六年三月三十日）
＊「宣伝と創作」、厨川白村、『近代の恋愛観』、改造社、一九二二年十月、底本は『厨川白村全集』第五巻（改造社、一九二九年四月）
＊「革命文学」、小野忍、一九六六年十月、『中国文学雑考』、大安、一九六七年三月
＊「郭沫若のロマンチシズムの性格」、秋吉久紀夫、『近代中国の思想と文学』、東京大学文学部中国文学研究室編、

大安、一九六七年七月

＊「郭沫若の初期文学論」、中島みどり、『吉川博士退休記念中国文学論集』、筑摩書房、一九六八年三月

＊「厨川白村と一九二四年における魯迅」、中井政喜、『野草』第二十七号、一九八一年四月二十日

＊「魯迅と『壁下訳叢』の一側面」、中井政喜、『大分大学経済論集』第三十三巻第四号、一九八一年十二月二十一日

＊「魯迅と『蘇俄的文芸論戦』に関するノート」、中井政喜、『大分大学経済論集』第三十四巻第四・五・六合併号、一九八三年一月二十日

＊「郭沫若『革命と文学』その他――創造社の左旋回の先声」、小谷一郎、『中国の文学論』、伊藤虎丸等編、汲古書院、一九八七年九月

＊「創造社と日本」、小谷一郎、『近代文学における中国と日本』、丸山昇等編、汲古書院、一九八六年十月

＊「郭沫若と〈文芸理論〉の構想」、顧偉良、『野草』第五十二号、一九九三年八月一日

第二章　郭沫若と『社会組織と社会革命に関する若干の考察』（河上肇著）

〔中国語単行本〕

＊『社会組織与社会革命』、河上肇著、郭沫若訳、商務印書館、一九二五年五月

＊『社会組織与社会革命』、河上肇著、郭沫若訳、嘉陵書店、一九三二年五月、第五版

＊『社会組織与社会革命』、河上肇著、郭沫若訳、上海商務印書館、一九五一年七月、第二版

＊『郭沫若研究資料集』〈下〉、王訓詔等編、中国社会科学出版社、一九八六年八月

〔日本語単行本〕

＊『唯物史観研究』、河上肇、弘文堂書房、一九二一年八月二十日、底本は第十四版（一九二三年十月一日）
＊『社会組織と社会革命に関する若干の考察』、河上肇、京都弘文堂書房、一九二四年三月、第十版
＊『社会組織と社会革命に関する若干の考察』、河上肇、京都弘文堂書房、一九二五年三月、第十三版
＊『社会組織と社会革命に関する若干の考察』、河上肇、『河上肇全集』第十二巻、岩波書店、一九八二年八月二十四日、底本は第十四版（一九二六年二月一日）
＊『河上肇全集』第十巻、岩波書店、一九八二年十月二十二日
＊『河上肇全集』第十一巻、岩波書店、一九八三年一月二十四日
＊『河上肇全集』第十三巻、岩波書店、一九八二年三月二十四日
＊『芸術論』、見田石介、三笠書房、一九三五年五月、底本は『見田石介著作集』補巻（大月書店、一九七七年四月）
＊『河上肇』、古田光、東京大学出版会、一九七六年十一月一日
＊『河上肇　芸術と人生』、杉原四郎・一海知義、新評論、一九八二年一月十日
＊『河上肇そして中国――尽日魂飛万里天――』、一海知義、岩波書店、一九八二年八月十日
＊『河上肇――日本的マルクス主義者の肖像』、ゲール・L・バーンスタイン著、清水靖久等訳、ミネルヴァ書房、一九九一年十一月三十日
＊『二〇世紀文学の黎明期』、祖父江昭二、新日本出版社、一九九三年二月
＊『河上肇――マルクス経済学にいたるまでの軌跡』、小林漢二、法律文化社、一九九四年三月二十八日
〔中国語論文〕
＊「河上肇学説：郭沫若前期文芸思想転変的『中介』」、斬明全、『郭沫若縦横論』、王錦厚等編、成都出版社、一九九

二年九月
＊「翻訳『社会組織与社会革命』所起的影響和作用」、葉桂生、『郭沫若縦横論』、王錦厚等編、成都出版社、一九九二年九月
＊「河上肇的著作在中国」、呂元明、季刊『吉林師大学報〈社会科学〉』一九七九年第二期（邦訳、一海知義訳、『河上肇全集』第二十巻付録月報、岩波書店、一九八二年二月）
〔日本語論文〕
＊「宣言一つ」、有島武郎、『改造』第四巻第一号、一九二二年一月一日
＊「河上肇の人と思想」、大内兵衛、『河上肇　現代日本思想大系19』、筑摩書房、一九六四年二月十日
＊「河上肇と中国革命」、小野信爾、『不屈のマルクス主義者　河上肇』、現代評論社、一九八〇年九月二十日
＊「第二部　河上肇の唯物史観研究」、山之内靖、『社会科学の方法と人間学』、岩波書店、一九七三年五月、〈岩波モダンクラシックス〉、二〇〇一年七月六日
＊「『ある日の講話』の河上肇」、内田義彦、『作品としての社会科学』、岩波書店、一九八一年二月十日
＊「河上肇——一つの試論」、内田義彦、『作品としての社会科学』、岩波書店、一九八一年二月十日
＊「河上肇　人間像と思想像」、住谷一彦、『河上肇　日本の名著49』、中央公論社、一九八四年十二月二十日
＊「《孤軍派》と郭沫若」、小谷一郎、『創造社研究』、伊藤虎丸編、アジア出版、一九七九年十月
＊「郭沫若」、丸山昇、『日本大百科全書』、小学館、一九八五年八月
＊「郭沫若と一九二〇年代中国の『国家主義』、〈孤軍〉派をめぐって——郭沫若『革命文学』論提唱、広東行、北伐参加の背景とその意味」、小谷一郎、『東洋文化』第七十四号、一九九四年三月二十四日

＊「河上肇と文学」、祖父江昭二、『近代日本文学への射程』、未来社、一九九八年九月二十日

第三章　成仿吾と「文学革命から革命文学へ」

〔中国語単行本〕

＊『成仿吾文集』、《成仿吾文集》編輯委員会、山東大学出版社、一九八五年一月

＊『成仿吾研究資料』、史若平編、湖南文芸出版社、一九八八年三月

＊『三十年代左翼文芸資料選編』、馬良春等編、四川人民出版社、一九八〇年十一月

＊『魯迅年譜 1881－1936』上巻、鮑昌等、天津人民出版社、一九七八年六月

〔その他の単行本〕

＊『The Genesis of Modern Chinese Literary Criticism（1917－1930）』（Marián Gálik, 1980, VEDA Publishing House of The Slovak Academy of Sciences）

〔中国語論文〕

＊「創造社」、王独清、一九三〇年九月、『展開』半月刊第一巻第三期、一九三〇年十二月二十日、底本は『創造社資料』〈下〉（饒鴻競等編、福建人民出版社、一九八五年一月）

＊「創造社的自我批判」、郭沫若、『創造社論』、黄人影編、上海光華書局、一九三二年、上海書店影印、一九八五年三月

＊「読『創造社』」、張資平、『絜茜』月刊第一巻第一期、一九三二年一月十五日、底本は『創造社資料』〈下〉（饒鴻競等編、福建人民出版、一九八五年一月）

＊「曙新期的創造社」、張資平、『現代』第三巻第二期、一九三三年六月一日

＊「与蘇聯研究生彼徳羅夫関于創造社等問題的談話」、一九五九年九月二十九日、於済南、底本は『成仿吾文集』（山東大学出版社、一九八五年一月）

＊「複雑而緊張的生活、学習与闘争――回憶録（五）」、茅盾、『新文学史料』第五輯、一九七九年十一月

＊「成仿吾談話記録」、一九八〇年九月十八日、「成仿吾和創造社」（宋彬玉、張傲卉、『新文学史料』一九八五年第二期、総二十七期）所引

＊「李初梨談話記録」、一九八〇年十二月二十七日、「成仿吾和創造社」（宋彬玉・張傲卉、『新文学史料』一九八五年第二期、総二十七期）所引

＊「関于成仿吾同志的『紀念魯迅』」、陳瓊芝、一九八一年四月、『魯迅研究文叢』第三輯、湖南人民出版社、一九八一年十二月

＊「成仿吾与魯迅」、張傲卉等、『東北師大学報』一九八一年第六期、底本は『成仿吾研究資料』（史若平編、湖南文芸出版社、一九八八年三月）

＊「成仿吾年譜簡編」、宋彬玉・張傲卉編、『成仿吾研究資料』、史若平編、湖南文芸出版社、一九八八年三月

＊「論創造社的方向転換」、朱寿桐、『南京大学学報〈哲学・人文・社会科学〉』一九八八年第二期、一九八八年四月二十日

＊「成仿吾伝」、趙遐秋、『成仿吾伝』、中共中央党学校出版社、一九八八年六月

＊「成仿吾生平大事年表」、張傲卉、『成仿吾伝』、中共中央党学校出版社、一九八八年六月

＊「後期創造社的『方向転換』」、周恵忠、『文学評論』一九八八年第五期、一九八八年九月十五日

＊「浪漫主義向革命文学的過渡――論創造社的転向」、劉玉山、『中国現代文学研究叢刊』一九九〇年第二期、作家出版社、一九九〇年五月
＊「成仿吾的文学批評」、温儒敏、『文学評論』一九九二年第二期、一九九二年三月十五日
＊「論『文化批判』――兼及後期創造社的『方向転換』」、周恵忠、『創造社叢書〈七〉理論研究巻』、黄侯興主編、学苑出版社、一九九二年十月

〔日本語論文〕
＊「進化論とニーチェ」、尾上兼英、『中国現代文学選集』第二巻、平凡社、一九六三年一月
＊「問題としての創造社」、伊藤虎丸、『創造社研究』、伊藤虎丸編、アジア出版、一九七九年十月
＊「創造社年表」、小谷一郎編、『創造社研究』、伊藤虎丸編、アジア出版、一九七九年十月
＊「成仿吾とギュイヨー」、倉持貴文、『中国文学研究』第八期、早稲田大学中国文学会、一九八二年十二月
＊「成仿吾の『新文学之使命』について」、倉持貴文、『早稲田大学文学研究科紀要別冊』第九集、一九八三年三月
＊「魯迅の〈苦悶の象徴〉購入と成仿吾の『〈吶喊〉の評論』」、倉持貴文、『早稲田大学文学研究科紀要別冊』第十一集、一九八五年一月
＊「ブローク・片上伸と一九二六―二九年頃の魯迅についてのノート〈下〉」、中井政喜、『大分大学経済論集』第三十六巻第六号、一九八五年二月

第四章　茅盾（沈雁冰）と「牯嶺から東京へ」

〔中国語単行本〕

＊『茅盾評伝』、伏志英編、現代書局、一九三一年十二月、香港南島出版社、一九六八年九月、影印本
＊『我走過的道路』上冊、茅盾、生活・読書・新知三聯書店、一九八一年八月
＊『我走過的道路』中冊、茅盾、人民文学出版社、一九八四年五月
＊『茅盾年譜』、査国華、長江文芸出版社、一九八五年三月
＊『論茅盾的生活与創作』、孫中田、百花文芸出版社、一九八〇年五月
＊『茅盾的創作歴程』、荘鍾慶、人民文学出版社、一九八二年七月
＊『茅盾前期文学思想散論』、朱徳発等、山東人民出版社、一九八三年八月
＊『茅盾評伝』、邵伯周、四川文芸出版社、一九八七年一月
＊『茅盾早期思想新探』、丁柏銓、南京大学出版社、一九九三年七月
＊『洪深年譜』、陳美英編著、文化芸術出版社、一九九三年十二月
＊『茅盾――〈人生派〉的大師』、黄侯興、山東人民出版社、一九九六年三月
＊『茅盾的文論歴程』、荘鍾慶、上海文芸出版社、一九九六年七月
＊『転折時期的文学思想――茅盾早期文芸思想研究』、楊揚、華東師範大学出版社、一九九六年十月
＊『茅盾評伝』、丁尓綱、重慶出版社、一九九八年十月
＊『茅盾――翰墨人生八十秋』、丁尓綱、長江文芸出版社、二〇〇〇年十二月
〔日本語単行本〕
＊『薄明の文学――中国のリアリズム作家・茅盾』、松井博光、東方書店、一九七九年十月十五日
＊『茅盾研究――〈新文学〉の批評・メディア空間』、桑島由美子、汲古書院、二〇〇五年二月二十八日

〔中国語論文〕

＊「『幻滅』」、銭杏邨、一九二八年二月十九日、『太陽月刊』三月号、一九二八年三月一日
＊「『動揺』」、銭杏邨、一九二八年五月二十九日、『太陽月刊』停刊号〈七月号〉、一九二八年七月一日
＊「『追求』」、銭杏邨、一九二八年十月十八日、『泰東月刊』第二巻第四期、一九二八年十二月一日、底本は『茅盾評伝』（伏志英編、現代書局、一九三一年十二月、香港南島出版社、一九六八年九月、影印本）
＊「文芸的新路――読了茅盾的《従牯嶺到東京》之后」、曾虚白、一九二八年十一月四日、『真美善』第三巻第二期、一九二八年十二月十六日、底本は『茅盾評伝』（伏志英編、現代書局、一九三一年十二月、香港南島出版社、一九六八年九月、影印本）
＊「従東京回到武漢」、銭杏邨、一九二九年一月三日、『文芸批評集』、上海神州国光社、一九三〇年五月、底本は『茅盾評論』（伏志英編、現代書局、一九三一年十二月、香港南島出版社、一九六八年九月、影印本）
＊「茅盾早期思想研究（一九一七－一九二六）」、楽黛雲、『中国現代文学研究叢刊』一九七九年第一輯、北京出版社、一九七九年十月、底本は『中国当代文学研究資料茅盾専集』第二巻上冊（福建人民出版社、一九八五年七月）
＊「関于茅盾与自然主義的問題」、黄継持、『抖擻』第五十期、一九八二年七月、底本は『中国当代文学研究資料茅盾専集』第二巻上冊（福建人民出版社、一九八五年七月）
＊「論茅盾早期〈為人生〉的文学観」、楊健民、『廈門大学報』一九八二年第三期、底本は『中国当代文学研究資料茅盾専集』第二巻上冊（福建人民出版社、一九八五年七月）
＊「茅盾〈五四〉時期的進化論思想及其文芸観」、丁柏銓、『南京大学学報』一九八三年第三期、底本は『中国当代文学研究資料茅盾専集』第二巻上冊（福建人民出版社、一九八五年七月）

＊「茅盾与自然主義」、呂効平、武鎖寧、『中国現代文学研究叢刊』一九八三年第二輯、底本は『中国当代文学研究資料茅盾専集』第二巻上冊（福建人民出版社、一九八五年七月）

＊「茅盾和新浪漫主義」、孫慎之、『茅盾研究論文選集』上冊、湖南人民出版社、一九八三年十一月

＊「茅盾文芸思想瑣末談——記茅盾与太陽社関于革命文学的一場討論」、李志、『茅盾研究論文選集』上冊、湖南人民出版社、一九八三年十一月

＊「茅盾関于描写小資産階級的主張不容否定」、斉忠賢、『茅盾研究論文選集』上冊、湖南人民出版社、一九八三年十一月

＊「論茅盾早期提倡新浪漫主義与介紹自然主義」、黎舟、『茅盾研究』第一輯、文化芸術出版社、一九八四年六月

＊「論茅盾〈五四〉時期文芸思想特色」、張中良、『茅盾研究』第二輯、文化芸術出版社、一九八四年十二月

＊「茅盾為現実主義和馬列主義文芸理論所作的闘争」、馬・嘎利克〈マリアン・ガーリック〉著、張暁雲等訳、底本は『中国当代文学研究資料茅盾専集』第二巻下冊（福建人民出版社、一九八五年七月）

＊「茅盾的文学創作和技巧問題」、馬・嘎利克〈マリアン・ガーリック〉著、王彦彬訳、底本は『中国当代文学研究資料茅盾専集』第二巻下冊（福建人民出版社、一九八五年七月）

＊「啓蒙与救亡的双重変奏」、李沢厚、『中国現代思想史論』、東方出版社、一九八七年六月

＊「早期介紹写実主義自然主義問題」、楊健民、『論茅盾的早期文学思想』、湖南文芸出版社、一九八七年七月

＊「沈雁冰在〈五四〉時期的理論功績」、劉納、『茅盾研究』第三輯、文化芸術出版社、一九八八年七月

＊「茅盾論自然主義」、張明亮、『茅盾研究』第三輯、文化芸術出版社、一九八八年七月

＊「『迂回而再進』——茅盾在革命転折時期文芸思想探微」、邵伯周、『茅盾研究』第三輯、文化芸術出版社、一九八

八年七月
＊「茅盾早期文芸思想的本質特徴」、李庶長、『茅盾研究』第四輯、文化芸術出版社、一九九〇年三月
＊「茅盾早期文学批評両面観」、丁柏銓、『茅盾研究』第五輯、文化芸術出版社、一九九一年三月
＊「吸収外来文化的一個思想綱要――読『西洋文学通論』后的思考」、李岫、『茅盾研究』第五輯、文化芸術出版社、一九九一年三月
＊「茅盾的社会－歴史批評与〈作家論〉批評文体」、温儒敏、『中国現代文学批評史』、温儒敏、北京大学出版社、一九九三年十月
＊「潑向逝者的汚泥応該清洗――澄清秦徳君関于茅盾的不実之詞」、丁尓綱、『茅盾研究』第六輯、北京師範大学出版社、一九九五年二月
＊「転折期的精神浮沈与演進――茅盾写作〈従牯嶺到東京〉前后思想透視」、丁柏銓、『茅盾与二十世紀』、中国茅盾文学研究会編、華夏出版社、一九九七年六月
＊「茅盾的文学観与西方文学思潮」、王中忱、『越界与想像――二十世紀中国、日本文学比較研究論集』、中国社会科学出版社、二〇〇一年八月
〔日本語論文〕
＊「プロレタリア芸術の批判」、ボグダーノフ、一九一八、小泉猛訳、『資料世界プロレタリア文学運動』第六巻、三一書房、一九七四年十二月十五日
＊「茅盾の日本滞在時代――小説・随筆をとおして見たる――」、三宝政美、『集刊東洋学』第十三号、一九六五年五月二十日

＊「〝第三種人〟をめぐる論争」、竹内実、『東洋文化』第四十一号、一九六六年七月

＊「茅盾と克興との間にとりかわされた革命文学論争にあらわれたいくつかの問題をめぐって――茅盾の日本滞在時代（続）」、三宝政美、『集刊東洋学』第十七号、東北大学文史哲研究会、一九六七年

＊「左翼作家連盟の成立まで」、竹内実、『東洋文化』第四十四号、一九六八年二月

＊「茅盾と革命文学派との関係について」、藤本幸三、『人文学報』第七八号、東京都立大学人文学部、一九七〇年三月三十一日

＊「茅盾の自然主義受容と文学研究会」、是永駿、『野草』第六号、一九七二年一月二十日

＊「左連前期における文芸大衆化の問題」、丸尾常喜、『東洋文化』第五十二号、一九七二年三月

＊「〝文芸大衆化論争〟と瞿秋白の位置」、阪口直樹、『野草』第八号、一九七二年八月二十日

＊「『腐蝕』論」、丸尾常喜、『北海道大学文学部紀要』第二十一巻第一号、一九七三年二月

＊「比較〝大衆の文学〟論」、阪口直樹、『野草』第十一号、一九七三年六月三十日

＊「茅盾の自然主義受容についての一考察」、南雲智、『桜美林大学中国文学論叢』第四号、一九七三年十月一日

＊「茅盾文学における幻想と現実――三〇年代初期を中心に――」、是永駿、『野草』第十二号、一九七三年十月二十日

＊「茅盾と三〇年代」、是永駿、『野草』第十四・十五号、一九七四年四月二十日

＊「茅盾の婦人解放論」、南雲智、『中国文学論叢』第五号、一九七四年十二月十五日

＊「問題としての一九三〇年代――左連研究・魯迅研究の角度から――」、丸山昇、『一九三〇年代中国の研究』、アジア経済出版会、一九七五年十一月二十日

＊「初期文芸大衆化をめぐる論争」（上）（下）、斎藤敏康、『野草』第二十一号、第二十二号、一九七八年二月二十日、一九七八年九月一日
＊「魯迅と『労働者セヴォリョフ』との出会い（試論）〈上〉」、中井政喜、『野草』第二十三号、一九七九年三月
＊「魯迅と『労働者セヴィリョフ』との出会い（試論）〈下〉」、中井政喜、『野草』第二十四号、一九七九年十月
＊「茅盾初期文芸思想の形成と発展（1）－（5）」、青野繁治、『野草』第三十号、一九八二年八月十日、同第三十二号、一九八三年十二月一日、同三十四号、一九八四年九月一日、同第三十六号、一九八五年十月三十一日、同三十七号、一九八六年三月二十日
＊「沈雁冰（茅盾）の社会思想――五四時代」、白水紀子、『中哲文学会報』第八号、一九八三年六月
＊「魯迅の〝第三種人〟観――〝第三種人〟論争再評価をめぐって――」、丸山昇、『東洋文化研究所紀要』第九十七冊、一九八五年三月
＊「日本における茅盾研究――その新たな展開」、是永駿、『野草』第三十七号、一九八六年三月二十日
＊「日本滞在期の茅盾」、白水紀子、『伊藤漱平教授退官紀念　中国学論集』、汲古書院、一九八六年三月三十一日
＊「初期茅盾における原理的文学観獲得の契機――そのロシア文学受容――」、芦田肇、『東洋文化研究所紀要』第一〇一冊、一九八六年十一月二十五日
＊「初期茅盾の文学観――文学研究会と写実主義」、佐治俊彦、『中国の文学論』、汲古書院、一九八七年九月
＊「茅盾『幻滅』とその舞台――武漢三鎮」、阪口直樹、『野草』第四十一号、一九八八年二月二十九日
＊「秦徳君手記――櫻蠶」、『野草』第四十一号、一九八八年二月二十九日
＊「秦徳君手記――櫻蠶〈続〉付録秦徳君女士伝略」、『野草』第四十二号、一九八八年八月一日

＊「『秦徳君手記――櫻蜃』解説」、是永駿、『野草』第四十二号、一九八八年八月一日

＊「魯迅の『個人的無治主義』に関する一見解――附　江坂哲也訳『《革命物語》序』」、中井政喜、『言語文化論集』第十巻第一号、名古屋大学総合言語センター、一九八八年十月三十日

＊「鄭振鐸の『血と涙の文学』提唱と費覚天の『革命的文学』論――五四退潮期の文学状況（二）」、尾崎文昭、『明治大学教養論集』第二一七号、一九八九年三月一日

＊「茅盾『論無産階級芸術』の典拠について」一－四、白水紀子、『中国文芸研究会報』第九十二、九十三、九十四、九十六号、一九八九年六月三十日、七月三十一日、八月三十一日、十月三十一日、原載『茅盾研究会会報』第七期、一九八八年六月

＊「『論無産階級芸術』について」、白水紀子、『野草』第四十三号、一九八九年三月一日

＊「茅盾文学の光と影――秦徳君手記の波紋――」、是永駿、『季刊中国研究』第十六号、一九八九年九月一日

＊「左連期文芸理論の諸問題（一）――一九三一～一九三三年」、平井博、『人文学報』第二一三号、東京都立大学人文学部、一九九〇年三月三十一日

＊「牯嶺における茅盾」、白水紀子、『中国－社会と文化』第五号、一九九〇年六月

＊「茅盾とボグダーノフ」、白水紀子、『横浜国立大学人文紀要、第二類、語学・文学』第三十七号、一九九〇年十月

＊「茅盾研究の新しい展望――思想・伝統・文化心理の模索と再評価――」、桑島由美子、『言語文化論集』第三十七号、筑波大学、一九九三年三月二十五日

＊「茅盾文学と〈未完のブルジョワジー〉――十九世紀ロシア社会史から見た『子夜』」、桑島由美子、『野草』第五十二号、一九九三年八月一日

＊「中国近代文学運動の揺籃と政治社会――五四期茅盾についての一考察――」、桑島由美子、『言語文化論集』第三十九号、筑波大学、一九九四年九月二十五日
＊「瞿秋白言語理論小考――コミュニケーション論の視角から」、鈴木将久、『中国―社会と文化』第十一号、中国社会文化学会、一九九六年六月
＊「異郷日本の茅盾と『謎』」、鈴木将久、『アジア遊学』第十三号、二〇〇〇年二月二十日
＊「東京滞在時期の茅盾――党籍回復をめぐって」、白水紀子、『アジア遊学』第十三号、二〇〇〇年二月二十日

Ⅲ　読むべくしてなお未読の参考文献、或いはなお十分な検討ができていない文献

＊『異文化の中の郭沫若――日本留学時代』、武継平、九州大学出版会、二〇〇〇年十二月十日
＊『旅人河上肇』、杉原四郎、岩波書店、一九九六年十月二十一日
＊『甦る河上肇――近代中国の知の源泉』、三田剛史、二〇〇三年一月三十日
＊『成仿吾伝』、余飄、李洪程、当代中国出版社、一九九七年一月

索　　引

書名・論文名索引

ア行

カ行

マ行

ヤ行

ラ行

欧文

人名索引

著者略歴

中井　政喜（なかい　まさき）

1946年、愛知県常滑市に生まれる。名古屋大学大学院文学研究科博士課程満期退学。大分大学をへて、現在、名古屋大学国際言語文化研究科教授。2004年、博士（文学）。

主要著書・論文

著書に『二十世紀中国文学図志』（台湾業強出版社、1995、共著）、論文に「魯迅と『壁下訳叢』の一側面」（1981）、「魯迅『傷逝』に関する覚え書」（1987）、「魯迅の〈個人的無治主義〉に関する一見解」（1988）等がある。

一九二〇年代中国文芸批評論

二〇〇五年十月五日　発行

著　者　中　井　政　喜

発行者　石　坂　叡　志

整版印刷　富　士　リ　プ　ロ

発行所　汲　古　書　院

〒102-0072 東京都千代田区飯田橋二-五-四

電　話　〇三（三二六五）九七六四

ＦＡＸ　〇三（三二二二）一八四五

ISBN4-7629-2742-2　C3098